Tucholsky Wagner Zola Scott Sydow Freud Schlegel
Turgenev Wallace Fonatne
Twain Walther von der Vogelweide Fouqué Friedrich II. von Preußen
Weber Freiligrath
Fechner Kant Ernst Frey
Fichte Weiße Rose von Fallersleben Richthofen Frommel
Engels Fielding Hölderlin
Fehrs Faber Flaubert Eichendorff Tacitus Dumas
Maximilian I. von Habsburg Eliasberg Ebner Eschenbach
Feuerbach Fock Zweig
Ewald Eliot Vergil
Goethe Elisabeth von Österreich London
Mendelssohn Balzac Shakespeare Dostojewski Ganghofer
Lichtenberg Rathenau Doyle Gjellerup
Trackl Stevenson Hambruch
Mommsen Tolstoi Lenz Hanrieder Droste-Hülshoff
Thoma von Arnim Hägele Hauff Humboldt
Dach Verne
Karrillon Reuter Rousseau Hagen Hauptmann Gautier
Garschin
Damaschke Defoe Hebbel Baudelaire
Descartes
Hegel Kussmaul Herder
Wolfram von Eschenbach Darwin Dickens Schopenhauer Rilke George
Bronner Melville Grimm Jerome
Campe Horváth Aristoteles Bebel Proust
Bismarck Vigny Barlach Voltaire Federer Herodot
Gengenbach Heine
Storm Casanova Tersteegen Grillparzer Georgy
Chamberlain Lessing Langbein Gilm Gryphius
Brentano Lafontaine
Strachwitz Claudius Schiller Kralik Iffland Sokrates
Katharina II. von Rußland Bellamy Schilling
Gerstäcker Raabe Gibbon Tschechow
Löns Hesse Hoffmann Gogol Wilde Gleim Vulpius
Luther Heym Hofmannsthal Klee Hölty Morgenstern
Roth Heyse Klopstock Puschkin Homer Kleist Goedicke
Luxemburg La Roche Horaz Mörike Musil
Machiavelli Kierkegaard Kraft Kraus
Navarra Aurel Musset
Nestroy Marie de France Lamprecht Kind Kirchhoff Hugo Moltke
Laotse Ipsen Liebknecht
Nietzsche Nansen Ringelnatz
von Ossietzky Marx Lassalle Gorki Klett Leibniz
May vom Stein Lawrence Irving
Petalozzi Knigge
Platon Pückler Michelangelo Kafka
Sachs Poe Liebermann Kock
de Sade Praetorius Mistral Zetkin Korolenko

Der Verlag tredition aus Hamburg veröffentlicht in der Reihe **TREDITION CLASSICS** Werke aus mehr als zwei Jahrtausenden. Diese waren zu einem Großteil vergriffen oder nur noch antiquarisch erhältlich.

Symbolfigur für **TREDITION CLASSICS** ist Johannes Gutenberg (1400 — 1468), der Erfinder des Buchdrucks mit Metalllettern und der Druckerpresse.

Mit der Buchreihe **TREDITION CLASSICS** verfolgt tredition das Ziel, tausende Klassiker der Weltliteratur verschiedener Sprachen wieder als gedruckte Bücher aufzulegen – und das weltweit!

Die Buchreihe dient zur Bewahrung der Literatur und Förderung der Kultur. Sie trägt so dazu bei, dass viele tausend Werke nicht in Vergessenheit geraten.

Ssanin

Mit einer Einleitung von André Villard, einem Vorwort des Verlegers, und sämtlichen die Konfiskation des Werkes in deutscher Sprache betreffenden Gerichtsbeschlüssen und Sachverständigengutachten.

Michail Petrovic Arcybasev

Impressum

Autor: Michail Petrovic Arcybasev
Übersetzung: André Villard und S. Bugow
Umschlagkonzept: toepferschumann, Berlin

Verlag: tredition GmbH, Hamburg
ISBN: 978-3-8424-6772-9
Printed in Germany

Rechtlicher Hinweis:
Alle Werke sind nach unserem besten Wissen gemeinfrei und unterliegen damit nicht mehr dem Urheberrecht.

Ziel der TREDITION CLASSICS ist es, tausende deutsch- und fremdsprachige Klassiker wieder in Buchform verfügbar zu machen. Die Werke wurden eingescannt und digitalisiert. Dadurch können etwaige Fehler nicht komplett ausgeschlossen werden. Unsere Kooperationspartner und wir von tredition versuchen, die Werke bestmöglich zu bearbeiten. Sollten Sie trotzdem einen Fehler finden, bitten wir diesen zu entschuldigen. Die Rechtschreibung der Originalausgabe wurde unverändert übernommen. Daher können sich hinsichtlich der Schreibweise Widersprüche zu der heutigen Rechtschreibung ergeben.

Text der Originalausgabe

M. Artzibaschew

Ssanin

Mit einer Einleitung von André Villard, einem Vorwort des Verlegers, und sämtlichen die Konfiskation des Werkes in deutscher Sprache betreffenden Gerichtsbeschlüssen und Sachverständigengutachten.

Roman

1909

– ich habe gefunden, das Gott den
Menschen hat aufrichtig gemacht!
aber sie suchen viele Künste.

(Pred. 7, 29.)

Der »Ssanin« und seine Schicksale in Deutschland

Der Vertrag über die deutsche Ausgabe des Ssanin wurde im Frühjahre 1908 abgeschlossen. Der Name des Verfassers dieses Romanes, der in Rußland, wie es in der Vorrede des Mitübersetzers André Villard des näheren ausgeführt ist, ein so kolossales Aufsehen erregte, war damals in Deutschland noch so gut wie unbekannt. Nur wenige mit den russischen Literatur und Kulturverhältnissen Vertraute wußten, daß M. Artzibaschew einer der vielversprechendsten jungrussischen Dichter ist. Erst während der Drucklegung der deutschen Ausgabe des Romanes erfuhr man so langsam durch vereinzelte Notizen in der Presse von diesem Buche und seinen Folgen und hörte schließlich auch, daß der Roman in Rußland verboten worden sei. Hier handelt es sich nun darum festzustellen, welche Schicksale der Roman in Deutschland erlebte.

Die Nachfrage des Publikums war vor Erscheinen der deutschen Ausgabe, die Mitte September 1908 erfolgte, eine sehr geringe, dagegen war das Interesse der Presse, durch die aus Rußland kommenden Meldungen veranlaßt, ein außerordentlich reges, und umfangreiche Feuilletons erschienen in rascher Folge. Alle diese eingehenden Würdigungen waren sich bei verschiedenartiger Einschätzung der literarischen Qualitäten des Romanes darüber einig, daß es sich in diesem Werke Artzibaschews um eine der bedeutsamsten Neuerscheinungen der neueren russischen Literatur handele. Ja, manche behaupteten sogar, daß man erst durch dieses Buch die gegenwärtigen kulturellen Strömungen Rußlands so recht begreife.

Um so sonderbarer mußte es berühren, als das Buch am 28. November 1908 auf Veranlassung der Münchener Staatsanwaltschaft mit Beschlag belegt wurde. Ganz unvorbereitet traf ja diese Maßnahme den Verleger nicht, denn schon vierzehn Tage vor Zustellung des Konfiskationsbeschlusses waren auf Veranlassung der Münchener Polizeidirektion bei dem Drucker des Werkes in Rudolfstadt und bei dem Leipziger Kommissionär des Verlages Recherchen über die Höhe der bisherigen Auflage, den Orten, an denen die noch vorhandenen Exemplare lagerten usw., angestellt worden. Und dabei wäre es doch das Nächstliegende gewesen, wenn die Behörde zunächst bei dem in München domizilierenden

Verleger des Werkes diese Erkundigungen eingezogen hätte, denn doch nur dieser war zu derlei Auskünften der einzig Befugte. Auch eine sofort nach Bekanntwerden dieser sonderbaren Maßnahme bei der Polizeidirektion gemachte Beschwerde blieb ohne weitere Aufklärung. Die Konfiskation des Romanes erfolgte gleichzeitig in München und Leipzig. In München waren die Vorräte erschöpft, und es fielen den konfiszierenden Organen nur wenig Exemplare in die Hand. Reicher war die Ausbeute in Leipzig. Hier sollte gerade mit dem neuerschienenen Novellenbande »Millionen« die siebente Auflage des Romanes versandt werden; demzufolge fielen 1200 Exemplare des Ssanin der Polizei in die Hände und fristeten an einem ihr durch die Polizei angewiesenen sicheren Orte ein geruhiges, aber keineswegs in ihrer Bestimmung liegendes Dasein. Die »Millionen« aber mußten ihren Weg allein antreten und haben sich auch so bei Publikum und Presse rühmlich behauptet und mit dazu beigetragen, daß der Name Artzibaschew nun auch in Deutschland ein literarisches Gepräge besitzt, das ihm wohl nicht so leicht streitig gemacht werden kann. Eine rege Tätigkeit entfalteten die Polizeiorgane in den verschiedensten Städten Deutschlands, überall wurden die Schaufenster und auch sehr oft das Innere der Buchläden inspiziert und alle noch vorzufindenden Exemplare des Romanes in sicheren Verwahr gebracht.

Die gegen diesen Beschlagnahmebeschluß vom Verlag sofort eingereichte Beschwerde wurde nach einigen Wochen abschlägig beschieden, weil das einzige von der Staatsanwaltschaft eingeholte Gutachten nicht günstig lautete. (Es ist unter Nr. 2 abgedruckt.) Den zahlreichen in der Presse erschienenen Feuilletons und Notizen über das Werk, die doch in gewissem Maße die Stellung des deutschen Publikums dokumentierten, maß das Gericht scheinbar keinerlei Bedeutung bei. Auch eine von dem Vorstand des Deutschen Goethebundes gegen diese Konfiskation abgegebene Protesterklärung, die fast in der gesamten Presse abgedruckt wurde, machte offenbar nur geringen Eindruck auf die die Konfiskation vertretende Behörde. Merkwürdig muß es aber auch hier wieder berühren, daß man sich nicht an einen mit der modernen Literatur oder gar den russischen Verhältnissen vertrauten Herrn, sondern an einen Kunsthistoriker von Beruf wandte, der zudem in seinem Gutachten selbst bemerkt, daß es ihm nicht zustehe, über das Buch und seine

Uebersetzung in seinem ganzen Umfange zu urteilen, da er nicht russisch kenne.

Im Dezember 1908 erfolgte dann die Ladung des Verlegers vor den Untersuchungsrichter. Nachdem der Tatbestand aufgenommen worden war, wurde ihm die Benennung einer Reihe von Sachverständigen anheimgestellt, während auch von seiten des Gerichts noch eine Reihe von Gutachten eingefordert wurden. Wie aus den nachstehend abgedruckten Gutachten hervorgeht, lauteten diese mit Ausnahme des des Herrn Studienrates Niklas, der von falschen Voraussetzungen ausging und in dem Buche eine Gefahr für die heranwachsende Jugend sah, für das Buch sehr günstig.

Außerordentlich interessant ist es, diese verschiedenen Gutachten nebeneinander zu halten. Wie wohltuend berührt die Sachlichkeit in den meisten dieser Schriftstücke, und wie merkwürdig nimmt sich unter ihnen das Gutachten des Herrn Professor Brunner in Pforzheim aus, der sich eigentlich nur mit der gar nicht unter Anklage gestellten Einleitung befaßt. Das, was in der Einleitung des Herrn Villard gesagt wird, das konnte man eine Zeitlang fast tagtäglich in der Presse lesen, und zwar schon bevor die deutsche Ausgabe erschienen war. Ist der Herr Sachverständige denn derart mit der russischen Literatur und Kultur vertraut, daß er Behauptungen wie die in seinem Gutachten aufgestellten beweisen kann? Wer kann sich eines Lächelns nicht erwehren, wenn er hört, daß die russischen Studenten nur die deutschen Universitäten und Hochschulen besuchen, um sich erotisch ausleben zu können? Die russische Jugend sollte wirklich zu derartigen Auslassungen einmal energisch Stellung nehmen. Derartige Ausführungen gehören am allerwenigsten in ein Sachverständigengutachten, dessen erste Vorzüge Sachlichkeit, Kürze, Gründlichkeit und Sicherheit des Urteils sind. Die Ausführungen des Herrn Professor aus Pforzheim hier zu widerlegen erübrigt sich, denn das Gutachten des Herrn Universitätsprofessors Dr. Muncker, das in seiner vornehmen Sachlichkeit so wohltuend von dem seinen absticht und eine Kapazität wie den Staatsrat Zielinski in St. Petersburg als Zeugen für die Richtigkeit der Ausführungen des Vorwortes herbeiruft, enthebt mich dieser Mühe.

Auf eine Sache aber muß im Interesse des Verlagsbuchhandels und der beteiligten Autoren hier einmal mit allem Nachdruck hingewiesen werden, denn es ist durchaus notwendig, daß diese Frage einmal in der breitesten Oeffentlichkeit behandelt wird. Es mehren sich in letzter Zeit die auf durchaus unbegründete Denunziationen hin erfolgten Konfiskationen in erschreckendem Maße, und der Schaden, der in materieller und moralischer Beziehung dadurch angerichtet wird, ist kaum zu berechnen. Der Ssanin, um auf diesen speziellen Fall hier einzugehen, war nun seit dem 23. November 1908 beschlagnahmt. Volle vier Monate liegen die Vorräte des Buches in sicherem Gewahr. Das Interesse für ein Buch verebbt, denn der, der es gern besitzen wollte, konnte es nicht bekommen. Wird ein vermutlicher Räuber oder Mörder in Untersuchungshaft gehalten, und es stellt sich in der Voruntersuchung oder in der Verhandlung heraus, daß die Anklage nicht aufrecht erhalten werden kann, so ersetzt das Gericht dem Betreffenden freiwillig den ihm entgangenen Vermögensausfall. Anders bei einer derartigen Konfiskation. Hier sind die schwer geschädigten Verleger und die in Mitleidenschaft gezogenen Verfasser machtlos. Aber nicht nur materiell, sondern auch ideell wird der Betreffende geschädigt, ganz abgesehen von den die Gesundheit untergrabenden Aufregungen, die ja schließlich bei derartigen Maßnahmen nicht zu vermeiden sind. Wer ersetzt ihm nun den Verlust, wer entschädigt ihn für den Aufwand an Zeit und Nerven? Wäre nicht wenigstens zu erwarten, daß das Gericht derartige Verfahren beschleunigt, sie in der kürzesten Zeit erledigt? Im vorliegenden Falle ist von einer Beschleunigung des Verfahrens nichts zu bemerken gewesen, denn trotz fortgesetzter energischer Reklamationen durch den Rechtsvertreter des Verlags zog sich die Angelegenheit durch vier Monate hindurch. Mit dem Ammenmärchen aber, daß das konfisziert gewesene Buch unter allen Umständen nach Freigabe stark gekauft werde, sollte endlich einmal aufgeräumt werden. Wenn dieser Fall wirklich eintritt, dann müssen andere Gründe gesucht werden. Entweder wohnt dem Buch von vornherein eine suggestive Kraft, die auf den Absatz fördernd einwirkt, inne, oder aber der Verleger nutzt die erfolgte Konfiskation und die endlich verfügte Freigabe des Werkes mit allen ihm nur zur Verfügung stehenden Mitteln zu Propagandazwecken aus. Der ihm entstandene Schaden zwingt ihn in den meisten Fällen zu diesen Maßnahmen. Wehe ihm aber, wenn es sich um ein aktuelles Thema gehandelt hat, für das das Interesse in den vier Monaten – und was ändert sich in vier Monaten nicht alles –

vollständig geschwunden ist, dann kann er die glücklich losgeeisten Vorräte in die Makulatur werfen.

Die Allgemeinheit betrifft jedoch noch folgendes. Der Ssanin ist, wie aus allen noch vor der Konfiskation erschienenen Besprechungen in den Zeitungen und Revuen hervorgeht, ein Werk, das die weitgehendste Beachtung auch in Deutschland verdient, schon allein seiner kulturgeschichtlichen Bedeutung halber. Hat das deutsche Volk nicht von vornherein das Recht, ein derartiges Werk kennen zu lernen? Genügt nicht ein oberflächlicher Blick in das Buch, daß es sich hier nicht um ein Werk handelt, das eine Gefahr für die heranwachsende Jugend bildet, da schon die seitenlangen philosophischen Betrachtungen den jugendlichen Leser von vornherein abschrecken, ganz abgesehen von dem Preise, der die Anschaffung des Buches jugendlichen Lesern unmöglich macht. Dieser sucht etwas ganz anderes in den Büchern, die ihm zum Unheil gereichen können: spannenden und erregenden Inhalt, aber nicht breite Schilderung und philosophische Betrachtung, wie sie russischen Romanen eigen ist. Und überhaupt: ist denn die Schädlichkeit für jugendliche Leser ein Grund, ein von vornherein doch keineswegs für die Jugend bestimmtes Werk zu konfiszieren? Sind denn alle der Jugend viel leichter zugänglichen Schaustellungen unserer Theater und Ausstellungen für die Jugend bestimmt? Gibt es nicht Fragen, die in der breiteren Öffentlichkeit behandelt werden müssen und die gar nichts für die Jugend sind? Ich weise hier nur auf die Zeitungen hin, die doch der Jugend tagtäglich ohne weiteres zugänglich sind. Soll schließlich der Verleger moderner Literatur die ihm zugehenden Manuskripte einzig und allein nach dem Grundsatze prüfen, ob nicht eventuell in dem Werke eine Stelle enthalten ist, die den jugendlichen Leser, der später nach Erscheinen das Buch durch Zufall in die Hand bekommt, auf wunderbare Gedanken bringen könnte, die zudem noch Unverständnis ihre Entstehung verdanken. Welche Perspektiven eröffnen sich, wenn man unsere gesamte Weltliteratur unter diesen Gesichtspunkten beurteilt.

Und damit gewinnt diese Frage auch eine weitere Bedeutung. Inwieweit ist es notwendig, daß der gebildete Leser in seiner Lektüre durch Polizei und Staatsanwaltschaft bevormundet wird? Sollte im freien Deutschland nicht auch jeder Gebildete seine Lektüre dort suchen dürfen, wo er glaubt, daß sie ihm am meisten gibt. Die schlechten nur für den Sinneskitzel geschriebenen und veröffentlichten Werke richten sich schon von selbst. Wird durch eine Konfiskation auf dieselben hingewiesen, so werden sie auf Schleichwegen leicht doch in die Hände derer kommen, die sich nun für dieselben interessieren, und die jedenfalls nie danach gegriffen hätten, wenn sie nicht durch die Konfiskation darauf aufmerksam gemacht worden wären.

Der Ssanin aber geht aus seiner viermonatlichen Verbannung nur als Sieger hervor, und selbst das Gericht in seinem Freigabebeschluß muß nun anerkennen, daß es sich hier um »ein dichterisches Werk von hoher kulturgeschichtlicher und auch literarischer Bedeutung« handelt.

München, am Tage der Freigabe des Ssanin, dem 26. März 1909.

Georg Müller

1. Konfiskationsbeschluß.

München, 23. November 1908.
Anz.-Verz. Nr. VII 610/08.

Betreff:

Müller, Georg, Verleger hier, wegen Vergehens wider die Sittlichkeit. –

Beschluß:

Angeordnet wird die Beschlagnahme aller Exemplare des Romans »Ssanin« von M. Artzibaschew in der Villard-Bugowschen Uebersetzung, soweit sie sich im Besitze des Verfassers, Druckers, Herausgebers, Verlegers oder Buchhändlers befinden, öffentlich ausgelegt oder öffentlich angeboten sind,

sowie der zu ihrer Herstellung bestimmten Platten und Formen.

(§ 94 R.-St.-P.-O.)

Gründe:

Der Roman »Ssanin« ist geeignet, das Scham- und Sittlichkeitsgefühl eines normal empfindenden Lesers in geschlechtlicher Beziehung gröblichst zu verletzen. Er ist seinem Inhalte nach von ausgesprochener erotischer Tendenz. Hierbei ist die Behandlung der aufgeworfenen erotischen Fragen nicht eine derart wissenschaftliche, daß hierdurch die gleichzeitige Darstellung geschlechtlicher Vorgänge in den Hintergrund gedrängt würde. Der Held des Romans vertritt die Ansicht, daß nur noch der Geschlechtsgenuß Wert habe, er will die freie Liebe.

Eine ernstliche Besprechung der Gründe für und wider diese Ansicht bringt der Roman nicht. Hierzu kommt noch, daß geschlechtliche Vorgänge und Gedanken hierüber in krankhaft erotischer Weise realistisch geschildert werden, (cfr. unter anderem Seite 89, 211/212, 440/441, 471/473 des Romans.)

Der Roman erscheint sohin als unzüchtige Schrift im Sinne der Ziffer 1 des § 184 des R.-St.-G.-B.

   K. Amtsgericht München I, Abteilung für Strafsachen.
      der k. Amtsrichter:
      gez.: Kaufmann.

2. Gutachten über den Roman »Ssanin« von Artzibaschew von Professor Dr. Karl Voll.

Artzibaschew gilt in russischen Schriftstellerkreisen als ein sehr begabter junger Mann. Sein Roman »Ssanin« ist in der Tat, rein nach seiner Schreibweise beurteilt, talentvoll und künstlerisch zu nennen, obschon das Buch in Komposition und Handlung sehr unreif und auch unbedeutend ist. Die wissenschaftliche Bedeutung der Erörterungen erotischer Fragen halte ich dagegen für wertlos und ganz dilettantisch. Ssanin will die freie Liebe, das genügt ihm und soll auch dem Leser genügen; auf eine regelrechte ernsthafte Besprechung der für und wider seine Ansicht geltend machenden Gründe läßt er sich nicht ein. Was er aber zu gesunder reiner »Lebensanschauung sagt, ist arg jugendlich. Die Übersetzung ist zwar leicht leserlich; aber obschon ich selbst nicht russisch kann, so glaube ich doch sagen zu dürfen, daß sie nicht gerade charakteristisch im Ton ist. Sie ist glatt, mehr aus Oberflächlichkeit, als durch Feile. Die Darstellung geschlechtlicher Vorgänge ist unverhüllt und krankhaft erotisch, in jener nervös krankhaften Weise sogar, daß sie ansteckend wirkt. Man wird sich zumal in jungen – oder auch vorgeschrittenen – Jahren dieser aufreizenden Wirkung kaum ohne Mühe entziehen können. Das Buch ist Gift, vor allem für die Jugend, worunter ich nicht allein die heranwachsende Jugend verstehe; das ausgesprochen Krankhafte kann meines Erachtens dadurch nachgewiesen werden, daß der Roman schon nahe an sadistischen Schilderungen steht. Im Gegensatz zu der Behauptung, die Kurt Aram in seiner beigelegten Besprechung aufstellt, ergaben sich die jungen Mädchen, soweit sie aus besseren Kreisen stammen, durchaus nicht freiwillig ihrem Freund oder Verführer, sondern selbst, wenn Artzibaschew vorher alles mögliche beibringt, um die Mädchen in erotische Hitze hineinzutreiben, so unterliegen sie regelmäßig nur der brutalen Gewalt und es werden dann auch für die eine der Damen dann sadistische Mißhandlungen angedeutet.

Aus diesem Grunde ist es mir nun aber schwer, zu beurteilen, ob der Verfasser noch bona fide gehandelt hat. Es kann sein, daß er nach dem Spruch zu betrachten ist: kratzt den Russen und ihr werdet den Barbaren sehen; dann wäre es möglich, daß ihm, im Lande der Knute, solch sadistische Betrachtungsweise nicht als Zeichen pornographischer Erotik anzurechnen ist. Es kann aber auch das Gegenteil der Fall sein, und ich neige persönlich zu der Annahme, daß die aufreizende Wirkung beabsichtigt war, nicht um ehrlicherweise ein soziales Programm zu vertreten, sondern um die Sinne zu kitzeln.

Jedenfalls ist die Frage aufzuwerfen, ob das Buch jenes kulturhistorische Interesse hat, um seine Uebersetzung zu rechtfertigen, und ob wir in Deutschland uns diese Leistung eines jungen erotischen Doktrinärs vorsetzen lassen sollen. Ich glaube beide Fragen mit nein beantworten zu dürfen. Dagegen glaube ich, daß bei dem Verleger ein dolus nicht gegeben oder wenigstens nicht nachweisbar sein wird.

gez. Dr. Karl Voll.

3. Ablehnung der durch den Verleger eingelegten Beschwerde durch das Landgericht. Ziffer des Anz.-Verz. 610 08. Beglaubigte Abschrift.

Die 4. Strafkammer des kgl. Landgerichts München I hat am 1. Dezember 1908 vormittags 10 Uhr, versammelt in geheimer Sitzung, wobei zugegen waren:

der Vorsitzende, Oberlandesgerichtsrat Freiherr von Dobeneck, die Landgerichtsräte Heuser und Maier B. E. in der Untersuchungssache gegen Müller Georg, Verleger in München, wegen Vergehens wider die Sittlichkeit folgenden Beschluß gefaßt

nach Einsicht und Verlesung der wichtigeren Aktenstücke des bisherigen Verfahrens,

nach Ansicht des vom kgl. Staatsanwalte unterm 14. November 1908 gestellten Antrages:

Die Beschwerde des Beschuldigten Georg Müller gegen den Beschluß des kgl. Amtsgerichts München I vom 23. November 1908 wird kostenfällig zurückgewiesen.

Gründe:

Der Verleger Georg Müller in München vertreibt die Druckschrift »Ssanin, ein Roman von M. Artzibaschew«, in der von André Villard und S. Bugow hergestellten deutschen Uebersetzung im Wege des Buchhandels.

Auf Antrag des Staatsanwalts hat das kgl. Amtsgericht München I, Abteilung für Strafsachen vom 23. November 1908 auf Grund des § 94 R.-St.-P.-O. durch Beschluß die Beschlagnahme aller Exemplare des Romans Ssanin von M. Artzibaschew in der Villard-Bugowschen Uebersetzung, soweit sie sich im Besitze des Verfassers, Druckers, Herausgebers, Verlegers oder Buchhändlers befinden, öffentlich ausgelegt oder öffentlich ausgeboten sind, sowie die zu ihrer Herstellung bestimmten Platten und Formen angeordnet mit der Begründung, daß der Roman eine unzüchtige Schrift im Sinne des § 184 Ziffer 1 R.-St.-G.-B. sei.

Der Beschluß wurde am 26. November 1908 bei Georg Müller vollzogen. Mit Schriftsatz vom 27. pr. 28. November 1908 legte Rechtsanwalt Dr. W. Rosenthal in München namens des Georg Müller auf Grund dessen schriftlicher Vollmacht gegen diesen Beschluß Beschwerde ein mit dem Antrage auf Aufhebung des Beschlagnahmebeschlusses mit der Begründung, daß der Roman nicht unzüchtig sei.

Die Beschwerde ist an sich statthaft und formell nicht zu beanstanden, sachlich aber nicht gerechtfertigt.

Nach § 94 ff. St.-P.-O. können Gegenstände, welche als Beweismittel für die Untersuchung von Bedeutung sein können oder der Einziehung unterliegen, durch den Richter mit Beschlag belegt werden.

Nach § 40 ff. St.-G.-B. können, wenn der Inhalt einer Schrift strafbar ist, in der Regel alle Exemplare der Schrift, sowie die zu ihrer Herstellung bestimmten Platten und Formen unbrauchbar gemacht, also zu diesem Zweck eingezogen werden, selbst, wenn die Verfolgung oder Verurteilung einer bestimmten Person nicht ausführbar ist.

Es fragt sich also lediglich, ob der Inhalt der deutschen Uebersetzung des Romans Ssanin von M. Artzibaschew strafbar ist.

Diese Frage wird vom Beschwerdegericht in Uebereinstimmung mit dem angefochtenen Beschlusse bejaht.

Nach § 184 Ziffer 1 R.-St.-G.-B. wird nämlich bestraft, wer unzüchtige Schriften feilhält, verkauft oder sonst verbreitet.

Der Roman Ssanin stellt nun nach dem Inhalte der deutschen Uebersetzung in der Tat eine unzüchtige Schrift dar. Die ausgesprochene Tendenz des Romans ist die Darlegung, daß uneingeschränkter Geschlechtsgenuß das einzige erstrebenswerte Ziel des Menschen sei. Demgemäß finden sich im Roman eine Anzahl von Stellen, z. B. Seite 88/90, 94, 196/97, 211/13, 231/33, 236, 248, 311, 316/18, 419/21, 430, 439/43, 470/73, welche teils den Geschlechtsverkehr selbst, teils die Vorbereitungen dazu und dessen Folgen und deren Beseitigung schildern oder erörtern, teils mit Beziehung auf den Geschlechtsverkehr Körperteile schildern, immer aber nach dem Gegenstande und der Art der Darstellung geeignet sind, Lüsternheit zu erwecken. Diese Eigenschaft tritt so stark hervor, daß nach einer Behauptung des Vorworts des Uebersetzers und nach Notizen der öffentlichen Blätter die Lektüre des Romans in Rußland zu geschlechtlichen Ausschweifungen, namentlich bei jugendlichen Lesern Anlaß gegeben hat.

Hiernach ist der Roman in der deutschen Uebersetzung nach seinem Gesamtcharakter und nach einzelnen Stellen geeignet, das normale im deutschen Volk herrschende Scham- und Sittlichkeitsgefühl in geschlechtlicher Beziehung gröblich zu verletzen. Der

Inhalt des Romans ist also unzüchtig. Daran ändert die künstlerische, wissenschaftliche oder geschichtliche Bedeutung, die dem Roman von manchen zugesprochen wird, nichts, sie ist nicht so erheblich, daß durch sie der unzüchtige Charakter in den Hintergrund gedrängt würde.

An dieser Beurteilung des Romans ändern auch die teils vom Beschwerdeführer, teils von anderer Seite vorgelegten öffentlichen Kritiken nichts; sie sind trotz vielfacher Abweichungen im wesentlichen darüber einig, daß die literarische Bedeutung des Romanes keine außergewöhnliche ist, daß die dort vertretene Auffassung geschlechtlicher Sittlichkeit mit der in Deutschland herrschenden, sittlichen Auffassung in grobem Widerspruch steht; ein Teil dieser Kritiken spricht sich überdies mehr oder weniger offen auch über die sittlichen Eigenschaften des Romans verurteilend aus; wenn einige der Kritiken bestreiten, daß der Roman unsittlich oder pornographisch sei, so mag dies auf einer Verkennung der Begriffe oder auf anderen besonderen Gründen beruhen, ist aber jedenfalls für die allgemeine Beurteilung nicht entscheidend.

Der Roman Ssanin stellt daher in seiner Villard-Bugowschen deutschen Uebersetzung eine unzüchtige Schrift im Sinne des § 184 Ziffer 1 St.-G.-B. dar. Das Amtsgericht hat also nach § 40 ff. R.-St.-G.-B., 94 ff. R.-St.-P.-O. mit Recht die Beschlagnahme angeordnet.

Die Beschwerde des von der Beschlagnahme betroffenen Verlegers ist daher unbegründet und zurückzuweisen.

Die Kosten treffen nach § 505 St.-P.-O. den Beschwerdeführer.

(L. S.)

gez.
Dobeneck, Dr. Heuser, Maier.

4. Freigabebeschluß des Landgerichts.

Ziffer des Anz.-Verz.VII, 610/08.

Beglaubigte Abschrift.

Die 4. Strafkammer des Kgl. Landgerichts München I hat am 16. März 1909, vormittags 10 Uhr, versammelt in geheimer Sitzung, wobei zugegen waren:

der Vorsitzende kgl. Ldgr.-Direktor Hezner

die Landgerichtsräte Dr. Heuser Cl. und Graf in der Untersuchungssache gegen Müller Georg, Verleger in München, wegen Vergehens wider die Sittlichkeit nach § 184 I R.-St.-G.-B. nach Einsicht und Verlesung der wichtigeren Aktenstücke des bisherigen Verfahrens nach Ansicht des vom kgl. Staatsanwalt unterm 12. Februar 1909 gestellten Antrags den Beschuldigten außer Verfolgung zu setzen, beschlossen:

1. Der Angeschuldigte Georg Müller wird wegen eines Vergehens wider die Sittlichkeit nach § 184 Abs. 1 Z. 1 D. R.-St.-G.-B. außer Verfolgung gesetzt.

2. Der Beschlagnahmebeschluß des kgl. Amtsgerichts München I Abteilung für Strafsachen vom 23. November 1908 wird aufgehoben.

3. Die Kosten des Verfahrens fallen der Staatskasse zur Last.

Gründe:

Der gesetzliche Tatbestand des § 184 Abs. 1 Z. 1 D. R.-St.-G.-B. erfordert nach der objektiven Seite, daß die Schrift in ihrer gegenständlichen Erscheinung und dem daraus sich ergebenden geistigen Inhalte geeignet ist, das allgemeine Scham- und Sittlichkeitsgefühl – nicht das abgestumpfte gewisser Personenkreise – in geschlechtlicher Beziehung zu verletzen. Trifft dies zu, dann ist die Schrift als unzüchtig zu erachten. Ob sie geeignet oder darauf berechnet ist, im Leser wollüstige Empfindungen zu erregen, ist belanglos, ebenso auch, zu welchen Zwecken die Schrift nach dem bloßen inneren Wollen des Verfassers dienen soll. Vgl. E. d. R. G. i. St. S. Einziehung von Anekdoten. Urteil vom 9. Dezember 1907, dann Bd. 31 S. 260, 4 S. 87, 24 S. 365, 27 S. 114.

Maßgebend ist also auch nicht die Anschauung und individuelle Empfindung einer einzelnen Person, insbesondere auch nicht die Besorgnis für die sittliche Integrität der Jugend.

Vor Eröffnung der Voruntersuchung hat sich nur ein Sachverständiger, Professor Dr. Voll, über den Roman Ssanin gutachtlich geäußert. Sein Gutachten läuft darauf hinaus, daß wohl das Werk als unzüchtig zu erachten ist, daß aber die *bona fides* des Verlegers, er sei sich des unzüchtigen Charakters der Schrift nicht bewußt geworden, nicht bezweifelt werden könne. Mit Durchführung der Voruntersuchung haben sich sechs weitere Sachverständige über den Charakter des Buches geäußert. Darunter haben mehrere namhafte Kenner der Literatur sich dafür ausgesprochen, daß es sich nicht um eine unzüchtige Schrift, dagegen um ein dichterisches Werk von hohem kulturgeschichtlichem und auch literarischem Wert handelt. Hierzu äußert sich Professor Dr. Munker wörtlich: »Was der Verfasser an solchen Stellen (den beanstandeten) erzählt, das scheint mir meistens zur Charakteristik der Menschen und Zustände, um die es sich handelt, künstlerisch und psychologisch geradezu notwendig; wie er es aber erzählt, das beweist durchaus den vornehmen Schriftsteller, der rein sachlich, objektiv episch darstellt und von jeder Lüsternheit weit entfernt ist.« Von den übrigen Sachverständigen haben sich Wilhelm Weigand, Prof. Dr. Schneegans und Ludwig Ganghofer ohne Einschränkung dahin ausgesprochen, daß der Roman Ssanin nicht als unzüchtig zu erachten sei. Prof. Dr. Brunner erachtet ihn nur mit dem Vorworte, nicht aber für sich unzüchtig, während Oberstudienrat Dr. Nicklas den Roman, in der Hauptsache wohl von der durchaus zu billigenden Ansicht geleitet, daß »Ssanin« für die heranwachsende Jugend eine keineswegs geeignete, in unreifen Köpfen nur Verwirrung erzeugende Lektüre ist, für unzüchtig hält.

Angesichts der den unzüchtigen Charakter der Schrift verneinenden Gutachten der Sachverständigen, denen sich das Gericht nach sorgfältiger Prüfung des Werkes auf seinen gesamten Inhalt und den sich daraus ergebenden Gesamtcharakter, den seines literarischen und kulturgeschichtlichen Wertes angeschlossen hat, kann nicht davon gesprochen werden, daß der Roman Ssanin eine unzüchtige Schrift im Sinne des § 184 des St.-G.-B. nach der eingangs gegebenen Begriffserklärung ist. Fehlt es aber schon an einem strafbaren Tatbestande in objektiver Hinsicht, so entfällt ohne weiteres die Prüfung nach der subjektiven Seite, und es bedarf also der Einwand des Angeschuldigten, er sei sich des unzüchtigen Charakters des Werkes nicht bewußt gewesen, keinerlei Erörterung.

Hiernach erübrigte nur dem Antrage des Staatsanwalts, den Angeschuldigten wegen eines Vergehens nach § 184 Abs. I Ziffer 1 des

R.-St.-G.-B. außer Verfolgung zu setzen, stattzugeben, wie geschehen.

Mangels strafbaren Tatbestandes aus § 184 war auch der Beschlagnahmebeschluß des k. Amtsgericht München I Abt. f. St.-S. vom 23. November 1908 aufzuheben.

Die Kosten des Strafverfahrens fallen der k. Staatskasse zur Last. R.-St.-P.-O. §§ 202, 99, 496, 499.

L.S.   gez. Hezner, Dr. Heuser, Graf.

München, den 23. März 1909.

5. Gutachten
von Professor Dr. Karl Brunner in Pforzheim.

Erster Teil.

Das Vorwort des einen Uebersetzers (André Villard) ist in seinen starken Uebertreibungen und in seiner einseitigen Tendenz, die dem Buch selber gar nicht in dem Maße eigen ist, geradezu irreführend und zwar, wie mir scheint, in der Absicht, dem Roman einen sensationellen Empfehlungsbrief mit auf den Weg zu geben. Ich halte diese Vorrede für bedenklich vom literarischen wie vom ethischen Standpunkt aus, und zwar aus dem Grunde, weil sie ein vorurteilsloses Herantreten an das Buch erschwert, ja für viele unmöglich macht und diesem eine Tendenz vindiziert, die, so an die Reklameglocke gehängt, den Verdacht erweckt, als wäre die Uebertragung des Romans auf den deutschen Büchermarkt in dem Bestreben erfolgt, durch Hervorkehren der erotischen Reize als den Aeußerungen einer neuen, fast möchte man sagen, beglückenden Weltanschauung auf das Lesepublikum bestechend zu wirken. Kann dies nicht ohne starke Uebertreibungen, ja Entstellungen des Inhalts des Romans geschehen, so ist der Verfasser des Vorworts auch um solche Uebertreibungen nicht verlegen, wenn es sich darum handelt, diese meines Erachtens unter § 184 Ziffer 1 fallenden Versuche einer mit Sensationsmitteln arbeitenden Reklame mit hochtrabenden, den oberflächlichen Leser bestrickenden Redewendungen von politischen, kulturellen und wissenschaftlichen Beziehungen und Tendenzen des Buches so zu verschleiern, daß sie nicht ohne weiteres faßbar erscheinen. Aber ein dünn verschleiertes Objekt erotischer Neigungen ist erfahrungsgemäß viel geheimnis- und reizvoller, als ein unverhülltes. Und wenn beispielsweise S. 8 auf den wilden sexuellen Rausch, der auf den Ssanin zurückgeht, in ziemlicher Breite hingewiesen wird. Anmerkung. Die Stelle lautet: »Der wilde sexuelle Rausch, der auf den Ssanin zurückgeht, hat auch schon genug von sich hören lassen. Die Organisation der Ssaninisti, die Propaganda-Vereine der freien Liebe, die Verbindungen zum ungehinderten Geschlechtsgenuß unter Gymnasiasten und Gymnasiastinnen, die orgiastischen Klubs, die fälschlicherweise behaupteten, die Weltanschauung des Ssanin zu vertreten und es jedenfalls mit Verve taten, haben nur das Recht der Geschmacklosigkeit für sich.« – So muß das den oben ausgesprochenen Verdacht um so mehr bekräftigen, als derartige »orgiastische Klubs« in Rußland längst vor dem Erscheinen des Ssanin bestanden haben, hier also gewissermaßen künstlich herbeigezogen werden, als eine Folge des Romans. Daran ändert nichts die scheinbare Verurteilung solcher Exzesse durch den Vorredner. Wenn aber tatsächlich solche »Propaganda-Vereine der freien Liebe« u.a. in Schüler- und Schülerinnenkreisen, wie ausdrücklich hervorgehoben wird, ihre Daseinsberechtigung auf Ssanin zurückführen, dann möchte man wahrlich noch vor Beginn der Lektüre selbst das Buch weit, weit wegwünschen aus dem Bannkreis deutschen Lebens – zurück in den tiefen moralischen Sumpf, aus dem es erwachsen ist.

Doch damit habe ich noch nicht das Buch selbst charakterisieren wollen. Es sind dies nur Gedanken, die die Vorrede nahelegt.

Es erwächst mir nur die Pflicht, durch eine eingehende Kritik des Vorwortes diese meine Auffassung zu begründen, um dann im zweiten Teil meines Gutachtens das Buch selbst zu behandeln.

Wenn ich auf die kaum acht Seiten umfassenden Vorbemerkungen so ausführlich eingehe, so dürfte das in der starken Wirkung dieser Darlegungen seine Berechtigung finden.

Mir scheint, als hätte selten ein Verleger einen so geschickten Verkünder der Sensation, die zudem der Roman selbst gar nicht hat, gefunden. Offenbar haben die Ausführungen Villards über das Buch viel mehr als dieses selbst die Auffassung weiterer Kreise über Ssanin beeinflußt und die Lust es zu Lesen hervorgerufen und gesteigert. Ich konnte das aus dem Mund verschiedener Leute erfahren, die den Ssanin vom Hörensagen kennen, wie ich es auch aus den Kritiken über das Buch ersehen konnte, deren Abhängigkeit vom Vorwort unverkennbar ist.

Auf Seite 8 heißt es: »Selbst wenn er (Ssanin) nicht durch seine künstlerischen Qualitäten zu einer der wichtigsten Erscheinungen in der modernen Literatur Rußlands geworden wäre, hätten ihm doch kulturhistorische Gründe bleibende Bedeutung gegeben. Man wird die gegenwärtige Epoche, also die, welche die revolutionäre ablöste, psychologisch und soziologisch nicht beurteilen können, ohne den »Ssanin« als ihren charakteristischen Niederschlag in den Mittelpunkt der Betrachtung zu ziehen.«

Welche starke Uebertreibung in diesem Lobpreis der künstlerischen Qualitäten des Buches liegt, wird im zweiten Teil zu beweisen sein.

»Die kulturhistorischen Gründe«, die Ssanin als den charakteristischen Niederschlag der ganzen jetzigen Epoche in den Mittelpunkt der Betrachtung stellen sollen, sind keineswegs so besonderer, eigentümlicher Art. Vielmehr lassen sich gerade die Prinzipien der freien Liebe und ihre Betätigung längst vor der Revolution, so gut wie in der Revolution und nach ihr, als in breiten Kreisen der russischen Intelligenz vorhanden, nachweisen (s.u.). Durch diese Einreihung an hervorragender, kulturhistorischer Stelle sollte nur dem Buch, das eine realistische Schilderung tatsächlicher, keineswegs neuer Zustände bietet, eine interessante Folie gegeben werden.

Auf Seite 9 heißt es: »Interessanter ist die Feststellung, wie es überhaupt dazu kam, daß ein ganzes Volk für seine Gesamtäußerungen mit einem Mal nur noch erotische Beziehungen finden konnte. Und daß ein einziges Werk – eben der Roman Ssanin – genügt, um sie hervorzurufen, und sie mit seinem Namen zu decken. – – – Die einzige Antwort ist: Ein russisches Volk existiert gar nicht – wohl aber eine russische Gesellschaft, die den Charakter des nationalen Lebens ausprägt ... Einst beschränkte sie sich auf den Adel, – heute umfaßt sie die Schichten der akademisch gebildeten Berufe – die Intelligenz.«

»Ein ganzes Volk« – bedeutet doch etwas anderes – auch für Rußland –, als wie wenige Zeilen weiter unten gesagt ist mit der Bezeichnung »russische Gesellschaft«. Denn abgesehen davon, daß selbst diese Kreise der Intelligenz keineswegs ein irgendwie einheitliches Gepräge tragen, kommen doch für jedwede Beobachtung des russischen Lebens in seiner Gesamtheit die Millionen von Angehörigen anderer sozialer Schichten in Betracht, die selbst in ihrer Stagnation und Hemmung eine Macht bilden, wie die Bauern, wenn sie nicht, wie die sozialistischen Kreise der Städtebevölkerung eine aktive Rolle spielen.

Doch selbst diese Beschränkung des Begriffs »russisches Volk« zugegeben, – heißt es nicht *die Tatsachen vergewaltigen*, wenn man 1. die ganze russische Gesellschaft »für ihre Gesamtäußerungen *nur noch erotische Beziehungen* finden läßt«, das lehrt uns ja der Roman mit seinen zahlreichen Personen ganz und gar nicht – und 2. »mit einem Mal« und zwar »durch ein einziges Werk« so etwas hervorgerufen sehen will? Die erste kühne Bemerkung muß jeden auf die Lektüre des Buches äußerst gespannt machen. Denn selbst die Rolle der Erotik im Siecle de Louis XIV. oder im Zeitalter der französischen Revolution, die dem Geschichtskenner denkbar wichtig und tiefgehend erscheint, muß weit zurücktreten, gegenüber einer so absolut allgemein gewordenen Lebens- und Weltanschauung, wie sie uns hier verkündigt wird. Wohl folgen auf Perioden ungeheuren Aufschwungs des Gemeinsinns und der Opferwilligkeit, kurz der praktisch betätigten Begeisterung für hohe Ideale, wie sie der russischen Revolutionsbewegung ohne Zweifel zugrunde lagen, solche des Gegenteils, sei es stumpfer Apathie oder krassen Egoismus. Und gerade der slavische Rassencharakter neigt mehr als ein anderer besonders stark zu solchen Widersprüchen. Aber daß eine große Volksbewegung die im Zug der Zeit liegt und sich wohl vorübergehend – aus inneren sozialen, kulturellen und nicht zum wenigsten religiösen Gründen – unterdrücken, niemals aber mehr ganz ausrotten läßt, eine Bewegung, die bei allem Terrorismus so gut wie einstens die französische Revolution vom Idealismus getragen war, sich ganz und gar auf den Standpunkt des Zynismus zurückwerfen läßt – durch ein einziges »Buch der Contre-Revolution«, das zu behaupten ist eine Ungeheuerlichkeit. Aber es klingt äußerst pikant, wenn gesagt wird: »Nichts hat in Rußland die sozialrevolutionäre Bewegung, nachdem sie zum Stillstand gekommen war, so endgültig der Zersetzung zugeführt, wie Ssanin mit seiner erotischen Suggestion.«

Der Uebersetzer Villard, der solche Ungeheuerlichkeiten als Kenner der russischen Verhältnisse, der er sein will, im Vorwort geschrieben hat, kann nicht als so naiv erscheinen, daß er sich dessen nicht bewußt gewesen wäre. Ich sehe in seinem Vorwort, das von Widersprüchen mit feststehenden Tatsachen und mit dem Inhalt des Romans strotzt, einen plumpen Versuch »einer erotischen Suggestion« auf den Leser um seine eigenen Worte zu gebrauchen, d. h. einer Spekulation auf die besondere Empfänglichkeit des Lesers für Erotika. Und dieser Suggestion kann sich angesichts solch hoher Studienzwecke, wie sie die Vorrede vorspiegelt, mit Beziehung auf den Ausgang der russischen Revolution, für die sich doch alle Welt lebhaft interessiert hat, gar mancher nicht entziehen.

Ich behaupte, – ich habe an einzelnen, sogar graß erscheinenden Stellen mit urteilsfähigen Lesern, die die Vorrede nicht kannten, die Probe darauf gemacht – daß man, ohne die Vorrede gelesen zu haben, an dem Buch als Ganzem keinen oder wenigstens keinen erheblicheren Anstoß nehmen kann, als an zahlreichen anderen Büchern auch, die ungehindert im Verkehr sind und daß die meisten der inkriminierten Stellen geradezu besonders aufgesucht werden müssen, um an ihnen etwas Schlimmes zu finden. Ich behaupte aber zugleich, daß das Vorwort geradezu diese Stellen heraushebt, indem es der Erotik in dem Buch einen solchen Einfluß zuschreibt mit der Aeußerung: »Wohl noch niemals wurden durch ein Buch in so kurzer Zeit die gesamten Anschauungen einer Gesellschaft von Grund aus verändert zum Ausdruck gebracht.«

Mit wenigen Ausnahmen werden die meisten Leser nach Einblick in die Vorrede auch in den Kreisen, denen allein das Buch für 6,30 Mark zugänglich ist, – Anmerkung: Ich betone das, weil mir im Kampf gegen die schlechte Literatur öfters entgegen gehalten wurde, daß Bücher mit verhältnismäßig hohem Preise, schon ihres beschränkteren Leserkreises wegen nicht zur Schundliteratur gerechnet werden könnten, – von vornherein ihr besonderes Augenmerk auf die erotischen Stellen richten und darüber die künstlerische Seite des Werkes und die tatsächlich interessante Darstellung des sozialen und kulturellen Lebens, kurz die wissenschaftliche Seite, vernachlässigen oder die oft langatmigen, nicht eben tiefen Philosopheme einfach überschlagen, bis sie wieder den von dem Vorwort angedeuteten Spuren begegnen. Dadurch bekommt das Werk einen Charakter, den ihm der Verfasser ganz und gar nicht gegeben hat.

Statt daß der Leser mit einem auf das Große gelichteten Interesse eine realistische, meines Trachtens überhaupt kaum tendenziös gefärbte Schilderung der Verhältnisse und Zustände in der russischen Gesellschaft hinnimmt, muß er sich im Vorwort suggerieren lassen, daß es sich hier um »das Neue« handelt, das man sucht, er muß sich sagen lassen, daß es sich hier – ausgerechnet in diesem Buch – um die Veränderung einer gesamten Anschauung von Grund aus handle, er hört – und das wird vielen aus gesellschaftlichen Gründen verkappten Anhängern der »freien Liebe« willkommen sein, – daß die Ssaninisten, »endlich die leidige Konspirativität, die traditionelle Geheimniskrämerei beiseite werfen können«, daß die Erotomanie – frei von gesellschaftlichen Vorurteilen eben wegen jener fundamentalen Umwälzung der Gesellschaftsanschauungen, nun stolz das Haupt erheben darf – nur soll sie es nicht so laut und lärmend machen, wie die Ssaninisten, sondern mit behutsamen Stolz.« Diese Ausführungen des Vorworts stehen, wie bereits angedeutet, in völligem Widerspruch 1. mit den Tatsachen der Wirklichkeit wie 2. mit dem Inhalt des Romans und involvieren eine Tendenz, die meines Erachtens mit aller Entschiedenheit zu bekämpfen ist, denn sie machen erst den Roman zu einem sittlich minderwertigen Literaturprodukt, das er, an sich betrachtet, nicht ist.

Fürs erste (Widerspruch mit den Tatsachen) mögen einige wenige Hinweise genügen. Aus eigener Kenntnis und auf speziell eingezogene Erkundigungen weiß, ich, daß sich bei russischen und polnischen Studenten, die bei uns auf deutschen Hochschulen weilen, das weitaus größte Interesse in der Betätigung erotischer Neigungen erschöpft – ein besonders grasser Fall ist erst unlängst in Karlsruhe vorgekommen, der mit Mord und Selbstmord endete. Und beim russischen Militär, insbesondere beim Offizierskorps, ist eine ähnliche oder noch niedrigere Stellung des Weibes, wie sie ihm in diesem Roman der Offizier Sarudin zuweist, wahrlich schon längst traditionell geworden. Ich kann dafür Belege aus unserem hiesigen industriellen Leben beibringen, die ich mir für diesen Zweck aus authentischen Quellen verschafft habe.

Eine einzige hiesige Firma hat zusammen mit ihrem Pariser Hause während des russisch-japanischen Krieges, Bijouterie für Damen nach Ostasien, speziell an ihr eigenes dafür errichtetes Geschäftshaus in Charbin im Betrag von 4–5 Mill. Frcs. geliefert – für die mit der russischen Armee ausgerückten Scharen von Halbweltdamen. Nach Beendigung des Krieges mußte das Importhaus dieser Firma in Charbin wieder ganz aufhören, und der Vertreter einer anderen hiesigen Bijouteriefirma, der persönlich monatelang auf dem Kriegsschauplatz war, kann grauenhafte Dinge von der Erotik im russischen Lager erzählen, der man ja wohl mit Recht einen großen Teil der Schuld gibt an der Niederlage der Russen. Daß solche Anschauungen bei russischen Studenten, wie bei russischen Offizieren herrschten, wußte man im Grunde genommen bei uns und überall; man stieß sich nicht einmal daran, man nahm das eben als »russisch« hin, als Ausdruck der Korruption gewisser Kreise, mit denen wir sonst keine Gemeinschaft suchen.

Wenn aber, wie das im Vorwort geschieht, diese speziell »slavische Schweinerei« – so hört man sie wohl gelegentlich bei uns nennen – auf eine allgemein menschliche Basis gestellt wird, wenn damit eine Passivität gegenüber aller Auflehnung gegen die staatliche Ordnung, namentlich aber die Befriedigung eines persönlichen Freiheitsdranges (»Ich lebe für mich« Seite 12), verknüpft wird, so liegt darin meines Erachtens eine schwere Gefahr, zugleich aber auch eine ungeheure Anmaßung der Träger jener zersetzenden Weltanschauung, die die Kraft der slavischen Rasse so verhängnisvoll untergraben hat, die auch erschreckend am Mark der romanischen Völker nagt und auch in unserem Volk, besonders durch die herrschenden Richtungen in der Literatur, immer mehr Boden gewinnt. Es ist wohl kein Zufall, daß sich ein Franzose – als solchen darf ich wohl Herrn A. Villard, den Verfasser des Vorworts, vermuten – so lebhaft zum Propheten des neuen Evangeliums der freien Liebe aufwirft.

Wenn in der Tat das Buch als Ausdruck einer längst vorhandenen Stimmung »dessen was in der Jugend schon seit Jahren gärte –« so korrigiert Kurt Aram in der »Frankfurter Zeitung« das Vorwort – (Frkf. Ztg.« 1908, 16. September, Abendblatt), nicht als Ausgang einer neuen Bewegung – auch nur annähernd die Wirkung in Rußland hervorrief, die die Vorrede andeutet – ich kann das mit den mir zur Verfügung stehenden Mitteln nicht genügend beurteilen, habe aber Nachforschungen in Rußland selbst angestellt, über die literarischen Wirkungen des Buches, deren Ergebnis ich nachzutragen hoffe –, wenn diese Wirkungen tatsächlich hervorgerufen wurden, dann ist bei der Sensationssucht, mit der unsere Presse sowohl wie nicht selten auch aus rein geschäftlichen Gründen unser Buchhandel spekuliert (vgl. den Fall Ganter), nicht ausgeschlossen, daß auch bei uns das Buch eine Mission erfüllt von erschreckender Wirkung. Denn die Faktoren, die einem Buch – ohne Rücksicht auf seinen Inhalt und wirklichen Wert – einen Riesenerfolg bereiten, sind vollkommen unberechenbar, wie die Schicksale mancher literarischer Produkte der jüngsten Zeit beweisen.

Die reklamehaften Behauptungen des Vorworts stehen aber zweitens auch im Widerspruch mit dem Roman und seinem Inhalt selbst. Aus der überschwenglichen Art, wie hier im Vorwort gerade die erotische Seite des »Ssanin« dargestellt wird, möchte ich fast den Schluß ziehen, daß die erotischen Momente, die im Roman selbst für das ins Auge gefaßte Publikum zu nüchtern behandelt sind, im Vorwort zum Zweck größeren Erfolgs aufgebauscht, ja direkt in falsches Licht der Beurteilung gerückt werden.

Sonst könnte Villard nicht von »Veränderungen der gesamten Anschauungen einer Gesellschaft von Grund aus« sprechen, er könnte auch nicht sprechen vom Beiseitewerfen der traditionellen Geheimniskrämerei in solchen Dingen. Die beiden praktischen Vertreter der freien Liebe im »Ssanin« sind genau so befangen in den konventionellen Schranken und genau so ehrbar nach außen, wie solche Leute bei uns zu sein pflegen. Ja, wenn sie noch die Schranken durchbrächen und in ihrer »neuen Weltanschauung« sich vor die breite Oeffentlichkeit stellten, das denkt und wünscht sich offenbar der Uebersetzer, der Autor ist ganz anderer Meinung.

Zunächst konnte der im Vorwort besprochene Zusammenhang zwischen dem Sexualleben und der russischen Revolution einem, der von sexuellen Erregungen, von besonderen seelischen Schwingungen bei derartigen sozialen Erschütterungen gehört hat, einleuchtend erscheinen, zumal, wenn es sich um solche Erscheinungen während der Revolution handelt, von denen Villard (S. 11) andeutungsweise spricht. Der Hinweis auf die Anarchisten mit ihrem Terrorismus, die Villard als die Pfadfinder Ssanins und der Ssaninisten bezeichnet, erinnert daran, daß in den Kreisen der Anarchisten in der Tat auch »ein sexueller Rausch« herrschte, freilich ganz anderer Art, als der von Villard angedeutete, – Anmerkung: Die von Villard geradezu als vorbildlich für die russische Intelligenz hingestellte Betätigung der freien Liebe, seitens der terroristischen Anarchisten, ist bekanntlich eine propagandistische Forderung des Anarchismus überhaupt, – nämlich eine pathologische Ausprägung des Sexuallebens, der Sadismus.

Ueber diesen sagt Forel (Die sexuelle Frage, S. 239) in Übereinstimmung mit Lombroso, daß »durch Kampf und Schlacht und die vom Krieg entfesselte Mordlust aufgeregte Soldaten zu viehischen sexuellen, wollüstigen Exzessen geführt werden.« Ein erschütternder, sinnverwirrender Beleg dafür findet sich speziell mit Bezug auf die russische Revolution bei Bloch.(Das Sexualleben unserer Zeit, 2. und 3. Aufl., S. 646 ff) mitgeteilt von Magnus Hirschfeld: »Ein Beitrag zur Psychologie der russischen Revolution« (Entwicklungsgeschichte eines algotagnistischen Revolutionärs, von diesem selbst verfaßt).

Von sadistischen Regungen ist aber in vorliegendem Roman nur ganz selten andeutungsweise die Rede, solche Regungen kommen nach dem Urteil hervorragender Sexualpsychologen häufig bei exzessiver Betätigung eines normalen Geschlechtstriebes vor, sie geben darum auch dem »Ssanin« keineswegs ein abnormes Gepräge.

Zweiter Teil.

(Disposition nach den im Schreiben des Untersuchungsrichters vom 31. Dezember 1918 gestellten Fragen.)

1. Ueber den literarischen und kulturhistorischen Wert des Romans.

Der Gesamteindruck des Werkes in literarischer Hinsicht ist kein günstiger. Es fehlt der einheitliche Aufbau und die das Ganze mehr oder minder beherrschende Haupthandlung. Es sind vielmehr aneinandergereihte, innerlich wenig oder gar nicht verknüpfte Bilder, meist Gruppenbilder von Personen, die der Verfasser uns eigens vorführt, um interessante Typen aus dem russischen Gesellschaftsleben zu zeigen. So ist meines Erachtens die Bezeichnung »Roman« nicht recht angebracht. Die Bilder sind mit starkem Realismus gezeichnet und gewähren in der Tat tiefe Einblicke in die russischen Verhältnisse, da sie sowohl das landschaftliche, das soziale und das geistige Milieu, überhaupt das Zuständliche, wie auch das individuelle Seelenleben anschaulich und eindrucksvoll schildern. Insofern kommt dem »Ssanin« ohne Zweifel ein kulturhistorischer Wert zu. Was aber den literarischen Genuß empfindlich beeinträchtigt, ist die breite Wiedergabe zahlreicher, meist ziemlich oberflächlicher philosophischer Erörterungen und Monologe, die – im Gegensatz zum Vorwort sei dies betont – häufig nichts von Erotik enthalten. Direkt unkünstlerisch, ja unästhetisch wirkt nach meinem Geschmack die Behandlung geschlechtlicher Vorgänge – ich lasse dabei zunächst die moralische Seite außer acht. Wenn das Weib sonst in der schönen Literatur auftritt, selbst da, wo ihm eine im ganzen erniedrigende Rolle zugewiesen wird – ich erinnere nur an Sudermanns neuesten Roman »Das hohe Lied« – so trägt seine Erscheinung doch wenigstens stellenweise das Gepräge echter Schönheit und Weiblichkeit im edlen Sinne. Das fehlt hier bei Artzibaschew ganz. Stets ist nur vom Weib in rein physischer Beziehung, ich möchte sagen, in zynischer Nacktheit, die Rede, von seinen Schenkeln Brüsten, dem Rücken usw. – sei es in der Phantasie des Mannes oder in Wirklichkeit. Und selbst der Bruder tritt der Schwester mit solchen Empfindungen gegenüber, diese einseitige Auffassung und Vorstellung des Verfassers hat literarisch einen schweren, meines Erachtens seine ganze künstlerische Qualität in Frage stellenden Mangel zur Folge, nämlich die Unfähigkeit zum Differenzieren, was gerade bei einem so schwierigen Problem, wie dem des Weibes und des Sexuallebens, besonders schwer ins Gewicht fällt. Darunter leidet namentlich auch seine Charakterschilderung der Männer in ihrem Verhältnis zum weiblichen Geschlecht. Man hat das Gefühl, wie wenn alle diese Männer das Weib durch genau die gleiche Brille besehen, gleich begehrlich, gleichweit entfernt von jeder noch so bescheidenen Würdigung des weiblichen Charakters als etwas nicht rein Sinnlichen, Animalischen.

Nun mag vielleicht seine Grundauffassung vom Weib seitens des Mannes in Rußland typisch sein – ich kann mir das zwar nicht recht vorstellen, daß in der Heimat der Frauenemanzipation und des weiblichen Studententums die Frau keine andere Stellung gegenüber dem Manne sich zu erringen vermochte und stehe diesem »Typus« des russischen Gesellschaftslebens skeptisch gegenüber – künstlerisch ist sie gewiß nicht. Die Verwickelungen, die das Buch enthält, stehen zum Teil auf sehr schwachen Füßen, oft spielen Zufälligkeiten, die keinerlei logischen und psychologischen Zusammenhang mit dem sonstigen Verlauf der Dinge haben (Karssawina und Ssanin im intimen Verkehr) eine ausschlaggebende Rolle, und Lösungen (wie der Selbstmord Juriis) der Konflikte treten mitunter ganz plötzlich und unmotiviert ein.

So darf denn meines Erachtens der literarische Wert des Buches trotz mancher anerkennenswerter Lichtseiten im ganzen nicht hoch angeschlagen werden. Schwerwiegende Mängel treten zu sehr in den Vordergrund, als daß der Gesamteindruck ein erfreulicher genannt werden könnte.

2. Ueber die wissenschaftliche Bedeutung der Behandlung erotischer Fragen.

Wissenschaftlich, d. h. in der Absicht, unser Wissen über das menschliche Liebesleben irgendwie zu fördern, hat der Verfasser erotische Fragen sicher nicht behandelt. Nicht ein höherer Zweck, wie ihn das wissenschaftliche Streben im Auge hat, sondern einfach die Absicht, Zustände und Anschauungen wie sie sind, darzustellen, hat dem Verfasser die Feder geführt. Dann kann ich – unbeschadet meiner späteren Ausführungen unter Nr. 4 – gleich hier beifügen, daß dem Verfasser nach meiner Meinung auch kein verwerflicher Nebenzweck, etwa absichtlichen Sinnenreizes bei Darstellung geschlechtlicher Vorgänge, vorgeschwebt hat.

3. Ueber die Güte der Übersetzung.

Darüber vermag ich mich nicht zu äußern in Ermangelung russischer Sprachkenntnisse. Aber der Eindruck, den die sprachliche Form in der vorliegenden Übersetzung macht, ist fast durchweg günstig. Ich habe nur an einigen Stellen Anstoß an Wortformen genommen, die anscheinend auf kleine Mängel in der Sprachkenntnis zurückgehen, u. a. an dem öfters wiederkehrenden Adjektiv »bange«, das – entgegen unserem Sprachgebrauch – zu sachlichen Qualifikationen verwendet wird, so S. 263, 359, 364 und 373.

4. Wird die Darstellung geschlechtlicher Vorgänge durch die vorherrschenden wissenschaftlichen Zwecke dermaßen in den Hintergrund gedrängt, daß das Scham- und Sittlichkeitsgefühl des normal empfindenden Lesers nicht verletzt wird?

Die so gestellte Frage muß ich bejahen. Wer ohne Voreingenommenheit an die Lektüre des Ganzen herantritt, kann wohl an der oft bis zum Krassen, Frivolen, ja Zynischen gesteigerten Realistik (bes. S. 196–197, 215, 231–233, 248, Kap. 26, S. 318, 428–429, 440–441 u. a. Anstoß nehmen. Er wird aber aus dieser Realistik nicht dem Autor einen sittlichen Vorwurf machen, weil meines Erachtens auch das Ausmalen widerlicher Vorgänge, die Darstellung abstoßender, niedriger Denkweise nirgends in der Absicht geboten ist, Freude an pikanten, den Sinnenreiz erregenden Szenen zu bezeigen und diese Freude etwa auf andere zu übertragen.

Die ganze Eigenart des Buches, das den Eindruck starker Wahrheitsliebe und rückhaltloser Ehrlichkeit macht, ist nicht auf den gemeinen Grundton pornographischer Schreibweise gestimmt. Der Verfasser, der nun einmal die Zustände der russischen Gesellschaft ohne Schminke schildern wollte, mußte die Farbe so auftragen, wenn aus einem Gemälde überhaupt etwas Echtes, Brauchbares werden, wenn dabei ein »kulturhistorischer« rein »wissenschaftlicher« Zweck im Auge behalten werden sollte.

Wenn ich krasse Vorkommnisse zu erzählen und dekadente Stimmungen zu schildern habe, dann kann ich jene nicht formlos und diese nicht ideal hinstellen – will ich nicht der höchsten sittlichen Pflicht als Autor mich entledigen. So sind nun einmal die Dinge in Rußland. Würde sie Artzibaschew nicht schildern, wie sie sind, sondern, wie er sie haben möchte, dann läge in Anbetracht zahlreicher Stellen seines »Ssanin« ein Bestreben vor, das bei solch rauhem Realismus, wie er da zum Ausdruck kommt, als äußerst bedenklich bezeichnet werden müßte. Das schließt aber ohne Zweifel die Behauptung in sich, daß wir es hier mit einem ausgesprochenen Tendenzroman zu tun haben. Und dieser Behauptung widerspreche ich mit Entschiedenheit.

Wer sie verteidigt, der verurteilt indirekt den Ssanin als eine pornographische Schrift. Denn wenn das geschlechtliche Leben und alles, was damit zusammenhängt, nicht wirklich so wäre, wie es uns hier vor Augen geführt wird, wenn es vom Autor mit seiner angeblichen Tendenz nur so erdacht wäre, um die Unterlage einer neuen, erotischen Weltanschauung zu bilden, – das Vorwort Villards will das glauben machen – dann müßte sich allerdings das Scham- und

Sittlichkeitsgefühl des normal empfindenden Lesers schwer verletzt fühlen.

Zustände und Anschauungen, noch dazu in einem fremden Lande, die aus tausend Ursachen so geworden sind, die können wir aber, ob wir nun Kenntnis davon haben oder nicht, ob sie sittlich gut oder verwerflich sind, nicht ändern, nicht ablehnen, nicht durch literarische Konfiskationen usw. beseitigen, Zumutungen aber, Aufdringlichkeiten unsittlicher Art, kurzum Tendenzen, die im Gehirn eines Schriftstellers ihren Ursprung haben, können wir ablehnen, von uns fernhalten, ebenso gut wie die Zudringlichkeiten von Leuten, die uns am Leib und Leben, an Hab und Gut schädigen wollen, nötigenfalls unter Anrufung des gesetzlichen Schutzes. *Wer dem Ssanin des Artzibaschew anstelle der harten und herben Realistik der Tatsachen eine solche Tendenz vindiziert, der tut ihm meines Erachtens unrecht.*

Indem nun aber das oben im ersten Teil meines Gutachtens ausführlich erörterte Vorwort in denkbar anspruchsvollster Weise dem Buch eine geradezu das Ganze beherrschende *erotische Tendenz* zuschreibt, und indem es die Schilderung der *ungeheuerlichen Wirkung solcher Tendenz* dem, der das Buch zu lesen beabsichtigt, als die beste Empfehlung, die wirksamste Reklame zur Weiterempfehlung aufdrängt, stempelt es, wie ich oben bereits ausgeführt habe, das ganze Buch zu *einem erotisch-tendenziösen.* Es zerstört seine nüchterne Realistik und nimmt ihm seinen unverkennbaren kulturhistorischen, belehrenden, wissenschaftlichen Charakter.

Ich stehe nicht an, zum Schluß meines Gutachtens meine Meinung dahin zusammenzufassen: Artzibaschews Ssanin an sich halte ich vom Standpunkt des § 183 Ziffer 1 des St.-G.-B. für einwandfrei. Die vorliegende deutsche Ausgabe jedoch mit Villards Vorwort fällt meines Erachtens unter den Begriff einer unzüchtigen Schrift im Sinne des erwähnten Paragraphen.

Pforzheim, 2. Februar 1909.

gez.: Prof. Dr. Karl Brunner.

6. Gutachten
von Ludwig Ganghofer in München.

Der mir zur Beurteilung vorgelegte Roman ist als eine dichterisch hochstehende, aus künstlerischem Geist entsprungene Schöpfung zu bezeichnen, die in der Geschichte der russischen Literatur neben den Meisterwerken von Gogol, Turgenjew, Dostojewski und Gontscharow ihren verdienten Ehrenplatz finden wird.

Die Komposition des Romans ist von schöner und strenger Geschlossenheit; die Handlung ist ein starkes und überzeugendes Bild des Lebens, klar geschaut, großzügig erfaßt und mit künstlerischer Kraft aus der Wirklichkeit emporgehoben zu dichterischer Wahrheit; alle Gestalten des Buches sind mit Meisterhand gezeichnet, ohne Beschönigung, ohne Uebertreibung, ohne Absichtlichkeit, im plumperen Sinne dieses Wortes, ohne tendenziöse Verschiebung der Linien, die das Leben dem Dichter zeigte; von fesselnder Wirkung sind die mit den Lebensvorgängen künstlerisch verwobenen Naturschilderungen, die in ihrem malerischen Reiz an die feinsten landschaftlichen Stimmungen bei Turgenjew erinnern; und als glühende Seele dieses Buches redet zu uns die leidenschaftliche Vaterlandsliebe des Dichters, seine schwermutsvolle Trauer über das Schicksal seiner Heimat und ihrer Jugend, deren wertvolle Lebenskräfte zwischen politischem Unglück und sozialer Entartung nutzlos verbraucht und zerrieben werden.

Die Lektüre dieses Buches brachte mir jenen hohen Genuß, wie ihn nur das Werk eines echten Dichters dem Leser zu bieten vermag – gleichviel, ob es nun licht und erhebend oder erschütternd und bedrückend wirkt.

Ich würde nicht nur als Schriftsteller das lebhafteste Bedauern darüber empfinden, wenn diesem Werk aus Gründen, die nur außerhalb seines dichterischen Wertes liegen könnten, bei uns in Bayern eine zensurelle Maßregelung erführe. Denn die an mich gestellte Frage, ob die im »Ssanin« geschilderten sexuellen Vorgänge geeignet wären, das Scham- und Sittlichkeitsgefühl eines »normal empfindenden Lesers« zu verletzen, muß ich mit Nein beantworten. Dabei verstehe ich allerdings unter einem »normal empfindenden Leser« auch einen gesunden, natürlich fühlenden Menschen von relativer Bildung und ernsten Kulturinteressen. Auf entartete und krankhaft gereizte Menschheitsexemplare kann ja auch ein viel harmloseres Kunsterzeugnis, als es der Ssanin ist, eine zu sexueller Nervosität umschlagende Wirkung üben. Aber in einem halbwegs gesunden, natürlich fühlenden und verständigen Menschen wird die Lektüre dieses Buches niemals ein Gefühl der Lüsternheit erwecken, also meines Erachtens auch nie ein Gefühl der sittlichen Empörung über die Form hervorrufen, in welcher die von der Handlung des Romans untrennbaren sexuellen Vorgänge hier geschildert sind.

Von einer »wissenschaftlichen Behandlung der erotischen Fragen« oder von einem »wissenschaftlichen Zwecke« der hier gegebenen Darstellung geschlechtlicher Vorgänge zu sprechen, erscheint mir diesem Werke gegenüber als nicht ganz zutreffend. Der Schöpfer dieses Werkes wollte nicht als Arzt oder als Gelehrter sprechen, sondern als Dichter. Er wollte kein wissenschaftliches Compendium der modernen Erotik seiner Heimat verfassen, sondern mit Wahrheit und künstlerischer Kraft das versinkende Leben einer bedrückten und irregeleiteten Jugend schildern, die sich – von höheren kulturellen Lebenszielen auf politischem und sozialem Gebiete gewaltsam abgedrängt – auf die tierischen Reservatrechte der Menschheit beschränkt sieht und sich in verschärfter Intensität mit allem beschäftigt, was ihr als erotisches Problem erscheint. Diese Jugend sagt: Untergang und Niederbruch auf allen Seiten, suchen wir also wenigstens einen Fortschritt auf diesem *einen* Gebiete zu erzielen, auf dem uns die Arbeit nicht unterbunden werden kann. Die latente Nähe des Galgens erzeugt sexuelle Subtilitäten.

Ich halte es für einen der Grundgedanken des vorliegenden Romans, daß der Dichter aussprechen wollte: Hindert eine blutvoll und stürmisch heranwachsende Jugend an der redlichen Betätigung ihrer besten Lebenskräfte, nehmt ihr die fliegenden Hoffnungen, die sie emportragen über die Dunkelheiten des ewig Menschlichen, so werden die Feinfühligsten dieser Jugend zu Unglücklichen wie Ssoloweitschik, die gedankenvollen Schwächlinge zu ratlosen Selbstmördern wie Jurii, die geistig minderwertigen Menschtiere zu perversen Schweinen wie Woloschin und Sarudin, die seelisch und körperlich Starken zu einsamen Spöttern und zu rücksichtslosen Lebenstrinkern wie Wladimir Ssanin, der aus allem schwülen Sturm dieses Buches höhnisch und lachend hinausschreitet ins Ziellose, ein Zyniker und doch ein Held, der keinen Menschen haßt, aber auch um keines Menschen willen leidet.

Man mag erschrecken vor aller Wahrheit, die hier geschildert wird; aber man darf für diese Wahrheit nicht den Dichter verantwortlich machen, der solche Wahrheit sah und zeigte.

Aus dem ernsten Lebensklang seines Buches, aus dem Gang der Handlung, aus dem Kontrast der geschilderten Figuren, aus der Schärfe des Gegensatzes, mit dem der Dichter das Helle gegen das Dunkle stellt, das Kraftvolle gegen die Schwäche, gesunde Natur gegen das Verkuppelte und Entartete, die Reinheit gegen die Vertierung, das Ersehnenswerte gegen das wirklich Bestehende – aus diesen kontrastierenden Farben und Bildern des Werkes wäre ohne mühsame Kombination zu erweisen, daß dieses erschütternde Werk geschaffen wurde, um an giftige Lebenswunden das brennende Eisen zu legen. Aber mit Worten ist eine solche Absicht im »Ssanin« nirgends ausgesprochen. Der echte Künstler hat es nicht nötig, seinem großgefaßten Werke jenes Moralfähnchen anzuhängen, wie es in der kleinen Fabel des Kinderbuches üblich ist.

Im Zusammenhange mit allem mutigen Ernste dieses Buches vermag die Darstellung der für die Handlung unumgänglichen erotischen Szenen einen normalen und gesunden Leser weder sinnlich zu erregen, noch sein Scham- und Sittlichkeitsgefühl zu verletzen. Aber auch losgelöst aus dem künstlerischen Zusammenhange dieses Buches, jede der inkriminierten Stellen für sich allein betrachtet – so, wie sie in der an mich gerichteten Zuschrift von der Kgl. Staatsanwaltschaft nach Seitenzahlen aufgeführt wurden – können diese Darstellungen nicht als unsittlich oder unzüchtig bezeichnet werden. Diese Schilderungen gehen nie von der Absicht aus, die Lüsternheit des Lesers zu erwecken oder eine Wirkung durch die Spekulation auf seine tierischen Instinkte zu erzielen. Hinter all diesen Szenen stehen ernste, psychologische, kulturelle und nationale Werte; die Form der Darstellung ist immer ruhig, abgeklärt, reinlich und vornehm, sie vermeidet mit Geschmack jede Linie und jedes Wort, das über die Grenzen des künstlerisch Notwendigen und Zulässigen hinausginge. Mit einer einzigen Ausnahme. In der Szene zwischen Jurii und Karssawina – Seite 440 – störte mich die textliche Brutalität der drei Worte auf Zeile 25. Diese Wendung ist geschmacklos, eine stilistische Entgleisung, von der ich nicht entscheiden kann, ob sie dem Dichter oder dem Uebersetzer anzukreiden ist. Ich möchte das letztere vermuten.

Im übrigen wird die Übersetzung, von kleinen Nachlässigkeiten der Sprache abgesehen, dem ernsten Charakter des Buches wohl gerecht, so daß sie als literarische Arbeit zu bezeichnen ist.

Nicht völlig einverstanden bin ich mit einem Abschnitt der Vorrede. Die Behauptung, daß »der milde sexuelle Rausch«, der einen Teil der russischen Jugend erfaßte, »auf den »Ssanin« zurückgeht«, scheint mir historisch nicht richtig. Ich erwähne das, weil ich mich zu der Bemerkung verpflichtet fühle, daß jene Stelle der Vorrede – Seite VIII – für mich den unbehaglichen Beigeschmack einer nicht sehr delikaten Anpreisung des Buches bekam. Es ist möglich, daß ein solcher Eindruck in mir vorbereitet war durch den geschmacklosen und marktschreierischen Aufdruck der Buchhändlerschleife, mit welcher der Band verschlossen war. Es ist richtig, daß der »Ssanin« in Rußland verboten wurde. Aber mit dieser Tatsache buchhändlerischer Reklame zu machen, erscheint mir als unanständig. Und Reklame der gleichen Gattung ist der Aufdruck: »Ursprung der sexuellen Revolution«. Dieser Reklameschrei, der sich übel an eine literarisch und kulturhistorische Sache anhängt, ist überdies eine Unwahrheit, denn der »Ssanin« ist weder der »Weltanschauungsroman des heutigen Rußland«, noch weniger »der Ursprung der sexuellen Revolution«. Durch solche Reklame wird das Anstandsgefühl eines normalen Menschen verletzt, nicht aber durch dieses künstlerisch wertvolle Buch, daß meines Wissens in Rußland nicht aus Sittlichkeitsgründen, sondern aus politischen Motiven verboten wurde. Denn dieses Buch – dessen sittlicher Wert allein schon durch das grauenvolle Schicksal dokumentiert wird, dem der Dichter die Gestalt des Masochisten Sarudin überantwortet – dieses Buch mit seinem flammende Geiste und seiner peitschenden Ironie war geeignet, die russische Jugend aus ihrer seit Jahrzehnten entwickelten, schon *vor* dem »Raskolnikow« und »Oblomow« angebahnten Verirrung und Versumpfung aufzurütteln und zu neuem Widerstande gegen die in Rußland herrschenden politischen Mißstände zu beseelen.

Daß der »Ssanin« nach seinem Erscheinen in unreifen Gehirnen und krankhaften Organismen der russischen Jugend mancherlei Mißverständnisse und Verwirrungen anrichtete, das ist dem Dichter und seinem Werke ebensowenig zur Last zu legen, wie die nationale und kulturelle Wirkung Goethes durch die Tatsache zu belasten wäre, daß sich nach dem Erscheinen der »Leiden des jungen Werthers« ein paar sensible Schwächlinge aus törichter Eitelkeit erschossen. Geniale dichterische Werke pflegen nach einigen Erschütterungen, die sie bei Unverständigen anrichten, reinigend zu wirken und gesunde Erneuerungen des Lebens vorzubereiten..

München, den 29. Januar 1909.

gez. Ludwig Ganghofer.

7. Gutachten
von Dr. Franz Muncker, Professor an der Universität München.

München, 7. Januar 1909.

Ein Sachverständigengutachten über den Roman »Ssanin« von Artzibaschew in dem ganzen Umfang, wie es von mir gefordert wurde, kann ich nicht abgeben:

Zunächst kann ich über den Wert der Uebersetzung nur mit Einschränkung urteilen. Das russische Original liegt mir nicht vor, und auch wenn dies der Fall wäre, würde meine – ziemlich dürftige – Kenntnis der russischen Sprache nicht ausreichen, daß ich wirklich über die Treue und Güte der Uebersetzung sprechen dürfte. Von meinen näheren Kollegen an der Universität wäre dazu meines Wissens am ersten Professor Dr. Krumbacher befähigt. Ich kann nur beurteilen, ob das Deutsch, das der Uebersetzer schreibt, gut und künstlerisch ist. Darin sind mir hie und da kleine grammatikalische Sorglosigkeiten, bisweilen auch eine allzu russisch klingende Wendung aufgefallen, im ganzen aber ist die sprachliche Darstellung ungezwungen, frisch und gewandt: die Uebersetzung liest sich wie ein gutes deutsches Originalwerk.

Auch über den kulturhistorischen Wert des Romans habe ich kein eigentliches Sachverständigenurteil. Von Berufs wegen gehen mich die kulturellen Verhältnisse des modernen Rußland nichts an; was ich von ihnen weiß, stammt in der Hauptsache aus den Quellen, aus denen sich jeder andere Gebildete ebensogut wie ich über solche

Dinge unterrichten kann, aus Zeitungen oder aus Gesprächen mit Leuten, die mehr davon zu wissen scheinen. So vermag ich nicht mit Sicherheit darüber zu urteilen, ob Ssanin wirklich, wie es in der Vorrede der deutschen Ausgabe heißt, die sexuelle Revolution in Rußland hervorgerufen hat, oder ob er nur ein künstlerisches Abbild von dieser Revolution gibt. Daß jedoch die in ihm gekennzeichneten philosophisch sittlichen Anschauungen und Freiheiten des geschlechtlichen Lebens tatsächlich der Wahrheit entsprechen, steht nach den Berichten der Zeitungen außer Frage. Auch könnte ich mich dafür auf bestätigende Aeußerungen berufen, die eine der ersten Persönlichkeiten der Petersburger Universität, Staatsrat Th. v. Zielinski, hiesigen Freunden – namentlich auch dem Geheimrat Professor Dr. Crusius hier, dem ich den Roman zu rascher Lektüre gab, eben weil ich wußte, daß Zielinski gerade mit ihm über diese russischen Verhältnisse ausführlich gesprochen hatte; Crusius, einer der größten Kenner alter und neuerer Literatur, stimmt übrigens in allem Wesentlichen meinem Urteil über »Ssanin« bei – gegenüber getan hat. Durch diese Wahrheit des Inhalts gewinnt der Roman Ssanin, gleichviel wie seine Bedeutung in Rußland selbst geschätzt wird, für uns deutsche Leser allerdings einen hohen kulturgeschichtlichen Wert; und insofern verdient er zweifellos ins Deutsche übersetzt zu werden. Daß er in Rußland verboten worden ist, kann dabei nicht in Betracht kommen. In Rußland wird manches von der Zensur unterdrückt, was bei uns als vortrefflich gilt. Den Roman Ssanin verbot man dort, weil man fürchtete, sein Inhalt möchte der dortigen Jugend gefährlich werden, weil man sah, daß diese Jugend die in dem Roman geschilderte freie Liebe und überhaupt die Lebensanschauung des Titelhelden in wildem Rausche praktisch zum Gesetz erheben wolle. Diese Gefahr besteht bei uns durchaus nicht, weil bei uns die ganze revolutionäre Gärung, überhaupt die politisch sozialen Voraussetzungen fehlen, die in Rußland solchen Bestrebungen die Wege bahnen.

Unbestreitbar aber verdiente »Ssanin« auch um seines literarischen Wertes willen die Uebersetzung ins Deutsche. Mit großer Kraft und Kunst zeichnet der Verfasser eine Reihe von Personen lebenswahr und psychologisch sorgfältig in allen ihren Gedanken, Empfindungen, Reden und Handlungen individuelle Charaktere, die zugleich bedeutsame Typen der verschiedenen Arten von Menschen sind, mit nicht geringerer Kunst erzählt er eine Reihe von Vorgängen, die sich zu einem lebensvollen Gesamtbilde zusammenschließen, und trotz der Breite, mit der er das Meiste in ihnen ausmalt, trotz mancher ermüdenden Einförmigkeit der einzelnen Geschehnisse weiß er sehr wohl den Leser dichterisch anzuziehen, zu spannen und zu fesseln. Ohne falsche Ueberladung, aber anschaulich und wirksam schildert er bald die Natur, bald Einzelheiten aus dem sozialen Treiben. Ausführliche Gespräche über Religion, Christentum, philosophische Weltanschauung flicht er ein, um die wechselnden Gedanken und Bestrebungen der russischen Jugend genau zu beleuchten. Diese Gespräche erstrecken sich oft über Dutzende von Seiten; ihnen sind unter anderem die Kapitel 23-25 (S. 276- 311), 31-33 (S. 378-409) usw. gewidmet. Mehr als alles übrige beweisen diese umfangreichen und nicht immer gerade kurzweiligen Abschnitte, wie ernsten Absichten der Verfasser mit seinem Roman verfolgte. Wer mit unreinen sinnlichen Begierden zu dem Buche greifen würde, den müßten diese Abschnitte unbedingt abschrecken. Er käme aber auch sonst wohl nicht auf seine Rechnung, obwohl von geschlechtlichen Regungen und Handlungen mehrfach in dem Roman die Rede ist. Was der Verfasser an solchen Stellen erzählt, das scheint mir meistens zur Charakteristik der Menschen und der Zustände, um die es sich handelt, künstlerisch und psychologisch geradezu notwendig; wie er es aber erzählt, beweist durchaus den vornehmen Schriftsteller, der rein sachlich, objektiv episch darstellt und von jeder Lüsternheit weit entfernt ist.

Ich gehe sogleich zu den einzelnen Stellen über, die in dem gerichtlichen Schreiben an mich vom 28. Dezember 1908 besonders hervorgehoben sind. S. 88-90. Die Hingabe Lydas an Sarudin ist eines der Grundmotive des Romans, als solches daher unentbehrlich. Die Darstellung dieser Hingabe ist ganz sachlich, fast nüchtern, von jeder Beschönigung durch den Erzähler, von jeder lüstern schlüpfrigen Ausmalung frei; streng genommen wird nur das fieberhafte Verlangen Lydas vor dem Akt der Hingabe selbst charakterisiert und zwar durch kurze Andeutungen. Für kleine Mädchen und unreife Jüngelchen sind diese Andeutungen freilich nicht, der ausgewachsene, normal empfindende Leser aber kann in ihnen nichts Unsittliches entdecken.

S. 94 u. 96. Wo hier überhaupt etwas Unsittliches liegen soll, kann ich nicht herausbringen. Ebenso geht es mir bei S. 211-213 und 465-466.

S. 196-197. Es handelt sich um die Charakteristik eines gemeinen Lüstlings, deren Berechtigung in einem Roman kein literarisch verständiger Mensch leugnen wird. Dieser Charakteristik dient die rohe Rede. Aber der Verfasser streicht selbst das roheste Wort und deutet es nur unbestimmt an, so daß es der Leser nicht einmal mit Sicherheit ergänzen kann. Er weicht hier also geradezu dem aus, was das Schamgefühl des Lesers verletzen könnte.

S. 231 - 233 und 236. Eine sittlich verwerfliche Anschauung wird von dem Helden des Romans ausgesprochen, den der Dichter aber keineswegs als Ideal gezeichnet hat, dessen Gesinnungen er in keiner Weise billigt. Dabei werden verschiedene rücksichtslose Ausdrücke (z. B. das Wort »schwanger«) gebraucht, allein noch besonders hervorgehoben, daß diese unverblümte Rede die schuldige Hörerin aufs tiefste beschämte. Wie diese Stellen aber das Sittlichkeitsgefühl des normal empfindenden Lesers verletzen sollen, ist mir unfaßbar.

S. 246 - 248. Ssanins Worte sind roh, aber ohne jeden lüsternen, geschlechtlich erregenden Sinn. Die künstlerische Wahrheit erforderte übrigens gerade hier unbedingt die Roheit des Ausdrucks, und die gröbste Stelle in Ssanins Rede (S. 248) ist vom dichterischen Standpunkt aus ebenso notwendig wie etwa die Schimpfwörter, die der sterbende Valentin in Goethes »Faust« ausstößt.

S. 316 - 318. Wieder handelt es sich um die Charakteristik zweier elender Gesellen, die der Verfasser überdies wiederholt als schamlos bezeichnet. Ganz objektiv nüchtern berichtet er über ihre gemeinen Reden, die er verurteilt, deutet aber von diesen Reden nur das Nötigste an, und läßt ihre unzüchtig-witzige Pointe nicht einmal ahnen. Die Stelle ist geradezu ein Beweis dafür, daß er nichts weniger als lüstern wirken will, sonst hätte er von dem Gespräch der erbärmlichen Patrone, sogar mit einem Schein von künstlerischer Berechtigung, viel mehr mitteilen können. Was er sagt, ist kaum unsittlicher als was bei einer Verhandlung über seinen Roman im Gerichtssaal Ankläger und Verteidiger auch sagen müßten. Denn auch aus seinen Worten klingt überall der sittliche Ernst heraus;

sein sittliches Urteil schwankt nicht einen Augenblick, hier so wenig wie an anderer Stelle des Romans.

S. 419 – 421. Das Gespräch der zwei Männer, ob man eine nackte Frau betrachten dürfe oder nicht, ist rein theoretisch, von jeder Roheit oder Niedrigkeit frei, die folgende Szene aber, wie beide die badenden Mädchen beobachten, ist so einfach, fast naiv, jedenfalls dichterisch so hübsch, daß sie einen gebildeten, rein empfindenden Leser ebenso wenig verletzen kann, wie etwa ein schönes Gemälde, das eine nackte Frau zeigt. Jede unsittliche Wirkung ist hier ausgeschlossen, wenn die Phantasie des Lesers nicht an sich schon verdorben ist.

S. 430 u. 435. Rein sachlich, ohne Lüsternheit von seiten des Schriftstellers, wird hier ausgesprochen, daß sich in die Liebesgedanken Juriis auch sinnlich begehrliche Vorstellungen einmischen. Solange nicht bewiesen wird, daß so etwas bei einem jungen Mann, der von wirklicher Liebe erfüllt ist, niemals vorkommt, kann ich das Anstößige oder Verwerfliche dieser Darstellung nicht verstehen.

S. 439 – 443 und 470 – 473. Sinnlich geschlechtliche Vorgänge werden hier allerdings dargestellt, aber in sachlicher, nüchtern objektiver Weise ohne lüsterne Zutat. Die Vorgänge selbst sind im Gefüge des Romans unentbehrlich; die Form der Darstellung aber kann nicht unzüchtig wirken, weil sie einen rein geschichtlichen Charakter trägt. Wollte man um dieser Szenen willen das Buch verurteilen, so müßte man vorher zahllose Werke alter und neuer Literatur verbieten, so z.B. allerlei griechische, lateinische, italienische, französische, englische, ältere wie moderne deutsche Dichtungen berühmter Autoren, besonders auch mehrere Erzählungen Wielands und Heinses, die viel reicher an ähnlichen, nur zwanzigmal sinnlicheren Stellen sind als der Roman »Ssanin«.

S.494. Auch hier fehlt jede Lüsternheit in dem geschichtlich nüchternen Bericht, von Unsittlichkeit kann keine Rede sein.

Ueberblicke ich alle diese Stellen auf einmal und fasse zugleich den Sinn und Inhalt des ganzen Romans zusammen, so kann ich nirgends etwas wahrnehmen, was als unzüchtig gelten könnte. Regungen einer starken Sinnlichkeit werden in den Personen des Romans geschildert, entsprechend den kulturgeschichtlichen und sozialen Absichten, die der Verfasser als künstlerischer Darsteller der modernen russischen Jugend verfolgt. Das Buch ist somit keine Lektüre für unreife Leser, für Kinder oder für Ungebildete. Solche könnten sich allerdings an einzelne unverstandene Szenen halten und dann allerlei Anstoß daran nehmen; die Schuld daran trüge aber nur ihr eigener literarisch und moralisch nicht genügend ausgebildeter Geist. Normal empfindende Leser, die auch die nötige künstlerische Bildung besitzen, können meines Erachtens unmöglich in ihrem Scham- und Sittlichkeitsgefühl durch diesen Roman verletzt werden; solche Leser werden vielmehr die Anklage und eine etwaige Verurteilung des Romans, wenn diese aus mir unbekannten juristischen Gründen möglich sein sollte, nicht verstehen können.

gez. Dr. Franz Muncker.

8. Gutachten
des kgl. Oberstudienrats J. Nicklas in München.

Der Roman »Ssanin« von Artzibaschew ist nach meiner Meinung eine Publikation ohne künstlerischen bezw. literarischen Wert. Das Werk, das die jetzige Jugend Rußlands schildern will, wie sie von revolutionären Ideen und Handlungen zur Erotomanie überging, entbehrt vor allem des Rückgrates eines jeden literarischen Kunstwerks, der Handlung und der Charaktere. Der Verfasser läßt seine »Helden«, die mit Ausnahme des Egoisten Ssanin blasierte, abgelebte, lüsterne, erbärmliche junge Leute sind, lediglich Zigaretten rauchen, in breiter, selbstgefälliger und geschwätzigster Weise ohne tiefere Kenntnis der Welt über alles mögliche, namentlich über ihre weltschmerzlichen Gefühle Raisonnements anstellen; da sie sich in ihrem überreizten Empfinden in der Welt nicht zurechtfinden und keinen Begriff von der Bedeutung der Pflicht und der Arbeit haben, gefallen sie sich fortgesetzt in nichtigen Gefühlsentladungen und suchen den Wert des Lebens in der Befriedigung sexuellen Genusses. Nur die Darstellung der psychologischen Vorgänge in der Brust der gefallenen Mädchen Lyda und Karssawina erhebt sich zu einer gewissen literarischen Bedeutsamkeit.

Die Uebersetzung ist in fließender und gewandter Sprache gegeben, wenn sie auch nicht immer frei ist von Inkorrektheiten.

Eine kulturhistorische Bedeutung, wie sie etwa Goethes »Werthers Leiden« hat, oder gar einen wissenschaftlichen Wert kann ich dem Buche nicht beimessen; denn auch ohne diesen Roman hat die Welt Kenntnis von den gegenwärtigen soziologisch wichtigen Verhältnissen Rußlands und von seiner Jugend. Diese Bedeutung kann das Wert schon deshalb nicht haben, weil das Geschlechtsproblem nicht in ernster, zurückhaltender und taktvoller Weise behandelt ist, sondern weil die Absicht des Verfassers immer wieder allzu deutlich hervortritt, unter dem Deckmantel künstlerischer Offenbarung auf den Kitzel niedriger Sinnlichkeit und auf gemeine und teilweise perverse Instinkte zu spekulieren. Geradezu abstoßend, ekelerregend und schamlos sind die unflätigen Szenen, in denen ausführlich, eingehend und mit breiter Behaglichkeit dargestellt wird, wie Sarudin gegenüber Lyda, sowie Jurii und besonders Ssanin dem Mädchen Karssawina gegenüber sich benehmen. (S. 211 ff., 430 ff., 439 ff., 470 ff.)

Diese Darstellungen haben mit Kunst gar nichts zu schaffen, da sie nicht die mindeste ästhetische Befriedigung hervorrufen und himmelweit entfernt sind von einer Erhebung zu höherer sittlicher oder ästhetischer Auffassung; sie gehen nur darauf aus, die Lüsternheit zu erwecken.

Schon diese Stellen allein würden das Urteil rechtfertigen, daß das Buch geeignet ist, eine Verwirrung in die Vorstellungen von Sittlichkeit zu bringen; aber auch noch viele andere Partien sind geeignet, die normalen sittlichen Empfindungen der Leser zu verletzen. (S. 233, 248 ff., 311, 316 ff., 338, 419 f., 494.)

Auch das Vorwort, besonders S. VIII, wo von der Organisation der Ssaninisti und von Verbindungen zum freien Geschlechtsgenuß unter Gymnasiasten und Gymnasiastinnen die Rede ist, ist angetan, die Jugend sittlich zu gefährden; es ist dies umsomehr zu befürchten, als anzunehmen ist, daß das Buch, falls es frei gegeben würde, besonders von der Jugend gelesen werden würde.

Die Rücksicht auf die körperliche und seelische Gesundheit unserer Jugend verlangt gebieterisch, die deutsche Jugend vor der Lektüre solcher literarischen Erzeugnisse zu schützen, und zwar umsomehr, als die Welt nichts verliert, wenn das in Rußland beschlagnahmte Buch auch in Deutschland verboten wird.

München, 15. Januar 1909. gez. J. Nicklas, K. Oberstudienrat.

9. Gutachten
des Dr. H. Schneegans, Univ.-Professor, Würzburg.

Dem mir im Schreiben des kgl. Untersuchungsrichters E. A.-V.-Z. VII 610-08 Tab. Nr. 73/08 E vom 28. Dezember 1908, auferlegten Auftrage, ein Gutachten abzugeben »über den literarischen und kulturhistorischen Wert des Romans« *Ssanin* von Artzibaschew, über die wissenschaftliche Bedeutung der Behandlung erotischer Fragen in ihm und die Güte der Uebersetzung, sowie darüber, ob die Darstellung geschlechtlicher Vorgänge (s. insbesondere S. 88–90, 94, 96, 196–197, 211–213, 231–233. 236, 246–248, 316–318, 419–421, 430, 435, 439-443, 445–446, 470–473, 494) durch die vorherrschenden wissenschaftlichen Zwecke dermaßen in den Hintergrund gedrängt wird, daß das Scham- und Sittlichkeitsgefühl des normal empfindenden Lesers nicht verletzt wird«, erlaube ich mir im folgenden nachzukommen.

Zunächst glaube ich feststellen zu müssen, daß nach meiner Ansicht im Roman von einer *wissenschaftlichen* Bedeutung oder Tendenz keine Rede sein kann. Ich wüßte nicht, welche »wissenschaftlichen Zwecke« hier vorherrschen sollten. Eine wissenschaftliche »Belehrung« über erotische Fragen will der Roman nicht geben. Er ist nicht wissenschaftlicher als irgend ein anderer Roman. Es wäre ein ungerechtfertigter Mißbrauch, wenn er diesen Namen beanspruchen wollte. Eine andere Sache ist es natürlich, ob man vielleicht in späterer Zeit aus der Darstellung erotischer Vorgänge, resp. der Erörterung erotischer Fragen in diesem Roman für eine Kulturgeschichte Rußlands im zwanzigsten Jahrhundert Nutzen wird ziehen können. Das glaube ich allerdings, doch gilt das mutatis mutandis von jedem kulturgeschichtlich interessanten Roman.

Was die *literarische* Bedeutung des Romans betrifft, so ist er an und für sich als dichterische Komposition nach meinem Dafürhalten keine hervorragende Leistung. Die ziemlich lose aneinander gereihten Bilder der Liebesverhältnisse mäßiger russischer Kleinstädter vermögen kein sonderliches ästhetisches Interesse zu erwecken. Es fehlt dem Roman an Geschlossenheit der Handlung und an der Erzählung einer spannenden Begebenheit, die Personen sind nicht alle scharf gezeichnet, einige Nebenfiguren heben sich nicht von den andern ab. Am schönsten gelungen ist die Schilderung der

Naturvorgänge und am tiefsten die Darstellung der psychischen Zustände der einzelnen Personen.

Die wirkliche Bedeutung des Romans ist aber gewiß nach der *kulturgeschichtlichen* Seite zu suchen. Darüber sagt treffend das Vorwort S. VIII: »Man wird die gegenwärtige Epoche, also die, welche die revolutionäre ablöste, psychologisch und soziologisch nicht beurteilen können, ohne den Ssanin als ihren charakteristischen Niederschlag in den Mittelpunkt der Betrachtung zu ziehen.« Nach dem Scheitern der Revolution zog sich die »Intelligenz« in Rußland, wie aus S. X, XI hervorgeht, von der Politik zurück. »Man suchte nach dem Neuen.« Dieses Neue fand man, wie es scheint, in der praktischen Ausübung der freien Liebe. »Man sah, daß es Gebiete des täglichen Lebens gab, die, trotzdem sie polizeilich nicht strafbar, doch ganz annehmlich waren. Aber niemals hätte man diesem Beispiel zu folgen gewagt, wenn nicht in diesem Zeitpunkt das erlösende »Wort« für die unbewußten Empfindungen gesprochen worden wäre.« Dieses Wort sprach Ssanin aus. Deshalb gilt nach dem Vorwort Artzibaschew als der charakteristische Vertreter des heutigen Rußland. Der Roman scheint ungeheuren Anklang gefunden zu haben, da nach kurzer Zeit die 10 000 Exemplare der ersten Auflage vergriffen waren. »Für jeden gesunden Menschen,« heißt es im Vorwort S. XII »ist in einem Lande, wo die geistige Bewegungsfreiheit vollständig eingeengt ist, die sexuelle Schmackhaftigkeit die zureichendste. Hierin nun kommt Ssanin den oben erwähnten sozialen Unterströmungen entgegen und weist ihnen den offenen Weg.« Wenn das in der Tat in Rußland zutrifft, so bedeutet das für die russische Gesellschaft zugleich den Bankerott in sittlicher und infolgedessen auch in politischer Beziehung. Deshalb dürfte in letzterer Hinsicht das Buch weit entfernt sein, eine Gefahr für die russische Regierung zu bedeuten. Die schwachen, jedem Liebestaumel sofort erliegenden und bei jeder Schwierigkeit zum Selbstmord als letzter Zuflucht greifenden Menschen, die der Roman darstellt, sind keine Revolutionäre, die den Staat in irgend welche Gefahr stürzen konnten. Ssanin, der »Held« des Romans, ist ein blasierter, gleichgültiger, kalter Egoist. Er hat so wenig Pietät gefühlt, daß er z. B. seine Mutter als Idiotin bezeichnet, er hat so wenig Sinn für Freundschaft, daß er auf dem Grabe eines Freundes, dem er die Geliebte geraubt hat, als man ihn bittet, auf ihn eine Grabrede zu halten, antwortet: »Was ist hier zu reden? Die Welt ist um einen Dummkopf ärmer geworden, das ist alles«; er ist so frei von moralischen Bedenken, daß er z. B. seiner schwangeren Schwester den Rat erteilt, sie möchte die Frucht ihres Leibes abtreiben. Den höchsten Zweck der Menschheit erblickt er in folgendem: Er träumt immer von der glücklichen Zeit, wo zwischen den Menschen und dem Glück nichts mehr stehen wird, wo der Mensch sich frei und furchtlos allen ihm zugänglichen Genüssen hingeben kann ... Die Menschen sollen die Liebe genießen ... ohne Furcht und Entsagung ... ganz schrankenlos .... Und dann werden sich auch alle Formen der Liebe in eine endlose Kette von Zufälligkeiten, Überraschungen und Verbindungen erweitern«. S. 469. Und diese Freiheit gilt nach diesem russischen Evangelium ebenso für die Frauen wie für die Männer. Heißt es doch nach S. 179: Entweder müsse man »ewige Keuschheit bewahren oder sich und auch der Frau natürlich volle Freiheit gewähren, um sich dem Genuß der Liebe und Leidenschaft voll und ganz hinzugeben.« So werden wir uns nicht wundern, daß Ssanin dem Liebhaber seiner Schwester Nomikow gegenüber es zu rechtfertigen sucht, daß sie sich einem andern Mann vorher hingegeben hat. Es sei nicht schlimmer, als wenn er eine Frau vorher geliebt habe. Und diesem Gedanken gibt er den drastischen Ausdruck: »Wie oft bist du auf dem Bauch irgend einer Hure herumgerutscht, hast dich geil vor Gier gewunden, betrunken und schmutzig wie ein Hund.«

Aus dieser Stelle mag sogleich hervorgehen, wie kraß die Ausdrucksweise des Buches ist. Daß ein Roman, der in Liebesfragen eine so vollständige Freiheit predigt, auch in der Schilderung erotischer Dinge kein Blatt vor den Mund nimmt, ist selbstverständlich. Freilich einige der oben als das sittliche Gefühl besonders verletzenden angeführten Stellen sind im Ausdruck nicht so sehr derb. (S. 94, 96, 196–197, 211–213, 430, 435, 465–466, 494.) – Dagegen sind die Stellen 88–90, 316–318, 419– 421, 439–441, 472 recht kräftig. Immerhin sprechen sie nicht in unverhüllterer Weise von erotischen Dingen als zahlreiche Stellen in den Romanen Zolas (so in Nana, Pot Vanille, Germinal, Fécondité) oder in Daudets Sapho, oder in zahllosen anderen französischen Romanen, die in aller Händen sind. Ob obige Stellen das Scham- und Sittlichkeitsgefühl des normal empfindenden Lesers verletzen, ist sehr schwer zu sagen. Einem in der modernen Literatur nur einigermaßen bewanderten Leser werden sie nicht besonders auffallen. In der antiken Literatur oder der Renaissanceliteratur aller Kulturvölker, namentlich Italiens und Frankreichs, finden sich Stellen, die noch viel freier von der physischen Liebe reden. Eine Lektüre für die heranwachsende Jugend ist das Buch natürlich nicht. Doch ist es weniger die Darstellung erotischer Vorgänge, als die Predigt einer ganz schrankenlosen, über jedes sittliche Bedenken sich hinwegsetzenden egoistischen Liebe – oder um dieses schöne Wort nicht zu entwürdigen, Befriedigung niederer Instinkte –, die auf die Jugend verderblich wirken könnte. Ein in seinen Grundsätzen nur einigermaßen gefestigter Leser wird das Buch viel eher als »document humain« auffassen und auf die wenig interessanten Persönlichkeiten des Buches das Wort Dantes anwenden: *Non ragioniam di lor, ma guarda e passa.* (Sprechen wir nicht von ihnen; schau sie an und gehe deines Weges).

Was endlich die Uebersetzung anlangt, so ist über die Güte derselben ein wissenschaftliches Urteil nicht abzugeben, wenn man nicht das Original zum Vergleich daneben hält. Uebrigens wäre es mir gegebenenfalls nicht möglich, diesen Vergleich anzustellen, da ich kein Russisch verstehe. So kann ich denn nur im allgemeinen sagen, daß die Uebersetzung sich leicht und flüssig liest. Nur einige Ausdrücke fielen mir auf, die sich deutsch merkwürdig ausnehmen. So S. 11, wenn von dem »gedunsenen, aber gut gebauten und kräftigen Körper« die Rede ist, oder den Ausdruck S. 24 »Als Lyda an den Männern vorüberschritt, *zog* sie den ganzen Körper ein wenig an« oder S. 48 wenn vom »versterbenden Tag« gesprochen wird, oder S. 242 »Was gehst du denn gleich in die Höhe?« statt »springst du« oder etwas ähnliches.

Damit meine ich auf alle Punkte, über die ich befragt worden bin, eine Antwort erteilt zu haben. Eines kgl. Landgerichts hochachtungsvoll ergebener

gez. Dr. H. Schneegans, Kgl. Univ-Professor.

10. Gutachten
von Wilhelm Weigand.

Der Aufforderung des K. Landgerichts München 1. ein Gutachten über den russischen Roman »Ssanin« von Artzibaschew (übersetzt von André Villard und S. Bugw, Georg Müllers Verlag) abzugeben, komme ich hiermit nach.

Ich möchte gleich bemerken, daß ich das Einschreiten des Staatsanwalts gegen das Buch für einen ganz entschiedenen Mißgriff halte. Man mag über den dichterischen Wert des Romans verschiedener Meinung sein; aber die große kulturhistorische Bedeutung des Buches steht außer Frage. Das ganze gebildete Lesepublikum Europas ist darüber einig. Der Roman »Ssanin« ist ein hochbedeutendes Dokument des gegenwärtigen russischen Lebens, auf das der Betrachter und Forscher immer wieder zurückkommen wird, schon weil sein Einfluß und seine Wirkung historisch geworden sind. Er nimmt eine ähnliche Stellung ein, wie sie Turgenjeffs Roman »Väter und Söhne« für die ältere Generation in Rußland hatte. Ich gestehe, daß ich viele Momente des gegenwärtigen geistigen Lebens in Rußland erst nach der Lektüre dieses Buches verstanden habe. Der Autor zeigt, wie die Kontre-Revolution auf die sogenannten Intellektuellen gewirkt hat; er zeigt, wie die westeuropäische Naturwissenschaft (Darwin, Haeckel) und die Ideen Nietzsches auf die Jugend wirken. Der Einfluß, den der Roman in Rußland hatte und auch in der Presse vielfach erörtert wurde, ist bezeichnend für die Krise, die die russische Gesellschaft gegenwärtig durchmacht. Die Wirkung, die das Buch in Rußland hatte, ist für Deutschland und Westeuropa ausgeschlossen.

Ueber den dichterischen Wert des »Ssanin« kann man, wie gesagt, verschiedener Meinung sein; er ist nicht so groß wie der kulturhistorische. Der Held ist eine konstruierte Gestalt. Er ist mehr dazu da, die anderen zu treiben, als daß er selbst handelnd eingriffe. Das ist echt russisch. Das Buch ist ferner, wie die meisten russischen Romane, nicht besonders gut komponiert, aufgebaut. Doch dies sind Fragen, die nur insofern zur Erwägung stehen, als sie die Frage nahe legen, ob der Roman für Massenabsatz geeignet ist. Es fehlt aber durchaus nicht an sehr schönen dichterischen Stellen in dem Buch. Keinesfalls aber hat der Autor Zwecke verfolgt, die im Sinne unseres Strafgesetzbuches verfolgbar wären. Die Stellen, die durch die Darstellung geschlechtlicher Vorgänge auf das Scham- und Sittlichkeitsgefühl des Normallesers verletzend wirken sollen, sind im Verhältnis zu dem dickleibigen Roman gar nicht zahlreich. Einen sogenannten Normalleser, der von dem Staatsanwalt namhaft gemacht wird, kenne ich allerdings nicht. Es kann, wie jeder ohne weiteres zugeben wird, sehr wohl sein, daß sich einzelne Leute, die gewissen Kulturschichten angehören, durch die inkriminierten Stellen verletzt fühlen; aber es gibt hundert Meisterwerke der Weltliteratur, von denen man dasselbe sagen kann: Goethe, Shakespeare, um nur die Größten zu nennen, bieten Gelegenheit zu derartigen Schnüffeleien. Der Autor ist ferner durch die Schilderung erotischer Vorgänge in keiner Weise aus dem künstlerischen Ton des Buches herausgefallen, es ist einheitlich. Er unterstreicht nichts, um der Sensation willen. Er gibt nur das Nötigste. Er treibt Psychologie als Russe, und wir wissen, in welcher Weise die großen russischen Romandichter die analytische, oder sagen wir, zerfasernde Methode lieben. Als Künstler konnte er die psychologische Zergliederung der erotischen Momente gar nicht außer acht lassen, und er hat es ohne jede Nebenabsichten getan.

Ich wiederhole noch einmal, daß sich das Buch an Intellektuelle wendet. Nur für solche kann der Roman Interesse haben; denn stofflich ist er nicht allzu reizend für europäische Leser, und schon dadurch, daß er sich an das gebildete Publikum wendet, ist die Gefahr, daß er demoralisierend wirken könne, ganz ausgeschlossen. Wohin kommen wir, wenn schon solche Dokumente der Zeit nach Einzelheiten beurteilt werden, die eine reine Geschmacksfrage, aber keine Moralfrage sind!

Ich kann also nur betonen, daß ich das Vorgehen des Staatsanwalts gegen den ›Ssanin‹ für einen sehr bedauerlichen Mißgriff halte. Es gibt in der gegenwärtigen deutschen Romanliteratur viele Bücher, die viel aufstachelnder wirken, obwohl kein Wort in ihnen steht, das eine äußere Handhabe zum Einschreiten böte. Auch hier heißt es: *C'est le ton, qui fait la musique.*

Meinem Gutachten möchte ich zum Schlusse nur beifügen, daß es mir nicht möglich sein wird, der Verhandlung selbst anzuwohnen, da ich auf der Pariser Nationalbibliothek für einige Zeit beschäftigt sein werde. Meinem Gutachten könnte ich übrigens auch mündlich im wesentlichen nichts neues hinzufügen.

München, den 8. Januar 1909.

gez. Wilhelm Weigand.

Vorwort

Der Ssanin wurde zuerst fortsetzungsweise in der Zeitschrift Sowriemenni Mir veröffentlicht. Bei der Bedeutung, die die großen literarischen Revuen für das geistige Leben Rußlands besitzen, ist es kein Wunder, daß man sofort ganz allgemein zu ihm Stellung nahm. Als der Roman dann in Buchform erschien, war die erste Auflage in wenigen Wochen vergriffen. Die zweite folgte nach kurzer Zeit; das offizielle Verlagsregister gibt ihren Umfang auf 10 000 Exemplare an. Wenige Wochen später wird sie auf Anordnung der Zentral-Zensurbehörde konfisziert. Das ist für die Wichtigkeit, die man dem Roman in den Kreisen der russischen Regierung beimaß, erwähnenswert; für gewöhnlich gehen die zensorischen Maßnahmen von den Gouvernementsbehörden aus.

Aber das Verbot des Ssanin war ein Schlag ins Wasser; bei der Konfiskation in den Buchhandlungen fand sich fast kein Exemplar mehr vor. Auf diese zweite Auflage war sehnsüchtig gewartet worden; man hatte schon in der Zwischenzeit für gelesene Exemplare 30 und 40 Rubel bezahlt; das Publikum verschlang auch diese Auflage in wenigen Tagen. Einer dritten, die vor kurzem in Deutschland erschien, wird es wohl ähnlich ergehen; in keinem anderen Lande wie in Rußland sind Verbote nur dazu da, um erlassen zu werden.

Umgangen werden sie doch und von den revolutionären Jahren her ist der Schriftenschmuggel eine liebgewordene Tätigkeit.

Artzibaschew gehört seit seinem Ssanin zu den Personen, deren Name unumgänglich mit der Geschichte ihrer Zeit verknüpft ist. Durch seine sozialen Wirkungen allein ist der Ssanin aus der Reihe der Werke, die nur literarisch zu werten sind, ausgeschieden. Selbst wenn er nicht durch seine künstlerischen Qualitäten zu einer der wichtigsten Erscheinungen in der modernen Literatur Rußlands geworden wäre, hätten ihm doch kulturhistorische Gründe bleibende Bedeutung gegeben. Man wird die gegenwärtige Epoche, also die, welche die revolutionäre ablöste, psychologisch und soziologisch nicht beurteilen können, ohne den Ssanin als ihren charakteristischsten Niederschlag in den Mittelpunkt der Betrachtung zu ziehen.

Es ist hier nicht der Platz, die Ereignisse in Rußland, welche sich um diesen Roman kristallisiert haben, im einzelnen zu schildern. Der wilde sexuelle Rausch, der auf den Ssanin zurückgeht, hat auch schon genug von sich hören lassen. Die Organisationen der Ssaninisti, die Propaganda-Vereine der freien Liebe, die Verbindungen zum ungehinderten Geschlechtsgenuß unter Gymnasiasten und Gymnasiastinnen, die orgiastischen Klubs, die fälschlicherweise behaupteten, die Weltanschauung des Ssanin zu vertreten und es jedenfalls mit Verve taten, haben nur das Recht der Geschmacklosigkeit für sich; es lohnt sich nicht, ihrer Existenz durch Erörterungen selbst absprechender Art neues Leben zuzuführen.

Interessanter ist die Feststellung, wie es überhaupt dazu kam, daß ein ganzes Volk für seine Gesamtäußerungen mit einem Mal nur noch erotische Beziehungen finden konnte. Und daß ein einziges Werk – eben der Roman Ssanin – genügt, um sie hervorzurufen und sie mit seinem Namen zu decken. – – –

Die einzige Antwort ist: Ein russisches Volk existiert gar nicht.

Da leben hundert Millionen von Mushiks, die ihr Stückchen Feld bestellen, sich bei Mißernten zu Tode hungern, abwechselnd auch an Epidemien zugrunde gehen, zwischendurch mit Vergnügen den Kulak – ihren Dorfwucherer – totschlagen würden und außerdem darauf warten, daß einmal die große Landaufteilung kommt. Und sie wird kommen, der russische Mushik wird zum freien Bauern werden und aus den breiten unberührten Kräften, deren Naivität und Intensität schon heute jeden entzückt, der sie zum Vorschein kommen sieht, – Tolstoi kennt sie, Gorki nicht – wird das große, russische Volk erstehen.

Gegenwärtig existiert kein russisches Volk. Wohl aber eine russische Gesellschaft, die den Charakter des nationalen Lebens ausprägt.

Einst beschränkte sie sich auf den Adel – die Zeiten sind längst vorbei. Heute umfaßt sie die Schichten der akademisch gebildeten Berufe. Die Repräsentantin des modernen Rußlands ist die studierende Jugend, und was ihr entstammt – *die Intelligenz*! Dieses Wort wurde in Rußland nicht umsonst zu einem soziologischen Begriff; es bezeichnet die Klasse, an die die aktive Entwicklung des Volkes gebunden ist und in der sie sich in politisch-soziale Formen umsetzt. Die russische Intelligenz war Jahrzehnte lang revolutionär; so stand ganz Rußland im Banne der Revolution. In dieser Epoche strömten Weltanschauung, Moral, soziale Energien in dem einen großen Becken zusammen – Kampf gegen die bestehenden Verhältnisse. Für das Geschlechtsproblem war damals kein Platz. Die freie Liebe existierte höchstens als ein Punkt des sozialistischen Programms. Aber auch ein Punkt, von dem man nicht viel sprach, da man kein Interesse an ihm nahm. Wer in jener Zeit und in jenen Kreisen wirklich ungetraut mit seiner Frau zusammenlebte, stand auf der höchsten Spitze der Entwicklung; auf den Gedanken, in der Liebe tatsächliche Freiheit zu suchen, kam man nicht. Man hatte ja auch gar keine Zeit, *die Liebe* zu suchen, – – man suchte die Revolution. Sie beanspruchte alle Kräfte; sie verlangte viel. Sie war die stille Frau, der alle Empfindungen zugehörten, ohne Sentimentalität aber voll Innigkeit. Die freie Liebe der Revolutions-Epoche war eine gesetzlich nicht geschützte Einehe, die monogamer gehalten wurde, als manche hochzeitliche Verbindung, vor und hinter welcher der Pope stand. Und, die revolutionäre Bewegung, die damals die gesamte Intelligenz umfaßte, hätte über jeden ihr wütendes Anathema ausgesprochen, der es wagen wollte, gegen ihre so ganz gewöhnliche, so ganz gut bürgerliche, so mehr als bürgerliche Moral zu verstoßen.

Die Revolution ging in Stücke, die revolutionären Parteien zerfielen, lösten sich auf; die Intelligenz zog sich von einer Betätigung zurück, in der es nur, wenn man Glück hatte, ein vergnügtes Ende am Galgen, sonst ein langwieriges und -weiliges Hinvegetieren in Gefängnissen und der Zwangsarbeit gab. Doch die aufgepeitschten Erregungen des nationalen Temperaments ließen sich nicht einfach in die Ecke stellen. An ein stillverlaufendes, gemäßigtes Leben war man nicht gewöhnt; man konnte es auch nicht werden, da die Maßnahmen der Regierung auf keinem sonstigen Gebiet, freie Bahn ließen.

Man suchte nach dem »Neuen«.

Die Organisationen der Anarchisten haben den Vorzug, noch ehe man an Artzibaschew und seinen Ssanin dachte, den Weg dahin gewiesen zu haben. Nachdem der offene revolutionäre Kampf unmöglich geworden war, führten sie die terroristischen Aktionen in das Alltagsleben ein. Man warf Bomben zum Morgenimbiß und machte Expropriationen zum Nachmittagstee – am Abend hing man am Galgen, – eine Tageseinteilung, die auf die Dauer auch den kaltblütigsten Menschen in besondere seelische Schwingungen versetzen kann.

Derartige Vibrationen lösen sich am leichtesten in geschlechtlichen Reizen aus; die terroristischen Gruppen der Anarchisten waren die ersten, in denen die praktische Ausübung der freien Liebe zur Notdurft wurde. Die Nachrichten hierüber verbreiteten sich bald in den Kreisen der russischen Gesellschaft, in der Intelligenz; man sah, daß es Gebiete des täglichen Lebens gab, die, trotzdem sie polizeilich nicht strafbar, doch ganz annehmlich waren. Aber niemals hätte man diesem Beispiel zu folgen gewagt, wenn nicht in diesem Zeitpunkt das erlösende »Wort« für die unbewußten Empfindungen gesprochen worden wäre.

Im Anfang steht das Wort; – wenigstens in Rußland noch immer.

Man tut nichts, was einem nicht schwarz auf weiß ins Haus getragen wird.

Und dieses Wort spricht Ssanin aus, um dieses Wortes willen ist Artzibaschew der charakteristische Vertreter des heutigen Rußland.

Ssanin sieht, daß die revolutionäre Politik keinen persönlichen Nutzen bringt, wie sie auch – gegenwärtig – nicht einmal einen sozialen Zweck nachweisen kann. Daß für ihn weiter der persönliche Nutzen im sexuellen Genuß zu liegen scheint, kommt dabei erst in zweiter Linie in Betracht; – das erste und wichtigste ist wohl, daß in diesem Rußland, wo man bisher nur die eine Wertbemessung kannte – wem anderem gereichen unsere Handlungen zum Guten – endlich einer hinausschreit: Ich lebe für mich. Ich pfeife auf unsere Konstitutionen der Welt, die uns nichts angehen.

Für jeden gesunden Menschen ist in einem Lande, wo die geistige Bewegungsfreiheit vollständig eingeengt ist, die sexuelle Schmackhaftigkeit die zureichendste. Hierin nun kommt Ssanin den oben erwähnten sozialen Unterströmungen entgegen und weist ihnen den offenen Weg.

So wurde der Roman Ssanin zum Programm der Gesellschaft. Und als Programm hatte es die ungeheuren Wirkungen, wie vor ihm nur drei Werke: Jewgenii Oniegin, Väter und Söhne, die Kreuzersonate. Die seinen sind noch umfassender und eindringlicher, weil er sich in seinen Gesichtspunkten an weitere Kreise wendet; er hat die Jugend hinter sich.

Ssanin ist sicher für sein Land zu einem der revolutionärsten Werke der Weltliteratur geworden. Wohl noch niemals wurden durch ein Buch in so kurzer Zeit die gesamten Anschauungen einer Gesellschaft von Grund aus verändert zum Ausdruck gebracht. Und doch ist der Ssanin gleichzeitig das Buch der Contre-Revolution. Nichts hat in Rußland die sozialrevolutionäre Bewegung, nachdem sie zum Stillstand gekommen war, so endgültig der Zersetzung zugeführt, wie Ssanin mit seiner erotischen Suggestion.

Die Freudenfeste, die man in seinem Namen beging, waren die Leichenfeiern der Revolution, und die russische Regierung hätte wohl im Grunde wenig dagegen einzuwenden gehabt, daß die Jubelhymnen der Ssaninisten das letzte Röcheln einer verendenden Empörung übertönten. Doch die Ssaninisten, anscheinend froh, endlich die leidige »Konspirativität«, die traditionelle Geheimniskrämerei, beiseite werfen zu können, hatten damit auch den behutsamen Stolz der vorangegangenen Revolution verloren; sie wälzten sich zu laut, zu lärmend in ihrer Erotomanie. So mußte die Regierung, wohl mehr der Not gehorchend, als dem eigenen Triebe, zur Konfiskation des Buches schreiten, das ihr wie kein anderes Ereignis die Wege geebnet hat.

Immerhin; – die einfachste Wahrheit der Tatsachen hat Artzibaschew für sich. Sein Roman packte so unwiderstehlich, weil sich jeder in ihm leben fühlte. Wer nicht Ssanin ist, ist Jurii oder zum wenigsten Schawrow oder Iwanow. Die Personen sind über den Rahmen der Einzelschicksale hinausgewachsen, sie sind zu Typen ihrer Zeit geworden. Auf ihren Charakteren baut sich nun einmal das gesellschaftliche Leben auf; dadurch werden sie zur Grundlage jeder kulturellen Betrachtung des heutigen Rußland.

Artzibaschew war bisher in Deutschland unbekannt; der Ssanin ist das Werk, welches ihn bei uns einführt! In Rußland gilt er seit langem als einer der prägnantesten Vertreter der »Jungen«, die die psychologische Darstellungsweise mit der Leichtigkeit realistischer Schilderung, hauptsächlich bei Behandlung erotischer Probleme, verbinden. Daß er aber nicht an ein enges Stoffgebiet gebunden ist, hat er in seinen Novellen bewiesen, die mit seinen beiden besten Erzählungen »Millionen« und »Der Tod des Iwan Lande« in deutscher Uebersetzung erschienen sind. André Villard.

I

Die wichtigste Zeit im Leben, in der sich unter dem Einflusse der ersten Zusammenstöße mit Menschen und Natur der Charakter bildet, verlebte Wladimir Ssanin fern von seiner Familie. Niemand beaufsichtigte ihn, niemandes Hand leitete ihn, und die Seele dieses Menschen wuchs frei und eigenartig heran, wie der Baum im Felde.

Viele Jahre hindurch war er nicht in der kleinen Stadt gewesen und als er endlich zurückkehrte, erkannten ihn die Mutter und seine Schwester Lyda kaum wieder: In den Gesichtszügen, in Stimme und Manieren hatte er sich nur wenig verändert, aber doch zeigte sich an ihm etwas Anderes, Unbekanntes, das im Innern herangereift war und das Gesicht mit einem neuen Ausdruck durchleuchtete.

Es war gegen Abend, als er ankam, und er trat so ruhig in das Zimmer ein, als ob er es erst fünf Minuten vorher verlassen hätte. In seiner hochgewachsenen, breitschultrigen Gestalt mit den hellen Haaren, in seinen ruhigen und fast garnicht, höchstens in den Mundwinkeln, spöttischen Mienen, lag weder Aufregung noch Ermüdung; die lärmende Freude, mit der ihn die Mutter und Lyda empfingen, schwand wie von selbst.

Solange er aß und trank, saß ihm seine Schwester gegenüber und schaute ihn gerade an, ohne die Blicke abwenden zu können. Sie war in ihren Bruder so verliebt, wie nur exaltierte, junge Mädchen ihre abwesenden Brüder zu lieben vermögen.

Lyda stellte sich den Bruder als einen ganz besondern Mann vor, dessen Eigenart sie sich selbst aus den Büchern zusammengeträumt hatte. In seinem Leben wollte sie einen tragischen Konflikt sehen: Kampf, – Leiden, – Einsamkeit einer gewaltigen Individualität. – – – –

»Warum schaust du mich so grade an?« fragte sie Ssanin lächelnd. Dieses interessierte Lächeln bei dem in sich vertieften Blick der Augen war der ständige Ausdruck seines Gesichts.

Und seltsam, – dieses Lächeln, an sich hübsch und sympathisch, mißfiel Lyda von Anfang an. Es kam ihr selbstgefällig vor, und es schien ihr so garnichts von Kampf und Leiden und Einsamkeit zu erzählen.

Lyda schwieg und wurde nachdenklich, und, die Augen abwendend, blätterte sie mechanisch in einem Buche.

Als das Mittagessen beendet war, streichelte die Mutter ihrem Sohne zart und sanft Haar und Stirne und fragte:

»Nun erzähle uns aber auch! Wie hast du dort gelebt, was hast du alles getan? ...«

»Was ich getan habe? ...« Ssanin wiederholte es lächelnd. »Na, was schon? ... Aß, trank, schlief, arbeitete auch mitunter, manchmal tat ich auch garnichts, ... so ...«

Anfangs schien es ihm peinlich zu sein, von sich selbst zu sprechen, aber, als die Mutter sich sorgsam nach allem zu erkundigen begann, da kam er ins Erzählen und es machte den Eindruck, daß er gern erzähle. Und doch fühlte man heraus, daß es ihm im Grunde ganz gleichgültig war, wie sich die Andern zu seinen Reden stellten. Trotzdem er zärtlich und aufmerksam blieb, ließ sich in seinem Benehmen niemals die intime Nähe eines verwandten Menschen spüren, die von der ganzen Welt absondert, und man konnte eher glauben, daß all seine Zärtlichkeit und Aufmerksamkeit von ihm so einfach und selbstverständlich ausgestrahlt wurde, wie das Licht einer Kerze. Für alle gleich!

Sie traten auf die Terrasse hinaus, die in den Garten führte, und setzten sich auf die Stufen nieder. Lyda machte es sich auf einer tieferen möglichst bequem, und lauschte ganz für sich und schweigend, dem, was der Bruder ihnen erzählte.

Ein unfaßbarer, kalter Strahl lief durch ihr Herz. Mit dem scharfen Instinkt des jungen Weibes empfand sie bereits, daß ihr Bruder nichts von ihren Phantasien in sich trug, und sie wurde dadurch unwillkürlich eingeschüchtert und befangen, wie einem Fremden gegenüber.

Es war schon Abend, und ein weicher Schatten fiel auf alles. Ssanin zündete sich eine Zigarette an; das leichte Aroma des Tabaks mischte sich mit dem duftigen, sommerlichen Hauch des Gartens.

Er begann davon zu reden, wie ihn das Leben hin- und hergeschleudert hatte, wie er bummelte, manchmal hungern mußte; von seiner Teilnahme am politischen Kampf und wie er sie wieder beiseite warf, als sie ihn zu langweilen anfing.

Lyda hörte gespannt zu und saß unbeweglich, schön und etwas eigenartig da, wie alle jungen Mädchen in der Frühlingsdämmerung. Immer klarer wurde ihr, daß sein Leben, welches sie sich in so feurigen Zügen ausgemalt hatte, ganz einfach und gewöhnlich war.

Zwar ... irgend etwas Besonderes klang noch daraus hervor, doch das, was es sein mochte, konnte Lyda nicht erfassen. Im übrigen aber blieb es unwichtig und gleichgültig, ja, wie es ihr vorkam, sogar banal. Er wohnte, wo es grad der Zufall mit sich brachte, tat, was ihm in die Hände fiel, arbeitete bald, bald bummelte er, alles scheinbar ohne Ziel; nur trank er mit Vorliebe und kannte gut die Frauen. Hinter diesem Leben lauerte nicht das schwere und düstere Schicksal, welches die träumerische Mädchenseele Lydas zu sehen wünschte. In ihm herrschte keine allumfassende Idee; er haßte niemanden und litt auch um keines Menschen willen.

Im Gespräch drängten sich Worte in seine Rede, die Lyda aus irgendeinem Grunde unschön fand.

»Kannst du denn auch nähen? ...« unterbrach sie ihn einmal unwillkürlich mit verletzendem Erstaunen; das schien ihr häßlich und unmännlich.

»Früher hatte ich gewiß keine Ahnung davon, aber als es sein mußte, gut, da lernte ich's eben,« antwortete Ssanin mit seinem Lächeln; er empfand, was in Lyda vorging. Das Mädchen zuckte, ein wenig unbeholfen, mit den Achseln, schwieg aber; sie starrte tief in den Garten, mit dem Gefühl, wie wenn man des Morgens voller Träume an die Sonne erwacht und plötzlich den Himmel grau und kalt erblickt.

Auch die Mutter ergriff eine drückende, lästige Bangigkeit. Es berührte sie schmerzlich, daß ihr Sohn nichts dazu tat, um in der Gesellschaft die Stellung einzunehmen, die sich für ihn gebührt hätte. So begann sie, darüber zu reden, daß man auf solche Weise nicht weiter fort leben könne und daß man wenigstens jetzt versuchen müsse, sich anständig einzurichten. Zuerst sprach sie behutsam, noch in Furcht, den Sohn zu verletzen; aber sobald sie bemerkte, daß er nur oberflächlich hinhörte, wurde sie ungeduldig und fing an, mit dem stumpfen Verdruß einer Greisin auf ihn einzureden, als ob er sie absichtlich gereizt hätte.

Ssanin zeigte keine Verwunderung, wurde auch nicht böse; wie es schien, hörte er kaum auf sie. Mit zärtlichen Blicken sah er sie vollkommen gleichgültig an und schwieg. Nur auf ihre Frage:

»Aber wie denkst du denn zu leben?« gab er gleichmütig zur Antwort:

»So! ... Irgendwie! ...«

Doch seine ruhige, feste Stimme und die hellen, nicht blinzelnden Augen ließen erkennen, daß diese zwei bedeutungslosen Worte für ihn einen allumfassenden Sinn voll tiefer Bestimmtheit hatten. Maria Iwanowna seufzte, hielt einen Augenblick inne und sagte dann traurig:

»Nun, wie du es für das Beste hältst. Es ist deine Sache. Du bist auch kein Kind mehr ... Doch ihr solltet etwas in den Garten gehen. Seht nur, wie schön es jetzt ist.«

»Gehen wir wirklich Lyda! Komm, zeig' mir einmal unsern Garten. Ich habe schon ganz vergessen, wie es dort aussieht.«

Lyda fuhr augenblicklich aus ihren Träumereien empor, seufzte ebenfalls und stand auf. Langsam schritten sie miteinander den breiten Mittelweg entlang in die feuchte, dunkle Tiefe hinein.

Das Haus der Ssanins lag an der Hauptstraße der Stadt. Aber die Stadt war nur klein und der Garten lief direkt zum Fluß herunter, an dessen gegenüberliegendes Ufer schon die Felder stießen. Das Haus war ein alter Herrensitz mit nachdenklichen Säulen, von denen der Bewurf in Stücken abgebröckelt war, und einer breiten Terrasse, die in den Garten führte. Und dieser Garten war groß, verwachsen und lauschig; man konnte glauben, daß sich eine dichte, dunkelgrüne Wolke an die Erde schmiegte.

Des Abends war es im Garten geheimnisvoll schaurig, als ob dort in dem formlosen Gebüsch, geradso wie in den verstaubten Mansarden des Hauses, irgend ein altes, abgelegtes und trauriges Gespenst herumschleiche.

In dem oberen Stockwerke lagen weite, dunkle Säle und leere Gastzimmer und im Garten war nur die eine Allee gangbar geblieben, auch sie war mit abgebrochenen Zweigen und Blättern bedeckt; hin und wieder stieß der Fuß an einen zertretenen Frosch.

Das ganze gegenwärtige Leben aber hauste still und bescheiden nur in einer Ecke. Neben dem Hause schimmerte dort der gelbe Kies hervor, krause Blumenbeete waren mit bunten Blüten durchsetzt; ein hölzernes Tischchen, an dem man bei gutem Wetter speiste und den Tee einnahm, hatte dort seinen Platz. Diese ganze, kleine Ecke war von einfachem, friedlichem Leben durchwärmt, sodaß sie nicht mit der düsternen Schönheit des weiten, verwahrlosten Ortes verschmolz, der dem unvermeidlichen Verfall geweiht schien.

Als das Haus im Grünen verschwunden war und um Ssanin und Lyda nur noch die verträumten Bäume gleich lebendigen Wesen standen, legte er seinen Arm um ihre Taille und sagte mit einer eigentümlichen Stimme, die zärtlich und doch bedrückend klang:

»Nein, bist du aber zu einer Schönheit herangewachsen. Muß der Mann glücklich sein, dem du dich als Erstem hingeben wirst ...«

Ein heißer Strom zuckte aus seinem kräftigen, wie aus Eisen geschmiedeten Arm durch den schmiegsamen und zarten Körper Lydas.

Sie wurde verwirrt, erzitterte, und schwankte fast von ihm zurück, als fühlte sie das Herannahen eines unsichtbaren Tieres.

Sie waren schon an den Fluß herangekommen, wo man den feuchten Dunst des Wassers roch, das spitze Schilf nachdenklich hin und her trieb und sich den Blicken die breite Fläche des andern Ufers öffnete, mit dem tiefen, warmen Himmel und dem ersten Aufblitzen der Sterne.

Ssanin trat einige Schritte zurück und erfaßte irgendwo mit den Händen einen dicken, trockenen Baumast; er brach ihn geräuschvoll ab und warf ihn ins Wasser.

Zarte Kreise erwachten und liefen nach allen Seiten auseinander; das Schilf am Ufer begann eilig zu nicken, als bestände zwischen ihm und Ssanin eine geheime Verbindung.

II

Es war gegen ein Uhr mittags. Die Sonne strahlte hell, doch rückte schon vom Garten wieder ein weicher, grünlicher Schatten heran. Licht, Stille und Wärme bebten gespannt in der Luft.

Maria Iwanowna kochte Eingemachtes und unter der grünen Linde roch es schmackhaft und eindringlich nach brodelndem Zucker.

Ssanin hatte sich seit dem frühen Morgen an den Blumenbeeten zu schaffen gemacht; er bemühte sich eifrig, die Blumen, welche ihre Köpfchen unter der Hitze und dem Staube sinken ließen, wieder aufzurichten.

»Du solltest doch erst das Unkraut ausjäten«, rief ihm Maria Iwanowna zu, indem sie versuchte, durch den bläulichen, zitternden Dunst des Herdes zu ihm herüberzublicken. »Sage es doch Gruschka, sie wird es dir machen.«

Ssanin hob sein schweißbedecktes, heiteres Gesicht empor. »Wozu«, sagte er und schüttelte mit einer Bewegung das an die Stirn geklebte Haar zurück, »mag es doch wachsen. Ich liebe überhaupt jedes Grün.«

»Ein komischer Kauz bist du!« meinte die Mutter gutmütig die Achsel zuckend; aber doch waren ihr seine Worte nicht angenehm.

»Ihr seid selbst komische Käuze«, rief Ssanin im Tone fester Ueberzeugung und ging ins Haus, um sich die Hände zu waschen; er kehrte bald wieder zurück und ließ sich behaglich in dem geflochtenen Korbstuhl am Tische nieder.

Ihm war froh zumute, leicht und freudig. Das Grün, die Sonne, die Bläue des Himmels drängten sich in einem so starken Strahl in seine Seele, daß sie sich in dem weiten Empfinden vollkommenen Glückes breit öffnete.

Die großen Städte mit ihrem eiligen Lärm und dem hastenden Leben waren ihm zum Ekel geworden. Rings um ihn war Sonne und Freiheit und die Zukunft bekümmerte ihn nicht, weil er bereit war, alles vom Leben hinzunehmen, was es ihm bieten konnte.

Ssanin kniff die Augen zusammen und dehnte mit kräftigem Behagen seine gesunden Muskeln; dehnte und streckte sie. Es wehte eine stille, weiche Kühle durch den ganzen Garten; er schien tief und sanft aufzuseufzen. Die Spatzen zwitscherten von irgendwo, zugleich nah und fern und der gefleckte Foxterrier Mill lauschte, die rote Zunge heraushängend und das eine Ohr aufgerichtet, nachlässig aus dem dichten, hohen Grase hervor. Ueber seinem Kopfe rauschten leise die Blätter und ihre runden Schatten bewegten sich lautlos auf dem glatten Sande des Weges.

Maria Iwanowna verdroß die Ruhe ihres Sohnes. Sie liebte ihn ebenso wie ihre anderen Kinder. Doch eben deshalb kochte es in ihr vor Erregung; – sie wünschte, seine eigensinnige Kälte anzupacken und zu verletzen; sie wollte ihn zwingen, ihren Worten und ihrer Auffassung vom Leben Wert beizulegen. Alle Augenblicke ihres langen Daseins durchwühlte sie wie eine Ameise, die sich im Grase herumgräbt, um den zertretenen Bau ihrer häuslichen Wohlfahrt wieder aufzurichten.

Dieses langweilige, eintönige Gebäude, einer Kaserne und einem Krankenhaus ähnlich, bestand aus winzigen Ziegelsteinen, die ihr jedoch, dem talentlosen Baumeister, als der Schmuck des Lebens erschienen. In Wirklichkeit beengten sie nur Maria Iwanowna, verdrossen und ängstigten sie; stets wurde sie von ihnen in eine bekümmerte Trübsal versetzt. Aber trotzdem glaubte sie, daß kein Mensch ein anderes Leben führen könne.

»Nun, wie also, soll es etwa so weitergehen? ...« Sie tat, als ob sie angestrengt in die Schüssel mit dem Eingemachten blicke.

»Wie ... so ... weiter?« ... fragte der Sohn und nieste mehrmals.

Maria Iwanowna war überzeugt, daß auch dieses Niesen nur in der Absicht geschah, sie zu verletzen. Und obgleich sie offensichtlich unrecht hatte, fühlte sie sich dadurch gekränkt und wurde noch mißmutiger.

»Es haust sich doch ganz gut bei euch«, meinte Ssanin träumerisch. »Nicht schlecht,« gab Maria Iwanowna reserviert zur Antwort, da sie es für notwendig hielt, böse zu sein. Aber doch war es ihr angenehm, daß ihr Sohn Haus und Garten gelobt hatte, mit denen sie wie mit nahen, lieben Wesen verwachsen war.

Ssanin blickte zu ihr auf und erwiderte nachdenklich:

»Und wenn ihr mich nicht noch mit allerlei Kleinlichkeiten belästigen wolltet, so wäre es noch besser.« Der harmlose Ton, mit dem er dies hinredete, widersprach dem verletzenden Inhalt seiner Worte, sodaß die Mutter nicht wußte, ob sie böse sein oder lachen sollte.

»Wenn ich dich so ansehe, ... du bist auch als Kind immer anders gewesen, abnorm, aber jetzt, ...«

»Was jetzt? ...« fragte Ssanin so heiter, als erwartete er etwas sehr Interessantes und Angenehmes zu hören.

»... und jetzt bist du schon ganz vollkommen!« antwortete Maria Iwanowna und schwenkte den Löffel aus.

»Nun um so besser!« lächelte er und fügte nach kurzem Schweigen hinzu: »Da kommt auch Nowikow!«

Vom Hause her kam ein hochgewachsener, hübscher und blonder Mann. Sein rotes Seidenhemd, das sich dicht an den gedunsenen, aber gut gebauten und kräftigen Körper legte, flammte unter den Sonnentupfen grell und mit rötlichen Spiegeln auf; seine blauen Augen schauten zärtlich und lässig gradeaus. »Und Sie zanken sich noch immer?« ließ er sich schon von weitem mit einer ebenso zärtlichen und lässigen Stimme vernehmen. »Worüber nur, um des Himmels willen?«

»Ja, siehst du, Mama findet, daß meinem Gesicht eine griechische Nase besser gestanden hätte; ich aber meine, wie sie auch ist, dem Himmel sei Dank!«

Ssanin schielte von der Seite auf seine Nase, lächelte und drückte Nowikows weiche, breite Hand.

»Nun, was noch gar!« rief Maria Iwanowna verdrossen aus.

Nowikow lachte laut und heiter auf und der abgerundete, weiche Wiederhall ließ sein Lachen gutmütig und dröhnend aus dem grünen Dickicht zurückschallen, gleichsam, als ob sich dort jemand stille seiner Heiterkeit gefreut hätte.

»Ja, das weiß ich selbst; hier sorgt man in einem fort um dein Schicksal!«

»Was soll ich nur damit anfangen? ...« sagte Ssanin in komischer Verlegenheit.

»Du hast's ja reichlich verdient.«

»Hoho, wenn ihr euch meiner etwa von beiden Seiten annehmen wollt, so steht es mir immer noch frei, davonzulaufen.«

»Nein, bleib nur, ich werde selbst lieber fortgehen,« unterbrach ihn plötzlich Maria Iwanowna mit ganz unerwartetem Aerger. Sie riß mit einemmal die Schüssel vom Herde herunter und ging ins Haus, ohne einen von ihnen anzublicken.

Mill sprang aus dem Grase auf, spitzte die Ohren, und sah ihr fragend nach. Dann rieb er die Nase an der Vorderpfote, blickte wieder aufmerksam aufs Haus und lief schließlich ärgerlich irgendwo tief in den Garten hinein.

»Zigaretten! ... Hast du welche? ...« fragte Ssanin äußerst zufrieden, daß seine Mutter fortgegangen war.

Nowikow nahm, seinen Körper lässig zurückreckend, das Etui heraus: »Du neckst sie doch rein umsonst. Laß doch das Necken!« sprach er gedehnt mit zärtlichem Vorwurf in der Stimme. »Sie ist doch eine alte Frau.«

»Womit necke ich sie denn? ...«

»Nun, mit alledem.«

»Ach was, alledem! Sie hackt selbst auf mir herum. Ich verlange nie etwas von den Leuten, Brüderchen, mögen sie mich auch in Ruhe lassen.«

Beide schwiegen.

»Nun, wie geht's dir, Doktor? ...« Ssanin verfolgte während seiner Frage angespannt die zierlichen und kapriziösen Gebilde des Tabakrauches, die sich in der reinen Luft zart um seinen Kopf wanden.

Nowikow, der über etwas anderes nachdachte, antwortete nicht sogleich.

»Schlimm,« sagte er schließlich.

»Weshalb das? ...«

»Na so im allgemeinen! Langweilig! ... Dieses Nest hängt mir längst zum Halse heraus. Gibt nichts zu tun hier.«

Du? ... Für dich gibt es hier nichts zu tun? ... Du hast ja selbst dein Leid geklagt, kämst garnicht zum Aufatmen.«

»Davon spreche ich ja nicht. Man kann doch nicht nur ewig kurieren und Mixturen verschreiben. Es gibt doch noch was anderes im Leben.«

»Und was stört dich, auch für dieses andere zu leben? ...«

»Nun, das ist schon eine komplizierte Geschichte.«

»Durch was kompliziert? ... Ueberhaupt, sage mal, was fehlt dir denn eigentlich? ... Du bist ein junger Kerl; hübsch, gesund ...«

»Und das ist, wie sich herausstellt, im Grunde sehr wenig,« erwiderte Nowikow mit gutmütiger Ironie.

»Wie soll man dir das beibringen. Viel ist das, sehr viel sogar.«

»Und für mich nicht genug ...« Nowikow schmunzelte ein wenig. Und aus diesem Schmunzeln konnte Ssanin entnehmen, daß ihm das Lob über seine Gesundheit, Kraft und Schönheit angenehm gewesen war. Er wurde sogar ein wenig verlegen und errötete wie ein junges Mädchen auf der Brautschau.

»Dir fehlt nur eins,« sagte Ssanin nach einer Weile.

»Und das wäre? ...«

»Der richtige Blick fürs Leben ... Siehst du, du fühlst dich von der Einförmigkeit deines Lebens bedrückt. Aber wollte dir jemand vorschlagen, alles beiseite zu werfen und deiner Nase nachzulaufen, so wärest du einfach platt. Vor Staunen.«

»Wohin? ... Vielleicht als Landstreicher?«

»Meinetwegen auch als Landstreicher! Warum denn nicht? Ich seh dich so an und denke mir: Das ist nun auch so einer, der bei Gelegenheit fähig wäre, für irgendeine Konstitution im russischen Reich auf Lebenslang nach Schlüsselburg zu gehen, alle Rechte, seine Freiheit einzubüßen ... und man sollte doch meinen: Was kann ihm die Verfassung sein? ... Aber handelt es sich darum, sein eigenes, überflüssiges Leben umzugestalten und fortzugeben, um einen

Sinn und Interesse darin zu suchen, so steht auch schon die Frage vor ihm: Wovon werde ich leben? ... Und werde ich auch ja nicht untergehen, ich der gesunde, kräftige Mann, wenn ich mal mein Gehalt verliere und damit auch die Sahne zum Morgentee, das seidene Hemd und den gestärkten Kragen ... Komisch ist das ... bei Gott komisch!«

»Daran ist garnichts Komisches! Dort handelt es sich um eine Frage der Weltanschauung und hier ...«

»Was hier? ...«

»Ja, wie soll man das auseinandersetzen,« Nowikow knackte mit den Fingern.

»Hier siehst du, wie du urteilst! Gleich hast du Unterscheidungen zur Hand. Ich werde es dir noch nicht glauben, daß dich die Sehnsucht nach einer Verfassung mehr aufreibt, als Sinn und Interesse an deinem eigenen Leben.«

»Nun, das ist immer noch eine Frage ... Vielleicht doch mehr.«

Ssanin winkte ihm verdrießlich mit der Hand ab:

»Ach laß doch den Unsinn. Schneidet man dir in den Finger, so wird's dir sicher weher tun, als tut man's irgendeinem andern Untertanen Väterchens. Das ist Tatsache!« »Oder Zynismus,« Nowikow wollte beißend antworten, aber er forderte nur zum Lachen heraus.

»Mag übrigens sein. Aber das steht fest. Obwohl es nicht nur in Rußland, auch in vielen andern Ländern der Welt keine Verfassung, ja nicht einmal eine Andeutung davon gibt, grämst du dich jetzt nur, weil dir dein eigenes Leben nicht das richtige Vergnügen macht. Aber nicht im Geringsten einer Konstitution wegen. Und wenn du was anderes behauptest, so, nun so schwindelst du eben.« Plötzlich unterbrach sich Ssanin selbst mit frohem Aufleuchten in seinen hellen Augen und richtete sich halb auf: »Du grämst dich ja auch jetzt garnicht, weil dich vielleicht dein Leben anekelt, sondern ganz einfach, weil dich Lyda bisher nicht lieben wollte. Nun, ist es nicht so? ...«

»Jetzt redest du schon ganz und gar dummes Zeug,« rief Nowikow rot werdend wie sein rotes Hemd und in seine guten, ruhigen Augen stiegen Tränen der naivsten und aufrichtigsten Verlegenheit.

»Warum denn dummes Zeug, wenn du über Lyda die ganze Welt vergißt. Von Kopf bis zu den Füßen steht auf dir der eine Wunsch geschrieben, sie hinzunehmen. Und dann sagst du dummes Zeug.«...

Nowikow zuckte ganz eigentümlich mit der Achsel und ging hastig die Allee auf und ab. Selbst wenn nicht grade Lydas Bruder davon gesprochen hätte, wäre er wohl in Verlegenheit geraten, aber es schien ihm ganz besonders eigentümlich, diese Worte, deren Sinn er garnicht einmal richtig verstehen mochte, nun von Ssanin zu hören.

»Weißt du was,« murmelte er endlich vor sich hin, »entweder du willst eine Pose markieren, oder ...«

»Oder? ...« fragte lächelnd Ssanin.

Nowikow zuckte schweigend mit der Schulter und blickte zur Seite. Die andere Auffassung sollte Ssanin als einen gemeinen, verdorbenen Menschen bezeichnen. Das aber konnte er ihm nicht sagen, weil er für ihn stets, schon auf dem Gymnasium, eine aufrichtige Zuneigung empfunden hatte. Wirklich gefiel ihm dieser schlechte Mensch, trotzdem er fühlte, daß es eigentlich nicht der Fall sein durfte; das schlug sich in Nowikow als schwere und trübe Stimmung nieder. Die Erinnerung an Lyda war ihm schmerzlich und setzte ihn in Verlegenheit; und doch konnte er, da er Lyda vergötterte und das große und tiefe Gefühl selbst, welches er für sie empfand, anbetete, Ssanin wegen der Erinnerung nicht böse sein. Sie war qualvoll, aber gleichzeitig auch beglückend, als hätte jemand sein Herz ergriffen und leise gedrückt.

Ssanin schwieg und lächelte; sein Lächeln war aufmerksam und zärtlich.

»Nun, denke dir nur die richtige Bezeichnung aus; ich warte ein Weilchen, ich habe es nicht eilig.«

Nowikow schritt noch immer die Allee auf und ab und man sah ihm an, daß er aufrichtig litt.

Mill kam herbeigelaufen, schnüffelte besorgt umher und begann, sich an Ssanins Knieen zu reiben. Augenscheinlich war er über etwas froh und wünschte seine Freude auch den andern mitzuteilen.

»Du bist mir ein schönes Hundevieh,« sagte Ssanin, ihn streichelnd.

Nowikow hielt sich mühsam zurück, mit ihm Streit zu beginnen, fürchtete aber, daß Ssanin noch einmal das berühren könnte, was ihn auf der ganzen Welt am tiefsten traf. Und doch schien ihm alles andere, das ihm in den Kopf stieg, gleichgültig, leer und tot in Vergleich mit jedem Gedanken an Lyda.

»Und wo ist Lyda Petrowna? ...« fragte er ganz mechanisch, grade das, was er am liebsten fragen wollte, aber sich eigentlich nicht zu fragen getraute.

»Lyda? ... Wo soll sie sein? ... Sie wird auf dem Boulevard mit den Offizieren herumlaufen.«

Nowikow empfand einen schmerzlichen Stich. Eifersüchtig erwiderte er: »Lyda Petrowna ... sie ist so klug und entwickelt, ... wie kann sie ihre Zeit mit diesen vernagelten Kerlen verbringen? ...«

»Eh, mein Freund, Lyda ist jung, schön und gesund, ganz wie du auch; – – vielleicht noch mehr, weil sie das hat, was dir fehlt, die Gier nach allem. Sie möchte gerne alles wissen, alles durchempfinden. Ah, da ist sie ja selbst. Schau sie nur an und begreife doch, was für eine Schönheit sie ist.«

Lyda war im Wuchse kleiner, aber bedeutend schöner als ihr Bruder. In ihr überraschte die feine und zauberhafte Verknüpfung reizender Zärtlichkeit und gewandter Kraft; der leidenschaftliche, stolze Ausdruck ihrer dunklen Augen und ihre weiche und klangvolle Stimme, auf die sie stolz war. Langsam und sich beim Gehen ein wenig mit dem ganzen Körper wiegend, wie eine junge, prachtvolle Stute, stieg sie die Steinstufen, ihr langes, graues Kleid geschickt und sicher raffend, herab. Hinter ihr gingen zwei junge, hübsche Offiziere in glänzenden, hohen Reitstiefeln und enganliegenden Hosen; sie verwickelten sich in die Sporen, deren Klirren den Eindruck hervorrief, als ob es von ihnen selbst übertrieben würde.

»Wer ist das? ... Eine Schönheit?« ... fragte Lyda, indem sie den ganzen Garten mit ihrer weiblichen Frische und ihrer klangvollen Stimme erfüllte.

Sie reichte Nowikow die Hand und schielte argwöhnisch auf den Bruder, an den sie sich immer noch nicht gewöhnen konnte; sie begriff nicht, wann er lachte und wann er im Ernst sprach. Als ihr Nowikow die Hand drückte, bemerkte sie nicht, wie scheu und ehrfurchtsvoll seine Blicke auf ihr ruhten; sie erregten sie nicht mehr wie früher.

»Guten Abend, Wladimir Petrowitsch,« grüßte, die Sporen aneinanderklirrend und den ganzen Körper reckend, der Offizier, der von größerem Wuchs und der Schönere war.

Ssanin wußte schon, daß er Sarudin hieß, Rittmeister war und sich beharrlich und eindringlich um Lyda bemühte. Der andere Offizier war ein Leutnant Tanarow, der Sarudin für das Muster eines Offiziers hielt und nur den einen Wunsch hatte, ihm in allen Dingen gleichen zu können. Er war aber schweigsam und wenig gewandt, auch war sein Gesicht weniger hübsch als das Sarudins. Er klirrte ebenso mit den Sporen, sagte aber nichts.

»Du!« antwortete Ssanin plötzlich auf die Frage seiner Schwester, doch in einem Tone, der viel zu ernst klang.

»Natürlich eine Schönheit und vergiß nur nicht, gleich hinzuzufügen, eine unbeschreibliche.« Lyda lachte hell auf und warf sich mit dem ganzen Körper in den Korbsessel, während sie gleichzeitig mit einem Blick das Gesicht ihres Bruders streifte. Langsam hob sie beide Hände zum Kopf, wodurch sich ihre hohe, elastische Brust erhaben ausprägte und begann die Nadeln aus dem Hut zu ziehen. Dabei ließ sie eine dieser Nadeln, lang wie Stacheln, in den Sand niederfallen und verwickelte ihren Schleier in das Haar und in die andere Nadel.

»Aber Iwan Pawlowitsch, so kommen Sie mir doch zu Hilfe,« wandte sie sich kokett bittend an den schweigsamen Leutnant.

»Ja, wirklich, eine Schönheit,« wiederholte Ssanin nachdenklich, ohne seine Augen von ihr zu lassen.

Lyda schielte wieder mit einem mißtrauischen Blick zu ihm herüber.

»Wir sind hier alle nur Schönheiten!«

»Was sind wir? ...« lachte Sarudin. »Nur eine armselige Staffage, auf deren Hintergrund sich Ihre Schönheit noch heller und prunkvoller abhebt.

»Wie elegant Sie sich ausdrücken,« sagte Wladimir Petrowitsch und durch seine Worte klang eine leichte Nuance von Spott hindurch.

»Lyda Petrowna wird jeden dazu bringen, sich so auszudrücken,« bemerkte tiefsinnig der schweigsame Tanarow, der mit vielem Eifer versuchte, Lydas Hut zu lösen, sie aber so am Haare zerrte, daß sie zugleich ärgerlich wurde und lachte.

» *Sie* hat sie also auch schon dazu gebracht,« meinte gedehnt und verwundert Wladimir Petrowitsch.

»Laß sie doch,« raunte ihm Nowikow unaufrichtig und doch mit einem Gefühl des Vergnügens zu.

Lyda sah mit zusammengekniffenen Augen grade in die ihres Bruders und an ihren verdunkelten Pupillen konnte Ssanin deutlich lesen: ... Denke nicht, ich wüßte nicht gut, was das alles bedeutet. Aber es macht mir Spaß. Ich bin nicht dümmer als du und weiß genau, was ich tue.

Ssanin lächelte ihr zu; der Hut war endlich abgenommen und Tanarow trug ihn feierlich auf den Tisch.

»Ach was sind Sie für ein Mensch, Iwan Pawlowitsch,« rief Lyda, im Augenblick ihren Blick verändernd, wieder liebenswürdig und kokett. »Sie haben mir die ganze Frisur verdorben. Jetzt muß ich erst ins Haus gehen.«

»Oh, das werde ich mir niemals verzeihen,« murmelte Tanarow verlegen.

Lyda erhob sich schnell, raffte das Kleid zusammen und während sie die erregenden Blicke der Männer auf sich gerichtet fühlte, lachte sie grundlos auf und lief die Steinstufen hinauf.

Als sie verschwunden war, fühlten sich alle unwillkürlich freier, erschlafften und ließen den Körper zusammenfallen; sie verloren jene nervöse Spannung der Bewegung, welche die Männer in Anwesenheit eines jungen und schönen Mädchen empfinden.

Sarudin nahm eine Zigarette aus seinem Etui und begann, schon während er sie ansteckte, behaglich zu sprechen. Aber man hörte heraus, daß er nur aus Gewohnheit das Gespräch fortführte, und daß er dabei an etwas ganz anderes dachte:

»Heute riet ich Lyda Petrowna alles im Stich zu lassen und ganz ernsthaft mit Gesangsunterricht zu beginnen. Mit ihrer Stimme hat sie sicher eine Karriere vor sich.«

»Nicht zu leugnen, eine nette Aussicht!« erwiderte ihm düster und zur Seite schauend Nowikow.

»Und weshalb das? ...« fragte Ssanin voll Erstaunen; er ließ sogar die Zigarette sinken.

»Was ist denn eine Schauspielerin? ... Auch nichts anderes als eine Dirne.« Nowikow geriet plötzlich in Erregung. Doch jedes Wort, das er sprach, quälte und erregte ihn selbst am meisten. Er litt unter dem Gedanken, daß die Frau, die er liebte, ihren Körper den Blicken anderer Männer preisgeben sollte. Und dazu in herausfordernden Kostümen, die diesen Körper bloßstellten und ihn noch verlockender machten.

»Das ist wohl etwas zuviel gesagt,« meinte Sarudin die Augenbrauen hebend.

Nowikow sah ihn voll Haß an. In seiner Vorstellung gehörte grade Serudin zu jenen Männern, die das Mädchen, das er liebte, mit begehrlichen Blicken betrachteten, und es war ihm schmerzlich, daß jener schön war.

»Nicht im mindesten zuviel. Halb nackt auf die Bühne zu treten. Sich hin und her zurecken. Unter den Augen von Leuten wollüstige Szenen darzustellen, von Leuten, die später so fortgehen, wie man von einer Dirne geht, nachdem man ihr das Geld hingeworfen hat. Nicht zu leugnen, sehr hübsch.«

»Mein Freund,« bemerkte Wladimir Petrowitsch lächelnd, »einer jeden Frau ist es vor allem angenehm, wenn man ihren Körper bewundert.« – –

Nowikow zuckte verdrießlich die Achseln.

»Weißt du, du sprichst sehr abgeschmackte Dinge.«

»Weiß der Teufel, ob es abgeschmackt ist oder nicht. Wahr ist es!«

»Lyda würde sich aber auf dem Theater ganz effektvoll machen. Ich hätte selbst Lust, das mit anzusehen.«

Obgleich sich durch diese Worte Ssanins bei allen eine instinktive, gierige Lüsternheit regte, wurde ihnen doch peinlich zumute. Sarudin, der sich für intelligenter und abgeschliffener als die anderen hielt, glaubte verpflichtet zu sein, sie aus dieser unangenehmen Situation herauszureißen.

»Und was muß nach Ihrer Meinung eine Frau tun? ... Heiraten? – Auf die Universitäten laufen? ... Und dafür ihr Talent vernachlässigen? ... Das wäre gradezu ein Verbrechen an der Natur, die sie mit ihren besten Gaben ausgestattet hat.«

»Nun, nun,« sagte Ssanin mit unverhohlenem Spott. »Aber in der Tat, mir selbst ist niemals der Gedanke an dieses Verbrechen auch nur in den Kopf gekommen.«

Nowikow lachte schadenfroh auf, erwiderte aber Sarudin aus Höflichkeit: »Weshalb denn ein Verbrechen? – Eine gute Mutter oder eine gute Aerztin ist doch tausendmal mehr wert als jede Schauspielerin.«

»Nanu,« rief Tanarow entrüstet.

»Wird es euch wirklich nicht langweilig, Herrschaften, all dieses dumme Zeug zusammenzuschwatzen? ...«

Sarudin blieb die Erwiderung in der Kehle stecken und auch den anderen schien es mit einemmal, als ob es langweilig und nutzlos wäre, noch weiter zu sprechen. Nichtsdestoweniger fühlten sich alle durch Ssanins Einwurf beleidigt. Es wurde still und sehr langweilig.

Maria Iwanowna und Lyda waren bei dem letzten Satze Wladimir Petrowitschs auf die Terrasse hinausgetreten und hatten ihn gehört; sie verstanden aber nicht, um was es sich eigentlich handelte.

»Ihr seid ja mit eurer Unterhaltung ziemlich schnell bei der Langeweile angekommen. Gehen wir zum Fluß hinunter; da ist's jetzt am hübschesten.«

Als Lyda an den Männern vorüberschritt, zog sie den ganzen Körper ein wenig an, und ihre Augen schimmerten so rätselhaft, als verspräche sie etwas, doch ohne zu sagen, was ... »So ist's recht! Geht nur bis zum Abendbrot spazieren,« rief Maria Iwanowna.

»Sehr schön. Mit Vergnügen!« Sarudin war bereitwilligst dabei und bot Lyda, wieder mit den Sporen klirrend, seinen Arm.

»Hoffentlich gestatten Sie mir auch, mich Ihnen ...« Nowikow versuchte seinem Ton einen verletzenden Klang zu geben, doch dadurch erhielt sein ganzes Gesicht nur einen jämmerlichen Ausdruck.

»Wer hindert Sie denn? ...« fragte Lyda über die Achseln lächelnd.

»Ach, Bruder, geh, geh,« riet ihm Ssanin. »Ich würde selbst mitkommen, wenn Lyda nicht zu sehr daran dachte, daß ich ihr Bruder bin.«

Lyda erzitterte eigentümlich; ihre Aufmerksamkeit spannte sich. Dann maß sie den Bruder mit einem raschen Blick und lachte kurz und nervös auf.

Auch Maria Iwanowna hatte diese Aeußerung ihres Sohnes chokiert:

»Wozu redest du solche Dummheiten,« fragte sie grob. »Mußt dich durchaus originell machen.« »Fällt mir garnicht ein.«

Maria Iwanowna blickte ihren Sohn mit Erstaunen an. Sie konnte ihn absolut nicht verstehen; sie begriff ebensowenig wie Lyda, wenn er scherzte oder Ernst machte; und vor allem nicht, warum er grade entgegengesetzt dachte und empfand wie sie, während doch alle ihre Bekannten mit ihr fast gleicher Auffassung waren. Nach ihren Begriffen mußte der Mensch immer das denken, empfinden und tun, was alle Menschen dachten, empfanden und taten, die mit ihm in bezug auf Besitz, Bildung und soziale Lage gleichstanden.

Für sie war es ganz natürlich, daß Menschen nicht einfach nur Menschen sein sollten, mit all den individuellen Eigenheiten, welche die Natur in sie hineingelegt hat, sondern Personen, die in eine allen gemeinsame Form gegossen waren.

Ihre Umgebung befestigte sie in dieser Anschauung: Darauf wurde auch das Schwergewicht der erzieherischen Tätigkeit gelegt und allein durch sie wurden die Unterschied zwischen Gebildeten und Ungebildeten ausgeprägt. Die letzteren durften ihre Individualität bewahren und wurden dafür von den andern verachtet; diese Andern aber zerfielen in Gruppen, die allein der anerzogenen Bildung entsprachen. Ihre Ueberzeugungen hatten sich nicht nach ihren persönlichen Anlagen, sondern nach ihrer Stellung zu richten: – – – jeder Student war revolutionär, jeder Staatsbeamte bourgeois, jeder Schauspieler schlug über die Stränge und jeder Offizier war mit übertriebenen Ehrbegriffen ausgestattet. Wenn sich plötzlich ein Student als Konservativer, ein Offizier als Revolutionär herausgestellt hätte, so wäre das zum mindesten sehr eigenartig, wahrscheinlich aber äußerst unangenehm gewesen. Ssanin durfte seiner Herkunft und Erziehung nach garnicht so sein, wie er sich gab, und Maria Iwanowna sah ihn, wie Lyda, Nowikow und alle, die auf ihn stießen, mit dem ärgerlichen Gefühl getäuschter Erwartung an. Mit dem Instinkt der Mutter merkte sie sofort den Eindruck, den ihr Sohn auf die ganze Umgebung machte und dieser Eindruck war ihr sehr schmerzlich.

Ssanin empfand es. Er hätte die Mutter gerne beruhigt, wußte aber nicht, wie er es anfangen sollte. Einen Augenblick kam ihm sogar der Gedanke, sich zu verstellen und der Mutter einige beruhigende Worte zu sagen. Aber es wollte ihm nichts einfallen; er lachte auf, erhob sich und ging ins Haus.

Gelangweilt legte er sich aufs Bett und begann darüber nachzudenken, wie die Menschen die ganze Welt in ein Kloster verwandeln wollen, mit einer Regel für alle. Und diese Regel ist auf der Vernichtung jeder Persönlichkeit und ihrer Unterwerfung unter die strikten Anordnungen einer geheimnisvollen Greisenhaftigkeit aufgebaut. Dann gingen seine Gedanken auf das Schicksal des Christentums über und die Rolle, die es in der Geschichte gespielt hat; diese Gedanken langweilten ihn aber so, daß ihn unmerklich der Schlummer überkam und er bis zum Abend durchschlief.

Maria Iwanowna hatte noch lange hinter ihm hergeschaut; endlich seufzte sie auf und wurde nachdenklich. Sie sann darüber nach, daß Sarudin offenkundig Lyda den Hof machte und sie wünschte im stillen, daß es ihm ernst wäre.

– – – Lyduschka ist schon zwanzig Jahre alt, zog es ihr leise durch den Kopf, und Sarudin scheint ein guter Mensch zu sein. Man sagt, daß er in diesem Jahre eine Schwadron bekommen wird. Nur, – – Schulden hat er bis über den Kopf. Und weshalb habe ich nur diesen abscheulichen Traum gehabt. – – – Dieser Traum, den Maria Iwanowna an demselben Tage gesehen hatte, als Sarudin zum erstenmal zu ihnen ins Haus kam, quälte sie unaufhörlich und Gott weiß warum. Sie hatte geträumt, daß Lyda in einem weißen Kleide über ein Feld ging, und die Weiße des Kleides schien ihr ein großes und schweres Unheil vorauszusagen – – –

Maria Iwanowna ließ sich jetzt in einen Korbsessel nieder, stützte nach Art der alten Frauen den Kopf in die Hand und sah lange in den allmählich dunkler werdenden Himmel. Kleinliche, aber zähe und verdrossene Gedanken schoben sich durch ihren Kopf. Es war ihr grämlich und beängstigend zumute.

III

Es war dunkel geworden, als die Spaziergänger endlich zurückkehrten. Schon aus der Tiefe des Gartens, der in der Dämmerung weich versunken lag, vernahm man ihre hellen, belebten Stimmen.

Die lustige, erregte Lyda lief Maria Iwanowna in die Arme. Auf ihr lag noch der frische Duft des Flusses. Und mit ihm hatte sich jener reizvolle Hauch schöner, junger Mädchen verbunden, welche bis zur äußersten Spannung von liebenswürdigen, jungen Männern, die sie selbst in gierige Stimmung versetzt haben, erregt sind.

»Abendbrot machen, Mütterchen, Abendbrot machen,« sie zupfte Maria Iwanowna zärtlich an den Ohrläppchen. »Und inzwischen wird uns Viktor Sergejewitsch etwas vorspielen.«

Maria Iwanowna ging, um das Abendbrot anzuordnen und dachte dabei, daß das Schicksal eines so interessanten und ihr so klaren Wesens wie Lydas nicht anders als glücklich sein könne.

Sarudin und Tanarow gingen in den Saal ans Klavier und Lyda ließ sich in dem Schaukelstuhl nieder, der auf dem Balkon stand; geschmeidig streckte und reckte sie ihre Glieder.

Nowikow schritt schweigend auf den knarrenden Dielen des Balkons auf und ab und betrachtete von der Seite ihr Gesicht, ihre hohe Brust und die schlanken Füße, die in schwarzen Strümpfen und gelben Schuhen steckten. Sie aber bemerkte weder seine Blicke noch ihn selbst, ganz hingerissen von dem mächtigen und zauberhaften Eindruck der ersten Leidenschaft. Sie schloß die Augen und lächelte rätselhaft in sich hinein.

In der Seele Nowikows ging der alte Kampf vor sich.

Er liebte Lyda, aber er konnte sich nicht in ihr zurechtfinden. Manchmal glaubte er, daß auch sie ihn liebe; – dann wieder kam ihm dieser Gedanke ganz ungeheuerlich vor. In Augenblicken, in denen er sich ihrer Liebe sicher fühlte, schien es ihm sehr wahrscheinlich, ja selbstverständlich, daß ihm einst ihr schlanker Körper in seiner jungen Reinheit angehören würde. Sobald jedoch in ihm Zweifel aufstiegen, ob sie ihn jemals lieben könne, empfand er die gleichen Gedanken als schamlos und gemein, und wenn er sich dann bei sinnlichen Vorstellungen ertappte, nannte er sich einen niedrigen, schmutzigen Menschen, der Lydas nicht wert sei. Während er so über die Dielen schritt, suchte er sich selbst eine Entscheidung zu setzen: Trete ich mit dem rechten Fuß zuerst auf die letzte Diele, so bedeutet es Ja und ich muß mich ihr erklären; ... und wenn mit dem linken, so ...

Er wollte nicht zu Ende denken, was dann geschehen müsse.

Die letzte Diele betrat er mit dem linken Fuß und wurde von kaltem Schweiß übergossen; er sagte sich aber sofort: Pfui, was für Dummheiten! Wie ein altes Weib! Nun, eins, zwei, drei... Und mit dem Worte drei gehe ich grade darauf los und sage, ... ja, was sage ich ... nun, ganz gleich. Also ... eins, zwei, drei ...

Der Kopf brannte ihm, im Munde wurde es ihm trocken und das Herz klopfte ihm so stark, daß seine Beine anfingen zu zittern.

»Vielleicht wird es Ihnen doch noch einmal über, herumzulaufen,« rief ihm Lyda zu, ihre Augen öffnend. »Sie lassen einen ja garnicht zum Zuhören kommen ...«

Nowikow bemerkte erst in diesem Augenblick, daß Sarudin sang.

Es war die alte Romanze:

> Ich liebte dich, vielleicht ist dieses Feuer
> In meinem Herzen noch nicht ganz verglüht,
> Doch deine Ruh' ist mir vor allem teuer.
> Durch nichts betrüben will ich dein Gemüt.

Er sang nicht schlecht, aber doch so wie alle musikalisch nicht gebildeten Menschen, die den Ausdruck durch Geschrei und Sinkenlassen der Stimme zu ersetzen suchen. Nowikow erschien der Gesang von Sarudin besonders unangenehm.

»Was ist denn das? Selbstverfaßt? ..« erkundigte er sich, mit dem ungewohnten Gefühl des Grolls und der Erregung, nach dieser allbekannten Romanze.

»Nein! Setzen Sie sich doch hin. Stören Sie doch nicht!« befahl ihm launisch Lyda. »Wenn Sie die Musik nicht lieben, so gucken Sie eben solange in den Mond.«

Der völlig runde und rötlichschimmernde Mond sah wirklich eindringlich und geheimnisvoll hinter den schwarzen Baumwipfeln hervor. Sein leichtes, unfaßbares Licht strich über die Stufen, über Lydas Kleid, und über ihr Gesicht, das die eigenen Gedanken belächelte. Die Schatten im Garten verdichteten sich und wurden allmählich immer schwärzer wie im Walde.

»Dann schon lieber Sie ansehen,« sagte Nowikow ungeschickt. – – »Ach, was für Abgeschmacktheiten ich zustande bringe, wenn ich rede,« dachte er weiter.

Lyda lachte laut auf: »Ja, welch ein hölzernes Kompliment.«

»Ich verstehe es nicht, Komplimente zu machen,« erwiderte düster Nowikow.

»Aber so schweigen Sie doch und hören Sie zu.« Lyda zuckte unwillig die Achseln.

> Ich liebte dich stumm, hoffnungslos und schmerzlich,
> Mit all der Qual, die solche Liebe gibt,
> Ich liebte dich so wahrhaft und so herzlich,
> Gott gäb', daß dich ein andrer je so liebt.

Die Töne hallten vom Piano wie klingende, kristalle Aufschläge in den Garten hinein. Der Mondenschein wurde immer leuchtender, die Schatten immer tiefer. Unten im Grase ging Ssanin leise vorüber, setzte sich unter die Linde, und saß unbeweglich da, bezaubert von der Stille, welche die Laute des Klaviers und der leidenschaftliche Gesang nicht verwischen konnten, sondern im Gegenteil noch erhöhten.

Plötzlich fuhr Nowikow in die Höhe, als wäre es ihm mit einemmal entschieden ins Bewußtsein gekommen, daß er unmöglich noch einen Augenblick verlieren dürfe: »Lyda Petrowna!«

»Was?« fragte Lyda mechanisch und schaute auf den Garten und den Mond und über die schaukelnden Zweige, welche sich von seiner runden und hellen Scheibe abhoben.

»Ich warte schon so lange! ... Ich möchte jetzt sprechen!« fuhr Nowikow mit abgerissener Stimme fort.

Ssanin wendete den Kopf und horchte auf.

»Worüber? ...« fragte Lyda zerstreut.

Sarudin beendete grade seine Romanze, schwieg eine Weile, und setzte dann von neuem ein; er glaubte, eine selten schöne Stimme zu haben, und liebte es, vorzutragen.

Nowikow fühlte, daß er abwechselnd errötete und erblaßte; ein Gefühl der Uebelkeit stieg in ihm auf und der Kopf schwindelte ihm.

»Ich ... sehen Sie... Lyda Petrowna ... wenn Sie ... vielleicht geneigt wären, meine ... Frau ...« seine Zunge schlotterte und er wurde sich bewußt, daß man in solchen Augenblicken nicht so sprechen dürfe wie er. Und bevor er noch geendet hatte, erwartete er es schon als etwas ganz Selbstverständliches, daß sich sogleich ein sehr beschämender Vorgang, der ebenso töricht wie lächerlich wäre, abspielen müsse.

Mechanisch erkundigte sich Lyda noch einmal: »Wessen? ...« Und plötzlich wurde sie glühend rot, stand auf, setzte zu einer Antwort an, sagte aber nichts und wandte sich voller Verlegenheit ab. Jetzt schaute ihr der Mond grade ins Gesicht.

»Ich liebe Sie!« Nowikow bebte am ganzen Körper; er hatte die Empfindung, als ob der Mond zu leuchten aufgehört hätte, als ob es im Garten überaus schwül sei und alles irgendwo in einen hoffnungslosen, furchtbaren Abgrund stürze. »Ich verstehe nicht zu reden. Aber das ist ja gleich. Ich habe Sie sehr gern!«

– – – Wozu brauche ich hier das *sehr*, dachte er plötzlich, als wollte ich über Vanille-Eis sprechen. Er verfiel in Schweigen. Lyda zupfte nervös an einem Blättchen, das ihr grade in die Hand kam. Es machte sie verlegen, weil seine Worte für sie gänzlich unerwartet und unnötig waren. Sie riefen eine traurige Stimmung, die nichts wieder gut machen konnte, zwischen ihr und Nowikow hervor, an dessen Person sie seit langem fast wie an einen Verwandten gewöhnt war und den sie auch ein wenig liebte.

»Ich weiß wirklich nicht! ... Ich habe niemals an so etwas gedacht.«

Nowikow fühlte sein Herz mit einem stumpfen Schmerz irgendwohin zurückfallen. Er wurde noch blasser, stand auf und griff zur Mütze.

»Auf Wiedersehen!« sagte er, ohne daß seine Stimme ihm selbst in den Ohren nachgeklungen hätte. Seine Lippen verzerrten sich zu einem unpassenden, widersinnigen und bebenden Lächeln.

»Wo wollen Sie denn hin? ... Auf Wiedersehen!« Lyda war verwirrt; beim Händereichen bemühte sie sich, harmlos zu lächeln.

Nowikow drückte rasch ihre Hand und ohne die Mütze aufzusetzen, lief er mit hastigen Schritten über das betaute Gras, geradeaus durch den Garten. Als er in die ersten Schatten eintrat, griff er sich erregt in die Haare: – – –

Oh, mein Gott, warum bin ich so unglücklich? ... Sich eine Kugel durch den Kopf jagen? ... Ach, das sind ja alles nur Bagatellen. Aber doch, sich eine Kugel durch den Kopf jagen ... so schoß es wirbelnd und zusammenhangslos durch seine Gedanken und er hielt sich für den unglücklichsten Menschen, für völlig entehrt und lächerlich.

Zuerst wollte ihn Ssanin anrufen; er bedachte sich aber anders und lächelte nur. Es kam ihm sehr komisch vor, daß sich Nowikow an den Haaren riß und beinahe heulte, nur weil es eine Frau, deren Gesicht, Schultern und Füße ihm gefielen, ablehnte, sich ihm hinzugeben. Dann aber war es Ssanin auch angenehm, daß seine schöne Schwester Nowikow nicht liebte.

Lyda, stand einige Minuten unbeweglich auf demselben Fleck und Ssanin folgte mit scharfer Aufmerksamkeit dem hellen Umriß ihrer Gestalt, auf die grell das Mondlicht fiel. Durch die schon im Mondlicht liegende Tür trat Sarudin auf die Terrasse heraus; für Ssanin war sein vorsichtiges Sporengeklirr deutlich hörbar.

Im Saale spielte jetzt Tanarow einen alten Walzer mit zerrinnenden, duftigen Lauten zaghaft und grämlich.

Sarudin ging leise auf Lyda zu und umschlang ihre Taille mit einer weichen, geschmeidigen Bewegung; es fiel Ssanin auf, wie plötzlich zwei Schatten in einen zusammenflossen, der dann im Mondenlicht sonderbar hin und her schwankte. »Worüber sinnen Sie so verloren nach?« flüsterte Sarudin leise; seine Lippen ergriffen ihr kleines, zartes Ohr, und seine Augen blinkten dicht vor den ihren.

Lyda schwamm es süß und ängstlich durch den Kopf. Wie immer, wenn sie und Sarudin sich umarmten, erfaßte sie ein eigentümliches Gefühl. Sie war sich klar, daß er seiner geistigen Entwicklung nach unendlich niedriger stände als sie und daß sie sich ihm niemals unterwerfen würde. Gleichzeitig aber beherrschte sie ein angenehmer Schauer der Unsicherheit bei dem Gedanken, diese Berührungen einem starken und schönen Mann zu gewähren; es war, als blicke sie in einen bodenlosen Abgrund: - - - Und mit einemmal raffe ich mich auf und stürze mich hinunter ... will es und stürze mich ...

»Man wird uns sehen ...« flüsterte sie kaum hörbar, ohne sich aber stärker an ihn zu drücken oder sich weiter von ihm zu entfernen, während sie ihn grade durch diese hingebende Passivität noch mehr lockte und erregte.

»Ein Wort!« fuhr Sarudin fort, indem er sich, mit heißem Blut übergossen, stärker an sie drängte.

Lyda zitterte. Diese Frage stellte er nicht zum ersten Mal an sie und stets begann in ihr etwas zu sehnen und zu beben, das sie schwach und willenlos machte.

»Wozu das?« fragte sie ihn dumpf und ihre Augen blickten, von irgendeinem feuchten Schimmer überzogen, weit geöffnet in den Mond.

Sarudin konnte und wollte ihr nicht die Wahrheit sagen, obgleich er wie alle Männer, die bei Frauen Glück haben, fest davon überzeugt war, daß Lyda ihn verstand und im Inneren dieselben Wünsche hatte; sie ängstigte sich nur.

»Wozu? ... Nun, um Sie endlich einmal frei anschauen zu können. Um mit Ihnen ein freies Wort zu sprechen. Wie wir jetzt zusammenkommen, das ist eine Folter. Sie quälen mich. Lyda, Sie kommen, ja? ...« wiederholte er, seine bebenden Kniee an ihren elastischen und warmen Schenkel drückend.

Diese Berührung seiner Kniee brannte in ihr wie glühendes Eisen; um sie erhob sich nur noch ein dichter, traumschwüler Nebel. Ihr ganzer, biegsamer Körper erstarb; er schob und zog sich ohne ihren Willen dem seinen entgegen. Ihr wurde qualvoll gut und scheu zumute. Ringsumher hatte sich alles in sonderbarer, unbegreiflicher Weise verändert. Der Mond war kein Mond mehr, er leuchtete nahe, ganz nahe durch das Gitter der Terrasse, als hinge er grade über der hellerleuchteten Lichtung. Der Garten, nicht jener, den sie bisher gekannt hatte, sondern ein anderer, der viel dunkler und geheimnisvoller war, rückte dicht an sie heran und drängte sich um sie. Ihr Kopf schwindelte langsam und nachhaltig. Doch, sich mit eigenartiger Lässigkeit biegend, entwand sie sich seinen Armen und flüsterte mühsam durch die plötzlich wie ausgetrockneten Lippen:

»Gut!«

Schwankend und schwerfällig ging sie ins Haus; sie verstand daß etwas Furchtbares, Unabwendbares geschehen war, das sie lockte, lockte, das sie in den Abgrund zog.

– – Es ist ja nur eine Bagatelle, es wird nichts sein, ich mache nur Spaß; ganz einfach, weil es mir interessant ist, ein Scherz, weiter nichts; – – so bemühte sie sich selbst zu überzeugen, als sie in ihrem dunklen Zimmer vor dem Spiegel stand und darin nur ihren Schatten sah, welcher durch den Widerschein der vom Eßzimmer aus beleuchteten Türe hineingeworfen wurde. Sie hob langsam die Hände über den Kopf, knackte die Finger zusammen und dehnte sich leidenschaftlich; dabei beobachtete sie die Bewegungen ihrer schlanken Taille und ihrer breiten, runden Hüften.

Sarudin durchschauerte es, als er allein geblieben war; er knirschte mit den Zähnen und zuckte, die Augen schließend, mit den Achseln. Wie gewöhnlich fühlte er sich glücklich und er empfand, daß ihm ein noch größeres Glück bevorstände. Lyda erschien ihm in dem Augenblick, in dem sie sich ihm hingeben würde, so ungewöhnlich, so wollüstig schön, daß ihm die Erregung physische Schmerzen verursachte.

In der ersten Zeit, als er anfing, ihr den Hof zu machen und auch später noch, als sie ihm schon erlaubte, sie zu umarmen, konnte er ein Gefühl der Furcht in sich nicht unterdrücken. In ihren verdunkelten Augen lag etwas Fremdes, das ihm unbegreiflich war, wie, wenn sie ihn trotz ihrer Liebkosungen doch im geheimen verachtete. Sie erschien ihm so klug, so allen jenen Frauen und Mädchen unähnlich, bei denen er stolz seine Ueberlegenheit empfunden hatte; – – ihr klares Selbstbewußtsein zeigte sie so deutlich, auch während er sie küßte, daß er bei den Umarmungen zurückhaltend und ängstlich wurde, als erwartete er in jedem Augenblick, eine Ohrfeige zu bekommen. Der Gedanke, sie ganz zu besitzen, rief in ihm nur stärkere Furcht hervor. Mitunter kam es ihm geradeso vor, als spielte sie nur mit ihm und seine Rolle schien ihm dann einfach dumm und lächerlich.

Nach dem heutigen Versprechen jedoch, welches sie ihm mit einer eigentümlich ersterbenden, willenlosen Stimme, die er schon von anderen Frauen her kannte, gegeben hatte, fühlte er, wie seine Kraft unerwartet zurückkehrte. Er verstand, daß nun alles so kommen mußte, wie er es wollte.

Und in das beklemmende Gefühl wollüstiger Sehnsucht mischte sich sein und unbewußt eine Spur von Schadenfreude darüber, daß dieses kluge und gebildete Mädchen, welches so stolz und rein war, ihm ebenso unterliegen würde, wie alle die anderen, und daß sie mit sich dasselbe vornehmen lassen sollte, was er bei den andern zu tun pflegte.

Harte, brutale Szenen stiegen vor ihm empor und schwebten nebelhaft vor seinen Augen auf und ab; sie waren voll überreizter Wollust und von ausgesprochener Niedrigkeit. Als Mittelpunkt drängte sich allmählich das Bild von Lydas nacktem Körper hervor. Sarudin sah ihr aufgelöstes Haar, ihre klugen Augen; alles das verband sich zu einer wilden Orgie überhitzter Grausamkeit. Plötzlich erblickte er sie deutlich vor sich auf dem Boden liegen, hörte das Sausen seiner Reitpeitsche und ein rosiger Streifen zog über ihren nackten, zarten Körper, der sich in sklavischer Unterwürfigkeit zuckend dehnte und streckte. Unter einem plötzlichen Aufschießen des Blutes, das ihm ins Gehirn stieg, schwankte er zitternd gegen das eiserne Geländer der Terrasse. Goldene Kreise, Flammen schwirrten ihm vor den Augen. Es war ihm physisch unerträglich, weiter zu denken. Mit bebenden Fingern zündete er eine Zigarette an, seine starken Füße hatten alle Kraft verloren; er trat ins Haus. Wladimir Petrowitsch, der nichts von allem gehört, aber doch genug gesehen hatte, um Sarudins Lage zu begreifen, ging ihm mit einer Empfindung der Eifersucht nach. – – – Welch ein Glück doch solche Bestien haben, dachte er. Weiß der Teufel... Lyda und dieser ...

Das Abendbrot wurde im Eßzimmer eingenommen. Maria Iwanowna war nicht gut aufgelegt, Tanarow schwieg gewohnheitsmäßig und träumte davon, wie angenehm es sein müßte, Sarudin zu ähneln und von einem Mädchen wie Lyda geliebt zu werden. Es schien ihm, daß er sie nicht so wie Sarudin lieben würde, der nicht imstande war, ein solches Glück zu schätzen.

Lyda war blaß und schweigsam; sie schaute niemanden an. Listig und behutsam dagegen benahm sich Sarudin, wie ein Raubtier auf der Fährte, und Ssanin gähnte wie immer, aß, trank sehr viel Wodka; dem Anschein nach war er äußerst schläfrig. Das hinderte ihn aber nicht, nach dem Abendessen zu erklären, er wolle sich noch nicht hinlegen und werde statt eines Spazierganges Sarudin nach Hause begleiten.

Ssanin und Sarudin gingen bis zur Wohnung des Offiziers in fast völligem Schweigen; - - um sich die tiefe Nacht. Nur in den obersten Wolkenschichten schwamm, kaum sichtbar, der Mond. Ab und zu blickte Ssanin auf den Offizier und überlegte, ob es nicht das beste wäre, ihm eine herunterzuhauen.

»Ja,« sagte er plötzlich, schon dicht vor Sarudins Wohnung, »es gibt Verschiedenes in der Welt; zum Beispiel so allerlei Lumpen.«

»Wie meinen Sie das? ...« fragte Sarudin, vor Verwunderung die Augenbrauen hochziehend.

»Ja, so im allgemeinen. Aber grade die Lumpen, das sind die interessantesten Kerle.«

»Was sagen Sie da? ...«

»Natürlich, es gibt nichts Langweiligeres in der Welt, als ein rechtschaffener Mensch zu sein. Was ist so einer? Das Programm der Rechtschaffenheit und Tugend, das ist doch eine allbekannte Geschichte; was sollte es darin Neues geben? In diesem alten Plunder geht dem Menschen jede Individualität verloren. Das ganze Leben engt sich in einen öden, platten Rahmen der Anständigkeit ein. Hehle nicht, lüge nicht, verrate nicht, brich nicht die Ehe, und dabei ist die Hauptsache, daß grade alles dies am festesten im Menschen sitzt; jeder Mensch lügt, verrät, und betreibt besagtes Ehebrechen, nach Maßgabe seiner Kräfte.«

»Doch nicht jeder,« bemerkte nachsichtig Sarudin.

»Nein, jeder! Es genügt schon, sich in das Leben eines anderen Menschen hineinzuversetzen, um darin auf die Sünde zu stoßen. Sehen Sie, in dem Augenblick, wo wir dem Kaiser geben, was des Kaisers ist, uns dann ruhig schlafen legen und zum Mittagessen niedersetzen, verüben wir schon Verrat.«

»Aber was sprechen Sie da?« rief Sarudin unwillkürlich entrüstet.

»Nun wir zahlen Steuern, genügen unsern Bürgerpflichten und die Folge davon ist, daß wir dem Staat die Mittel geben, Tausende von Menschen in denselben Krieg zu schicken, über dessen Ungerechtigkeit wir uns empören. Wir legen uns schlafen und wir denken garnicht daran, die zu retten, die sich gleichzeitig für unsere Ideen aufopfern. Wir verzehren soviele überflüssige Bissen und lassen Menschen Hungers sterben, für deren Wohlergehen wir sorgen müßten, wenn wir wirklich tugendhafte Menschen wären. Und so fort. Das ist ja verständlich. Aber eine andere Sache ist es mit dem Lumpen, dem echten, aufrichtigen Lumpen. Das ist vor allen Dingen ein vollkommen offener, natürlicher Mensch.«

»Ein natürlicher? ...«

»Gewiß, unbedingt. Er tut eben das, was für einen Menschen ganz natürlich ist. Er sieht irgendetwas, was ihm nicht gehört, aber gefällt, und nimmt es sich. Er sieht ein prachtvolles Weib, das sich ihm nicht gleich hingeben will, also nimmt er es mit Gewalt oder mit List. Und das ist vollkommen natürlich, weil das Bedürfnis und Verständnis für den Genuß grade einer der wenigen Züge ist, wodurch sich der Mensch vom Tiere unterscheidet. Je mehr Tier das Tier ist, um so weniger weiß es etwas vom Genuß oder ist imstande, ihn zu suchen. Tiere befriedigen nur ihre Triebe. Ich glaube, darüber sind wir uns doch alle klar, daß der Mensch nicht zum Leide geschaffen ist, und daß Leiden nicht das Ideal menschlichen Strebens sein kann.«

»Selbstredend,« gab Sarudin zu.

»Also liegt im Genuß das Ziel des Lebens. Paradies ist gleichbedeutend mit absolutem Genuß und alle Menschen träumen auch, so oder so, vom Paradies auf Erden. Ursprünglich war es ja auch hier unten, wie man sagt. Und dieses Märchen vom Paradies ist keineswegs ein Unsinn; es ist ein Traum und ein Symbol.«

»Ja,« sagte nach einigem Schweigen Sarudin, »die Enthaltsamkeit ist wirklich keine natürliche Eigenschaft des Menschen; am aufrichtigsten sind tatsächlich die, welche ihre Begierden garnicht zu unterdrücken suchen.«

»Ganz recht,« fiel ihm Ssanin ins Wort, »das heißt also solche, die man in unserer Gesellschaft Lumpen nennt. Sehen Sie, wie Sie zum Beispiel.«

Sarudin zitterte und prallte zurück.

»Sie sind natürlich,« fuhr Ssanin fort und tat so, als wenn er nichts bemerkt hätte, »der beste Mensch von der Welt. Wenigstens in Ihren eigenen Augen. Aber gestehen Sie, trafen Sie jemals einen Menschen, der besser war als Sie? ...«

»Viele,« antwortete unentschlossen Sarudin, der ihn jetzt überhaupt nicht mehr begriff und nicht mit sich ins Reine kommen konnte, ob es angebracht wäre, sich beleidigt zu fühlen oder nicht.

»Sagen Sie wen? ...«

Sarudin zog schwankend die Schultern an.

»Nun da haben Sie's,« rief Ssanin heiter, »zuletzt bleiben Sie doch selbst der allerbeste Mensch. Und ich zähle mich natürlich auch zu ihnen. Und haben wir beide nicht, wenn's drauf ankommt, den Wunsch, zu stehlen, zu lügen und ehezubrechen? Selbstverständlich, ... vor allen Dingen ehezubrechen.«

Sarudin schob wieder die Schultern in die Höhe.

»Originell,« murmelte er.

»Meinen Sie?« fragte Ssanin, mit einer unfaßbaren Nuance von Spott. »Von der Seite habe ich es noch garnicht angesehen. Ja, Lumpen sind die aufrichtigsten Menschen. Nebenbei auch die interessantesten. Weil man sich in der menschlichen Lumpenhaftigkeit gar keine Schranken und Begrenztheit vorstellen kann. Einem Lumpen werde ich stets mit ganz besonderer Hochachtung und großem Genuß die Hand drücken.«

Und mit einem ungewöhnlich offenen, freudigen Gesicht drückte Ssanin dem Offizier die Hand, schaute ihm dabei liebenswürdig gerade in die Augen, verdüsterte sich aber plötzlich und murmelte, nun schon mit völlig veränderter Stimme: »Adieu, gute Nacht!« und ging fort.

Sarudin blickte, einige Minuten unbeweglich auf demselben Flecke stehend, dem fortgehenden Ssanin ganz verdutzt nach. Er wußte nicht, wie er seine Worte aufnehmen sollte und er befand sich daher in einer selten peinlichen Stimmung. Aber sofort wurde sie durch die Erinnerung an Lyda verdrängt; – – er dachte daran, daß Ssanin ja ihr Bruder sei und daß er im Grunde wohl recht hätte; im selben Augenblick empfand er für ihn auch ein Gefühl brüderlicher Liebe und Freundschaft.

– – – »Er bleibt aber doch ein interessanter Kerl,« dachte er selbstgefällig, als wenn ihm Ssanin bis zu einem gewissen Grade angehöre und er selbst für dieses Interesse in Frage komme. Dann öffnete er die Haustür und schritt, immer noch kopfschüttelnd und von angenehmen Nachdenken angeregt, in seine Wohnung.

Ssanin kehrte gleichmütig nach Hause zurück, kleidete sich aus, legte sich nieder, zog die dicke Decke hoch und wollte zum Zarathustra greifen, den er bei Lyda gefunden hatte.

Aber schon von der ersten Seite an war ihm das Buch langweilig. Die aufgeblasenen Bilder erweckten in seiner Seele keinen Rhythmus, er spuckte drauf, warf sie beiseite und schlief sofort ein.

IV

In das Haus des Obersten Nikolai Jegorowitsch Swaroschitsch, das nicht weit von dem der Ssanins lag, war der Sohn zurückgekehrt, ein Student der technischen Hochschule. Die Behörde hatte ihn aus Moskau ausgewiesen und unter Aufsicht der Heimatspolizei gestellt, weil er verdächtig war, an einer revolutionären Verbindung teilgenommen zu haben. Jurii Swaroschitsch hatte seine Familie schon früher davon benachrichtigt, daß er verhaftet worden sei und ein halbes Jahr lang im Gefängnis sitzen mußte; auch von seiner Ausweisung schrieb er ihnen, sodaß seine Ankunft niemanden überraschte. Gewiß war Nikolai Jegorowitsch anderer Ansicht wie sein Sohn und die ganze Geschichte hatte ihn aufs äußerste betrübt, aber doch sah er in dessen Handlungsweise nur jugendliche Torheit, und empfing ihn voll zärtlicher Liebe. Absichtlich vermied er es, die Unterhaltung auf dieses Thema zu bringen.

Jurii war drei Tage lang ununterbrochen in der dritten Klasse gefahren, wo man vor dem Gebrüll kleiner Kinder und den schwülen, muffigen Ausdünstungen nicht schlafen konnte. Er kam furchtbar müde und abgespannt nach Hause. Kaum hatte er den Vater und seine Schwester Ludmilla, die in der ganzen Stadt nur mit ihrem Kindernamen Ljalja gerufen wurde, begrüßt, so legte er sich schon in ihrem Zimmer schlafen.

Er erwachte erst gegen Abend, als die Sonne im Untergehen war, und ihre rötlichen Strahlen die Umrisse des Fensters an der Wand mit bunten Farben umzogen.

Aus dem Nebenzimmer hörte man das Geklirr von Gläsern und Löffeln, das Rücken von Stühlen; dazwischen das lustige Lachen Ljaljas und eine aristokratische Herrenstimme, die Jurii völlig unbekannt war.

Zuerst kam es ihm vor, als ob er noch immer im Eisenbahnwagen dahinführe, dessen Fensterscheiben und Puffer klapperten und krachten und wo vom Nachbarabteil her Stimmen unbekannter Leute zu ihm drangen. Doch sofort besann er sich wieder auf seine Umgebung; er erhob sich rasch und setzte sich im Bette aufrecht hin.

»Ach ja,« er dehnte das Wort lang durch die Lippen und fuhr sich mit allen fünf Fingern durch das dichte und widerspenstige, schwarze Haar. Nun bin ich also wirklich hier gelandet... Seine Gedanken sammelten sich und mit einem Mal kam er ganz erstaunt zu dem Schlusse, daß er eigentlich garnicht nach Hause hätte zurückkehren sollen. Die Wahl des Aufenthaltsortes war ihm freigestellt worden; wie er glaubte, folgte er nur einem plötzlichen Einfall, als er, ohne sich lange zu besinnen, nach Hause fuhr. Doch in Wirklichkeit war dem nicht so: In seinem ganzen Leben hatte er niemals versucht, sich durch eigene Arbeit zu erhalten. Stets war er auf die Unterstützung des Vaters angewiesen gewesen und daher scheute er sich jetzt davor, ohne Hilfe an einen fremden Ort zu gehen. Innerlich schämte er sich dieses Gefühls, gestand es sich aber selbst nicht ein. Plötzlich kam es ihm vor, als ob er grundfalsch gehandelt hätte. Seine Verwandten konnten seine Situation nicht begreifen und billigen; das war klar. Dazu kamen auch hier materielle Fragen; denn es schien ihm wenig angenehm, dem Vater noch einige Jahre hindurch auf der Tasche zu liegen. All das mußte von Anfang an bewirken, daß zwischen ihnen keine harmonischen Beziehungen aufkommen konnten. Schließlich würde auch das Leben in dieser kleinen Landstadt, in der er seit zwei Jahren nicht gewesen war, sehr langweilig sein. Alle Einwohner kleiner Landstädte hielt Jurii von vornherein für Spießbürger, vollkommen unfähig, Fragen der Philosophie und Politik, in denen er den einzigen Sinn und Wert des Lebens sah, zu begreifen oder sich auch nur für sie zu interessieren.

Langsam stand er endlich, noch bedrückt von all diesen Gedanken, auf, ging auf das Fenster zu, öffnete es und lehnte sich in das Vorgärtchen hinaus, welches an diese Seite des Hauses stieß. Eigentümlich sahen von oben die auffallend bunten Flecken der vielfarbigen Blumenköpfe aus, die über das ganze Stückchen Erde verstreut, wie in einem Kaleidoskop, durcheinandergeworfen waren. Diesem Vorgärtchen gegenüber lag dunkel ein dichter Garten, der wie alle in diesem kleinen Städtchen zum Flusse hinunterlief. Ganz von weitem sah man den blassen Glanz dieses Flusses durch die Bäume schimmern; zart und fein stiegen Nebelschleier aus ihm empor. Der Abend war still und lag schwer und trächtig in der Luft.

Jurii wurde es traurig zumute. Zulange hatte er in der großen, steinernen Stadt gelebt, sodaß die Natur für ihn, trotzdem er sie zu lieben glaubte, leer und öde blieb. Sie beruhigte und erfreute ihn nicht, sondern erregte in ihm einen unbegreiflichen Gram und krankhafte Träumereien.

»Aha, Lieber, du bist ja schon aus den Federn gekrochen! Nun gut, es ist auch Zeit,« rief Ljalja, die mit einem Schwung ins Zimmer kam.

Jurii trat melancholisch vom Fenster zurück. Das schwere Bewußtsein seiner einsamen, abgesonderten Lage und eine stille unbestimmbare Sehnsucht, von dem versterbenden Tag genährt, bewirkten es, daß er sich von der Heiterkeit seiner Schwester verletzt fühlte und es unangenehm fand, plötzlich ihre helle Stimme zu vernehmen.

»Bist du vergnügt?« Zu seinem eigenen Erstaunen richtete er plötzlich eine Frage an sie.

»Na, mit einem Mal aufgewacht!« Ljalja riß die Augen auf, lachte aber gleich noch lustiger weiter, als hätte sie die Frage des Bruders an etwas sehr Freudiges und Vergnügliches erinnert.

»Wie kam es dir nur in den Sinn, dich plötzlich nach meiner Stimmung zu erkundigen. Uebrigens ich langweile mich niemals. Hab keine Zeit dazu....« Und mit ernstem Gesicht, augenscheinlich stolz auf ihre Worte, fügte sie hinzu: »Es ist jetzt eine interessante Zeit; da wäre es Sünde und Schande, sich zu langweilen. Ich habe auch einige Arbeiterzirkel, mit denen ich mich beschäftige. Und dann nimmt unsere Bibliothek viel Zeit in Anspruch. Wir haben hier auch ohne dich eine Volksbibliothek gegründet; sehr gut geht sie.«

Zu anderer Zeit wäre all das für Jurii interessant gewesen und hätte sicher seine Aufmerksamkeit erregt. Jetzt aber störte ihn irgend etwas. Doch da er sah, daß Ljalja zwar ihrem Gesicht einen über alles erhabenen Ausdruck zu geben versuchte, aber dabei komisch wie ein kleines Kind auf Anerkennung wartete, überwand er sich mit vieler Mühe und sagte:

»So? ... Nun gut!«

»Wie sollte ich mich da also langweilen?..«

»Na, und ich komme vor Langweile um,« gab Jurii ohne Ueberlegung zur Antwort.

»Wie liebenswürdig du bist! ... Garnicht zu sagen! ... Bist gerad erst ein paar Stunden zu Hause, hast die auch verschlafen und dann langweilst du dich schon.«

»Dagegen ist nichts zu tun. Das kommt von Gott,« erwiderte Jurii mit einem Anstrich von Selbstgefälligkeit. Sich zu langweilen, schien ihm viel eindrucksvoller und ernster, als vergnügt zu sein. – – – – Das kann jeder, dachte er.

»Von Gott, von Gott,« schmollte Ljalja scherzhaft und drohte ihm mit der Hand: »Uuuuuu!«

Jurii fiel es garnicht auf, daß sich seine Stimmung inzwischen bedeutend gebessert hatte. Die helle Stimme und die Lebensfreudigkeit Ljaljas zerstreute rasch die schalen Empfindungen, die er für tief und wichtig hielt. Auch Ljalja glaubte nicht, doch ohne sich darüber klar zu sein, an seine Trübsal und wurde deshalb nicht im geringsten durch sein Gerede verletzt.

Ganz vergnügt sah ihr Jurii jetzt ins Gesicht und sagte: »Ich fühle mich niemals froh.«

Ljalja lächelte sehr interessiert und meinte in diesem Augenblick wirklich, daß er ihr etwas sehr Witziges erzählt hätte.

»Nun gut, mein Ritter von der traurigen Gestalt, ... niemals ist niemals! Aber wir wollen gehen! Paß auf, gleich werde ich dir einen netten, jungen Mann vorstellen. Gehen wir!« Ljalja zog den Bruder lachend an der Hand hinter sich her.

»So warte doch. Was für ein junger Mann ist denn das!«

»Mein Bräutigam!« rief ihm Ljalja glücklich und jubelnd grade ins Gesicht und drehte sich voll Freude und Entzücken im Zimmer herum, so daß sich ihr Kleid von allen Seiten aufblähte.

Jurii wußte schon aus früheren Briefen des Vaters und Ljaljas selbst, daß ein junger Arzt, der sich vor kurzem in der Stadt niedergelassen hatte, ihr eifrig den Hof machte; – – er wußte jedoch noch nicht, daß sie mit ihm schon verlobt war.

»So? ...« meinte er unwillkürlich gedehnt und mit tiefer Verwunderung. Es erschien ihm ganz sonderbar, daß diese reine und frische Ljalja, die er immer noch für einen Backfisch hielt, bereits einen Bräutigam haben sollte und bald Frau und Gattin sein würde. In ihm stieg ein zärtliches Empfinden für die Schwester auf, das sich aber fast gleichzeitig in stilles Mitleid verwandelte.

Jurii legte ihr den Arm um die Taille und sie schritten zusammen in das Eßzimmer, in dem bereits die Lampe brannte, und ein großer, sehr blankgeputzter Samowar an der Schmalseite des breiten Tisches stand. Am Tische saß auch Nikolai Jegorowitsch und unterhielt sich mit einem starkgebauten, doch noch jungen Menschen, an dem Jurii sofort auffiel, daß er nicht den großrussischen Typus zeigte.

Unbefangen, mit ruhiger Liebenswürdigkeit erhob sich dieser und trat Jurii entgegen.

»Nun, machen wir Bekanntschaft miteinander! - - Anatol Pawlowitsch Rjäsanzew.«

»Von einer komischen Feierlichkeit seid ihr,« rief Ljalja und machte gleichzeitig mit der offenen Handfläche eine erhabene Bewegung, als wollte sie die Vorstellung unterstützen.

»Ich bitte Sie, mich zu lieben und zu achten,« fügte Rjäsanzew ebenso scherzhaft hinzu.

Mit dem Wunsche aufrichtiger Zuneigung drückten sich beide die Hände und dachten auch einen Augenblick daran, sich, wie üblich, zu küssen; sie taten es jedoch nicht, sondern sahen sich nur freundschaftlich und aufmunternd in die Augen.

- - - So also sieht der Bruder aus, dachte verwundert Rjäsanzew, der aus irgendeinem Grunde erwartet hatte, daß die flinke, kleine Ljalja in ihrer blühenden Blondheit durchaus einen ebensolchen Bruder haben müsse. Jurii aber war hochgewachsen, hager, hatte dunkles Haar, wenn es auch in seiner Art ebenso hübsch war, wie das Ljaljas; doch er hatte dieselben feinen, regelmäßigen Gesichtszüge, wodurch er ihr ähnlich wurde.

Jurii, der seinerseits interessiert auf Rjäsanzew blickte, kam in diesem Augenblick nur der eine Gedanke, daß vor ihm der Mann stände, der in diesem kleinen Mädchen, seiner Schwester, das Weib gefunden und liebgewonnen hatte, in diesem zarten, kleinen Mädchen, das so klar und frisch wie ein Frühlingsmorgen war. Natürlich so liebgewonnen, wie auch Jurii Frauen gegenüber empfand; ... dieser Gedanke wurde ihm plötzlich unangenehm. Es war ihm peinlich, beide zu betrachten, als müßten sie sofort seine geheime Ueberlegung erraten.

Jurii wie auch Rjäsanzew fühlten, daß sie viele Fragen aneinander zu richten hätten. Jenen drängte es, sich zu erkundigen: Lieben Sie Ljalja? ... Lieben Sie sie rein,... ernst? ... Das wäre doch schade, nein, widerwärtig, wenn Sie sie täuschen wollten. Sehen Sie nur, wie rein und unschuldig sie ist.

Und Rjäsanzew hätte ihm geantwortet: Aber ich liebe doch ihre Schwester. Ja, wirklich, ich liebe sie sehr. Und man kann garnicht anders, als sie zu lieben. Sehen Sie, wie keck und frisch und lieb sie ist. Wie entzückend sie sich selbst in ihrer Liebe benimmt. Und wie reizend sich der Ausschnitt am Halse macht.

Doch statt all dieser Gedanken sprach Jurii überhaupt nicht und Rjäsanzew fragte nur höflich:

»Sind Sie für längere Zeit ausgewiesen worden?«

Nikolai Jegorowitsch, der im Zimmer auf und ab ging, hielt bei Rjäsanzews Frage einen Augenblick inne; fuhr aber gleich wieder fort, mit den übertrieben regelmäßigen, abgemessenen Schritten eines alten Soldaten hin und her zu wandern. Er kannte die Einzelheiten der Ausweisung noch nicht und die unerwartete Erinnerung an sie stieg ihm zu Kopf. Weiß es der Teufel, murmelte er vor sich hin, um seiner Empörung einen Ausdruck zu geben.

Ljalja hatte die Bewegung des Vaters sofort verstanden und erschrak; sie fürchtete schon im Voraus allerlei Zank, Streitigkeiten und unangenehme Erörterungen und bemühte sich, das Gespräch abzubrechen. Innerlich machte sie sich Vorwürfe: Wie dumm bin ich doch. Natürlich hätte ich daran denken und Tolja vorher warnen sollen.

Aber da Rjäsanzew garnicht wußte, worum es sich handele, erkundigte er sich, nachdem er Ljaljas Frage, ob er Tee wünsche, bejaht hatte, von neuem:

»Und was beabsichtigen Sie, zunächst hier zu tun?«

Nikolai Jegorowitschs Mienen verdüsterten sich zusehends; sein dumpfes Schweigen kam Jurii mit einem Mal zum Bewußtsein. Ohne einer Ueberlegung Raum zu lassen, kochte in ihm die Erregung und der Troß auf; absichtlich antwortete er mit dem lässigsten Tone, der ihm möglich war:

»Vorläufig garnichts!«

»Was soll das bedeuten – – garnichts?..« fragte stehenbleibend Nikolai Jegorowitsch. Seine Stimme hatte sich nicht verändert, und doch klang aus ihr deutlich der Vorwurf heraus:

– – – »Wie kannst du eine solche Antwort geben?.. Garnichts! Erlaubt dir denn dein Gewissen diese Antwort? ... Habe ich denn die Verpflichtung, dich mein ganzes Leben lang auf meinen Schultern zu tragen? ... Wie kannst du es vergessen, daß dein Vater schon alt ist; es ist längst an der Zeit, daß du selbst für dein Brot sorgen mußt. Ich mache dir ja gar keine Vorschriften ... Gut, lebe! Aber begreifst du denn selbst nicht, wie du zu leben hast?...« Alle diese vorwurfsvollen Fragen klangen aus seiner Stimme und trotzdem der Eindruck auf Jurii um so stärker war, als er seinem Vater innerlich vollkommen recht geben mußte, fühlte er sich doch bis in die Tiefen seines Wesens verletzt.

»Gewiß nichts? ... Was soll ich denn tun? ...« fragte er herausfordernd zurück.

Nikolai Jegorowitsch wollte ihm eine scharfe Antwort geben, schwieg aber und zuckte nur die Achseln. Dann begann er wieder aus einer Ecke in die andere zu gehen, mit schwerfälligen in drei Tempi zerfallenden Schritten. Seine korrekte Erziehung gestattete ihm nicht, die Erregung schon am ersten Tage, an dem sein Sohn wieder ins Haus gekommen war, zu äußern.

Jurii konnte sich noch immer nicht diesen konnte sich nicht mehr zurückhalten, gespitzt und wachsam auf den geringsten Anlaß zum Widerspruch zu lauern. Er war sich durchaus klar, daß er den Streit hervorrufen würde, aber es war ihm doch unmöglich, sein Auflehnungsbedürfnis zu bewältigen. Am unglücklichsten fühlte sich Ljalja, die dem Weinen nahe, bald den Vater, bald wieder den Bruder hülflos ansah; sie wagte kein Wort zu sprechen, aus Furcht, dadurch irgendwie den Ausbruch des Sturmes zu beschleunigen. – – – Auch Rjäsanzew, der endlich begriffen hatte, was vorging, suchte ihr zu Hilfe zu kommen; doch die Art und Weise, wie er mühsam das Gespräch in andere Bahnen lenkte und mit aller Gewalt immer neue und allen uninteressante Themen herbeizog, war nicht besonders geschickt und verstärkte nur die gegenseitige Gereiztheit. So ging der Abend langweilig und gleichzeitig gespannt vorüber. Jurii wollte sich nicht als schuldig betrachten, denn Nikolai Jegorowitsch verlangte im Grunde, daß er mit dem politischen Kampf nichts zu tun haben dürfe, und das mochte er unter keiner Bedingung zugestehen. Ihm schien es, daß der Vater nicht fähig sein konnte, die einfachsten Dinge zu begreifen, weil er alt und unintelligent war, und daß er nun ganz unbewußt einen Groll auf ihn als den nächsten Zeugen seines Alters und seiner Unintelligenz habe.

Zum Abendessen kamen Nowikow, Iwanow und Semionow. Letzterer studierte an der Universität und war im höchsten Grade schwindsüchtig; seit einigen Monaten lebte er in der Stadt als Privatlehrer eines Knaben. An ihm fiel jedem sofort seine eckige Häßlichkeit und Schwäche auf; sein vorzeitig gealtertes Gesicht trug den schaudererregenden und doch so unfaßbar zarten Schatten des nahen Todes.

Sein Begleiter Iwanow war ein langhaariger und breitschultriger Volksschullehrer von ungeschliffenem Benehmen. Sie waren beide auf dem Boulevard spazieren gegangen; sobald sie jedoch von Juriis Ankunft hörten, kamen sie, um ihn zu begrüßen. Ihr Erscheinen belebte alles. Witze, Scherze, Lachen erscholl. Beim Abendbrot wurde von allen viel getrunken, doch von Iwanow am meisten. Auch Nowikow war schließlich von der allgemeinen Heiterkeit fortgerissen worden und lachte kräftig mit den andern. Im Laufe der wenigen Tage, die seit seiner Erklärung an Lyda verflossen waren, hatte er sich wieder ein wenig beruhigt. Trotzdem war es ihm beschämend und peinlich, zu Ssanins zu gehen; um Lyda zu sehen, lief er zu gemeinsamen Bekannten oder nur die Straßen entlang, die sie hinunterzukommen pflegte. Trafen sie sich, dann war Lyda zu ihm übertrieben aufmerksam mit einem Anflug von verschämter Zärtlichkeit. Und schon begannen sich in Nowikow neue Hoffnungen zu regen.

»Was meint ihr, Herrschaften,« sagte er, als sie schon beim Verabschieden waren, »wollen wir nicht einmal ein Piknik am Kloster veranstalten.«

Das Kloster war ein beliebter Ausflugsort, da es nicht zu weit entfernt von der Stadt auf einer Anhöhe lag, in einer freien, stromumflossenen Ebene; der Weg zu ihm war sehr bequem.

Ljalja konnte in der ganzen Welt nichts mehr begeistern, als allerlei Lärm, Spaziergänge, Baden, Rudern und durch den Wald laufen. Daher griff sie Nowikows Idee mit überquellendem Enthusiasmus auf. »Unbedingt, das machen wir! Unbedingt! Aber wann? ...«

»Wann wir wollen. Schon morgen meinetwegen.«

»Und wen werden wir noch auffordern,« fragte Rjäsanzew, dem der Gedanke des Ausflugs ebenso gefiel. Im Walde war Ljaljas Körper, dessen Frische ihn mit seinen ganzen Sinnen anzog, sicher zwanglos in seiner Nähe; er konnte sie liebkosen und ungehindert küssen.

»Ja, wen denn noch? ...«

»Wir sechs hier, und dann Schaffrow.«

»Wer ist das,« fragte Jurii.

»Ach, hier läuft so ein junger Studiosus herum.«

»Und Ludmilla Nikolajewna wird Karssawina und Olga Iwanowna auffordern.«

»Wen?« erkundigte sich Jurii wieder.

Ljalja lächelte: »Das wirst du schon sehen!« und sie küßte geheimnisvoll vielsagend ihre Fingerspitzen.

»So? ... Nun, wollen wir sehen.«

Nowikow setzte eine zurechtgestutzte Miene auf und fügte mit unnatürlicher Gleichgültigkeit hinzu: »Die Ssanins könnte man auch mitnehmen.«

»Lyda vor allen Dingen,« rief Ljalja, nicht, weil sie ihr gefiel, sondern weil sie von Nowikows Liebe wußte und ihm eine Freude bereiten wollte. Von ihrer eigenen Liebe war sie so entzückt, daß sie wünschte, alle Menschen um sie wären von demselben zufriedenen Glück erfüllt.

Bissig fiel Iwanow gleich nach ihr ein: »Dann wollen wir aber auch ja nicht vergessen, die Offiziere einzuladen.«

»Ganz gewiß, sie ebenfalls! Je mehr Volk, um so besser.«

Die jungen Leute traten auf die Terrasse hinaus; der Mond verbreitete eine gleichmäßige Helle und alles war in warme Stille eingehüllt.

»Oh, welche Nacht,« sagte Ljalja, sich unmerklich an Rjäsanzew schmiegend. Er drückte ihren runden, warmen Arm mit seinem Ellenbogen fest an sich; er fühlte, wie sie wünschte, daß er noch bei ihr bleiben möge.

»Ja, die Nacht ist wunderschön,« wiederholte er, diesen einfachen Worten einen tiefen, nur ihnen verständlichen Sinn gebend.

»Mag ihr wohl sein,« rief Iwanow im Baß. »Meinen Segen, aber ich möchte schlafen. Gute Nacht, Signori!« Er schritt gleichmäßig die Straße hinab, mit den Armen um sich fuchtelnd, wie eine Mühle mit ihren Flügeln. Nowikow und Semionow gingen zusammen fort. Rjäsanzew brauchte unter dem Vorwand, noch das Piknik mit Ljalja zu besprechen, sehr viel Zeit zu seinem Abschied.

»Nun, baba, baba,« sagte Ljalja endlich scherzhaft und schob ihn von sich. Als er ging, reckte sie sich und seufzte auf; es wurde ihr schwer, das Mondlicht, die warme Nachtluft zu verlassen und alles das, wozu sie ihr kräftiger, junger Körper lockte.

Jurii überlegte, daß sich der Vater wahrscheinlich noch nicht niedergelegt hätte und daß es nun unvermeidlich zu dieser unerquicklichen und zwecklosen Auseinandersetzung kommen müsse, wenn sie beide aufblieben.

»Nein,« sagte er zögernd zu Ljalja, die wartend auf der Treppe stand, »ich laufe noch ein wenig spazieren.« Er blickte gradeaus auf die bläulichen Wogen des Nebels, die wie ein Vorhang über dem Flusse hin und her schwankten und die ganze Luft in zitternde Bewegung brachten.

»Wie du willst. Gute Nacht!« Ljalja sprach mit einer eigentümlich zärtlichen Stimme. Dann reckte sie sich noch einmal in die Höhe, kniff die Augen wie ein Kätzchen zusammen, lächelte irgendwohin dem Mondschein nach und schritt schleppend ins Haus.

Jurii blieb allein. Eine Minute lang stand er unbeweglich und starrte auf die schwarzen Schatten der Häuser, die tief und kalt dalagen, schreckte plötzlich zusammen und schritt ebenfalls in der Richtung aus, in der er den kranken Semionow dahinschleichen sah.

Der Kranke war noch nicht weit gekommen. Er ging eigentümlich langsam, Schritt für Schritt, mit einer besonderen Betonung; er schleifte die Füße herum, während sein Oberkörper gebückt und nach vorn hing und nur von Zeit zu Zeit in einem dumpfen Husten zusammenfuhr. Auf der hellen Erde lief sein kalter, schwarzer Schatten aufmerksam hinter ihm her.

Sowie Jurii ihn eingeholt hatte, fiel es ihm auf, daß er sich völlig verändert hatte. Während des ganzen Abendessens hatte Semionow mehr gescherzt und gelacht als all die andern; jetzt aber lief er traurig und zerbrochen hin und aus seinem harten Husten klangen leidvolle, hoffnungslose Töne heraus; gleichzeitig drohend und grausam, wie die Krankheit selbst, an der er litt.

»Ach, Sie sind es,« meinte er zerstreut, als er Jurii bemerkte, – wie es diesem vorkam, unfreundlich.

»Ich habe gar keine Lust, zu schlafen. Ich möchte Sie ein Stückchen begleiten.«

»So begleiten Sie mich,« willigte Semionow mit deutlicher Gleichgültigkeit ein.

Sie gingen langsam, schweigend weiter; Semionow hustete noch immer und beugte sich jedesmal nach vornüber.

»Ist es Ihnen denn nicht zu kühl,« fragte Jurii oberflächlich, weil ihn dieser traurige Husten zu belästigen anfing.

»Ich friere immer,« erwiderte Semionow verdrießlich. Jurii wurde es peinlich zumut, als hätte er versehentlich eine kranke Stelle berührt. Wie, um diese Empfindung zu überwinden, erkundigte er sich wieder teilnahmsvoll: »Sind Sie schon lange von der Universität herunter? ...«

Semionow gab nicht sogleich eine Antwort. »Lange,« sagte er endlich.

Jurii begann, ihm von den Stimmungen in der Studenschaft zu erzählen, von alledem, was er für das Wichtigste und Aktuellste hielt. Zuerst sprach er ziemlich gleichmütig, dann aber ereiferte er sich, erzählte lebhaft und voll Feuer.

Semionow hörte zu und schwieg. Allmählich kam Jurii dann auf die Gründe zu sprechen, welche zur Abschwächung der revolutionären Propaganda in den Massen führten, und man konnte merken, daß ihm jedes Wort, das er hierüber sagte, aufrichtig leid tat.

»Haben Sie die letzte Rede Bebels gelesen,« fragte er hitzig.

»Gelesen!«

»Nun, nett ist das? ... Was? ...«

Aber statt einer zusammenhängenden Antwort schwenkte Semionow plötzlich in großer Erregung seinen Stock mit der breiten Krücke. Sein Schatten bewegte neben ihm in gleicher Weise seinen langen, grauen Arm und Jurii mußte in diesem Augenblick an das unheilvolle Flügelschlagen irgend eines schwarzen Raubvogels denken.

Dann setzte Semionow eilig und zusammenhanglos zum Sprechen ein, als dürfe er keine Zeit mehr verlieren und seine Worte stürzten sich wild auf Jurii:

»Was ich Ihnen sagen werde, ... ich werde Ihnen sagen, daß ich hier sterbe. Verstehen Sie, einfach sterbe.«

Und noch einmal schwang er den Stock und nochmals wiederholte der schwarze Schatten seine drohende Geste.

Diesmal hatte Semionow selbst sie bemerkt.

»Da,« sagte er bitter, »hinter meinem Rücken steht der Tod und lauert auf jede meiner Bewegungen. Ach, was ist mir Bebel! Ein Schwätzer schwatzt *das*, ein andrer etwas Anderes, ins volle Leben schwatzen sie hinein, und mir steht sowieso bevor, heute oder morgen abzufahren. Verstehen Sie, zum Teufel zu gehen.«

Jurii schwieg verlegen, ihn überkam eine schmerzliche Trauer; das, was er gehört hatte, verletzte ihn.

»Denken Sie vielleicht, daß mir das alles wichtig ist? ... Das, was in der Universität geschah oder was Bebel zu reden beliebte. Ich meine, wenn es einmal mit Ihnen so zum Sterben kommt, wie jetzt mit mir, verstehen Sie, es handelt sich hier darum, zuversichtlich zu wissen, daß man stirbt, dann, nun zum Teufel, Ihnen wird noch nicht einmal der Gedanke in den Kopf kommen, daß da Worte eines Bebels, Tolstois, Nietzsches oder von sonst irgend einem Trottel existieren und einen Sinn haben sollen.«

Semionow brach ab.

Der Mond leuchtete hell und gleichmäßig wie früher, und unablässig glitt der schwarze Schatten hinter ihnen her.

»Also, der Organismus zerfällt,« ließ er sich plötzlich wieder mit einer ganz schwachen, jämmerlichen Stimme vernehmen. »Wenn Sie wüßten, wie schwer es einem wird, so zu sterben. Besonders in einer solchen hellen, warmen Nacht.« Er wendete Jurii sein häßliches Gesicht aus Haut und Knochen und mit anormal glänzenden Augen zu, aus denen eine wimmernde Sehnsucht sprach. »Alles lebt und ich sterbe. Diese Phrase wird Ihnen selbstverständlich abgeleiert vorkommen, gewiß, sie muß Ihnen so vorkommen, aber ich ... ich sterbe. Nicht in einem Roman, nicht auf einem Fest mit künstlerischer Wahrheit niedergeschrieben, nein, einfach so, in Wirklichkeit sterbe ich. Und mir scheint das wahrhaftig nicht banal. Ihnen wird dabei auch einmal anders zu Mute sein. Ich sterbe, ... sterbe, ... und weiter nicht.«

Semionow geriet in anhaltenden Husten; es dauerte einige furchtbare Minuten, bis er ihn überwunden hatte.

»Manchmal fange ich an, darüber nachzudenken, daß ich bald in völliger Dunkelheit liegen werde. Verstehen Sie, in kalter Erde, mit eingefallener Nase und abgefaulten Gliedern. Und hier oben bei Ihnen auf der Erde wird alles weiter so seinen Gang gehen wie jetzt, wo ich noch lebend mit herumlaufe. Sie werden ja dann noch am Leben sein. Werden weiter herumlaufen, auf diesen Mond schauen, Sie werden atmen, an meinem Grabe vorübergehen;... vielleicht werden Sie sich dort hinstellen und ein Bedürfnis erledigen. Und ich werde liegen und ekelhaft weiter faulen. He,« schrie Semionow plötzlich haßerfüllt auf, »was ist mir da Bebel und Millionen anderer fratzenschneidender Esel...«

Jurii verfolgte ihn mit glänzenden Augen; er angstdurchbebten Reden gegenüber zurechtfinden und wurde nur verlegener.

»Nun leben Sie wohl,« sagte Semionow ganz leise und weich, »ich bin hier zu Hause.«

Jurii drückte ihm die Hand; er sah mit tiefem Mitgefühl auf seine eingedrückte Brust, die angezogenen Schultern und auf den Stock mit der dicken Krücke, den Semionow zwischen die Knopflöcher seines abgetragenen Studentenpaletots eingehängt hatte. Er wollte ein gutes Wort zu ihm sprechen, ihn irgendwie trösten, und ihm Hoffnung einflößen; er fühlte aber, daß er ihm damit doch keine Ruhe bringen könne. So seufzte er nur und sagte: »Auf Wiedersehen.«

Semionow faßte an die Mütze und öffnete die Pforte. Noch hinter dem Zaune her hörte man seine schlürfenden Schritte und das hohle Husten.

Dann wurde alles still. Jurii ging langsam zurück. Und alles, was ihm noch vor einer halben Stunde hell, leicht und ruhig erschienen war,... der Mondenschein, der Sternenhimmel, die Pappelbäume vom Monde bestrahlt und ihre geheimnisvollen Schatten, das lag jetzt tot und grauenhaft vor ihm, wie die Kälte eines ungeheuren Weltengrabes.

Als er nach Hause kam, ging er leise in sein Zimmer, und während er das Fenster nach dem Garten öffnete, stieg ihm zum erstenmal der Gedanke auf, daß all die Ueberzeugungen, denen er sich so vertrauensselig und selbstlos hingegeben hatte, nicht das gaben, was in Wirklichkeit nottat. Einst, wenn er wie Semionow zum Sterben kommt, dann wird er ebenso vieles bedauern müssen ... Nicht, daß es ihm unmöglich war, die Menschen glücklich zu machen, die Ideale, die ihn beseelten, zu verwirklichen, ... nein, ganz allein, daß im Tode seine Empfindungen schwinden, ohne daß er im vollen Maße durchkostet hatte, was ihm das Leben bieten konnte. Doch sogleich schien ihm dieses Gefühl beschämend; er überwand sich und suchte nach einer Erklärung: Das Leben besteht eben im Kampfe.

Doch für wen? ... Warum nicht für sich? ... Für seinen eigenen Anteil an der Sonne, raunte traurig ein Gedanke in ihm. Jurii wollte ihn unterdrücken und begann sich mit anderem zu beschäftigen. Aber das war schwierig und uninteressant. Immer wieder lief sein Denken in dieselben Kreise zurück und verdichtete sich zu einem quälenden Druck, der sich durch nichts abschütteln ließ.

V

Als Lyda Ssanina den Zettel mit der Aufforderung zum Ausflug von Llalja Swaroschitsch erhielt, reichte sie ihn dem Bruder hin. Sie glaubte, er würde für sich absagen, und sie wünschte es auch. Schon im voraus durchkostete sie den interessanten und bangen Genuß, sich dort am Fluß beim Mondlicht wie früher drängend und beklemmend zu Sarudin hingezogen zu fühlen; zugleich erfüllte es sie dem Bruder gegenüber mit Scham, daß es sich gerade um den Offizier handeln mußte, den er augenscheinlich von ganzem Herzen verachtete.

Doch Ssanin erklärte sich sofort mit Vergnügen bereit, an dem Ausflug teilzunehmen.

Es war ein vollständig wolkenloser, warmer Tag; trotzdem wurde es nicht zu heiß. Man konnte nur mit Schmerzen in den glänzenden Himmel schauen; er erbebte fortwährend unter der Reinheit der Luft und dem Schimmern der weißgoldenen Sonnenstrahlen.

»Mädchen werden auch dabei sein,« sagte ganz mechanisch Lyda. »Du wirst mit ihnen bekannt werden.«

»Ah, das ist ja nett!«

»Eigentlich können wir uns ein besseres Wetter gar nicht wünschen ... Fahren wir also.«

Zur bestimmten Stunde kamen Sarudin und Tanarow in dem breiten Schwadrons-Jagdwagen, vor dem zwei hochbugige Soldatenpferde gingen, angefahren.

»Lyda Petrowna, wir erwarten Sie!« rief heiter Sarudin, peinlich sauber, ganz weiß gekleidet und stark parfümiert.

Lyda in leichtem, hellem Kleide mit rosa Samtkragen und ebensolchem Gürtel lief von der Terrasse herab und reichte Sarudin beide Hände. Eine Weile hielt er sie vieldeutig vor sich hin, ihre Gestalt mit einem raschen, vollen Blick überfliegend.

»Fahren wir, fahren wir,« rief Lyda, die seinen Blick verstand und durch ihn erregt wurde.

Kurze Zeit darauf rollte der Wagen schnell auf dem wenig befahrenen Steppenweg dahin, wobei er die harten Halme des Feldgrases zum Boden bog, die dann aufschnellend die Füße streiften. Der frische Steppenwind bewegte leise das Haar der Fahrenden, er lief zu beiden Seiten des Weges in den zarten Wellen des Grases nebenher.

Bald holten sie einen anderen Kremser ein, in welchem Ljalja Swaroschitsch, Jurii, Rjäsanzew, Nowikow, Iwanow und Semionow saßen. In ihrem Wagen war es, eng und unbequem; aber darum waren sie auch doppelt lustig und alle in freudiger Stimmung.

Nur Jurii Swaroschitsch fühlte sich in der Gesellschaft Semionows noch ein wenig von dem Gespräch am vorhergehenden Abend bedrückt. Daß Semionow ebenso sorglos wie die anderen scherzte und lachte, machte einen sonderbaren und fast unangenehmen Eindruck auf ihn; dieses Vergnügtsein konnte er nach allem dem, was er gestern von ihm gehört hatte, nicht begreifen. War es denn nur eine Pose gewesen, dachte er. Er überflog ihn von der Seite mit einem schiefen Blick und wollte sich überzeugen, daß es mit ihm gar nicht so schlimm stehen könne. Aber trotzdem brachten ihn seine Gedanken fortgesetzt in Verwirrung, und er versuchte stets mit aller Mühe, sie zu vergessen.

Aus den beiden Kremsern flogen Scherze und Grüße über Kreuz hin und her. Nowikow, der ununterbrochen Possen trieb, sprang plötzlich von seinem Sitz im Fahren herunter und lief eine Zeitlang lachend neben dem Wagen her, in welchem Lyda saß. Zwischen beiden schien eine schweigende Uebereinkunft geschlossen zu sein, sich in übertriebener Weise Freundschaft zu bekunden und jedes Wort, das sie sprachen, erhielt dadurch eine besondere, liebenswürdige Unterstreichung.

Immer klarer stieg vor ihnen der Berg empor, auf dessen Gipfel Kirchtürme blinkten und weiße Klostermauern glänzend hell hervorschimmerten. Die ganze Höhe, mit einem Eichenwäldchen bedeckt, erschien wie krausgelockt unter den wogenden Baumwipfeln. Eichen wuchsen auch unterhalb des Berges an beiden Ufern des Flusses, der sich am Fuße der Hügelkette in breiter, träger Ruhe hinwälzte; auch seine Inseln, die wie aus einer silbernen Decke hervorbrachen, waren mit starken Eichen bestanden.

Ueberall roch es nach Wasser und kräftigen Baumblättern, nach Wiesengras und Feldblumen; ein starker, belebender Geruch, der den Frohsinn aller noch steigerte.

Die Pferde bogen von selbst von dem befahrenen Wege ab und lenkten auf das weiche, saftige Wiesengras hinüber, das unter den Hufen zu Boden klatschte, sich aber hinter den Rädern der leichten Wagen gleich wieder in die Höhe richtete. Als Treffpunkt hatte man eine besonders beliebte Waldwiese bestimmt; dort wurden sie schon von drei Personen erwartet, die vor ihnen angelangt waren; einem Student und zwei jungen Mädchen, beide in kleinrussischen, buntgestickten Blusen. Auf dem Grase hatten sie schon Decken ausgebreitet und unter Lachen und Neckereien waren sie beschäftigt, Tee und Imbiß zurechtzumachen.

Die Pferde blieben mit einem Ruck stehen und ließen augenblicklich die Schweife auf das Fell klatschen, um die Fliegen zu vertreiben; die Ausflügler, von der Fahrt, der Luft und dem Dunst des Wasser und des Waldes angeregt, drängten sich alle gleichzeitig aus den Kremsern heraus, stießen sich und sprangen lachend auf den Boden.

Ljalja begann sofort die beiden Mädchen, die den Tee bereiteten, laut zu begrüßen. Lyda nickte, ohne unhöflich zu sein, doch merklich zurückhaltender, stellte dann aber ihren Bruder und Jurii Swaroschitsch vor. Die Mädchen blickten hoch und sahen beide mit jugendlicher, heimlicher Neugierde an.

»Aber ihr seid ja selbst noch garnicht bekannt,« rief plötzlich Lyda, auf ihren Bruder und Jurii blickend. »Bitte, das ist mein Bruder, Wladimir Petrowitsch, und dies, Jurii Nikolajewitsch Swaroschitsch.«

Ssanin drückte lächelnd und mit weicher Bewegung, doch nachdrücklich die Hand Juriis, der ihm bis dahin gar keine Aufmerksamkeit geschenkt hatte und sich auch bei der Vorstellung vollkommen gleichgültig verhielt.

Für Ssanin war jeder Mensch, der ihm begegnete, interessant, und es freute ihn stets, neue Menschen kennen zu lernen; Jurii war dagegen überzeugt, daß es für ihn nur sehr wenig bemerkenswerte Menschen geben könne und verhielt sich daher im Anfange sehr reserviert. Iwanow kannte Ssanin bereits oberflächlich und das, was er von ihm gehört hatte, fand er sehr sympathisch. Neugierig sah er ihn jetzt an, trat als erster auf ihn zu und suchte ein Gespräch mit ihm anzuknüpfen. Semionow reichte ihm nur im Vorbeigehen flüchtig die Hand. »Nun, jetzt dürfen wir aber schon vergnügt sein,« rief Ljalja, »mit der langweiligen Vorstellerei sind wir endlich fertig.«

Doch trotz ihrer Aufmunterung fühlte man sich im Anfang etwas befangen, da sich zu viele von ihnen das erste Mal sahen; erst, als man mit dem Essen begonnen hatte und die Männer Wodka, die Mädchen Wein tranken, schwand die Spannung und alle wurden heiter. Es wurde viel getrunken, Scherze, denen dann jedesmal helles Lachen folgte, flogen hin und her, man tanzte und lief um die Wette und schließlich stiegen sie alle den Berg hinauf. Der Wald lag in grüner Schönheit da, still, in verhaltener Ruhe, rings um sie regte sich kein fremdes Geräusch, sodaß keinem von ihnen ein trübes Gefühl oder irgendwelche Besorgnis im Herzen blieb.

»Ja, meine Herrschaften,« sagte keuchend Rjäsanzew, als man sich wieder auf der Wiese gelagert hatte, »wenn die Menschen mehr springen und laufen wollten, würde es neunzig Prozent aller Krankheiten nicht geben.«

»Auch aller Laster nicht!« rief Ljalja, ihm zärtlich zunickend.

»Nanu, das wäre!« fiel Iwanow fast entrüstet über diese Zumutung ein. »Laster wird der Mensch immer übergenug mit sich herumschleppen. Warum auch nicht?«

Obgleich niemand hätte erklären können, daß seine Worte besonders treffend oder scharfsinnig waren, lachten doch alle aufrichtig über sie.

Während man jetzt den Tee trank, war die Sonne im Untergehen und der Strom wurde von ihrem matten Lichte golden überspiegelt; auch zwischen den Bäumen zogen schon die rötlichen Strahlen des Abends.

»Jetzt aber, Herrschaften, zum Boote. Vorwärts,« rief Lyda und lief, sich die Kleider raffend, den andern zum Ufer voraus. »Wer am schnellsten dort ist,« schrie sie noch zurück, während sie übermütig den Kopf wendete.

Im Laufschritt die einen, die andern bedächtiger, ging's zum Ufer hinunter, und wieder mit dem Lachen, das allen so wichtig schien, nahmen sie im Boote Platz.

»Abstoßen!« kommandierte Lyda, und das Boot glitt leicht vom Ufer ab, zog breite Streifen hinter sich, die dann in eleganten Wellen nach dem Ufer zu auseinanderflossen.

»Jurii Nikolajewitsch, warum schweigen Sie eigentlich?« fragte Lyda, als erste das Gespräch beginnend.

»Es gibt nichts, worüber zu sprechen wäre.«

»Wirklich? ...« sagte sie gedehnt und warf den Kopf zurück, von dem unbestimmten Gefühl beherrscht, daß alle Männer sie bewundern müßten.

»Jurii Nikolajewitsch liebt es nicht, sich mit Bagatellen abzugeben,« meinte Semionow.

»Aha, Sie brauchen ein ernstes Thema? ...«

»Nun, schauen Sie, da haben Sie eins!« unterbrach Sarudin Lyda. Er zeigte aufs Ufer. Dort tauchte unterhalb des Abhangs zwischen den knorpligen Wurzeln einer mächtigen Eiche ein enges und düsteres Loch auf, das noch zur Hälfte von Gestrüpp verdeckt wurde.

»Was ist denn das?« fragte Schawrow, der Student, welcher mit den beiden Mädchen zusammengekommen war. Er kannte die Gegend noch nicht, da er aus einem andern Gouvernement stammte.

»'ne Art Spelunke ist das,« antwortete ihm Iwanow. »Und was für eine! Weiß der Teufel, die Leute erzählen sowas, hier wäre einmal eine Falschmünzer-Werkstätte etabliert gewesen. Natürlich, wie das immer so kommt; sie sind alle gefaßt worden. Sehr bedauerlich übrigens, daß es immer so kommt.«

»Sonst würdest du schnellstens eine Fabrik von 20 Kopeken-Stücken aufmachen, was?« fragte Nowikow.

»Aber nicht doch, ... wozu das? Von Rubeln, mein Freund, von Rubeln, aber sofort.«

»Hm,« räusperte sich Sarudin vernehmlich und zuckte die Achseln. Ihm mißfiel die Anwesenheit Iwanows und dessen Scherze verletzten ihn.

Iwanow achtete nicht darauf und fuhr fort.

»Also, eines schönen Tages hob man die Gesellschaft aus. Seitdem erfüllt die Höhle kein Zweckbedürfnis mehr. Kein Wunder, daß sie verwahrlost ist. Eingestürzt ist sie wohl auch. Traut sich niemand mehr hinein. Als ich noch ein Junge war, kroch ich selbstverständlich durch. Ziemlich interessant ist es darin.«

»Wie könnte es darin nicht interessant sein,« rief Lyda begeistert. »Viktor Sergeitsch, ich bitte Sie, kriechen Sie hinein. Sie sind doch tapfer.«

Ihr Ton war eigentümlich, gleichsam, als wollte sie jetzt im Licht und unter Leuten Sarudin verspotten und sich für den bangen Zauber rächen, unter den er sie an Abenden zwang, an denen sie allein zusammen waren. »Wozu das?«

»Ich werde es tun,« rief plötzlich Jurii, errötete aber im selben Augenblick, weil ihn der Gedanke erschreckte, daß man glauben könnte, er wolle sich auszeichnen.

Iwanow billigte seinen Vorschlag durchaus.

»Vielleicht gehst du selbst mit, kannst ja Führer sein,« neckte ihn Nowikow. »Du weißt doch in diesem Mauseloch Bescheid.«

»Ach nein, Bruder, ich bleibe schon lieber hier sitzen.« Und damit rekelte er sich bequem im Boote zurecht.

Alle lachten auf.

Das Boot stieß ans Ufer, und die schwarze Höhlung lag nun grade über ihren Köpfen.

Ljalja wurde mit einem Mal ängstlich.

»Jurii, mach gefälligst keine Dummheiten,« bat sie ihn. »Das sind wirklich nur Dummheiten, bei Gott, nur Dummheiten.«

»Gewiß, nur Dummheiten,« gab ihr Jurii ruhig zu. »Aber bitte Semionow reichen Sie mir die Kerze rüber.«

»Wo soll ich denn eine hernehmen? ...«

»Sehen Sie nur hinter sich, im Korb.«

Semionow holte, ohne sich zu beeilen, mit besonderem Ausdruck seines Phlegmas eine Kerze vor.

»Wie? Wollen Sie denn tatsächlich da hineinkriechen?« fragte eins der Mädchen. Sie war groß und schön; ihre volle Brust hob ihre Gestalt, ohne die seinen Linien zu verwischen. Ljalja nannte sie Sina; ihr Familienname war Karssawina.

»Natürlich, weshalb nicht. Mal etwas anderes,« erwiderte Jurii, indem er gewaltsam eine gleichgültige Miene aufsetzte; unwillkürlich erinnerte er sich, wie oft er bei Partei-Unternehmungen dasselbe gleichgültige Gesicht zur Schau getragen hatte. Doch aus irgend einem Grunde erweckte diese Erinnerung in ihm ein unangenehmes Gefühl.

Am Eingang zur Höhle war es feucht und dunkel.

Ssanin blickte hinein: »Brrrr,« machte er voll Ekel. Ihm schien es ganz unverständlich und lächerlich, daß dieser Jurii sich in eine unbequeme, vielleicht gefährliche Situation begeben wollte, nur weil ein paar Mädchen dabei auf ihn hinschauten. Das kann man doch viel leichter haben, dachte er

Jurii steckte die Kerze an und bemühte sich keinen der andern anzusehen. Ihm kam es jetzt, ebenfalls so vor, als ob er sich mit seinem Mut nur lächerlich mache. Gleichzeitig tauchte aber die andere Empfindung in ihm auf, daß es schön und bewunderswert sei, und damit regte sich in ihm eine angenehme und bange Neugierde.

Er wartete, bis die Kerze aufflackerte, und lachend, um sich gegen den Spott zu sichern, schritt er vorwärts; sogleich verschwand er in der Dunkelheit. Das rief den Eindruck hervor, als wäre die Kerze selbst ausgelöscht, und allen wurde es in der Tat unheimlich zumute; man war besorgt um ihn und doch wieder neugierig.

»Seien Sie vorsichtig, Jurii Nikolajewitsch,« rief Rjäsanzew noch hinter ihm her, um seine Besorgnis auszudrücken. »Geben Sie gut acht. Dort halten sich mitunter Wölfe versteckt.«

»Ich habe einen Revolver bei mir,« schallte Juriis Stimme dumpf zurück; sie erklang aus der Erde, so eigentümlich, wie die eines Toten.

Jurii tastete sich vorsichtig vorwärts. Die Wände waren uneben und feucht, wie in einem tiefen Keller. Abwechselnd hob sich der

Boden und senkte sich dann wieder; ein paarmal wäre er beinahe in glitschige Löcher gestürzt. Dann kam ihm der Gedanke, doch noch umzukehren. Er konnte sich ja einfach niedersetzen, sich eine Weile ruhig verhalten, und ihnen dann draußen vorreden, daß er tief hineingegangen wäre.

Aber mit einem Male wurden hinter ihm Schritte, die über den feuchten Lehmboden hinglitten, hörbar; dazwischen unterbrochenes Atmen.

Jurii hob die Kerze über seinen Kopf; er erkannte hinter sich das schöne Mädchen.

»Sinaida Pawlowna!« rief er erstaunt.

»In höchsteigener Person!« schallte es von Karssawina lustig zurück und das Kleid aufraffend, übersprang sie eine breite Pfütze.

Jurii durchlief ein angenehmes Gefühl, als er ihre stolze Gestalt neben sich sah; er lächelte glücklich.

Das Mädchen wurde unter seinem Blick verlegen:

»Nun gehen wir doch weiter,« sagte sie hastig. Folgsam und leicht schritt Jurii voran, mit keinem Gedanken mehr bei der Gefahr verweilend; sorgsam suchte er den Weg vor Karssawinas Füßen zu beleuchten.

Die braunen, feuchten Wände der Höhle näherten sich ihnen bald wie mit einer erstarrten Geste, bald bogen sie sich plötzlich wieder zurück, als wünschten sie selbst, diesen jungen, frohen Menschen den Weg frei zu machen. Stellenweise waren große Erdblöcke herausgebrochen, Steintrümmer niedergestürzt, und an ihrem Platze gähnten nun tiefe, schwarze Höhlungen, die durch die Dunkelheit noch bedeutend auseinandergedrängt schienen. Ueber ihren Köpfen hingen ungeheure Erdmassen tot und starr; es lag eine furchtbare Drohung darin, daß sie nicht heruntersfschlugen, sondern von einem mächtigen, unfaßbaren Gesetz gehalten, unbeweglich über ihnen wuchteten.

Schließlich mündeten die Gänge in ein breites, düsteres Gewölbe, das von stickiger Luft erfüllt war.

Auch das Licht erlosch beinahe in dieser bedrückenden Finsternis, während Jurii an den Wänden entlang tastete, um einen neuen

Ausweg zu suchen; dabei sprangen schwankende Schatten und getupfte Flecken, die das Licht zurückwarf, um ihn herum.

Es gab noch einige andere Ausgänge, sie waren jedoch sämtlich durch Erdrutsche verschüttet. Alles machte den Eindruck des Grabes und es wäre nicht denkbar gewesen, daß hier Menschen gehaust haben sollten, wenn nicht in einer Ecke die Ueberreste einer hölzernen Lagerstatt traurig verfault wären. Aber auch sie glich nur einem alten, längst zermorschten Sarge.

»Hier ist es nun grade nicht sehr interessant,« meinte Jurii, ohne es selbst zu bemerken, mit gedämpfter Stimme. Die Erdmassen drückten so stark auf beide, daß Karssawina unwillkürlich ihre Lippen zu einem Flüstern bewegte, während ihre Augen im Lichtschein flimmernd umherirrten. Ihr wurde es bange, sie drängte sich näher an Jurii, als suche sie bei ihm Hilfe. Er bemerkte es und es erfüllte ihn mit Freuden, daß er, neben der Schönheit und Schwäche dieses Mädchens, noch eine leise Zärtlichkeit hervorrief, von der sie nichts wußte, die sie aber deutlich in ihren behutsamen Bewegungen ausstrahlte.

»Wir sind wie lebend Begrabene,« flüsterte Karssawina. »Ich glaube, wenn hier jemand schreit, so kann ihn draußen keiner hören.«

»Gewiß nicht!« Jurii lächelte. Plötzlich wurde sein Kopf von einem Schwindel ergriffen. Er blickte von der Seite auf ihre hohe Brust, kaum von dem dünnen Stoff der kleinrussischen Bluse verhüllt und sah ihre runden, weich abfallenden Schultern. Der Gedanke, daß sie sich in Wirklichkeit hier in seinen Händen befand und daß niemand ihre Schreie hören würde, packte ihn mit furchtbarer Ueberraschung; im Kopf wirbelte es ihm so stark, daß es ihm einen Augenblick lang dunkel vor den Augen wurde.

Doch sofort wurde er wieder seiner Herr. Er empfand, wie widerwärtig der Gedanke allein war, mit Gewalt auf eine Frau einzudringen. Und vor allem für ihn, Jurii Swaroschitsch, den Revolutionär. Anstatt der beißenden Erregung, die jeden Nerv in ihm aufreizte, nachzugeben, sprach er ganz ruhig:

»Versuchen wir, wie es hallt.«

Ein seltsames Zittern seiner Stimme konnte er nicht unterdrücken; er war sicher, daß auch Karssawina empfinden mußte, was in ihm vorging.

»Wie?« fragte sie.

Jurii zog seinen Revolver heraus:

»Ich werde einen Schuß abfeuern.«

»Kann dabei nichts einstürzen? ...«

»Ich weiß nicht,« antwortete er aus irgend einem Grunde, trotzdem er sicher war, daß nichts geschehen würde. Doch dann wendete er sich plötzlich zu ihr: »Fürchten Sie sich denn?«

»Nein, schießen Sie nur!« Karssawina rückte etwas von ihm zurück.

Jurii hob die Hand mit dem Revolver und feuerte ihn ab.

Ein blendender Streifen blitzte dicht vor ihren Augen auf; in einem Moment wurde alles um sie mit einem trüben Dunst überzogen, dann rollte ein schwerer, dumpfer Lärm grollend durch den Berg.

Aber die Erde hing ebenso unbeweglich wie früher über ihren Köpfen.

»Und das ist alles,« sagte eintönig Jurii.

»Gehen wir zurück! Kommen Sie!«

Sie gingen zurück, doch als Karssawina voraus schritt und Jurii nun den Rücken zukehrte, sodaß er ihre kräftigen, elastischen Hüften sah, stieg die heiße Gier in der alten Stärke wieder in ihm auf.

»Hören Sie, Sinaida Pawlowna,« fing Jurii an, obgleich er schon im voraus von seiner Stimme und der Frage erschreckte; er bemühte sich, sie möglichst harmlos zu gestalten. »Hören Sie. Es ist ein interessantes, psychologisches Problem! Warum fürchten Sie nicht, mit mir hier herumzukriechen? Sie sagten selbst, daß es niemand hören würde, wenn hier drinnen jemand schreit. Und Sie kannten mich doch absolut nicht.«

Karssawina fühlte, daß sie in der Finsternis tief errötete, schwieg aber; Jurii atmete schwer und sie konnte jedem dieser Atemzüge deutlich folgen. Er war von glühender Scham erfaßt worden und doch durchflutete ihn ein angenehmes Gefühl, als glitte er sicher über einen breiten Abgrund.

»Ich nahm selbstverständlich an, daß Sie ein anständiger Mensch sind,« stammelte schwach und zitternd das Mädchen.

»Vielleicht haben Sie das umsonst gedacht,« erwiderte Jurii, noch immer das heiße Gefühl durchkostend. Plötzlich erschien es ihm originell, daß er so und nicht anders zu ihr sprach; er fand sich und die ganze Situation, in die er sie gebracht hatte, bewundernswert.

»So hätte ich mich ertränkt,« sagte Karssawina einfach, noch stiller und noch mehr errötend.

Aus diesem kurzen Satz strömte eine weite und mitleidvolle Bewegung in Juriis Seele über. Die Erregung versank mit einemmal, und ihm wurde vollkommen frei und leicht zumut.

Welch famoses Mädchen, dachte er warm und aufrichtig. Und das Bewußtsein, daß diese warme und aufrichtige Empfindung rein von jedem beschmutzenden Gedanken war, erfreute ihn so, daß aus seinen Augen Tränen traten.

Karssawina lächelte ihm glücklich zu, stolz auf ihre Antwort und auf seinen lautlosen Beifall, der sich stumm auf sie übertragen hatte.

Solange sie dem Ausgang zuschritten, dachte sie mit eigentümlicher Erregung darüber nach, warum es ihr garnicht beleidigend und beschämend gewesen war, sondern angenehm erregend, daß er diese Frage an sie gerichtet hatte.

VI

Die draußen Gebliebenen hatten eine ganze Zeit vor der Höhle gestanden und über Jurii und Karssawina gescherzt; dann zerstreuten sie sich am Ufer.

Die Männer zündeten sich ihre Zigaretten an, warfen die Streichhölzer ins Wasser und beobachteten nachlässig, wie der Rauch breite, glatte Kreise zog. Im Grase schritt Lyda leise singend hin und her und machte, die Finger um die Taille legend, halb unbewußt einige Pas mit ihren niedlichen Füßchen. Ljalja pflückte Blumen und warf sie dann Rjäsanzew zu; er fühlte, wie ihn ihre Augen küßten.

»Trinken wir doch lieber was,« sagte Iwanow zu Ssanin.

»Das ist eine gute Idee,« meinte dieser entzückt. »Gehen wir.«

Sie stiegen zum Boot hinunter, öffneten die Bierflaschen und machten es sich bequem.

»Ihr gewissenlosen Säufer!« rief Ljalja, und warf ein Bündel Gras, das sie rasch am Ufer ausgerissen hatte, auf sie hinab.

»Im Gegenteil, das ist vorzüglich!« schrie Iwanow. Und scherzend fuhr er fort: »Ich kann es durchaus nicht begreifen, warum die Menschen gegen den Alkohol ankämpfen. Meiner Meinung nach lebt überhaupt nur der Betrunkene so, wie es sich gehört.«

»Oder wie ein Tier,« ließ sich Nowikow vom Ufer her vernehmen.

»Und doch, – – nur der Betrunkene tut, was er will,« rief Ssanin zu ihm herauf. »Er möchte singen, gut, er singt; will er tanzen, tanzt er; kurz, er schämt sich seiner Freude und Heiterkeit durchaus nicht.«

»Manchmal prügelt er sich auch, oder prügelt andere,« bemerkte trocken Rjäsanzew.

»Kommt auch vor! Aber das ist's eben, die Leute verstehen nicht, zu trinken; sie werden gleich gehässig.«

»Und du schlägst dich im betrunkenen Zustande nicht?«

»Nein,« meinte Ssanin. »Eher im nüchternen. Im Rausch bin ich der beste Kerl von der Welt, wahrscheinlich, weil ich viele Gemeinheiten vergesse.«

»Nicht alle Menschen haben einen so liebenswürdigen Charakter,« warf Rjäsanzew ein. »Die meisten wirklich nicht.«

»Und wenn schon – was geht mich das an?« Mit seinem frohen Lächeln führte Ssanin das Glas zum Mund.

»Nein, man darf nicht so sprechen, wie du,« erklärte Nowikow scharf.

»Warum denn nicht? ... Und wenn es doch einmal die Wahrheit ist? ...«

»Eine schöne Wahrheit,« Ljalja schlug vor Schreck die Hände zusammen.

»Die beste und schönste, die ich kenne,« erwiderte Iwanow für Ssanin.

Lyda, die bis dahin laut gesungen hatte, brach das Gespräch verdrießlich ab. Sie versuchte, es auf ein anderes Thema zu lenken.

»Die beiden Herrschaften beeilen sich auch nicht.«

»Wozu hätten sie es nötig? ...« warf Iwanow hin. »Man soll sich überhaupt niemals beeilen.«

»Und dann die Heldin ohne Furcht, – – und natürlich ohne Tadel!« bemerkte Lyda in sarkastischem Ton.

Tanarow platzte mit lautem Lachen heraus, weil diese letzten Worte grade seine eigenen Gedanken kreuzten; doch sofort wurde er verlegen. Lyda blickte auf ihn, umfaßte wieder ihre Taille und wiegte sich elastisch hin und her.

»Vielleicht sind sie dort sehr vergnügt,« fügte sie hinzu und zuckte die Achseln.

»Sssst,« unterbrach sie Rjäsanzew. Ein dumpfes Grollen ertönte aus dem schwarzen Loch.

»Ein Schuß,« rief Nowikow.

»Was bedeutet das? ...« fragte Ljalja mit ängstlicher Stimme und klammerte sich an den Aermel ihres Bräutigams.

»Aengstige dich nicht! Sollte es auch ein Wolf sein, so sind sie doch um diese Zeit nicht gefährlich.« Rjäsanzew suchte sie zu beruhigen, innerlich auf Jurii und seinen kindischen Einfall ärgerlich.

»Und über zwei Menschen werden sie gewiß nicht herfallen,« brummte Iwanow gleichgültig.

»Eh, um Gotteswillen!« Schawrow, der junge Student war ganz außer sich.

Lyda empfand diese Aufregung als eine unberechtigte Störung.

»Aber sie werden ja schon kommen,« sagte sie und schürzte verächtlich die Lippen.

Da tauchten mit einem Mal Jurii und Karssawina aus der Finsternis auf. Er verlöschte die Kerze und lächelte allen liebenswürdig und unentschieden zu, weil er noch nicht wußte, wie sie sich zu seinem Einfall verhielten.

Er war von oben bis unten mit gelbem Lehm befleckt und auch die Schulter Karssawinas, mit der sie die Wand gestreift hatte, war beschmutzt.

»Nun, was war? ...« fragte gleichgültig Semionow, der sich die ganze Zeit über scheinbar um nichts gekümmert hatte.

»Ziemlich originell und ganz hübsch,« gab Jurii unentschlossen, wie um sich zu rechtfertigen, zur Antwort. »Nur reichen die Gänge nicht weit hinein. Aber irgend ein Holzgestell fault da seinem Ende entgegen.«

»Und haben Sie den Schuß gehört?« fragte lebhaft und mit den Augen blinkend Karssawina.

»Wozu die Heldentaten berichten? ... Meine Herrschaften, das ganze Bier ist schon ausgetrunken und unsere Seelen sind also in genügendem Maße erquickt worden. Fahren wir los!« schrie Iwanow.

Als das Boot wieder die Mitte des Flusses erreichte, war der Mond schon aufgegangen. Die Luft war wunderbar still und durchsichtig. Im Himmel und im Wasser, über und unter ihnen, prangten, goldenen Feuerhäufchen gleich, die Sterne, und es schien, daß das Boot zwischen zwei unendlichen, erleuchteten Lufttiefen dahinglitt.

Der Wald an den Uferseiten und sein Schatten, der nicht bis in das Wasser fiel, war düster und geheimnisvoll. Eine Nachtigall begann zu schlagen. Und wenn alle schwiegen, so war es, als ob nicht ein Vogel sänge, sondern irgendein vernunftbegabtes, in seinem Glücke nachdenkliches Wesen.

»Wie schön,« sagte Ljalja, die Augen hebend und legte ihren Kopf auf die runde Schulter Karssawinas, deren Wärme sie durchdrang.

Dann schwieg man wieder lange und lauschte. Das Schlagen der Nachtigall erfüllte den Wald, hallte trillernd über den tiefsinnigen Strom und zog über die Wiesen dahin, wo lauschig Gräser und Blumen in den monddurchleuchteten Nebel starrten.

»Wovon singt sie?« fragte Ljalja wieder. Wie unbeabsichtigt fiel ihr Arm mit der Handfläche nach unten auf die Knie Rjäsanzews. Sie fühlte, wie dieses harte, starke Knie unter ihrer zarten Hand erbebte, und sie wurde froh und erschrak gleichzeitig über diese Bewegung.

»Von der Liebe natürlich!« erwiderte halb scherzhaft, halb im Ernst Rjäsanzew; er bedeckte sachte Ljaljas Hand, die vertrauensvoll auf seinem Knie lag, mit der seinen.

»In einer solchen Nacht möchte man nicht über Gutes, nicht über Böses nachdenken,« sprach Lyda vor sich hin und gab damit nur ihren eigenen Gedanken lauten Ausdruck. Sie dachte daran, ob sie gut oder schlecht handle, das bange und verlockende Spiel mit Sarudin zu genießen. Als sie auf sein Gesicht blickte, das im Mondenschein noch hübscher und mannhafter erschien, fühlte sie plötzlich die gleiche bekannte, süße Schwäche, die bange Willenlosigkeit ihr ganzes Wesen durchfluten und mit sich fortreißen.

»Sondern über etwas ganz anderes,« setzte Iwanow ihre Gedanken fort.

Ssanin lächelte zu diesen Worten, wendete aber seine Augen nicht von der Brust und dem weißen, im Mondenschein schimmernden Halse Karssawinas, die ihm gegenübersaß. Auf den ovalen Ausschnitt ihres Kleides fiel plötzlich ein dunkler Schatten von einer der vorspringenden Uferstellen her; sobald jedoch das Boot, immer den glänzenden Silberstreifen hinter sich, wieder über beleuchtete Wellen glitt, kam es Ssanin vor, als ob dieser Ausschnitt heller, weiter und freier geworden wäre.

Karssawina warf ihren breiten Strohhut beiseite, und während sie ihre Brust noch höher hob, begann sie zu singen; ihre Stimme war hübsch und klar, wenn auch nicht groß.

Es war ein kleinrussisches Volkslied, so weich und traurig, wie all diese Lieder.

»Aeußerst gefühlvoll,« murmelte Iwanow gähnend.

»Es ist schön,« sagte Ssanin.

Als Karssawina endete, klatschten alle Beifall; es schallte scharf in den dunklen Wald hinein und den Fluß hinab.

»Singe noch Dubinuschka?« bat Ljalja »oder, besser, trage deine eigenen Gedichte vor.«

»Sind Sie etwa auch Dichterin? ... Welche Menge von Talenten kann doch der liebe Gott einem einzigen Menschen zukommen lassen, wenn er es gut mit ihm meint!«

»Ist das denn schlimm? ...« Aus Karssawinas Frage klang ein verlegenes Scherzen.

»Nein im Gegenteil, es ist sehr gut,« sagte Ssanin mit ehrlicher Bewunderung.

»Wenn, sagen wir, das betreffende Mädchen nebenbei jung und schön ist, so kann es nichts schaden,« stimmte ihm Iwanow bei.

»Trage doch vor, Sinotschka,« bat Ljalja ganz zärtlich und voll Liebe.

Karssawina blickte verlegen lächelnd über das Wasser und begann, ohne sich zu zieren, mit derselben lauten und klaren Stimme.

> Liebster, mein Liebster, nie sollst du es wissen
> Wie mich mein Herz dir entgegentreibt;
> Will meine träumenden Augen verschließen,
> Daß tief mein Geheimnis verborgen bleibt.
>
> Niemand auf Erden soll es erraten,
> Nur Tage der Trauer haben's gekannt,

> Nur schweigende Nächte durften es ahnen,
> Nur Sterne, die golden am Himmel gebrannt.
>
> Und nur die zitternden, blinkenden Netze
> Der Zweige, die stillen Märchen gelauscht.
> Wissen's und werden's doch nimmer verraten.
> Wie meine Liebe mich glühend durchrauscht.

Alle gerieten wieder in Entzücken und klatschten voller Begeisterung Beifall; nicht, weil sie dieses Gedicht so gut fanden, sondern weil sie sich alle selbst gut und frei fühlten und nach Liebe, Glück und Sehnsucht verlangten.

Man schwieg, man sah über das Wasser, lächelte vor sich hin.

Plötzlich rief Iwanow so laut und in so tiefem Baß, daß alle erschreckt zusammenfuhren:

»Nacht,... Tag ... und Sinaida Pawlownas Augen! ... Seid großmütig und teilt mir mit, ob ich nicht dieser Glücksvogel bin.«

»Das kannst du auch von mir zu hören bekommen,« erwiderte Ssanin. »Du gewiß nicht.«

»Oh, weh mir,« heulte Iwanow.

»Sind meine Verse schlecht?« fragte Karssawina Jurii.

Jurii fand eigentlich, daß sie nicht sehr originell und hundert anderen ähnlich seien. Aber Karssawina war so schön und sah ihn mit ihren schwarzen, schüchternen Augen so reizend an, daß er ein ernstes Gesicht machte und ihr antwortete:

»Mir schienen sie klangvoll und schön.«

Karssawina lächelte ihm zu, selbst verwundert, daß ihr sein Lob so angenehm war.

»Du kennst meine Sina noch nicht,« rief Ljalja voll Entzücken ihrem Bruder zu. »Sie ist selbst so klangvoll und schön.«

»Schaut mal an!« meinte Iwanow erstaunt.

»Ihre Stimme ist klangvoll und schön, sie selbst ist eine Schönheit, ihre Verse sind klangvoll und schön, und selbst ihr Name ist klangvoll und schön.« Ljalja umarmte sie und drückte ihren Körper an den Karssawinas.

»Uebrigens, auch ich habe nichts dagegen einzuwenden,« erklärte Iwanow. Karssawina errötete und lächelte doch zufrieden vor sich hin.

»Es ist Zeit, nach Hause zu kommen,« sagte Lyda plötzlich schroff; es berührte sie unangenehm, daß alle Karssawina lobten.

Ssanin fragte sie: »Und willst du nichts singen? ...«

»Nein,« antwortete Lyda in gereiztem Ton, »ich bin nicht in Stimmung.«

Rjäsanzew erinnerte sich, daß er am nächsten Tage sehr früh aufstehen und ins Krankenhaus gehen mußte; dann hatte er zu einer Sektion zu fahren. Darum stimmte er Lyda bei und drang ebenfalls darauf, sich ein wenig zu beeilen.

Aber alle anderen bedauerten es, weiterfahren zu müssen; sie schienen durch die Verse Karssawinas noch immer mit diesem Flecken verbunden zu sein.

Als man später im Wagen nach Hause fuhr, verspürte niemand mehr den Wunsch, sich zu unterhalten; in sich gekehrt saßen sie in den Kremsern, keiner konnte der schweren Ermattung Herr werden, die sie alle bedrückte. Man fühlte das Steppengras, jetzt unsichtbar, über die Stiefel streichen; hin und wieder haftete das Auge an den grauen Staubwolken, die die Wagen hinter ihnen aufwirbelten. Und weiter dehnten sich die Felder unendlich aus, ganz verschwommen im bläulichen Glänze des Mondlichts, ohne dem Auge einen Anhaltspunkt zu geben. Gleichmäßig schlugen die Hufe der Pferde auf den Boden; es war das einzige Geräusch, das die Dunkelheit durchbrach.

VII

Drei Tage darauf kehrte Lyda spät abends heim; sie war wie zerschlagen, müde und unglücklich. In ihren Gliedern lag eine erstarrte Mattigkeit, die sie niederzog; die träge Abspannung in ihrem Denken war so stark, daß es ihr Mühe machte, auch nur einen Gedanken zu formen. Sie verstand sich und begriff doch wieder nichts; in manchen Augenblicken schien sie sich selber fremd zu werden.

Als sie endlich in ihr Zimmer gekommen war, blieb sie jäh stehen, faltete die Hände, und sah, langsam erblassend, zu Boden. Mit einem Mal zerriß etwas in ihrem Hirn und erst jetzt erfaßte sie mit Entsetzen, das sich sofort in physischem Widerwillen auslöste, was eigentlich mit ihr vorgegangen war, als sie sich Sarudin hingab. Seit diesem Augenblick, den nichts mehr gut machen konnte, war ihr in dem dummen, eitlen Offizier, mit dem sie keine geistigen Beziehungen verbanden, eine Macht entstanden, der sie sich auf keine Weise mehr entziehen konnte.

Sie war rechtlos geworden; jetzt durfte er nach Belieben mit ihr schalten. Sie konnte sich nicht mehr weigern, ihn zu besuchen, sobald er es verlangte; nun hatte es aufgehört, daß sie mit ihm nach ihrer Laune spielte, einmal sich seinen Küssen hingab, dann wieder ihn beiseite schob und auslachte. Seinen gröbsten Zärtlichkeiten mußte sie willenlos und demütig wie eine Sklavin gehorchen.

Wie alles abgelaufen war, suchte sie vergebens in der Erinnerung festzuhalten; alles verschwamm in der brennenden Hitze, die sie ergriffen hatte. Wie immer hatten sich ihr seine Zärtlichkeiten zuerst untergeordnet, wie immer waren sie ihr angenehm und doch bange gewesen und nur mit einemmal schien ihr ein blasser Nebel in den Kopf zu steigen, worin jede Klarheit und Ueberlegung versank. Plötzlich befand sich in ihr nur ein glühender Wunsch, der sie in einen Abgrund von Begierden und Erregungen zog. Der Boden schwoll unter ihren Füßen an, ihr Körper wurde kraftlos und unterwürfig, die drängenden, furchtbaren Blicke Sarudins klammerten sich an ihn und dann erzitterten ihre nackten Beine schamlos und qualvoll unter der rohen Berührung zweier grober Hände. Alles in ihr schob sich diesen Händen entgegen; in ihr lebte nur noch der eine Wunsch, – – der Neugierde, dem Schmerze und der Wollust zu folgen.

Lyda erbebte unter der Erinnerung, hob langsam ihre Schultern in die Höhe und bedeckte ihr Gesicht mit den Händen. Schwankend ging sie auf das Fenster zu, öffnete es und blickte fast ohne Bewußtsein auf den Mond, der über dem Garten stand.

Die trübe Stimmung drückte sie zu Boden; es war eine sonderbare Mischung von häßlicher Begierde und sehnsüchtigem Stolze, die sie bei dem Gedanken beschlich, daß sie ihr ganzes Leben mit einem Hohlkopf befleckt hatte und daß ihre Erniedrigung nur sinnlos und zufällig gewesen war. Etwas Drohendes erhob sich vor ihr; sie suchte es vergebens durch trotzige Verachtung zu zerstreuen. ... wir sind eben zusammengetroffen und ich bin mit ihm mitgelaufen, dachte sie, und mit schmerzlicher Wollust wiederholte sie sich das Wort »mitgelaufen«. ... Ich wollte es und darum gab ich mich ihm hin. Aber doch wurde ich glücklich; es war ja so ... es wurde ihr unmöglich, diese Gedankenreihe zu Ende zu führen.

Lyda schrak zusammen und reckte sich, indem sie die geballten Hände nach vorn streckte. Dann strich sie mit den geöffneten Handflächen durch die Luft, als wenn sie alles von sich fortschieben wollte.

Mit Ueberwindung trat sie vom Fenster zurück und begann sich zu entkleiden; sie löste mechanisch die Bänder der Röcke und ließ sie gleich dort, wo sie stand, zur Erde fallen. – – – Warum auch nicht, dachte sie, das Leben ist nun einmal so.

Sie erschauerte unter dem frischen Luftzug, der weich ihre Schultern berührte.

– – – Was hätte ich gewonnen, wenn ich wirklich die legitime Ehe abwartete. Was kann sie viel für mich sein. Es ist ja im Grunde ganz gleichgültig. Ich bin dumm, daß ich dem, was geschah, irgend eine Bedeutung beimesse ... Dummheiten!

Am Ende dieser Gedanken schien ihr wirklich, daß es sich nur um Kleinlichkeiten handle. Vom nächsten Tage an würde alle Unruhe ein Ende haben; sie hatte in diesem Spiel gewonnen, sie war jetzt frei wie ein Vogel.

Gefällt es mir, so lieb ich ihn,
Und hab ich's satt, so ist's vorbei.

Und dem Klange ihre Stimme lauschend, dachte sie mit Vergnügen, daß sie doch viel besser singe, als Karssawina.

– – – Ja, das sind alles nur Dummheiten. Wenn es mir paßt, so gebe ich mich dem Teufel hin ..., sie gab ihren Gedanken einen endgültigen Stoß, dessen Rücksichtslosigkeit sie selbst erstaunte. Mit einem gleich schroffen, körperlichen Ruck richtete sie sich auf, verschränkte, wie zum Halt, ihre Arme hinter dem Kopf und reckte sich so stark, daß es ihre Brust erschütterte.

»Schläfst du noch nicht, Lyda?« fragte die Stimme ihres Bruders hinter dem Fenster.

Lyda erzitterte schreckhaft, lächelte aber sofort, schlug um ihre Schultern ein großes Tuch und lief ans Fenster.

»Wie hast du mich erschreckt,« sagte sie.

Ssanin trat auf sie zu und stützte den Ellenbogen auf das Fensterbrett; seine Augen blinkten, und er lächelte.

»Es war aber doch umsonst,« erklärte er heiter und leise.

Lyda wandte fragend den Kopf.

»Ohne Tuch sähst du viel hübscher aus.« Er sprach mit bedeutungsvoller Stimme. Lyda jedoch verstand ihn nicht und wandte sich ihm erstaunt zu; gleichzeitig aber wickelte sie sich instinktiv noch fester in ihr Tuch. Verlegen lehnte sie ihre Brust an das Fensterbrett und beugte sich heraus; sie wurde noch verlegener, als Ssanin plötzlich leise spöttisch auflachte und sein heißer Atem ihre Wange streifte.

»Du bist eine Schönheit, Liebste,« sagte er unvermittelt.

Lyda schaute rasch auf ihn hin und erschrak vor dem Ausdruck seines Gesichts. Hastig wendete sie sich zum Garten, und sie fühlte es bis in die äußersten Nervenenden, daß Ssanin sie ganz besonders anblickte. Das machte auf sie einen so entsetzlichen Eindruck, daß es ihr in der Brust kalt wurde und ihr Herz schmerzhaft erbebte. Doch sie überwand sich und lächelte.

»Ich weiß.« Sie hatte das Gefühl, als wäre sie gezwungen, ihn so und nicht anders anzulächeln. Um es zu vermeiden, lehnte sie sich noch weiter aus dem Fenster. Dabei glitten das Hemd und Tuch herunter, und der obere Teil ihrer weißen und unfaßbar zarten Brust, unter den Strahlen des Mondes noch zarter und weißer, wurde sichtbar.

»Die Menschen errichten stets eine chinesische Mauer zwischen sich und dem Glück.« Ssanins unnatürlich leise Stimme schluchzte fast vor Erregung und Lyda erstarrte noch mehr unter ihren Lauten.

»Wieso?« fragte sie tonlos, ohne die Augen von dem dunklen Garten abzuwenden, in der Furcht, seinem Blick zu begegnen.

Sie fühlte mit Sicherheit, daß in dem Augenblick, wo sie ihn ansehe, etwas Furchtbares geschehen würde, etwas, dessen Möglichkeit sie nicht einmal in Gedanken fassen konnte.

Und zur selben Zeit wußte sie schon, daß alles so kommen mußte. Sie ängstigte sich, sie hatte eine widerwärtige Empfindung und doch war es ihr gleichzeitig interessant. Ihr Kopf glühte und sie sah nichts mehr vor sich. Mit Abscheu und Verlangen spürte sie auf der Wange das heiße Atmen ihres Bruders, das ihr Haar an der Schläfe bewegte und in ihr das Gefühl erweckte, als ob unter dem Tuche Ameisen ihren nackten Körper herunterliefen.

»Ganz einfach!« erwiderte Ssanin, doch seine Stimme riß mit einem Male ab.

Lyda fuhr es wie ein Blitz durch den ganzen Körper; sie richtete sich auf und ohne zu wissen, was sie tat, neigte sie sich zum Tisch hinüber und löschte die Lampe aus.

»Zeit schlafen zu gehen,« sie zog das Fenster zu.

Als die Lampe erloschen war, wurde es draußen nur heller, die Gestalt Ssanins und sein Gesicht traten unter dem Licht des Mondes noch stärker hervor. Er stand im hohen, taubedeckten Gras und lachte.

Lyda ging vom Fenster zurück und ließ sich fast ohne Bewußtsein auf das Bett nieder. Alles schwankte und klopfte in ihr und ihre Gedanken verwirrten sich. Sie hörte die Schritte des Bruders, der mit seinen Füßen das Gras beiseite schob, und sie suchte mit ihrer Hand das Schlagen ihres Herzens zu unterdrücken.

– – – Bin ich denn wirklich verrückt geworden, dachte sie mit Widerwillen. Wie ekelhaft ist das alles. Ein Satz, zufällig gesprochen und ich bin schon ... Was ist das? .... Erotomanie? Bin ich denn wirklich so verdorben? ... Wie tief muß man fallen, um so zu denken ...

Und plötzlich weinte Lyda, den Kopf in die Kissen gedrückt, still und bitter auf. Sie fühlte sich gedemütigt und unglücklich und verstand doch den Grund ihrer Tränen nicht. Sie weinte, weil sie mit der Hingabe an Sarudin ihren frühern Stolz zerbrochen hatte und weil der verletzende Blick ihres Bruders immer noch an ihr nagte. Früher hatte er es nicht gewagt, sie so anzusehen; jetzt tat er es; – denn er hielt sie für eine Gefallene. Doch am stärksten beherrschte sie das Gefühl, wie schmerzhaft und erniedrigend es ist, eine Frau zu sein, und daß sie immer, solange sie jung und schön bleibt, ihre besten Kräfte darauf verwenden muß, sich den Männern hinzugeben. Ihr ganzes Leben gipfelte nur darin, ihnen Genuß zu bereiten, und sie konnte doch nur erwarten, von ihnen um so mehr verachtet zu werden, je mehr sie ihnen von diesem Genuß zuteil werden ließ.

– – – Woher kam diese Herrschaft der Männer? ... Lyda starrte mit angespanntem Blick in die Finsternis, bis ihr die Augen schmerzten. – – – Werde ich denn wirklich kein besseres Leben mehr sehen? ... Ihr junger, kräftiger Körper gab ihr eindringlich die Antwort. Er rief ihr zu, daß sie vor allem das Recht habe, vom Leben zu nehmen, was ihr angenehm und notwendig sei, ein Recht, alles mit diesem lebendigen, kraftvollen Körper zu wagen. Der Körper bin ich und ich bin frei, sang es in ihr, in einer monotonen, einschläfernden Melodie. Doch plötzlich verfing sich dieser Satz in einem verwickelten Netz von Gedanken, versuchte sich aus den Maschen zu reißen und fiel kraftlos und trübselig zu Boden nieder.

VIII

Jurii Swaroschitsch beschäftigte sich seit langem mit Malerei; er liebte sie und opferte ihr seine ganze freie Zeit. Einmal hatte er davon geträumt, Kunstmaler zu werden. Zuerst hinderte ihn Geldmangel an der Ausführung seiner Pläne, später kam die Parteitätigkeit dazwischen, schließlich griff er nur hin und wieder einmal zu Pinsel und Palette.

Da ihm jede Schulung fehlte, brachte ihm seine Kunst nur Unzufriedenheit und Enttäuschung. Jedesmal, wenn die Arbeit plötzlich nicht mehr weiter gehen wollte, erregte sich Jurii furchtbar und litt tagelang unter dem Bewußtsein seiner künstlerischen Unzulänglichkeit. Gelang ihm aber wirklich einmal ein Werk, so geriet er in träumerisches Nachdenken; dann fraß der Gedanke an ihm, daß sein ganzes Arbeiten zwecklos sei und ihm doch kein Glück bringen könne.

Von Karssawina war Jurii entzückt.

Er liebte solche hochgewachsenen und vollen Frauen mit den reinen Stimmen und etwas sentimentalen Augen. Aber alles, was er von Karssawinas Reinheit und seelischer Feinheit empfand, war nur durch ihre Schönheit, ihr zärtliches Wesen in ihm hervorgerufen worden. Aus irgend einem Grunde jedoch wollte er sich das selbst nicht eingestehen und suchte sich mit aller Mühe zu überzeugen, daß ihm nicht die Schultern, die Brust und die Augen dieses Mädchens gefielen, sondern ihre Jungfräulichkeit und Unberührtheit. Zwar hätte er nicht leugnen können, daß ihn gerade diese jungfräuliche Unberührtheit in Erregung versetzte; trotzdem schienen ihm seine Gedanken in dieser Gestalt edler und besser. Doch schon vom ersten Abend an entstand in ihm ganz langsam die unklare Gier, welche er von früher her kannte, die ihm aber bis jetzt noch nicht zum Bewußtsein gekommen war, Karssawina ihrer Reinheit zu berauben. Es waren Gedanken, wie sie stets in ihm auftauchten, wenn er auffallend schönen Mädchen begegnete.

Diesmal aber schlugen sie einen besonderen, eigenartigen Weg ein. Je mehr er sich mit Karssawina beschäftigte und ihr blühendes

Leben vor Augen sah, um so dringender wurde er von dem Wunsche gepackt, das Symbol dieses Lebens zu malen.

Kaum war die Idee in ihm aufgetaucht, als er sich auch schon voll Begeisterung auf sie stürzte, ganz berauscht von ihr und fest überzeugt, sie dieses Mal bis zu Ende durchführen zu können. Er spannte sich eine große Leinwand auf und machte sich mit fieberhafter Eile, als befürchtete er, sich zu verspäten, an das Bild. Sowie er die ersten Pinselstriche hingeklatscht hatte und auf der Leinwand strahlende, saftige Flecken erschienen, bebte er am ganzen Körper vor Begeisterung und Kraft; sein zukünftiges Werk stand in allen Einzelheiten leicht und interessant vor seinen Augen.

Je weiter die Arbeit vorschritt, um so stärkere technische Schwierigkeiten, die ihm unüberwindlich erschienen, ergaben sich. Was ihm die Phantasie hell und kraftvoll vorgespiegelt hatte, wurde auf der Leinwand schwach und flach. Auch die Einzelheiten, die ihn zuerst so stark anzogen, lockten ihn jetzt nicht mehr; sie verwirrten ihn nur und blendeten ihn.

Jurii hielt sich nicht länger bei den Details auf und begann statt ihrer die Striche breit und nachlässig anzulegen. Allmählich trat ein oberflächlich hingeworfenes, graues Frauenzimmer hervor, ohne jede Originalität; alles matt und schwerfällig. Jurii trat ein paar Schritte zurück, eine Zeitlang starrte er abwesend auf die bunte Fläche. Dann sah er plötzlich ein, daß sein Bild nichts Persönliches ausdrückte, sondern einfach die Kartons von Much nachahmte; selbst seine Idee war nur banal gewesen.

Ihm wurde matt und traurig zumute.

Hätte er nicht geglaubt, daß Weinen beschämend sei, so wären ihm jetzt die Tränen gekommen. Am liebsten würde er den Kopf in die Hände vergraben haben, schluchzend und über irgend etwas klagend, nur nicht über seine eigene Kraftlosigkeit. Doch so saß er nur finster vor seinem Bilde und dachte, daß sich das Leben selbst langweilig und schwächlich abrolle und nichts mehr enthalte, was ihn anregen könne. Und plötzlich überfiel ihn geradezu mit Entsetzen der Gedanke, daß er vielleicht dazu verurteilt sei, noch viele Jahre in diesem Neste zuzubringen.

– – – Dann besser der Tod, dachte Jurii und ein Kälteschauer überlief ihn. Und unter der Anspannung, in der sich sein Hirn befand, setzte sich dieser Gedanke sofort in den Wunsch um, den Tod zu malen.

Jurii griff zum Messer und begann mit einer Gehässigkeit, die ihn selbst empörte, sein »Leben« abzuschaben. Gleichzeitig aber ärgerte es ihn, daß dieses Bild, an welchem er mit solcher Begeisterung gemalt hatte, jetzt nur mit Mühe von der Leinwand verschwinden wollte.

Die Farben lösten sich nur wie unwillig, das Messer schmierte, sprang ab und machte jedesmal zu Juriis größter Wut einige Risse in den Grund. Dann stellte es sich heraus, daß die neuen Kohlenstriche nicht auf der öligen Unterlage sitzen wollten, und dies verursachte ihm wiederum geradezu körperliche Schmerzen.

Er griff zum Pinsel und begann sofort Braun aufzusetzen, verlor aber gleich wieder alle Energie und malte langsam, nachlässig, unter schwerem und trübem Nachsinnen weiter.

Das Bild, das er jetzt im Kopfe hatte, verlor nicht, sondern gewann geradezu durch die Oberflächlichkeit der Pinselführung und den matten, schleppenden Ton der Farben. Dazu war die ursprüngliche Idee des Todes wie von selbst geschwunden, das Motiv wurde unter Juriis Pinsel zu einer Darstellung des Greisentums. Er malte es in der Gestalt einer abgerackerten, knochigen, alten Frau, die auf einem ausgetretenen Wege, einen Sarg auf dem Rücken, in grauer, trauriger Dämmerung dahinschleicht.

Man rief Jurii zum Mittagessen, aber er ließ sich nicht aufhalten, sondern malte ununterbrochen weiter. Später kam auch Nowikow und begann ein Gespräch mit ihm, doch er hörte ebensowenig hin, blieb stetig bei seiner Arbeit und gab ihm keine Antwort. Nowikow ließ sich aufseufzend auf dem Divan nieder; er war es ganz zufrieden, schweigen und denken zu können. Zu Jurii war er nur gekommen, weil er es nicht ertragen konnte, allein zu Hause zu sein.

Die Ablehnung Lydas quälte ihn sehr; aber er war sich selbst nicht klar, ob er sich ihrer mehr schämte oder an ihr seelisch verkümmerte. Die Klatschereien über Lyda und Sarudin waren ihm noch nicht zu Ohren gekommen, trotzdem sie schon überall in der

Stadt aufstiegen. Daher war er auf niemanden eifersüchtig, sondern litt nur unter der Zerstörung seines Traumes, der ihm eine Zeitlang nahe und glänzend erschienen war, so daß er sich bereits voll seinem Glück hingegeben hatte.

Obgleich er, während er auf Juriis Bild starrte, darüber nachsann, wie jetzt auch sein Leben verderben und alt werden mußte, kam ihm nicht einen Augenblick lang der Gedanke, daß er sterben könne. Er begriff nur, daß es nunmehr, seitdem er sein persönliches Leben aufgegeben hatte, seine Pflicht sei, für andere Menschen zu leben. So war ihm bereits unklar der Gedanke aufgetaucht, hier alles stehen und liegen zu lassen und nach Petersburg zu fahren, wo er wieder die Beziehungen zur Partei anknüpfen konnte. Von dort bis zum Tode war es nicht weit

Schon das Bewußtsein, daß ihm diese Idee, die ihm erhaben und schön dünkte, ganz allein gehöre, gab ihm Trost. Sein eigenes Bild umrahmte sich vor seinen Augen mit einer lichten, schwermütigen Glorie, und durch den unwillkürlichen leisen Vorwurf gegen Lyda, der sich darin zeigte, wurde er so tief gerührt, daß ihn fast ein trockenes Weinen ergriff.

Allmählich wurde ihm das Nachdenken langweilig. Jurii malte ununterbrochen fort und schenkte ihm keine Aufmerksamkeit. Nowikow erhob sich mit seiner angeborenen Bequemlichkeit und trat auf ihn zu.

Vorläufig fehlte dem Bilde noch jede tiefere Ausführung, aber gerade deswegen machten seine grellen Andeutungen auf Nowikow einen tiefen Eindruck. Ihm schien das Bild wunderbar. Er öffnete ein wenig den Mund und blickte mit naiver, unverhohlener Begeisterung auf Jurii.

»Nun was?« fragte Jurii zur Seite blickend.

Nowikow sagte einfach und begeistert: »Sehr ... gut!«

In diesem Augenblick fühlte sich Jurii ganz als Genie, das mit Verachtung auf sein Werk herabblickt. Er seufzte gefühlvoll auf, warf den Pinsel, hin, so daß die Sofaecke bespritzt wurde und trat zur Seite, ohne das Bild nur mit einem Blick zu streifen.

»Eh, Bruder,« sagte er. Beinahe hätte er sich und Nowikow in diesem Augenblick die trübe Erkenntnis eingestanden, die einen Moment von der Freude am Erfolge durchbrochen worden war, daß er doch nicht imstande sei, die Skizze ernsthaft auszuführen. Statt dessen aber meinte er nur wegwerfend:

»Das nützt doch alles nichts.«

Nowikow wollte das für eine Pose Juriis halten, aber in dieser Minute gab ihm sein eigener, enttäuschungsvoller Gram einen Stich durch das Herz und er dachte: Wahr. Sehr wahr. Doch wenige Sekunden später erwiderte er ganz ohne Ueberlegung:

»Was meinst du, es nützt nicht?«

Jurii konnte diese Frage nicht gleich beantworten und schwieg; auch Nowikow blickte nur noch einmal flüchtig auf das Bild und legte sich dann auf den Divan.

»Weißt du, Bruder,« begann er, »sogar deinen Artikel im »Süden« habe ich gelesen. Er ist ganz gut.«

»Hol ihn der Teufel,« rief Jurii mit einer Erbitterung, die ihm völlig unverständlich war; er erinnerte sich plötzlich der Worte Semionows. Dann fuhr er fort: »Was erreicht man mit dem allem? ... Man wird weiter rauben, hinrichten und Gewalttätigkeiten begehen. Mit Artikeln ist da gar nichts zu machen; es tut mir leid, daß ich ihn überhaupt geschrieben habe. Was ist nun schon? ... Einige Idioten werden ihn lesen. Welchen Zweck hat das? ... Und schließlich, was geht es mich an. Weswegen soll ich mit dem Kopf die Wände einrennen?«

Vor den Augen Juriis zogen die ersten Jahre seiner Parteitätigkeit vorüber. Die geheimen Zusammenkünfte, die Propaganda, die Gefahr und die Mißerfolge, der heiße Enthusiasmus und die völlige Apathie gerade jener Schichten, für die er kämpfen wollte. Er ging im Zimmer auf und ab und machte eine wegwerfende Handbewegung.

Nowikow brauste plötzlich auf.

»Von dem Standpunkt aus lohnte es sich überhaupt nicht, irgend was zu tun.« Und sich Ssanins erinnernd, fügte er hinzu: »Egoisten seid ihr alle! Weiter nichts.«

»Ja, es verlohnt sich in Wirklichkeit nicht, etwas zu tun,« setzte Jurii zu sprechen ein; er befand sich plötzlich, unter dem Einfluß der gleichen Erinnerung und der matten Dämmerung, die schon ganz sachte alles im Zimmer zum Erblassen brachte, in einer glühenden, aufrichtigen Stimmung. Während er fortfuhr, schien er sich immer mehr zu erregen:

»Wollen wir wirklich über die Menschheit sprechen, so sage, was bedeuten denn alle unsere Bemühungen. Diese Konstitutionen, diese Revolutionen, – und wir können uns doch noch nicht einmal annähernd die Perspektive vorstellen, die die Menschheit in der Zukunft entlang laufen wird. Vielleicht, vielleicht liegen gerade in der Freiheit, von der wir träumen, die ersten Keime der Zersetzung? Vielleicht, nachdem der Mensch sein Ideal erreicht haben wird, geht es wieder mit ihm rückwärts, und schließlich läuft er von neuem auf allen Vieren ... Und dann wird die ganze Geschichte von vorne anfangen. Oder denkt man auch nur an sich selber. Sage doch,« – schrie er plötzlich schmerzlich auf, – »was kann ich im allerbesten Fall erreichen? . . Natürlich, ich kann mit meinen Talenten und Taten, wenn alles gut geht, Ruhm einsammeln. Ich kann mich an der Ehrerbietung von allerlei Volk besaufen ... Sehr schön, von solchen, die noch niedriger stehen, als ich, also gerade die, welche ich noch nicht einmal achten kann. Deren Anerkennung mir in der Wirklichkeit nicht einen Pfifferling wert sein sollte. Und so ... leben, leben bis zum Ende! ... Weiter nichts! Und war ich noch so bedeutend, – am Ende wird mir der Lorbeerkranz an den kahlen Schädel wachsen, daß es mir nur Ekel hervorruft.«

»So? ... Vor dir selbst? ...« fragte Nowikow mit gemachtem Spott, völlig unklar, warum er eigentlich fragte und woher ihm die Lust zum Spotten kam.

Aber Jurii achtete garnicht darauf. Er fuhr, voll Trauer in seinen Worten, fort, zu reden, ohne zu merken, mit welcher Befriedigung er ihnen lauschte; sie schienen ihm prachtvoll und eindringlich und riefen in ihm ein eigensinniges, erhebendes Gefühl hervor.

»Und schlimmstenfalls bleibe ich ein unbekanntes Genie, ein lächerlicher Schwärmer, wert als Objekt für Witzblätter zu dienen, ein Mensch ohne Sinn und Verstand. Keinem zu Nutzen ...«

Nowikow fiel ihm ins Wort. Er wünschte sich seine eigenen Gedanken wegreden zu können, wenn er auch fühlte, wie zwecklos dieses Gerede war.

»Aha! - - - Niemandem nützlich, sagst du! Du merkst also selbst, das heißt, du gestehst ...«

»Welch ein komischer Kerl du bist,« unterbrach ihn seinerseits Jurii. »Meinst du wirklich, daß ich mir nicht ganz klar bin, wofür man leben und was man glauben könnte? ... Vielleicht würde ich mich mit Freuden kreuzigen lassen, wenn ich nur wüßte, daß mein Tod die Welt retten wird. Aber so, was ich auch tun mag, an der Endsumme, die einmal die Geschichte ziehen muß, ändere ich verdammt wenig. Ach, garnichts, und der ganzen Nutzen, den ich bringen kann, - - - Ihr redet ja immer vom Nutzen, - - - das ist ja alles so gering, so nichtig, - - - und wenn ich überhaupt nicht wäre, die Welt hätte keinen Jota Nachteil davon. Aber es gehört sich nun einmal so, und ich muß für diesen Wert, geringer als ein Jota, leben und leiden und qualvoll auf meinen Tod warten. - - - Als anständiger Mensch, - - - «

Es fiel Jurii garnicht auf, daß er allmählich auf ein anderes Thema übergegangen war und zuletzt nicht mehr auf Nowikows Worte antwortete, sondern zu sich selbst sprach, zu seinen eigenen, sonderbaren und unbestimmten Empfindungen. In diesem Augenblick erinnerte er sich wieder Semionows Reden über den Tod und ein kaltes, widerwärtiges Grauen lief ihm den Rücken herunter.

»Weißt du, diese Unvermeidlichkeit quält mich,« sagte er still und vertrauensvoll, indem er mechanisch durch das dunkel gewordene Fenster schaute. »Ich weiß, daß alles ganz natürlich ist, daß es dagegen gar kein Ankämpfen gibt, - - aber doch, es ist entsetzlich und abscheulich.«

Nowikow verstand, daß in diesen Worten etwas Richtiges liegen mochte; er wurde noch trübseliger. Dennoch zwang er sich, ruhig und nüchtern zu erwidern: »Der Tod ist eine nützliche, physiologische Erscheinung.«

- - Welch ein Narr ist das, dachte wütend Jurii; aufgeregt gab er ihm zur Antwort:

»Ach mein Gott, was geht es mich im Grunde an, ob unser Tod jemandem Nutzen bringt oder nicht. Alles Unsinn!«

»Und deine Kreuzigung? ...«

»Das ist eine ganz andere Sache,« antwortete er unentschlossen und mit einemmal ernüchtert.

»Du widersprichst dir selbst,« bemerkte Nowikow; er fühlte seine Ueberlegenheit, war aber doch großmütig genug, Jurii in diesem Augenblick nicht anzusehen.

Jurii fing diesen Ton auf. Er war empört und erhitzte sich aufs äußerste über Nowikows Ruhe. Wild fuhr er sich mit seinen Händen durch die widerspenstigen, schwarzen Haare, und schrie wütend:

»Ich widerspreche mir überhaupt nicht. Das ist ganz klar. Es ist ein großer Unterschied, ob ich selbst nach meinem eigenen Wunsche sterbe..«

»Ganz egal ist es, mein Lieber.« Nowikow fuhr in seinem überlegenen Ton fort, ohne aufzublicken. »Was euch kränkt, – – – ihr wollt eben alle Feuerwerk und Applaus haben. Egoismus, mein Lieber, das ist alles.«

»Und wenn schon, das ändert an der Sache nichts.«

Das Gespräch verwickelte sich. Jurii merkte, daß etwas nicht in Ordnung war, er konnte aber nicht mehr den Faden herausfinden, der ihm noch eine Minute vorher, so straff gespannt wie eine Saite schien. Aergerlich rannte er im Zimmer auf und ab und dachte wie immer in solchen Fällen, um sich selbst zu beruhigen: Es kann einfach nichts Vernünftiges herauskommen, wenn die Stimmung nicht klappt. Mal spricht man so klar, daß einem alles wie selbstverständlich vor den Augen liegt, und ein anderes Mal wieder ist es einem, als ob die Zunge im Munde festgebunden wäre. Alles platzt dann so ungeschickt und grob heraus, ja, das kommt schon vor.

Sie schwiegen beide eine Weile. Jurii lief immer noch im Zimmer umher, dann blieb er kurze Zeit vor dem Fenster stehen. Er starrte hinaus. Plötzlich wendete er sich um und griff zur Mütze.

»Gehen wir etwas spazieren,« sagte er hastig.

»Gut, gehen wir!« Nowikow willigte mit der geheimen Hoffnung ein, daß ihnen der Zufall vielleicht Lyda Ssanina in den Weg führen werde.

IX

Sie gingen den Boulevard hinauf und hinunter, ohne Bekannten zu begegnen und lauschten interesselos der Musikkapelle, die wie gewöhnlich im Stadtgarten spielte. Jedesmal setzte sie mit falschen Intonationen ein, kam im Takt immer mehr auseinander, sodaß man hätte glauben können, die Musiker versuchten im Spiel einander zuvorzukommen; trotz alldem klang aber die Melodie von ferne zart und traurig. Stets dieselben Spaziergänger kamen an ihnen vorüber, flirteten miteinander und ihr Lachen, ihre aufgeregten, heißen Stimmen paßten nicht zu der stillen, traurigen Musik, dem stillen, traurigen Abend; sie versetzten Jurii in eine verdrießliche, gehässige Stimmung.

Als sie wieder einmal am Ende des Boulevard angelangt waren und gerade umkehren wollten, trat Ssanin an sie heran und begrüßte sie vergnügt. Doch er gefiel Jurii offensichtlich nicht und so wollte das Gespräch nicht recht in Fluß kommen. Mit einemmal verletzte es auch Jurii, daß Ssanin alles, was ihm vor die Augen kam, mit seinem leichten Spott übergoß; jedes Wort klang ihm schmerzhaft in den Ohren. Seine Stimmung veränderte sich auch nicht, als Iwanow auf sie zukam und sich ihnen ebenfalls mit lauter Fröhlichkeit anschloß.

»Wo wollen Sie denn hin?« fragte Nowikow den Lehrer, um dadurch dessen Fragen zuvorzukommen.

»Ich will meine Freunde freihalten,« erwiderte dieser lachend, zog eine Flasche Wodka aus der Tasche und zeigte sie mit feierlicher Miene im Kreise herum. Ssanin stimmte sofort in das Lachen ein.

Jurii erschien das Lachen und der Wodka wiederum unnatürlich und platt; widerwillig wendete er den Kopf ab. Trotzdem es Ssanin bemerkte, ging er nicht darauf ein und behielt ruhig sein vergnügtes Lächeln bei. Iwanow jedoch machte eine zweideutige Miene und sagte in gedehntem Baß:

»Ich danke dir, Herr, daß ich nicht bin, wie diese Zöllner.«

Jurii errötete: – Der muß natürlich auch noch seinen Senf drauf geben, dachte er verächtlich, zuckte mit den Schultern und trat zur Seite.

»Nowikow, du unbewußter Pharisäer, so komme du wenigstens mit uns mit,« drang Iwanow in ihn.

»Um welches Teufels willen? ...«

»Nun, um einen zu nehmen.« Nowikow gab nicht gleich eine Antwort, sondern überblickte mit gleichgültigen Mienen den Boulevard; es schmerzte ihn, daß er Lyda nirgends erblickte.

»Lyda sitzt zu Hause und büßt ihre Sünden,« bemerkte Ssanin lächelnd.

»Dummheiten,« murmelte verlegen Nowikow, »ich habe einen Kranken.«

»Der auch ohne deine Hilfe verrecken wird,« fiel ihm Iwanow ins Wort. »Uebrigens können wir uns auch ebenso ohne deine Hilfe dem Wodka widmen.«

– und uns besaufen! Und das ist noch das beste, dachte Nowikow bitter. Laut sagte er: »Nun gut, gehen wir!«

Sie verabschiedeten sich flüchtig von Jurii und schritten fort; er hörte noch von weitem den groben Baß Iwanows und das harmloszärtliche Lachen Ssanins.

Er ging wieder, ganz mit seinen Gedanken beschäftigt, den Boulevard hinunter, bis ihn Frauenstimmen anriefen. Sina Karssawina und die Lehrerin Dubowa saßen auf einer der Boulevardbänke, und ihre Figuren in dunklen Kleidern und ohne Hüte, aber mit Büchern unter den Armen, waren in dem tiefen Schatten kaum erkennbar.

Rasch und erfreut trat er auf sie zu.

»Woher kommen Sie?« fragte er, sie begrüßend.

»Wir waren in der Bibliothek,« gab Karssawina zur Antwort.

Dubowa rückte schweigend zur Seite, sodaß an ihrer Seite Platz wurde; aber trotzdem Jurii wünschte, sich an Karssawinas Seite zu setzen, wagte er es nicht recht und ließ sich neben der häßlichen Lehrerin nieder.

»Warum machen Sie ein so ärgerliches, wütendes Gesicht?« fragte Dubowa, wobei sie ihre schmalen und trockenen Lippen gewohnheitsmäßig mißmutig aneinanderpreßte.

»Sieht es denn so aus? Es ist heiter genug und denn, ich glaube, es ist hier tatsächlich etwas langweilig.«

»Vielleicht liegt's an Ihnen?« erwiderte spöttisch Dubowa.

»Und verstehen Sie, hier was anzufangen?«

»Ja, ich habe keine Zeit zu greinen!«

»Ich auch nicht.«

»Na, dann quietschen Sie eben,« – scherzte Dubowa.

»Das ist nun einmal mein Leben. Ich habe sogar das Lachen verlernt.«

In seiner Stimme lag eine so bittere Nuance, daß die Mädchen unwillkürlich stille wurden.

Auch Jurii schwieg; dann lächelte er: »Ein Freund von mir sagte einmal, daß mein Leben sehr erstaunlich sei.«

»In welchem Sinne?«

»Ich lebe, wie man nicht leben soll,« antwortete er bestimmt, ohne daß er zuvor von einem Menschen derartiges gehört hätte.

Jurii hielt sein ganzes Leben für mißraten und sich selbst für einen außerordentlich unglücklichen Menschen. Darin verbarg sich für ihn eine traurige Genugtuung, und es machte ihm Vergnügen, sich über sein Leben und die Menschen zu beklagen. Zu Männern sprach er niemals davon, weil er instinktiv fühlte, daß sie ihm nicht glauben würden. Aber Frauen und besonders jungen und schönen Mädchen erzählte er gern und lange von sich. Er war hübsch und sprach schön, und die Frauen hatten mit ihm stets das Mitleid, das mit Verliebtheit durchsetzt ist.

Auch diesmal, im Scherz begonnen, ging Jurii leicht in den gewohnten, sentimentalen Ton über und redete viel über sein Leben. Nach seinen Worten mußte man glauben, daß er, ein Mensch von ungeheurer Kraft und bedeutender Veranlagung, an dem Milieu und den Umständen zerbrochen war und daß man ihn auch in der

Partei nicht verstanden hatte. Wenn aus ihm nicht ein Volksführer, sondern ein Student wurde, der aus irgend einem nichtigen Anlaß verschickt worden war, so trug daran nur eine fatale Zufälligkeit und menschliche Dummheit, nicht er selber, die Schuld.

Jurii kam, wie allen Menschen mit großer Eigenliebe, niemals der Gedanke in den Kopf, daß diese Auffassung keineswegs außerordentliche Kraft beweise und daß jeder geniale Mensch von gleichen Zufälligkeiten und Personen umgeben ist. Ihm schien, daß nur ihn allein ein schweres, unüberwindliches Schicksal verfolge.

Doch da alles, was er erzählte, voller Farben und Leben war, machte es auf die Mädchen den Eindruck, als ob es wirklich der Wahrheit ähnlich sei. Sie glaubten seinen Worten, bemitleideten ihn und wurden mit ihm traurig.

Die Musik spielte ebenso ungleichmäßig und sentimental wie vorher, der Abend war finster und nachdenklich, und ihnen allen wurde es träumerisch befangen zumute.

Als Jurii schwieg, richtete Dubowa eine Frage an ihn, die eigentlich nur den eigenen Gedanken, wie langweilig und eintönig ihr Leben sei, und wie bald sie alt würde, ohne Liebe und Glück gekostet zu haben, beantwortete.

»Sagen Sie, Jurii Nikolajewitsch, ist Ihnen niemals der Gedanke an Selbstmord gekommen?«

»Weshalb fragen Sie mich danach?«

»So!«

Alle schwiegen. Jurii vergaß die Antwort.

»Sie waren also im Komitee?«[1] fragte Karssawina voller Neugierde.

»Ja,« antwortete Jurii kurz und wie gezwungen; das Eingeständnis war ihm aber doch angenehm, weil er glaubte, daß es ihm in den Augen des hübschen Mädchen ein neues, geheimnisvolles Interesse verleihen würde.

---

[1] Es ist das lokale Komitee der politischen Partei gemeint, zu der Jurii gehörte. Es galt als ein besonderes Verdienst, ihm anzugehören.

Und der Eindruck, den diese kurze Bejahung auf Karssawina und Dubowa machte, war so stark, daß sie beide in Schweigen verfielen und nur hin und wieder einen fast ehrerbietigen Blick über Jurii streifen ließen. Er fühlte sich von dieser guten Stimmung zärtlich geliebkost; um sie nicht zu stören, vermied er jede Bewegung und saß andächtig neben den Mädchen. Die Luft um sie wurde von der Sehnsucht, die sich aus ihnen allen drängte, durchsättigt und schien sich schwerer um sie zu legen, in leise Kreise getrieben, von den fern herüberschallenden Melodien. Endlich erhob sich Karssawina, sah mit freudig glänzenden Augen, in denen sie mühsam ihre unbewußte Erregung zurückhielt, auf Jurii und Dubowa und rief ihnen zu: »Gehen wir, Herrschaften, gehen wir doch, es wird spät. Wir verbummeln uns ja hier.« Und wieder glücklich lachend, fügte sie hinzu: »Jurii Nikolajewitsch, diesmal aber sind Sie Schuld!«

Jurii neigte fröhlich den Kopf, trat an ihre Seite und wartete, indem er ebenfalls ohne Grund in ihr leises freies Lachen einstimmte, auf Dubowa, die etwas schwerfälliger aufstand und erst die Bücher in ihrem Arm zurechtschob, ehe sie sich ihnen anschloß.

Jurii begleitete die Mädchen nach Haus. Unterwegs sprachen sie lebhaft und lachten viel; die traurige Stimmung war verflogen.

»Welch ein netter Kerl ist er,« sagte Karssawina, als Jurii fortging.

»Sieh, sieh, verlieb dich nicht!« Dubowa drohte mit den Fingern.

»Nun, was dir gleich in den Kopf kommt,« rief Karssawina mit verborgenem, instinktivem Schrecken.

Jurii kam in leichter und freudiger Erregung nach Hause.

Er blickte auf das begonnene Bild, empfand nichts Sonderliches dabei und legte sich vergnügt schlafen.

Und in der Nacht träumte er wollüstige und sonnige Bilder, träumte er von jungen und schönen Frauen.

X

Am nächsten Abend ging Jurii wieder auf denselben Platz, wo er Karssawina und Dubowa begegnet war.

Den ganzen Tag über machte es ihm Vergnügen, sich an den Abend, den er mit ihnen verbracht hatte, zu erinnern und er wünschte, sie wieder zu treffen, mit ihnen über dasselbe zu sprechen und wieder den gleichen Ausdruck von Teilnahme und Zärtlichkeit in den lustigen und hingebenden Augen Karssawinas zu sehen. Der Abend war überaus heiter, war still und schwül. Auf dem Boulevard traf er außer einigen flüchtigen Bekannten keinen Menschen.

Jurii schüttelte den Kopf, ärgerlich über das verdrießliche Gefühl, das in seiner Brust Platz griff, als wenn er von jemandem beleidigt worden wäre, und ging langsam, stumpf vor sich auf die Füße blickend, über den Boulevard.

»Wie langweilig,« dachte er, »was soll man jetzt anfangen?«

Plötzlich kam ihm mit eiligen Schritten der Student Schawrow entgegen, der seine freie Hand auf und nieder schwenkte und ihm schon von ferne höflich zulächelte.

»Was bummeln Sie herum,« fragte Schawrow freundlich, blieb stehen und reichte Swaroschitsch die Hand.

»Es ist langweilig, ich habe nichts zu tun. Und wo wollen Sie hin?« Juriis Worte klangen faul und herablassend. Er sprach stets in diesem Tone mit Schawrow, auf den er, als ehemaliges Komiteemitglied, wie auf ein einfaches Studentchen, das ein wenig Revolution mitspielt, herabblickte.

Schawrow lächelte mit der Selbstgefälligkeit eines glücklichen Menschen: »Wir haben heute einen Volksvortrag,« und er wies auf einen Stoß dünner, bunter Broschüren hin, die er im Arm trug.

Jurii nahm aus seiner Hand mechanisch eine der Broschüren, schlug sie auf und las den langen, dürren Titel eines populären, sozialwissenschaftlichen Artikels, den er selbst schon längst gelesen und wieder vergessen hatte.

»Wo ist denn Ihr Vortrag?« fragte er mit demselben herablassenden Lächeln die Broschüre wieder zurückgebend.

»In der städtischen Volksschule.« Schawrow nannte die Schule, in der Karssawina und Dubowa unterrichteten.

Jurii erinnerte sich, daß Ljalja ihm bereits von diesen Vorträgen erzählte, ohne daß er damals besonders darauf geachtet hatte.

»Darf ich mit Ihnen mitgehen?«

»Bitte,« Schawrow gab mit freudigem Lächeln seine Einwilligung. Er hielt Jurii für einen echten Mitkämpfer und, indem er dessen Parteirolle übertrieb, empfand er für ihn eine Achtung, die beinahe an Verliebtheit grenzte.

»Ich interessiere mich sehr für diese Geschichte.« Jurii hielt es doch für nötig, dies hinzuzufügen, dachte aber in Wirklichkeit nur daran, daß ein Abend ausgefüllt und es ihm möglich sein würde, Karssawina zu begegnen.

»Bitte, bitte,« wiederholte Schawrow. »Nun, so gehen wir denn.«

Und sie schritten rasch den Boulevard entlang, bogen zur Brücke um, an deren beiden Seiten ein herber Wassergeruch emporstieg und traten endlich in das zweistöckige Schulgebäude ein, wo sich bereits Menschen zu versammeln begannen.

In dem großen, noch dunklen Saal, der mit geraden Reihen von Stühlen und Bänken durchstellt war, schimmerte ihnen die Leinwand für den Projektionsapparat weiß entgegen, und aus irgendwelchen Ecken wurde zurückhaltendes, heiteres Lachen vernehmbar. Neben dem Fenster, durch das der verfinsterte Himmel und die Gipfel tiefgrüner Bäume sichtbar wurden, standen Ljalja und Dubowa. Sie begrüßten Jurii mit freudigen Ausrufen.

»Das ist aber schön, daß du mitgekommen bist! ...«

Dubowa drückte ihm kräftig die Hand.

»Warum fangt ihr denn nicht an?« fragte Jurii, der verstohlen durch den dunklen Saal schaute, ohne doch Karssawina zu bemerken. »Und beteiligt sich Sinaida Pawlowna nicht?« fügte er in unebenem Ton ein wenig enttäuscht hinzu.

Aber in diesem Augenblick zuckte am Katheder, dicht an der Leinwand, ein Streichholz auf und beleuchtete das Gesicht Karssawinas, die im Begriff war, einige Lichter anzustecken.

»Wie sollte ich nicht dabei sein,« rief sie mit klingender Stimme und streckte Jurii von oben her die Hand hin. Erfreut, aber schweigend, reichte er ihr die seine und sie sprang elastisch vom Katheder herab, während sie sich leicht auf ihn stützte, wobei sie in sein Gesicht den eigenartigen Duft von Frische und Gesundheit hinüberströmte.

»Es ist Zeit anzufangen,« sagte Schawrow, der geschäftig aus dem nächsten Zimmer kam.

Schwer mit seinen klobigen Stiefeln auftrampfend, ging der Diener im Saal umher und zündete die Kerzen an, sodaß es bald von hellen, lustigen Lichtern wimmelte.

Schawrow öffnete die Tür zum Korridor und rief laut:

»Bitte, meine Herrschaften, es beginnt.«

Ein Füßescharren, erst scheu, dann eiliger wurde laut, und durch die Türen drängten sich die Haufen der Besucher in den Saal.

Jurii sah sie mit Neugierde an. Das gewohnheitsmäßige eindringliche Interesse des Propagandisten wurde in ihm rege. Da tauchten alte und junge Leute auf und auch Kinder waren unter ihnen; sie stachen mit ihren frischen Köpfen hell von den dunklen Kleidern der hinter ihnen Drängenden ab. In der ersten Reihe hatte niemand Platz zu nehmen gewagt; sie wurde erst später durch einige Damen, die Jurii unbekannt waren und wenig interessant aussahen, den dicken Schulinspektor und die Lehrer und Lehrerinnen des Knaben- und Mädchenprogymnasiums besetzt.

Der ganze übrige Saal aber schien im Augenblick überschwemmt von Leuten in Jacken und Joppen, von Soldaten, Bauern, Weibern und zahlreichen Kindern in bunten Hemdblusen.

Jurii setzte sich neben Karssawina an den Tisch und hörte aufmerksam hin, wie Schawrow ruhig, aber schlecht, über das allgemeine Wahlrecht vorzulesen begann.

Schawrow hatte eine dumpfe starke Stimme und alles, was er las, machte dadurch den Eindruck einer trockenen statistischen Tabelle.

Und doch hörte man ihm aufmerksam zu; nur in der ersten Reihe fingen die Vertreter der Intelligenz bald an zu tuscheln und sich zu bewegen. Jurii wurde dadurch gestört und ärgerte sich; er bedauerte, daß Schawrow so schlecht vorlas. Als er merkte, daß dieser müde wurde, neigte er sich zu Karssawina und flüsterte ihr ins Ohr: »Lassen Sie mich doch zu Ende lesen.«

Karssawina warf durch ihre Wimpern einen zärtlichen Blick auf ihn: »Das ist sehr schön! Lesen Sie!«

»Läßt es sich denn machen?« fragte Jurii nun, indem er ihr, wie einem heimlichen Verbündeten, zulächelte.

»Gewiß geht es, alle werden damit zufrieden sein.«

Sie benutzte eine kurze Pause, um es Schawrow zu sagen. Dieser war müde und empfand selbst lästig, daß seine Stimme so häßlich klang. Er willigte ein, indem er deutlich seine Freude darüber zeigte.

»Bitte, bitte,« sagte er; nach seiner Gewohnheit wiederholte er das Wort, ihm dadurch eine besondere Wichtigkeit verleihend, und trat seinen Platz ab.

Jurii liebte es vorzulesen; er verstand es.

Ohne auf jemanden hinzusehen, stieg er auf das Katheder und begann mit markigem, kraftvollem Ton. Mehrmals schaute er sich nach Karssawina um und jedesmal begegnete er dann ihren blinkenden und ausdrucksvollen Augen, die fest auf ihn gerichtet waren. Verwirrt und erfreut lächelnd wandte er sich dann wieder zum Buch und suchte sein Vorlesen noch eindringlicher zu gestalten. Und er war überzeugt, daß er für sie irgend etwas unergründlich Schönes und Interessantes darstellen müsse.

Als er geendet hatte, klatschte ihm auch die erste Reihe Beifall zu.

Jurii verneigte sich ernst, und vom Katheder forttretend, lächelte er im geheimen zu Karssawina hinüber, als wenn er sagen wollte: Für dich ist das alles.

Das Publikum fing an, mit den Füßen zu scharren, Stühle wurden gerückt, Zwiegespräche setzten ein, und langsam gingen die Anwesenden auseinander.

Jurii achtete kaum darauf, daß er noch ein paar Leuten vorgestellt wurde, die ihm Liebenswürdigkeiten über sein Lesen sagten.

Nach und nach verlöschten die Lichter, und nun schien es mit einem Male noch dunkler zu werden, als es je vordem im Saal gewesen war.

»Ich danke Ihnen,« sagte Schawrow, Jurii herzlich die Hand drückend. »Wenn man bei uns nur immer so vorlesen könnte.«

Die Veranstaltung der Bildungsabende lag in seinen Händen, und er hielt sich daher für verpflichtet, Jurii in ausführlicher Weise zu danken, als ob ihm eine persönliche Gefälligkeit erwiesen worden wäre. Dabei klang aber durch seinen Worten unwillkürlich die Nuance, als ob er ihm im Namen des ganzen Volkes spreche. Er benahm sich sehr ernst und gewichtig.

»Für das Volk wird bei uns viel zu wenig getan,« sagte er mit Mienen, als weihe er Jurii in ein großes Geheimnis ein. »Und wenn wirklich mal irgend etwas geschieht, dann auch nur ganz oberflächlich und nachlässig. Es scheint mir in der Tat sonderbar; – – um einigen Herrschaften, die sich langweilen, ein Vergnügen zu machen, werden Sänger, Schauspieler, Deklamatoren nach Dutzenden auf das Podium gestellt; um aber dem Volk etwas zu bieten, muß sich solch elender Vorleser wie ich ans Pult setzen.« Mit gutmütiger Ironie schwenkte er seine Hand hin und her. »Und das Beste ist, – alle sind noch damit zufrieden. Ja, – was hätte es denn auch zu wollen, das Volk –« seine Stimme wurde bitter, schmerzlich.

»Das ist ganz richtig,« sagte Dubowa. »Es ist widerwärtig, etwas Gedrucktes in die Hand zu nehmen. In den Zeitungen werden ganze Spalten damit gefüllt, wie wunderbar irgendwelche Schauspieler spielen und hier ...«

»Und wie schön doch unsere Sachen hier stehen,« meinte Schawrow und begann zärtlich seine Broschüren zusammenzupacken.

»Die reine Einfalt,« dachte Jurii, aber die Anwesenheit Karssawinas, und sein eigener Erfolg stimmten ihn weich und gutmütig. Die Einfachheit Schawrows rührte ihn sogar ein wenig.

»Wohin gehen Sie jetzt?« fragte ihn Dubowa, als sie auf die Straße hinaustraten.

Draußen war es nicht viel Heller als in den Zimmern, obgleich am Himmel schon die Sterne aufleuchteten.

»Schawrow und ich gehen zu Ratowa,« fuhr sie selber fort. »Und Sie begleiten Sina?«

»Mit Vergnügen,« gab Jurii aufrichtig zur Antwort.

So trennten sie sich.

Den ganzen Weg bis zu der Wohnung Karssawinas, die sie mit Dubowa gemeinsam in einem kleinen Häuschen gemietet hatte, sprachen sie über den Eindruck, den die Vorlesung in ihnen hervorgerufen hatte, und Jurii gewann mehr und mehr die Ueberzeugung, daß von ihm etwas Wunderschönes und sehr Wichtiges geleistet worden war.

An der Pforte sagte Karssawina: »Kommen Sie zu uns herein!«

»Das kann ich!« Jurii willigte heiter ein. Karssawina öffnete die Tür und sie traten in einen kleinen, grasbewachsenen Hof, hinter dem der Garten in dichtem Schwarz auftauchte.

»Gehen Sie in den Garten ,« sagte Karssawina lachend. »Zwar möchte ich Sie in unsere Wohnung einladen, aber ich fürchte, – wissen Sie, ich war seit heute morgen nicht zu Hause und da ist es unsicher, ob bei uns zur Genüge aufgeräumt ist.«

Sie lief allein in das Haus, und Jurii schlenderte langsam in den duftigen grünen Garten hinüber. Er ging nicht weit, sondern blieb am Anfang des Pfades stehen, starrte erst zwecklos auf den Boden, drehte sich dann plötzlich um und sah mit brennendem Verlangen in die offenen, dunklen Fenster des Hauses. Ihm schien, daß sich dort ein entzückendes Geheimnis abspielen müsse. Fast bewegungslos war Karssawina auf die Vortreppe hinausgetreten. Jurii erkannte sie kaum. Sie hatte ihr schwarzes Kleid abgelegt und eine dünne, kleinrussische Bluse, mit tiefem Ausschnitt und kurzen Aermeln, dazu ein leichter, blauer Kleiderrock bedeckten, von der Luft durchweht, die prächtigen Formen ihres Körpers

»Hier bin ich!« sagte sie; ein verlegenes Lächeln überzog aus einem Grunde, der ihnen beiden unverständlich war, ihr Gesicht.

»Ja, ich sehe,« erwiderte Jurii, und jetzt begriff auch sie den bedeutsamen Ausdruck, der in den wenigen Worten lag.

Sie lächelte wieder und wandte sich ein wenig zurück. Beide schritten den Pfad zwischen den grünen, niedrigen Fliederbüschen und Rasenhecken entlang. Die Bäume, die zerstreut standen, waren noch klein, meistens Kirschen mit saftigen, jungen Blättern; sie strömten einen starken, herben Geruch aus.

Hinten an den Garten stieß eine Wiese, reich mit Blumen bedeckt, die hohes ungemähtes Gras trug.

Sie ließen sich auf einem halbeingebrochenen Zaun nieder und schauten bedächtig auf die Wiese, die durchsichtige, vergehende Abendröte. Jurii zog einen biegsamen Fliederzweig zu sich herab; zarte Tautröpfchen glitten dabei auf ihr Haar und setzten sich dort glitzernd fest.

»Wollen Sie, daß ich Ihnen etwas vorsinge,« sagte Karssawina.

»Natürlich möchte ich das!« Karssawina reckte, wie auch damals auf dem Fluß, ihre Brust, die deutlich unter dem zarten Stoff hervortrat, und begann zu singen.

Der schöne Stern der Liebe – – – – –

Ihre Stimme klang leicht und rein, aber voller Leidenschaft, durch die abendliche Luft.

Jurii saß still und wagte kaum zu atmen; er schaute auf sie, ohne die Augen von ihr einen Augenblick abzuwenden.

Sie fühlte seinen Blick, schloß ihre Augen, dehnte die Brust noch höher; ihr Gesang wurde immer schöner und kräftiger. Es schien, daß alles einhielte und lausche. Und Jurii kam die scheinbare, geheimnisvolle und gespannte Stille in den Sinn, die plötzlich eintritt, sobald eine Nachtigall zu schlagen anhebt.

Als sie mit einem hohen, silbernen Ton abbrach, wurde alles noch stiller. Die Abendröte war vollends erloschen, und der Himmel verdunkelte mehr und mehr.

Kaum, sichtbar, kaum hörbar begannen sich die Blätter zu bewegen, das Gras zu schwanken, und durch die Lüfte schwebend, zog ein zarter und duftiger Laut, wie ein Seufzer, von der Wiese herüber und zerrann im Garten.

Karssawina wandte sich mit Augen, die im Dunkel blitzten, zu Jurii:

»Warum schweigen Sie?«

»Zu schön ist es hier.« Jurii flüsterte es leise und zog wieder an dem tautriefenden Zweig.

»Ja, sehr schön,« rief sie träumerisch, »es ist überhaupt schön, auf der Welt zu sein,« fügte sie, nach kurzem Schweigen, hinzu.

In Jurii stieg ein leidiges Gefühl empor, nahm aber keine greifbaren Formen an und verschwand sofort wieder. Einmal ertönten plötzlich hinter der Wiese zwei schrille Pfiffe, doch gleich fiel alles wieder in die zitternde Ruhe zurück.

»Gefällt Ihnen Schawrow?« fragte unerwartet Karssawina und lachte selbst über das Plötzliche ihrer Frage.

In Juriis Brust regte sich eine eifersüchtige Stimmung, doch er zwang sich selbst zu einer ernsten Antwort.

»Er ist ein guter Bursche. Mit welchem Enthusiasmus gibt er sich seiner Ueberzeugung hin.«

Jurii schwieg. Auf der Wiese erhob sich ein leichter, weißlicher Nebel, und selbst das Gras nahm unter dem Tau einen weißen Schimmer an.

»Es wird feucht,« sagte Karssawina, sich schnell erhebend. Unwillkürlich blickte Jurii auf ihre runden weichen Schultern; er wurde verlegen. Sie fing seinen Blick auf und geriet ebenfalls in Verwirrung, obgleich ihr angenehm und froh zumute war.

»Gehen wir!« Und sie schritten mit innerem Bedauern auf dem schmalen Pfad zurück, hin und wieder streiften sie sich mit den Körpern.

Der Garten blieb leer und schwarz hinter ihnen, und als Jurii sich umsah, setzte sich der Gedanke in ihm fest, daß dort jetzt ein ganz neues Leben erwachen müsse; – allen verborgen, allen ein Geheimnis. Zwischen den niedrigen Bäumen, über dem taubedeckten Rasen werden Schatten hingleiten. Die Dämmerung wird sich verdichten und die Stille muß beginnen, mit matter Stimme leise Worte zu murmeln.

Er erzählte ihr die Phantasie. Das Mädchen schaute sich um, blickte lange in den Garten mit Augen, die nachdenklich und tief geworden waren.

Und Jurii dachte: Wenn sie plötzlich die Kleider von sich würfe und in fröhlicher, glücklicher Nacktheit hinein in das grüne Dickicht liefe, dann wäre das gar nicht sonderbar, – nur wundervoll und natürlich. Und es würde das grüne Leben des Gartens nicht stören, sondern ergänzen, ausfüllen und erhöhen.

Jurii verlangte es, ihr auch diesen Gedanken mitzuteilen, er wagte es aber nicht und sprach wieder von verschiedenen Referaten und der allgemeinen Volksbewegung. Das Gespräch stockte bald und versiegte, als ob sie nicht von dem sprachen, was ihnen das Nächste gewesen wäre. So gingen sie lächelnd bis zur Pforte und streiften mit ihren Schultern die nassen, triefenden Büsche. Ihnen schien alles ins Schweigen zu versinken, ebenso nachdenklich und im gleichen Glück wie sie selbst.

Im Hofe war es wie vorher still und leer. Nur das weiße Häuschen sah mit seinen offenen Fenstern schwarz zu ihnen herüber. Doch die Pforte nach der Straße zu stand offen, und aus dem Zimmer hörte man Schritte und Poltern, als würde das Schubfach einer Kommode mit Gewalt aufgerissen.

»Ah, Ola ist gekommen,« rief Karssawina.

»Sina, bist du da,« fragte Dubowa vom Zimmer her. Ihrer Stimme merkten beide sogleich an, daß etwas Schlimmes vorgefallen war. Dubowa trat auf die Treppe hinaus, blaß und fassungslos. »Wo steckst du? Ich suchte dich, Semionow stirbt!« rief sie keuchend und sich überstürzend.

»Was,« fragte Karssawina entsetzt und lief auf sie zu. »Ja, er stirbt. Er hat einen Blutsturz gehabt. Anatoli Pawlowitsch meint, daß es zu Ende geht. Wir haben ihn ins Krankenhaus gebracht. Und wie eigentümlich und unerwartet. Wir saßen bei Ratows und tranken Tee. Er war so lustig, stritt sich mit Nowikow herum, und dann hustete er plötzlich, stand auf, schwankte, und Blut stürzte, stürzte

– so – einfach – direkt aufs Tischtuch, – in den Teller mit Eingemachtem hinein. Dicht, schwarz– – –«

»Und wie? Er – weiß er ...,« fragte mit brennender Neugierde Jurii, dem in diesem Augenblick die Mondnacht, die schwarzen Schatten, und die aufgeregte, traurige Schwäche jener Stimme einfiel:– – –Und Sie werden noch leben, werden an meinem Grabe vorbeigehen, irgend eines Bedürfnisses wegen stehen bleiben und ich – – – –

»Er scheint es zu wissen,« unterbrach Dubowa, mit nervösem Zucken ihrer Arme, seine Gedanken. »Er sah uns alle an und fragte: »Was bedeutet das?...« Und dann bebte er am ganzen Körper und sagte noch: »Schon?...« Ach, wie abscheulich und furchtbar das ist.«

Alle schwiegen. Nun wurde es ganz still und trotzdem die Luft ebenso durchsichtig und klar wie früher war, kam es ihnen vor, als wäre die ganze Welt plötzlich mit einer dunklen Decke überzogen worden. »Eine entsetzliche Sache – der Tod,« sagte Jurii und erblaßte.

Dubowa seufzte und senkte die Blicke zu Boden, Karssawina bebte das Kinn; sie lächelte schuldbewußt und bedauernswert. Sie konnte das niederdrückende Gefühl der anderen nicht ertragen, weil ihr ganzes Wesen von Leben erfüllt war. Es ließ nicht zu, daß sie sich den Tod vergegenwärtigte. Sie konnte sich kaum vorstellen, daß jetzt, wo sie ein so prächtiger Sommerabend umgab und alles in ihr voll Glück und Freuden schwankte, ein Mensch leiden und sterben sollte.

Ihre Empfindungen waren nur natürlich; aber ihr schien, daß sie schlecht seien. Sie schämte sich ihrer; unbewußt bemühte sie sich, sie zu unterdrücken und an ihrer Statt bessere hervorzurufen. Mehr als Jurii und Dubowa drückte sie deshalb jetzt in ihrer Frage Teilnahme und Schrecken aus:

»Ach der Arme, wie geht es ihm?« Sie wollte sich noch weiter erkundigen:... wird er bald sterben; aber sie stockte bei diesem Wort und richtete an Dubowa, während sie sich an sie klammerte, leere Fragen ohne Sinn und Nutzen ...

»Anatol Pawlowitsch meinte, daß es mit ihm heute Nacht oder morgen früh zu Ende gehen wird,« entgegnete diese dumpf.

Karssawina sprach scheu und leise: »Wollen wir zu ihm gehen? ... Oder vielleicht nicht? Ich weiß garnicht...«

Und vor allen tauchte plötzlich die gleiche Frage auf: – – – Darf man dorthin gehen und zusehen, wie dieser Semionow stirbt, und würde es gut oder schlecht sein ... Jurii zuckte unentschlossen die Achseln, sagte aber schließlich: »Gehen wir wirklich hin. Wir werden vielleicht nicht eintreten dürfen, aber möglicherweise ...«

»Vielleicht will er sogar jemanden sehen.« Dubowa willigte erleichtert ein und auch Karssawina sagte entschlossen: »So gehen wir.«

»Schawrow und Nowikow sind dort,« fügte Dubowa wie zur Rechtfertigung hinzu.

Karssawina lief schnell ins Haus, um ihr Jackett zu holen, dann schritten alle drei düster und traurig durch die Stadt nach dem grauen, schlecht abgeputzten, dreistöckigen Gebäude, in dem sich das Krankenhaus befand und wo Semionow jetzt sterben mußte.

In den Korridoren mit niedrigen, hallenden Decken war es düster; es roch scharf nach einem Gemisch von Karbol und Jodoform.

Als sie an dem Irrenabteil vorbeikamen, vernahmen sie eine sonderbar gespannte Stimme schnell und böse sprechen; als dann niemand zu sehen war, überlief sie eine bange Empfindung. Erschrocken sahen sie nach dem kleinen quadratischen Fensterchen hin. Doch gleich darauf begegnete ihnen im Korridor ein alter Bauer mit weißem Vollbart, der in seiner Dichtigkeit einem gewebten Brusttuch ähnlich sah, und einer großen weißen Schürze; höflich scharrend zog er seine schweren Füße an.

»Wohin wünschen Sie?«

»Hier wurde ein Student hergebracht, Semionow. Heute!« sagte Dubowa.

»Auf der sechsten Station. Bitte, oben! –«

Man hörte, wie er fortgehend laut auf den Boden spuckte und wiederum mit den Füßen scharrte.

Oben war es heller und sauberer, und die Decken waren ungewölbt. Die Tür des Kabinetts, an dem ein Schild mit der Aufschrift:

Diensttuender Arzt! angeschlagen war, stand offen. Dort brannte die Lampe; jemand klirrte mit Glasflaschen.

Jurii blickte hinein und rief etwas. Das Klirren der Fläschchen hörte auf und Rjäsanzew kam heraus, frisch und heiter, wie immer, offenbar an die Umgebung, die die Anderen bedrückte, gewöhnt.

»Ah! Heute habe ich Dienst! Guten Abend, meine Herrschaften.« Aber sogleich zog er die Augenbrauen in die Höhe und fuhr mit völlig veränderter, trauriger und bedeutungsvoller Stimme fort:

»Ich glaube, er ist schon ohne Bewußtsein. Gehen wir zu ihm. Dort ist Nowikow und die anderen.« Und während sie einer nach dem anderen den übermäßig sauberen Korridor an großen weißen Türen mit schwarzen Nummerschildern vorbeigingen, sprach Rjäsanzew leise weiter:

»Man hat schon nach dem Geistlichen geschickt. Es ist ganz erstaunlich, wie schnell es ihn klein gekriegt hat. Ich habe mich selbst gewundert. Dazu hat er sich in der letzten Zeit in einem fort erkältet, und das war in seiner Lage gewagt. So, hier liegt er.«

Rjäsanzew öffnete eine hohe weiße Tür und trat hinein. Die anderen drängten sich in den Türrahmen und stießen sich gegenseitig an, als sie hinter ihm hergingen. Die Station war groß und sauber. Vier Betten waren leer und sorgfältig mit rauhen, grünen Decken, durch die gerade weiße Falten liefen, zugedeckt. Sie erinnerten an Särge. Auf dem einen saß ein kleiner, zusammengeschrumpfter Greis im Bauernkaftan, der sich erschrocken nach den Eingetretenen wie auch nach dem sechsten Bett umsah, wo unter einer ebenso harten Decke Semionow lag. Neben ihm hockte Nowikow vornübergebeugt auf dem Stuhl; am Fenster standen Iwanow und Schawrow. Alle fanden es sonderbar und unpassend, daß sie sich in Gegenwart des sterbenden Semionow begrüßen mußten und sich die Hände drückten. Aber merkwürdigerweise schien es ihnen ebenso unrichtig, es zu unterlassen, als würden sie dadurch die Nähe des Todes besonders betonen.

Daraus ergab sich eine allgemeine Konfusion; einige von ihnen grüßten sich; andere nicht. Jeder blieb dort stehen, wo er gerade stand, und blickte mit scheuer und banger Neugierde auf Semionow.

Semionow atmete schwer und selten. Er war garnicht mehr jenem Semionow ähnlich, der ihnen allen bekannt war, sah überhaupt kaum noch einem Lebenden ähnlich. Obgleich ihm dieselben Gesichtszüge wie im Leben, dieselben Glieder, wie allen anderen Menschen, geblieben waren, hatten sie doch den Eindruck, daß sich seine Mienen irgendwie furchtbar und unverrückbar verändert hätten. Das, was die Körper Anderer belebt und so selbstverständlich bewegt, schien für ihn nicht mehr vorhanden zu sein. Irgendwo in der Tiefe seines grauenhaft regungslosen Körpers vollzog sich eilig ein entsetzenerregender Vorgang, als tastete er jetzt schon nach einer neuen, unabwendbaren Arbeit.

Sein ganzes Leben hatte sich in die Tiefe verkrochen, um dieser Arbeit mit einer intensiven, unerklärlichen Aufmerksamkeit lauschen zu können.

Die Lampe, welche inmitten der Zimmerdecke hing, beleuchtete mit greller Schärfe seine unbeweglichen Gesichtszüge, die nichts mehr sahen, nichts hörten.

Alle standen schweigend da und schauten, ohne die Augen abzuwenden, auf ihn; sie hielten den Atem ein in der Furcht, den großartigen Prozeß zu stören.

Und in dieser Stille war nur mit schrecklicher Deutlichkeit das verkrüppelte, pfeifende Atmen Semionows vernehmbar.

Die Tür öffnete sich, und trippelnde Greisenschritte klappten auf dem Boden.

Ein alter dicker Pope kam mit dem Küster, einem mageren und schwarzen Menschen; hinter ihnen ging leicht und ruhig Ssanin.

Der Pope grüßte höflich die Aerzte und verneigte sich dann, ebenso zuvorkommend vor den anderen. Sie antworteten ihm alle gleichzeitig, übertrieben den Gruß eilig und überhöflich; dann fielen sie sofort wieder in ihre Erstarrung zurück.

Ssanin setzte sich, ohne ein Wort, aufs Fensterbrett und sah neugierig auf Semionow und die Anwesenden; man merkte ihm deutlich den Wunsch an, das, was er und sie empfanden und dachten bis ins Einzelne zu begreifen. Der Sterbende atmete in gleicher Weise fort und bewegte sich nicht.

»Kein Bewußtsein?« fragte weich der Geistliche, ohne sich aber mit seiner Frage an einen von ihnen direkt zu wenden.

»Ja,« beeilte sich Nowikow zu antworten.

Der Pope ließ irgend einen unbestimmten Laut vernehmen; wendete sich aber, als er nichts weiter hörte, um, stellte das Kreuz zurecht, legte die Stola an und begann mit dünnem, süßlichem Tenor und vertieftem Ausdruck herunter zu lesen, was zum Tode eines Menschen orthodoxen Glaubens gehört. Vom Küster her ertönten heisere, unangenehme Baßlaute, und diese beiden Stimmen, die nicht zusammen paßten, gingen fortgesetzt auseinander und verklangen in ihrer Dissonanz seltsam und traurig an der hohen Decke.

Als der scharfe, laute Klagegesang erscholl, sahen alle mit unwillkürlichem Schrecken auf das Gesicht des Sterbenden. Nowikow, der näher als die anderen stand, fiel es auf, daß Semionows Lider ein wenig erzitterten und daß sich auch seine blicklosen Augen kaum merklich nach der Seite wandten, woher die Stimmen ertönten. Aber für die anderen blieb Semionow genau so sonderbar unbeweglich, wie vorher.

Karssawina weinte gleich bei dem ersten Laut still und klagend vor sich hin, ohne die Tränen, die über ihr junges schönes Gesicht rollten, abzutrocknen. Alle blickten hoch, und auch Dubowa begann zu weinen; selbst die Männer fühlten Tränen in ihre Augen steigen und bissen die Zähne zusammen, um sie zurückzuhalten. Immer, wenn sich der Gesang der Priester verstärkte, weinten die Mädchen heftiger. Dann runzelte Ssanin jedesmal bei dem Gedanken die Stirn, wie unerträglich dieser Gesang, der auch auf gesunde Menschen, die dem Tode fernstanden, schwer einwirkte, erst für Semionow sein müßte, wenn er ihn höre.

»Machen Sie es doch leiser ab,« sagte er zornig zum Pfarrer. Dieser neigte erst liebenswürdig das Ohr, aber sobald er die Worte verstanden hatte, zog er die Brauen zusammen und sang noch lauter. Der Küster blickte sich strenge nach Ssanin um und auch die anderen sahen sich erschrocken an, als ob er eine Unanständigkeit gesagt hätte.

Ssanin winkte die stummen Vorwürfe mit einer verdrießlichen Handbewegung ab und schwieg still.

Als die Zeremonie beendet war und der Pfarrer das Kreuz wieder in die Stola gewickelt hatte, wurde es noch schwüler. Semionow lag unbeweglich wie vorher.

Und plötzlich begann sich in ihnen allen ein entsetzliches Gefühl, das keiner überwinden konnte, zu regen: Sie wünschten, daß dieser ganze Vorgang endlich zu Ende gehe und Semionow schneller sterbe. Trotzdem sich dieses Gefühl immer deutlicher in ihnen festsetzte, gaben sie sich voll Angst und Scham alle Mühe, es zu unterdrücken und zu verbergen; sie wagten es nicht, sich einander anzublicken.

»Ginge es doch nur schneller,« meinte endlich Ssanin leise, »welche schwere Geschichte.«

»Tja,« rief Iwanow.

Beide sprachen still zusammen; es war ganz klar, daß Semionow nichts mehr hören konnte. Und doch schauten sich die Andern entrüstet nach ihnen um.

Schawrow wollte etwas bemerken, aber gerade in diesem Augenblick brach ein neuer, unsagbar kläglicher Laut hervor, der alle krankhaft erzittern ließ.

Fffft – seufzte Semionow und begann dann, als wenn er endlich das gefunden hätte, was allein ihm nötig war, dieses langgezogene Stöhnen ohne Einhalt zu wiederholen; nur manchmal wurde es durch ein heiseres, beschwertes Atmen unterbrochen.

Zuerst hatten die Umstehenden nicht fassen können, um was es sich handele, aber gleich darauf setzte das Weinen Dubowas und Karssawinas wieder stärker ein, und auch Nowikow stürzten die Tränen aus dem Auge.

Der Pfarrer begann langsam und feierlich die Sündenvergebung zu lesen. Auf seinem gedunsenen, rührseligen Gesicht drückte sich sentimentale Teilnahme und erhabene Trauer aus. Einige Minuten vergingen. Plötzlich wurde Semionow still.

»Ausgelebt,« murmelte der Pfarrer.

Aber im selben Augenblick versuchte Semionow langsam und mit Anstrengung die zusammengeklebten Lippen zu bewegen; sein Gesicht verzerrte sich wie zu einem Lächeln. Gleich darauf vernahmen Alle eine dumpfe, unglaublich schwache und ergreifende Stimme, die sich von irgend woher aus der Tiefe seiner Brust wie unter einem Sargdeckel hervor quetschen mußte. Und diese Stimme sagte:

»Ein kompletter Lump.« Die Augen Semionows waren dabei starr auf den Popen gerichtet. Dann erzitterte er, riß die Augen mit dem Ausdruck eines wahnsinnigen Schreckens noch weiter auf und reckte sich. Alle hörten seine Worte, doch keiner bewegte sich. Allein von dem feucht gewordenen, geröteten Antlitz des Popen schwand in einem Augenblick der Ausdruck erhabener Trauer. Aengstlich sah er sich um, doch niemand beachtete ihn; allein Ssanin lächelte ihm interessiert zu.

Semionow bewegte sich, doch kein Laut drang hervor, und nur die eine Seite seines dünnen, hellen Schnurrbarts senkte sich. Dann streckte er sich wieder; wurde dadurch noch ausgezogener und grauenhafter. Aber plötzlich gab es keinen Laut, keine Bewegung mehr.

Jetzt weinte auch niemand. Das Nahen des Todes war furchtbarer und trauriger als sein Erscheinen. Ja, es kam ihnen jetzt sogar sonderbar vor, daß diese feierliche und qualvolle Geschichte so einfach und schnell beendet war. Sie standen noch eine Weile um das Bett und schauten in das scharf gewordene, zugespitzte Gesicht des Toden, als wenn sie noch etwas erwarteten, und bemühten sich auch, Entsetzen und Mitleid in sich hervorzurufen; mit gespannter Aufmerksamkeit sahen sie zu, wie Nowikow ihm die Augen zudrückte und seine Hände auf der Brust faltete. Dann begannen sie fortzugehen; zurückhaltend, mit den Füßen scharrend. Im Korridor brannte die Lampe, und hier sah es so gleichmäßig und gemütlich aus, daß alle befreit aufatmeten.

Voran schritt der Pope. Er machte häufige, kleine Schritte, und in dem Wunsch, bei der Jugend einen guten Eindruck hervorzurufen oder irgend eine Liebenswürdigkeit zu sagen, seufzte er tief auf und sprach weich:

»Es ist schade um den jungen Mann. Um so mehr, als er augenscheinlich als ein unbereuter ... Aber, Gottes Barmherzigkeit, nicht wahr.«

»Ja, gewiß,« antwortete aus Höflichkeit Schawrow, der ihm am nächsten ging.

»Hat er Familie?« fragte der Pope, zuversichtlich werdend.

»Ich weiß wirklich nicht,« gab Schawrow zur Antwort.

Bei dieser Antwort schauten sich alle an; sie fanden es selber sonderbar und unschön, daß keiner von ihnen wußte, ob Semionow Familie habe und wo sie lebe.

»Eine Schwester von ihm besucht irgendwo das Gymnasium,« bemerkte Karssawina.

»So, nun adieu,« sagte der Pfarrer, indem er mit weichen Fingern seinen Hut lüftete.

»Adieu,« antworteten alle gleichzeitig.

Als sie auf die Straße traten, atmeten sie erleichtert auf und blieben stehen.

»Nun, wohin jetzt,« fragte Schawrow.

Zuerst bewegten sie sich unentschlossen auf dem Platz hin und her, dann begannen sie sich, wie auf Verabredung, plötzlich zu verabschieden und nach allen Seiten auseinander zu gehen.

XI

»Wollen wir zu mir gehen, um des in Gott entschlafenen treuen Knechtes zu gedenken,« sagte Iwanow feierlich zu Ssanin.

Ssanin nickte schweigend mit dem Kopf.

Im Vorbeigehen kauften sie in einem Laden Wodka und einige Kleinigkeiten zum Essen und holten dann Jurii Swaroschitsch ein, der langsam mit gesenktem Kopf den Boulevard entlangschritt. Der Tod Semionows hatte auf Jurii trübe und niederdrückend eingewirkt; es schien ihm ganz unmöglich, sich damit abzufinden.

– – – Ja, das ist so; das alles ist sehr einfach. – – – Jurii versuchte in seinen Gedanken eine gerade und kurze Linie zu ziehen. Der Mensch existiert nicht früher, als bis er geboren ist und niemandem scheint das entsetzlich und unbegreiflich. Der Mensch wird nicht mehr sein, wenn er gestorben ist, und das ist gerade so einfach und verständlich. Der Tod als völliges Stehenbleiben einer Maschine, die die Lebenskraft produzierte, ist vollkommen natürlich, und es gibt nichts darin, was Entsetzen einflößen könnte. Es gab einen Jura, der einst aufs Gymnasium ging, seinen Feinden in der Sexta die Nasen blutig schlug und Distelköpfe mit Stöcken abhieb. Er besaß ein eigenes und wunderbar kompliziertes Leben. Dann ist dieser Jura gestorben, und jetzt geht an seiner Statt ein ganz anderer Mensch herum, der Student Swaroschitsch. Könnte man diese beiden gegenüberstellen, so würde Jura nicht imstande sein, Jurii wiederzuerkennen. Ja, er würde sogar gegen ihn einen instinktiven Haß empfinden, wie gegen einen Menschen, der sein Repetitor werden soll und ihm noch eine Menge Unannehmlichkeiten bereiten kann. Folglich liegt zwischen ihnen eine breite Kluft, folglich ist der Junge Jura wirklich gestorben ... ich selbst bin gestorben, und habe es bis jetzt noch nicht einmal bemerkt.

Das war so einfach und natürlich geschehen. Und mit allem, was wir im Tode verlieren, wird uns im Grunde nichts genommen. Im Leben gibt es auf jeden Fall mehr unangenehme als freudige Ereignisse. Zwar wird es einem schwer, auch die wenigen Freuden hingeben zu müssen. Aber die Befreiung von der Last des Schlechten,, die der Tod mit sich bringt, muß doch zuletzt ein Plus ergeben.

»Ja, wirklich, das ist ja ganz einfach und gar nicht furchtbar,« sagte Jurii leise mit einem erleichternden Seufzer vor sich hin, aber sofort unterbrach wieder ein schneidendes Gefühl feinsten, seelischen Schmerzes diesen Gedanken. Nein, daß eine volle, lebende, unendlich feine und komplizierte Welt in einem Augenblick in ein Nichts verwandelt wird, in einen Klotz, in ein gefrorenes Scheit, das ist nicht mehr die Verwandlung des Knaben Jura in Jurii Swaroschitsch, sondern das ist eine bis zum Ekel abschreckende Widersinnigkeit und darum entsetzlich und unbegreiflich.

Ein feiner, kalter Schweiß bedeckte die Stirn Juriis. Er mußte alle Kräfte seines Hirns zusammennehmen, um sich den Zustand, den zu erleben jedem Menschen unmöglich erscheint und den doch ein jeder erleben wird, vorzustellen. So wie ihn eben Semionow erlebt hatte. Und der war auch nicht vor Angst gestorben, dachte Jurii und lächelte über das Sonderbare dieses Gedankens. Er verspottete sogar noch diesen Popen, den Gesang und die Tränen.

Es schien, daß hier irgend ein Punkt verborgen sein mußte, der, wenn er erst einmal begriffen war, auch alles andere erleuchten würde.

Aber zwischen seiner Seele und diesem unbekannten Punkt befand sich eine dichte, undurchdringliche Mauer. Seine Gedanken glitten über eine ungreifbar glatte Fläche und in dem Augenblick, als er glaubte, der Lösung des Rätsels nahe zu sein, befanden sie sich wieder unten auf demselben Platz. Und nach welcher Seite er auch das Netz der feinsten Gedanken und Vorstellungen auswarf, er fing nur immer dieselben platten und bis zur Schmerzhaftigkeit überdrüssigen Worte: Entsetzlich und unbegreiflich.

Dieses Spiel quälte und schwächte ihn seelisch und körperlich. Bis ins Herz stieg die wehe Trübsal, die Gedanken wurden farblos, der Kopf begann zu schmerzen und ihm kam der Wunsch, sich jetzt hier auf dem Boulevard niederzulegen, und alles, alles beiseite zu schieben, – selbst die Tatsache des Lebens.

Aber wie konnte Semionow lachen, da er wußte, daß nach einigen Augenblicken das Ende kommt? Was war er? Ein Held! Nein, das hatte mit Heldentum nichts zu tun. Es bedeutete einfach: Der Tod ist nicht so schrecklich, als ich denke.

In diesem Augenblick rief ihn Iwanow an: »Ach, Sie sind es?« Jurii fuhr mit dem ganzen Körper zusammen.

»Ja, und des Sterbens des soeben dahingeschiedenen Knecht Gottes gedenkend,« antwortete fröhlich und gerötet Iwanow.

»Wollen Sie mit uns gehen? Warum treiben Sie sich immer allein herum?«

Jurii war es so ängstlich und traurig zumute, daß ihm Ssanin und Iwanow nicht so antipathisch wie sonst erschienen.

»Schön, wollen wir gehen!« – Doch kaum hatte er eingewilligt, als er sich seiner Ueberlegenheit erinnerte und sich sagte: Nun, was werde ich mit ihnen anfangen. Wodka saufen und Gemeinheiten reden. Er wollte sich schon zwingen, die Einladung doch noch abzulehnen, aber sein ganzes Wesen widerstrebte der Einsamkeit und so ging er mit ihnen mit.

Iwanow und Ssanin schwiegen; sie gingen ohne ein Wort bis zur Wohnung Iwanows. Es war schon tiefe, nächtliche Dunkelheit und nur auf einer Bank an der Pforte spukte die Figur eines Menschen, der einen dicken gekrümmten Knüppel in der Hand trug, herum.

»Ah, Onkel? Pjotr Iliitsch?« rief laut Iwanow.

»Ich!« rollte es im tiefsten Ton einer menschlichen Stimme zurück; kraftvoll und männlich schallte es durch die Luft.

Jurii erinnerte sich, daß der Onkel Iwanows ein dem konsequenten Trunk ergebener Sänger des Domchors war.

Er hatte einen grauen Schnurrbart, wie ein Soldat Nikolai des Ersten und sein abgetragenes Jackett strömte einen häßlichen Geruch aus.

»Bububu,« – klang es wie ein dumpfer Stoß gegen ein leeres Faß von ihm her, als ihn Iwanow mit Jurii bekannt machte. Jurii reichte ihm eingeschreckt die Hand und wußte nicht, was er sprechen und wie er sich ihm gegenüber benehmen sollte. Doch im Augenblick fiel ihm ein, daß ja für Jurii Swaroschitsch alle Menschen gleich sein müßten, und so ging er neben dem alten Sänger einher, wobei er darauf achtete, ihn bei jeder Gelegenheit höflich voranschreiten zu lassen. Iwanow wohnte in einem Zimmer, das einer Rumpelkammer mehr als einer menschlichen Wohnstätte ähnelte, so viel Plunder, Staub und Unordnung war da. Doch als ihr Wirt die Lampe ansteckte, sah Jurii, daß alle Wände mit Gravüren von Wasnitzow beklebt waren und die Haufen Plunder entpuppten sich als Bücherstöße.

Jurii fühlte sich immer noch etwas peinlich berührt, und um es zu verbergen, begann er aufmerksam die Bilder zu betrachten.

»Lieben Sie auch Wasnitzow?« fragte Iwanow, wartete aber nicht auf die Antwort, sondern lief fort, um das Geschirr zu holen. Ssanin erzählte Pjotr Iliitsch, daß Semionow gestorben sei.

»Mög' ihm das Himmelreich beschieden sein,« so ertönte es wieder wie aus einem Bierfaß zurück. Und nach kurzem Schweigen fügte Pjotr Iliitsch hinzu: »Nun gut, so ist also alles vollbracht.«

Jurii sah ihn nachdenklich an und empfand mit einemmal Sympathie für den Alten. Iwanow kam zurück, brachte Brot, saure Gurken und Weingläser. Er stellte alles auf dem Tisch zurecht, der mit Zeitungspapier bedeckt war, und mit einem kurzen Schlag der Handfläche gegen die Flaschenböden trieb er die Pfropfen hinaus, ohne einen Tropfen zu verschütten.

»Das ist geschickt!« lobte Pjotr Iliitsch.

»Man merkt es doch gleich, wenn ein Mensch sein Handwerk versteht,« scherzte Iwanow selbstgefällig und goß die grünlichweiße Flüssigkeit in die Gläschen ein.

»Nun, meine Herrschaften,« er nahm sein Glas in die Hand und erhöhte seine Stimme, – »auf die Ruhe der Seele und alles sonstige.«

Man griff zum Essen und trank bald mehr und mehr. Es wurde nur wenig gesprochen. Zumeist tranken sie.

In dem kleinen Zimmer wurde es bald heiß und dumpf. Pjotr Iliitsch zündete eine Zigarette an und überschwemmte alles mit blauen Streifen schlechten Tabaksqualmes. Von dem Wodka, dem Rauch und der Hitze begann Jurii der Kopf zu schwindeln.

Er erinnerte sich wieder an Semionow: »Eine dumme Geschichte ist der Tod!«

»Warum denn?« fragte Pjotr Iliitsch, »der Tod, – oho – aber im Gegenteil, er – er ist ja etwas durchaus Notwendiges. Der Tod, –

und wenn man ewig leben sollte. Oho! – Nehmen Sie sich in acht, – – so zu sprechen. Ewiges Leben – was ist das? ...«

Jurii dachte plötzlich, daß falls er ewig leben sollte ... Vor ihm breitete sich ein unendlicher grauer Streifen aus, der sich qualvoll und ziellos im Leeren aufrollte, als wenn er von einer Walze auf die andere herübergezogen würde. Jede Vorstellung von Farben und Lauten, von Tiefe und Fülle der Erlebnisse verwischte sich und verblaßte wieder, zerrann zu einer grauen Masse, die ohne Bett und Strömung dahinfloß. Das war nicht mehr Leben, das war wieder Tod. Jurii wurde geradezu schreckhaft ängstlich.

»Ja, gewiß!« murmelte er.

»Auf Sie scheint der Tod einen großen Eindruck gemacht zu haben,« bemerkte Iwanow.

»An wem könnte er so vorübergehen?« fragte Jurii statt einer Antwort.

Iwanow nickte unbestimmt mit dem Kopf und fing an, Pjotr Iliitsch von den letzten Augenblicken Semionows zu erzählen.

Im Zimmer wurde es allmählich unerträglich schwül. Jurii beobachtete mechanisch, wie der Wodka, im Schein der Lampe glänzend, in die dünnen, roten Lippen Iwanows hineinfloß und fühlte, wie alles um ihn langsam zu drehen und zu zerrinnen begann. »Aaaaah –«, sang es in seinen Ohren mit dünner, geheimnißvoll trauriger Stimme.

»Nein, der Tod ist eine furchtbare Sache,« wiederholte er, ohne es selbst zu bemerken, als müßte er dieser geheimnisvollen Stimme eine Antwort geben.

»Sie sind zu nervös,« meinte Iwanow mit noch lässigerer Herablassung zu ihm.

»Und können Sie das nicht empfinden?«

»Ich – nein, nicht! Zu sterben habe ich gewiß keine Lust. Das ist eine dumme Geschichte und es ist ganz ohne Vergleich vergnüglicher zu leben ... Aber wenn es denn einmal zum Sterben kommt, gut, ich mache mit. Ich sterbe innerhalb einer Stunde und ohne jeden Apparat.«

»Du stirbst nicht und weißt deshalb nichts davon,« sagte Ssanin lächelnd.

»Das stimmt auch,« Iwanow lachte auf.

»Alles das haben wir schon gehört,« Jurii sprach plötzlich mit trübseliger Erbitterung. »Reden kann man vieles, aber Tod bleibt Tod. Er ist an sich entsetzlich. Und einem Menschen, der sich- - - nun, der sich von seinem Leben Rechenschaft gibt, dem muß dieses im Keim tödliche, gewaltsame Ende jede Lebenslust ertöten.«

»Was hätte das für einen Sinn? ...«

»Auch das haben wir schon gehört,« unterbrach ihn spöttisch Iwanow, der plötzlich ebenfalls erbittert wurde. »Ihr meint alle, daß nur ihr ...«

»Welchen Sinn hat es?« fragte nachdenklich Pjotr Iliitsch.

»Aber gar keinen,« brüllte Iwanow mit derselben unbegreiflichen Erbitterung.

»Nein, das ist unmöglich,« erwiderte Jurii. »Alles um uns ist zu weise.«

»Na, ich denke, es gibt nichts Gutes,« meinte Ssanin.

»Und die Natur?«

»Was? die Natur?« Ssanin schwenkte mit einem schwachen Lächeln abwehrend mit der Hand. »Es ist ja Brauch, zu sagen, daß die Natur vollkommen ist ... In Wirklichkeit ist sie genau so schlimm, wie der Mensch. Jeder von uns wird sich ohne jede besondere Anstrengung der Phantasie eine Welt vorstellen können, die hundertmal besser wäre, als die heutige. Warum sollte es nicht ewige Wärme und Licht und einen ununterbrochenen Garten geben, ewig grün und freudig.

Und der Sinn? Einen Sinn gibt es natürlich. Der kann nicht fehlen. Einfach darum, das Ziel muß außerhalb unseres Lebens liegen, in den Gründen des Universums selbst. Das ist begreiflich. Wir sind nicht der Anfang, also können wir auch nicht das Ende sein. Uns ist nur ganz allein eine Aushilfsrolle bestimmt, eine passive Rolle. Durch die Tatsache, daß wir leben, erfüllen wir schon unseren Zweck. Unser Leben ist nötig und folglich ist auch der Tod nötig.«

»Für wen? ...«

»Woher soll ich denn das wissen,« lachte Ssanin. »Und was geht es mich denn im Grunde an. Mein Leben, das sind meine Empfindungen; die angenehmen und unangenehmen. Und was hinter ihren Grenzen liegt, – ich spucke drauf. Welche Hypothese wir auch hinstellen mögen; es bleibt immer nur Hypothese und auf dieser Grundlage sein Leben aufzubauen, das wäre Dummheit. Wem es Bedürfnis ist, der mag sich dafür absorgen; ich aber will leben.«

»So trinken wir aus diesem Anlaß aus,« schlug Iwan vor.

»Und glauben Sie an Gott?« fragte Pjotr Iliitsch, Ssanin seine trübgewordenen Augen zuwendend. »Jetzt glaubt ja niemand mehr. Man glaubt nicht einmal, daß man an Gott glauben darf.«

»O, an Gott glaube ich schon,« sagte Ssanin wieder lächelnd. »Der Glaube an Gott steckt noch von der Kindheit her in mir und ich sehe keine Notwendigkeit, ihn zu bekämpfen oder auch ihn zu stärken. So ist es am besten. Gibt es einen Gott, so werde ich wahrhaft aufrichtig an ihn glauben; gibt's keinen – – nun, um so besser für mich.«

»Aber auf der Grundlage des Glaubens oder Nichtglaubens baut sich ja das ganze Leben auf,« bemerkte Jurii.

»Nein,« Ssanin machte eine abwehrende Kopfbewegung und seine Züge legten sich in ein gleichgültig fröhliches Lächeln. »Ich brauche diese Grundlage des Lebens nicht.«

»Welche haben Sie denn?« fragte müde Jurii. – – – Ah, ich darf nicht mehr trinken, dachte er traurig und strich mit seiner Hand über die mit kaltem Schweiß bedeckte Stirn.

Vielleicht hatte Ssanin irgend etwas darauf geantwortet, vielleicht auch nicht. – Jurii hörte nichts mehr, ihm schwindelte der Kopf und für einen Augenblick wurde ihm übel.

»... Ich glaube, daß ein Gott existiert. Aber dieser Glaube ist in mir ganz abgesondert. Hat seine eigene Ecke,« sprach Ssanin weiter. »Doch ... mag er existieren oder nicht, ich kenne ihn nicht und weiß nicht, was er von mir will. Woher sollte ich es auch wissen; selbst bei dem heißesten Glauben. Gott ist Gott und kein Mensch, – – – mit keinem menschlichen Maß kann er gemessen werden. In seiner

Schöpfung, soweit wir es beobachten können, gibt es alles: Gut und Böse, Leben und Tod, Schönheit und Häßlichkeit... Alles. Und da jede Bestimmtheit oder Sinn in ihr verschwindet und sich ein Chaos offenbart, so ist sein Sinn folglich kein menschlicher, – – sein Gut und Böse ist kein menschliches Gut und Böse. Unsere Definition Gottes wird immer eine Götzenanbeterei sein und wir werden unseren Fetisch stets mit dem Gesicht und den Kleidern ausstatten, die den lokalen klimatischen Verhältnissen entsprechen. Unsinn.«

»So,« Iwanow räusperte sich stark, »richtig, sehr richtig!«

»Wofür denn aber eigentlich leben?« fragte Jurii und stieß sein Weinglas mit Widerwillen von sich.

»Und wozu sollte man sterben? ...«

»Ich weiß nur eines,« antwortete Ssanin. »Ich lebe und will, daß das Leben für mich ohne Unannehmlichkeiten sei. Deshalb muß man zunächst die natürlichen Begierden befriedigen können. Sie sind alles. Sterben im Menschen die Wünsche, so stirbt auch sein Leben, und wenn er in sich die Wünsche ertötet, so tötet er sich selbst.«

»Aber die Wünsche könnten doch schlecht sein...«

»Das ist schon möglich.«

»Und was denn?«

»Dasselbe!« antwortete Ssanin mit seiner zärtlichen Stimme, und schaute Jurii mit hellen Augen, ohne zu blinzeln, ins Gesicht.

Iwanow zog die Augenbrauen an, sah mißtrauisch auf Ssanin und schwieg. Auch Jurii sprach nicht mehr; aus irgend einem Grunde wurde es ihm bänglich in diese hellen, klaren Augen zu sehen, und doch bemühte er sich wieder, seinen Blick nicht zu senken.

Einige Minuten war es still; man hörte deutlich, wie sich ein Nachtfalter, einsam und verzweifelt, an der Fensterscheibe zerschlug. Peter Iliitsch schüttelte traurig den Kopf, während er sein betrunkenes Gesicht auf eine Zeitung gesenkt hielt.

Ssanin lächelte immer noch.

Dieses beständige Lächeln reizte Jurii und zog ihn gleichzeitig an. - - - Wie hell seine Augen sind, dachte er unbewußt.

Ssanin stand plötzlich auf, öffnete das Fenster und ließ den Falter heraus. Wie ein großer weicher Flügelschlag rauschte eine Welle reiner kühler Luft durch die Stube.

»Ja,« sagte Iwanow auf seine eigenen Gedanken eingehend, »es gibt verschiedene Leute. Also darum, Rest weg.«

»Nein,« Jurii, schüttelte den Kopf, »ich trinke nicht mehr.«

»Warum?«

»Ich trinke überhaupt wenig.«

Vom Wodka und von der Hitze hatte Jurii bereits Kopfschmerzen und wünschte an die frische Luft zu kommen.

»Nun, ich gehe,« sagte er sich erhebend.

»Wohin? Trinken wir doch noch aus!«

»Nein! Ich muß wirklich fort,« er suchte zerstreut nach seiner Mütze.

»Na, auf Wiedersehen!«

Als Jurii die Tür schloß, hörte er, wie Ssanin Pjotr Iliitsch die Antwort gab: »Ja, wenn ihr nicht wie Kinder sein werdet! Kinder unterscheiden doch nicht Gut und Böse, sie sind nichts als aufrichtig. Und darin lügt ihr ...«

Jurii drückte die Tür ins Schloß und ganz plötzlich wurde es still um ihn.

Der Mond stand hoch, und strahlte in leichter Helligkeit hernieder. Die Luft wehte auf ihn, vom Tau durchfeuchtet, frisch ein. Alles war wie aus Mondenschein gewebt, war schön und nachdenklich. Als Jurii allein durch die Straßen schritt, die von dem gelben Licht geglättet waren, berührte ihn die Erinnerung eigentümlich, daß es irgendwo ein schweigsames, schwarzes Zimmer gibt, wo auf einem kahlen Tische gelb und unbeweglich der tote Semionow liegt.

Doch es war ihm nicht möglich, jene furchtbaren und schweren Gedanken wieder in sich hervorzurufen, die seine Seele noch vor kurzem niederdrückten, und die ganze Welt in einen schwarzen

Nebel hüllten. Ihm war nur still und traurig zumute und er wünschte mit seinen Blicken unverwandt den fernen Mond festhalten zu können.

Als Jurii einen leeren Platz, der im Mondenlicht besonders weit und eben erschien, überschritt, kam ihm wieder Ssanin in den Kopf.

- - - Was ist das für Einer, fragte er sich und konnte lange nicht ins Reine kommen.

Ihm war es unangenehm, daß da mit einem Mal ein Mensch aufgetaucht war, der sich von ihm nicht in eine Formel fassen ließ; deshalb wünschte er unbedingt, über ihn aburteilen zu können. Ein Phraseur, dachte er mit häßlicher Freude. Einst posierte man mit Lebensverachtung, mit höheren, unverstandenen Aphorismen und jetzt erlangt die Pose der Bestialität ihre Geltung.

Jurii lenkte seine Gedanken von Ssanin ab und begann sich mit sich selbst zu beschäftigen. Er überlegte, daß er sich niemals in Pose stelle, sondern daß sein Leiden, wie jeder seiner Gedanken ganz originell und keinem ähnlich sei. Das war angenehm, aber es fehlte ihm noch etwas und so begann er sich wieder des verstorbenen Semionow zu erinnern. Es machte ihn traurig, daß er den kranken Studenten niemals wiedersehen würde; dieser Semionow, der ihm garnicht besonders gefallen hatte, stand ihm mit einem Male nahe und wurde ihm teuer. Es rührte ihn zu Tränen.

Jurii stellte sich den Studenten vor, wie er im Grabe liegt, mit verfaultem Gesicht, mit einem Körper voller Würmer, die langsam und ekelhaft in dem zerfallenden Brei, der von einer grünen und feuchten Studentenuniform eingeschlossen wird, herumwimmeln.

Und vom Ekel durchrüttelt, erinnerte er sich der Worte des Toten.

- - - Ich werde liegen und Sie werden hier vorbeigehen und an meinem Grabe irgend eines Bedürfnisses wegen stehen bleiben ....

Auch das waren doch alles Menschen, dachte Jurii mit Entsetzen und starrte auf den fetten Straßenstaub herunter. Ich gehe und trete auf Gehirne, Herzen und Augen. Eh! - - - er fühlte mit einem Mal eine widrige Schwäche in den Knien. Ich werde auch sterben, werde es auch, - und über mir wird man ebenso hinweg schreiten und sich dieselben Gedanken machen, wie ich jetzt. Ja, man muß leben, solange es noch nicht zu spät ist. Es ist schön zu leben, aber nur so, daß kein Augenblick ungenützt vorübergeht.

Doch wie soll man das tun? – –

Auf dem Platz war es leer und licht und über der ganzen Stadt schwebte eine leuchtende, rätselhafte Mondenhelle.

> – – – Und Bajans helle Saiten tönten,
> Kein Lied, das uns von ihm erzählt.

sang leise Jurii.

Langweilig, traurig, furchtbar, rief er laut, als wollte er gegen irgend etwas seine Anklage richten. Doch er erschrak selbst über seine Stimme und wendete sich um, ob ihn auch niemand gehört hatte.

– – – Ich bin betrunken, dachte er.

Die Nacht war hell und schweigsam.

XII

Karssawina und Dubowa waren irgendwohin auf Besuch gereist, und seitdem verlief das Leben Jurii Swaroschitschs einförmig und ohne Interesse.

Sein Vater, Nikolai Jegorowitsch, war von häuslichen Angelegenheiten und dem Klub so in Anspruch genommen, und Ljalja und Rjäsanzew wurden in so offensichtlicher Weise von jeder Anwesenheit eines Dritten gestört, daß sich Jurii in ihrer Gegenwart vollständig überflüssig fühlte. Schließlich kam es dahin, daß er sehr spät schlafen ging, aber auch erst gegen Mittag aufstand. Und die ganzen Tage lang, während er bald im Garten, bald in seinem Zimmer saß, schwirrten ihm ununterbrochen Gedanken durch den Kopf; er erwartete eine mächtige Welle von Energie, durch die er etwas Ganzes in Angriff nehmen würde. Dieses »Ganze« erhielt jeden Tag neue Gestalt. Einmal war es ein Bild, dann wieder eine Folge von Artikeln, die, ohne daß es Jurii bewußt wurde, der ganzen Welt beweisen mußten, welchen großen Fehler die Sozialdemokratie beging, als sie Jurii Swaroschitsch nicht die führende Rolle in der Partei zuwies. Manchmal auch wollte er Anschluß an das Volk und eine rege, innige Tätigkeit in ihm finden – immer aber war alles von Bedeutung und in jedem Zuge grandios.

Doch die Tage gingen ebenso fort, wie sie kamen, und brachten nichts außer Langeweile mit sich. Einige Mal besuchten ihn Nowikow und Schawrow; auch Jurii selbst ging auf Vorträge und machte Besuche. Doch alles blieb ihm innerlich fremd, zerstreute ihn nicht; es hatte keinen Zusammenhang mit dem, was tief in ihm trauerte.

Eines Tages ging Jurii im Vorbeigehen zu Ridsanzew mit hinein. Der Arzt bewohnte eine große und saubere Wohnung; in den Zimmern gab es eine Menge Gegenstände, die zur Zerstreuung eines gesunden und intelligenten Menschen dienen. Turnapparate, Hanteln, Schläger, Angelgerätschaften, Netze für Wachteln, Pfeifen und Zigarrenspitzen. Ueber allem lag die Ausdünstung eines kräftigen, männlichen Körpers ausgebreitet.

Rjäsanzew trat ihm liebenswürdig und zutraulich entgegen, zeigte ihm alle seine Schätze, lachte, erzählte eine Anekdote, bot zu rauchen und zu trinken an, und forderte ihn schließlich auf, mit ihm auf die Jagd zu gehen.

»Aber ich habe ja keine Büchse,« sagte Jurii.

»So nehmen Sie eine von mir. Ich habe acht Stück.«

Rjäsanzew sah in Jurii den Bruder Ljaljas; er wünschte mit ihm befreundet zu werden und ihm zu gefallen. So brachte er selbst bereitwillig seine Gewehre herbei, bat Jurii, sich eins auszuwählen, nahm sie auseinander, erklärte ihren Mechanismus und schoß dann im Hof nach der Scheibe, so daß schließlich auch in Jurii der Wunsch rege wurde, ebenso freudig zu lachen und zu schießen wie er. Jetzt machte es ihm sogar Vergnügen, Gewehr und Patronen gleich an sich nehmen zu können.

»Also vorzüglich,« Rjäsanzew war aufrichtig erfreut. »Grade morgen wollte ich auf den Entenstrich. Fahren wir zusammen, was?«

Erfreut willigte Jurii ein. Nachdem er nach Hause gekommen war, bastelte er zwei Stunden lang am Gewehr herum, beschaute es gut, paßte sich den Riemen über den Schultern zurecht, legte den Kolben an und zielte gegen die Lampe; mit aller Sorgfalt schmierte er sich selbst die alten Jagdstiefel.

Am andern Tag kam Rjäsanzew gegen Abend zu ihm, um ihn auf einem Begunki – einem leichten Wagen, zwischen dessen vier Rädern ein gepolstertes Brett liegt, auf dem man rittlings sitzt – abzuholen.

»Sind Sie fertig?« rief er heiter zu Jurii ins Fenster hinein.

Jurii, der sich schon Gewehr, Jagdtasche und Patronen aufgepackt hatte, trat verlegen lächelnd, aus dem Hause; er verwickelte sich fortgesetzt in den Jagdutensilien.

»Fertig, fertig!« sagte er.

Rjäsanzew war leicht und bequem angezogen und schaute mit einer gewissen Verwunderung Juriis Ausrüstung an.

»So wird es Ihnen unbequem werden. Nehmen Sie vorläufig lieber alles herunter. Wenn wir an Ort und Stelle sind, legen Sie es wieder an.«

Er half Jurii, die Ausrüstung wieder abzulegen und sie im Holzkasten des Wagens unterzubringen. Dann fuhren sie im schnellen Trabe davon. Der Tag ging zu Ende, doch noch war es heiß und staubig. Das Stuckern der Räder schnellte das Sitzbrett des Wagens auf und nieder; – Jurii, der das Fahren in diesem kleinen Jagdwagen nicht gewohnt war, mußte sich am Sitz anklammern. Rjäsanzew lachte und sprach ohne Aufhören, und Jurii blickte mit vollem Vergnügen auf seinen starken Rücken, der von einem unter den Achseln durchschwitzten Seidenrock dicht überspannt war; unwillkürlich machte er es ihm im Lachen und Scherzen nach.

Als sie auf die Straße hinauskamen, und die dürren Feldgräser leicht ihre Füße streiften, wurde es frischer und der Staub hielt sich am Boden. An einem unendlich ebenen, mit Wassermelonen bestandenen Gemüsefeld hielt Rjäsanzew das schweißbedeckte Pferd an und rief in seinem vollen Bariton, indem er beide Hände hohl um den Mund legte, anhaltend: »Kusma! Kusma!«

Zwerghaft kleine Menschen, die am anderen Ende des Gemüsefeldes kaum sichtbar auftauchten, starrten eine Zeitlang unbeweglich auf die Schreienden, bis sich schließlich einer von ihnen loslöste und langsam zwischen den Furchen herüberschritt. Endlich ließ sich erkennen, daß es ein großer Bauer war, mit langem Vollbart und mit herabhängenden knochigen Armen. Er kam auf sie zu und sagte mit breitem Lächeln:

»Guten Tag, Anatoli Pawlowitsch, du hast es aber raus, – das Schreien.«

»Guten Tag, Kusma, was machst du? Kann ich das Pferd bei dir einstellen?«

»Kann bei mir stehen,« sagte ruhig und freundlich der Bauer, das Pferd am Zügel greifend. »Soll wohl auf die Jagd gehen, nicht? Und wer werden jener Herr sein?« fragte er zutunlich auf Jurii blickend.

»Der Sohn von Nikolai Jegorowitsch,« antwortete Rjäsanzew heiter.

»So? ... Das merkt sich doch gleich, daß der Herr unsrer Ludmilla Nikolajewna ähnlich sind.«

»Ja?« Jurii berührte es aus irgend einem Grunde angenehm, daß dieser alte, freundliche Bauer seine Schwester kannte und sie so einfach und nett erwähnte.

»Nun, gehen wir also,« sagte Rjäsanzew, indem er unter dem Vordersitz Gewehr und Tasche hervorholte und sich umlegte.

»Weidmannsheil,« rief ihnen Kusma nach und man hörte, wie er auf das Pferd einsprach, während er es zu seiner Hütte führte.

Bis zum Sumpf hatten sie noch gegen einen Werst zu laufen, und die Sonne war schon völlig im Untergehen, als der Boden saftiger und allmählich von frischem Wiesengras, Rohr und niedrigem Weidengebüsch bedeckt wurde. Wasser blinkte vor ihnen auf, es roch nach feuchter Luft. Die Dämmerung senkte sich, immer dunkler werdend, nieder. Rjäsanzew hörte auf zu rauchen, und wurde plötzlich ganz ernst, als trete er an ein wichtiges und verantwortungsvolles Werk. Jurii ging von ihm nach rechts ab, und wählte sich hinter dem Rohr ein trockeneres und zum Stehen geeignetes Fleckchen. Grad vor ihm lag das Wasser, das in der hellen Abendröte rein und tief aussah; hinter ihm schimmerte das andere Ufer herüber, doch völlig zu einem schmalen, schwarzen Streifen zusammengezogen.

Fast im selben Augenblick tauchten Enten auf, und strichen zu zweien und dreien, schwer mit den Flügeln schlagend an ihnen vorüber. Zuerst schoß Rjäsanzew und erfolgreich. Ein von ihm getroffener Enterich stürzte, sich in der Luft überschlagend, nieder und prallte irgendwo abseits auf, wobei das Wasser hoch aufspritzte und die Rohrstengel mit Geräusch durchschlagen wurden.

»Weidmannsheil,« schrie Rjäsanzew und lachte laut auf.

– – – Im Grunde genommen ist er doch ein sehr guter Kerl, dachte Jurii plötzlich.

Dann schoß er und ebenfalls mit Glück; doch diese von ihm getötete Ente konnte er später nicht auffinden, trotzdem er sich die Hände an den Rohrstengeln zerschnitt und bis an die Knie ins Wasser geriet. Von jetzt ab schien ihm alles, was passierte, vergnüglich zu sein. Das Pulver verbreitete in der durchsichtigen, kühlen Luft über dem See einen eigenartig reizvollen Geruch und bei jedem Schuß leuchteten unter dem hellen Geknatter die Feuerfunken zwischen dem dunkelgewordenen Grün auf.

Die getroffenen Enten überstürzten sich ebenfalls schön und zierlich am Hintergrund des hellroten Himmels, bis die Abendröte zerrann und die ersten funkelnden Sterne schwach hervortraten.

Jurii empfand einen ungewöhnlichen Zustrom von Kraft und Freude; er glaubte, noch niemals etwas so Interessantes und Lebensvolles mitgemacht zu haben. Doch schließlich flogen die Enten immer seltener auf und das Zielen wurde in der dichten Dämmerung immer schwieriger.

»Ehoi!« rief Rjäsanzew, »Zeit nach Hause zu fahren.« Jurii tat es leid, die Jagd abzubrechen, aber er schritt doch Rjäsanzew entgegen, ohne die Wasserlachen zu seinen Füßen zu vermeiden; er platschte durch die Pfützen und blieb im Rohrgestrüpp hängen. Mit glühenden Augen und freien Atemzügen trafen sie zusammen.

»Nun, wie steht's?« fragte Rjäsanzew. »Hatten Sie Glück?«

»Und wie!« Jurii zeigte auf seine gefüllte Jagdtasche.

»Sie schießen ja besser als ich,« rief Rjäsanzew erfreut.

Jurii war dieses Lob angenehm, trotzdem er bisher geglaubt hatte, daß er auf physische Kraft und Gewandtheit keinen Wert zu legen brauche. »I wo denn besser,« sagte er selbstgefällig. »Einfach Glück, das ist alles.«

Es war schon tiefdunkel, als sie die Hütte Kußmas erreichten. Das Feld lag in tiefer Schwärze und nur die nächsten Beete kleiner Wassermelonen waren vom Feuer erhellt und warfen lange, flache Schatten.

Neben der Hütte schnaubte, nicht sichtbar, ein Pferd; ein kleines, aber grelles, gewandt aus dürrem Steppengestrüpp hergerichtetes Feuer brannte knallend; man hörte harte Bauernstimmen, Weiberlachen. Dazwischen mischte sich eine heitere gleichmäßige Stimme, die Jurii bekannt vorkam.

»Aber da sitzt doch Ssanin,« meinte Rjäsanzew verwundert. »Wie ist der denn hierher gekommen?« Sie traten an das Feuer. Der weißbärtige Kußma, der inmitten des Lichtkreises saß, hob seinen Kopf und winkte ihnen freundlich zu.

»Glück gehabt?« fragte er mit dumpfer Baßstimme hinter seinem herunterhängenden Schnurrbart hervor.

Ssanin, der auf einem großen Kürbis hockte, hob ebenfalls den Kopf und lächelte ihnen zu.

»Was hat Sie denn hierher verschlagen?« fragte Rjäsanzew.

»Ich und Kußma Prochorowitsch sind alte Freunde,« erklärte Ssanin, sein Lachen etwas verstärkend.

Kußma zeigte vergnügt die gelben Wurzeln seiner abgenützten Zähne und klopfte Ssanin fröhlich mit harten unbiegsamen Fingern auf das Knie.

»So, so,« sagte er, »setze dich hierher, Anatoli Pawlowitsch. Und Sie auch Junker. Wie nennt man Sie denn?«

»Jurii Nikolajewitsch,« gab dieser mit fast zuvorkommendem Lächeln zur Antwort. Er fühlte sich etwas deplaziert, aber dieser alte Bauer, mit dem halb russischen, halb ukrainischen Dialekt, gefiel ihm ausnehmend gut.

»Jurii Nikolaijowitsch, gut! So, nun sind wir also Bekannte. Setze dich, Jurii Nikolajewitsch.«

Jurii und Rjäsanzew ließen sich am Feuer nieder, nachdem sie sich zwei schwere harte Kürbisse herangewälzt hatten.

»Nun zeigt doch, was ihr geschossen habt,« bat Kußma voll Interesse.

Ein Haufen Enten fiel aus den Jagdtaschen und bedeckten den Boden mit Blut. Beim flackernden Feuerschein hatten sie ein sonderbares und unangenehmes Aussehen. Das Blut war wie schwarz und die zusammengekrampften Krallen schienen sich zu bewegen. Kußma befühlte einen Enterich unter den Flügeln.

»Fett ist er,« sagte er billigend. »Du solltest mir doch ein Pärchen hier lassen, Anatoli Pawlowitsch. Wozu brauchst du so viele?«

»Nehmen Sie die meinen alle,« schlug Jurii lebhaft vor, errötete aber sofort über seinen Eifer.

»Wozu denn alle? Sieh welch ein guter Kerl,« lachte der Greis. »Und ich möchte nur ein Pärchen, damit jeder was hat.« Auch die anderen Bauern und Weiber kamen herbei, um die Beute zu sehen. Aber als Jurii die Blicke vom Feuer weglenkte, konnte er nichts unterscheiden. In der Dunkelheit schien bald das eine, bald wieder ein anderes Gesicht, je nachdem es von dem Feuerschein getroffen wurde.

Ssanin blickte stirnrunzelnd auf die getöteten Vögel, rückte etwas beiseite und stand rasch auf. Es wurde ihm peinlich, auf die toten Tiere zu sehen, wie sie in Staub und Blut mit zerschmetterten Flügeln herumlagen. Jurii verfolgte mit Neugierde das Leben um sich her, biß gierig in die Schnitten der reinen saftigen Wassermelonen, die Kußma mit einem Taschenmesser mit gelbem Horngriff absäbelte.

»Iß, Jurii Nikolajewitsch, die Wassermelone ist gut. Auch Ihre Schwester Ludmilla Nikolajewa und den Herrn Papa kenne ich. Iß und sei gesund.«

Jurii gefiel hier alles. Die Ausdünstungen der Bauern, die dem Geruch frischen Brotes gemischt mit dem von Schafpelzen ähnlich sind, der kecke Glanz des Feuers und die runden Kürbisse, auf denen er saß, und daß man Kußmas Gesicht nur sah, wenn er nach unten blickte, während es bis auf die glänzenden Augen verschwand, sobald er den Kopf hoch richtete. Die Finsternis schien dicht über den Köpfen zu hängen, so daß sich eine heitere Freundlichkeit über den beleuchteten Fleck ausbreitete; man mußte sie erst allmählich durchdringen, bis sich dann plötzlich ein hoher, majestätisch-ruhiger, dunkler Himmel auftat, an dem sich kleine Sterne zeigten. Doch hatte er während der ganzen Zeit, ohne daß es ihn bedrückte, ein peinliches Gefühl; er wußte nicht, worüber er mit den Bauern sprechen sollte. Die Anderen aber, sowohl Kußma wie Ssanin und Rjäsanzew, unterhielten sich, ohne erst ein besonderes Thema zu wählen, so einfach und frei über alles, was ihnen in den Kopf kam, daß Jurii erstaunte.

»Nun und wie geht es bei Ihnen mit dem Land?« fragte er, als alle für einen Augenblick schwiegen; dabei fühlte er selbst, daß die Frage hergeholt und unangebracht erscheinen mußte.

Kußma sah ihn an und antwortete:

»Wir warten immer noch! Vielleicht kommt etwas heraus.« Dann sprach er wieder über den Gemüsegarten, den Preis der Wassermelonen und seine persönlichen Verhältnisse.

Man hörte Schritte. Ein kleines Hündchen mit aufgerolltem weichen Schwanz kam in den Lichtkreis, wedelte, beschnupperte Jurii und Rjäsanzew und begann sich an Ssanins Knieen zu reiben, der ihm glättend über das Fell strich. Hinter ihm tauchte ein kleiner Greis mit struppigem Barte und kleinen Aeuglein auf. In der Hand hielt er ein verrostetes einläufiges Gewehr.

»Unser Wächter,« sagte Kußma.

Der Greis ließ sich auf dem Boden nieder, legte das Gewehr beiseite und schaute auf Jurii und Rjäsanzew.

»Von der Jagd, so?« brummelte er und zeigte sein hohles Zahnfleisch.

»Aehä Kußma, es wird Zeit die Kartoffeln zu kochen, ähä.«

Rjäsanzew hob das Gewehr des Alten auf und zeigte es lachend Jurii. Es war eine schwere, rostbedeckte und mit Drahtfäden umschnürte Pistonflinte.

»Das ist eine Muskete,« lachte er. »Wie kannst du dich nicht fürchten, Großväterchen, daraus zu schießen?«

»Jawohl, sieh mal, habe mich auch beinahe totgeschossen. Stepan Schapka sagte mir, daß man gar nicht Piston zum Schießen braucht, ehe – ganz ohne 'n Piston. Er sagt, wo der Schwefel bleibt, da geht's auch ohne 'n Piston mit dem Schießen. Da leg ich sie mir nun so übers Knie, zieh den Hahn an, bloß so mit dem Finger und knack, knallt es los. Hat mich beinah totgeschossen. Ehe, ehe, zieh den Hahn bloß an und schieß. Knack, knallte es, hat mich beinahe totgeschossen.«

Alle lachten und Jurii traten sogar Tränen in die Augen, so rührte ihn der Greis mit dem struppigen grauen Bärtchen und dem brummelnden Munde.

Auch der Alte lachte und seine Aeuglein trieften.

»Mich beinahe totgeschossen, ähä.«

Im Dunkel hinter dem Feuerschein hörte man Lachen und Kreischen der Mädchen, die sich vor den fremden Männern schämten. Einige Schritte entfernt, gar nicht dort, wo es Jurii erwartete, knirschte Ssanin mit einem Streichholz, und als ein Flämmchen aufbrannte, sah Jurii seine ruhigen freundlichen Züge und das frische Gesicht eines Mädchens, das Ssanin bewundernd ansah.

Rjäsanzew blinzelte ebenfalls nach dieser Seite.

»Großväterchen, du solltest doch auf deine Enkelin aufpassen, nicht?« »Wozu denn aufpassen?« Der alte Mann machte eine gutmütige Handbewegung. »Das ist Sache der Jugend.«

»Aehä, ähä,« rief der Alte und holte aus dem Feuer mit bloßer Hand eine Kohle heraus.

Ssanin lachte lustig aus der Dunkelheit zu ihnen herüber. Aber das Mädchen war wohl verlegen geworden, denn beide gingen plötzlich fort und ihre Stimmen waren kaum noch zu vernehmen.

»Nun, es wird Zeit,« sagte Rjäsanzew aufstehend.

»Sorgt euch nicht,« rief freundlich Kußma. und streifte mit seinen Armen die schwarzen Kernchen der Wassermelonen ab, die an ihren Anzügen kleben geblieben waren. Er reichte Jurii und Rjäsanzew herzlich die Hand.

Jurii war es wieder peinlich und doch angenehm, seine harten und steifen Finger zu drücken.

Als sie vom Feuer fortgingen, wurde es heller.

Ueber ihnen glänzten die Sterne und alles schien in wunderbarer Schönheit und stiller Unendlichkeit dazuliegen. Schwarz hoben sich die Körper der am Feuer Sitzenden ab. Die Pferde, der Schatten eines Wagens, ein Haufen Wassermelonen. Jurii stolperte über einen runden Kürbis und wäre beinahe gefallen.

»Vorsichtig! Na, auf Wiedersehen!« hörte er Ssanin rufen.

»Auf Wiedersehen,« sagte Jurii, sah sich noch einmal um und bemerkte, daß sich an Ssanins dunkle Gestalt die schlanke Figur eines Mädchens schmiegte. Sein Herz zog sich zusammen; er empfand einen leisen tiefen Schmerz. Mit einem Mal kam ihm Karssawina in Erinnerung und augenblicklich wurde er auf Ssanin ärgerlich.

Wieder rollten die Räder des Wagens über die Steppe. Das gut ausgeruhte Pferd schnaubte, das Feuer blieb hinter ihnen zurück, das Sprechen und Lachen brach ab. Jurii hob seine Blicke langsam zum Himmel und sah ein unendliches Meer von glitzernden Sternen. Sie schwiegen beide während der ganzen Fahrt. Erst als sich die Lichter und Zäune der Stadt zeigten, sagte Rjäsanzew:

»Ein Philosoph ist doch dieser Kußma nicht?« Jurii blickte auf seinen dunklen Nacken und gab sich Mühe, trotz seiner nachdenklichen traurigzärtlichen Stimmung, die ihn innerlich von der ganzen Umgebung abschloß, zu verstehen, was er meinte.

»Ach ja,« antwortete er, doch erst nach einigem Besinnen.

»Ich wußte aber gar nicht, daß Ssanin ein so tüchtiger Kerl ist,« lachte Rjäsanzew.

Jurii kam endlich wieder zu sich und stellte sich Ssanin und jenes Mädchengesicht vor, welches ihm wunderbar schön und zärtlich erschienen war, als er es im Aufleuchten des Streichholzes plötzlich erblickte. Unbewußt stieg aber gleichzeitig wieder Aerger in ihm auf und da fand er mit einem Male, daß er Ssanins Verhalten zu diesem Bauernmädchen verurteilen müsse.

»So? – – und ich bemerkte das noch nicht!« erklärte er mit harter Stimme.

Rjäsanzew verstand seinen Ton gar nicht; er schnalzte mit der Zunge, um das Pferd anzutreiben, schwieg dann eine Weile und sagte schließlich mit Nachdruck: »Ein hübsches Mädel, wie. Ich kenne sie, das ist die Enkelin des Alten!«

Jurii erwiderte nichts. Der gutmütige heiter nachdenkliche Eindruck des heutigen Abends glitt rasch von ihm ab, der frühere Jurii schob sich wieder vor und sah bereits klar und bestimmt, daß Ssanin ein schlechter und banaler Mensch sei.

Rjäsanzew zuckte endlich komisch mit Kopf und Schultern und räusperte sich entschlossen. »Weiß der Teufel, diese Nacht, die ist selbst mir in die Glieder gefahren. Was meinen Sie, wollen wir nicht mal rüber fahren?« Jurii verstand ihn nicht gleich.

»Da gibt es ein paar hübsche Mädel. Fahren wir hin, was? ...« fuhr Rjäsanzew mit kichernder Stimme fort. Dichte Röte stieg Jurii ins Gesicht. Der lang unterdrückte Instinkt regte sich in ihm mit tierischer Gier; bange neugierige Phantasien durchzogen sein entflammtes Hirn. Doch sofort gelang es ihm sich zu bezwingen und er erwiderte trocken: »Nein, es ist Zeit nach Hause zu fahren«; und dann fügte er, schon boshaft, hinzu: »Ljalja erwartet uns.«

Rjäsanzew schrumpfte mit einem Schlag zusammen, als wenn er im Augenblick kleiner geworden wäre.

»Na ja, – – übrigens scheint es in der Tat an der Zeit ...« murmelte er eilig.

Jurii preßte vor Grimm und Ekel die Zähne zusammen und starrte haßerfüllt auf den Rücken mit dem festgespannten Rock. Erst nach einer Weile sagte er: »Ich bin überhaupt kein Freund derartiger Abenteuer.«

»Nun ja,« lachte Rjäsanzew feige und feindlich. Dann blieb er still.

– – – Teufel, dachte er für sich, das habe ich recht ungeschickt herausgebracht. Sie fuhren im Schweigen nach Hause, der Weg kam beiden unendlich lang vor.

»Treten Sie ein?« Jurii blickte während der Frage glatt an Rjäsanzew vorbei.

»Nein, wissen Sie, ich habe einen Kranken ... es ist auch spät,« erwiderte dieser unentschlossen.

Jurii stieg vom Wagen; es war ihm unangenehm, die Flinte und das Wild mitzunehmen. Alles was Rjäsanzew gehörte, erschien ihm jetzt widerwärtig. Doch dieser fragte aufmerksam:

»Und die Flinte?«

Gegen seinen Willen kehrte Jurii wieder um, griff mit Abscheu zu der Flinte und den Enten, reichte Rjäsanzew ungeschickt die Hand und ging ins Haus. Rjäsanzew fuhr die erste Minute ganz ruhig weiter. Mit einem Mal polterten aber die Räder rasch in eine Nebengasse nach der entgegengesetzten Seite hin. Jurii lauschte mit Haß, in dem unbewußter Neid und geheime Wünsche steckten, bis das letzte Geräusch verhallt war. »Dieser Plattkopf,« murmelte er; – es tat ihm um Ljalja leid.

XIII

Nachdem Jurii die Sachen ins Haus gebracht hatte, ging er wieder, ohne zu wissen, was er mit sich anfangen sollte, in den Garten hinaus. Dort war es dunkel wie in einem Abgrund. Es berührte ihn eigentümlich, darüber den mit Sternen besäten Himmel glänzen zu sehen.

Auf den Stufen saß Ljalja; ihre kleine graue Gestalt schimmerte undeutlich durch die Finsternis.

»Bist du es, Jura?« fragte sie.

»Ich,« antwortete Jurii, stieg behutsam hinab und setzte sich an ihre Seite. Verträumt neigte Ljalja ihr Köpfchen an seine Schulter. Aus ihrem unbedeckten Haare stieg ein frischer und reiner Hauch in Juriis Gesicht. Es war der weiche Duft eines jungen Weibes und Jurii zog ihn mit Genuß in sich ein.

»Habt ihr Glück gehabt?« fragte ihn Ljalja freundlich, und nach kurzem Schweigen fügte sie leise und zärtlich hinzu:

»Und wo ist Anatoli Pawlowitsch geblieben? Ich hörte, wie ihr heranfuhrt ...«

»Dein Anatole Pawlowitsch ist ein schmutziges Vieh,« wollte Jurii in plötzlicher Wutaufwallung herausschreien. Doch statt dessen antwortete er zögernd: »Wahrscheinlich ist er zu einem Kranken gefahren.«

»Zu einem Kranken,« wiederholte Ljalja mechanisch. Sie verstummte aber gleich wieder und blickte auf die Sterne. Sie war nicht betrübt darüber, daß Rjäsanzew nicht mit hereingekommen war. Sie wünschte selbst eine Weile allein zu bleiben, damit sie sich, ganz ungestört von seiner Anwesenheit, das Verlangen, das ihr den ganzen Körper und ihre junge Seele durchwühlte, vergegenwärtigen konnte. Es war der brennende Wunsch, jenen unvermeidlichen und doch beängstigenden Bruch herbeizuführen, nach dem ihr ganzes früheres Leben abfallen und ein neues beginnen möchte. Ein neues Dasein, das sie zu einem anderen Menschen machen mußte.

Jurii berührte es sonderbar, wie diese immer lustige, lachende Ljalja, mit einem Male still und nachdenklich geworden, neben ihm saß. Und weil er selbst ganz voller trauriger aufregender Stimmungen war, so kam ihm alles um Ljalja, wie auch der ferne Sternenhimmel und der dunkle Garten, traurig und kalt vor. Er begriff nicht, daß hinter dieser lautlosen und unbeweglichen Nachdenklichkeit nicht Trauer, sondern rauschendes Leben gelegen haben sollte. In den weiten Wolken brauste eine überschäumend machtvolle, unverkennbare Kraft, der dunkle Garten zog in jeder Bewegung aus der Finsternis lebensprühende Regungen ein und in der Brust der stillen Ljalja verbarg sich soviel Glück, daß sie jeden Eindruck fürchtet, der diesen Zauber verletzen konnte. Nur lauschen wollte sie ihrer Harmonie von Liebe und Sehnsucht, die ebenso glänzte wie der Sternenhimmel, ebenso lockte wie der geheimnisvolle Garten und unbeengt in ihrer Seele wiederklang.

»Ljalja, liebst du Anatole Pawlowitsch sehr?« fragte Jurii leise und behutsam, als müßte er fürchten, sie mit jedem Laut aufzuschrecken.

... Kann man danach noch fragen ..., dachte verloren Ljalja, sie kam aber gleich zu sich und schmiegte sich an den Bruder, dankbar dafür, daß er jetzt nicht über etwas Gleichgültiges, sondern gerade von ihrer Liebe zu sprechen begann.

»Sehr,« antwortete sie so innig, daß Jurii ihre Antwort eher erriet als hörte. Ljalja mußte sich energisch zwingen, die glücklichen Tränen zurückzuhalten, die ihr in die Augen stiegen.

Jurii bemerkte es nicht. Ihm schien eine traurige Note aus der Stimme herauszuklingen, und so regte sich von neuem in ihm der Haß auf Rjäsanzew und ein stärkeres Bedauern für Ljalja.

»Aber wofür nur,« fragte er unwillkürlich, gleichzeitig vor der eigenen Frage erschreckend.

Ljalja blickte verwundert zu ihm auf, konnte jedoch sein Gesicht nicht erkennen. Ganz leise lachte sie auf.

»Dummer, wofür? ... Für alles! ... Warst du niemals selbst verliebt? Er ist doch so gut, so nobel – – –'

Schön, kräftig, wollte Ljalja hinzufügen, aber sie errötete tief in der Dunkelheit und brach kurz ab.

»... Kennst du ihn denn auch jetzt?« fragte Jurii. Ach, man sollte doch nicht davon reden, dachte er mit Trauer und Erregung, – wozu? Natürlich ist er für sie der Allerbeste in der Welt.

»Anatoli hat kein Geheimnis vor mir,« gab Ljalja mit unterdrücktem Triumph zur Antwort.

»Bist du dessen sicher?« lächelte Jurii verzerrt in dem Gefühl, daß es nun keinen Halt mehr gab.

In der Stimme Ljaljas klang eine unruhige Schwäche, als sie erwiderte: »Natürlich, was denn sonst?«

»Nichts, – ich meinte nur so,« sagte Jurii erschrocken.

Ljalja schwieg. Man konnte nicht verstehen, was in ihr vorging.

»Vielleicht weißt du irgend etwas darüber,« fragte sie plötzlich und ihr sonderbar krankhafter Ton überraschte und ängstigte Jurii.

»Ach nichts, was sollte ich wissen und besonders über Anatoli Pawlowitsch. Ich meinte nur so.«

»Nein, nein, du würdest so nicht geredet haben,« sagte Ljalja beharrlich mit einem Klingen in der Stimme.

»Ich wollte ganz einfach sagen, daß überhaupt ...« Jurii wurde verwirrt und erstarb fast vor Scham. Dann fuhr er gewaltsam fort: »Wir Männer sind doch nach allen Regeln verdorben. Alle ...«

Ljalja schwieg und mit einem Male lachte sie erleichtert auf: »Nun, das weiß ich schon.«

Dieses Lachen erschien Jurii ganz unangebracht.

»So einfach ist die Geschichte doch nicht, wie es dir vorkommt.«

Die Aufregung hetzte Jurii in eine boshafte Ironie hinein. »Alles kannst du sowieso nicht wissen. Du kannst dir gar nicht alles Gemeine im Leben vorstellen. Du bist viel zu rein dazu.« »Nun, nun,« lächelte Ljalja geschmeichelt, fuhr aber gleich sehr ernst fort, während sie die Hand auf die Knie ihres Bruders stützte: »Du meinst wohl, ich habe über alles das noch nicht nachgedacht. O, ich habe viel nachgedacht. Es war mir immer schmerzlich und beleidigend, weißt du. Warum halten wir unsere Reinheit und unseren Ruf so hoch – wir fürchten jeden Schritt, fürchten zu fallen – oder so was –

aber die Männer, die denken fast, es ist eine Heldentat, eine Frau zu verführen. Das ist doch furchtbar ungerecht, nicht wahr?«

»Ja,« sagte Jurii bitter und suchte einen Genuß darin, seine eigenen Erinnerungen zu geißeln, doch gleichzeitig davon überzeugt, daß er, Jurii, etwas ganz anderes wäre als alle anderen.

»Das ist eine der größten Ungerechtigkeiten in der Welt. Frage nur den ersten Besten von uns. Wird er eine ...« Er wollte ›Straßendirne‹ sagen, aber er stockte und fuhr statt dessen fort: »eine Kokotte heiraten? Jeder wird dir ›Nein‹ antworten. Und warum ist denn eigentlich ein Mann besser als die Kokotte. Jene verkauft sich wenigstens für Geld, für ihr tägliches Brot; der Mann treibt sich einfach in – in Ausschweifungen herum und immer auf die roheste und auf die perverseste Art und Weise.«

Ljalja schwieg.

Eine unsichtbare Fledermaus schwirrte rasch und schüchtern am Balkon vorbei, streifte mehrmals mit den schwingenden Flügeln die Wand und glitt dann wieder mit einem leichten Laut hinaus. Jurii lauschte auf die so geheimnisvolle Regung des nächtlichen Lebens, dann sprach er mit steigender Erregung, von seinen eigenen Worten fortgerissen: »Und das Schlimmste ist dabei, daß es nicht nur alle wissen und hinnehmen, als wenn es ganz selbstverständlich wäre; nein, sie spielen sogar die schwierigsten Tragikomödien; sie heiligen die Ehe – lügen, wie man sagt – vor Gott und den Menschen! Und immer geraten die reinsten, idealsten Mädchen« – das fügte er im Gedanken an Karssawina und mit einer leichten Eifersucht auf etwas Unbekanntes hinzu – »an die verdorbensten, schmutzigsten Männer. Oft genug sind sie ja infiziert. Semionow, der Tote, sagte einmal: ›Je reiner die Frau ist, um so schmutziger ist der Mann, der sie besitzt.‹ Und das stimmt!«

»Es ist nicht möglich...«

»O gewiß«; über Juriis Gesicht flog ein bitteres Lächeln.

»Davon weiß ich nichts,« sagte Ljalja nach einer schweren Weile, und in ihrer Stimme erzitterten Tränen.

»Wie?« fragte Jurii zurück, da er nicht mehr hingehört hatte.

»Ist denn Tolja wirklich so wie alle anderen?« sagte Ljalja, indem sie zum ersten Male dem Bruder gegenüber Rjäsanzew mit dem Kosenamen nannte. Sie begann zu schluchzen. »Nun gewiß, er ist auch so einer.«

Jurii packte mit Schmerz und Grauen ihre beiden Hände.

»Ljalja – Ljalitschka – was hast du denn? Ich wollte ja gar nicht – mein Täubchen, höre auf – weine doch nicht,« stammelte er zusammenhanglos, riß ihre feuchten kleinen Fingerchen von ihrem Gesicht und küßte sie.

»Nein, nun verstehe ich schon, es ist wahr,« wiederholte Ljalja; sie erstickte fast unter dem Schluchzen.

Obgleich sie ihm vorher sagte, daß sie früher bereits über all das nachgedacht hätte, war dem in Wirklichkeit doch nicht so. Niemals hatte sie sich das intime Leben Rjäsanzews vorzustellen versucht. Sie wußte natürlich, daß sie nicht die Erste war, die er liebte, und verstand, was das bedeutete. Aber dieses Bewußtsein verdichtete sich niemals zu einem klaren Bilde und glitt an ihrer Seele nur leicht vorüber. Sie fühlte, daß sie sich beide liebten und das war ihr genug. Alles andere blieb dagegen unwichtig. Als ihr Bruder jetzt mit scharfer Betonung der Verurteilung und der Verachtung sprach, tat sich vor ihr ein Abgrund auf, aus dem unzerstörbar qualvolle Vorstellungen aufstiegen. Ihr Glück war darin für immer versunken; es schien ihr undenkbar, Rjäsanzew je wieder zu lieben. Jurii versuchte ihr, selbst fast weinend, gut zuzureden; er küßte sie und fuhr streichelnd über ihr Haar. Aber sie schluchzte ununterbrochen fort; – zerbrochen und hoffnungslos.

»Ach, mein Gott, mein Gott,« wiederholte sie immer wieder und zerfloß wie ein Kind in Tränen. In der Dunkelheit kam sie Jurii so klein und so bemitleidenswert, ihre Tränen so hilflos vor, daß er von unerträglichem Mitleid fortgerissen wurde. Blaß und kopflos lief er ins Haus, stieß schmerzhaft mit der Schläfe gegen die Tür und holte ihr ein Glas Wasser, das er sich zur Hälfte über die Hände goß.

»Ljalitschka, höre doch auf! Wie darf man sich so – –. Nun was ist denn mit dir. Vielleicht ist Anatoli Pawlowitsch gar nicht so ... besser als die anderen. Ljalja,« stammelte der Bruder verzweifelt.

Ljaljas Körper bebte unter dem Schluchzen und ihre Zähne schlugen gegen die Wand des Glases.

»Was ist denn hier los?« fragte aufgeregt das Zimmermädchen, in die Tür stürzend. »Gnädiges Fräulein, was ist denn mit Ihnen?« Ljalja stand auf, stützte sich auf das Geländer und ging, ohne im Weinen nachzulassen, schwankend und schleppend auf ihr Zimmer.

»Liebes gnädiges Fräulein, was ist denn nur los? Soll ich vielleicht den gnädigen Herrn holen? Jurii Nikolajewitsch! Sagen Sie doch ...«

Aus seinem Zimmer kam mit festen, abgemessenen Schritten Nikolai Jegorowitsch und blieb in der Tür stehen; er starrte verwundert auf die weinende Ljalja.

»Was gibt's hier?« fragte er.

»Aber nichts, – ganz unwichtige Geschichten,« antwortete gezwungen lächelnd Jurii. »Wir sprachen über Rjäsanzew – Kleinigkeiten.«

Nikolai Jegorowitsch blickte ihn spähend an; ihm schien plötzlich ein Gedanke zu kommen. Mit einem Mal drückte sich auf dem Gesicht des greisen Gentleman äußerste Entrüstung aus.

»Hol's der Teufel«; er zuckte kurz mit den Achseln und machte linksum kehrt; abgerissen schritt er hinaus. Jurii errötete, wollte eine Grobheit nachrufen; aber es wurde ihm beschämend und bange zumute. Mit dem Gefühl aufgestachelten Ingrimms gegen den Vater und kopflosen Mitleids zu Ljalja, mit der schmerzlichen Verachtung gegen sich, trat er leise auf die Treppe, stieg die Stufen hinunter und ging in den Garten.

Ein kleiner Frosch winselte heftig und zuckte unter seinem Fuß, aufplatzend wie eine zerdrückte Eichel. Jurii glitt aus, fuhr zusammen, stöhnte und sprang mit einem Satze zur Seite. Eine Zeitlang rieb er mechanisch den Fuß am feuchten Gras, in seinen Rücken grub sich ein nervöses Gefühl von Ekel und Kälte. Er wurde immer mißgestimmter; am Fuße haftete unverändert die widerwärtige Empfindung des weichen Körpers; er wand sich schmerzhaft unter ihr. Er war mit Abscheu vor allem geladen. Tastend suchte er in der Dunkelheit eine Bank und ließ sich schwerfällig auf ihr nieder.

Dann starrte er mit gespanntem trockenen Blick in den Garten hinein, sah aber nur einige verschwommene Nebelfetzen. Durch seinen Kopf krochen trübe plumpe Gedanken. Er blickte auf den Flecken, wo irgendwo im dunklen Grase das von ihm zerdrückte Fröschlein lag und wahrscheinlich bereits unter gräßlichen Qualen verendet war. Dort nahm jetzt eine ganz Welt voll eigenartigen, selbständigen Lebens ihr Ende und doch war der Abschluß, der tatsächlich unsagbar martervoll sein mußte, allen verborgen geblieben. Plötzlich zog dieselbe Gedankenkette eine neue, ganz fremde Vorstellung heran, von der er sich nicht mehr losreißen konnte. Alles das, was sein Leben bis in die feinsten Fäden durchsetzte, die gewaltigen Kräfte, die in Liebe und Haß zum Ausbruch kamen, die unbekannten Triebe, durch die er eines von sich stieß und anderes wieder gegen seinen Willen ergreifen mußte, das Gute und das Böse, für das er kämpfte und litt, seine ganze Persönlichkeit – alles war im Grunde nichts mehr als eine dünne Nebelwolke, die sich schemenhaft um ihn ausstreckte. Für die Welt in ihrem unermeßlichen Ganzen existierten seine schmerzlichsten und seine innigsten Erlebnisse ebensowenig, wie hier die Qualen des kleinen Tieres, von denen außer ihm niemand etwas wußte. In dem Glauben, daß seine Leiden, seine Vernunft, sein Gut und Böse noch für andere Menschen von großer Bedeutung seien, flocht er absichtlich und offenbar ohne Sinn ein kompliziertes Netzwerk zwischen sich und der Welt. Aber der einzige Augenblick des Todes reißt jäh die blinkenden Maschen in ihrer Mitte durch und wirft die Reste hinter sich zurück, ohne daß er auch nur einen einzigen Blick über sie werfen ließe.

Ihm kam wieder Semionow in Erinnerung und seine Gleichgültigkeit gegen die erhabenen Ziele und Ideen, die ihn, Jurii, und Millionen andere so tief bewegten. Plötzlich wurde ihm wieder der scharfe Gegensatz bewußt zwischen der naiven unversteckten Freude am Leben in der Mondnacht, als sie im Boote nach dem Kloster zurückkehrten, und jenem dumpfen, gehässigen Gespräch am Abend zuvor. Wieder fiel ihm ein, wie scharf dieser Kontrast hervorgetreten war und wie unangenehm er davon berührt wurde.

Als sie damals durch die Nacht fuhren, war es ihm unbegreiflich gewesen, daß dieser Semionow so nichtigen Sachen wie dem Rudern oder schönen Mädchenkörpern irgend eine Bedeutung beimessen konnte, nachdem er am Abend zuvor die höchsten Ideale bewußt von sich gestoßen hatte. Jetzt aber verstand Jurii leicht, daß es gar nicht anders sein konnte: jene Kleinigkeiten entrollten das Leben, – das echte Leben voll ergreifender Ereignisse und verlockender Genüsse, während die großen Ideen nichts waren als leere Zusammenhänge von Worten und Gedanken, die auf das unergründliche Geheimnis des Lebens und des Todes ohne Einfluß blieben. Diese Schlußfolgerung hätte Jurii früher ganz fern gelegen und stieg jetzt so unerwartet aus dem Nachsinnen über Gut und Böse hervor, daß er selber in Verlegenheit geriet. Eine hemmungslose Leere eröffnete sich vor ihm, doch gleichzeitig durchleuchtete ein scharfes Gefühl von Klarheit und Freiheit, ähnlich dem, das den Schlafenden im Traum in die Lüfte hebt und fliegen läßt, wohin er will, für einen Augenblick sein Gehirn. Jurii erschrak. Mit angespannter Anstrengung sammelte er all die auseinanderfallenden, gewohnheitsmäßigen Ueberzeugungen und Begriffe und sofort verschwand wieder die überkühne und beängstigende Empfindung. Es wurde dunkel und verworren um ihn.

In dieser Minute wäre Jurii geneigt gewesen, einzugestehen, daß der Sinn eines echten lebendigen Lebens in der Ausübung seiner Freiheit liege, daß es natürlich und folgerichtig sei, seinen Genüssen zu leben. Selbst Rjäsanzew schien von dieser einheitlichen Erkenntnis eines primitiveren Standpunktes aus klarer und logischer, als Jurii selbst, schon allein dadurch, daß er möglichst vielen Geschlechtsgenüssen als den tiefgehendsten Lebensäußerungen nachstrebte. Aber nach einer solchen Ueberlegung müßte man auch zugeben, daß die Begriffe des Lasters und der Reinheit nichts als dürre Blätter sind, die frischer, keimender Graswuchs bedeckt, und daß selbst schamhafte keusche Mädchen wie Ljalja und Karssawina das Recht haben, sich frei in den Strudel sinnlicher Genüsse zu stürzen. Jurii scheute sich, diesen Gedanken zu bejahen, er schien ihm gemein und schmutzig. Er empfand Entsetzen über die Erregung, die sich seiner dabei bemächtigte, und suchte ihn durch altgewohnte, wuchtige Drohungen aus Kopf und Herz zu drängen. – Ja gewiß, dachte er, während er zum grundlosen, mit strahlendem Sternenstaub bedeckten Himmel aufblickte: Das Leben ist Empfindung, aber die Menschen sind keine unvernünftigen Tiere; sie müssen ihre Wünsche zum Guten lenken und sich nicht ihrer Gewalt unterwerfen. »Und wie, wenn es einen Gott dort über den Sternen gibt!«

erinnerte sich Jurii plötzlich und eine bange ehrfürchtige Stimmung drückte ihn zu Boden nieder. Er starrte auf den leuchtenden Stern im Schweif des großen Bären und unwillkürlich fiel ihm ein, daß der Bauer Kusma vom Gemüsegarten dieses majestätische Gestirn »Karren« genannt hatte.

Diese Erinnerung kam ihm, ebenfalls unwillkürlich, unpassend und fast wie verletzend vor. Er blickte wieder in den Garten, der ihm, im Gegensatz zum Sternenhimmel, ganz schwarz erschien, und begann wieder zu grübeln. – Beraubt man die Welt der weiblichen Reinheit, welche den ersten jungen Blüten, die noch ganz schüchtern aber schon prächtig und rührend hervorgucken, so ähnlich ist, was wird dann noch Heiliges im Menschen bleiben?

Tausende von Mädchen, prächtig und rührend wie Frühlingsblumen, tauchten vor ihm im Sonnenschein, im Frühlingsgras, unter blühenden Bäumen auf. Zarte Brüste, runde Schultern, biegsame Arme, schlanke Hüften huschten, sich schamhaft und geheimnisvoll biegend, an seinen Augen vorbei und ein heißer Schwindel verwirrte in wollüstigem Entzücken seinen Kopf.

Jurii fuhr sich langsam mit der Hand über die Stirn und kam sofort wieder zu sich.

»Meine Nerven sind ganz kaputt... Ich muß mich in die Klappe legen.«

Unbefriedigt, verstimmt, immer noch durch die blitzartig erschienenen wollüstigen Phantasien erregt, ging er mit gegenstandsloser Wut, durch die alle Bewegungen heftige Formen annahmen, ins Haus.

Als er schon im Bette lag und sich vergebens zu schlafen bemühte, erinnerte er sich Rjäsanzews und Ljaljas.

»Warum ist es einem eigentlich empörend, daß Rjäsanzew Ljalja nicht als erste und Einzige liebt?«

Seine Gedanken wollten darauf keine Antwort geben, aber vor ihm stieg das Bild Sina Karssawinas auf. Von stiller Zärtlichkeit umflossen, liebkoste es sein Gehirn unsagbar wohltuend. So sehr er sich auch Mühe gab, die traditionelle Empfindung zu unterdrücken, wurde es ihm doch klar, warum er selbst danach verlangte, daß sie rein und unberührt sei.

»Aber ich liebe sie ja!« kam es Jurii zum ersten Mal ins Bewußtsein, und diese leise Regung verdrängte alle anderen. Dieser einfache, klare Gedanke trieb Tränen der Rührung in seine Augen ...

Doch im nächsten Augenblick fragte sich Jurii schon mit bitterm Hohn: Aber mit welchem Recht liebte ich dann andere Frauen vor ihr. Allerdings wußte ich noch nichts von ihrer Existenz, aber ebensowenig wußte Rjäsanzew etwas von Ljalja. Und seinerzeit glaubten wir beide, daß diejenige Frau, die wir im Moment zu besitzen wünschten, grade die Echte wäre, die, welche zu uns am besten paßte. Wir hatten uns geirrt, das sahen wir später ein, als wir stets wieder Andere liebten; aber vielleicht irren wir uns dann auch dieses Mal. Folglich heißt es: Entweder ewige Keuschheit zu bewahren, oder sich und auch der Frau natürlich volle Freiheit zu gewähren, um sich dem Genuß der Liebe und Leidenschaft voll und ganz hinzugeben.

Aber was rede ich mir nur ein, zum Teufel, fiel sich Jurii plötzlich selbst in seinen Ueberlegungen: Rjäsanzew, ... ja es ist auch nicht schlimm, daß er überhaupt geliebt hat, sondern nur, daß er jetzt ruhig fortfährt, mit verschiedenen Frauen zu verkehren; das aber tue ich nicht...

Dieser Gedanke versetzte Jurii in einen Taumel von Stolz über seine Reinheit; aber nur für einen Augenblick. Schon in der folgenden Minute erinnerte er sich wieder der gierigen Empfindung, die sich seiner bei der Vorstellung tausender, sonnenüberströmter nackter Mädchen bemächtigt hatte. Ratlos hielt er ein, völlig ohnmächtig, sich selbst zu beherrschen und das Chaos von Gedanken und Empfindungen zu meistern.

Er merkte, daß es ihm unbequem würde, auf der rechten Seite zu liegen. Mit einer ungeschickten Bewegung warf er sich herum.

– – –Im Grunde genommen, dachte er, wären doch sämtliche Frauen, die ich kennen gelernt hatte, nicht imstande, mich für das ganze Leben zu befriedigen.

– – –Nun gut, so ist eben alles, was ich echte Liebe nannte, unerreichbar und dafür zu schwärmen ist einfach dumm.

Das Liegen auf der linken Seite wurde ihm bald ebenso unbequem. Wieder warf er den verschwitzten, klebrigen Körper, in das zusammengepappte, brennende Laken verwickelt, herum. Es war drückend heiß und unbequem. Der Kopf begann ihm zu schmerzen.

– – –Die Keuschheit mag ein Ideal sein, aber die Menschheit würde zugrunde gehen, wenn man es verwirklichen wollte ... Und darum ist es ein Unsinn.– – –Jurii seufzte verzweifelt.– – –Ja dann, dann ist das ganze Leben ein Unsinn, schrie Jurii fast brüllend heraus und preßte vor Grimm so fest die Zähne aufeinander, daß vor seinen Augen goldene Kreise aufschwirrten.

Und bis tief in das Morgengrauen hinein, wälzte er in schwerer, unbequemer Lage, die Seele voll dumpfer Verzweiflung, mächtigen Steinblöcken gleich, harte und widerständige Gedanken in seinem Kopfe. Endlich, um sich von ihnen zu befreien, begann er sich einzureden, daß er selbst ein schlechter, wollüstiger und egoistischer Mensch sei und sein ganzes Zweifeln nichts als unterdrückte Lüste wäre. Das jedoch legte auf seine Seele nur schwerere Lasten, entfachte in seinem Gehirn ein wildes Durcheinander der verschiedenartigsten Vorstellungen und die ganze verzweifelte Anspannung löste sich zuletzt in der Frage aus:– – –Aber warum eigentlich muß ich, gerade ich mich so quälen? ...

Mit überreiztem Ekel vor jedem Denken und Ueberlegen schlief Jurii in dumpfer nervöser Uebermüdung ein.

XIV

Ljalja weinte in ihrem Bett noch so lange, bis sie, das Gesicht tief in die Kissen vergraben, endlich einschlief. Am nächsten Morgen stand sie mit schwerem Kopf und geschwollenen Augen auf. Ihr erster Gedanke war, daß sie nicht mehr weinen dürfe, da Rjäsanzew zum Mittag kommen werde; es mußte ihm unangenehm sein, wenn sie ein verweintes, häßliches Gesicht hätte. Doch gleich darauf dachte sie wieder, daß es ja gar nicht mehr darauf ankäme, weil doch alles zu Ende sei. Sie empfand einen scharfen Schmerz, als sie dachte, daß Rjäsanzew sie nicht mehr lieben könne und weinte von neuem. Wie häßlich, wie abscheulich, flüsterte Ljalja in dem Gefühl, von bitteren, noch nicht frei gewordenen Tränen erstickt zu werden ... Warum, warum ist das..., fragte sie sich beharrlich und in ihre Seele legte sich eine Traurigkeit über das für ewig vergangene, nicht mehr wiederkehrende Glück, die keinen Ausweg vor sich sah.

Es war ihr unerklärlich, wie Rjäsanzew sie so leicht und ununterbrochen belügen konnte.

... Aber nicht nur er allein, nein, alle lügen, sagt man, dachte Ljalja verwirrt ... Alle, alle freuten sich ja über meine Heirat und sagten, er ist ein guter, anständiger Kerl. Und nein, sie logen auch nicht... Sie hielten das einfach nicht für schlecht ... Wie gräßlich.

Ljalja war es widerwärtig, die gewohnte Umgebung, die ihr Gestalten in die Erinnerung warf, welche ihr jetzt unerträglich schienen, vor Augen zu haben. Sie preßte ihr Gesicht an die Fensterscheiben und begann durch Tränen hindurch in den Garten zu blicken.

Draußen war es trübe; es rieselte ein loser Regen, doch in starken Tropfen nieder. Die fallenden Tropfen klopften hart gegen die Scheiben und rollten dann rasch hinunter; Ljalja wurde es schwer, zu unterscheiden, wann es ihre Tränen, wann es diese harten Regentropfen waren, die ihr die Aussicht in den Garten benahmen. Im Garten war es feucht; die herabhängenden Blätter waren naß und bewegten sich traurig. Selbst die Baumstämme hatte die Nässe geschwärzt und das feuchte Gras neigte sich demütig zur Erde.

Ljalja schien es, daß ihr ganzes Leben voller Unglück, ihre Zukunft hoffnungslos, ihre Vergangenheit grau sei.

Das Dienstmädchen kam herein, um sie zum Tee zu rufen, doch lange Zeit verstand Ljalja nicht ein Wort. Später im Eßzimmer schämte sie sich, als sie der Vater ansprach. Ihr kam es vor, wie wenn er in seine Stimme ein besonderes Mitleid legte. Alle mußten es bereits wissen, daß sie dieser Mann, den sie liebte, schmutzig und gemein betrogen hatte.

Aus jedem Wort hörte sie das verletzende Mitleid heraus. Bald lief sie wieder in ihr Zimmer. Wieder setzte sie sich ans Fenster und wieder fing sie an, nachdenklich in den rinnenden, grauen Garten zu blicken.

... Warum heuchelt er, – warum hat er mich so tief beleidigt? Bedeutet es, daß er mich nicht liebt? Nein, Tolja liebt mich, so wie ich ihn. Und worum handelt es sich eigentlich? Gewiß, er hat mich betrogen. Schon früher liebte er irgendwelche andere, niedrige Frauen und sie liebten ihn. – Ob so wie ich, fragte sie sich mit naiver und brennender Neugierde. Welch ein Unsinn – was geht mich das jetzt noch an. Er hat mich ja mit ihnen verwechselt und nun muß alles zu Ende sein. Wie arm, wie unglücklich bin ich. Aber nein, es ist ganz meine Sache. Er betrog mich doch. Und, wenn er es gestanden hätte. Aber nein – ganz gleich; – es bleibt mir widerwärtig. Er hat schon andere ebenso geliebkost wie mich, sogar mehr – das ist entsetzlich. Ich bin sehr unglücklich.

> Ein Fröschlein aus dem Grase quäkt,
> Wobei es seine Beine streckt,

Ljalja sang in Gedanken den alten Kindervers vor sich hin, während sie auf einen kleinen grauen Knäuel starrte, der ängstlich über den glitschrigen Weg sprang.

... Ja, ich bin unglücklich und alles ist zu Ende, begannen die Gedanken wieder, als der Frosch im Grase verschwunden war. Für mich war es so wunderbar und schön und für ihn war es nur eine altgewohnte Geschichte. Darum vermied er es immer, über seine Vergangenheit zu sprechen. Darum machte mir sein Gesicht auch während der ganzen Zeit den Eindruck, als ob er über etwas nachsänne. Er dachte sich: Alles das kenne ich schon, alles weiß ich. Ich weiß auch, was du empfindest und was du bald tun wirst. Aber ich, wie beschämend, wie widerlich; – niemals, nie werde ich wieder jemanden lieben können.

Ljalja weinte und legte den Kopf mit der Wange an das kalte Fensterbrett, während sie durch Tränen beobachtete, nach welcher Richtung die Wolken zogen.

Plötzlich erinnerte sie sich wiederum, daß Rjäsanzew an diesem Tage zum Mittagessen kommen werde. Erschrocken sprang sie auf.

... Was werde ich ihm sagen. Wie muß man in solchen Fällen sprechen. Ljalja öffnete den Mund und starrte mit erschrockenen, verwirrten Augen auf die Wand. Es fiel ihr ein, daß sie sich bei Jurii danach erkundigen könne und das beruhigte sie.

... Wie ehrlich und gut er ist, dachte sie, mit zärtlichen Tränen in den Augen. Und wie sie stets alles ohne Verzug tat, ging sie sofort in Juriis Zimmer.

Doch dort saß Schawrow und redete über irgendwelche Angelegenheiten. Ljalja blieb unschlüssig an der Türe stehen.

»Guten Tag,« sagte sie nachdenklich.

»Guten Tag,« begrüßte sie Schawrow. »Kommen Sie zu uns, Ludmilla Nikolajewna. Wir haben hier eine Sache vor, bei der Ihre Hilfe unentbehrlich ist.«

Immer noch mit demselben unschlüssigen Gesicht setzte sich Ljalja demütig an den Tisch und begann mechanisch in den grünen und roten Broschürchen, die in Haufen aufgestapelt lagen, mit den Fingern herumzustöbern.

»Hören Sie, worum es sich handelt,« Schawrow wendete sich ihr zu und begann zu erzählen; dabei machte er ein Gesicht, als wollte er ein äußerst verwickeltes und umfangreiches Problem auseinandersetzen. »Die Genossen in Kursk befinden sich in äußerst schwieriger Lage. Man muß ihnen unbedingt helfen. Da bin ich auf den Gedanken gekommen, ein kleines Konzert zu veranstalten, wie?« Dieses Wie, das bei Schawrows Reden gewöhnliche Anhängsel, erinnerte Ljalja, weshalb sie hierher gekommen war; voll Vertrauen und Hoffnung schaute sie auf Jurii.

»Warum denn nicht? Das ist sehr schön!« Sie antwortete ganz mechanisch, während sie sich im stillen wunderte, daß Jurii sie garnicht anblickte.

Jurii fühlte sich noch nach dem gestrigen Tränenausbruch Ljaljas und seinem eigenen nächtlichen Nachdenken wie zerschlagen; er war unfähig, Ljalja anzusehen. Er hatte es erwartet, daß die Schwester bei ihm Rat holen würde, fand sich aber, in seiner völligen Ohnmacht, selbst zu einer befriedigenden Lösung zu kommen, in nichts mehr zurecht. So wenig er es fertig bringen mochte, seine eigenen Worte zu widerrufen, Ljalja umzustimmen und sie wieder Rjäsanzew zuzuführen, hätte er gar ihrem naiven kindlichen Glück einen entschiedenen Schlag versetzen können.

»Also, wir haben nun folgendes beschlossen,« fuhr Schawrow fort, indem er sich noch näher an Ljalja heranschob, als ob sich die Angelegenheit noch weiter kompliziere und verwickelter gestalte. »Wir laden Ssanina und Karssawina zum Singen ein .. Zuerst jede Solo, dann zusammen. Die eine hat einen famosen Alt, die andere einen feinen Sopran, das wird sich sehr schön machen. Nachher werde ich Geige spielen. Später muß Sarudin singen und Tanarow kann ihn begleiten.«

Ebenso mechanisch wie vorher, mit ihren Gedanken bei ganz etwas anderem, fragte Ljalja: »Werden denn die Offiziere solch ein Konzert mitmachen? ...«

»Na, gewiß doch!« Schawrow schwenkte die Hände. »Wenn Lyda Ssanina nur einwilligt, werden die gewiß nicht zu Hause bleiben. Uebrigens liebt es Sarudin, sich überall zu produzieren, wo man es zuläßt. Wenn er nur singen kann. Und das wird uns das Regiment heranziehen; wir werden eine Einnahme haben, na einfach glänzend, wie?«

»Ja, laden Sie Karssawina ein,« stimmte Ljalja bei und sah den Bruder mit trauriger Unschlüssigkeit an. ... Er kann es doch unmöglich vergessen haben, dachte sie ... Und wie kann er sich nur über dieses törichte Konzert unterhalten, während ich ...

»Aber das schlage ich doch selber eben vor ..« Schawrow staunte sie in höchster Verwunderung an...

»Ach ja!« Ljalja lächelte müde. »Nun, und Lyda Ssanina ... Ach ja doch, sie sprachen ja schon von ihr.«

Schawrow nickte eifrig mit dem Kopf: »Gewiß, gewiß! Aber wen laden wir denn noch ein? ... Wie? ...«

»Ich weiß nicht... Ich habe Kopfschmerzen ...«

Jurii drehte sich im Augenblick nach ihr um, wandte sich aber gleich wieder ohne ein Wort seinen Büchern zu. Mit ihrem blassen Gesichtchen und den großen umschatteten Augen, erschien sie ihm ganz erstaunlich schwach und bemitleidenswert.

... Ach wozu, wozu hab ich ihr nur diese Geschichte erzählt, dachte er. Für mich selbst ist es ja noch ganz unklar. Und überhaupt ist das für alle Menschen eine verdammt ungeklärte Frage. Nun erst für ihr kleines, winziges Herzchen ... Wozu habe ich das zusammengeredet? ..

Er riß sich beinahe die Haare aus.

»Gnädiges Fräulein,« rief das Zimmermädchen in der Türe, »Anatoli Pawlowitsch sind gekommen ...«

Jurii blickte wiederum erschrocken auf Ljalja, doch als er ihrem starren Märtyrerblick begegnete, meinte er unschlüssig zu Schawrow:

»Haben Sie Charles Bredlaugh gelesen?« »Ja! Wir haben es mit Dubowa und Karssawina zusammengelesen. Eine interessante Sache!«

»So? ... Ja, sind die Mädchen schon wieder zurückgekommen? ...«

»Gewiß!«

»Wann,« fragte Jurii und unterdrückte seine Erregung.

»Vorgestern schon!«

»So ? ...« Jurii lauschte mit einemmal wieder, was Ljalja tat.

Ein Gefühl von Qual und Angst durchzuckte ihn, als ob er seine Schwester betrogen hätte.

Sie stand noch ein Weilchen im Zimmer herum, ordnete irgend etwas auf einer Etagere und schritt dann unschlüssig auf die Türe zu.

Ihre ungewöhnlich nervösen Schritte peinigten Jurii von neuem und noch stärker als der zitternde Ausdruck ihrer Augen.

Ljalja trat in den Saal; sie empfand, wie in ihr alles in gespannter, trauriger Verwirrung erstarrte. Es sah so aus, als wenn sie in einem nebligen Wald den Pfad verloren hatte. Unterwegs blickte sie flüchtig in den Spiegel und sah darin ein dunkles, krankes Gesicht.

– Nun gut, mag er es nur sehen, dachte sie.

Mitten im Eßzimmer stand Rjäsanzew und sprach zu Nikolai Jegorowitsch mit seiner heiteren, aristokratisch selbstsicheren Stimme.

»Das ist natürlich eine seltsame Erscheinung, ist aber völlig unschädlich.«

Beim Laut dieser Stimme erzitterte plötzlich ein unbestimmtes Wehgefühl in Ljaljas Brust und riß sich ab.

Sowie Rjäsanzew sie erblickte, unterbrach er jäh seine Rede, ging auf sie zu und streckte ihr beide Arme entgegen, als wollte er sie umarmen. Aber doch so, daß diese Bewegung nur ihr allein bemerkbar und verständlich war.

Ljalja sah von unten herauf in sein Gesicht; ihre Lippen erzitterten. Schweigend und mit Ueberwindung machte sie ihre Hand von ihm los, schritt durch den Saal und öffnete die Glastür zum Balkon. Rjäsanzew sah ihr mit ruhiger Verwunderung nach.

»Meine Ludmilla Nikolajewna geruhen zu zürnen.« Er sprach im Tone scherzhafter Wichtigkeit zu Nikolai Jegorowitsch.

Dieser lachte laut auf: »Sehr gut, ... so laufen Sie, sich zu versöhnen.«

»Ja, es wird mir wohl nichts anderes übrig bleiben,« seufzte er komisch und ging hinter Ljalja zum Balkon hinaus.

Es regnete noch immer, und das feine Plätschern des Wassers lag unaufhörlich in der Luft. Doch in der Höhe zerflossen die Nebel schon locker und licht.

Mit der Wange an das kalte, nasse Holz des Pfahls gelehnt, stand Ljalja ihren Kopf dem Regen entgegen gestreckt, so daß ihr Haar sofort durchnäßt wurde.

»Mein Prinzeßlein zürnt ... Ljalitschka!« sagte Rjäsanzew und zog sie an sich; leise drückte er seine Lippen auf ihr feuchtes, duftendes Haar.

Unter dieser Berührung, die Ljalja so bekannt und glückverheißend war, löste sich alles in ihrer Brust auf. Bevor sie noch Zeit hatte, zu einem Entschluß zu kommen, wand sich ihr Arm, wie von selbst um den festen Nacken Rjäsanzews und inmitten von langen, betäubenden Küssen sagte Ljalja: »Wie ich dir furchtbar böse bin, du abscheulicher Kerl!«

Mit einmal schien ihr selbst ihre ganze Stimmung unerklärlich. Es war doch nichts Schreckliches, Schweres, nichts Unverbesserliches vorgefallen. Am Ende, was ging es denn sie an ... Nur lieben und von diesem großen starken Mann geliebt zu werden.

Später beim Essen wurde es ihr peinlich, Jurii anzusehen, der ratlos auf sie blickte; bei der nächsten Gelegenheit flüsterte sie ihm bittend zu:

»Widerwärtig bin ich!« Jurii lächelte gezwungen. Im Innern war er froh, daß alles so gut abgelaufen war. Aber gleichzeitig war er doch bemüht, in sich eine verächtliche Empfindung über die philiströse Duldsamkeit und die kleinbürgerliche Glückseligkeit Ljaljas aufkommen zu lassen. Er zog sich auf sein Zimmer zurück und blieb fast bis zum Abend allein. Erst als es in der Dämmerung draußen etwas freundlicher wurde und der Himmel sich aufheiterte, griff er zur Büchse und ging auf die Jagd. Mit schnellen Schritten ging er los, bis er wieder das Feld vor sich liegen sah, auf dem der alte Bauer ihn und Rjäsanzew am Tage zuvor empfangen hatte. Jurii zwang sich, nicht über das Vorgefallene nachzudenken.

Jetzt nach dem Regen begann der ganze Sumpf aufzuleben. Eine Menge neuer und mannigfaltiger Laute wurde vernehmbar und bald hier bald dort geriet das Gras in Bewegung, wie getrieben von dem in ihm laufenden, geheimnisvollen Leben. Fröhlich überboten sich die Frösche in allen Stimmen; ein ferner Vogel ließ anspruchslose, knarrende Töne hören, die einem Trrrr Trrrr ähnlich waren, die Enten krächzten nahe und doch unsichtbar, geheimnisvoll im nassen Schilf, zogen aber nicht zum Schuß hoch.

Jurii hatte garnicht einmal den Wunsch, zum Schuß zu kommen. Gedankenlos warf er die Flinte über die Schulter und ging wieder nach Hause, während er angeregt auf die krystallenen Laute horchte und in sich die tiefen Abendfarben, die bald dunkel, bald wieder hell, um ihn aufleuchteten, einsog.

– – – Schön ist es, dachte er, alles ist schön – – – nur der Mensch ist widerwärtig. – – –

Von ferne erkannte er das runde Feuer im Gemüsegarten und die hellerleuchteten Gestalten des alten Kusma und Ssanins, die dicht am Feuer saßen.

– – – Wohnt denn der Ssanin hier? dachte er verwundert und neugierig.

Kusma erzählte irgendetwas und lachte dabei, die beiden Händen fortgesetzt hin- und herwerfend. Auch Ssanin lächelte. Das Feuer, jetzt noch rosig und nicht so grellrot wie in der Nacht, brannte wie eine Kerze; über ihm bedeckte sich der Himmel friedlich und weich mit Sternen. Es roch nach frischer Erde und nach taubesprengtem Gras.

Aus irgendeinem Grunde fürchtete Jurii, daß man ihn bemerken würde und es machte ihn traurig, daß er nicht einfach zu ihnen hingehen konnte, weil zwischen diesen Menschen und ihm etwas Unbegreifliches stand, gleichsam etwas, das garnicht existierte, und leer aber doch unüberwindlich vor ihm lag, wie ein luftleerer Raum.

In diesem Augenblick fühlte er sich völlig vereinsamt. Die große Welt in ihren abendlichen Farben, mit den Feuerchen, mit Menschen und Lauten, voller Luft und Leuchten, wie sie sich vor ihm wiegte, war doch weit von ihm getrennt; – – – er war klein und trübe wie ein dunkles Zimmer, in dem etwas weint und trauert. Und das Gefühl einsamer Wehmut bemächtigte sich seiner mit solcher Stärke, daß ihm, als er durch das Gemüsefeld schritt, die vielen hundert Wassermelonen, die in der Dämmerung gelblichgrau schimmerten, wie menschliche Schädel erschienen, welche weit über ein wüstes Feld zerstreut liegen.

XV

Der Sommer entfaltete sich überfüllt von Licht und Wärme; es schien, daß ein goldener Schleier zwischen dem lichten, blauen Himmel und der glutmüden Erde bebe und sich in tausend Falten breche. In stumpfer Ermattung standen die Bäume, von den heißen Dünsten erschlafft mit gesenkten Blättern; ihre kurzen, durchsichtigen Schatten lagen hilflos in dem staubigen, matten Gras.

In den Zimmern aber war es kühl. Die Lichtreflexe vom Garten schimmerten grünlich auf den Decken und die Gardinen schwankten seltsam lebendig, während alles sonst in gepreßter Ruhe erstarrte, an den Fenstern.

Den weißen Kittel geöffnet, schritt Sarudin langsam von einer Zimmerecke in die andere. Mit besonderer von ihm mühsam herausgearbeiteter Nonchalance rauchte er eine Zigarette, wobei seine großen, weißen Zähne deutlich aus dem Munde hervortraten. Tanarow, ebenfalls schweißdurchnäßt, lag in breiten Reithosen auf dem Divan und sah mit kleinen, schwarzen Aeuglein voll verstohlener Besorgnis auf ihn. Er brauchte fünfzig Rubel erbarmungslos notwendig. Schon zweimal hatte er Sarudin darum gebeten, aber da er nicht wagte, sie zum drittenmal zu fordern, wartete er in Aengsten, bis sich Sarudin selbst daran erinnern würde.

Dieser wußte davon, doch im Laufe des letzten Monats hatte er selbst 700 Rubel verspielt und er ärgerte sich über alles, was mit Schuldenmachen zusammenhing.

– – – Er ist mir ohnedies noch 250 Rubel schuldig, dachte er, und ohne auf Tanarow zu blicken, wurde er bei dem Gedanken über die unvermuteten Ausgaben immer verbissener.

– – – Eigentümlich, wir sind zwar in den besten Beziehungen zu einander, aber er sollte sich doch wirklich schämen. Müßte sich doch wenigstens entschuldigen, daß er mir noch soviel schuldig ist, – – – nein, ich gebe ihm nichts, fügte er mit böser Freude in Gedanken hinzu.

Der Bursche trat herein. Ein winziger sommersprossiger Kerl, mit Federn überdeckt. Krumm und schlapp suchte er seinen Körper in die vorschriftsmäßige Haltung zurechtzurücken und dabei Tanarow ins Auge zu fassen.

»Hochwohlgeboren erlauben zu melden, daß, wie Ihre Hochwohlgeboren Bier verlangt hatten, dieses Bier grade alle ist.«

Mit aufflammender Wut sah Sarudin unwillkürlich Tanarow an.

- - - Na, da haben wir's wieder. Hol ihn der Teufel. Das wird ja schließlich unerträglich. Er weiß doch, daß ich selbst keinen Groschen übrig habe und da läßt er sich noch Bier holen.

»Auch der Wodka wird alle,« fügte der Bursche hinzu.

»Aber scher dich doch zum Teufel ... Was, du mußt doch noch zwei Rubel haben. Kaufe eben, was nötig ist.« Sarudin winkte in wachsendem Zorn dem Burschen, abzutreten.

»Garnichts! ... Nichts ist übrig geblieben.«

»Was heißt das? .. Was lügst du da? ..« schrie ihn Sarudin an und blieb stehen.

»Wie Seine Hochwohlgeboren befohlen haben, der Waschfrau zu bezahlen, so habe ich ihr einen Rubel siebzig Kopeken bezahlt, und dreißig Kopeken habe ich in Ihre Hochwohlgeboren Arbeitszimmer auf den Tisch gelegt.«

»Ach ja,« warf Tanarow, mit geheuchelter Nachlässigkeit ein, während er rot wurde und sich aufregte, »ich habe es ihm gestern gesagt. Weißt du, es war schon peinlich, die ganze Woche lief das Weib mir das Haus ein.«

Rote Flecken erschienen auf den festen, glattrasierten Wangen Sarudins und unter ihrer feinen Haut gerieten die Backenknochen in zitternde Erregung. Schweigend ging er im Zimmer auf und ab. Mit einemmal blieb er neben Tanarow stehen.

»Hör einmal,« sagte er mit seltsam zitternder, scharf verletzender Stimme, »ich möchte dich doch bitten, nicht über mein Geld zu verfügen ..«

Tanarow errötete über und über und geriet in Bewegung.

»Hm, was ist das? ... Diese Kleinigkeiten ...« murmelte er verletzt und zog die Schultern zusammen.

»Dabei handelt es sich garnicht um die Kleinigkeiten,« entgegnete Sarudin ihm mit grausamen Vergnügen, als müßte er sich an ihm rächen. »Nein, um ein Prinzip. Aus welchem Grunde sage bitte, ...«

»Ich ...«

»Nein, ich muß dich ganz entschieden darum bitten,« fiel ihm Sarudin hartnäckig mit demselben niederdrückenden Ton ins Wort. »Und schließlich könntest du dich doch in solchem Fall zunächst einmal an mich wenden. Auf diese Weise, das ist wirklich sehr wenig angenehm.«

Tanarow bewegte hilflos die Lippen und senkte die Augen; er zupfte mit zitternden Fingern an dem Perlmuttermundstück seiner Zigarrenspitze. Sarudin wartete noch eine Weile auf Antwort, dann drehte er sich jäh um und machte sich, mit dem Schlüssel rasselnd, an der Tischschublade zu schaffen.

»Hier, kaufe, was du brauchst!« schrie er den Burschen zornig an und reichte ihm eine Hundertrubelnote. »Zu Befehl,« sagte der Soldat, machte linksum kehrt und ging hinaus.

Langsam und nachdrücklich klapperte Sarudin mit den Schlüsseln an der Schublade und schob sie zu. Tanarow sah verstohlen auf das Fach, in dem die für ihn so notwendigen fünfzig Rubel lagen, begleitete das Schließen der Schublade mit schüchternen Blicken und begann mechanisch eine Zigarette anzuzünden. Er fühlte sich sehr gekränkt, gleichzeitig damit aber fürchtete er, dieser Empfindung Ausdruck zu geben, um Sarudin nicht noch mehr zu erzürnen.

– – – Was machen schon für ihn zwei Rubel aus. Er weiß doch wie notwendig ich das Geld brauche ...

Sarudin ging im Zimmer auf und ab; er zitterte noch vor Aufregung. Aber allmählich begann er sich zu beruhigen und als der Bursche Bier brachte, trank er selbst mit Genuß ein Glas des eisigen, schäumenden Trankes. Plötzlich sagte er ganz ruhig, als ob garnichts vorgefallen wäre, während er die Schnurrbartenden durch die Lippenwinkel zog:

»Gestern war Lyda wieder bei mir! Bruder, das ist ein interessantes Mädchen. Feuer!«

Tanarow schwieg verdrossen. Ohne es zu bemerken, schritt Sarudin weiter langsam durch das Zimmer und seine Augen lächelten belebt den Erinnerungen nach. Sein gesunder, starker Körper war unter der Hitze erschlafft, sodaß glühende, erregende Gedanken die Oberhand gewinnen konnten und ihn fortrissen. Plötzlich lachte er laut, kurz wiehernd auf. Er blieb stehen.

»Weißt du, gestern wollte ich mal, ...« er nannte hier ein sehr eindeutiges Wort, das für die Frau äußerst verletzend ist. »Da ist sie zuerst in die Höhe gegangen, hat sich auf die Hinterfüße gesetzt, weißt du solch ein stolzes Leuchten steigt bei ihr manchmal in die Augen ...«

Tanarow, dessen Leib sich bei diesen Worten rasch und gierig spannte, löste auf seinem Gesicht erzwungen ein klebriges und aufgeregtes Lächeln aus.

»Und dann, ... na, sodaß ich selbst fast in Krämpfe verfiel,« schloß Sarudin, der noch unter der unerträglich scharfen Erinnerung nachzitterte.

»Du hast Schwein, hol's der Kuckuck,« rief neidisch Tanarow.

Plötzlich ertönte von der Straße her die laute Stimme Iwanows: »Ist Sarudin zu Haus? ... Darf man zu Ihnen? ...«

Sarudin erschrak bei dem plötzlichen Anruf und fürchtete, wie stets, daß jemand etwas von seiner Erzählung über Lyda Ssanina gehört hätte.

Aber Iwanow schrie über den Zaun von der Nebengasse her; er war nicht einmal zu sehen.

»Zu Hause, zu Hause,« rief Sarudin durch das Fenster zurück.

Im Vorzimmer ertönten Stimmen und Lachen, als wenn dort eine ganze Volksmenge hineingeströmt wäre.

Iwanow, Nowikow, ein Rittmeister Malinowski, zwei andere Offiziere und Ssanin traten herein.

»Hurra,« brüllte Malinowski, sich schief über die Schwelle schiebend, während über sein dunkelrotes Gesicht mit zitternden, aufgespannten Backen und einem buschigen Schnurrbart, der wie zwei Roggengarben in die Luft starrte, ein grelles Blinken glitt.

»Guten Morgen, Kinder.«

– – – Na, zum Teufel, dachte Sarudin ärgerlich, da geht wieder ein 25-Rubelschein zum Teufel. Aber doch befürchtete er noch mehr, daß irgend jemand denken könnte, er wäre nicht der freigebigste, reichste und kameradschaftlichste Kerl im Regiment. Deshalb rief er mit breitem Lächeln: »Woher kommen Sie in so großer Gesellschaft? ... He, Tscheriepanow, schleife Wodka her und was du sonst noch hast. Laufe in das Kasino und lasse sofort einen Kasten Bier heranschleppen. Wollen Sie Bier, Herrschaften. Es ist doch heiß.«

Als erst Wodka und Bier kamen, wurde der Lärm noch stärker. Man lachte, brüllte in ungezügelter Lustigkeit; alle tranken und lärmten durcheinander. Nur Nowikow blieb trübe gestimmt und sein stets weichliches und bequemes Gesicht war unheilvoll durchleuchtet. Erst gestern hatte er das erfahren, was für ihn bisher unbekannt geblieben war, trotzdem die ganze Stadt bereits über die Affäre tuschelte. Das Gefühl, unerträglich verletzt und in seiner Eifersucht gedemütigt zu sein, hatte ihn im ersten Augenblick betäubt. Es ist nicht möglich, es ist Unsinn, Klatsch ... sein Hirn weigerte sich, das Bild Lydas, in die er so rein und mit Ehrfurcht verliebt war, in widerwärtig schmutzige Nähe zu Sarudin, den er für unendlich niedriger stehend und dümmer hielt als sich, kommen zu lassen.

Doch dann brach tief aus seiner Seele wilde, tierische Eifersucht hervor und begrub alles. Es gab einen Augenblick bitterer Verzweiflung und dann des fürchterlichsten, fast elementaren Hasses gegen Lyda und vor allem gegen Sarudin. Diese Empörung war seiner weichen schlaffen Seele so ungewohnt, daß er für sie nach irgend einem Ausweg suchen mußte, wenn sie ihn nicht ganz zerreiben sollte. Die ganze Nacht hindurch schwankte er auf der krankhaften Grenze zwischen quälerischer Selbstpeinigung und dem vagen Gedanken an Selbstmord. Gegen Morgen war er wie erstarrt und nur das sonderbare, trübe Verlangen, Sarudin zu sehen, vibrierte noch in seinen Empfindungen.

Jetzt, unter den Ausrufen der lärmenden und betrunkenen Stimmen, saß er abseits, trank ganz mechanisch große Massen Bier, und mit jeder Fiber seiner angespannten Empfindlichkeit beobachtete er die Bewegungen Sarudins, wie ein Tier, das im Walde einem anderen entgegenschleicht, schon zum Sprunge gebückt, und sich doch verstellt, als ob es nichts sähe.

Alles, was von Sarudin ausging, stieß mit scharfen Schlägen an eine überreizt zarte Stelle Nowikows, die jetzt sein ganzes Wesen zu bilden schien, alles, sowohl das Lächeln Sarudins, das seine weißen Zähne zeigte, wie seine Schönheit, sein Lachen, seine brutale Stimme.

»Sarudin,« sagte ein langer eckiger Offizier, mit unmäßig langen, am Körper baumelnden Armen. »Ich habe dir ein Buch mitgebracht.« Und durch den wüsten Lärm hindurch hörte Nowikow allein den Namen und die antwortende Stimme Sarudins heraus, als ob alle anderen schwiegen und nur dieser eine redete.

»Welches denn? ...«

»Von Tolstoi ... Ueber Frauen,« gab der dürre Offizier mit Stolz aber deutlich wie beim Dienstrapport zurück.

Auf seinem farblosen schmalen Gesicht stand klar ausgedrückt, daß er sehr befriedigt war, Tolstoi zu lesen und über ihn zu sprechen.

Iwanow fiel dieser stolze und naive Ausdruck sofort auf und er fragte ironisch: »Lesen Sie auch manchmal Tolstoi? ...«

»Von Deutz ist ja unser Tolstoianer,« erklärte der betrunkene Malinowski und lachte auf.

Sarudin nahm die dünne, rote Broschüre zur Hand und blätterte ein paar Seiten um:

»Ist das interessant? ...«

»Na, das wirst du schon merken!« Die Antwort von Deutz' überstürzte sich fast vor Begeisterung. »Das ist ein Kopf, sage ich dir. Da kommt's einem vor, als ob man selber alles wüßte ...«

»Aber wozu ... braucht denn Viktor Sergewitsch Tolstoi vorzunehmen, wenn seine eigenen Ansichten über Frauen schon völlig feststehen...« sagte Nowikow, nicht laut, ohne daß er dabei die Augen vom Glase abwendete.

»Woraus schließen Sie das? ...« fragte Sarudin, der instinktiv den Angriff spürte, aber ihn noch nicht ganz verstand, vorsichtig.

Nowikow schwieg. Alles riß ihn dazu hin, Sarudin anzubrüllen, ihm ins Gesicht zu schlafen, in dieses prächtige, selbstgefällige Gesicht, ihn zu Boden zu werfen und ihn in einem wilden Ausbruch seines Zornes, der endlich in die Freiheit strömen kann, mit den Füßen zu zerstampfen.

Aber kein Wort kam auf seine Zunge. Unter dem klaren Bewußtsein, daß er garnicht das spräche, worauf es ankomme, litt er nur noch mehr. Er wurde fast zum Wahnsinn getrieben; er lächelte verzerrt; er sagte: »Es genügt, Sie nur anzusehen ... um zu diesem Schluß zu kommen.«

Der eigentümlich tragische Ton seiner Stimme zerschnitt im Augenblick den allgemeinen Lärm und plötzlich verstummte alles, wie vor einem Morde. Iwanow erriet zuerst, um was es sich handelte.

Sarudins Gesicht hatte sich unter den letzten Worten kaum merklich verändert, doch sofort beherrschte er sich wieder, als ob er ein scheues Pferd bestiege, dessen Nervosität er kenne ...

»Nu, ... Herrschaften, Herrschaften, was soll denn hier vorgehen,« rief Iwanow.

»Laß sie, laß sie sich ruhig prügeln,« fiel ihm Ssanin lächelnd ins Wort.

»Mir scheint es garnicht, sondern es ist so,« fuhr Nowikow anstelle Sarudins fort, noch immer nicht den Kopf vom Glase hebend und ohne seinen Tonfall zu ändern.

Aber eine lebendige Wand von schreienden Stimmen, Armbewegungen, lachenden Gesichtern und Zwischenrufen, schob sich zwischen sie.

Sarudin wurde von Deutz und Malinowski zur Seite gedrängt; Nowikow von Iwanow und einem anderen Offizier. Tanarow begann die Gläser zu füllen und irgendwas zu schreien, ohne sich an jemanden direkt zu wenden.

Es entstand eine falsche, gewaltsam fröhliche Erregung, die für einen Augenblick den Streit verwischte. Mit einemmal empfand Nowikow, daß er die Kraft verloren hatte, diesen Zustand fortzusetzen. Er verzog seine Lippen zu einem unsinnigen Lächeln, sah sich nach Iwanow und einem der Offiziere um, die ihn mit Gesprächen festzuhalten versuchten und dachte ratlos:

– – – Was mache ich nur. Zuhauen muß man. Einfach hingehen und in die Schnauze schlagen. Sonst bleibe ich ja in der dümmsten Lage. Alle müssen es verstanden haben, daß ich den Streit suchte ...

Aber statt dessen lauschte er mit gemachtem Interesse auf das, was Iwanow und von Deutz sprachen.

»In seinen Ansichten über die Frau bin ich nicht völlig mit ihm einverstanden,« sprach selbstgefällig der Offizier.

»Die Frau ist zunächst mal ein Weibchen,« erklärte Iwanow. »Unter Männern könnte man vielleicht noch einen auf Tausend finden, der den Namen Mensch verdient. Aber unter den Frauen, nein, unter ihnen gibt es keinen Einzigen. Nacklige, rosige, fette, schwanzlose Affen sind es und weiter nichts.«

»Das ist ja äußerst originell bemerkt; – – « von Deutz kaute sichtbar an dem Vergnügen über Iwanows letzter Phrase.

Nowikow dachte bitter vor sich hin, wie wahr das sei.

»Eh, mein Lieber,« erwiderte Iwanow, seine Hand grade vor der Nase von Deutz schwenkend, »erzählen Sie mal den Leuten: »Ich sage euch: jedes Weib, das einen Mann geil ansieht, treibt in ihrem Herzen schon Unzucht mit ihm.« Erzählen Sie das und die Meisten werden überzeugt sein, eine höchst originelle Sache zu hören.«

Von Deutz lachte mit heiserer Stimme, wie wenn ein Windhund plötzlich anschlägt, und sah Iwanow mißgünstig an. Den Spott verstand er nicht und er war nur neidisch, daß er sich nicht so witzig ausgedrückt hatte. Plötzlich reichte ihm Nowikow die Hand.

»Was denn?« fragte von Deutz verwundert. Neugierig und erwartungsvoll sah er auf die breite Handfläche.

Nowikow gab keine Antwort.

»Wohin?« erkundigte Ssanin sich ebenfalls.

Nowikow schwieg weiter. Er fühlte, daß nur ein Augenblick des Wartens genügen würde, um das Schluchzen, das ihm in der Kehle steckte, ausbrechen und jeden Rückhalt überströmen zu lassen.

Ssanin lächelte ihn ruhig und doch mit ernstem Interesse an: - - - »Ich verstehe, was mit dir ist. Spuck darauf! - - - «

Nowikow schaute mit wehleidigen Augen über ihn hin, seine Lippen zitterten; mit einer verzweifelten Handbewegung, als ob er alles, sich selbst, die Welt, beiseite schieben wollte, ging er fort, ohne weiter Abschied zu nehmen. Der Druck schwerer Ohnmacht, wie bei einem Menschen, der eine Last nicht anheben kann, biß sich in ihm fest und preßte ihn zu Boden. Um sich zu beruhigen, dachte Nowikow: - - - Nun, was schon, was wäre viel damit bewiesen, wenn ich diesem Halunken die Fresse eingeschlagen hätte. Es käme doch nur eine platte Keilerei heraus. Lohnte es sich wirklich, die Hände an ihm dreckig zu machen. - -

Doch das Gefühl unbefriedigter Eifersucht und der eigenen Schwäche verließ ihn nicht. In tiefster Trübsal kam er nach Hause, warf sich mit dem Gesicht in die Kissen und lag so den ganzen Tag über, nur von dem einen Gedanken gequält, daß er nichts tun könne ...

»Los, wollen Sie Macao spielen?« fragte Malinowski.

»Immer hingeschmissen!« erwiderte sofort Iwanow.

Der Bursche stellte den Kartentisch zurecht, und das grüne Tuch lächelte ihnen fröhlich entgegen. Eine konzentrierte Belebung ergriff alle. Malinowski begann, Karten zu geben, wobei seine behaarten Finger hart auf dem Tisch anschlugen. Gewandt zerstoben die bunten Karten in regelmäßigen Kreisen auf der grünen Decke; mit hellem Klang rollten die silbernen Rubel von einem Tableau zum andern und wie gierige Spinnen liefen nach allen Richtungen Finger über das Tuch, die das Geld aufrafften. Nur knappe Worte und eintönige wie auswendig gelernte Ausrufe des Aergers und des Vergnügens waren vernehmbar.

Sarudin hatte offensichtlich ganz besonderes Mißgeschick. Hartnäckig machte er immer wieder den Einsatz von fünfzehn Rubeln und bei jedem Mal wurde er vollständig abgeschlagen. Auf sein hübsches Gesicht traten die roten Flecke gegenstandsloser Erbitterung. Im Laufe des letzten Monats hatte er gegen 700 Rubel verspielt; jetzt fürchtete er sogar, den endgültigen Verlust genau festzustellen. Seine verdrießliche Stimmung teilte sich auch den andern mit. Von Deutz und Malinowski wechselten scharfe Worte miteinander.

Sehr bestimmt, wenn auch zurückhaltend, erklärte von Deutz, voller Verwunderung darüber, daß der betrunkene, ungeschlachte Malinowski sich überhaupt unterstand, mit ihm, dem klugen und distingierten von Deutz zu streiten: »Ich hatte wohl auf die Flügel gesetzt.«

»Was wollen Sie mir einreden?« warf ihm dieser grob entgegen. »Hol's der Teufel. Schlage ich, so sagt man Auf Flügel und wenn ich gebe ...

Von Deutz brauste auf. »Aber erlauben Sie mal.« Sofort, wie immer, wenn er aufgeregt war, wurde seine Aussprache unrussisch und deutsche Laute mengten sich komisch hinein.

»Nichts will ich erlauben. Nehmen Sie das zurück ... nein, bitte, nehmen Sie das zurück.«

»Meine Herren, aber das ist doch, - - wirklich zum Teufel,« schrie Sarudin wütend, die Karten mit Gewalt auf den Tisch werfend.

Aber sogleich erschrak er seines jähen Ausrufs wegen ebenso wie über die betrunkenen, verzerrten Gesichter, Karten und Flaschen, über das ganze Bild eines platten soldatischen Trinkgelages, denn - - in der Tür hatte er plötzlich ein neues Gesicht auftauchen sehen.

Ein hochgewachsener schlanker Mann in einem bequemen, weißen Kostüm hielt verwundert auf der Schwelle an; seine Augen suchten Sarudin. »Ah, Pawl Lwowitsch! Welches Schicksal hat Sie zu uns hergeweht?« rief dieser rot im Gesicht und stürzte ihm eilig entgegen. Der Herr trat unschlüssig tiefer in das Zimmer ein und den Anwesenden fielen sofort seine weißen Stiefel auf, die aus dem Morast von Bierlachen, Korken und zertretenen Zigarrenresten besonders hervorstachen. Er war so weiß, sauber und parfümiert, daß er zwischen den Wolken Tabakdampfes und den betrunkenen, überhitzten Menschen, an eine Lilie im Sumpfe erinnern konnte, wäre er nicht so hilflos dünn, so ausgemergelt gewandt gewesen und hätte er nicht ein so kleines Gesichtchen mit schlechten Zähnen und einem winzigen Schnurrbart gehabt.

»Woher kommen Sie? Haben Sie Pitier schon lange hinter sich?« sagte Sarudin zu ihm mit überflüssiger Eile, wobei er ihm stark die Hand drückte und gleichzeitig wieder ängstlich überlegte, ob es nicht ein faux Pas gewesen wäre, das legere Pitier statt des St. Petersburg zu gebrauchen.

»Ich bin erst gestern angekommen,« antwortete endlich der Weißgekleidete. Seine Stimme war selbstgefällig aber saftlos, wie ein abgeschnürter Hahnenschrei.

»Meine Kameraden,« stellte Sarudin vor. »Von Deutz, Malinowski, Tanarow, die Herren Ssanin, Iwanow. Meine Herren, ... Pawl Lwowitsch Woloschin.«

Woloschin verneigte sich ein wenig.

»Wollen's uns vormerken,« antwortete zum Entsetzen Sarudins der betrunkene Iwanow. »Bitte hier, Pawl Lwowitsch, belieben Sie Bier oder vielleicht Wein.«

Woloschin ließ sich vorsichtig ins Fauteuil nieder; er schimmerte auf dem groben Gummituchüberzug in seinem matten Weiß.

»Ich komme nur auf eine Sekunde mit heran. Bitte, lassen Sie sich nicht stören,« entgegnete er mit leichter Kühle des Unbehagens, indem er die Gesellschaft musterte.

»Aber warum das? ... Ich lasse sofort Weißen bringen. Ich weiß doch, Sie lieben ihn.« Sarudin stürzte ins Vorzimmer. – – – Dieses Luder hatte auch nichts anderes zu tun, als gerade heute hierherzukommen, dachte er wütend, während er dem Burschen befahl, nach Wein zu laufen. – – – Später erzählt dieser Woloschin bei allen Bekannten in Petersburg solchen Unsinn, daß man mich in kein anständiges Haus mehr aufnehmen wird.

Inzwischen fuhr Woloschin fort, ohne es im geringsten zu verbergen, die Gesellschaft zu mustern, wie wenn er sich über alle unendlich erhaben fühlte. Der Blick seiner glasgrauen Aeuglein war voll aufrichtiger Neugier. Besonders der Wuchs, die offenbare Kraft und das Kostüm Ssanins lockten seine Aufmerksamkeit. Das ist ein interessanter Typus; darin liegt Kraft, dachte er mit der starken Zuneigung, die alle schwachen Menschen großen und starken gegenüber empfinden. Er wünschte Ssanin anzusprechen. Aber dieser blickte unbekümmert in den Garten, mit der Brust an das Fensterbrett gelehnt.

Schon das erste Wort seiner Anrede blieb Woloschin in der Kehle stecken; der saftlose, abgeriebene Klang seiner Stimme verletzte ihn selbst.

– – – Die andern, das ist irgend welch' Lumpenpack, dachte er sich.

Sarudin kehrte zurück. Er setzte sich neben Woloschin nieder. Höflich begann er ihn nach Petersburg und nach seiner Fabrik auszufragen, auch um seinen Bekannten verstehen zu geben, welch reicher und bedeutungsvoller Kerl dieser Gast sei.

»Alles nach dem alten Strich, wie Sie sehen,« antwortete nachlässig Woloschin. »Und was machen Sie?«

»Was kann man hier tun. Ich vegetiere!«

Woloschin schwieg und sah verächtlich zur Decke hoch, auf der die grünen Reflexe des Gartens lautlos hin- und herglitten.

»Wir kennen hier nur dies eine Vergnügen,« fuhr Sarudin mit bedeutungsvoller Geste fort, in der er alles, seine Gäste, die Flaschen und die Karten einfaßte.

»Jawohl,« sagte Woloschin mit unbestimmter Dehnung; aus seinem Ton hörte Sarudin die Frage heraus: und was bist du denn selbst? ...

Doch gleich darauf erhob er sich schon:

»Na, aber ich muß doch schon fort. Ich bin hier im Hotel auf dem Boulevard abgestiegen. Wir sehen uns natürlich noch?« Das letztere sprach Woloschin in verändertem Ton.

Gerade in diesem Augenblick trat der Bursche ein, nahm nachlässig die vorschriftsmäßige Haltung an und meldete:

»Hochwohlgeboren, das Fräulein sind da!« »Wie?« fragte Sarudin erschrocken.

»Jawohl!«

»Ach so, ja, ich weiß schon,« sagte Sarudin rasch und ungeschickt, während seine Augen unruhig über die Anwesenden hinliefen. Die Ahnung von Unannehmlichkeiten durchstach ihm das Herz. – Sollte das wirklich Lyda sein, dachte er verwundert.

In den Augen Woloschins flammte ein gieriges und neugieriges Feuerchen auf; sein schwächlicher Körper geriet unter dem weichen, weißen Kostüm in matte, konvulsivische Bewegungen.

»Na, nun auf Wiedersehen.« Er sprach ausdrucksvoller, mit andeutendem Lächeln. »Sie sind also immer noch derselbe? ...«

Sarudin lächelte ebenfalls; und war auch dies Lächeln unnatürlich, so mischten sich doch Selbstgefälligkeit und Besorgnis ein.

Von dem Hausherrn begleitet, ging Woloschin rasch hinaus, seine weißen Schuhe blinkten und seine scharfen Augen überspähten noch einmal das Ganze.

Sarudin kehrte zurück.

»Nun, meine Herren, was wird mit den Karten? ... Tanarow, übernimm du meine Partie, ich komme sofort zurück.«

»Lüge!« brüllte der ganz betrunkene, bullenartige Malinowski. »Wollen wir doch selbst mal sehen, was für ein Fräulein da ist.«

Tanarow packte ihn an den Schultern und drückte ihn mit Gewalt auf den Stuhl zurück. Die andern nahmen übereilig ihre Plätze wieder ein, wobei sie sich bemühten, Sarudin nicht anzuschauen.

Auch Ssanin setzte sich mit ernstem Lächeln nieder.

Er erriet, daß Lyda gekommen war, und das trübe Gefühl eifersüchtigen Mitleides zu seiner schönen und jetzt augenscheinlich unglücklichen Schwester erstand in ihm.

XVI

Auf dem Bette Sarudins saß in einer unbestimmbar seitwärtigen Stellung Lyda Ssanina und knüllte ratlos ihr Taschentuch in den Händen.

Selbst Sarudin war von der Veränderung, die in ihr vorgegangen sein mußte, überrascht. Von dem schönen Mädchen voll stolzer Kraft war keine Spur geblieben. Ein krankes, ratloses Frauenzimmer saß da tiefgebückt vor ihm. Ihr Gesicht war eingefallen, blaß geworden, ihre dunklen Augen liefen aufgeregt hin und her. Als Sarudin kam, heftete sich ihr schwerer Blick eilends auf ihn, senkte sich aber sofort wieder. Instinktiv erriet er, daß sie sich vor ihm fürchtete. Ganz unerwartet stieg Aufregung und Zorn in ihm krampfartig empor. Er schloß die Tür fest ab, und anders wie früher, grob und gradeaus, trat er auf sie zu.

Er konnte sich kaum beherrschen; plötzlich hatte er das brennende Verlangen, sie zu schlagen: »Du bist eine verrückte Person. Bei mir steckt die ganze Bude voller Menschen, drin sitzt dein Bruder und du ... als wenn du auch keine andere Zeit finden könntest. Das ist ja ... zum Teufel.«

Die dunklen Augen hoben sich mit einem sonderbaren Aufleuchten zu ihm und wie stets erschrak Sarudin sofort wieder über seine Heftigkeit, bleckte ergeben seine weißen Zähne und, Lydas Hand ergreifend, setzte er sich an ihre Seite.

»Uebrigens ist es ja ganz gleich; ich fürchte doch nur deinetwegen. Ich bin froh, daß du kommst; ich hatte Sehnsucht nach dir.«

Er hob ihren weichen, etwas feuchten Arm mit dem vornehmen Geruch und küßte ihn vorsichtig oberhalb des Handschuhs.

»Ist das wahr? ...« Lyda fragte mit einem ihm unbekannten Ausdruck; wieder hob sie ihre Augen, deren Blicke Worte zu werden schienen, zu ihm: »... Ist das wahr, daß du mich liebst? Siehst du denn, wie elend und zerbrochen ich jetzt bin. Gar nicht mehr, die ich früher war. Ich fürchte mich vor dir. Ja, ich fange, an, das Entsetzliche meiner Erniedrigung zu erraten. Hab ja aber niemanden, auf den ich mich stützen könnte ...«

»Zweifelst du? ...« erwiderte Sarudin unsicher, und ein feiner kalter Strahl, der ihm selbst peinlich war, machte sich in diesen Worten bemerkbar.

Wieder hob er ihren Arm, um ihn zu küssen.

Ein sonderbares, kompliziertes Durcheinander von Gedanken und Gefühlen regte sich in ihm. Erst zwei Tage zuvor lagen die matten Haare Lydas zerstreut auf demselben weißen Kissen, wand sich ihr heißer, biegsamer Körper im Ausbruche gewaltiger Leidenschaft, ihre Lippen flammten und Sarudins ganzes Wesen versank in dem fressenden Feuer unerträglichen Genusses.

In jenem Augenblick verband sich in ihm die ganze Welt, tausende von Frauen, alle Genüsse, das ganze Leben immer wollüstiger zu der schamlosen Grausamkeit, gerade diesem demütigen Körper Qualen zu verursachen.

Doch ebenso plötzlich schlug dieses Gefühl wieder um; Lyda wurde ihm widerwärtig. Er mußte von ihr fortgehen, sie von sich stoßen, nichts mehr von ihr hören und sehen. Der Widerwille zeigte sich so unversöhnlich, daß selbst das Sitzen an ihrer Seite zur Folter wurde. Aber gleichzeitig machte ihn die dunkle Angst vor ihr, die sich in ihm wand und krümmte, willenlos und heftete ihn an die Stelle. Mit seinem ganzen Wesen empfand er, daß ihn nichts mehr mit ihr zusammenhielt. Er hatte sie mit ihrem Einverständnis, ohne ihr das geringste Versprechen zu geben, besessen; er gab ihr nur das, was er selbst von ihr erhielt. Er erwartete, daß Lyda von ihm etwas fordern würde und er mußte entweder einwilligen oder er handelte lumpenhaft und schmutzig. Das Gefühl völliger Ohnmacht ergriff ihn, als hätte man aus seinen Gliedern alle Knochen herausgezogen und in seinen Mund statt seiner Zunge einen nassen Lappen gehängt. Diese Gedanken verletzten und empörten ihn. Es drängte ihn aufzuschreien, ihr ein für alle Mal zuzurufen, daß sie kein Recht hätte, etwas von ihm zu verlangen. Doch sein Herz zog sich nur feige zusammen und er rief nur eine Dummheit aus, die für ihn selbst unerwartet kam und garnicht zum Moment paßte.

»Oh, Weib, Weib, – – – so wie Shakespeare sagte.«

Lyda sah ihn erschrocken an. Und plötzlich wurde ihr Hirn von einem schonungslos grellen Licht durchflammt. Jetzt begriff sie, daß sie verloren war. Für einen Menschen, der in Wirklichkeit garnicht existierte, hatte sie das ungeheuer Reine und Große, das zu geben sie fähig war, von sich gerissen. Ihr herrliches Leben, ihre unwiederbringliche Reinheit war einem widerwärtigen und feigen Tierchen vor die Füße geworfen worden; es nahm nichts mit Freude und Dank für den Genuß entgegen, sondern bespritzte sie nur in Akten stumpfsinniger Gier mit Kot. Es gab einen Augenblick, wo sie der Ausbruch der Verzweiflung unter ohnmächtigem Schluchzen und Händeringen fast zu Boden warf.

Aber in krankhafter Geschwindigkeit wurde die Verzweiflung durch eine Flut rachsüchtigen, stechenden Hasses fortgeschwemmt.

»Begreifen Sie denn wirklich nicht, welch ein Idiot Sie sind?« stieß sie scharf und leise durch ihre zusammengepreßten Zähne, während sie sich seinem Gesicht dicht entgegenschob.

Diese groben Worte und der drängende, grimmige Blick waren bei der feinen und weiblichen Lyda so unerwartet, daß Sarudin unwillkürlich von ihr abrückte. Aber doch verstand er die ganze Bedeutung dieses Blicks noch nicht und versuchte ihn noch immer mit einem Scherz beiseite zu schieben.

»Was sind das für Ausdrücke,« sagte er verwundert und tat ein wenig verletzt.

»Ich habe an Wichtigeres als an die Ausdrücke zu denken.«

»Aber wozu gleich die Tragik!« Sarudin runzelte unmutig die Stirne. Er folgte mit plötzlich erwachter Begierde unbewußt der Wölbung ihrer ausgemeißelten Arme und schlanken Schultern.

Ihre verzweifelt hilflose Geste brachte ihm das Bewußtsein seiner eigenen Ueberlegenheit wieder zurück.

Es war, als ständen beide auf einer Wage. Senkte sich der eine, so hob sich sofort der andere. Mit besonderem Vergnügen fühlte Sarudin heraus, daß dieses Mädchen, das er innerlich für höherstehend wie sich selbst hielt, und vor dem er in Augenblicken wollüstiger Zärtlichkeiten nicht seine Scheu überwinden konnte, nach seinen Begriffen jetzt eine erbärmliche und erniedrigte Rolle spielte. Diese Ueberlegung war ihm angenehm und stimmte ihn weicher. Sarudin ergriff zärtlich ihre gesenkten, willenlosen Hände und zog sie leise an sich heran; er erregte sich schon jetzt und atmete heißer.

»Nun genug doch, es ist ja nichts Schreckliches passiert.«

»Glauben Sie?« fragte Lyda. Sie faßte ihn ganz eigentümlich ins Auge; aus ihrer Ironie holte sie plötzlich neue Kraft.

»Na, gewiß doch,« antwortete Sarudin und suchte sie mit einer erregenden und schamlosen Berührung zu umarmen. Aber von Lyda strömte ihm eisige Kühle, unter der seine Hände unwillkürlich erschlafften, entgegen.

»Nun genug doch! Warum bist du böse geworden, mein Kätzchen,« sagte er mit zärtlichem Vorwurf.

Mit einer bösen Bewegung riß sich Lyda aus seinen Armen los.

Sarudin fühlte sich physisch darüber verletzt, daß das Aufschnellen seiner Leidenschaft unnütz verloren gegangen war.

– – – Weiß es der Teufel, dachte er. Da fange mal einer mit diesen Weibern an. Laut fragte er sie: »Was hast du denn eigentlich?« Auf seine Backenknochen traten rote Flecken.

Als hätte diese Frage in Lyda einen letzten Schleier zerrissen, schlug sie ihre Hände vors Gesicht und begann ganz unerwartet zu weinen. Sie schluchzte geradeso wie die Weiber im Dorfe schluchzen. Mit den Händen das Gesicht bedeckt, den ganzen Körper vornübergeneigt und die Laute gedehnt ausziehend. Die langen Haarsträhnen hingen längs des nassen Gesichts; sie wurde häßlich. Lächelnd und doch ängstlich, daß sie dieses Lächeln kränken könnte, versuchte er ihr die Hände vom Gesichte loszureißen, aber Lyda drückte sie hartnäckig dagegen und weinte ohne Unterbrechung.

»Ach du lieber Gott,« stieß Sarudin ärgerlich aus. Wieder kam ihm der Wunsch, ihr Grobheiten zu sagen, sie zu beschimpfen, an den Haaren zu zerren.

»Ja, was hast du denn eigentlich. Nun, du bist eben mit mir gelaufen, was schadet das schon. Und mit einemmal. Was ist denn Großes passiert? Hör doch endlich damit auf!«

Er ergriff sie am Arm.

Der Kopf Lydas mit dem nassen Gesicht und dem aufgelösten Haar erschütterte unter dem Stoß, und mit einemmal schwieg sie still, die Hände gesenkt, ganz zusammengekrümmt; in kindischer Furcht blickte sie zu ihm herauf. Der wahnsinnige Gedanke, daß von jetzt ab jeder das Recht hätte, sie zu schlagen, zuckte durch ihr Hirn. Doch Sarudin erschlaffte selbst wieder und sprach einschmeichelnd und unsicher:

»Aber Lydotschka, genug doch, du bist ja selbst schuld. Wozu diese Szenen. Nun, du hast gewiß viel verloren. Aber dafür gab es doch auch viel Glück. Niemals werden wir vergessen, – – diese – –«

Lyda weinte wieder.

»Aber so höre doch endlich auf!« Er ging im Zimmer auf und ab und zupfte den Schnurrbart über den nervös zitternden Lippen.

Es war still, und hinter dem Fenster schwankten leise, wahrscheinlich von einem Vogel bewegt, dünne, grüne Zweige.

Sarudin beherrschte sich mit Mühe, kam wieder auf Lyda zu und versuchte nochmals, sie vorsichtig zu umarmen. Doch sie riß sich augenblicklich mit scharfem Ruck von ihm los und stieß ihn mit dem Ellenbogen so gegen das Kinn, daß seine Zähne deutlich aneinanderknackten.

»Ah Teufel!« Er rief es, wütend über den Schmerz, aber noch mehr darum, weil das Klappern seiner Zähne sehr unerwartet und komisch war.

Obgleich es Lyda selbst garnicht bemerkt hatte, fühlte sie unwillkürlich, daß die Situation für Sarudin lächerlich geworden war. Und mit weiblicher Grausamkeit nützte sie diesen Umstand aus.

»Was sind das für Ausdrücke,« äffte sie höhnisch.

»Das kann jeden in Wut bringen, denke ich. Wenn man wenigstens wüßte, um was es sich handelt.«

»Und das merken Sie noch immer nicht?« Lyda behielt noch immer die gleiche Ironie bei.

Schweigen trat ein. Lyda sah ihn gerade an und ihr Gesicht flammte auf. Plötzlich begann Sarudin rasch und gleichmäßig blaß zu werden, als wenn eine graue Decke von außen über seine Mienen gezogen würde.

»Nun, weshalb schweigen Sie? ... Sagen Sie doch etwas! Trösten Sie doch! ...« Lydas Stimme brach in einen hysterischen Schrei ab, vor dem sie selbst erschreckte.

»Ich? ...« Sarudins Unterlippe zitterte.

»Gewiß! Kein anderer! Leider sind Sie es gerade!« schrie sie, fast erstickt von bösen, verzweifelten Worten, die den letzten Schleier der Feinheit zwischen ihnen zerrissen und mit einemmal aus ihnen eine verzerrte Bestie herausbrechen ließen.

Reihen von Gedanken durchschlüpften blitzschnell, einem Schwarm flinker Mäuse gleich, das Hirn Sarudins. Sein erster Gedanke war, Lyda Geld zu geben, damit sie die Frucht abtreibe und der Sache ein Ende mache. Aber trotzdem er das für das Beste hielt, wagte er es nicht vorzuschlagen.

»Das habe ich wirklich nicht erwartet,« stammelte er.

»Nicht erwartet? ... So. Und mit welchem Recht wagten Sie es, das nicht zu erwarten?«

»Lyda ... ich habe doch eigentlich nichts ..« Sarudin fürchtete seine eigenen Worte schon im Voraus, sah aber ein, daß es gesagt werden mußte.

Lyda verstand ihn auch so. Wilde Verzweiflung durchbrach ihr schönes Gesicht. Ohnmächtig ließ sie die Hände fallen und setzte sich aufs Bett.

»Gott, was soll ich denn nur machen,« sagte sie mit seltsamer Nachdenklichkeit vor sich hin. »Soll ich ins Wasser gehen ... oder wie, was? ...«

»Na, ... warum gleich das!«

»Und wissen Sie, Viktor Sergejewitsch ... Sie hätten wahrscheinlich garnichts dagegen, wenn ich es wirklich täte!« In ihren Augen und den Zuckungen der feinen Lippen lag etwas so Trauriges und Furchtbares, daß Sarudin unwillkürlich die Augen abwendete.

Lyda stand auf. Ekelndes Grauen packte sie plötzlich, daß sie nur einen Augenblick an ihn als ihren Retter denken konnte; daran, daß sie mit ihm für immer leben sollte. Und nun wünschte sie, nur noch einmal mit der Hand abzuwinken, um ihm mit dieser einen Bewegung ihre Verachtung auszudrücken und alle Demütigungen zu rächen; doch sie fühlte, daß sie, sobald sie zu sprechen begänne, auch anfangen müsse, zu weinen und sich dann nur noch mehr erniedrigen würde. Eine Regung des Stolzes, der letzte Ueberrest der schönen und starken Lyda, hielt sie davon zurück. Statt dessen sagte sie nur, zusammengepreßt, aber klar und deutlich: »Rindvieh!«

Dann stürzte sie zur Tür, daß die Spitzenmanschetten der Aermel von der Klinke erfaßt und zerrissen wurden.

Sarudin stieg das Blut zu Kopf. Hätte sie ihm Halunke oder Schurke zugerufen, so würde er das ganz ruhig ertragen haben, aber gerade das Wort Rindvieh klang besonders häßlich und widersprach ganz der Vorstellung, die er sich über seine Person gebildet hatte, er wurde vollständig verwirrt. Sogar das Weiße seiner schönen, konvexen Augen rötete sich. Er lächelte ratlos, zuckte die Schultern, riß seinen Kittel auf und schloß ihn wieder und empfand im Augenblick nur, daß er tief unglücklich sei. Aber gleichzeitig damit begann in irgend einem Winkel unwillkürlich das Gefühl der Freude darüber zu wachsen, daß die Affäre mit Lyda so oder anders, doch auf jeden Fall zu Ende kam. Ein feiger Gedanke flüsterte ihm wieder zu, daß ein solches Mädchen wie Lyda ihn niemals mehr aufsuchen würde. Eine Sekunde lang tat es ihm leid, daß ihm eine so schöne und geschmackvolle Geliebte verloren gehen sollte, aber dann schlug er gleichgültig mit der Hand durch die Luft und dachte: Hol's der Teufel, es gibt deren viele.

Er ordnete den Kittel, zündete sich mit Fingern, die noch zitterten, eine Zigarette an, markierte auf dem Gesichte einen geschickten, sorglosen Ausdruck und ging zu seinen Gästen zurück.

XVII

An dem Spiel war außer dem betrunkenen Malinowski niemand mehr interessiert.

Alle beschäftigte allein die Frage, was für ein Mädchen zu Sarudin gekommen sei. Die, welche errieten, daß es sich um Lyda Ssanina handele, waren unbewußt neidisch, und ihre Einbildung störte sie am Spiel, indem sie ihnen Lydas ungekannte Nacktheit und ihre Intimitäten mit Sarudin vorspiegelte.

Ssanin blieb nicht lange bei den Karten sitzen. Er stand auf und sagte: »Ich mache nicht mehr mit! Auf Wiedersehen!«

»Warte, Bruder, wo willst du hin?« fragte Iwanow.

»Will mal hingehen und nachschauen, was da eigentlich passiert.« Ssanin zeigte mit den Fingern auf die geschlossene Tür. Alle belachten seine Worte als einen Scherz.

»Genug, den Hans Narr zu spielen! Komm, setz dich hin, genehmigen wir einen.«

»Du bist selbst ein Hans Narr,« erwiderte Ssanin gleichgültig Iwanow und ging hinaus. Als er in eine schmale Gasse trat, in der saftige und dichte Nesselsträucher wuchsen, machte er sich zunächst klar, wo sich die Fenster von Sarudins Zimmer befinden mußten. Es gelang ihm, die Nesselsträucher vorsichtig mit dem Fuße beiseite zu drücken; er kam bis an den Zaun und kletterte elegant hinauf. Oben vergaß er fast, weshalb er hinaufgeklettert war, so angenehm war es ihm, von dem hohen Platz herab, auf das grüne Gras und den dichten Garten zu schauen und mit allen von der Bewegung angespannten Muskeln, den frischen, weichen Luftzug zu empfinden, der die Hitze milderte, und frei durch seine dünne Bluse hindurchlief. Dann sprang er wieder hinab, trat in die Nesseln, kratzte melancholisch die verbrannten Stellen und schritt durch den Garten.

Er trat grade in dem Augenblick an das Fenster, als Lyda zu Sarudin sagte: »Und haben Sie denn selbst nichts gemerkt? ...« Sofort verstand er an dem seltsamen Tonfall ihrer Stimme, um was es sich handelte. Mit den Schultern an die Wand gelehnt, blickte er in den

Garten hinein und lauschte doch interessiert den Stimmen, die durch die Erregung entstellt waren. Es tat ihm um die schöne, in den Schmutz gezogene Lyda leid, zu deren reizendem Bild das rauhe, tierische Wort schwanger so garnicht paßte. Aber noch tiefer als der Inhalt ihres Gesprächs berührte ihn der sonderbare und unsinnige Kontrast zwischen den erbosten Menschen im Zimmer und der lichten Stille des grünen Gartens, die auch diesen Menschen von der Natur gegeben war.

Ein weißer Falter schwebte leicht durch das Gras; sich in der sonnigen Luft badend, senkte er sich und schwirrte wieder empor. Seinen Flug verfolgte Ssanin ebenso aufmerksam, wie die Worte im Zimmer.

Als Lyda Rindvieh schrie, lachte Ssanin hell auf, prallte mit seinem ganzen Körper von der Wand zurück und ohne daran zu denken, daß man ihn sehen könnte, schritt er langsam durch den Garten. Eine Eidechse, die gewandt seinen Weg kreuzte, lockte seine Aufmerksamkeit; sein Blick lief lange hinter ihrem biegsamen Körperchen her, das elegant durch die grünen Grasbüschel glitt. Lyda ging nicht nach Hause, sondern lief in der entgegengesetzten Richtung gradaus.

XVIII

Die Straßen waren leer; die Luft, von den heißen Sonnenstrahlen mit Glutwellen durchsetzt, zitterte schwer. Kurze Schatten lagen hart an Zäunen und Mauern, wie vernichtet von der triumphierenden Glut.

Lyda schützte sich nur aus Gewohnheit mit ihrem Schirm, ohne zu bemerken, ob es heiß oder kühl wäre, hell oder dunkel; sie lief schnell die mit staubigen Gras bewachsenen Zäune entlang und schaute mit trockenen, glänzenden Augen, gesenkten Kopfes, auf ihre Füße. Ab und zu begegneten ihr erhitzte und keuchende Menschen, die von der Hitze schon ganz zermürbt waren; aber es waren nur wenige. Sommerliche Nachmittagsstille lag über der Stadt.

Ein fremdes, weißes Hündchen beschnüffelte eilig und vorsichtig Lydas Rock und trottete ihr dann voran, sah sich um und wedelte mit dem Schwanz, als Beweis, daß es mit ihr zusammenhalten wolle. An einer Straßenecke stand ein kleiner, grotesk dicker Knabe, aus dessen Hose hinten das Hemdchen stach; mit beerenbeschmutzten Backen pfiff er verzweifelt auf einer Schote. Lyda winkte dem Hündchen mit der Hand zu, lächelte den Jungen an; alles das aber streifte nur die Oberfläche ihres Bewußtseins; ihre Seele blieb verschlossen. Eine düstere Macht, die sie von der ganzen Welt trennte, riß sie, die Einsame und Tote, eilends weiter, an dem lichten Grün der Sonnenhelle und der Lebensfreude vorbei, immer weiter und weiter, einem schwarzen Abgrund entgegen, dessen Nähe sie bereits an der kühlen und erschlaffenden Wehmut fühlte, die ihr Herz umzog.

Ein bekannter Offizier ritt an ihr vorbei. Sobald er sie bemerkte, ließ er seinen verschwitzten Fuchs tänzeln und karessieren. Auf dem glatten Fell des Pferdes glitt die Sonne mit goldschmiedenen Tupfen nieder.

»Lydia Petrowna,« rief er mit lauter und fröhlicher Stimme. »Wohin gehen Sie in dieser Hitze.«

Lyda ließ ihre Augen unbewußt über seine kleine Mütze, die fesch auf seiner halbgeröteten Stirn saß, gleiten und schwieg, obgleich sie ihn aus Gewohnheit kokett anlächelte. Doch fragte sie sich in diesem Augenblick selber ratlos: Wo soll ich denn nur hin? ...

In ihr war kein Haß gegen Sarudin; sie dachte garnicht an ihn. Als sie vorher, ohne selbst zu wissen, weshalb, zu ihm gegangen war, schien es ihr unmöglich zu sein, allein weiterzuleben und ihr Unglück ohne ihn zu überwinden. Aber jetzt war er einfach aus ihrem Leben verschwunden. All dies war gewesen und war gestorben; – was zurückblieb, ging nur sie an und konnte nur durch sie allein gelöst werden. Ihre Gedanken arbeiteten fieberhaft schnell und deutlich. Das Entsetzlichste war, daß allmählich die stolze Lyda verschwand und an ihre Stelle ein kleines, gehetztes, beschmutztes Tierchen trat, das alle Menschen verhöhnen werden und das nun ganz hilflos gegen Geklatsch und Gekeif dastehen wird. Doch ihr Stolz und ihre Reinheit mußten davor behütet werden; sie mußte sich aus dem Schmutze dorthin retten, wo sie die klebrige Welle nicht mehr erreichen konnte.

Und in einer Sekunde hatte Lyda sich klar gemacht, daß es um sie leer wurde, daß Sonnenlicht und Menschen nicht mehr für sie existieren; sie würde unter ihnen einsam bleiben. Es gibt keinen Platz mehr, auf dem sie frei und aufrecht stehen kann; sie muß sterben, sie muß ins Wasser gehen.

Das erschien ihr so abgeschlossen und sicher, als wenn sich zwischen ihr und alldem, was früher war und was noch hätte kommen können, eine steinerne Kreismauer aufbaute. Für einen Augenblick schwand sogar die eigenartige, widerwärtige Empfindung, die sich in ihr seit jener Zeit, da sie zum erstenmal erriet, daß ein unbegreiflich neues Wesen ihr Leben in Trümmern schlug, festgesetzt hatte.

Um sie herum bildete sich eine leichte, farblose Leere, in der die Gleichgültigkeit des Todes herrschte.

– – – Wie einfach doch das alles im Grunde ist. – – – Man braucht doch eigentlich nichts weiter ... dachte Lyda sich umwendend.

Nach und nach schritt sie schneller aus und doch kam es ihr, trotzdem sie fast nicht mehr ging, sondern rannte, noch immer unerträglich langsam vor. Dazu verwickelten sich ihre Füße fortgesetzt in ihren zu weiten, modernen Rock.

Nur dieses Haus und dann noch eines mit grünen Läden und dann nur noch den Bauplatz ...

Der Fluß, die Brücke, und das, was sich dort unbedingt ereignen würde, trat nicht vor Lydas Augen. An ihrer Stelle lag irgend ein leerer Nebelfleck, in dem alles versinken mußte.

Aber dieser Zustand hielt nur so lange an, bis Lyda die Brücke betrat. Sowie sie am Geländer stehen blieb und das trübe, grüne Wasser unten plätschern sah, schwand sofort das Gefühl der Gewichtslosigkeit und in ihr ganzes Wesen senkte sich schwere Angst und klammerndes Verlangen nach dem Leben.

Sofort vernahm sie auch wieder den Schall der verschiedensten Stimmen, das Zwitschern der Spatzen, sah das Sonnenlicht, weiße Gänseblümchen zwischen krausem Ufergras und das weiße Hündchen, welches zu dem endgültigen Entschluß gekommen war, Lyda als seine legitime Herrin zu betrachten. Es setzte sich vor sie nieder, zog das Vorderpfötchen etwas an, und klopfte mit seinem weißen Schwänzchen rührselig auf die Erde.

Lyda sah das Hündchen ernst an und drückte es plötzlich in einer leidenschaftlichen, verzweifelten Aufwallung an sich. Schwere Tränen traten ihr in die Augen und das Gefühl des Mitleides mit ihrem schönen, untergehenden Leben war so stark, daß ihr der Kopf schwindelte und sie sich auf das sonnenerhitzte Geländer stützte. Bei dieser Bewegung fiel ihr der Handschuh ins Wasser; mit unbegreiflichem, stummen Entsetzen verfolgte sie ihn mit den Augen.

Kreisend trieb er auf der Oberfläche, dann sank er lautlos durch die glatte, schläfrige Wasserdecke nach unten. Rasch wachsende Kreise liefen dem Ufer zu und Lyda konnte noch immer sehen, wie der hellgelbe Handschuh dunkler wurde und ganz allmählich in der ernsten, grünlichen Tiefe verschwand. Plötzlich stieg er noch einmal, eigentümlich, wie in einer schwermütigen Agonie, nach oben und drehte sich wiederum in langsamen, kreisförmigen Bewegungen. Lyda spannte ihre Blicke an, um ihn nicht aus den Augen zu verlieren, aber der gelbe Fleck wurde immer kleiner und dunkler, durchbrach dann noch einmal die grünliche Decke und verschwand endlich lautlos. Ebenso wie früher lag jetzt wieder eine glatte, schläfrige, dunkle Fläche vor Lydas Augen.

»Wie kam es denn, Fräulein!« ertönte in der Nähe eine weibliche Stimme. Erschrocken wandte sich Lyda um und sah in das Gesicht eines dicken Weibes, das sie mit neugierigem Mitleid anblickte.

Obgleich sich dieses Mitleid nur auf den hineingefallenen Handschuh bezog, schien es Lyda, daß dieses dicke, gutmütige Weib sie kennen und bedauern müsse. Für einen Augenblick kam ihr der Gedanke, es würde ihr leichter werden, wenn sie ihr einfach alles erzählen wollte. Doch zur gleichen Zeit, wie in zwei Teile gespalten, verstand Lyda, daß diese Gedanken unsinnig waren. Sie wurde rot, kam in Hast, stammelte: »Ach nichts, garnichts,« und lief eilig und schwankend, wie eine Betrunkene, von der Brücke fort.

– – – Hier geht es nicht, das sieht man schon, schwirrte es durch die kalte Leere, die sich in Lydas Kopf ausgebreitet hatte.

Sie ging nach links abbiegend, einen schmalen Pfad am Ufer entlang, der zwischen Nesseln, Winden und bitterriechendem Wermut ausgetreten war, neben sich den Fluß und die verwachsene Hecke eines Gartens. Hier war alles still und friedlich wie in einer Dorfkirche. Die Weiden blickten mit nachdenklich gesenkten, feinen Zweigen über das Wasser. Die Sonne warf bunte Flecken und Streifen auf das grüne, steile Ufer. Die breiten Windenblätter lagen starr in den hohen Nesselbüschen und harte Disteln hefteten sich an die breiten Spitzen von Lydas Rock. Irgend ein krauses Gras, hoch wie ein Bäumchen, bestreute sie mit feinem, weißen Staub.

Jetzt mußte sie sich schon zwingen, entgegen der starken, inneren Kraft, die mit ihr rang, den Ort zu erreichen, wohin es sie vorher von selbst getrieben hatte.

... Ich muß, ... ich muß,... ich muß ... wiederholte sich Lyda mit eiserner Energie. Doch als ob sie noch auf jedem Schritt irgend welche zähe Fesseln zu zerreißen hätte, konnte sie ihre Füße nur mit Mühe vorwärts schieben, einer bestimmten Stelle zu, die ihr jetzt ohne zu wissen warum, als das Ende des Weges bestimmt schien. Als sie sie erreicht hatte, und unter dem dünnen, verworrenen Gesträuch das kalte Wasser erblickte, welches schnell das überhängende Ufer umfloß, begann sie zu begreifen, wie stark in ihr noch der Drang zu leben war und wie entsetzlich das Sterben ist. Und daß sie dennoch sterben mußte, weil sie nicht leben durfte. Ohne hinzusehen, warf sie den zweiten Handschuh und den Schirm auf das Gras, und ging über den Pfad hinaus durch dichte Disteln an das Ufer heran.

In diesem Augenblick erinnerte sich Lyda an unermeßlich vieles und vieles durchlebte sie: – und tief in ihrer Seele stammelte ohne Unterlaß ein kindlicher Glaube, der längst vergessen und von neuen Gedanken zurückgedrängt worden war, voll naiven Flehens und voller Angst: Mein Gott, mein Gott, hilf mir doch! – – –

Irgendwie drängten sich die Töne einer Arie dazwischen, die sie vor kurzem am Piano übte, und schwirrten lückenlos durch ihren Kopf. Sie erinnerte sich an Sarudin, hielt sich aber nicht bei diesem Gedanken auf. Dann stieg das Gesicht der Mutter, das ihr in diesem Augenblick unendlich teuer und lieb war, vor ihr auf und gerade hierdurch wurde sie von neuem dem Wasser zugestoßen. Niemals vorher oder später, verstand Lyda mit solcher Klarheit und Tiefe, daß die Liebe der Mutter und all der anderen Menschen, im Grunde genommen garnicht ihr selbst, so wie sie mit ihren Mängeln und Wünschen war, galt, sondern nur dem, was sie in ihr sehen wollten. Nun aber, wo sie nackt wurde und sich von dem Wege entfernte, den diese Leute allein für gangbar hielten, mußte sie von ihnen um so mehr mißhandelt werden, als sie früher geliebt worden war.

Dann verwirrte sich alles wie im Fieber: Angst und der Trieb zu leben, das Bewußtsein der Unentrinnbarkeit, Hoffnung auf irgend etwas und doch die Sicherheit, daß alles zu Ende sei, die Verzweiflung, die qualvolle Erkenntnis der Stelle, an der sie sterben sollte; plötzlich auch die Gestalt eines Menschen, der ihrem Bruder ähnlich sah und eilig über die Hecke geklettert kam.

In diesem Augenblick rief er sie auch keuchend an: »Etwas Dümmeres hättest du dir auch nicht aussuchen können!«

Jener unfaßbare Zusammenhang von Wünschen und Trieben, führte Lyda gerade zu dem Fleck, wo Sarudins Garten endete, und wo sie sich ihm einst auf halbzerfallener Hecke, in unbequemer Lage, vor dem Mondlicht durch den schwarzen Schatten der Bäume gedeckt, hingegeben hatte. Ssanin hatte sie schon von weitem gesehen und erkannt; er erriet sogleich, was sie im Sinne hatte. Seine erste Bewegung war fortzugehen und sie in nichts zu stören. Aber ihre, offenbar unbewußt hastigen Bewegungen, zogen sein Herz vor

Mitleid zusammen; er stürzte, ohne zu überlegen, im Laufschritt über die Sträucher und Bänke des Gartens springend, zu ihr hin.

Seine Stimme machte einen furchtbaren Eindruck auf sie. Ihre Nerven, bis zum äußersten im Kampfe mit sich selbst angespannt, erschlafften augenblicklich, ihr Kopf wurde von Schwindel ergriffen, und alles um sie begann sich mit leichten Kreisbewegungen von ihr zu entfernen. Lyda konnte nicht mehr fassen, wo sie sich eigentlich befand, ob im Wasser oder auf dem Ufer. Hart am Rande gelang es Ssanin noch, sie zu ergreifen; seine eigene Geschicklichkeit und Kraft kamen ihm angenehm zum Bewußtsein und riefen in ihm ein starkes Gefühl der Freude hervor.

»So,« sagte er befriedigt. Dann führte er Lyda zur Hecke, setzte sie herauf und sah sich ratlos um.

– – – Was soll ich nur mit ihr anfangen, dachte er. Doch Lyda kam sofort wieder zu sich; blaß, verwirrt und wie zerbrochen, weinte sie bitter und unaufhaltsam vor sich hin.

»Gott, Gott,« stammelte sie, wie ein Kind schluchzend.

»Du bist ein Dummchen,« sagte Ssanin zärtlich und mitleidsvoll.

Lyda hörte ihn nicht; aber als er eine Bewegung machte, klammerte sie sich krampfhaft und fest an seinen Arm und weinte noch lauter.

»Was tue ich nur,« dachte sie mit Entsetzen. Ich darf doch nicht weinen; ich muß ja jetzt das Ganze als Scherz hinstellen, sonst errät er alles.

»Nun leidest du,« meinte Ssanin, und streichelte sie weich über die Schultern; es war ihm angenehm, so zärtlich sprechen zu können.

Lyda sah unter dem Rand des Hutes herauf, ganz kindlich in sein Gesicht; plötzlich wurde er still.

»Ich weiß ja alles. Die ganze Geschichte kenne ich schon lange.«

Trotzdem Lyda wußte, daß ihre Beziehungen zu Sarudin den Leuten bekannt waren, riß sie sich mit ihrem ganzen biegsamen Körper von Ssanin los, als wenn er sie über das Gesicht geschlagen hätte. Ihre weitgeöffneten, im Augenblick ausgetrockneten Augen, hefteten sich mit dem prachtvollen Entsetzen eines reizenden, gehetzten Tieres auf den Bruder.

»Nun, was tust du so, als wenn ich dir auf den Schwanz getreten hätte.« Ssanin lächelte gutmütig, griff sie mit Vergnügen an die runden, weichen Schultern, die unter seinen Händen ängstlich zitterten, und hob sie wieder auf die Hecke. Unterwürfig nahm Lyda die frühere, gebrochene Stellung ein.

»Was hat dich denn so zerschmettert? Daß ich alles weiß? ... Als du dich Sarudin hingabst, glaubtest du da so schlecht zu handeln, daß du dich jetzt vor dem offenen Eingeständnis fürchtest? Das begreife ich überhaupt nicht. Und, daß Sarudin dich nicht heiraten wollte. Nun, danke Gott dafür! Jetzt weißt du es ja selbst ... und du hast es auch früher gewußt, daß dieses Kerlchen ein ganz schmutziges und niederträchtiges Kerlchen ist, obgleich er hübsch ist und – – sich sicher zur Liebe eignet. Ja, das war das einzige Schöne in ihm, die Schönheit, na und die hast du wohl zur Genüge ausgekostet.«

– – – *er* meine und nicht *ich* ... oder auch ich? ... Ja,... Gott, Gott,... schwirrte es in dem heißen Kopfe Lydas.

»Ja, daß du schwanger bist ...«

Lyda schloß die Augen und zog den Kopf tief in die Schultern ein.

»Das ist natürlich schlimm,« fuhr Ssanin mit weicher, fast lautloser Stimme fort. »Erstens, ... es ist eine furchtbar langweilige Geschichte, Kinder in die Welt zu setzen, ... schmutzig und sinnlos. Zweitens, die Leute werden dich dann zu Tode hetzen ... Und das wird wohl die Hauptsache sein! Lydotschka, du meine kleine Lydotschka,« fiel sich Ssanin selbst in stürmischem Aufwallen schöner, zarter Empfindungen ins Wort. »Niemandem hast du doch etwas Böses getan, und wenn du selbst ein Dutzend Göhren zur Welt brächtest; – Herrgott, kein andrer hat Unannehmlichkeiten davon als du.«

Ssanin schwieg still und biß nachdenklich auf den Schnurrbart; die Arme hielt er auf der Brust verschränkt.

»Ich würde dir sagen, was du machen sollst, aber dazu bist du zu schwach und dumm ... Dafür reicht dein Mut nicht aus. Aber auch zu sterben lohnt sich nicht. Sieh nur, wie schön alles ist. Sieh, wie die Sonne leuchtet, sieh, wie das Wasser fließt. Stelle dir doch vor, daß man nach deinem Tod erfährt, du wärest schwanger gewesen. Was geht es dich dann an. Folglich stirbst du nicht, weil du schwanger bist, sondern nur weil du die Menschen fürchtest. Weil du Angst davor hast, daß sie dir keine Ruhe lassen. Das Entsetzliche deines Unglück besteht nicht darin, daß es an und für sich ein Unglück ist; nein, nur darin, daß du es zwischen dich und dein Leben stellst. Und du denkst dir, es gäbe nichts weiter hinter ihm. Du fürchtest dich doch nicht vor den Menschen, die dich nicht kennen; natürlich nur vor denen, die dir am nächsten stehen. Und am meisten vor allen, die dich lieben. Und für die ist dein Fall ein schwerer Schlag, aber nur, weil, weil er nicht auf dem Ehebett, sondern irgendwo im Wald auf dem Grase oder sonstwo vor sich ging. Die werden doch nicht zögern, dich für deine Sünde zu bestrafen, – was kann dir also noch an ihnen liegen? ... Du siehst, sie sind dumm, grausam und philisterhaft, – warum sich also quälen und in den Tod gehen, weil dumme, abgeschmackte, grausame Menschen existieren ...«

Lyda richtete weit geöffnete, fragende Augen auf ihn; in ihrem Blick sah Ssanin einen Funken von Verständnis aufblitzen.

»Was kann ich aber sonst tun? ... Was kann ich tun? ...« sagte sie schwermütig.

»Zwei Auswege hast du vor dir: entweder du machst dich von diesem Kinde frei ... dieses Geschöpf fehlt ja noch niemandem auf der Welt; seine Geburt wird auch niemandem etwas anderes, als Schaden bringen ...«

Schwere Angst zeigte sich in Lydas Augen.

– – – »Es ist vielleicht grausam, ein Wesen zu töten, das bereits die Freude des Lebens und den Schrecken des Todes verstanden hat, aber einen Keim zu töten, ein sinnloses Klümpchen von Blut und Fleisch ...«

In Lyda entstand ein sonderbares Gefühl. Zuerst eine prickelnde Scham, als wenn man sie bis zur Nacktheit entkleidet und mit groben Fingern in den tiefsten Geheimnissen ihres Körpers gewühlt hätte. Sie fürchtete, den Bruder anzusehen, damit sie beide nicht vor

Scham vergingen. Aber die grauen Augen Ssanins blinzelten garnicht; sie sahen scharf und klar vor sich; seine Stimme klang ruhig und fest, es war, als spräche er über die selbstverständlichsten und gewöhnlichsten Dinge. Unter der Unbeweglichkeit dieser Worte zerfloß die Scham; sie verlor ihre Schärfe, ja fast ihren Sinn. Lyda sah den tiefen Grund in diesen Worten und fühlte, daß sie jetzt jede Angst überwunden hatte. Dann, über die Schärfe ihres Denkens erschreckt, faßte sie sich mit Verzweiflung an die Schläfen; die Aermel ihres Kleides schwangen sich wie die Flügel eines aufgestörten Vogels.

»Ich kann es nicht, kann nicht,« fiel sie ihm ins Wort. »Vielleicht ist es auch so, ... möglicherweise ... aber ich kann es nicht ... es ist zu entsetzlich.«

»Nun, wenn du es nicht kannst, ... was ist da zu tun,« sagte Ssanin, vor ihr niederkniend, und zog ihre Hände still vom Gesicht ab. »Dann werden wir es verheimlichen. Ich werde es dahin bringen, daß Sarudin von hier abreist und du ... heiratest Nowikow und wirst glücklich werden ... Ich weiß sicher, wenn nicht diese hübsche Bestie von Offizier gekommen wäre, würdest du Nowikow lieb gewonnen haben .. Sicher wäre es dazu gekommen.«

Bei dem Namen Nowikow schwang sich etwas Helles und Liebes wie ein lichter Strahl durch Lydas Seele. Weil sie durch Sarudin so unglücklich geworden war, weil sie fühlte, daß Nowikow sie niemals dahin gebracht hätte, erschien ihr eine Sekunde lang das Ganze als ein einfacher und leicht gutzumachender Irrtum, aus dem alles Entsetzliche verschwinden müsse: Sogleich wird sie aufstehen, gehen, ein paar Worte sprechen und lächeln; und gleich wird sich das Leben wieder in seinen leuchtenden Sonnenfarben vor ihr entfalten. Wieder wird sie frei atmen dürfen, wieder lieben, nur um vieles besser, stärker und reiner. Doch sofort erinnerte sie sich, daß die Hoffnungen zwecklos wären, da sie bereits durch die unwürdige, sinnlose Hingabe beschmutzt und zerknüllt sei, wie ein Fetzen Papier. Ein ungewöhnlich grobes Wort, das ihr kaum bekannt und niemals von ihr gebraucht war, trat ihr plötzlich ins Bewußtsein. Mit diesem Ausdruck brandmarkte sie sich wie mit einer schweren Ohrfeige in schmerzhafter Wollust; sie erschrak vor sich selbst.

– – – Herrgott, aber ist es wirklich schon so weit? ... Bin ich denn solch eine. Ja, gewiß, so eine. Ganz genau so. Hier zeigt es sich.

»Was sprichst du da? ...« flüsterte sie verzweiflungsvoll ihrem Bruder zu und schämte sich ihrer wie immer klangvollen und schönen Stimme.

»Und was denn sonst? ...« fragte Ssanin zurück. Er schaute von oben herab auf ihre schönen in Unordnung geratenen Haare und den gesenkten weißen Nacken, auf dem ein leichter goldiger Tupfen Sonnenlichts, der durch die Blätter hindurchgefallen war, schwankte.

Ihm wurde allmählich ängstlich zumute, daß es ihm noch nicht gelungen war, sie zu überreden und daß dieses schöne, sonnige Mädchen, welches so vielen Glück zu geben vermochte, in sinnlose Leere versinken sollte.

Lyda schwieg hilflos. Sie strengte sich an, in sich die herbeigesehnte Hoffnung zu ersticken, die gegen ihren Willen ihren ganzen Körper erfaßt hatte. Ihr schien, daß es nach dem Geschehenen nicht nur beschämend wäre, weiterzuleben, sondern daß allein schon der Wunsch nach dem Leben unrecht war. Aber ihr starker, glutvoller Körper stieß diese schwächlichen Gedanken wie ein Gift von sich und wollte die verkrüppelten, mißgeborenen Kinder nicht als die Seinen anerkennen.

»Warum schweigst du denn,« fragte Ssanin.

»Das ist doch unmöglich ... das wäre gemein ... ich ...«

»Hör mit dem Unsinn auf,« erwiderte er mißvergnügt.

Lyda schielte wieder mit ihren schönen Augen voll Tränen und verborgenen Wünschen auf ihn. Ssanin blieb still, riß an einem kleinen Zweig, bis er abbrach und warf ihn von sich.

»Gemein, gemein,« wiederholte er. »Dich hat wohl furchtbar überrascht, was ich dir vorschlug ... Weshalb? ... Glaube, weder du noch ich; wir werden beide auf diese Frage keine bestimmte Antwort geben können. Und wenn wir selbst eine fänden; es wird doch keine rechte sein ... Ein Verbrechen? ... Was ist denn ein Verbrechen? ...«

»Wenn die Mutter bei der Geburt vom Tode bedroht wird, so ist es kein Verbrechen, ein bereits lebendes Kind, das jeden Augenblick losbrüllen will, in Stücke zu schneiden, zu vierteilen, ihm den Kopf mit einer stählernen Zange zu zerdrücken. Es ist eben nur eine unglückliche Notwendigkeit. Und einen unbewußten physiologischen Prozeß, irgend etwas noch nicht Existierendes, irgend eine chemische Reaktion, einzuhalten, das ist ein Verbrechen, etwas Entsetzliches, ja ... Ein Verbrechen! Obgleich das Leben der Mutter davon genau so gut abhängt und sogar noch etwas größeres als ihr Leben ... ihr Glück. Warum das eigentlich! Niemand kann darauf eine Antwort geben, aber alle brüllen Bravo ...« Ssanin lächelte. »Ja, so sind sie, die Menschen? so machen sie sich irgend ein Schemen, ein Gesetz, eine Fata Morgana und leiden darunter ... Und dann schreit man noch ... Der Mensch, das ist was herrliches, ist erhaben, unbegreiflich, ... ein Mensch ist ein König ... Ein König der Natur, der niemals zum Herrschen kommt ... Immer fürchtet er sich vor seinem Schatten ...«

Ssanin schwieg eine Weile.

»Aber im Uebrigen handelt es sich ja garnicht darum. Du sagst ... Niederträchtig ... Nun, ich weiß nicht, ... vielleicht. Aber wenn man jetzt Nowikow von deiner Geschichte erzählte, wird er ein tragisches Drama durchleben, sich vielleicht erschießen, aber, er wird doch nicht aufhören, dich zu lieben. Und er wird selbst daran Schuld haben, weil er eben an demselben Aberglauben leidet. Vor der Oeffentlichkeit wird er das natürlich nicht zugeben. Wenn er wirklich vernünftig wäre, würde er sich gar nicht darum kümmern, daß du schon mit irgend jemandem zusammengelegen hast. Weder dein Körper noch deine Seele sind dadurch im Geringsten schlechter geworden. Herrgott, eine Witwe zum Beispiel würde er doch ohne weiteres heiraten. Also offenbar handelt es sich garnicht um die Tatsache; es liegt einfach an der Konfusion, die in seinem Kopfe herrscht. Und du? ... Ja, wenn die Menschen nicht anders können, als nur einmal zu lieben, ja, dann würde wohl bei dem Versuch, es ein zweites Mal zu tun, nichts herauskommen. Es müßte nur schmerzhaft, unbequem, abscheulich sein. Aber das ist doch nicht im geringsten der Fall. Alles ist gleich angenehm und vergnüglich. Du wirst Nowikow lieben ... oder – liebst du ihn wirklich nicht?

Weißt du, so reise doch mit mir mit, Lydotschka! Man kann doch überall leben.«

Lyda seufzte, und strengte sich an, aus ihrem Innern etwas Schweres fortzustoßen.

– – – und vielleicht wird wirklich alles wieder gut. Nowikow ... er ist doch lieb, gut ... und auch hübsch – Aber nein, ich weiß nicht ...

»Und welchen Zweck hätte es nun gehabt, wenn du dich wirklich ersäuft hättest. Gut und Böse würde weder Gewinn noch Verlust dadurch haben, nein, nur Schleim würde deiner aufgedunsenen, formlosen Leiche ankleben, dann würde man dich herausziehen und einbuddeln, ... weiter nichts.«

Vor Lydas Augen tat sich eine grüne, unheimliche Tiefe auf, schleimige Fäden, Streifen, Blasen schlängelten sich in langsamen Windungen an sie heran; im selben Augenblick packte sie auch schon eine furchtbare Bangigkeit.

Nein, nein, niemals, ... lieber die Schande, Nowikow, – alles mögliche, nur nicht das! dachte sie erblassend.

»Da siehst du, wie du vor Grauen vollständig zusammenklappst.«

Lyda lächelte durch Tränen und dieses zufällige, eigene Lächeln erwärmte sie, als wenn es ihr bewiese, daß es noch möglich sei, zu lachen. ... Was auch sein mag, ich werde leben; – – sie dachte es mit leidenschaftlichem und fast triumphierendem Impuls.

»Na siehst du! ... Es gibt nichts Ekelhafteres, als Gedanken an den Tod. Solange man noch nicht vollständig fertig ist, nichts mehr vom Leben sieht und hört, lebe man weiter! Nicht? ... Na, gib doch das Pfötchen.« Lyda reichte ihm ihre Hand und in ihrer scheuen, weiblichen Bewegung lag kindliche Dankbarkeit.

»Na, welch ein hübsches Händchen du doch hast! ...«

Lyda lächelte und schwieg.

Nicht die Worte Ssanins waren es, die die Veränderung in ihr hervorgerufen hatten. In ihr selbst pulsierte hartnäckiges und freies Leben. Eine Minute des Schweigens und der Schwäche spannten es nur noch stärker wie eine Saite an. Noch eine Bewegung und die

Saite wäre geplatzt. Aber diese Bewegung kam nicht. Ihre ganze Seele sang noch lauter und klangvoller von Lebenslust und rücksichtsloser Kraft. Mit Entzücken und Verwunderung über die Frische, die ihr selbst seit langem nicht mehr bekannt war, lauschte Lyda auf sich und erfaßte in jedem Atom das mächtige, freudige Leben, das sie umflutete, das heraufbrauste aus dem Lichte der Sonne, dem grünen Grase, dem fließenden, von der Sonne tiefdurchtränkten Wasser, dem lächelnden, ruhigen Gesicht des Bruders und aus ihr selbst. Es schien ihr, daß sie das alles zum ersten Male in ihrem Leben sah und fühlte.

Lebe! - - Lebe! rief es betäubend und freudig in ihr.

»So, - so ist es gut,« sagte Ssanin. »Ich helfe dir im Kampfe, in dieser schweren Zeit und du, - - gib du mir dafür einen Kuß, - - du bist so schön.«

Lyda lächelte schweigend, ihr Lächeln war unbestimmt. Ssanin legte die Hand um ihre Taille und, während er fühlte, wie sich ihr warmer, elastischer Körper in seinen sehnigen Armen dehnte und anschmiegte, zog er sie fest und überlegen an sich.

In Lydas Seele ging etwas Eigenartiges, aber unsäglich Angenehmes vor. Alles lebte in ihr und verlangte gierig nach einem noch stärkeren Leben. Ohne sich selbst Rechenschaft abzulegen, umschloß sie langsam den Nacken ihres Bruders mit beiden Armen und preßte, die Augen geschlossen, die Lippen zum Kusse zusammen. Als die heißen Lippen Ssanins lange und schmerzhaft die ihren küßten, fühlte sie sich unsäglich glücklich. In dem Augenblick kümmerte es sie nicht, wer sie küsse, so wie es der von der Sonne beschienenen Blume nicht darauf ankommt, wer sie bescheint.

- - - Was tue ich nur, dachte sie mit freudigem Staunen. Ach ja, ich wollte mich ja aus irgendeinem Grunde ertränken. O, wie schön ... nur nochmal, nochmal, ... jetzt küsse ich selbst, oh wie wunderschön und ganz gleich ist es ja, wer da ist ... nur leben, ... leben ...

»So, - so,« der Bruder ließ sie aus den Armen, »alles was gut ist, ist gut. Weiter braucht man nicht darüber nachzudenken.«

Lyda machte langsam ihre Haare zurecht, sie blickte ihn mit einem glücklichen und doch sinnlosen Lächeln an. Ssanin reichte ihr Schirm und Handschuh; zuerst wunderte sich Lyda über das Fehlen des einen, erinnerte sich dann aber an alles und lachte lange leise vor sich hin; – sie überlegte, welchen schrecklichen Eindruck vorher das ganz bedeutungslose Inswasserfallen des einen Handschuhs auf sie gemacht hatte.

– – – und so ist alles, dachte sie, während sie mit dem Bruder das Ufer entlang schritt und ihre gespannte Brust der Sonnenglut entgegenstreckte.

XIX

Nowikow öffnete selbst Ssanin die Türe; er wurde mürrisch, als er ihn sah. Ihm war alles peinlich, was in ihm die Erinnerung an Lyda und an all das unbegreiflich Schöne, das in seiner Seele, wie eine zersprungene, feine Vase in Trümmern gegangen war, wachrief.

Ssanin bemerkte es und trat mit versöhnlichem und zärtlichem Lächeln ein. In Nowikows Zimmer herrschte Unordnung. Die Sachen waren durcheinander geworfen, als wenn ein Sturmwind durchgefegt wäre und den Boden mit Papierfetzen, Stroh und allerlei Plunder bestreut hätte. Ohne jede Ordnung lagen auf dem Bett, den Stühlen und den aufgezogenen Schubladen der Kommode Bücher, Wäsche, Instrumente, Taschen aufgestapelt umher.

»Wohin,« fragte Ssanin, der Nowikows Absichten nicht begriff.

Nowikow schob schweigend, ohne ihn anzusehen, ein paar Kleinigkeiten zusammen.

»Bruder, ich fahre in die Hungersnot. Ich habe ein Schreiben erhalten.« Seine Worte waren ungeschickt und er wurde deswegen selbst auf sich zornig.

Ssanin sah ihn, sah die Koffer an, dann wieder ihn und schmunzelte mit einem Mal vergnügt. Nowikow schwieg und packte mechanisch ein paar Stiefel mit Glasröhren in ein Packet. Es war ihm schmerzlich zumute und er fühlte seine volle, trübe Einsamkeit.

»Wenn du so weiter packen willst, kommst du sicher ohne Instrumente und ohne Stiefel an.«

»Ah ...« sagte Nowikow. Er blickte flüchtig auf. »Laß mich ... Du siehst, es wird mir nicht leicht.« Ssanin verstand ihn und schwieg.

Nachdenkliche, sommerliche Dämmerung schwamm schon durch das offene Fenster und über dem leichten Laub des Gartens verlosch der dünne, kristallklare Himmel.

»Nach meiner Meinung,« begann Ssanin nach einer Pause, »würdest du besser tun, dich mit Lyda zu verheiraten, als weiß der Teufel wohin zu reisen.«

Nowikow drehte sich unnatürlich rasch zu ihm herum und zitterte plötzlich am ganzen Körper.

»Ich möchte dich ersuchen, diese dummen Späße zu unterlassen,« rief er mit klirrender Stimme. Dieser scharfe Laut seiner Stimme flog in den nachdenklichen, kühlen Garten hinein und verklang eigenartig unter den stillen Bäumen.

»Was gehst du denn gleich in die Höhe?« fragte Ssanin.

»Hör auf, ...« Nowikow sprach heiser, seine Augen wurden rund, seine Züge ganz unähnlich den weichen, gutmütigen, die Ssanin von früher kannte; doch er brach sofort wieder ab.

»Und willst du behaupten, daß eine Heirat mit Lyda ein Unglück wäre,« fragte Ssanin ruhig weiter, wobei er nur mit den Augenwinkeln lächelte.

»Aufhören, hör auf,« winselte Nowikow, schwankte wie ein Betrunkener, stürzte sich dann plötzlich auf Ssanin, ergriff den ungeputzten Stiefel, der ihm zur Hand lag, und schwang ihn mit unbekannter Wut über seinen Kopf.

»Nun, ruhig, du Teufel,« schrie Ssanin zornig und wich unwillkürlich zurück.

Nowikow warf den Stiefel mit Widerwillen von sich und blieb vor Ssanin schwer keuchend stehen.

»Du wolltest mich mit dem alten Stiefel ...« Ssanin schüttelte mißbilligend den Kopf. Ihm war es um Nowikow leid; dabei schien ihm alles lächerlich, was er tat.

»Bist selbst daran Schuld ...« erwiderte Nowikow sofort wieder schlaff werdend und sich schämend. Aber gleichzeitig empfand er Anhänglichkeit und Vertrauen zu Ssanin. Als wenn dieser groß und ruhig wäre, er aber nur ein kleiner Knabe, so wollte er sich an ihn schmiegen, ihm klagen, was ihn bedrückte. Sogar Tränen traten in seine Augen.

»Wenn du wüßtest, wie schwer mir ist,« sagte er abgebrochen, mit Mund und Kehle schluckend, um nicht in Weinen auszubrechen.

»Ja, mein Lieber, ich weiß alles,« suchte ihn Ssanin zärtlich lächelnd zu beruhigen.

»Nein, das kannst du nicht wissen,« erwiderte Nowikow, während er sich mechanisch an Ssanins Seite setzte. Ihm erschien sein Zustand so ausnahmsweise schwer, daß niemand fähig sein konnte, ihn zu verstehen.

»Doch, ich weiß es,« sagte Ssanin. »Nun, wenn du nicht glaubst – – bei Gott! Wenn du dich nicht mehr mit deinem alten Stiefel auf mich stürzen willst, werde ich sogar den Beweis antreten. Nun, wirst du nicht?«

»Nein, entschuldige, Wolodja,« stammelte Nowikow, beschämt, daß er Ssanin mit dem Vornamen anredete, was er sonst nie tat. Ssanin gefiel es gerade und darum wurde in ihm der Wunsch, zu helfen und alles beizulegen, nur noch stärker.

»Höre zu, mein Lieber, wollen wir ganz klar sprechen,« begann er, wobei er seine Hand auf Nowikows Kniee legte. »Du hast dich doch nur auf die Reise machen wollen, weil Lyda dich ablaufen ließ, und weiter, weil du damals bei Sarudin annahmst, daß *sie* gekommen wäre.«

Nowikow wurde finster. Ihm war es, als wenn Ssanin eine frische, unerträglich schmerzliche Wunde von neuem aufreiße. Ssanin sah ihn an und dachte sich ... Ach du liebes, dummes Viecherl, wie töricht bist du doch.

»Ich werde nicht versuchen, dir zu versichern,« fuhr er fort, »daß Lyda mit Sarudin nichts gehabt hat. Das weiß ich nicht. Ich glaub es nicht.« Er fügte es eilig hinzu, weil er den Ausdruck des Schmerzes bemerkte, der wie der Schatten einer vorbeifliegenden Wolke über Nowikows Gesicht huschte.

Nowikow sah ihn mit trüber Ahnung an.

»Ihre Beziehungen sind von so kurzer Dauer gewesen, daß nichts Ernstes vorgefallen sein kann. Besonders, wenn man Lydas Charakter in Betracht zieht. Du kennst doch Lyda.«

Vor den Augen Nowikows erstand das Bild Lydas, so wie er sie kannte und liebte; das stolze, schlanke Mädchen, mit den großen, bald zärtlichen, bald fast drohenden Augen, von reiner Kälte wie einer eisigen Gloriole umstrahlt. Er schloß die Augen; er glaubte alles, was Ssanin sprach.

»Und wenn es auch wirklich zwischen ihnen so was, wie einen gewöhnlichen Promenaden-Flirt gab, so ist jetzt sicher alles zu Ende. Und was geht dich im Grunde die kleine Leidenschaft eines freien Mädchens an, das doch nichts als ihr Glück suchen will. Du wirst sicher, auch ohne lange im Gedächtnis nachzugraben, Dutzende solcher Leidenschaften oder wahrscheinlich noch viel schlimmere bei dir selber finden.

Nowikow wandte sich nach ihm um, und das Vertrauen, von dem seine Seele übervoll war, machte seine Augen hell und durchsichtig. In seiner Seele bewegte sich eine zitternde Blüte leise schwankend hin und her, doch so schwach, so bereit, in jedem Augenblick zu verschwinden, daß er selbst fürchtete, sie mit einem unvorsichtigen Wort oder Gedanken zum Welken zu bringen.

»Weißt du, wenn ich ...« Nowikow sprach nicht zu Ende, weil er gar nicht imstande war, das, was in ihm arbeitete, in Worte zu fassen; er fühlte leise, zarte Tränen der Rührung über sein Leiden und seine tiefe Bewegung in die Kehle steigen.

»Was? ... Wenn nun? ...« wiederholte Ssanin feierlich, mit erhobener Stimme und glänzenden Augen. »Ich kann dir nur eins sagen, – – zwischen Lyda und Sarudin gab es nichts und wird es nichts geben.«

»Ich dachte aber ...« Nowikow fühlte mit Entsetzen, daß er ihm nicht glauben konnte.

»Dummheiten hast du gedacht? ...« Ssanin sprach mit steigender Erregung. »Verstehst du denn Lyda nicht? ... Wenn sie bisher schwankte, was war es dann für eine Liebe?« Nowikow ergriff seine Hand und blickte ihm mit Entzücken auf die Lippen.

Ssanin wurde plötzlich von furchtbarer Wut und Ekel gepackt.

Eine Zeitlang sah er diesem Menschen, den der Gedanke selig machte, daß die Frau, mit der er geschlechtlich verkehren wollte, niemals vor ihm jemandem angehört hatte, empört ins Gesicht. Nackte, tierische Eifersucht, flach und gierig wie eine Reptilie, kroch ihm aus den gutmütigen Menschenaugen Nowikows, die dabei von aufrichtigem Leid verklärt waren, entgegen.

»Oho,« rief Ssanin in drohendem Ton, »nun, so will ich es dir sagen. Lyda war nicht nur in Sarudin verliebt, – – nein, Bruder, sie hatte auch ein Verhältnis mit ihm; und, – – jetzt ist sie von ihm geschwängert.«

Klingende Stille griff durchs Zimmer. Mit abwehrend schwachem Lächeln sah Nowikow Ssanin an; plötzlich begann er, sich die Hände zu reiben. Seine Lippen gerieten in Bewegung, aber nur ein elendes Wimmern drang hervor und verstarb sogleich. Ssanin blickte ihm von oben herab in die Augen; in seine Mundwinkel legte sich eine grausame und gefährliche Falte.

»Nun, warum schweigst du denn?« fragte er.

Nowikow hob die Augen rasch zu ihm empor, senkte sie aber ebenso schnell wieder, schwieg und lächelte weiter; – schwach und abwehrend.

»Lyda durchlebt jetzt ein furchtbares Drama.« Ssanin sprach ganz leise, wie zufällig vor sich hin. »Hätte mich nicht der Zufall grade im richtigen Augenblick zu ihr gebracht, so würde sie schon nicht mehr sein. Und was gestern noch ein prachtvoller Mensch voller Leben war, läge jetzt nackt und ekelerregend von Krebsen benagt, irgendwo im Schlamm ... Aber – – daß sie nun tot wäre – darum handelt es sich am wenigsten! Jeder Mensch stirbt. Aber mit ihr wäre zugleich die ungeheure Freude gestorben, die sie in das Leben ihrer Umgebung hineintrug ... Lyda ist natürlich kein einziger Mensch; doch in ihr zeigt sich das Ganze. Und wenn die weibliche Jugend zugrunde gehen würde, dann wäre es in der Welt still, wie in einem Grab. Ja, ich muß sagen, wenn ich sehe, daß man ein schönes, junges Mädchen stumpfsinnig zu Tode hetzt, dann habe ich das dringende Verlangen, jemanden totzuschlagen ... eins über den Schädel ... So ... Ja, hör mal, mein Lieber, mir ist es ganz gleich, ob du Lyda wirklich heiratest oder ob du zum Teufel gehst. Ich möchte dir nur eins sagen ... Du Idiot, du, denke doch, wenn in deinem Schädel nur ein einziger, gesunder Gedanke hockt, würdest du dich dann selbst so quälen, dich und andere unglücklich machen, nur weil ein freies, junges Weib sich geirrt hatte, als sie sich das Männchen aussuchte. Grade nach dem Geschlechtsakte ist sie doch erst zu dem freien Menschen geworden und nicht vor ihm. Ich spreche nur zu dir. Aber du bist es ja nicht nur allein. Oh, diese Idioten, die das Leben zu einem unerträglichen Gefängnis, ohne Sonnenlicht und Bewegung, machen, sie zählen ja nach Millionen. Nun und du selbst. Wie oft bist du auf dem Bauch irgend einer Hure herumgerutscht, hast dich geil vor Gier gewunden, betrunken und schmutzig wie ein Hund, – – Du! Bei Lyda war Leidenschaft; es war eine Poesie der Schönheit und Kraft und dagegen bei dir ... Welches Recht hast du nun, dich von ihr wegzuwenden. Du, du hältst dich für einen klugen und gebildeten Menschen. Zwischen eurer Vernunft und dem Verständnis für das Leben sollen angeblich keine Scheidewände sein. Was geht dich ihre Vergangenheit an! Ist sie dadurch schlechter geworden? ... Wird sie dir vielleicht weniger Genuß geben können? ... Wolltest du ihr nicht selbst die Unschuld nehmen – – nein?«

»Du weißt selbst, das ist nicht so ...« Nowikows Lippen bebten beim Sprechen.

»Nein, gerade so! Und wenn nicht das, was denn.«

Nowikow schwieg. In seiner Seele war es leer und dunkel geworden; nur wie ein erleuchtetes Fensterchen in dunkelem Feld zuckte in weiter Ferne das trübselige Glück der Vergebung, des Opfers und des Heroismus auf.

Ssanin schaute ihn an und es schien, als fange er seine Gedanken aus allen Windungen des Gehirnes heraus.

»Ich sehe,« sagte er wieder mit leisem aber eindringlichen Ton, »daß du an Selbstaufopferung denkst. Hast für dich bereits ein Loch zum Durchkriechen herausgefunden. Sehr schön, ich lasse mich zu ihr herab, ich decke sie vor der Menge und so weiter ... Und nun wächst du schon in deinen Augen wie ein Wurm auf dem Mist. Nein, du belügst dich da! Nicht für einen Augenblick hast du Selbstaufopferung zu üben. Hätten Lyda die Pocken zerfressen, so müßtest du dich jetzt vielleicht bis zu einem gewissen Grade anstrengen; aber nach zwei Tagen würdest du anfangen, ihr das Leben zu verekeln. Dann hättest du über das Schicksal gejammert, und wärst entweder davongelaufen, oder, ... du würdest ihr das Leben ganz gehörig versalzen und dich verzweifelt als Opfer fühlen. Jetzt siehst du wie ein Heiligenbild auf dich. Warum auch nicht. Mache nur noch ein liebenswürdiges Gesicht und jeder wird dir bestätigen, daß du ein Heiliger bist. Zum Teufel, in Wirklichkeit hast du garnichts verloren ... Was willst du denn? Lyda hat genau dieselben Arme behalten, dieselben Beine, dieselbe Brust, dieselbe Leidenschaft, das gleiche, starke Leben ... Ja, Bruder, es ist doch wirklich ganz wunderschön, all das zu genießen und dabei noch mit dem Bewußtsein, ein edles Werk zu tun.«

Unter Ssanins Worten schrumpfte die rührselige Selbstbewunderung in Nowikows Seele zu einem kleinen Klümpchen zusammen und verendete wie ein zerquetschter Wurm, der sich daran vollgefressen hatte. In seiner Seele entstand ein neues Gefühl, reiner und aufrichtiger als das erste. Mit traurigem Vorwurf sagte er Ssanin:

»Du denkst schlimmer von mir, als in Wirklichkeit recht ist. Ich bin garnicht so stumpfsinnig, wie du meinst. Vielleicht ... ich will's nicht bestreiten, ist in mir auch ein Stück von dem alten Aberglauben, aber ... sieh, Lyda Petrowna hab ich lieb. Und wenn ich nur wüßte, daß sie mich liebte, – – – ich würde mich nicht daran stoßen ...« Das »daran« sprach er nur mit Mühe. Die Schwierigkeit, dies eine Wort ebenso glatt auszusprechen, die ihm sofort zum Bewußtsein kam, verursachte ihm einen scharfen Schmerz.

Ssanin war plötzlich abgekühlt. Er wurde nachdenklich, ging durch das Zimmer, blieb am Fenster bei dem dämmrigen Garten stehen und redete leise vor sich hin:

»Sie ist jetzt unglücklich ... Sie ist jetzt nicht in der Stimmung, zu lieben ... Und ob sie dich liebt oder nicht ... wer kann es wissen ... Ich glaube nur, wenn du jetzt zu ihr hingingst, und – – du dann für sie zu dem zweiten Menschen in der Welt wirst, der sie nicht für das momentane, zufällige Glück steinigt, sondern – – nun, so kann sie ... aber man kann nicht wissen ...«

Nowikow blickte nachdenklich vor sich hin. In ihm mischten sich Trübsal und Freude; beide bildeten in seiner Seele ein klares, wehmütiges Glück, das einem absterbenden Sommerabend ähnlich war.

»Gehen wir zu ihr! Was auch sein mag, es wird ihr leichter sein, unter all den tierischen Fratzen, ein paar menschliche Gesichter um sich zu sehen .. Du bist zur Genüge dumm, mein Freund. Aber selbst in deiner Dummheit besitzt du etwas, was andere nicht haben. Was soll man tun. Auf diese Dummheit hat die Welt lange genug ihr Glück und ihre Hoffnungen gebaut. Gehen wir!«

Nowikow lächelte ihm schüchtern zu: »Ich will gehen. Aber wird ihr das auch angenehm sein?«

»Daran brauchst du nicht zu denken.« Ssanin legte ihm beide Hände auf die Schultern. »Glaubst du, daß du richtig handelst, dann wird schon alles von selber werden.«

»Gut, so gehen wir.« In der Tür blieb Nonikow noch einmal stehen und blickte Ssanin gerade in die Augen. Mit einer Kraft, die ihm selbst unbekannt war, sagte er:

»Weißt du; – – wenn es nur möglich ist, so werde ich sie glücklich machen. Natürlich, die Phrase ist banal. Aber ich kann nicht anders ausdrücken, was ich fühle.«

»Das tut nichts, Bruder. Wirklich, ich verstehe dich so.«

XX

Glühender Sommer lag über der Stadt. In den Nächten stieg der helle, runde Mond hoch über dem Himmel, die Luft war warm und dicht und rief, vom Duft der Gärten durchtränkt, mächtige, wirre Wünsche hervor. Am Tage arbeiteten die Menschen, beschäftigten sich mit Politik, Kunst, mit der Durchführung verschiedener Ideen, mit Essen, Baden, Trinken, Sprechen, doch sobald die Hitze nachließ, die ruhig gewordenen Staubmassen sich schwerfällig legten und am dunkeln Horizont hinter dem fernen Wäldchen oder den nahen Dächern der Rand einer runden, rätselhaften Scheibe erschien, die die Gärten mit kühlem geheimnisvollen Licht überschwemmte, dann blieb alles stehen, gleichsam als ob man plötzlich irgendwelche bunte Kleider von sich abwarf, um frei und leicht ein echtes Leben zu beginnen. Und je jünger die Menschen waren, desto freier und voller wurde dieses Leben. Von den Gärten her sprudelten die Triller der Nachtigall, die Gräser von leichten Frauenkleidern erfaßt schwenkten eigenartig ihre Köpfchen, die Schatten wurden tief, in der Luft lag dumpfes Liebeswirren, die Augen blitzten bald auf, bald bedeckten sie sich mit Nebeln, Wangen wurden rosig, Stimmen verlangend und geheimnisvoll haschend, und neues menschliches Leben entstand urplötzlich unter kühlem Mondlicht im Schatten der schweigsamen Bäume, die Kühle atmeten, auf niedergebogenem saftigem Gras.

Auch Jurii Swaroschitsch glaubte, als er mit Schawrow Politik trieb, sich mit Selbstbildungsvereinen und der Lektüre der neuesten Bücher abgab, daß er gerade darin sein echtes Leben und die Auflösung und Klärung aller Zweifel und Unruhen finden müsse.

Aber soviel er auch las und was er auch begann, alles wurde ihm langweilig und niederdrückend; er sah kein Licht in seinem Leben. Ein solches Licht wollte nur in den Augenblicken aufflammen, in denen Jurii sich gesund und kräftig fühlte und in eine Frau verliebt war.

Früher schienen ihm alle jungen und schönen Mädchen gleich interessant; sie erregten ihn auch in gleicher Weise. Aber jetzt begann sich eine einzige abzuheben; sie nahm allmählich alle Farben und Schönheiten für sich allein und stand prächtig und liebenswürdig wie im Frühlingslicht ein Birkenbäumchen am Waldessaum vor ihm.

Sie war sehr schön, von hohem Wuchs, stark und kräftig, bewegte bei jedem Schritt ihre gespannte hohe Brust, trug den Kopf hoch aufgerichtet auf dem schlanken, weißen Hals, lachte hell, sang schön, und obgleich sie viel las, kluge Gedanken und ihre Gedichte liebte, empfand ihr ganzes Wesen doch nur dann volle Befriedigung, wenn sie irgend etwas Anstrengendes vorhatte, sich mit ihrem elastischen Busen gegen etwas stemmen mußte, etwas aus aller Kraft mit den Armen umschließen, mit den Füßen stoßen, lachen, singen und auf kräftige und schöne Männer blicken konnte. Manchmal wenn die Sonne schien, alles Dunkle niederbrechend, oder wenn auf dunklem Himmel der Mond glänzte, wünschte sie sich die Kleider herunterzureißen und nackt auf dem grünen Grase herumzulaufen, sich ins schwarze, schwankende Wasser zu stürzen, jemanden zu erwarten und zu suchen und dann mit einem klangvollen jubelnden Ruf an sich zu locken.

Ihre Anwesenheit erregte Jurii, und zauberte in ihm frische, unausgenützte Kräfte hervor. Vor ihr war seine Sprache farbiger und heller, seine Muskeln wurden kräftiger, sein Herz stärker und sein Denken schärfer. Den ganzen Tag hindurch dachte er nur an sie, des Abends ging er sie zu suchen; und doch verbarg er es auch vor sich selbst. In seiner Seele lag noch etwas, wie ein abgenagter Knochen, der sich der Kraft, die von innen heraus zur Freiheit drängte, in den Weg legte. Jedes Gefühl, das in ihm auftauchte, hielt er fest, um es zu analysieren. Dadurch wurde das Gefühl farblos und fahl und verlor seine Blätter, wie eine Blume im Frost. Wenn er sich danach fragte, was ihn zu Karssawina ziehe, so antwortete er sich, daß es der Geschlechtstrieb sei und weiter nichts. Und obgleich er selbst keinen Grund dafür angeben konnte, rief dieses eckige, harte Wort nachlässige und niederdrückende Verachtung vor sich selbst hervor.

Inzwischen legte sich ein geheimnisvolles Band um sie und wie in einem Spiegel fand sich jede seiner Bewegungen in ihr und ihrer in ihm wieder.

Karssawina versuchte nicht, sich über die geheimen Regungen ihrer Seele klar zu werden. Nur wie von ferne lauschte sie ihnen glücklich, gleichzeitig aber bemüht, sie vor den Anderen geheim zu halten. Es verursachte ihr quälende Unruhe, daß sie nicht alles verstehen konnte, was in Seele und Körper des schönen und jungen Menschen, den sie liebte, vorging. Zeitweilig redete sie sich ein, daß zwischen ihnen keine besonderen Beziehungen beständen; dann brach sie plötzlich in Schluchzen aus, als ob sie einen unersetzlichen Schatz verloren hätte. Auch die Aufmerksamkeit anderer Männer, deren seltsame Blicke sie oft auf sich gerichtet spürte, vermochte sie dann nicht zu trösten. Fast immer blieb sie ihnen gegenüber vollständig gleichgültig. Nur zu Zeiten, wenn sie sicher war, von Jurii geliebt zu werden und unter diesem Gedanken wie eine Braut aufblühte, bemerkte sie, daß sie auf andere besonders aufreizend wirkte; dann wurde sie selbst von den geheimnisvoll gierigen Wünschen in Aufruhr gebracht.

Eine besondere sinnliche Spannung empfand sie, wenn sich ihr Ssanin mit seinen breiten Schultern, ruhigen Augen und den sicheren, kräftigen Bewegungen näherte. Sobald sie sich bei dieser unfaßbaren Erregung ertappte, erschrak sie, hielt sich für schlecht und verdorben, konnte es aber doch nicht unterlassen, Ssanin auch weiter mit Neugierde zu betrachten.

An dem Abend des Tages, an dem Lyda ihr furchtbares Drama durchlebte, trafen sich Jurii und Karssawina in der Bibliothek. Sie grüßten sich einfach; jeder war von seiner Arbeit in Anspruch genommen. Karssawina suchte sich Bücher aus, während Jurii die Petersburger Zeitungen durchblätterte. Doch traf es sich wieder, daß sie zusammen hinausgingen und so begleitete Jurii Karssawina durch die schon leeren vom Mond beleuchteten Straßen.

In der Luft lag eine ungewöhnliche Stille und nur die Knarre des Nachtwächters drang von der Entfernung gemildert zu ihnen herüber, hin und wieder auch hinter den Häusern hervor das Belfern eines kleinen Hundes.

Am Boulevard stießen sie auf eine Gesellschaft, die im Schatten der Bäume saß. Von ihr schallten lebhafte Stimmen zu ihnen her, die Feuerchen von Zigaretten glimmten einen Augenblick auf und zeigten Schnurrbärte und rote Gesichter. Als sie bereits vorbeigegangen waren, hörten sie eine helle, fröhliche Männerstimme ein Lied beginnen: Das Herz der Schönen ist ein Hauch im Felde ...

Dicht bei dem Hause, in dem Karssawina wohnte, setzten sie sich auf eine Bank, die an einem fremden Tore stand. Aus seinem tiefen Schatten heraus hatten sie jetzt die breite vom Mondlicht gleichmäßig beschienene Straße bis zu einer weiß schimmernden Kirchenkuppel vor sich liegen. Dort hinten schwankten breite Linden, die das leuchtende Bild in einen dunklen Rahmen spannten; über ihnen funkelte kühl wie ein Stern das goldene Kirchenkreuz gegen den Himmel.

»Sehen Sie, wie schön,« sagte Karssawina gedehnt und wies mit der Hand durch die Luft.

Jurii warf verstohlen einen entzückten Blick auf ihren weißen Oberarm, der weich durch die kurzen Aermel der kleinrussischen Bluse blickte; er hatte das unbändige Verlangen, sie an sich zu reißen und auf die vollen saftigen Lippen zu küssen, die den seinen verführerisch nahe standen. Plötzlich fühlte er, daß es sogleich geschehen müsse; auch sie schien mit Furcht und Sehnsucht nur darauf zu warten.

Aber dieser Augenblick entfiel ihm. Er wurde schlaff, zog die Lippen zusammen und stieß ein spöttisches Räuspern aus.

»Warum das? ...« fragte Karssawina.

»Ach nichts,« Jurii konnte das leidenschaftliche Beben in seinen Füßen nur mit Mühe überwinden. »Es ist zu schön ... hier.«

Sie schwiegen, lauschten den entfernten Lauten, die von den dunklen Gärten und den vom Mond bestrahlten Gärten her herüberklangen.

»Waren Sie schon einmal verliebt,« fragte plötzlich Karssawina.

»Ja, ...« antwortete Jurii langsam und dachte ... wie wäre es, wenn ich ihr gleich alles sagte. Zögernd fuhr er fort: »Ich bin auch jetzt verliebt.«

»In wen?« Karssawinas Stimme zitterte voll scheuer Zuversicht.

»In wen? ... Aber in Sie doch!« Jurii neigte sich vor und suchte ihre Augen, aus denen er nur durch die Schleier des Schatten ein seltsames Glänzen aufblinken sah. Er versuchte scherzhaft zu sprechen, kam aber nicht in den Ton hinein.

Sie schaute ihn rasch und erschrocken an und ihr beengtes glückseliges Gesicht war voll Erwartung.

Jurii wollte sie umarmen; in seinen Händen fühlte er schon die weichen warmen Schultern und die elastische Brust, erschrak aber wieder vor sich selbst und kraftlos, ohne seinen Wunsch nachzugeben, gähnte er.

– – – Er scherzt nur, dachte bitter Karssawina und im selben Augenblick wurde in ihr alles unter der Empfindung, gekränkt zu sein, eiseskalt. Sie spürte, daß sie gleich weinen müsse; in dem krampfhaften Versuch, die Tränen zurückzuhalten, preßte sie die Zähne zusammen.

»Dummheiten,« murmelte sie und erhob sich eiligst; in dem einen Wort tönte ihre Stimme völlig verändert.

»Ich spreche ernst,« sagte Jurii in einem Ton, der jetzt gegen seinen Willen unnatürlich klang. »Ich liebe Sie und ... glauben Sie es mir, von ganzem Herzen.«

Karssawina nahm ohne Antwort ihre Bücher zusammen.

»Warum das? ...« dachte sie mit Gram und plötzlich ergriff sie eine entsetzliche Scham bei dem Gedanken, daß er ihre Empfindungen erraten hatte und sie nun verachten würde.

Jurii reichte ihr ein Buch, das auf den Boden gefallen war.

»Es ist Zeit, nach Hause zu gehen,« sagte sie leise.

Jurii bedauerte es selbstquälerisch, daß sie fortgehen wollte; gleichzeitig fiel es ihm auf, wie alles, was sie sagte, so originell und schön, weit entfernt von jeder Banalität, erschien.

Als Karssawina ihm die Hand reichte, verneigte er sich unbeabsichtigt und küßte die weiche, warme Handfläche, von der ihm ein lieblich frischer Geruch ins Gesicht stieg. Karssawina riß sofort mit einem leisen Aufschrei die Hand zurück:

»Was tun Sie!«

Doch die flüchtige Empfindung, die seine Lippen bei der Berührung aus ihrem warmen, jungfräulichen Körper mit sich rissen, war so stark, daß sie ihm den Kopf benahm und er nur glückselig und sinnlos dem raschen Rauschen ihrer sich entfernenden Schritte nachlächeln konnte.

Bald hörte er die Pforte knarren. Immer noch mit demselben Lächeln schritt Jurii nach Hause; aus vollen Kräften atmete er die reine Luft ein. Er fühlte seine Kräfte wachsen; er war glücklich.

XXI

Sobald Jurii in sein Zimmer trat, das ihm nach der Freiheit und Kühle der Mondnacht eng und dumpf wie ein Gefängnis vorkam, begann er darüber nachzudenken, wie das Leben doch nichts als eine Kette von öden Banalitäten sei. - - - einen Kuß abgepflückt ... was für ein Glück, nein, wahrlich was für eine Heldentat, - - - denk einer an ... wie würdig und poetisch ... Es scheint der Mond ... der Held verführt die Jungfrau mit feurigen Reden und Küssen ... pfui Teufel welche Abgeschmacktheit, - - - in diesem verfluchten Nest merkt man garnicht, wie flach man wird.

Als Jurii noch in der Großstadt lebte, war er niemals über den Gedanken fortgekommen, daß er nur aufs Land zu gehen brauche, um in dem einfachen Leben der bäuerlichen, schwarzen Erde, voll echter, nicht erst mühsam konstruierter Arbeit, mit Feldern, Sonne und Bauern unterzutauchen, damit sein nutzloses Dasein endlich einen tiefen, wahren Sinn erhalte. Jetzt war er wieder ebenso fest überzeugt, daß er sein Leben sofort in die richtige Bahn bringen würde, wenn er anstatt in diesem Nest zu stecken, plötzlich in die Hauptstadt fliegen könnte.

> Es lärmt die Stadt, es brausen Reden,
> Es tobt der wüste Tintenkrieg,
> Doch Rußland liegt in tiefem Schweigen,
> Wie es Jahrhunderte lang schwieg.

deklamierte Jurii mit nachdenklichem Gesicht und unwillkürlichen Pathos.

Aber gleich ertappte er sich bei seiner knabenhaften Begeisterung und fiel automatisch wieder in die teilnahmslose Stimmung zurück.

- - - und übrigens, was hat das alles zu bedeuten ... Alles ganz gleich. - - - Politik, Wissenschaft, daß ist Alles sehr gut und schön, aber nur aus der Ferne, im Ideal. - - - Im Allgemeinen und im Leben eines einzelnen Menschen ist es gradso gut ein Handwerk wie jedes andere. Kampf, titanische Krafteinsetzung, ja, - - - im gegenwärtigen Leben ist es doch unmöglich. - - - Gut ich leide aufrichtig, ich kämpfe, ich suche mich zu überwinden, - - aber was bleibt mir denn zu guter Letzt. Der endgültige Abschluß des Kampfes liegt außerhalb meines Lebens. Prometeus wollte den Menschen das Feuer bringen; er tat es auch wirklich. Das war sein Sieg! Wir aber, wir können nur Späne in das Feuer werfen, das wir nicht entfacht haben und das von uns ebensowenig einmal verlöscht werden wird.

Plötzlich stieg ihm der Gedanke auf, daß seine Schwäche nur daher käme, weil er kein Prometeus sei. Diese Erkenntnis war ihm unangenehm, und doch ergriff er sie mit krankhafter Selbstpeinigung.

– – – Was für ein Prometeus bin ich! Bei mir läuft alles sofort aufs persönliche Gebiet über; ich, ich ... für mich, mich ... Ich bin ebenso schwach und nichtig wie alle diese Leutchen, die ich von ganzem Herzen verachtete.

Die Parallele wirkte so niederschlagend auf ihn, daß er zusammenzuckte und eine Zeitlang stumpf vor sich hinstarrte, um nach einer Rechtfertigung für sich zu suchen.

– – – Nein, ich bin nicht wie die Andern, dachte er endlich mit Erleichterung ... Schon aus dem einfachen Grunde, weil ich mir hierüber Gedanken mache. Die Rjäsanzew, Nowikow, Ssanin, die kommen garnicht zum Nachdenken ... sie sind weit entfernt von tragischer Selbstkasteiung, wie die triumphierenden Schweine Zaratustras. Bei ihnen liegt das ganze Leben in ihrem eigenen, mikroskopisch kleinen Ich; sie sind es gerade, die auch mich mit ihrer Flachheit anstecken. Mit den Wölfen muß man heulen, das ist natürlich!

Jurii begann im Zimmer herumzulaufen, und wie es oft der Fall ist, änderten sich seine Gedanken mit dem Wechsel der Stellung.

– – – Nun gut, das ist so ... Aber ich habe noch mehr zu überlegen. Wie sind eigentlich meine Beziehungen zu Karssawina. Ob ich sie liebe oder nicht, das ist gleich ... Aber was kann daraus werden ... Wenn ich sie heiraten würde, oder einfach mit ihr für eine Zeit ein Verhältnis anfinge ... wäre das für mich wirklich ein Glück? Sie zu betrügen, ist ein Verbrechen, und – falls ich sie liebe ... nun gut, sie bekommt Kinder, – – –Jurii errötete plötzlich ohne Grund. – – – Das ist noch nichts Schlimmes, aber dennoch wird es mich binden, und für immer meiner Freiheit berauben ... Familienglück, Spießerfreuden, nein, das ist nichts für mich.

Eins, zwei, drei, dachte Jurii und bemühte sich mechanisch so zu gehen, daß er mit jedem Schritt über zwei Dielen fort, immer erst die dritte mit seinem Fuße berührte. - - - Wenn ich nur sicher wüßte, daß es kein Kind geben wird. Oder wenn ich meine Kinder so voll und ganz liebgewinnen würde, daß ich Ihnen mein Leben hingeben könnte. Nein, das ist auch banal, genau so wird auch ein Rjäsanzew seine Sprößlinge lieben. Wodurch werden wir uns dann voneinander unterscheiden. Leben und sich opfern, das ist das echte Leben. Ja, aber wem sich opfern. Wie? - Auf welchen Weg ich mich auch stürzen werde, und was für ein Ziel ich mir auch vorstelle, wo gibt es jenes reine und zweifelsfreie Ideal, für das man nicht einen Augenblick zu bedauern brauchte, - - - zu sterben. Ja, nicht ich bin schwach, sondern das Leben ist keiner Opfer und Hingabe wert. ... Ist es aber so, ... dann lohnt es sich ja garnicht zu leben.

Diese Schlußfolgerung hatte sich noch niemals vorher so stark in Juriis Hirn festgesetzt.

Auf seinem Tisch lag stets ein Browning. Jetzt bekam er ihn zu Gesicht, sobald er beim Gehen am Tisch vorbeikam und kehrt machte; jedesmal fielen ihm dann die glänzenden Teile ins Auge, die gegen das Mondlicht spiegelten. Schließlich nahm er ihn in die Hand und betrachtete ihn aufmerksam. Er war geladen. Jurii spannte den Hahn und drückte ihn an die Schläfe. So, dachte er ... nur einmal abgedrückt und alles ist fertig. Ist es klug oder nur eine blödsinnige Dummheit sich niederzuknallen. Selbstmord ist Kleinmut. Auch gut, so bin ich feige.

Die vorsichtige Berührung des kalten Eisens mit der heißen Schläfe, war angenehm und gleichzeitig bange.

- - - Und Karssawina? ... schwirrte es ihm mit einem Mal kalt durch den Kopf ... Ich werde sie also nicht besitzen und diesen Genuß, der mir vielleicht zufallen würde, irgend einem anderen überlassen müssen.

Bei dem Gedanken an Karssawina zitterte in ihm alles vor zarter Wollust. Aber mit scharfer Willensspannung zwang sich Jurii zu der Ueberlegung, daß Alles nur Kleinigkeiten seien, nichts im Vergleich mit jenen, tiefen und wichtigen Ideen, die seinen Kopf durchwühlten. Doch das blieb Zwang und das unterdrückte Gefühl rächte sich, indem es den unbestimmten Gram und seine Abneigung gegen das Leben noch verstärkte.

– – – Warum soll ich es in der Tat nicht tun? ... fragte sich Jurii mit zitterndem Herzen.

Mit einer Bewegung, an die er selbst nicht glaubte und über die er sogar schamhaft lächelte, setzte er den Revolver nochmals an die Schläfe. Doch dann drückte er, ohne sich noch einen Augenblick über sein Vorhaben Rechenschaft abzulegen, den Hahn ab. Im selben Augenblick durchzuckte ihn eine kalte, schneidende Empfindung und riß sich plötzlich in ihm in entsetzlicher Angst los. Es rauschte in seinen Ohren, das ganze Zimmer brach hinter ihm fort. Doch es gab keinen Schuß, die Waffe hatte versagt; nur das schwache, metallische Klappern des Hahnes verklang deutlich in seinen Ohren.

Eine Schwäche erfaßte ihn vom Kopf bis zu den Füßen, sodaß er unwillkürlich die Hand mit dem Revolver sinken ließ. Alles bebte an ihm und schmerzte ihn, der Kopf schwindelte, der Mund trocknete plötzlich aus; als er den Revolver aus der Hand legen wollte, schlugen seine Hände nervös hin und her und klapperten einige Mal mit der Waffe gegen die Tischplatte.

– – – Ein schöner Kerl bin ich, dachte er.

Er bemeisterte seine Aufregung, trat vor den Spiegel und blickte in die dunkle Fläche.– – –

So bin ich also ein Feigling? ... Nein, dachte er mit einem Anflug von Stolz. Nein, kein Feigling! Getan Hab ich's, – – – ist nicht meine Schuld, daß es versagte.

Aus dem dunklen Spiegel sah ihm wie immer ein bleiches Gesicht entgegen; Jurii aber schien es feierlich und streng. Befriedigt streckte er sich die Zunge heraus ... dabei gab er sich Mühe, sich selbst die Ueberzeugung beizubringen, daß er diesem Akte der Selbstbeherrschung keine Bedeutung beimesse und trat wieder zur Seite.

– – – Nicht mein Schicksal also, sagte er laut, und dieses Wort tröstete und ermunterte ihn. Was? ... wenn mich jetzt einer sähe, dachte er mit ängstlicher Verwirrung und schaute sich um.

Aber Alles blieb still. Hinter der geschlossenen Tür war nichts zu hören, es schien, daß es hinter den Grenzen dieses Zimmers kein lebendes Wesen mehr gäbe, daß Jurii ganz allein in unendlicher Leere existiere und leide. Er löschte die Lampe aus und wunderte sich, daß durch die Spalten der Jalousieen hellrosiges Morgenlicht ins Zimmer hereindrang.

Er legte sich schlafen, und im Traum fühlte er, daß sich eine Gestalt, die unheimlich rotes Feuer ausstrahlte, schwer und ungelenk auf ihn setze. Das ist der Teufel, zuckte es voll Entsetzen durch seine Seele.

Jurii machte krampfhafte Anstrengungen, frei zu werden. Aber der Rote ging nicht fort, sprach auch nicht, lachte nicht; er schnalzte nur mit der Zunge. Man konnte nicht erkennen, ob dieses Schnalzen spöttisch oder mitleidig klingen sollte ... Jurii verursachte diese Unsicherheit tiefe Qualen ...

XXII

Weich und liebevoll quoll die Dämmerung, von Gräser- und Blumenduft durchtränkt, durchs offene Fenster herein. Ssanin saß hinter dem Tisch und las bei den letzten Tagesstrahlen, eine Erzählung von Tschechow, die er ganz besonders liebte, – – – ein alter Vikar, umringt von Menschen, umgeben von Achtung, Weihrauchdunst, umkleidet mit goldenem Talare, Brillantenkreuzen und allgemeiner Ehrfurcht stirbt – –

Im Zimmer war es ebenso kühl und rein, wie auf dem Hof, der leichte Atem des Abends lief frei durch den Raum, füllte Ssanins Brust, bewegte seine weichen Haare, und hätschelte seine festen Schultern, die aufmerksam und ernst über das Buch gebeugt waren.

Ssanin las, sann nach, bewegte die Lippen; er war so einem großen kleinen Jungen ähnlich, der über seinem Schmöker vertieft die ganze Welt vergessen hat. Je weiter er las, um so stärker durchdrangen ihn traurige Gedanken über das schwere Grauen, das im menschlichen Leben liegt, über den Stumpfsinn und die Roheit der Masse; er fühlte wieder, wie fern er ihr stand. Sicher wäre es sehr nett gewesen, mit dem alten Vikar bekannt zu sein; sein Leben wäre dann gewiß nicht so einsam verlaufen.

Die Tür zum Zimmer öffnete sich und Nowikow trat herein. Ssanin schaute sich um.

»Ah, guten Tag,« er schob das Buch von sich. »Nun, was bringst du Neues?« Nowikow drückte ihm schwach die Hand; sein Lächeln gab nur eine blasse, traurige Grimasse.

»Nichts. Alles ist ebenso gräßlich wie es früher war.«

Er machte eine abwehrende Handbewegung und trat zum Fenster.

Von Ssanins Platz aus war nur seine gut gebaute Figur sichtbar; durch den erlöschenden Hintergrund der Abenddämmerung wurde von ihr ein zarter Schatten zurückgeworfen.

Ssanin betrachtete ihn lange voll Aufmerksamkeit.

Als er zum ersten Mal Nowikow, der wie vor den Kopf gestoßen war, zu Lyda schleppte, die selbst völlig ratlos, dem früheren stolzen und schönen Mädchen gar nicht mehr glich, sprachen die beiden kein Wort über das, was ihre Seelen bis zum tiefen Grunde erschütterte. Ssanin verstand, daß sie unglücklich werden mußten, sobald erst das erste Wort gesprochen wäre, doppelt unglücklich aber, wenn sie weiterschwiegen. Er fühlte, daß sie nur durch Leid hindurchtastend, das, was für ihn klar und selbstverständlich war, finden konnten.

Aber er versuchte nicht, sie vorwärtszustoßen, weil er schon damals erkannte, daß sich diese beiden Menschen in einem geschlossenen Zirkel bewegten, in dem sie sich doch unvermeidlich früher oder später treffen mußten.

– – – Nun es wird schon gut werden, dachte Ssanin. Sie werden es verschmerzen. Im Leide können sie nur reiner und inniger werden.

Als er jetzt Nowikow einsam am Fenster stehen sah, sagte er sich, daß diese Zeit gekommen wäre. Schweigend blickte jener auf den verlöschenden Himmel. Er war von dem seltsamen Gefühl erfüllt, in dem sich Trauer nach einem unwiederbringlich verlorenen Glück zart mit dem Zittern sehnsuchtsvoller Erwartung nach neuem Glück verbindet. In dieser traurig feinen Dämmerung stellte er sich Lyda klarer als je schüchtern, unglücklich, von allen gedemütigt vor. Es trieb ihn, sich vor ihr auf die Knie zu werfen, ihre kalten Finger mit Küssen zu erwärmen und sie durch seine allvergessende, große Liebe zu neuem Leben zu erwecken. Alles in ihm verlangte nach diesem Opfer; doch er hatte nicht die Kraft, zu ihr zu gehen.

Ssanin empfand auch diese Stimmung. Langsam erhob er sich, warf den Kopf nach hinten und sagte: »Lyda ist im Garten. Gehen wir.«

Mit einer erbarmungswürdigen Regung des Schmerzes, und doch glücklich, zog sich Nowikows Herz zusammen. Eine lichte Zuckung lief über sein Gesicht und verschwand. Es war ersichtlich, wie stark seine Finger beim Drehen des Schnurrbartes zitterten.

»Wie also? ... Gehen wir nun zu ihr? ...« Ssanin wiederholte es mit gemessener Stimme, als wenn er an eine wichtige aber selbstverständliche Angelegenheit heranträte.

An diesem Ton begriff Nowikow, daß Ssanin alles in ihm verstand; er empfand eine große Erleichterung, gleichzeitig aber naiven, kindischen Schreck.

»... Also gehen wir!« sagte Ssanin noch einmal zart, ergriff Nowikows Schultern und schob ihn zur Tür.

»Nun gut, ja,« murmelte Nowikow. Eine rührselige Zärtlichkeit, der Wunsch, Ssanin zu umarmen, stieg in ihm auf. Aber er hatte doch nicht den Mut dazu, er sah ihm nur mit tiefen, feuchten Blicken ins Gesicht.

Im Garten war es dunkel, es roch nach warmem Thon. Die Baumdurchschläge leuchteten in der Dämmerung wie gotische Fenster. Ueber den weißen Lichtungen rauchte feiner, gelber Nebel; es war, als ginge ein unsichtbares Wesen zwischen den schweigenden Sträuchern und leise erzitterten die schlafbefangenen Gräser und Blumen bei seiner Annäherung.

Um Ufer war es heller; die Dämmerung umfaßte erst die Hälfte des Flusses, der sich noch immer glänzend gegen die dunklen Wiesen abhob.

Lyda saß hier dicht am Wasser und ihre feine, gesenkte Silhouette stach weiß vom Grase ab, wie ein geheimnisvoller Schatten, der über dem Wasser trauert.

Jene leichte, kühne Ueberlegenheit, die sich ihrer unter dem Einfluß der beruhigenden Stimme des Bruders bemächtigt hatte, verschwand ebenso rasch wieder, als sie gekommen war. An ihre Stelle schlichen sich die schwarzen Gespenster Scham und Furcht, legten sich neben sie und flüsterten ihr von neuem zu, daß sie kein Recht mehr auf ein anderes Glück, ja nicht einmal selbst auf ihr Leben hätte.

Ganze Tage lang saß sie mit dem Buche im Garten, weil sie der Mutter nicht mehr einfach und gerade in die Augen zu blicken vermochte. Tausende Mal empörte sich alles in ihr. Immer wieder sagte sie sich, daß die Mutter nichts mit ihrem Leben zu tun hätte. Aber jedesmal, wenn sie sich ihr näherte, änderte sich ihre Stimme und in ihren Augen zeigte sich ein scheuer, schuldbewußter Ausdruck. Die Mutter wurde durch ihre Verwirrung, ihr Erröten, die unsichere Stimme, den irren Blick beunruhigt. Peinliche Verhöre folgten nun; argwöhnische Augen liefen hinter ihr her und quälten sie, bis sie sich zu verstecken begann.

So saß sie auch an diesem Abend, verfolgte gramvoll die am Horizont niedersteigende Dämmerung und dachte ihre schweren, ausweglosen Gedanken durch.

Sie begriff nicht, warum es ihr nicht möglich war, das Leben zu verstehen. Nur eine unfaßbare Ahnung, unentwirrbar wie ein Polyp, klebrig und bedrückend, erhob sich vor ihren Augen.

Eine Menge von Schriften, die sie gelesen hatte, eine Reihe von großen und freien Ideen durchzogen ihr Hirn. Maß sie an ihnen ihre Handlungsweise, dann war sie nicht nur natürlich; sie war auch schön. Niemandem hatte sie Böses getan; sich und einem zweiten Menschen gab sie reiche Lust.

Ohne diese Lust hätte sie nichts von der Fülle ihrer Jugend gewußt und das Leben wäre trostlos, wie ein Baum im Herbst, geblieben, wenn alle Blätter abgefallen sind. Der Einwurf, daß die Kirche den Bund mit diesem Manne nicht sanktioniert hatte, kam ihr lächerlich vor; schon längst waren alle Stützen dieser traditionellen Forderung durch das freie, menschliche Denken zerbröckelt und zermürbt worden. Schließlich kam sie zu dem Schluß, daß sie sich eigentlich freuen müßte, wie sich eine Blume freut, die sich an einem sonnigen Morgen von neuem Leben befruchtet fühlt. Aber in ihrem Innern litt Lyda doch, sah sich tief am Boden eines Abgrundes, tiefer gesunken als alle Menschen; sie war zur Letzten der Letzten geworden. Mochte sie auch die erhabensten Ideen, unverrückbare Wahrheiten zu Hilfe rufen, vor dem kommenden Tage der Schande schmolzen sie dahin, wie Wachs im Feuer schmilzt. Anstatt den Menschen, die sie wegen ihres Stumpfsinns und ihrer Beschränktheit verachtete, den Fuß auf den Nacken zu setzen, dachte sie nur daran, wie sie sich retten und jene täuschen könne.

In dieser ganzen Zeit fühlte sich Lyda, wenn sie einsam weinte und ihre Tränen sorgsam vor jedem Menschen verbarg, oder wenn sie plötzlich in stumpfe Verzweiflung versank, nachdem sie ihrer Umgebung falsche Fröhlichkeit vorgeheuchelt hatte, doch stets, wie eine Blume zum warmen Sonnenstrahl, nur zu Nowikow hingezogen. Aber wie ein niederträchtiges Verbrechen schien ihr der Plan, sich von ihm retten zu lassen. Oft loderte in ihr wilde Verzweiflung darüber auf, daß sie von seiner Vergebung und Liebe abhängen solle. Doch stärker als ihr Stolz, stärker als der innere Protest war das Bewußtsein ihrer Ohnmacht und die Liebe zum Leben. Statt sich über die menschliche Dummheit zu empören, zitterte sie vor ihr, statt Nowikow frei in die Augen zu blicken, demütigte sie sich wie eine Sklavin vor ihm.

In diesem zerspaltenen Mädchen lag etwas Bemitleidenswertes und Hilfloses, wie in einem Vogel, dem die Schwingen gebrochen sind und der sich nun nicht mehr fortbewegen kann.

In Augenblicken, in denen ihre Qualen ganz unerträglich werden wollten, kam ihr stets der Bruder in den Kopf; dann füllte sich ihre Seele mit naiver Bewunderung. Ihr war es klar, daß ihm nichts heilig sei, daß er sie, die Schwester, nur mit den Blicken des Mannes betrachtete. Sicher war er egoistisch, unmoralisch, aber doch blieb er der einzige Mensch, in dessen Gegenwart ihr leichter wurde, mit dem sie ohne Scham über die intimsten Geheimnisse ihres Lebens sprechen konnte. In seiner Anwesenheit nahm alles andere einfache und nichtige Formen an! – – – Sie war schwanger, nun gut, was hat das weiter zu bedeuten, – – – sie hatte eine Liebes-Affäre hinter sich, um so besser, also hatte es ihr gradso gefallen; man wird sie verachten und demütigen wollen, was macht es denn? ... Das Leben, die Sonne und die Freiheit liegen vor ihr und Menschen gibt es überall. Die Mutter wird leiden, na, wenn sie es durchaus will? ... Das ist ihre Sache! Lyda hat das Leben der Mutter nicht mit angesehen, als diese ihre Jugend durchkostete, und die Mutter wird Lyda nicht mehr beobachten, wenn sie erst gestorben ist. Zufällig auf der Lebensbahn begegnet, nur eine Strecke des Weges miteinander gehend, können und dürfen sie nicht einander die Bahn versperren.

Lyda sah ein, daß sie allein niemals so frei werden würde, wie Ssanin. Um so zu denken, mußte sie sich dem Einfluß dieses starken und freien Mannes unterwerfen. Doch mit um so stärkerer Bewunderung und größerer Zärtlichkeit blickte sie auf ihn, – – – eigenartige, zügellose Gedanken flatterten durch ihre Seele. Wenn er doch ein Fremder, nicht der Bruder wäre ... dachte sie zaghaft und scheu; doch sie erstickte schleunigst den Schluß dieses beschämenden, aber verlockenden Gedankens.

Und wieder wendeten sich dann ihre Gedanken Nowikow zu; sie wartete und hoffte auf seine Liebe.

So schloß dieser Zauberkreis ab; kraftlos zerschlug sich Lyda in ihm. Die letzten Kräfte und Farben ihrer jungen, hellen Seele gingen darin verloren.

Sie hörte Schritte und schaute sich um.

Nowikow und Ssanin kamen auf sie schweigend zu; ohne darauf zu achten, schritten sie durch das hohe Gras gradeaus. Man konnte ihre Gesichter in der blassen Dämmerung nicht gut erkennen, aber eine plötzliche Ahnung blitzte in Lyda auf, daß der gefürchtete Moment nahe sei. Sie sah aus, als wenn sie das Leben verließe, so blaß und schwach wurde sie.

»Nun, hier,« sagte Ssanin, »ich habe dir Nowikow gebracht, was er will, wird er dir selbst sagen. Bleib ruhig hier, ich gehe Tee trinken.«

Jäh wandte er sich um; mit weiten Schritten ging er ins Haus. Eine Zeitlang, nur ganz allmählich in der Dunkelheit versinkend, schimmerte noch sein weißes Hemd zu ihnen herüber; dann verschwand es hinter den Bäumen. Es wurde so still, daß man garnicht glauben konnte, er wäre fortgegangen und stehe nicht mehr im Schatten der Bäume.

Nowikow und Lyda begleiteten ihn mit den Blicken und beide verstanden, daß in dieser einen Bewegung schon alles gesagt war; jetzt mußte man es nur noch einmal in Worten wiederholen.

»Lydia Petrowna,« sprach Nowikow leise, und der Klang seiner Stimme trug so viel Trauer, war so rührend aufrichtig, daß sich Lydas Herz zart zusammenzog.

– – – Es kann einem auch leid um ihn tun ... Wie unglücklich und gut er ist, dachte sie mit wehmütiger Freude.

»Ich weiß alles, Lydia Petrowna,« fuhr Nowikow fort, er fühlte, wie die Rührung über sein Tun und das Mitleid mit ihrer traurigen Gestalt in ihm wuchs. »Aber ich liebe Sie wie vorher. Vielleicht werden Sie auch mich einmal lieb gewinnen. Sagen Sie, wollen Sie meine Frau werden ...« – – – ich brauche ihr nichts weiter zu erzählen; sie braucht nicht zu wissen, welch Opfer ich ihr bringe. – – –

Lyda schwieg. Es war so still, daß man das flinke Aufschlagen des Wassers hörte, das gegen das Gebüsch des Ufers plätscherte.

»Beide sind wir unglücklich,« sagte plötzlich aus der Tiefe seiner Seele, für sich selbst unerwartet, Nowikow. »Aber vielleicht werden wir zu zweien das Leben leichter tragen können.«

Lyda erhob ihr Gesicht zu ihm:

»Ja, vielleicht ...« antwortete sie einfach, aber ihre Augen sagten: – – – Gott sei mein Zeuge, daß ich eine gute Frau sein werde, ich werde dich immer lieben und alles mit dir fühlen.

Nowikow verstand diesen Blick; er ließ sich rasch und impulsiv neben ihr auf die Knie nieder und begann ihre zitternde Hand zu küssen. Er zitterte selbst am ganzen Körper vor Erregung und plötzlicher froher Leidenschaft. Diese Erregung teilte sich Lyda so tief und leuchtend mit, daß das schmerzliche bange Gefühl der Scham mit einem Mal verschwunden war.

– – Nun, jetzt ist alles zu Ende, ich werde wieder glücklich sein, – – du, mein Lieber, mein Armer, dachte sie, glückliche Tränen weinend. Sie zog ihre Hand nicht zurück, sie beugte sich selbst auf die weichen Haare Nowikows, die ihr stets gefallen hatten, herab und küßte sie. Die Erinnerung an Sarudin huschte grell an ihr vorüber; erlosch aber sofort wieder.

Als Ssanin, der fand, daß nun Zeit genug für Erklärungen verflossen wäre, zu ihnen zurückkam, hielten sich Lyda und Nowikow bei den Händen und sprachen leise und vertrauensvoll miteinander. Nowikow sagte ihr, daß er niemals aufhören könne, sie zu lieben; Lyda ihm, daß sie ihn von nun an immer lieben werde. Es war die Wahrheit; denn Lyda verlangte nach Liebe und Glück, sie hoffte sie in ihm zu finden und liebte ihre Hoffnung.

Beide glaubten, niemals so glücklich gewesen zu sein. Als sie Ssanin erblickten, schwiegen sie still und schauten ihn mit verwirrten, freudigen und vertrauensvollen Augen an.

»Nun, ich verstehe,« sagte Ssanin ernst, als er sie erblickte, ».. Gott sei's gedankt. Wenn Ihr nur glücklich werdet.« Er wollte noch etwas hinzufügen, mußte aber niesen und tat es so laut und zufrieden, daß es über den ganzen Fluß schallte. »Feucht ist es hier. Na, seht zu, daß ihr keinen Schnupfen kriegt,« er rieb die Augen.

Vergnügt lachte Lyda auf und glücklich und schön klang es vom Flusse zurück.

»Ich gehe! ...« sagte Ssanin.

»Wohin? ...«

»Da ist Swaroschitsch gekommen und dann der eine Offizier, der Tolstoischwärmer, – – – wie heißt er doch gleich, dieser lange Deutsche?«

»Von Deutz,« half Lyda mit grundlosem Lächeln ein.

»Ja, ... er! Sie wollen uns zu einer Besprechung abholen. Na, ich sagte ihnen, daß ihr nicht hier wäret.«

»Warum?« fragte Lyda, noch immer lachend.

»Bleib du nur hier sitzen. Ich hätte mir auch lieber hier ein Eckchen zurecht gemacht, wenn ich nur jemanden dazu hätte.«

Wieder ging Ssanin fort; diesmal endgültig.

Es wurde Abend. Im dunklen fließenden Wasser schwankten die Sterne.

XXIII

Der Abend war dunkel und dumpf. Ueber den Wipfeln der schwarzen, versteinerten Bäume drängten in schweren Klumpen Wolken dahin, von einem Ende des Himmels bis zum andern, schnell, als wenn sie einem unsichtbaren Ziel zueilen müßten. In ihren grünlichen Lücken tauchten blasse Sterne auf und nieder. Der Himmel quoll über von unaufhörlicher, unheimlicher Bewegung; auf der Erde kauerte alles in gespannter Erwartung.

In dieser Stille hörten sich die Stimmen streitender Menschen so widerwärtig schrill und zänkisch an, wie das Kläffen kleiner, unruhiger Köter.

»Wie dem auch sei,« stieß, mit den langen Beinen wie ein Storch stolpernd, von Deutz hervor. »Aber das Christentum hat der Menschheit als einzige volkstümlich humanitäre Lehre einen unvergänglichen Reichtum gegeben.«

»Was Sie nicht sagen,« erwiderte Jurii, der hinter ihm ging, mit einer hartnäckigen Kopfbewegung, während er zornig auf seinen Rücken blickte. »Im Kampfe gegen die tierischen Instinkte hat sich das Christentum ebenso unzulänglich gezeigt, wie alle and – – –«

»Wieso denn gezeigt? ...« rief voll Empörung von Deutz. »Die ganze Zukunft liegt frei vor dem Christentum. Und dann von ihm wie von einer abgetanen Sache sprechen.– – –«

»Das Christentum hat keine Zukunft,« fiel ihm Jurii mit grundloser Erbitterung ins Wort. »Wenn das Christentum die Menschheit nicht in der Zeit seiner höchsten Entwicklung unterjochen konnte, wenn es nur einem Haufen Schurken in die Hände geraten konnte, die es als Werkzeug ihrer frechen Betrügereien gebrauchten, dann ist es jetzt, wo bereits das Wort Christentum abgeschmackt klingt, doppelt lächerlich und komisch, irgend ein Wunder seiner Erneuerung abzuwarten. Die Geschichte verzeiht niemals. Was einmal von der Bühne herunter ist, kommt niemals wieder herauf.«

Der hölzerne Bürgersteig war unter den Füßen kaum sichtbar. Ging man unter den Bäumen, war überhaupt nichts mehr zu erkennen, auch die Stimmen machten, weil man keine Gesichter unterscheiden konnte, einen unnatürlichen Eindruck. Stieß einer oder der andere gegen einen Straßenpfosten, so wurde seine Stimme sofort noch aufgeregter und wütender.

»Das Christentum von der Bühne fort?..« tief von Deutz. In seinem Ton klang übertriebenes Staunen und Entrüstung.

»Natürlich! Weg,- – einfach weg,« beharrte Jurii. »Sie tuen so erstaunt, als wenn man das gar nicht ausdenken dürfe. Wie der Mosesglauben zur rechten Zeit von der Szene abgetreten ist, wie Buddha und die hellenischen Götter für uns nicht mehr leben, so ist auch Christus gestorben. Das Gesetz der Evolution ... was erschrecken Sie denn davor! Sie glauben doch wohl nicht an die Göttlichkeit seiner Lehre.«

»Selbstredend nicht,« fauchte verletzt von Deutz. Er antwortete weniger auf die Frage als auf den verletzenden Ton Juriis.

»Wollen Sie also wirklich die Behauptung aufstellen, daß der Mensch ein ewiges Gesetz schaffen kann?« ... dieser Idiot, dachte er im stillen weiter. Die unerschütterliche Sicherheit, daß dieser Mensch niemals imstande sein würde, das, was für ihn selbst so tagesklar und einfach war, zu verstehen, die angenehme Empfindung, daß jener dümmer sei, verband sich im Kopfe Juriis unsinnigerweise mit dem wütenden Verlangen, ihn unter allen Umständen zu überzeugen und umzustimmen.

»Zugegeben, daß dem selbst so wäre,« erwiderte dieser jetzt ebenfalls erbittert. »Aber das Christentum ist nun einmal zur Grundlage der Zukunft geworden. Es ist nicht zugrunde gegangen, sondern wie ein jeder Same in den Boden gesunken, – seine Früchte werden...«

»Wer hat denn davon gesprochen – ich nicht,« schrie Jurii, aus dem Konzept gebracht und darüber noch erboster. »Ich wollte sagen...«

»Nein, erlauben Sie bitte,« fiel ihm von Deutz triumphierend ins Wort, er fürchtete wieder die Oberhand zu verlieren. Im Gehen drehte er sich fortgesetzt um und kam dabei stets vom Bürgersteig herunter. »Sie haben grade so gesagt...«

»Wenn ich sage, daß es nicht so war, dann war es eben nicht so... Es ist eigentümlich,« unterbrach ihn Jurii seinerseits. Er empfand einfachen, bitteren Haß, bei dem Gedanken, daß dieser Dummkopf von Offizier einen Augenblick glauben konnte, er wäre der Intelligentere. »Ich wollte sagen ...«

»Nun, mag sein. Verzeihen Sie bitte, daß ich Sie nicht richtig verstanden habe.« Von Deutz zuckte mit nachsichtigem Lächeln seine schmalen Achseln; es sollte heißen, daß er Jurii für zurückgeschlagen halte, und daß alle Entgegnungen nichts anderes mehr sein würden, als eine verspätete Retirade.

Jurii begriff das und fühlte sich dadurch so furchtbar gekränkt, daß sich seine Kehle zuschnürte.

»Ich will gar nicht die ungeheure Bedeutung des Christentums leugnen.«

»Dann widersprechen Sie sich,« verschluckerte sich von Deutz mit neuem triumphierendem Entzücken. Es war ihm durchaus klar, daß Jurii unendlich dümmer wäre, als er und daß er augenscheinlich nicht annähernd das wußte, was in seinem Hirne so harmonisch aufgestapelt war.

»Das kommt *Ihnen* so vor, daß ich mir widerspreche. Aber tatsächlich gerade im Gegenteil, ... mein Gedanke ist ganz logisch. Ist nicht meine Schuld, wenn Sie ... mich nicht verstehen wollen,« rief Jurii mit verletzender Schärfe, durch die er das Gefühl des Leidens in sich unterdrücken wollte. »Ich sagte vorher und das sage ich auch jetzt, ... das Christentum ist ein durch und durch wiedergekäuter Stoff, und von ihm, so wie er ist, hat man keine Ernährung zu erwarten.«

»Nun ja ... Aber, wollen Sie denn den wohltuenden Einfluß des Christentums leugnen. ... Das heißt, daß es einfach zur Grundlage wurde ...« Auch von Deutz erhob seine Stimme, mit hilfloser Eile suchte er seine weiteren Schlüsse, die ihm bei dieser Wendung des Gesprächs zu entgleiten drohten, wieder einzufangen. »Das leugne ich gar nicht!«

»Aber ich leugne es!« mischte sich plötzlich Ssanin, der die ganze Zeit schweigend hinter ihnen herging, lächelnd ins Gespräch. Seine

Stimme war leicht und ruhig und schnitt eigentümlich in den wirbelnden, ätzenden Ton des Streites ein.

Jurii schwieg. Er fühlte sich durch diese kühle Stimme und den offensichtlichen Spott, der aus ihr herausklang, verletzt; aber er fand kein Wort zur Entgegnung. Für ihn war es stets peinlich und unbequem, mit Ssanin zu streiten, – als wenn all die Worte, welche er gewöhnlich brauchte, bei Ssanin nicht am richtigen Platz waren. Dann fühlte er sich, als müßte er eine Mauer umstürzen, während seine Füße auf glattem Eis standen.

Von Deutz konnte nicht schweigen. In seiner Erregung über den unerwarteten Angriff stolperte er und klirrte schrill mit den Sporen; dazwischen schrie er mit sich überschlagender Stimme: »Aber warum denn das, wenn ich fragen darf?«

»Ganz einfach – – – so,« erklärte Ssanin mit unfaßbarem Unterklang.

»Wie denn *so*?... Wenn man solche Behauptungen aufstellt, muß man sie auch beweisen.«

»Wozu hätte ich es nötig, sie zu beweisen?«

»Was heißt das: ... wozu? ...«

»Gar nichts habe ich zu beweisen. Es ist meine Ueberzeugung; aber Sie zu überzeugen, fehlt mir der geringste Wunsch. Es hätte auch keinen Zweck.«

»Wenn man in dieser Weise urteilen will,« sagte Jurii zurückhaltend, »so könnte man wohl die ganze Literatur zum alten Eisen werfen.«

»Aber nicht im geringsten! Die Literatur, nein, das ist eine wichtige und interessante Sache.

Die Literatur, – – ja, nämlich die, die ich so bezeichne, die ist nicht dazu da, mit jedem dahergelaufenen Kopfwackler zu polemisieren. Der selbst nichts zu tun hat, und nur alle Menschen mit seiner Klugheit breitschlagen möchte. Sie baut das ganze Leben um, dringt von Generation zu Generation in das Blut der Menschheit hinein. Wenn man die Literatur vernichten wollte, würden im Leben viel Farben verbleichen.«

Von Deutz blieb stehen, ließ Jurii vorbeigehen, und als Ssanin neben ihn kam, sagte er zu ihm:

»Nein, bitte, die Idee, die Sie da eben streifen, interessiert mich aufs äußerste.«

»Mein Gedanke ist sehr einfach. Wenn Sie durchaus wollen, will ich ihn Ihnen klar machen. Meiner Meinung nach hat das Christentum in der Geschichte eine traurige Rolle gespielt. In der Zeit, als die Menschheit ihr Dasein nicht mehr ertragen konnte und nur wenig daran fehlte, daß alle Demütigen und Unglücklichen zur Vernunft kämen und mit einem Stoß die ganze unerträgliche und ungerechte Ordnung der Dinge zerschlagen hätten, – – – einfach alles vernichteten, was sich von fremdem Blute nährt, ja, gerade in dieser Zeit erschien das stille, demütige, viel verheißende Christentum. Es verurteilte den Kampf, versprach innere Seligkeit, säuselte die Menschen in einen sanften Schlummer ein, brachte eine Religion des ›Nicht dem Bösen mit Gewalt widerstehen‹, nun kurz ausgedrückt, ließ den ganzen Dampf ab. Die gewaltigen Charaktere, die durch den jahrhundertelangen Schmerz zum Kampf erzogen worden waren, gingen wie die blödesten Idioten in die Arena hinab und mit einem Mut, der unendlich bessere Verwendung verdient hätte, zogen sie sich mit eigenen Händen die Haut in Striemen herunter! ... Ihre Feinde haben natürlich garnichts Besseres gewünscht. Und jetzt sind wieder Jahrhunderte nötig, es muß wieder unendliche Versklavung und Knebelung kommen, um die Empörung in Schwung zu bringen. Der menschlichen Persönlichkeit, die zu wild war, um zum Sklaven zu werden, zog das Christentum ein Bußhemd über und verbarg darunter alle Farben des freien menschlichen Geistes ... Die Starken, die sofort im Augenblick ihr Glück in ihre Hände nehmen konnten, hat es betrogen, den Schwerpunkt ihres Lebens in irgend eine Zukunft verlegt, in den Traum an etwas nicht Existierendes, an etwas, das keiner von ihnen jemals erblicken kann... Und alle Schönheit des Lebens verschwand dadurch: Der Stolz, die freie Leidenschaft, die Willenskraft, und nur die Pflicht ist übrig geblieben und dann, – der unsinnige Traum an das kommende goldene Zeitalter, golden natürlich für die anderen. Ja, das Christentum hat eine häßliche Rolle gespielt und der Name Jesu Christi wird noch lange wie ein Fluch auf der Menschheit lasten.«

Von Deutz blieb plötzlich stehen und man konnte trotz der Dunkelheit bemerken, wie sich seine langen Arme hoben und senkten.

»Nun wissen Sie – – –« er stammelte in Schreck und Ratlosigkeit.

Auch in Jurii regte sich ein eigenartiges Gefühl. Einerseits schien in Ssanins Worten nichts Besonderes zu liegen, auch konnte ja Ssanin wie Jurii alles aussprechen, was er dachte und für gut hielt. Aber doch wieder legte sich, gleich einem Schatten des »Unbewußten«, ein schwerer Druck auf sein stehengebliebenes Denken. An die Existenz dieser vererbten Furcht hatte Jurii längst vergessen; er kam niemals darauf, sie sich zu vergegenwärtigen. Jetzt empfand er sie um so intensiver; es verletzte ihn.

»Denken Sie denn garnicht an die blutige Messe, die über die Menschheit losgebrochen wäre, wenn sie das Christentum nicht abgewendet hätte,« fragte er Ssanin mit eigentümlich nervösem Grimm.

»Eh,« Ssanin wehrte mit der Hand ab. »Unter dem Deckmantel des Christentums wurden zuerst die Arenen mit Märtyrerblut berieselt, dann tötete man Menschen, steckte sie in Gefängnisse, warf sie in Irrenhäuser, tagaus, tagein, noch jetzt, strömt Blut in solcher Menge, – – kein Weltumsturz wäre imstande, ein größeres Quantum in Fluß zu bringen. Am schlimmsten ist ja, daß die Menschen noch immer jede Verbesserung mit Blut, durch Revolution erkämpfen müssen. Warum stellen sie denn als Grundlage ihrer Existenz die Humanität und Nächstenliebe auf. Eine platte Tragödie, Lüge und Heuchelei kommt da zutage, weder Fisch noch Fleisch. Ich würde jetzt lieber eine Weltkatastrophe als das trübe waschlappigschleimige Leben von zwei Jahrtausenden kommen sehen!«

Jurii erwiderte nichts. Es war eigentümlich, daß sein Denken sich nicht über dem Sinn der Worte halten konnte, sondern sich stets an die Persönlichkeit Ssanins klammerte. Ihm schien dessen absolute Sicherheit äußerst beleidigend, ja, geradezu unerträglich.

»Sagen Sie bitte,« meinte er plötzlich, ohne daß er selbst erwartet hätte, er würde dem dringenden Verlangen, Ssanin zu verletzen, nachgeben. »Warum sprechen Sie immer in einem Ton, als ob Sie kleine Kinder belehren wollten?«

Von Deutz wunderte sich über Juriis Angriffe, wurde verwirrt und hielt sich für verpflichtet, ein paar begütigende Worte vor sich hinzumurmeln.

»Da haben Sie's,« auch Ssanin war ärgerlich. »Warum sind Sie denn böse?«

Jurii fühlte selbst, daß er ausfallend geworden war und daß er nicht weitergehen dürfe, aber die Erregung, die sich tief in ihm eingefressen hatte und der, bis auf die Nerven nackte Eigensinn rissen ihn fort.

»Ihr Ton ist wirklich unangenehm,« gab er hartnäckig, fast drohend zurück.

»Es ist nun einmal so meine Art zu reden,« meinte Ssanin, trotz des erkennbaren Aergers, doch mit dem Wunsche zu beruhigen.

»Er ist aber nicht überall angebracht! Ich begreife überhaupt nicht, warum Sie immer mit solchem Aplomb auftreten ...«

»Wahrscheinlich in dem Bewußtsein, daß ich klüger bin als Sie,« antwortete Ssanin noch ruhiger.

Jurii blieb, von Kopf bis zu den Füßen durchgehend erzitternd, stehen: »Hören Sie mal,« obgleich man sein Gesicht nicht erkennen konnte, fühlte man, daß es blaß wurde.

»Regen Sie sich doch nicht auf,« Ssanin hielt ihn liebenswürdig zurück. »Ich hatte gar nicht die Absicht, Sie zu beleidigen. Ich habe Ihnen nur meine aufrichtige Meinung gesagt. Und dieselbe Meinung haben Sie von mir, von Deutz hat sie von uns beiden, – – – was wollen Sie, das ist ganz natürlich ...« Ssanins Stimme war so aufrichtig und zart, daß es nur komisch gewesen wäre, mit dem aufgeregten Schreien fortzufahren. Jurii schwieg eine Minute still. Von Deutz, der offenbar die unangenehme Situation für ihn mitempfand, klirrte ernsthaft mit den Sporen und atmete schwer und deutlich.

»Aber ich spreche es doch nicht aus,« sagte Jurii gepreßt.

»Recht schade darum! Ich habe vorhin Ihrer Diskussion mit Deutz zugehört; in jedem ihrer Worte klang ganz handgreiflich und verletzend dasselbe durch. Es handelt sich also nur um die Form. Ich sage frei heraus, was ich denke, und Sie tun es nicht. Das aber wird auf die Dauer uninteressant. Wenn Sie aufrichtig sein wollten, wären Sie viel genießbarer.«

Von Deutz lachte plötzlich kleinlich auf: »Das ist aber originell!« Er verschluckte sich wieder einmal vor Entzücken.

Jurii antwortete nichts. Aber sein Aerger legte sich. Er wurde sogar im Augenblick innerlich froh. Immerhin bedrückte es ihn, daß er schließlich hatte nachgeben müssen; doch das wollte er nicht zu erkennen geben.

Von Deutz war inzwischen mit seinem Entzücken zu Ende gekommen, und erklärte nunmehr gewichtig:

»Auf diese Weise würde es aber zu primitiv hergehen.«

»Müssen Sie denn alles durchaus verwickelt und kompliziert haben? ...«

Von Deutz zuckte die Achseln und wurde nachdenklich.

XXIV

Sie kamen auf den Boulevard, schritten ihn herunter und bogen in einen entlegenen Stadtteil ein, auf dessen kahlen Straßen viel mehr Licht schwamm.

Die trockenen Bretter des Bürgersteigs hoben sich deutlich von der schwarzen Erde ab und über ihnen öffnete sich der blasse Himmel, auf dem dunstige Wolkenfetzen zerstreut hingen. Nur hin und wieder funkelte ein Stern. »Hier ist es!« Von Deutz klinkte eine niedrige Pforte auf und verschwand im Augenblick.

Sofort schlug in der Nähe ein alter, heiserer Köter an; dann schrie jemand von einer kleinen Holztreppe herunter: »Sultan, - - Still «

Ein ungeheurer, verwahrloster Hof lag vor ihnen. An seinem einen Ende stand wie mit Kohle hingezeichnet, die stumpfe Masse einer Dampfmühle, auf der sich ein dünner, schwarzer Schornstein traurig zu den fernen Wolken hinaufreckte. Um sie herum lagen schwarze Schuppen. Nirgends war ein Baum zu sehen, nur unter den Fenstern des Seitenflügels stand in einem kleinen Vorgärtchen einsam ein Bäumchen. Dort war ein Fenster geöffnet und ein Garbe grellen Lichts durchdrang die trübe Finsternis und die durchsichtig grünen Blätter.

»Na, das ist ein trostloser Flecken,« meinte Ssanin.

»Die Mühle arbeitet wohl schon lange nicht mehr,« erkundigte sich Jurii.

»Oh ja, die steht schon eine ganze Weile,« antwortete von Deutz. Im Vorbeigehen schaute er in das erleuchtete Fenster und wandte sich dann mit ungewöhnlich zufriedener Stimme zu ihnen:

»Oho, es ist ja schon eine ganze Menge Volk drin.«

Jurii und Ssanin blickten ebenfalls durch das Vorgärtchen hinüber. In dem hellen, fröhlichen Viereck sah man schwarze Köpfe sich bewegen; blauer Tabakdunst schwamm darüber.

Jemand lehnte sich in die Dunkelheit hinaus; die dunkle verschobene Gestalt, der krause Kopf, von einer Gloriole langer Haare umgeben, verdeckte die ganze Oeffnung.

»Wer da? ...« wurde laut gefragt.

»Von uns,« schrie Jurii zurück.

Sie stiegen die Steintreppe hinauf und stießen auf einen Menschen, der ihnen in bereitwilliger Eile die Hände drückte.

»Ich dachte schon, daß Sie werden garnicht mehr kommen ...« sprach er mit stark jüdischem Akzent.

»Ssoloveitschik ... Ssanin,« stellte von Deutz vor und drückte freundlich die kalte, sehr zapplige Hand des Unsichtbaren.

Dieser kicherte verwirrt und schüchtern.

»Sehr angenehm für mich ... Wissen Sie, ich habe doch so viel gehört von Ihnen und sehen Sie, - - - es ist sehr ...« Ssoloveitschik sprach in der Aufregung ganz zusammenhanglos, schob sich dabei nach rückwärts, hörte aber nicht einen Moment auf, Ssanins Hand zu drücken. Mit seinem Rücken stieß er auf Jurii und trat von Deutz auf den Fuß.

»Verzeihen Sie mir gütigst, Alexander Adolphowitsch,« rief er Ssanin verlassend; er klammerte sich jetzt an Deutz an.

Dadurch verwickelten sie sich alle in dem dunklen Flur, sodaß lange Zeit hindurch keiner von ihnen die Tür oder einer den andern finden konnte.

Im Vorzimmer hingen auf Nägeln, die von dem ordnungsliebenden Ssoloveitschik eigens für diesen Abend eingeschlagen waren, Hüte und Mützen. Auf dem Fensterbrett stand eine enge Reihe von Gläsern der verschiedensten Formen, die für den Tee vorbereitet waren. Auch dieses Vorzimmer war schon von Tabaksrauch durchzogen. Bei Licht besehen, stellte sich Ssoloveitschik als ein junger Jude dar, mit schwarzen Augen, krausem Haar, einem schönen mageren Gesicht und verdorbenen Zähnen, die sich jeden Augenblick bei seinem schüchternen, gefälligen Lächeln zeigten.

Die Eintretenden wurden von einem Chor lebhafter und heller Stimmen empfangen.

Jurii erblickte vor allen Karssawina, die am Fensterbrett saß; sofort nahm alles für ihn ein besonderes freudiges Aussehen an, als wenn hier nicht eine Zusammenkunft im dumpfen vollgerauchten Zimmer wäre, sondern ein Frühlingsfest auf einer Waldlichtung.

Sie lächelte ihm verwirrt entgegen.

»Nun meine Herrschaften, nun – – – wir werden wohl sein vollzählig,« rief Ssoloveitschik; er mußte seine kränkliche und unsichere Stimme anstrengen, weil er ihr einen hellen, fröhlichen Klang zu geben versuchte. Beim Sprechen konnte er gewisse sonderbare Handbewegungen nicht unterlassen.

»Sie müssen schon mich entschuldigen, Jurii Nikolajewitsch, ich glaube, daß ich Sie habe angestoßen,« wendete er sich an Jurii; vor Höflichkeit bog er sich ganz auseinander.

»Tut ja nichts.« Jurii ergriff ihn gutmütig an der Hand.

»Alle sind wir nicht! Aber hol sie der Teufel, die andern,« rief ein gutgewachsener, hübscher Student. An seiner breiten, kräftigen Stimme konnte man gleich den sicheren, selbstbewußten Menschen erkennen.

Ssoloveitschik sprang zum Tisch und schellte schleunigst mit einer kleinen Glocke, wobei er selbst, vergnügt über diesen kleinen Scherz, den er seit dem Morgen vorbereitet hatte, lächelte.

»Aber lassen Sie doch das!« erboste sich der Student. »Immer schleppen Sie irgendwelche Dummheiten heran. Diese Feierlichkeit ist doch wirklich überflüssig.«

»Ich habe es nicht, – – – ich wollte ... habe ja nur ...« Ssoloveitschik kicherte verlegen, steckte aber die Glocke sofort in die Tasche.

»Ich glaube, den Tisch rücken wir in die Mitte des Zimmers!« sprach der Student wieder.

»Sofort ... Werde sofort ...« Eilig stürzte sich Ssoloveitschik auf den Tisch und packte ihn in ohnmächtiger Anstrengung am Rande an.

»Aber doch die Lampe ... Werfen Sie die Lampe nur nicht um,« rief Dubowa.

»So beruhigen Sie sich doch. Es ist ja nicht so eilig,« mischte sich der Student wieder ein.

»Lassen Sie mich Ihnen behilflich sein,« schlug Ssanin ihm liebenswürdig vor.

»Aber ich bitte sehr,« sagte Ssoloveitschik so hastig, daß die Worte kaum unterscheidbar ineinander klangen.

Ssanin schob den Tisch in die Mitte des Zimmers und solange er damit zu tun hatte, blickten alle auf seinen Rücken und seine Schultern, deren Linien unter dem dünnen Stoff seiner russischen Bluse leicht hin und her liefen.

»Nun, Hoshijenko, Sie als Initiator des Ganzen haben die Antrittsrede zu halten,« sagte die blasse, farblose Dubowa. Aus ihren klugen, häßlichen Augen ließ sich kaum ersehen, ob sie es ernsthaft meinte oder sich über den breiten Studenten lustig machen wollte.

»Meine Herrschaften,« begann Hoshijenko, indem er seine Stimme anhob. »Sie wissen alle natürlich, aus welchem Grunde wir uns versammelt haben. Deshalb könnten wir eine Einleitung eigentlich entbehren, aber ...«

Ssanin unterbrach ihn lächelnd: »Ich für meine Person weiß leider nicht, warum ich mich versammelt habe. Es hieß so etwas, es würde hier Bier geben ... Uebrigens, die Einleitung will ich gerne entbehren.«

Hoshijenko sah herablassend über die Lampe auf ihn hin und fuhr fort: »Der Zweck unseres Zirkels ist, auf dem Wege gegenseitigen Lesens, der Besprechung des Gelesenen, und dann des selbständigen Referierens ...«

»Wie meinen Sie ... gegenseitigen Lesens,« rief Dubowa dazwischen und es war wieder nicht zu verstehen, ob sie im Ernst fragte oder zum Spott.

Der dicke Hoshijenko errötete etwas.

»Ich wollte sagen ... gemeinsamen Lesens. So ist also der Zweck unseres Zirkels, indem er beiläufig die geistige Entwicklung seiner Mitglieder fördert, die individuellen Anschauungen herauszuarbeiten, um dadurch die Entstehung einer Parteiorganisation auf sozialdemokratischer Grundlage in unserer Stadt in die Wege zu leiten.

»Aha,« schrie Iwanow gedehnt und rieb sich andauernd den Nacken, dicht unter dem Kopfhaar, – »so läuft der Hase.«

»Aber das kommt erst später. Vorläufig wollen wir uns aber keine so weiten ...«

»Oder engen . ..« brach Dubowa wieder in ihrem sonderbaren Ton dazwischen.

»... Aufgaben stellen,« der dicke Hoshijenko tat, als wenn er nicht gehört hätte, »sondern werden mit der Ausarbeitung eines Leseplans beginnen. Was auch, wie ich vorschlagen möchte, die Tagesordnung unserer heutigen Versammlung bilden soll.«

»Ssoloveitschik! ... Und Ihre Arbeiter ... Werden Sie kommen? ...«

»Aber gewiß, ja!« Ssoloveitschik schnellte aus seiner gebückten Stellung in die Höhe, als wenn ihn jemand gebissen hätte und sprang mit seiner Antwort zu Dubowa herüber. »Man ist sie schon holen gegangen.«

»Ssoloveitschik, regen Sie sich doch nicht jedesmal auf. Seien Sie doch ruhig,« bemerkte Hoshijenko in strengem Ton.

»Sie kommen schon,« rief Schawrow, der ernst und aufmerksam fast mit ehrfurchtsvoller Miene den Ausführungen Hoshijenkos zugehört hatte.

Hinter dem Fenster ertönte das Knarren der Pforte und gleich darauf wieder das heisere Bellen des Hundes.

Ssoloveitschik sprang impulsiv mit unverkennbarem Entzücken aus dem Zimmer.

»Sultan, ... still ...« schrie er schrill von der Steintreppe herab.

Man hörte schwere Schritte, Stimmen und Husten.

Ein kleiner Student der technischen Hochschule, der Hoshijenko ziemlich ähnlich sah, nur daß er brünett und häßlich war, trat ein; hinter ihm kamen verwirrt und ungeschickt zwei Arbeiter. Ueber ihre schmutzigen roten Hemden hatten sie Jacken gezogen; ihre Hände sahen schon von weitem geschwärzt aus.

Der eine von ihnen war hoch gewachsen, hager mit bart- und blutlosem Gesicht, auf dem die langjährige Unterernährung, die ewige Sorge und der tief in die Seele eingepreßte Grimm unverwischbare Furchen gezogen hatten. Der andere sah wie ein Athlet aus, war breitschultrig, kraushaarig und schön; er machte den Eindruck eines Bauernburschen, der zum ersten Mal in die fremden städtischen Verhältnisse, in denen ihm zunächst noch alles lächerlich vorkommt, untergetaucht war. Hinter ihnen schlüpfte, sich mit der Seite voranschiebend, Ssoloveitschik durch.

»Meine Herrschaften, nun ...« wollte er feierlich beginnen.

Wie gewöhnlich fiel ihm Hoshijenko nervös ins Wort:

»Aber lassen Sie doch!« Dann fuhr er selbst fort: »Guten Abend, Genossen.«

Der Technologe übernahm sofort die Vorstellung: Erlauben Sie, hier Piszow und dies Kudriawi.«

Schwer und vorsichtig schritten die beiden Arbeiter durch das Zimmer und schüttelten verlegen die Hände, die ihnen von den meisten Anwesenden mit besonderer Zuvorkommenheit entgegengereicht wurden.

Piszow, der Bauer, lächelte unentschlossen und Kudriawi – er war mager und blaß – machte mit dem langen, dünnen Hals Bewegungen, als wenn er an dem engen Hemdkragen ersticken müßte.

Dann setzten sie sich nebeneinander ans Fenster zu Karssawina, die auf dem Fensterbrett hockte.

»Aber warum ist denn Nikolajew nicht gekommen? ....« fragte unzufrieden Hoshijenko.

»Nikolajew konnte nicht!« antwortete zuvorkommend Piszow.

»Nikolajew ist besoffen wie ein Stint,« fiel ihm düster und abgerissen Kudriawi ins Wort, wobei er eigentümlich nervös mit dem Hals zuckte.

»Ah so, ... so ...« Hoshijenko nickte ungeschickt mit dem Kopf. Unwillkürlich erschien Jurii Swaroschitsch diese Bewegung widerwärtig, und von diesem Augenblick an sah er in dem Studenten seinen persönlichen Feind.

»Also wählte er den besseren Teil,« bemerkte Iwanow in tiefem Nachdenken. Der Hund schlug im Hofe an.

»Noch einer,« sagte Dubowa.

»Wenn nicht zu guter Letzt die Polizei ...« meinte mit gemachter Nachlässigkeit Hoshijenko.

»Das würde Ihnen wohl ganz gut in den Kram passen, wenn es die Polizei wäre,« versetzte sofort Dubowa.

Ssanin blickte auf ihre intelligenten Augen, die aus ihrem häßlichen Gesicht interessiert hervorsprangen. Sie nicht allein verfeinerten es; auch der helle Zopf, der über die Achsel auf die Brust geworfen war, umrahmte es sehr niedlich von der Seite ... Welch ein famoses Mädchen, dachte Ssanin, ohne die Augen von ihr abzuwenden.

Ssoloveitschik wollte wieder in die Höhe fahren, erschrak aber rechtzeitig und tat, als ob er auf dem Tisch nach einer Zigarette suchte. Aber Hoshijenko, der wie gespitzt auf jede seiner Bewegungen zu lauern schien, hatte es auch diesmal wieder bemerkt und machte eine abweisende strenge Geste, durch die seine Antwort auf Dubowas Einwurf abgelenkt wurde. Ssoloveitschik klappte unter ihr plötzlich zusammen; ihm schien das Verständnis aufzudämmern, daß sein einfacher Wunsch, allen Menschen zu helfen und gefällig zu sein, bei weitem keine so schroffe Zurückweisung verdiente.

»Vielleicht kümmern Sie sich nicht in einem fort um Ssoloveitschik,« rief Dubowa zu Hoshijenko herüber. »Seien Sie doch ruhig.«

Rasch und lärmend trat Nowikow ins Zimmer.

»Nun, da bin ich,« bemerkte er mit freudigem Lächeln.

»Das konstatieren wir,« Ssanin nickte ihm zu.

Nowikow lächelte verlegen und flüsterte ihm beim Händedruck eilig und wie zu seiner Rechtfertigung ins Ohr:

»Lydia Petrowna hat Besuch bekommen.«

»Na, sollen wir uns auch weiterhin mit Privat-Unterhaltungen unterhalten,« fragte wütend der Technologe.

»Beginnen wir doch meinetwegen!«

»Hatten Sie denn noch garnicht begonnen?« erkundigte sich Nowikow erfreut, während er den Arbeitern, die eilig vor ihm aufgestanden waren, die Hände drückte.

Es war ihnen peinlich, daß ihnen der Arzt, der sie im Krankenhaus von oben herab behandelte, jetzt die Hand als Genosse reichte.

»Ja, mit Ihnen soll einer anfangen,« zischte Hoshijenko unangenehm durch die Zähne. Dann fuhr er fort:

»Also, meine Herrschaften, uns allen wäre es natürlich erwünscht, unsere Weltanschauung zu erweitern. Da wir nun glauben, daß die beste Möglichkeit der Selbstentwickelung und Selbstbildung durch systematisches, gemeinsames Lesen und durch Gedankenaustausch über das Gelesene gegeben wird, so haben wir beschlossen, einen kleinen Zirkel zu bilden ...«

»So ...« Piszow atmete begeistert auf und ließ seine freudig glänzenden Augen über alle Köpfe gleiten.

»Die Frage dreht sich nur noch darum, was wir jetzt lesen sollen. Vielleicht ist jemand bereit, ein Programm vorzuschlagen.«

Schawrow zupfte an seiner Brille herum, dann erhob er sich langsam, ein Heft in der Hand.

»Ich glaube,« begann er mit trockener, langweiliger Stimme, »daß wir unser Lesen unbedingt in zwei Teilen zerlegen müssen, wie? Es ist unzweifelhaft, daß sich jede Bildung aus zwei Teilen zusammensetzt, aus der Kenntnis des Lebens, entwicklungsgeschichtlich betrachtet, und der Kenntnisse der Lebensvorgänge als solcher.«

»Schawrow spricht gescheiter,« bemerkte Dubowa.

»Das erstere wird durch das Lesen von Büchern erreicht, die Naturwissenschaften zur Grundlage haben, das zweite durch Lektüre künstlerischer Literatur, und die wird uns mitten in das Leben einführen.«

Dubowa konnte nicht zur Ruhe kommen: »Wenn wir so langsam weitersprechen, schlafen wir alle ein.« In ihren Augen leuchtete zärtlicher Spott wie ein lustiges Feuer auf.

»Ich bemühe mich, so zu sprechen, daß mich alle verstehen können, wie?« erwiderte Schawrow sanftmütig.

»Nun, Gott mit. Ihnen, sprechen Sie schon, wie Sie wollen.« Dubowa machte eine wegwerfende Handbewegung. Auch Karssawina lachte zärtlich über Schawrow und warf vor Lachen den Kopf so weit in den Nacken zurück, daß sich ihr voller, weißer Hals zeigte.

»Ich habe ein Programm zusammengestellt, aber vielleicht würde es langweilig sein, es vorzulesen. Darum möchte ich zunächst vorschlagen – zu – lesen: Der Ursprung der Familie von Engels, und daneben: Darwin, und als Belletristisches: Tolstoi.«

»Tolstoi gewiß.« Zum ersten Mal beteiligte sich von Deutz, der bis dahin, nur neugierig auf alles starrend, Zigaretten geraucht hatte, an der Diskussion. Auch jetzt zündete er sich, sehr befriedigt von seinem Einwurf, eine neue Zigarette an.

Schawrow wartete, Gott weiß warum, bis die Zigarette in Brand gesetzt war, dann fuhr er methodisch fort:

»Tschechow, Ibsen, Knut Hamsum ...«

»Aber das hat man doch schon längst gelesen!« Karssawina war sehr erstaunt. Jurii lauschte mit Freude ihrer klingenden Stimme und schloß sich ihr sofort an:

»Selbstverständlich! Schawrow vergißt ganz, daß er hier nicht bei seinen Sonntagsvorlesungen ist. Und dann, was ist das für eine komische Zusammenstellung: Tolstoi und Hamsum.«

Schawrow führte ruhig und weitschweifig einige Einwände zur Verteidigung seines Programms an, aber keiner konnte verstehen, was er eigentlich sagen wollte.

»Nein,« widersprach ihm Jurii laut und entschieden, während er den Blick Karssawinas ganz besonders auf sich ruhen fühlte und darüber froh wurde. »Ich kann da nicht zustimmen.«

Nunmehr entwickelte er seinen Standpunkt, und je länger er sprach, um so mehr gab er sich Mühe, Karssawinas Beifall zu erringen. Er spürte, daß es ihm gelang. Schonungslos schlug er auf Schawrow auch in solchen Punkten los, in denen er sonst mit ihm einverstanden gewesen wäre.

Der dicke Hoshijenko setzte sofort, nachdem Jurii geendet hatte, mit scharfem Widerspruch ein. Er hielt sich für gebildeter, intelligenter und vor allem für einen besseren Redner als die anderen, im Grunde hatte er diesen Zirkel nur gegründet, weil er hoffte, so eine erste Rolle zu spielen. Der Beifall, den Jurii fand, berührte ihn unangenehm und zwang ihn, sofort gegen ihn aufzutreten. Die Ansichten Juriis waren ihm vorher nicht bekannt gewesen, und er war daher nicht fähig, sie in vollem Umfange zu bekämpfen. So griff er nur die schwachen Stellen heraus und stürzte bissig auf sie los. Ein langer Streit, von dem offenbar das Ende garnicht vorauszusehen war, schloß sich an. Der Technologe, Iwanow, Nowikow ergriffen ebenfalls das Wort; bald leuchteten durch den Tabaksrauch aufgeregte Gesichter. Die Worte verwickelten sich in ein unentwirrbares, formloses Chaos, in dem man fast nichts mehr herausfinden konnte.

Dubowa war in Nachdenken versunken; schweigend sah sie in das Feuer der Lampe und Karssawina, die auch auf nichts mehr hinhörte, öffnete ihr Fenster zum Vorgärtchen und starrte sinnend, die straffen Arme auf der Brust verschränkt, den vollen Nacken gegen den Fensterrahmen gelehnt, durch die nächtliche Finsternis.

Zuerst konnte sie nichts erkennen, aber allmählich traten aus dem schwarzen Dunkel die trächtigen Bäume, der beleuchtete Vorgartenzaun und weiter hinten ein trüb schwankender Lichtfleck, der über das Gras auf den Fußpfad glitt, deutlich heraus. Der weiche, elastische Wind umgab ihr Schultern und Nacken mit kühlen Strichen, – leise bewegte er zarte, einzelne Härchen an ihrer Schläfe. Karssawina hob den Kopf und unterschied in der allmählich klarer werdenden Finsternis den unaufhörlichen, eigenartig gespannten Zug dunkler Wolken. Sie dachte über Jurii, über ihre Liebe nach und glückliche schwere Gedanken erfüllten mit liebkosender Erregung ihr Hirn. Es war so schön, hier zu sitzen, sich mit dem glühenden Körper der Nacht hinzugeben und dabei mit ganzem Herzen der einen aufreizenden Männerstimme zuzuhören, die für sie ganz besonders laut aus dem allgemeinen Gewirr herausklang.

Im Zimmer herrschte unterdessen ununterbrochenes Lärmen; es stellte sich immer klarer heraus, daß jeder einzelne sich für gebildeter und intelligenter hielt, und die anderen zu belehren suchte. Darin lag ein schwerer, aufpeitschender Vorwurf, der selbst die Friedfertigsten erbitterte.

»Ja, wenn wir es von der Seite nehmen, dann müssen wir auf den Urgrund aller Ideen zurückgehen.« Jurii schrie es mit hartnäckiger Anstrengung, – einen gleichen hartnäckigen Glanz in den Augen. Er fürchtete, in Gegenwart Karssawinas, nur einen Schritt von seiner

Meinung zurückweichen zu müssen. Er wußte nicht, daß sie ganz allein auf seine Stimme hörte, ohne auch nur einen Augenblick auf den Inhalt seiner Worte zu achten.

»Was sollen wir denn dann Ihrer Meinung nach lesen?« fragte Hoshijenko spöttisch.

»Meiner nach? ... Nun, Confucius, das Evangelium, den Ecclesiast ....«

Hoshijenko lächelte schadenfroh; dachte aber garnicht daran, daß er bisher noch kein einziges dieser Bücher gelesen hatte.

»Aber was wollen Sie denn? ... Das geht doch nicht, wie?« meinte Schawrow gedehnt.

»Die Psalter und das Leben der Heiligen ... nur los!« bemerkte ironisch der Technologe.

»Wie in der Kirche,« kicherte Piszow.

Jurii wurde vor Wut dunkelrot.

»Ich scherze nicht. Wollen Sie logisch sein ...«

»Und was erzählten Sie vorhin über Christus? ...« fiel ihm von Deutz triumphierend ins Wort.

»Was ich gesagt habe? ... Wenn man an das Studium des Lebens herangeht, so, – – so will man sich eine bestimmte Weltanschauung bilden, um die gesamten Beziehungen zwischen sich und den Menschen zu klären. Dann ist doch wohl das Richtigste: zunächst hält man sich bei der titanischen Arbeit jener Menschen auf, die die besten Repräsentanten des Menschengeschlechts waren. Sie haben ja in ihrem eigenen Leben alles getan, um die verschiedensten Zusammenhänge in der menschlichen Gesellschaft von den einfachsten bis zu den kompliziertesten, zu prüfen und festzustellen.«

Hoshijenko, der die ganze Zeit über wie gespannt saß, fiel ihm jetzt gewaltsam ins Wort: »Bitte sehr, ich erkläre mich damit durchaus nicht einverstanden. Bitte, ich kann das unter keiner Bedingung zugeben.« Nowikow überschrie ihn: »Aber ich bin ganz derselben Meinung. Sehr richtig war das.«

Wieder entstand ein sinnloser, brutaler Wirrwarr der Reden, in dem man weder Anfang noch Ende einer Ansicht herausfinden konnte.

Ssoloveitschik, der sofort, als die anderen zu sprechen begannen, sich schweigend in die Ecke gesetzt hatte, achtete intensiv auf jedes Wort. Zuerst lag auf seinem Gesicht ungeteilte Aufmerksamkeit, die in ihrem Ernst fast kindlich wirkte. Dann schärfte sich in seinen Mienen mehr und mehr der Zug voller Verständnislosigkeit und innigen Leides.

Ssanin schwieg, trank Tee und rauchte. Man konnte Aerger und Langeweile aus ihm herauslesen. Als nun gar gehässige Nuancen das wirre Geschrei durchtönten, erhob er sich, drückte seine Zigarette aus und sagte:

»Ja, wißt ihr, Herrschaften, eure Geschichte hier wird mit der Zeit langweilig.«

»Wirklich. Von ganzem Herzen langweilig,« unterstützte ihn Dubowa.

»Oh Eitelkeit aller Eitelkeiten, Qual für den Geist!« sprach I-wanow in einem Ton, als ob er diese Phrasen die ganze Zeit auf der Zunge gehabt und nur auf die Gelegenheit gewartet hätte, sie anzubringen.

»Und weshalb finden Sie das,« fragte wütend der brünette Technologe.

Ssanin schenkte ihm keine Aufmerksamkeit und wendete sich an Jurii: »Glauben Sie ernsthaft, daß man sich nach irgend welchen Büchern eine gewisse Weltanschauung aufbauen könne?«

»Aber gewiß!«

»Ganz im Gegenteil. Wenn dem so wäre, müßte man ja die ganze Menschheit auf eine Form bringen können. Man brauchte ihr nur Bücher von einer Richtung zu lesen geben. Nein, die Weltanschauung wird nur vom Leben selbst gestaltet. In dem ist die Literatur und selbst das menschliche Denken ein verschwindender Teil. Die Weltanschauung ist keine Theorie des Lebens. – – Nein, gewiß nicht! Ganz allein die – nun, warten Sie, – die Stimmung der einzelnen Persönlichkeit. Und diese Stimmung wird so oft wechseln, solange der Mensch seine lebende Seele besitzt. Folglich kann es überhaupt nicht eine singuläre, abgeschlossene Weltanschauung geben, für die sie so energisch eintreten könnten.«

»Aber wieso denn nicht,« rief Jurii empört. Wieder trat auf das Gesicht Ssanins der Ausdruck von Langeweile.

»Natürlich nicht. Wenn eine Weltanschauung als fertige Theorie möglich wäre, so müßte ja unser Denken völlig zum Stillstand kommen. Aber das gibt es ja garnicht. Jeder Augenblick unseres Daseins schreit uns sein neues, eigenes Wort ins Ohr und auf dieses Wort muß man hören, ohne sich vorher durch Begrenzungen festzulegen. – – Wozu übrigens darüber diskutieren,« fiel er sich plötzlich, über seine Interessiertheit erstaunt, selbst in die Rede. »Denken Sie, was Sie wollen. Doch nur noch eins möchte ich Sie fragen. Warum haben Sie sich denn, – Sie haben doch wahrscheinlich schon hunderte von Büchern gelesen, vom Ecclesiast bis auf den Marx – noch keine Weltanschauung gebildet.«

»Ich hätte mir keine gebildet? ...« Jurii fühlte sich tief verletzt. »Bitte, ich habe schon eine. Vielleicht ist sie falsch, aber feststehend ist sie.«

»Ja, was wollen Sie sich dann eigentlich hier noch anschaffen? ...«

Piszow kicherte. »Eh, du!« herrschte ihn verachtungsvoll Kudriawi an, drohend den Hals anreckend.

Mit naivem Entzücken starrte Karssawina jetzt auf Ssanin, – – – wie klug er doch ist, dachte sie.

Sie verglich ihn mit Swaroschitsch; ihren ganzen Körper durchwühlte ein schamhaftes, frohes Gefühl, das ihr aber nicht bewußt wurde. Als wenn sich diese beiden nicht aus allgemeinen Gründen stritten, sondern nur, um vor ihr zu glänzen.

»Also ... am letzten Ende zeigt sich ... Ihr habt euch hier alle ohne jede innere Notwendigkeit versammelt. Ich verstehe auch das! Es ist ganz klar. Einer will nur den andern zwingen, seine Ansichten anzuerkennen und anzunehmen; dabei fürchtet jeder, daß man ihn selbst überreden könnte. Offen gestanden, Herrschaften, das ist öde und platt.«

»Erlauben Sie mal,« schrie Hoshijenko.

»Nein. Sie glauben hier die allerherrlichste Weltanschauung zu haben, sicher haben Sie auch in Ihrem Leben eine Menge von Büchern in der Hand gehabt. Und doch regen Sie sich darüber auf, daß nicht alle so denken, wie Sie. Außerdem verletzten Sie noch vorhin ein paar Mal den Genossen Ssoloveitschik, der Ihnen absolut nichts zuleide getan hatte.«

Hoshijenko schwieg verwundert, als ob ihm etwas ganz Unerhörtes gesagt worden wäre.

»Jurii Nikolajewitsch,« fuhr Ssanin lustig fort, »seien Sie mir nicht böse, wenn ich Ihnen vorhin etwas derb gekommen bin. Ich sehe, daß in Ihnen tatsächlich ein Zwiespalt vorgeht.«

Jurii errötete; er war unsicher, ob er sich verletzt fühlen müsse oder nicht. »Wieso? ... Weshalb ein Zwiespalt? ...« Ebenso wie auf dem Herwege berührte ihn auch jetzt die zärtliche, beruhigende Stimme Ssanins angenehm.

»Das wissen Sie doch selbst,« erwiderte ihm Ssanin lächelnd. »Und auf dieses kindische Unternehmen hier, da, wirklich, da muß man einfach spucken; sonst läßt man es sich tatsächlich noch zu nahe gehen.«

»Hören Sie mal,« schrie Hoshijenko wieder tief errötend. »Sie erlauben sich aber zu viel.«

»Weniger als Sie.«

»Was – als ich?«

»Denken Sie nur,« sagte Ssanin lustig. »In jedem Ihrer gehässigen Worte liegt sicher viel mehr Grobheit und Taktlosigkeit, als in einem vergnügten von mir.«

»Ich verstehe Sie nicht!«

»Das ist nicht meine Schuld.«

»Was?«

Ohne zu antworten, nahm Ssanin den Hut und sagte: »Ich gehe fort. Das wird wirklich zu uninteressant.«

»Eine gute Tat. Und Bier gab es auch nicht mal,« stimmte ihm Iwanow bei und ging ins Vorzimmer hinaus.

Dubowa stand ebenfalls auf: »Ja, aus der Sache wird wohl nichts werden.«

»Kommen Sie mit, Jurii Nikolajewitsch?« wendete sich Karssawina an diesen. »Auf Wiedersehen,« sie reichte Ssanin die Hand. Für eine Minute trafen sich ihre Blicke, unwillkürlich wurde sie betroffen.

Beim Fortgehen sagte Dubowa: »Der Zirkel ist verwelkt, bevor er geblüht hat.«

»Aber warum denn nur,« fragte traurig und ratlos Ssoloveitschik, der allen wie ein Pfahl im Wege stand.

Erst in diesem Augenblick erinnerte man sich an ihn; der sonderbare Ausdruck seines Gesichts fiel ihnen auf.

»Hören Sie, Ssoloveitschik,« sagte nachdenklich Ssanin. »Ich möchte einmal zu Ihnen kommen. Mich mit Ihnen ein bißchen persönlich unterhalten.«

»Ich bitte recht sehr ...« Ssoloveitschik verbeugte sich hocherfreut.

Auf dem Hofe schien es nach der Helle des Zimmers so dunkel, daß man die Nebenstehenden garnicht bemerken konnte, man hörte nur laute Stimmen um sich.

Die Arbeiter gingen abseits von den anderen. Als sie schon in der Finsternis untergetaucht waren, sagte Piszow:

»So geht's doch ein für alle Mal. Ich möchte mal sehn, ob's nicht immer dasselbe ist. Da laufen die Herrschaftens nun zusammen und wollen ne Sache machen. Und was? ... Jeder will's in seine Hände kriegen. Aber dieser gesunde Kerl da, der, der da immer zuletzt red'te, Donnerwetter, der macht Laune.«

»Na, du hast auch 'ne Ahnung, wenn gebildete Leute unter sich zu reden haben,« erwiderte Kudriawi und drehte wieder seinen Hals als wenn er einen Erstickungsanfall bekäme. Seine Stimme war stumpf und erbittert.

Piszow pfiff selbstsicher und spöttisch.

XXV

Ssoloveitschik stand noch ziemlich lange unbeweglich auf der Steintreppe und starrte in den sternenlosen Himmel; mechanisch rieb er die mageren Finger gegeneinander.

Der Wind bog hinter den schwarzen Scheunen und Schuppen, an deren Eisenpfosten er klirrte, die Wipfel der Bäume, die sich wie Gespenster lautlos drängten, hin und her; über ihnen zogen Wolken in furchtbarer Hast, wie von einer unwiderstehlich mächtigen Bewegung erfaßt, vorbei. Ihre schwarzen Massen bauten sich schweigend am Horizont auf, türmten sich in unerreichbare Höhen; plötzlich brachen sie weit in der Ferne in einem jähen Abgrund nieder. Man hätte glauben können, daß ihre unübersehbaren Regimenter hinter dem weiten Rand der Erde ungeduldig warteten und eins nach dem andern mit wehenden, dumpf grauen Fahnen in eine phantastische Schlacht zöge. Ab und zu dröhnte mit dem ruhelosen Wind das Tosen und Wuchten ihres Kampfes herüber.

Mit kindlicher Furcht blickte Ssoloveitschik hinauf; niemals früher hatte er so stark als in dieser Nacht empfunden, wie klein und ohnmächtig, fast garnicht existierend er sich inmitten dieses grandiosen, sich verschlingenden Chaos ausnahm.

»– – – Oh Gott, Gott,« seufzte er und sein Herz krümmte sich vor Trauer.

Angesichts des Himmels und der tiefen Nacht war er nicht mehr derselbe wie unter den Augen der Menschen. Die hastige Gefälligkeit der verzerrten Bewegungen war in irgend eine Tiefe versunken, die häßlichen Zähne, die den Eindruck eines fletschenden alten Köters hervorriefen, verbargen sich hinter den dünnen Lippen eines jungen Juden; seine schwarzen Augen blickten traurig und ernst.

Langsam ging er ins Zimmer zurück, löschte eine überflüssige Lampe aus, rückte ungeschickt den Tisch an seinen alten Platz und setzte die Stühle mit peinlicher Mühe zurecht. Durch die Zimmer zogen noch immer Schwalme dünnen Tabaksrauches, auf dem Boden lag viel Schmutz, zertretene Zigarettenstummel und abgebrannte Streichhölzer.

Ssoloveitschik holte den Besen und fegte das Zimmer aus. Wie immer bemühte er sich, den Ort, wo er wohnte, mit einer seltsamen, nachdenklichen Liebe so schön und gemütlich als möglich zu machen. Dann brachte er aus der Kammer einen alten Eimer mit Schmutzwasser, krümelte noch Brod hinein und ging über den dunklen Hof, wobei er, um das Gleichgewicht zu halten, gezwungen war, den ganzen Körper auszurecken, die Füße in trippelnden Schritten voreinanderzusetzen und mit dem freien Arm hin und herzuschlenkern.

Um sich ein wenig Licht zu schaffen, hatte er die Lampe auf das Fensterbrett gestellt; dennoch war es im Hof dunkel und bänglich. Ssoloveitschik war froh, als er an der Hütte Sultans angelangt war.

Der zottige Hund kroch ihm keuchend entgegen und rasselte traurig mit der eisernen Kette.

»Ah Sultan, still,« schrie Ssoloveitschik, um sich an seiner eigenen lauten Stimme zu beruhigen. In der Finsternis stieß ihn der Hund mit der nassen, kalten Schnauze an die Hand.

»Hier, hier,« Ssoloveitschik stellte den Eimer nieder.

Sultan glubschte und prustete im Eimer und Ssoloveitschik stand neben ihm; er lächelte traurig in die Finsternis hinein.

– – – Was kann ich tun, dachte er, kann ich denn die Menschen zwingen, anders zu denken, als sie Lust haben. Ich hatte selbst geglaubt, von ihnen zu hören, wie man leben und denken soll. Gott gab mir keine Prophetenstimme ... Was muß ich also tun ...

Sultan knurrte freundlich.

»Friß schon, friß, ... ja, ja, ist ja gut ... Ich möchte dich schon von der Kette losmachen, damit du ein bißchen herumlaufen kannst, aber ich habe keinen Schlüssel. So bin ich zu schwach.«

– – – Was für kluge, wunderbare Menschen das sind ... Und wieviel sie wissen ... Und dennoch ... Oder vielleicht bin ich selbst schuld. Ich müßte ein einziges Wort sagen. Und doch, ... dieses Wort fand ich nicht. – –

Fern hinter der Stadt erklang ein gedehntes trübseliges Pfeifen. Sultan hob den Kopf und lauschte. Man konnte hören, wie von seiner Schnauze schwere Tropfen klingend in den Eimer fielen.

»Aber friß doch weiter, da pfeift der Zug ...«

Sultan seufzte schwer.

- - - Und werden einmal die Menschen so leben können ... oder vielleicht können sie es garnicht. - - - Ssoloveitschik sprach diesen letzten Satz laut in die Luft.

Ein endloses Menschenheer, das aus der Finsternis heraufstieg und wieder in sie hineinwallte, schob sich plötzlich an seinen Augen vorüber. Eine Reihe von Jahrhunderten ohne Anfang und Ende, eine Kette von Leiden ohne Lichtstrahl, ohne Sinn, ohne Erlösung ... Und oben, wo Gott thront, herrscht ewiges Schweigen. - - -

Sultan klapperte mit dem leeren Eimer, stieß ihn um und wedelte unter schwachem Kettengeklirr mit dem Schwanz.

»Nu, ... hast du gefressen, ... nu ...«

Ssoloveitschik streichelte den rauhen Rücken, fühlte einen Augenblick an der Hand den lebendigen, sich zärtlich biegenden Körper und ging ins Haus.

Weit hinter ihm klirrte Sultan mit der Kette; auf dem Hof war es etwas heller, aber gerade dagegen erschien das alte, schwarze Gebäude der Mühle mit dem zum Himmel ragenden Schornstein und dem schmalen, sargartigen Schuppen noch dunkler und furchtbarer. Ein schmaler Lichtstreifen schob sich vom Fenster durch das Vorgärtchen. Schwankende Köpfe zarter Blumen hoben sich von ihm ab, bewegten sich unter dem schwarzen Himmel, der seine grauen Fahnen unendlich entfaltet hatte, geängstigt hin und her, als wenn sie die dumpfe Ahnung des Sterbens heranschleichen fühlten.

Ssoloveitschik ging ins Zimmer; er war von der erdrückenden Trauer, etwas unwiderbringlich verloren zu haben und jetzt ganz einsam zu sein, durchdrungen. Er setzte sich an den Tisch und begann langsam und schwer zu weinen.

XXVI

Gewaltsam waren den müden Sinnen immer neue Genüsse abgetrotzt worden und doch reagierte der Körper, den die Ausschweifungen bis zu Schmerzen gepeinigt hatten, immer von neuem auf die eine Tatsache: Weib! ...

Das Weib stand vor Woloschin nur nackt, stets zugänglich; in jedem Augenblick seines Lebens setzten Frauenkleider, die sich vollen, biegsamen Figuren eng anschmiegten, seine Nerven in Spannung, bis seine Knie scharf erzitterten und alle Muskeln an ihm zerrten.

In Petersburg hatte er einen ganzen Haufen luxuriöser und gutgepflegter Weiber zurückgelassen, die in jeder Nacht seinen Körper mit den raffiniertesten Perversitäten aufpeischten. Am Tage lag in seinen Händen die Leitung eines wichtigen, umfangreichen Werkes, von dem die Existenz vieler Menschen, die für ihn arbeiten mußten, abhängig war; doch sobald er es gegen Abend verließ, stürzten sich alle seine Gedanken auf das eine Ziel: Weib! ...

Als er wenige Tage zuvor von Petersburg abgereist, weil in seiner Fabrik ein umfangreicher Streik eingesetzt hatte, entstanden vor seinen Augen welke Träume von blutjungen, unberührten Frauen kleiner Provinznester. Er stellte sie sich scheu und ängstlich, saftig wie Waldpilzchen vor, und schon von der Ferne her sog er gierig ihren aufreizenden Duft von Jugendfrische und Reinheit in sich ein.

Nachdem er die Verbindungen mit den hungrigen, schmutzigen und innerlich erbitterten Leuten frei zerrissen hatte, erfrischte er seinen bleichsüchtigen, zermürbten Körper mit Parfüms und der schneeweißen Sauberkeit eines hellen Kostüms, nahm eine Droschke und fuhr zu Sarudin. Auf dem Wege zu ihm zitterte er fast vor Ungeduld, obgleich ihn seine Gesellschaft eigentlich chokierte.

Der Offizier saß am Fenster zum Garten, trank kalten Tee und bemühte sich, in bessere Stimmung zu kommen.

... Ein sehr schöner Abend, wiederholte er sich mechanisch, aber er konnte seine Gedanken nicht an diesen einfachen Phrasen festhalten; er war mit sich selbst unzufrieden; er schämte sich.

Er fürchtete Lyda. Seit dem Tage ihrer Auseinandersetzung hatte er sie nicht mehr gesehen. Sie stand jetzt ganz anders vor seinen Augen, als in der Zeit ihrer Hingabe.

... Wie dem auch sein mag; die Sache ist sicher noch nicht zu Ende. Man muß auf irgend eine Weise das Kind los werden. Oder ... sollte man einfach darauf spucken? ...

... Was mag sie jetzt tun? ... Vor ihm tauchte das hübsche Gesicht des Mädchens auf, aber mit drohendem, rachsüchtigem Ausdruck, mit festzusammengepreßten Lippen und seinen rätselhaften Augen.

... Und wenn sie mir hier einen Tanz aufführen wird. – So Eine, wie sie, läßt die Geschichte nicht ruhig ablaufen ... Ich müßte doch eigentlich etwas ...

Das Gespenst eines entsetzlichen Skandals, der sich in seiner Form noch gar nicht voraussehen ließ, tauchte vor ihm auf; sein Herz begann feige schneller zu schlagen.

.... Aber am Ende, fragte er sich immer, was kann sie denn schließlich tun. ... Nichts! ... Dann erhellte sich etwas in seinem Hirn, alles wurde klar und einfach, und er war zuletzt überzeugt, daß nichts passieren würde.

... Sie ersäuft sich? ... Nun, mag sie der Teufel holen ... Ich habe sie auch nicht mit Gewalt zu mir hergeschleppt. Sie sagt, daß sie nicht meine Geliebte war ... Was bedeutet das viel? ... Das Ganze zeigt doch nur, daß ich ein hübscher Kerl bin. Daß ich sie heiraten werde, habe ich niemals versprochen.

... Sonderbar, bei Gott! ...Sarudin zuckte mit den Achseln; wieder legte sich in diesem Moment der trübe, bange Druck in seine Seele .... Aber doch, auf jeden Fall gibt's Klatschereien, ... ich werde mich schon nirgends mehr zeigen dürfen ... Ein wenig zitternd führte seine Hand das Glas mit kaltem Tee zum Mund.

Er war ebenso reinlich und hübsch wie immer, aber zumute war ihm, als wenn auf ihm, auf seiner ganzen Persönlichkeit, auf dem Gesicht, dem schneeweißen Kittel, den Händen, ja selbst auf dem Herzen ein schmutziger Fleck läge, der langsam weiter um sich frißt.

... Eh, das geht schon mit der Zeit vorüber, ist ja nicht das erste Mal, tröstete er sich. Doch in seinem Innern wollte sich das unbekannte Gefühl nicht damit beruhigen lassen.

Woloschin trat ein, scharrte mit den Stiefelsohlen und zeigte nachsichtig die kleinen Zähne in einem zufriedenen Lächeln. Mit einem Mal erfüllte sich das ganze Zimmer mit dem Geruch von Parfüms, Tabak und Moschus, der den Duft des grünen Gartens und der Kühle ablöste.

»Ah, Pawl Lwowitsch,« Sarudin erschrak etwas.

Woloschin begrüßte ihn, setzte sich ebenfalls ans Fenster und zündete eine Zigarre an. In Sarudins Augen schien er so selbstsicher, so elegant, daß dieser leichten Neid darüber empfand. Aus allen Kräften bemühte er sich, ein ebenso sorgloses und keckes Aussehen zu gewinnen. Aber seine Augen liefen die ganze Zeit ruhelos umher. Seitdem ihm Lyda das Wort Rindvieh ins Gesicht geschleudert hatte, kam es ihm vor, daß jeder Mensch davon wüßte und innerlich über ihn spottete.

Mit Lächeln und alten, aber ungeschickten Witzen begann Woloschin über Kleinigkeiten zu schwätzen, doch wurde es ihm schwer, den Ton aufrecht zu halten; das ungeduldige Verlangen nach dem Worte Weib preßte sich bald durch alle seine Witze, die Erzählungen von Petersburg und den Streik in seiner Fabrik.

Er wollte die Pause, die durch das Anrauchen einer neuen Zigarre entstanden war, ausnutzen, schwieg aber noch eine Weile und blickte Sarudin zunächst nur ausdrucksvoll ins Gesicht.

Etwas Schlüpfrig-Schamloses glitt aus seinem Blick in die Augen des Offiziers herüber, und dieser verstand ihn sofort. Woloschin rückte sein Pincenez zurecht und lächelte weiter. Sofort spiegelte sich dieses Lächeln auf dem hübschen Gesicht Sarudins wieder; doch dadurch nahm es einen frechen Ausdruck an.

»Sie verlieren hier Ihre Zeit wohl auch nicht,« fragte Woloschin, ein Auge listig und bestimmt zusammenkneifend.

Sarudin antwortete mit einer prahlerisch wegwerfenden Bewegung der Schultern:

»Das ist so schon Sitte. Was sollte man hier auch anderes tun.«

Sie lachten und schwiegen. Woloschin erwartete gierig Details; unter seinem linken Knie zog sich krampfhaft eine kleine Ader an. Aber Sarudin dachte wiederum nicht mehr an die Einzelheiten, die Woloschin meinte, sondern an all das, was ihn seit Tagen quälte.

Er wandte sich ein wenig zum Garten hinaus und trommelte mit seinen Fingern unruhig auf dem Fensterbrett.

Der Besuch wartete schweigend, und Sarudin empfand die Notwendigkeit, wieder in den eingeschlagenen Ton hineinzukommen.

»Ich weiß,« begann er mit gemachter Selbstsicherheit. »Ihr von der Hauptstadt meint, die hiesigen Frauen hätten was Besonderes. Aber ihr irrt euch gewaltig. Allerdings die haben Frische, doch dafür fehlt ihnen die Eleganz, ... wie sollte ich es sagen ... nun – die Kunst, zu lieben.«

Woloschin bebte im Augenblick. Seine Stimme nahm einen anderen Klang an:

»Ja, allerdings ... Aber auch das wird schließlich langweilig. Unsere Damen aus Petersburg haben keinen Körper, verstehen Sie ... Das sind Nervenknäuel, und weiter nichts, während hier ...«

»Das ist schon wahr,« gab Sarudin zu. Unmerklich wurde er aufgeheitert, behaglich drehte er seinen Schnurrbart.

»Ziehen Sie der elegantesten Hauptstädterin das Korsett vom Leibe und Sie sehen dort ... Halt, hier haben Sie's ... Kennen Sie den neuesten Witz? ...«

»Welchen. Ich kenne ihn gewiß noch nicht.« Sarudin beugte sich mit entflammtem Interesse vornüber.

»So ... er ist recht bezeichnend. Eine Pariser Kokotte ...« und Woloschin erzählte ausführlich und kunstgerecht eine raffiniert schamlose Geschichte, in der gemeine Gier und magere Frauenbrüste zu einem so berückenden und benebelnden Bild ineinandergriffen, daß Sarudin nervös zu lachen und sich hin- und herzuwerfen begann, als wenn er am Spieße steckte.

»Ja, das Allerwichtigste bei den Weibern sind die Brüste. Eine Frau mit mangelhafter Büste existiert einfach nicht für mich,« schloß Woloschin und klappte seine Augen, die sich mit einer weißen Hülle zu überziehen schienen, nach oben.

Sarudin kam Lydas Brust in Erinnerung, zart, hell, rosig, mit elastischen Wölbungen, die wie Trauben einer unbekannten herrlichen Frucht aussahen. Er erinnerte sich, wie sie stets danach lechzte, daß er ihre Brust küßte. Plötzlich wurde es ihm peinlich, mit Woloschin weiter darüber zu sprechen, gleichzeitig auch schmerzlich zumute, daß nunmehr alles vorbei war und nicht zurückkehren würde.

Doch überzeugt, daß dieses Gefühl eines Mannes und Offiziers unwürdig sei, erwiderte er gleich darauf mit unnatürlicher Uebertreibung:

»Jeder hat seinen Gott! Für mich ist an der Frau der Rücken, wissen Sie, so – seine Biegung das Wichtigste.«

»Ja,« meinte nervös gedehnt Woloschin, »bei einigen Frauen, besonders bei sehr jungen ...«

Der Bursche, der die Lampe anstecken wollte, trampelte mit seinen plumpen Kommißstiefeln herein. Solange er sich am Tische zu schaffen machte, mit dem Zylinder klirrte und Streichhölzer anrieb, schwiegen Woloschin und Sarudin; bei dem aufflammenden Lampenlicht sah man nur ihre glänzenden Augen und die krankhaft aufzuckenden Zigarettenfeuer.

Nachdem er fortgegangen war, griffen sie sofort wieder dasselbe Thema auf; das Wort Weib hing nackt und schamlos, zu perversen, fast sinnlosen Formen ausgezogen, in der Luft. Die Renommiersucht des Männchens packte Sarudin. Das unerträgliche Verlangen, Woloschin zu überbieten, riß ihn fort; um sich zu rühmen, welch prachtvolles Frauenzimmer ihm gehört hatte, fing er an von Lyda zu sprechen und enthüllte mit jedem Wort die geheimen Quellen seiner Lust mehr und mehr. In völliger Nacktheit stand Lyda vor Woloschins Augen; in den süßesten Geheimnissen ihres Körpers und ihrer Leidenschaften entblößt, wie ein Vieh, das zum Markt getrieben und durch den Dreck geschleift wird. Die Gedanken dieser Männer krochen über sie dahin, beleckten sie, kneteten ihren Körper, ihre Triebe, verspotteten sie nach ihren augenblicklichen Gelüsten; stinkendes Gift troff auf dieses herrliche Mädchen, das nichts gewollt hatte, als Lust und Liebe zu verschenken. Sie liebten die Frauen nicht, dankten ihnen nicht für die gereichte Gunst; alles spornte sie an, sie zu demütigen und zu verletzen, ihnen den infamsten und unerträglichsten Schmerz zuzufügen.

Im Zimmer wurde es dumpf und raucherfüllt. Ihre verschwitzten Körper dünsteten schwer und ungesund aus, die Augen glitzten trüb, ihre Stimmen klangen abgebrochen, gedämpft, wie das Scharren wildgewordener Tiere. Hinter dem Fenster erhob sich auf leisen Sohlen die Mondnacht; aber die ganze Welt mit allen Farben, Tönen und Reichtümern war irgendwohin verschwunden, in der Erde versunken. Allein das nackte Weib blieb vor ihren Augen. Bald zwängten sich diese Bilder so gewaltsam in ihre Einbildung, daß es ihnen unumgänglich notwendig schien, diese Lyda zu sehen, die sie schon nicht mehr Lyda oder gar Lydia, sondern kurzweg Lydka nannten.

Sarudin ließ eine Droschke rufen, und sie fuhren nach einem gewissen Stadtviertel.

XXVII

Ein Brief, den Lydia Ssanina am nächsten Tage von Sarudin erhielt, kam Maria Iwanowna in die Hände, weil ihn das Stubenmädchen auf dem Küchentisch hatte liegen lassen. Unter undeutlichen ungeschickten Anspielungen, daß sich immer noch vieles ändern ließe, bat der Offizier darin um die Erlaubnis, sie zu sehen.

Aus den Seiten dieses Briefes schien Maria Iwanowna ein unheimlicher Schatten beschmutzend auf das Bild ihrer Tochter, das sie nur umgeben von reiner, heiliger Zärtlichkeit kannte, zu fallen. Ihr erstes Gefühl war kummervolle Ratlosigkeit. Dann stiegen Erinnerungen an die eigene Jugend, an Liebe und Enttäuschungen, vor ihr auf; sie gedachte der schweren Schicksalsschläge, die sie in der Zeit ihres Ehelebens durchgemacht hatte. Ein langes Band von Leiden, die durch ein fest geregeltes Leben ineinander verwebt worden waren, reichte bis an ihr Alter heran. Es war ein grauer Streifen mit trüben Flecken von Kummer und Langeweile, mit den abgerissenen Rändern gezähmter Wünsche und Träume; in ihrer Vorstellung rollte er sich als eine lebende Reihe gleichgültiger Tage auf.

Bei dem Gedanken jedoch, daß ihre Tochter die tönerne Wand dieses grauen, verstaubten Lebens durchbrochen haben könnte und vielleicht schon in den hellen Strudel geraten war, wo Lust und Glück chaotisch mit Schmerz und Tod zusammenbranden, ergriff die alte Frau Entsetzen.

Sehr bald löste es sich in Zorn auf. Wenn es in diesem Augenblick möglich gewesen wäre, hätte sie Lyda am Halse gepackt, zu Boden niedergedrückt, mit Gewalt in den engen Gang ihres eigenen Lebens gezogen, von dem in die sonnige Welt nur gefahrlose, winzige Fensterlein eisenvergittert führten, um sie von neuem zu zwingen, den gleichen Weg herunter zu laufen, den sie einst hatte gehen müssen.

... Garstiges, abscheuliches Mädchen, dachte Maria Iwanowna, während ihre Hände verzweifelt auf die Kniee sanken. Doch der Gedanke, daß ja alles nicht über eine gewisse ungefährliche Grenze hinausgegangen sein konnte, beruhigte sie ein wenig. Ihr Gesicht wurde stumpf. Sie begann den Zettel wieder und wieder zu lesen;

es gelang ihr aber nicht, aus dem gemacht kühlen Styl etwas Bestimmtes herauszulesen. Da weinte die alte Frau bitterlich im Gefühl ihrer Ohnmacht, rückte ihre Haube zurecht und fragte das Hausmädchen:

»Dunka, ist Wladimir Petrowitsch in seinem Zimmer?«

»Was? ...«

»Dumme Gans, ich frage, ob der junge Herr zu Hause ist.«

»Der Herr sind soeben in ihr Arbeitszimmer gegangen. Sie schreiben einen Brief.«

Maria Iwanowna blickte dem Mädchen hart und streng in die Augen; in ihren gutmütigen, verblaßten Pupillen zeigte sich mit einem Mal wütende Empörung.

»Und du ... wenn du niederträchtiges Frauenzimmer noch einmal Briefchen abgeben wirst, so nehme ich dich mir mal vor, daß dir grün und blau vor den Augen wird.«

Ssanin saß und schrieb. Maria Iwanowna war nicht gewöhnt, ihren Sohn an der Arbeit zu sehen; trotz ihres Kummers wurde sie interessiert. »Was schreibst du da ...?«

»Einen Brief,« erwiderte Ssanin, seinen fröhlichen, ruhigen Kopf erhebend.

»An wen ...?«

»So ... an einen bekannten Redakteur. Ich will sehen, vielleicht werde ich wieder bei ihm auf der Redaktion eintreten.«

»Ja, kannst du denn wirklich für Zeitungen schreiben? ...«

»Ich tue alles ...« Ssanin lächelte.

»Wozu mußt du dorthin gehen?«

»Bei euch hängt mir schon alles zum Halse heraus. Alles.« Ssanin erwiderte es mit aufrichtigem Lächeln. Ein leichtes Gefühl der Verletzung durchstach Maria Iwanowna.

»Sehr nett von dir!« ...

Ssanin sah sie aufmerksam an, er wollte noch hinzufügen, sie könne doch nicht so dumm sein, um nicht zu begreifen, daß es schließlich jedem langweilig werden müsse, auf einer Stelle und dazu noch ohne jede Beschäftigung zu sitzen; aber er schwieg. Es war ihm ekelhaft, der Mutter eine so kleinliche und selbstverständliche Sache erst auseinanderzusetzen. Maria Iwanowna zog das Taschentuch heraus und zerknüllte es in ihren dürren Greisenfingern. Wäre der Zettel von Sarudin nicht gewesen und ihre Seele durch ihn in einen Wirrwarr von Zweifeln und Aengsten gestürzt worden, so hätte sie jetzt ihrem Sohne eine lange, bittere Predigt über seine Schroffheit gehalten. So aber beschränkte sie sich nur in tragischem Ton auf die Gegenüberstellung: »Ja, der eine bricht wie ein Wolf aus dem Hause und die andere ...«

Sie machte eine wegwerfende, müde Handbewegung.

Ssanin hob neugierig den Kopf. Augenscheinlich nahm das Drama mit Lyda seinen Fortgang.

»Woher wissen *Sie* denn das, Mutter? ...«

Mit einem Mal empfand Maria Iwanowna ein unerklärliches Gefühl der Beschämung, weil sie den Brief an die Tochter geöffnet hatte. Auf ihre eingefallenen Wangen trat ziegelrote Farbe; sie versetzte unsicher, aber zornig:

»Ich bin Gott sei Dank nicht blind. Ich hab doch noch meine zwei Augen im Kopf.«

Ssanin dachte eine Weile nach: »Nichts sehen Sie, ... nun, ich kann Ihnen zur Verlobung Ihrer Tochter gratulieren. Lyda wollte es Ihnen selbst sagen, aber ... ist ja alles egal.«

Ihm tat es leid, daß sich in das junge Leben Lydas eine neue Tortur eindrängen sollte – – stumpfsinnige Greisenliebe, die fähig ist, den Menschen durch die feinste und furchtbarste Qual zu Tode zu martern.

»Wie?« ... Maria Iwanowna setzte sich streng aufgerichtet auf ihren Stuhl.

»Lyda wird heiraten.«

»Wen?« ... rief sie freudig und ungläubig.

»Nowikow natürlich.« ...

»Ja, ... aber, was ist denn mit ...?«

»Ach hol ihn doch der Teufel! Kann es Ihnen denn nicht ganz gleich sein? ... Warum müssen Sie denn durchaus fremde Seelen überwachen.«

»Nein, ... ich begreife nur nicht, Wolodja ...« Die Greisin suchte sich verwirrt zu rechtfertigen.

Ssanin zuckte streng die Achseln: »Was ist denn hierbei nicht zu verstehen? ... Sie liebte einen, hat jetzt einen andern liebgewonnen, mit Gottes Hilfe wird sie morgen einen dritten lieben... na also ...«

»Was sprichst du da? ...« rief Maria Iwanowna entrüstet.

Ssanin lehnte sich mit dem Rücken gegen den Tisch und verschränkte seine Arme.

»Haben Sie denn Ihr ganzes Leben lang nur einen Mann geliebt, Mutter?«

Maria erhob sich; auf ihrem unintelligenten Gesicht prägte sich steinkalter Stolz aus.

»So spricht man nicht zu seiner Mutter!«

»Wer? ...«

»Was ... wer? ...«

»Wer nicht? ...« Ssanin wiederholte seine Frage mit angezogenen Augenbrauen. Er blickte scharf auf die Mutter; zum ersten Mal kam es ihm ins Bewußtsein, wie stumpfsinnig und nichtig der Ausdruck ihrer Augen war; ihre Haube wackelte auf ihrem Kopf ganz haltlos, wie der rote Lappen einer Henne, hin und her.

»Niemand spricht so! Kein Mensch!«

»Aber ich doch! Das ist eben der Unterschied,« Ssanin wurde plötzlich ruhig, seine gute Laune kehrte wieder zurück; er wandte sich ab und setzte sich. »Sie haben alles vom Leben genommen, Mutter, was Sie wollten. Sie haben durchaus kein Recht, jetzt Lyda ersticken zu wollen,« sagte er, ohne sich abzuwenden, mit ziemlicher Gleichgültigkeit. Er hatte wieder zur Feder gegriffen.

Maria Iwanowna sah den Sohn mit großen Augen an; in ihren Ohren klebte nur die einzige Phrase: Wie darf er es wagen, so mit seiner Mutter zu sprechen. Wie unter einem Bann erstarrt, wußte sie nicht mehr, was sie tun sollte. Doch bevor sie noch zu einem Entschluß kam, wandte sich Wladimir Petrowitsch zu ihr, ergriff ihre Hand und sagte zärtlich:

»Aber lassen Sie doch das alles. Und Sarudin lassen Sie herauswerfen, wenn er kommen sollte. Sonst wird er womöglich tatsächlich noch Unzuträglichkeiten anrichten.«

Eine weiche Welle durchglitt das Herz der Mutter.

»Nun, Gott sei mit dir. Ich bin froh. Mir gefiel Sascha Nowikow immer. Und Sarudin werden wir natürlich nicht mehr empfangen. Wenn auch nur aus Achtung vor Sascha.«

»Wenn auch nur aus Achtung vor Sascha,« willigte Ssanin ein; seine Augen lachten.

»Wo aber ist Lyda?« fragte schon mit ruhiger Freude die Mutter.

»Auf ihrem Zimmer? ...«

»Und Sascha? ...« Maria Iwanowna sprach den Namen ganz zärtlich aus.

»Ich weiß wirklich nicht ... Er ging wohl, ...« begann Ssanin, doch in diesem Augenblick erschien Dunja in der Tür und meldete:

»Viktor Sergejewitsch sind gekommen und noch ein fremder Herr.«

»So? ... schmeiß sie die Treppe runter,« sagte Ssanin ruhig.

Dunja kicherte verstohlen.

»Was Sie sagen, junger Herr? ... Darf ich's denn? ...«

»Selbstverständlich! Du darfst es! Was sollen wir mit ihnen anfangen, zum Teufel!«

Dunja bedeckte ihr Gesicht mit dem Aermel und lief hinaus.

Maria Iwanowna richtete sich auf; sie verjüngte sich fast. In ihre Seele trat, als ob sie mit einer Karte geschickt eine Volte geschlagen hätte, eine vollständige Aenderung ein. So warm ihr Herz für Sarudin auch früher, als sie noch annahm, daß er Lyda heiraten werde, schlug, so kühl wurde es jetzt, als sich herausstellte, daß ein anderer Lydas Gatte würde.

Wie sie sich dem Ausgange zuwendete, blickte Ssanin auf ihr steinernes Profil, aus dem das eine Auge unfreundlich hervorbrach, und dachte sich: Ist das aber eine Idiotin ...

Dann faltete er das Papier und ging ihr nach. Er war sehr neugierig, wie sich die neue verwickelte Situation, in die diese Menschen geraten waren, wieder lösen würde.

Sarudin und Woloschin traten ihm mit übertriebener Liebenswürdigkeit, doch ohne die Freiheit, die der Offizier sonst in seinem Wesen ausdrückte, entgegen. Auf seinem Gesicht spiegelte sich augenscheinlich schüchterne Verlegenheit. Er begriff selbst, daß er nicht hätte kommen dürfen; er schämte sich und war verwirrt. Er konnte sich nicht vorstellen, wie er Lyda entgegentreten sollte. Aber doch würde er diese Regung unter keinen Umständen Woloschin verraten und etwa auf den gewohnten selbstsicheren Ton verzichtet haben. Trotzdem er diesen Woloschin zuzeiten geradezu haßte, lief er doch wie gefesselt, ohnmächtig, seine wahre Seele zur Geltung zu bringen, hinter ihm her.

»Meine gnädigste Maria Iwanowna, gestatten Sie, daß ich Ihnen meinen guten Freund Pawl Lwowitsch Woloschin vorstelle.« Bei diesen Worten lächelte er mit einem unfaßbar knifflichen Zug um Mund und Augenwinkeln Woloschin zu.

Woloschin verneigte sich, während er Sarudin das gleiche Lächeln, aber bemerkbarer, fast frech, zurückgab.

»Sehr angenehm,« erwiderte kühl Maria Iwanowna.

Verborgene Unfreundlichkeit glitt aus ihren Blicken auf Sarudin hinab; der vorsichtig auf der Lauer liegende Offizier bemerkte es sofort.

Im Augenblick war sein letzter Rest von Sicherheit verschwunden, und sein Besuch verlor endgültig den scherzhaften Charakter. Jetzt kam er ihm selbst einfach sinnlos und unpassend vor.

... Eh, ich hätte lieber doch nicht kommen sollen, dachte er. Zum ersten Mal kam ihm hier nachdrücklich zum Bewußtsein, was er, in der animierten Gesellschaft Woloschins immer vergaß: Gleich muß ja Lyda eintreten. Dieselbe Lyda, die mit ihm in intimstem Verkehr gestanden hat, die von ihm geschwängert wurde, die Mutter seines eigenen künftigen Kindes, das doch auf jeden Fall einmal zur Welt kommen muß. Was wird er ihr denn sagen? Wie wird er sie anblicken? ...

Sein Herz zog sich schüchtern zusammen, wie ein schwerer Klumpen drückte es nach unten. Er wagte nicht, auf Maria Iwanowna zu sehen ... wenn die nun alles weiß, dachte er mit Entsetzen. Er begann auf dem Stuhl hin- und herzurutschen, bewegte sich beim Anzünden einer Zigarette, schob Schultern und Füße vor und zurück, und ließ die Augen nach allen Seiten laufen.

... wäre ich doch nur nicht hergekommen ...

»Kommen Sie für längere Zeit zu uns? ...« Maria Iwanowna wendete sich kühl an Woloschin.

»Oh nein.« Er blickte die Dame aus der Provinz ungeniert spöttisch an. Mit einer geschickten Handbewegung schob er die Zigarre in die Mundwinkel, sodaß der Rauch der alten Dame ins Gesicht zog.

»Nach Pitier wird es Ihnen bei uns langweilig sein.«

»Ganz im Gegenteil. Es gefällt mir hier ausgezeichnet. Ihr Städtchen ist so patriarchalisch.«

»Machen Sie einmal Ausflüge. Wir haben eine prachtvolle Umgebung ... Badeplätze, Reitwege...«

»Oh gewiß,« rief Woloschin, zwar mit spöttischer Zuvorkommenheit, aber doch gelangweilt.

Das Gespräch kam nicht vom Fleck; es war schwer und farblos, wie eine lächelnde Pappmaske, unter welcher böswillige Blicke hervorschießen.

Woloschin begann von neuem, Sarudin Blicke zuzuwerfen; ihr Sinn war nicht nur dem Offizier, sondern auch Ssanin, der die beiden aus seiner Ecke aufmerksam beobachtete, verständlich.

Die Unsicherheit Sarudins trat allmählich hinter dem Wunsch zurück, in Woloschin den Eindruck hervorzurufen, daß er ein gewandter, unverfrorener Mensch und zu allem fähig sei. So überwand er sich und fragte:

»Wo ist denn Lydia Petrowna.« Wieder geriet er ganz unnötig in zuckende Bewegungen.

Maria Iwanowna sah ihn mit erstaunter Feindseligkeit an: ... was interessiert dich das, da du sie ja nicht heiraten willst, fragten diese Blicke.

»Wahrscheinlich bei sich auf dem Zimmer. Ich weiß es nicht,« erwiderte sie kühl.

Woloschin warf Sarudin wieder einen ausdrucksvollen Blick zu: ... Wäre es denn nicht irgendwie möglich, diese Lydka schneller herauszuholen; dieses alte Stück Möbel ist doch wirklich nicht besonders interessant.

Sarudin öffnete den Mund und wedelte hilflos mit dem Schnurrbart.

»Ich habe soviel Schmeichelhaftes über Ihre Tochter gehört,« sprach Woloschin, bog sich mit dem ganzen Körper nach vorn und rieb sich die Hände. »Ich hege die Hoffnung, daß ich die Ehre habe, ihr vorgestellt zu werden.«

Maria Iwanowna ließ ihren Blick über das unwillkürlich veränderte Gesicht Sarudins gleiten und begriff in diesem Augenblick, was eigentlich dieser Kerl, der mit einem Mal einem faulen Pilz ähnlich sah, von ihrer Tochter wollte. Der Gedanke durchschnitt so scharf ihr Herz, daß in ihr die furchtbare Ahnung von Lydas Fall aufstieg, die sie hilflosem Schrecken preisgab. Sie saß ratlos da, ihre Augen wurden menschlicher und weicher.

– – – Wenn man diese Bande nicht sofort aus dem Hause jagt, werden sie Lyda und Nowikow sicher noch viel Aerger machen, dachte Ssanin und richtete sich plötzlich auf. Ruhig, sprach er plötzlich aus seiner Ecke, dabei nachdenklich auf den Boden starrend:

»Ich habe gehört, daß Sie abreisen wollen?«

Sarudin wunderte sich, daß ihm selbst dieser einfache und bequeme Gedanke noch nicht in den Kopf gekommen war. – – – Gewiß auf ein paar Monate Urlaub nehmen, das ist ja das Einfachste, – – – schwirrte es durch sein Hirn. Er beeilte sich zu antworten:

»Ganz recht, – – das wollte ich auch. Ich möchte mich ein wenig erholen ... Wissen Sie, ein bißchen auslüften, ewig auf einem Fleck, dabei kann man ja verschimmeln.«

Ssanin lachte hell auf. Dieses ganze Gespräch, in dem kein einziges Wort ausdrückte, was die Leute in Wirklichkeit dachten und fühlten, diese ganze Kette von Lügen, die doch niemanden betrog, die Einfachheit, mit der alle fortfuhren, zu heucheln, trotzdem sie ganz klar sahen, daß keiner von ihnen dem anderen glaubte, hatten ihn zum Lachen gebracht. Ein resolutes fröhliches Gefühl packte wie ein froher Windstoß sein Herz.

»Na, denn glücklichen Rutsch,« er nahm den ersten Ausdruck, der ihm auf die Zunge kam.

Momentan veränderten sich die drei Menschen, als ob ein steifgestärkter Anzug von ihnen abgestreift würde. Maria Iwanowna erblaßte und sank in sich zusammen, in Woloschins Augen blitzte ein feiges, tierisches Leuchten auf, und Sarudin erhob sich langsam und unsicher von seinem Stuhle.

Eine lebende Bewegung lief durch das Zimmer.

»Wie sagten Sie eben? ...« fragte der Offizier mit gepreßter Stimme und in diesem Augenblick klangen seine Worte zum ersten Mal aufrichtig. Woloschin kicherte kleinlich auf, indem er schon mit schüchternen Aeuglein nach dem Hute suchte. Ohne Sarudin zu antworten, ergriff Ssanin Woloschins Hut und reichte ihn ihm mit fröhlichem Lächeln hin.

Woloschin öffnete seinen Mund; ein dünner winselnder Laut schob sich langsam hervor.

»Wie soll ich Sie verstehen,« fragte Sarudin noch einmal; er hatte das Gefühl, den Boden vollständig unter den Füßen verloren zu haben. Dieser Skandal, zuckte es durch sein erstarrtes Hirn.

»Verstehen Sie es nur recht genau. Hier sind Sie nämlich vollständig überflüssig. Unser Genuß wird um so größer sein, je eher Sie sich herausscheren!«

Sarudin tat einen Schritt nach vorwärts. Sein Gesicht wurde blaß.

»Ah so,« stieß er krampfhaft keuchend hervor.

»Also raus!« sagte kurz und hart Ssanin.

In seiner stählernen Stimme lag eine so furchtbare Drohung, daß Sarudin zurückwich, stillschwieg, sinnlos und wild die Augen verdrehte.

»Aber das ist ja unerhört,« murmelte Woloschin kleinlaut; doch gleichzeitig wandte er sich eilig, den Kopf in die Schultern eingezogen, zur Türe.

In diesem Augenblick trat Lyda ein.

Noch niemals – weder früher noch später – hatte sie sich so gedemütigt gefühlt. Als sie zuerst von dem Besuch Sarudins und Woloschins hörte und deutlich seinen Sinn verstand, war in ihr die Empfindung körperlicher Erniedrigung so stark, daß sie nervös aufschluchzte und mit dem wieder erwachten Gedanken an Selbstmord zum Fluß herunterlief.

... was ist das nur? ... wird es denn niemals ein Ende geben. Habe ich denn wirklich ein so großes Verbrechen begangen, daß es mir niemals verziehen,... daß ein jeder stets das Recht haben wird . ... schrie sie fast ... und rang die Hände.

Aber im Garten war es hell und voll Licht, grelle Blumen, Bienen und Vögel lebten dort so friedlich nebeneinander, so blau schimmerte der Himmel, so zart glänzte am Wasser das Schilf, und Will umsprang sie so vergnügt, als er sie zum Flusse laufen sah, daß Lyda wieder zu sich kam. Instinktiv fiel ihr mit einem Mal ein, daß ihr die Männer immer gierig nachliefen; sie gedachte der Spannung, die ihr Körper stets unter den Blicken dieser Männer angenommen hatte, und vollbewußt erwachte das stolze Gefühl, im Recht zu sein.

... nun gut, dachte sie, was geht es mich an. Ist er da, gut, mag er es sein. Ich liebte ihn früher, jetzt sind wir auseinander; niemand hat deswegen ein Recht, mich zu verachten ... Jäh drehte sie sich um und ging ins Haus. Sie trug ihr Haar nicht in einer koketten Frisur, sondern in einfachem Doppelzopf über den Nacken hängend, und sie zog auch keine moderne Toilette an, sondern blieb in dem einfachen Hauskleid, das sie gerade trug.

Als sie mit gemachter Ruhe über die Schwelle schritt, warf sie ihrem Bruder ein seltsames Lächeln zu und sprach in besonders mädchenhaftem Tone:

»Hier bin ich! Wo wollen Sie denn hin, Viktor Sergejewitsch? ... Bitte, legen Sie doch Ihre Mütze aus der Hand.«

Ssanin schwieg und sah mit neugierigem Entzücken die Schwester an ... Was ist mit ihr, dachte er sich.

Eine unüberwindliche Kraft, drohend und doch frauenhaft lieblich, war ins Zimmer getreten. Wie eine Tierbändigerin im Käfig wütender Raubtiere stand Lyda unter den Männern. Und sogleich wurden sie weich und gefügig.

»Sehen Sie, Lydia Petrowna ...« stammelte verwirrt Sarudin. Als er zu sprechen begann, huschte über Lydas Gesicht ein lieblicher, hilfloser Ausdruck; sie schaute rasch auf; plötzlich erfüllte sie ein unerträglicher Schmerz. In ihr bewegte sich krankhafte Zärtlichkeit und das Verlangen, auf etwas zu hoffen. Doch im selben Augenblick schlug das Verlangen in den Wunsch um, Sarudin zu beweisen, wie viel er verloren und wie stark und rein sie sich trotz des Leides und der Erniedrigung, die er ihr zufügte, erhalten hatte.

»Ich will garnichts sehen,« sagte sie mit etwas theatralischem Ausdruck und schloß richtig ihre schönen Augen.

Mit Woloschin geschah etwas Sonderbares. Die weiche Wärme, die dem kaum eingehüllten, weiblichen Körper entströmte, zerkochte sein ganzes Wesen. Seine spitze Zunge beleckte die trocken gewordenen Lippen, seine Aeuglein wurden klein, und der ganze Körper zerfloß unter dem weichen Anzug in kraftloser, physischer Entzückung.

»Aber bitte, machen Sie mich doch bekannt,« sagte Lyda und blickte über die Schultern auf Sarudin hin.

»Woloschin, Pawl Lwowitsch,« murmelte dieser, von dem Gedanken, daß dieses prächtige Mädchen seine Geliebte gewesen sein sollte, vollständig hingerissen.

Lyda wandte sich langsam zur Mutter.

»Mama, draußen wollte Sie jemand sprechen.«

»Das hat Zeit...«

»Verzeihen Sie, auch wir hatten uns ...« Sarudin kam mit seinem Satz nicht zu Ende. Lyda schien ihn garnicht zu beachten. Strenger wiederholte sie der Mutter:

»Aber Sie hören doch,« unerwartet brachen sich an ihren Worten Tränen.

Maria Iwanowna erhob sich eilig.

Sarudin und Woloschin waren ratlos zurückgetreten, sie schauten sich nervös an und schienen keinen Weg mehr zu finden, um sich zurückzuziehen.

Ssanins Nasenflügel weiteten sich stark und kraftvoll.

»Meine Herren, bitte, wir gehen in den Garten. Hier ist es zu heiß.« Lyda schritt zum Balkon voran, ohne sich umzusehen, ob man ihr folge. Wie suggeriert gingen die Männer hinter ihr her; es machte den Eindruck, daß sie sie mit ihrem Zopf umschlungen hielt und mit Gewalt nach sich zöge, wohin sie wollte.

Als erster kam Woloschin, entzückt, gespannt; er hatte alles in der Welt außer ihr vergessen.

Lyda warf sich in den Schaukelstuhl unter der Linde und steckte ihre kleinen Füße, die in durchbrochenen Strümpfen steckten, lässig aus. Zwei Wesen arbeiteten in ihr. Das eine quälte sich vor Scham und Kränkung; das andere nahm bewußt aufregende Posen an, eine immer schöner und elastischer als die andere.

»Nun, Pawl Lwowitsch, welchen Eindruck macht unser Nest auf sie?«

Woloschin spreizte und rieb seine Finger.

»Nun, so ungefähr wie ihn vielleicht ein Mensch hat, der plötzlich im wildesten Walde eine Blume vor sich sieht.«

Und nun entspann sich zwischen ihnen eine leichtfertige durch und durch verlogene Unterhaltung, in der jedes ausgesprochene Wort eine Lüge war und Wahrheit nur das, was in ihr verschwiegen blieb. Ssanin beteiligte sich nicht am Gespräch; dafür beobachtete er gerade jene stummen, eigentlichen Reden, die sich ohne Worte in den Gesichtszügen, den Bewegungen der Hände und Füße, im Klingen und Zittern der Stimmen offenbarten.

Lyda litt. Woloschin sog unbefriedigt ihre Schönheit und ihren Duft in sich ein. Sarudin haßte ihn, Ssanin, Lyda, die ganze Welt; er wünschte fortzugehen und blieb dennoch sitzen; er wollte irgend etwas Grobes begehen und rauchte doch nur eine Zigarette nach der andern. Währenddessen lastete das unbändige Verlangen, daß Lyda sich vor allen als seine Geliebte erweisen müsse, wie ein Alpdruck auf seinem Hirn.

»Also gefällt es Ihnen wirklich bei uns? Bedauern Sie nicht, daß Sie Petersburg verlassen haben?«

» *Mais au contraire*!« erwiderte Woloschin mit einer koketten Handbewegung und starrte Lydas Brust an.

»Aber ohne Phrasen!« befahl Lyda liebenswürdig. Immer noch kämpften in ihr zwei Wesen. Das eine trieb ihr die Röte ins Gesicht, das andere streckte noch gewaltiger und schamloser ihre Brust dem entblößenden Blick entgegen.

... Du glaubst, ich wäre sehr unglücklich,... ich wäre vollständig zerbrochen. So sieh denn das Gegenteil! Ich brauche mich meiner Handlungen nicht zu schämen! Und wenn ich tausendmal mehr und Schlechteres getan hätte, ich brauchte mich nicht zu schämen ... sprach sie innerlich zu Sarudin.

»Ah, Lydia Petrowna!« Sarudin mischte sich trotz seiner gehässigen Laune ins Gespräch. »Das brauchen doch wahrhaftig keine Phrasen zu sein!«

»Ich glaube, Sie sagten etwas?« meinte Lyda kühl; doch sofort wandte sie sich wieder in verändertem Ton zu Woloschin. »Erzählen Sie doch bitte von dem Leben in Petersburg ... Bei uns lebt man ja nicht, wir vegetieren nur!«

Sarudin fühlte, daß Woloschin kaum merklich nach seiner Richtung hin lächelte; ihm kam der Gedanke, jener glaube nicht mehr, daß Lyda seine Geliebte gewesen wäre.

»Unser Leben? O, dieses rühmlichst bekannte ›Petersburger Leben‹!« ...

Woloschin schwatzte leicht und schnell; er machte den Eindruck eines kleinen, närrischen Affen, der in seiner leeren, unverständlichen Sprache etwas vor sich hinplappert.

... Wer kann wissen! dachte er und musterte mit geheimer Hoffnung Lydas Gesicht, Brust und ihre breiten Schenkel.

»Ich kann Ihnen auf Ehre versichern, Lydia Petrowna, daß unser Leben recht arm und langweilig ist ... Bis zum heutigen Tage glaubte ich übrigens, jedes Leben müsse langweilig sein, gleichviel, wo der Mensch auch wohnen mag – in der Hauptstadt oder auf dem Lande ...«

»Wirklich?« Lyda schloß halb die Augen.

»Ja, was das Leben geben kann, – das ist – eine schöne Frau! Und die Frauen der Großstädte – ach, wenn Sie sie nur sehen könnten! – Wissen Sie, ich bin überzeugt, wenn etwas die Welt zu retten vermag, so ist es die Schönheit!« Den letzten Satz fügte Woloschin ganz unerwartet an. Er hielt solche Seitensprünge für eindrucksvoll und geistreich.

Auf seinem Gesicht lagerte sich ein sinnlos erhitzter Ausdruck; mit zitternder Stimme kehrte er immer wieder zu dem einen Thema zurück: das Weib. Er sprach von ihm so, als wenn er es im geheimen unaufhörlich entkleidete und vergewaltigte. Sarudin, der diese Nuance herausspürte, wurde plötzlich eifersüchtig. Sein Gesicht wurde rot und blaß, er konnte sich nicht auf einem Platz halten und trat auffallend nervös in der Allee von einem Fleck zum andern.

»Unsere Frauen sind sich so gleich, abgeplattet und verzerrt! Etwas zu finden, das fähig wäre, Ehrfurcht vor der Schönheit einzuflößen ... wissen Sie, nicht ein geteiltes Gefühl, sondern reine, aufrichtige Ehrfurcht, wie man sie vor einer Bildsäule empfindet, das ist in einer Großstadt nicht möglich. Dazu muß man in die Tiefe der Provinz hinuntersteigen, wo das Leben noch jungfräulichen Boden darstellt; der ist allein imstande, prächtige Blumen hervorzubringen!«

Ssanin strich sich unwillkürlich den Nacken und legte ein Bein über das andere.

»Und wozu sollten sie hier aufblühen, wenn es niemanden gibt, der sie pflücken könnte?« erwiderte Lyda.

... Aha! dachte Ssanin interessiert. Das also hat sie im Sinn! ...

Ihm war es äußerst amüsant, dieses Spiel der Instinkte und Begierden, das sich klar und doch nicht greifbar vor seinen Augen entwickelte, zu verfolgen.

»Wie meinen Sie das?«

»Jawohl, ich meine es so. Wer sollte unsere anspruchslosen Blumen pflücken? Wo sind die Menschen, die wir zu unseren Helden machen könnten!« ... Die Worte kamen Lyda aus dem Herzen unerwartet aufrichtig und rührend traurig.

»Sie sind erbarmungslos zu uns!« erwiderte Sarudin unwillkürlich auf die verborgene Nuance in ihrer Stimme.

»Lydia Petrowna hat recht,« stimmte Woloschin begeistert bei, besann sich aber gleich und sah sich scheu nach Sarudin um.

Lydia lachte, und ihre in Rache und Scham brennenden Blicke bohrten sich in das Gesicht Sarudins. Woloschin schwatzte inzwischen lustig weiter, und seine Worte schüttelten sich, sprangen und stoben auseinander, wie ein Schwarm Gott weiß woher kommender närrischer Kobolde.

Er setzte auseinander, daß eine Frau mit schönem Körper auf der Straße nackt herumlaufen könne, ohne unsaubere Lüste zu entfesseln; man merkte ihm an, wie sehr er wünschte, daß gerade Lyda diese Frau wäre und daß sie sich für ihn entkleiden würde.

Lyda lachte laut, fiel ihm immer wieder ins Wort, doch durch ihr Gelächter brachen stets neue Tränen der Kränkung und des Schmerzes.

Es war heiß; die Sonne stand hoch am Himmel und ließ senkrechte Strahlen auf den Garten niederfallen; leise bewegten sich die Blätter, als wären sie von heißen Wünschen bewegt, die nur ihre eigene Schwerfälligkeit zähmen konnte. Unter ihnen saß ein junges, schwangeres Weib, das ihre verletzte Leidenschaft rächen will; sie fühlt, daß es ihr mißlingt und leidet in ohnmächtiger Scham. Ein kraftloses, feiges Männchen quält sich unter den Zuckungen mühsam verborgener Wollustkrämpfe, ein anderes zerbricht unter seiner eifersüchtigen Bosheit.

Ssanin stand abseits unter dem weichen, grünen Lindenschatten und schaute alle ruhig an.

Sarudin hielt es schließlich nicht mehr aus. Er drängte zum Aufbruch. Ohne selbst den Freund klar zu verstehen, empfand er alles – in Lydas Lachen, in ihrem Blick, im Erzittern ihrer Finger – als heimliche Ohrfeigen. Mitten in der Erbitterung gegen sie, in der Eifersucht auf Woloschin, in den physischen Qualen, die ihm das Gefühl eines unersetzlichen Verlustes verursachten, überfiel ihn eine vollständige Erschöpfung.

»Schon fort?« fragte Lyda.

Woloschin lächelte ergeben, kniff süß die Lippen zusammen und beleckte sie mit seiner dünnen Zunge.

»Was soll man tun? ... Viktor Sergejewitsch scheint sich nicht ganz wohl zu fühlen,« erwiderte er spöttisch. Er fühlte sich als Sieger.

Man verabschiedete sich. Als Sarudin sich über Lydas Hand beugte, flüsterte er ihr plötzlich zu:

»Lebe wohl!«

Er begriff selbst nicht, warum er es tat, aber noch niemals hatte er Lyda so geliebt und gehaßt, wie in diesem Augenblick.

Und in Lydas Seele neigte sich diesem Worte ein Wunsch entgegen und verstarb. – Der Wunsch, von einander in stiller, zarter Dankbarkeit für die gemeinsam erlebten Freuden Abschied zu nehmen. Doch sofort überwand sie sich und antwortete schonungslos und laut:

»Adieu! Glück auf die Reise! Pawl Lwowitsch, vergessen Sie uns nicht!«

Man hörte noch, wie Woloschin beim Fortgehen lauter, als es nötig wäre, sagte:

»Das ist ein Mädchen ... sie berauscht wie Sekt!«

Sobald ihre Schritte verklungen waren, ließ sich Lyda in den Schaukelstuhl nieder, aber ganz anders, als sie früher dagesessen hatte. Jetzt hockte sie gebückt und zitterte am ganzen Körper. Stille, tief ergreifende Mädchentränen flossen über ihr Gesicht. In diesen Minuten erinnerte sie Ssanin an das rührende Bild des nachdenklichen russischen Mädchens, so wie es das Volkslied schildert, mit dem dicken Zopf, seinem freudlosen Leben und weißen Mullärmeln, mit denen es seine Tränen trocknet, wenn es im Frühling vom Abhang herab heimlich auf den ersten Eisgang des Flusses schaut ... Und die Tatsache, daß dieses veraltete, naive Bild auf die Lyda mit den modernen Frisuren und Spitzenröcken für gewöhnlich gar nicht paßte, ließ sie ihm jetzt noch rührender und bemitleidenswerter erscheinen.

»Nun, weine doch nicht!« sagte er zu ihr, indem er auf sie zutrat und ihre Hand ergriff.

»Laß mich ... wie entsetzlich doch das Leben ist ...« Lyda beugte sich, das Gesicht in den Händen vergraben, bis auf die Knie nieder, ihr weicher Zopf schlängelte sich still über ihre Schultern und fiel herab.

»Pfui!« rief Ssanin ärgerlich. »So würde ich mich denn dieser Nichtigkeiten wegen doch nicht aufregen!«

»Gibt es denn wirklich keine ... andere, bessere Menschen!« kam es wie eine Klage über Lydas Lippen.

»Natürlich nicht,« der Bruder lächelte wieder, »der Mensch ist seiner Natur nach widerwärtig ... Erwarte von ihm nichts Gutes, dann wird dir das Böse, das er dir zufügt, keine Schmerzen machen.«

Lyda erhob den Kopf und blickte ihn mit verweinten, schönen Augen an.

»Und du, erwartest du auch nichts Gutes?«

»Gewiß nicht, ich lebe für mich!«

XXVIII

Am Tage darauf rannte Dunja barfuß und bloßköpfig, in ihren dummen Augen den Ausdruck erstarrten Schreckens, auf Ssanin zu, als er auf einem Gartenwege das Unkraut ausjätete, und schrie ihm eine Phrase ins Ohr, die ihr offenbar eingetrichtert worden war:

»Wladimir Petrowitsch, die Herren Offiziere wünschen Sie zu sprechen –«

Ssanin war nicht verwundert; er hatte erwartet, daß ihm Sarudin eine Forderung schicken würde.

»Wünschen sie es sehr?« fragte er scherzhaft.

Aber Dunja schien etwas Furchtbares zu ahnen; sie bedeckte sich nicht, wie gewöhnlich, das Gesicht mit dem Aermel, sondern sah ihm gerade voll hilfloser Teilnahme ins Gesicht.

Ssanin lehnte den Spaten an einen Baum, schnallte den Gürtel ab, band ihn wieder fester um, und ging, sich nach seiner Manier ein wenig in den Hüften wiegend, ins Haus.

... Das sind aber dumme Jungens. Das sind Idioten! dachte er ärgerlich über Sarudin und seine Zeugen, wollte sie aber dadurch nicht einmal in Gedanken beleidigen; er gab damit nur seiner aufrichtigen Meinung Ausdruck.

Als er durch das Haus ging, trat Lyda aus der Tür ihres Zimmers und blieb an der Schwelle stehen. Ihr Gesicht war gespannt und blaß; in ihrem Blick lag Schmerz. Sie bewegte die Lippen, sagte aber nichts. In diesem Augenblick hielt sie sich für das unglücklichste und verbrecherischste Geschöpf in der Welt.

Im Gastzimmer saß Maria Iwanowna hilflos im Fauteuil. Auch sie machte ein ängstliches, unglückliches Gesicht, und die einem Hühnerlappen ähnliche Haube hing ratlos auf der einen Seite hinab. Sie sah Ssanin mit ebensolchen bittenden Augen an, bewegte ebenfalls die Lippen und schwieg, wie Lyda.

Ssanin warf ihr einen lächelnden Blick zu, wollte stehen bleiben, kam aber gleich davon ab und ging weiter.

Im Saal saßen, auf den Stühlen, die der Tür am nächsten standen, Tanarow und von Deutz. Sie saßen nicht wie gewöhnlich, sondern stramm aufgerichtet und die Beine nebeneinandergestellt, als ob sie sich in ihren weißen Kitteln und den engen blauen Reithosen furchtbar unbequem fühlten. Bei Ssanins Eintritt erhoben sie sich langsam und unschlüssig; sie wußten augenscheinlich nicht, wie sie sich weiter zu benehmen hätten.

»Guten Tag, meine Herren,« sagte Ssanin laut, auf sie zukommend, und reichte ihnen die Hand.

Von Deutz war einen Augenblick verlegen, aber Tanarow verneigte sich beim Händedruck übertrieben rasch und tief, sodaß Ssanin eine Weile seinen Nacken mit dem kurzgeschnittenen Haar vor den Augen hatte. »Nun, was wollen Sie mir Schönes erzählen?« fragte Ssanin. Er merkte die zuvorkommende Höflichkeit Tanarows und wunderte sich, wie gewandt und sicher der Offizier die Dummheit der verlogenen Zeremonie durchmachte.

Von Deutz richtete sich auf und wollte seinem langen Gesicht einen kühlen Ausdruck geben, erzielte aber nur einige verlegene Mienen. Es berührte eigentümlich, daß der sonst so schweigsame und schüchterne Tanarow sofort das Wort ergriff.

»Unser Freund, Viktor Sergejewitsch Sarudin, gab uns die Ehre, in seinem Namen mit Ihnen Rücksprache zu nehmen,« deutlich und kühl, wie von einem in Bewegung gesetzten Apparat, kamen die Worte aus Tanarows Mund.

»Aha!« versetzte Ssanin mit geöffnetem Mund und komischer Feierlichkeit. »Das ist aber nett von Ihnen.«

»Jawohl,« fuhr Tanarow mit zusammengezogenen Augenbrauen beharrlich und fest fort, »er glaubt, Grund zu der Annahme zu haben, daß Ihr Benehmen ihm gegenüber nicht ganz ...«

»Ja gewiß ... ich verstehe schon ...« fiel Ssanin, der die Geduld verlor, ein. »Ich habe ihn fast die Treppe hinuntergeworfen ... Was kann da schon *nicht* ganz erklärlich sein!«

Tanarow gab sich Mühe, ihn zu verstehen; es gelang ihm aber nicht und so fuhr er fort:

»Jawohl ... Er verlangt nun, daß Sie Ihre Worte zurücknehmen.«

»Ja, ganz recht ...« Auch der lange von Deutz hielt es für nötig einzugreifen und trat wie ein Storch von einem Bein aufs andere.

»Wie könnte ich sie denn zurücknehmen? Ein Wort ist doch kein Sperling, fliegt es heraus, so kann man es nicht wieder einfangen,« erwiderte Ssanin, allein mit den Augen lachend.

Tanarow schwieg eine Weile und blickte Ssanin ratlos an.

... Mein Gott, was für wütende Blicke der mir zuschmeißt, dachte Ssanin.

»Wir sind hier nicht um zu scherzen ...« brach Tanarow, der mit einem Male zu begreifen anfing und sofort puterrot wurde, zornig los:

»Wollen Sie Ihre Worte zurücknehmen oder nicht?«

Ssanin schwieg. ... Wirklich ein kompletter Trottel! dachte er fast bedauernd und nahm sich einen Stuhl.

»Ich würde vielleicht meine Worte zurücknehmen, um Sarudin ein Vergnügen zu machen und ihn zu beruhigen,« sprach er ernst; »umsomehr, als das für mich absolut nichts bedeuten würde. Aber erstens ist Sarudin dumm und wird es nicht so auffassen, wie er müßte. Statt sich zu beruhigen, wird er daran seine Freude haben, – und dann, zweitens, gefällt mir Sarudin absolut nicht. Unter diesen Umständen lohnt es sich auch nicht, die Worte zurückzunehmen ...«

Tanarow zischte schadenfroh durch die Zähne: »So ...«

Von Deutz blickte ihn erschrocken an, und die letzten Farben verschwanden aus seinem Gesicht; er wurde gelb und hölzern. »In diesem Falle ...« Tanarow erhob die Stimme und gab ihr einen drohenden Unterklang.

Ssanin sah mit plötzlich aufkommendem Widerwillen seine schmale Stirn und engen Reithosen an; er ließ ihn gar nicht zu Ende sprechen.

»Und so weiter und so weiter. Das kenne ich alles. Aber mit Sarudin werde ich mich nicht schlagen.«

Von Deutz wendete sich rasch um; Tanarow richtete sich auf und fragte mit einer verachtungsvollen Miene, scharf jede Silbe ausprägend:

»Aus welchen Gründen?«

Ssanin lächelte, und sein Widerwille verschwand ebenso schnell, wie er gekommen war.

»Ganz einfach. Erstens, weil ich keinen Wunsch habe, Sarudin zu töten, zweitens und wohl hauptsächlich, weil ich selbst nicht wünsche, von ihm getötet zu werden.«

»Aber ...« begann Tanarow mit einer verzerrten Miene.

»Ich will nicht – und damit fertig!« Ssanin stand auf. »Soll ich Ihnen etwa noch auseinandersetzen, warum? ... Fällt mir gar nicht ein! Ich tue es nicht ... Ich sage es, das genügt!«

Die tiefe Verachtung auf einen Menschen, der eine Forderung nicht annimmt, verband sich in Tanarow mit der unverrückbaren Ueberzeugung, daß auch kein Zivilist die Tapferkeit und Aufopferung besitzen könne, sich zu schlagen. Daher war er nicht im geringsten verwundert, – vielmehr freute ihn die Weigerung beinahe.

»Das ist schon Ihre Sache,« sagte er, ohne aus seiner Verachtung ein Hehl zu machen. »Aber ich muß Sie in diesem Falle davon in Kenntnis setzen –«

»Auch das kenne ich,« lächelte Ssanin, »aber davon möchte ich Sarudin geradezu abraten ...«

»Wie?« Tanarow lächelte ebenfalls, während er die Mütze vom Fensterbrett nahm.

»Ich rate ihm, mich nicht anzufassen, sonst prügle ich ihn so durch, daß ...«

»Hören Sie mal!« Von Deutz brauste plötzlich auf, »ich kann es nicht erlauben ... Sie höhnen geradezu ... Und begreifen Sie denn wirklich nicht, daß eine Forderung ablehnen, – das ist ... das ist ...«

Er bekam einen ziegelroten Kopf, die trüben Augen sprangen aus den Höhlen, und auf den Lippen entstand ein kleines Strudelchen aus Speichel.

Ssanin sah ihm mit Neugierde auf die Lippen und sagte:

»Und dieser Mensch hält sich noch für einen Anhänger Tolstois!«

Von Deutz hob den Kopf hoch und zitterte.

»Ich möchte Sie bitten!« rief er schrill, aber doch beschämt, daß er einen guten Bekannten, mit dem er erst kurz vorher über viele wichtige und interessante Gegenstände gesprochen hatte, anbrüllen mußte. »Ich möchte Sie bitten, derartige Bemerkungen zu unterlassen. Sie gehören nicht zur Sache!«

»Im Gegenteil!« erwiderte Ssanin. »Sogar recht sehr!«

»Aber ich bitte Sie ...« schrie hysterisch von Deutz, den Speichel um sich spritzend, »das ist ganz ... mit einem Worte ...«

»Nun genug doch!« sagte Ssanin ungehalten, indem er dem Speichelregen auswich. »Denken Sie darüber, wie Sie wollen, und Sarudin können Sie bestellen, daß er ein Dummkopf ist.«

»Sie haben kein Recht!« heulte von Deutz mit verzweifelter Stimme.

»Sehr schön, sehr schön,« wiederholte Tanarow vergnügt. »Gehen wir!«

»Nein,« schrie von Deutz immer noch in demselben weinerlichen Ton und fuchtelte mit seinen langen Armen wie toll in der Luft umher: »wie untersteht er sich ... das ist geradezu ... unerhört ist das! ...«

Ssanin sah ihn an, machte eine wegwerfende Handbewegung und ging aus dem Zimmer.

»Wir werden alles wortgetreu unserem Freunde mitteilen,« rief ihm Tanarow nach.

»Schön, teilen Sie es ihm nur mit!« antwortete er, ohne sich umzudrehen, und schloß die Tür hinter sich.

» – – – Welch Esel ist dieser Offizier im Grunde, und doch, – – es genügt, daß er sich diese Marotte ummantelt, und er wird reserviert und ganz gescheit!« dachte Ssanin, als er hörte, wie Tanarow den schreienden von Deutz beruhigte.

»Nein, das kann man nicht so ohne weiteres hingehen lassen!« erklärte der lange Offizier aufgeregt. Er sah traurig ein, daß er durch dieses Vorkommnis einen interessanten Bekannten verloren hatte und, da er nicht wußte, wie es zu ändern wäre, erbitterte er sich noch mehr und verdarb die Sache augenscheinlich nur um so gründlicher.

»Wolodja,« rief Lyda leise in der Tür ihres Zimmers.

»Was?« Ssanin blieb stehen.

»Komm her ... ich brauche dich.«

Ssanin trat in ihr kleines Zimmer ein, in dem es dunkel war und grün von Bäumen, die das Fenster verstellten, und wo es nach Parfüms, Puder und jungen Mädchen roch.

»Wie schön es hier bei dir ist!« sagte er mit tiefem Seufzer der Erleichterung.

Lyda stand mit dem Gesicht dem Fenster zugewandt; auf ihren Schultern und Wangen lag weich und schön das grüne Lichtgemenge, das vom Garten her hineingeworfen wurde.

»Nun, was wolltest du?« fragte Ssanin zart. Lyda schwieg und atmete häufig und schwer.

»Was hast du?«

»Du wirst nicht ... das Duell ... ?« fragte Lyda mit gepreßter Stimme, ohne sich umzudrehen.

»Nein,« antwortete Ssanin kurz.

Lyda schwieg.

»Nun, was weiter?«

Ihr Kinn zitterte. Sie wendete sich plötzlich zu ihm und sprach mit erstickter Stimme, schnell und zusammenhanglos.

»Das ... das kann ich nicht begreifen ...«

»Ah,« erwiderte der Bruder mit einer ärgerlichen Grimasse, »tut mir aufrichtig leid, daß du es nicht begreifst!«

Die niederträchtige, stumpfsinnige Dummheit der Menschen, die von allen, von Schlechten und Guten, von Schönen und Häßlichen, gleich ausgestrahlt wird, ermüdete ihn. Er drehte sich um und ging hinaus.

Lyda sah ihm nach. Plötzlich faßte sie sich mit beiden Händen an den Kopf und stürzte aufs Bett. Der lange dunkle Zopf löste sich schön wie ein weicher molliger Schweif auf der weißen Decke. In diesem Augenblick war Lyda so kraftvoll schön und geschmeidig, daß sie trotz ihrer Verzweiflung und Tränen wunderbar lebendig und jung aussah. Durch das Fenster blickte der vom Sonnenlicht durchsättigte grüne Garten herein; das ganze Zimmer strahlte freudig und hell; – – – Lyda sah nichts.

XXIX

Ein Abend voll seltenem Schweigen stand über der Erde; ein Abend, der aussah, als wäre er irgendwoher im Schlafe vom durchsichtigen, majestätisch-prachtvollen Himmel herabgesunken. Die matte Sonne des Spätsommers war schon untergegangen und doch war es hell geblieben; die Luft hielt sich wunderbar rein und leicht. Es war trocken; nur in den Gärten fiel mit einem Mal schon starker Tau. Der Staub konnte nur mit Mühe hochgeweht werden, dann aber schwebte er lasch und faul in der Luft. Nach und nach wurde es dumpf und kühl. Ueberall drangen Töne, leicht und schnell, wie auf Flügeln getragen, vorwärts.

Ssanin ging ohne Hut in seinem blauen Hemd, das allmählich grün geworden war, durch die lange, mit Nesseln bewachsene Seitengasse, nach dem Hause, in dem Iwanow wohnte.

Dieser saß breitschultrig und ernst – seine langen Haare lagen gerade wie Strohhalme um den Kopf – am Fenster zum Garten und stopfte methodisch Tabak, der alles im Umkreis von zwei Metern zum Niesen bringen konnte, in dünne Zigarettenhülsen.

»Guten Tag!« sagte Ssanin; er reichte Iwanow durchs Fenster die Hand. Dann stützte er sich mit dem Ellenbogen aufs Fensterbrett und schaute dem Freunde lässig zu.

»Guten Abend.«

»Ich bin heute gefordert worden.«

»Die Sache ist gut!« meinte Iwanow gleichmütig. »Von wem und warum?«

»Von Sarudin. Ich hatte ihn aus dem Hause geworfen, folglich fühlte er sich beleidigt.«

»So, – du wirst dich also schlagen? Schön, ich werde dein Zeuge sein; mögen sie denn schon meinem teuren Freunde die Nase wegschießen.«

»Warum gleich das? Die Nase ist ein edler Körperteil. Ich habe gar keine Lust, mich zu schlagen!« erwiderte Ssanin lachend.

»Auch das ist vernünftig. Wozu sich schlagen – ist ja gar nicht nötig, sich zu schlagen!«

»Nun, meine Schwester Lyda – die beurteilt die Geschichte von einer anderen Seite.« – –

»Weil sie eine Gans ist!« erwiderte Iwanow mit Nachdruck. »Was doch für eine Unmenge Dummheit in jedem Menschen steckt!«

Er stopfte die letzte Zigarette und zündete sie sogleich an; die anderen packte er zusammen, steckte sie ins Etui und sprang, nachdem er den Tabak vom Fensterbrett weggeblasen hatte, durch das Fenster hinaus.

»Was werden wir anfangen?« fragte er.

»Wollen wir zu Ssoloveitschik gehen?«

»Ach, hol ihn der Teufel!«

»Warum denn?«

»Ich liebe ihn nicht! Ein Regenwurm!«

»Er ist auch nicht schlimmer, als alle andere. Vorwärts, Bruder, gehn wir!«

»Nun, schön, meinetwegen!« Rasch wie immer bei Ssanins Vorschlägen, willigte Iwanow ein. Sie gingen zusammen durch die Straßen, beide kräftig und fröhlich, – beide mit breiten Schultern und freien Stimmen, – sie sprachen zusammen, als wenn außer ihnen keine Menschen auf der Welt existierten.

Ssoloveitschik war nicht zu Hause, das niedrige Haus war abgeschlossen, der Hof leer und ausgestorben; nur Sultan rasselte neben dem Schuppen mit seiner Kette und bellte wütend auf die fremden Leute ein, die, niemand weiß wozu, über den Hof gingen.

»Was für eine Oede hier!« sagte Iwanow. »Gehen wir lieber auf den Boulevard!«

Sie gingen fort, die Pforte klappte zu, und Sultan setzte sich, nachdem er noch ein paarmal in die Luft gebellt hatte, vor seine Hütte und blickte traurig auf seinen leeren Hof, auf die tote Mühle und die engen und krummen weißen Pfade, die sich durch das niedrige, staubige Gras schlängelten.

Im Stadtgarten spielte wie gewöhnlich die Kapelle. Auf dem Boulevard war die Luft schon kühl und leicht. Es gab viele Spaziergänger, und die dunkle Menge, wie das Steppengras mit Blumen, von Frauenkleidern und Hüten durchsetzt, zog sich in Wellen hin und her, goß sich bald in den dunklen Garten hinein, ebbte dann wieder vor seinem steinernen Tore zurück.

Ssanin schritt mit Iwanow am Arm, durch den Park. Gleich in der ersten Allee trafen sie Ssoloveitschik, der nachdenklich unter den Bäumen entlang bummelte, die Arme auf dem Rücken und die Blicke starr auf die Füße gerichtet.

»Wir waren eben bei Ihnen,« rief ihn Ssanin an.

Ssoloveitschik lächelte schüchtern: »Ach so, Sie müssen mich entschuldigen. Ich hab nicht gewußt, daß Sie werden kommen ... Sonst möcht' ich schon gewartet auf Sie. Ich bin, wissen Sie, so gerade ein bißchen gegangen spazieren ...«

Seine Augen waren glänzend und traurig.

»Kommen Sie mit uns!« schlug Ssanin vor, und reichte ihm liebenswürdig den Arm hin.

Ssoloveitschik legte freudig seinen Arm in den Ssanins, machte selbst ein fröhliches Gesicht, schob den Hut in den Nacken und ging mit einer Miene einher, als wenn er nicht den Arm Ssanins, sondern wer weiß was für ein kostbares Ding mit sich trüge.

Sein Mund zerrann bis an die Ohren.

Zwischen den Militär-Musikern, die mit puterroten Gesichtern und vollen Backen in die überlauten Messingröhren hineinbliesen, drehte sich der schmächtige Regimentskapellmeister, und schwang in dem augenscheinlichen Bestreben, mehr als die Musik seine Person zur Geltung zu bringen, mit spatzenartigen Bewegungen den Taktstock. Daneben stand in dichten Reihen das einfachere Publikum – Unteroffiziere, Militärschreiber, Gymnasiasten, Burschen in hohen Stulpenstiefeln und Mädchen mit farbigen Kopftüchern; in den Alleen zogen einander, wie in einer endlosen Quadrille, bunte Gruppen von Damen, Studenten und Offiziere, entgegen.

An den dreien kamen Dubowa, Schawrow und Swaroschitsch vorbei. Sie lächelten einander zu und grüßten sich. Ssanin, Ssoloveitschik und Iwanow gingen noch einmal durch den ganzen Garten; beim Rückwege begegneten sie ihnen wieder. Jetzt war noch Karssawina hinzugekommen; ihre hochgewachsene, schlanke Figur wurde durch ein helles Kleid prächtig zum Ausdruck gebracht. Schon aus der Ferne lächelte sie Ssanin zu; in ihren Augen zuckte ein Schimmer koketter Freundlichkeit.

»Was laufen Sie da so einsam herum?« rief Dubowa, »schwenken Sie bei uns ein!«

»Wollen wir in den Seitenweg einbiegen, meine Herrschaften, hier ist zu großes Gedränge,« schlug Schawrow vor. Und die lustige junge Gesellschaft tauchte in dem Halbdunkel der dichtbelaubten schweigsamen Allee unter und erfüllte sie mit fröhlichen, klangvollen Stimmen und schallendem, grundlosen Gelächter.

So waren sie bis zum Ende des Gartens gegangen und wollten eben wieder umwenden, als hinter einer Ecke des Weges Sarudin, Tanarow und Woloschin einbogen.

Ssanin sah sofort, daß der Offizier diese Begegnung nicht erwartet hatte und unwillkürlich eine ratlose Miene annahm. Sein hübsches Gesicht rötete sich tief; doch nach kurzem Zusammenfahren richtete sich seine Gestalt straff auf. Tanarow lächelte wütend.

»Und dieser Wiedehopf steckt auch noch immer hier? ...« Iwanow wies mit den Augen verwundert auf Woloschin.

Woloschin sah sie nicht an; im Vorbeigehen blickte er sich fortgesetzt um und starrte auf Karssawina, die voranschritt.

»Noch hier!« lachte Ssanin.

Dieses Lachen bezog Sarudin auf sich; er empfand es als eine Ohrfeige. Das Blut stieg ihm ins Gesicht, in der Kehle stickte der Atem; er fühlte sich von einer unüberwindlichen Macht fortgerissen. Rasch trennte er sich von seinen Begleitern und schritt in großen Sätzen auf Ssanin zu.

»Was wünschen Sie,« fragte dieser. Er war mit einem Mal ernst geworden; er betrachtete nur interessiert die dünne Reitgerte, die Sarudin unnatürlich in der Hand hielt. - - - Ach, welch ein Dummkopf, dachte er mit Aufregung und Mitleid.

»Ich habe mit Ihnen ein paar Worte zu reden,« keuchte Sarudin heiser. »Meine Forderung hat man Ihnen überbracht.«

Ssanin neigte leicht bejahend den Kopf und sagte einfach, während er noch immer auf die Reitpeitsche des Offiziers sah: »Ja!«

»Und Sie weigern sich entschieden ... diese Forderung ... wie es einem Menschen mit Ehrbegriffen geziemt ... eh, anzunehmen?« Sarudin sprach undeutlich, aber mit erhobener Stimme, die er selbst kaum mehr erkannte. Er erschrak vor ihr und dem kalten Handgriff der Reitpeitsche, die sich jetzt besonders fest in seine verschwitzten Finger drückte; dabei war er vollständig unfähig, den einmal eingeschlagenen Weg wieder zu verlassen.

Es kam ihm vor, als wenn im Park mit einem Mal völlige Luftleere eingetreten wäre.

Alle blieben stehen und hörten auf seine Worte.

»Das ist doch aber ...« Iwanow wollte sich zwischen Ssanin und Sarudin drängen.

»Selbstverständlich weigere ich mich ganz entschieden,« sagte Ssanin in seltsam ruhigem Tone und richtete seinen scharfen Blick, der sofort wieder alles übersah, von der Reitpeitsche hoch gerade auf Sarudins Augen.

Der Offizier atmete schwer, als erdrückte ihn eine ungeheure Last.

»Zum letzten Mal, weigern Sie sich?« fragte er noch lauter.

Ssoloveitschik starrte auf den Offizier.... Ach, das ist ja entsetzlich, dachte er. Er wird ihn schlagen ... Sein ganzer Körper zuckte bei diesem Gedanken nervös zusammen.

»Was wollen Sie denn? ... wie,« murmelte er, reckte sich plötzlich auf und stellte sich mit seinem ganzen Körper vor Ssanin. Sarudin bemerkte es kaum, als er ihn mit einer einzigen Bewegung beiseite schob. Vor ihm standen nur die ruhigen ernsten Augen Ssanins.

»Das habe ich Ihnen schon vorhin mitgeteilt,« antwortete dieser in dem früheren milden Ton.

Alles um Sarudin geriet in Drehung. Während er hinter sich Schritte und einen weiblichen Aufschrei hörte, schwang er mit krampfhafter Anstrengung, etwas zu hoch und ungeschickt, die dünne Reitpeitsche.

Im selben Augenblick schlug ihm Ssanin scharf und kurz, aber die Muskeln mit furchtbarer Anspannung zusammenziehend, mit der Faust ins Gesicht.

»So,« entschlüpfte es unwillkürlich, aber sehr befriedigt Iwanows Lippen.

Sarudins Kopf schlug ohnmächtig auf die Seite, etwas schneidendes Trübes, das mit kalten Nadeln Augen und Hirn zerstach, übergoß Mund und Nase ...

»Eeeeeee,« drang ein krampfartiger Laut aus seinem Munde. Er verlor Reitpeitsche und Mütze, fiel auf die Hände, wurde nichts mehr gewahr. Er hatte nur die eine brennende Vorstellung, daß nun alles unwiderbringlich zu Ende sei, und einen dumpfen, brennenden Schmerz im Auge.

In der stillen, menschenleeren Allee entstand ein irres Durcheinander. Karssawina schrie schrill auf, griff sich mit Entsetzen an ihre Schläfen und schloß die Augen. Mit dem gleichen Gefühl des Ekels stürzte sich Jurii, während er nur den auf allen Vieren hockenden Sarudin vor sich sah, zusammen mit Schawrow auf Ssanin zu.

Woloschin rannte eiligst die Allee herunter, gerade durch das nasse Gras, wobei er das Pincenez verlor und sich in die Büsche verwickelte; seine weißen Hosen wurden sofort bis an die Knie schwarz.

Tanarow sprang mit zusammengepreßten Zähnen und wütend aufgerissenen Pupillen auf Ssanin zu; aber Iwanow packte ihn kühl von hinten an den Schultern und warf ihn beiseite.

»Laß ihn doch, lasse,« sagte Ssanin mit Ekel. Er stand mit breitgespreizten Beinen da, atmete hart; auf seine Stirn traten schwere Tropfen Schweiß.

Sarudin erhob sich taumelnd. Dabei stieß er armselige, unzusammenhängende Laute mit zitternden, geschwollenen Lippen aus. Es waren abgerissene Drohungen gegen Ssanin, die in ihrer Ohnmacht nur abstoßend wirkten.

Die ganze linke Seite seines Gesichts schwoll rasch an, das Auge schloß sich, aus Mund und Nase troff Blut, die Zähne klapperten, sein Körper zitterte wie im Fieber; er hatte nicht mehr die geringste Ähnlichkeit mit dem eleganten Menschen, der er noch eine Minute vorher gewesen war. Die furchtbare Kraft Ssanins hatte ihn mit einem Schlag alles Menschlichen beraubt und ihn zu etwas Elendem, Formlosem, Feigem gemacht. Weder der Wunsch zu fliehen, noch ein Versuch sich zu verteidigen, ließ sich an ihm wahrnehmen. Er spie Blut aus; mit zittrigen Händen klopfte er unbewußt den an den Knien kleben gebliebenen Sand ab, taumelte aber wieder und fiel um.

»Wie entsetzlich, wie entsetzlich,« wiederholte Karssawina und wünschte so schnell als möglich von dem Platz fortzukommen.

»Gehen wir,« sagte auch Ssanin zu Iwanow. Er blickte dabei nach oben, weil es ihm unangenehm und peinlich war, Sarudin anzusehen.

»Gehen wir, Ssoloveitschik!«

Aber Ssoloveitschik bewegte sich nicht vom Flecke. Mit weitaufgerissenen Augen starrte er den Offizier, das Blut und den schneeweißen Kittel an, auf dem sich einige Sandflecken eigentümlich abhoben. Er zitterte und klapperte sinnlos mit den Lippen.

Iwanow zog ihn zornig am Arm, aber Ssoloveitschik riß sich mit starker Anstrengung los, umfaßte mit beiden Händen einen Baum, als wenn man ihn fortschleppen wollte, weinte plötzlich auf und schrie: »Wozu haben Sie das ... Wozu?«

Jurii Swaroschitsch trat auf Ssanin zu:

»Was für eine Niedertracht,« schrie er ihm gerade ins Gesicht.

Doch Ssanin beherrschte sich. Ohne hoch zu schauen, lächelte er angeekelt: »Ja, Niedertracht. Wäre es denn besser, wenn er mich geschlagen hätte.« Er machte eine abweisende Geste und ging rasch durch die breite Allee fort. Iwanow sah Jurii verächtlich an und, sich eine Zigarette ansteckend, schlenderte er langsam hinter Ssanin her. Noch an seinem breiten Rücken und den geraden Haaren konnte man sehen, wie gleichgültig er sich gegen alles Vorgefallene verhielt.

»Wie dämlich und gemein doch der Mensch sein kann,« meinte er.

Ssanin sah sich schweigend um, antwortete aber nichts. ... Wie die Tiere, sagte Jurii vor sich hin, als er aus dem Park ging.

Zwar lag der Park ebenso da, wie er ihn vielmals vorher gesehen hatte, nachdenklich dunkel und schön, jetzt aber schloß er sich durch das Vorgekommene von der ganzen Welt aus und wurde bange und abstoßend.

Schawrow atmete schwer und ratlos auf, sah sich über die Brillenränder schüchtern nach allen Seiten um, als wenn er glaubte, daß man jetzt aus jedem Winkel Ueberfälle und Gewalttätigkeiten gewärtigen müsse.

XXX

In einem einzigen Augenblick hatte sich das Aussehen von Sarudins Leben auf das Furchtbarste verändert. Wie leicht und verständlich es früher war, so unerträglich wurde es jetzt. Es schien, daß man eine helle, lächelnde Maske abgestreift hätte; nun kam die wütende Fratze eines Raubtieres darunter zum Vorschein.

Als Tanarow ihn in einer Droschke nach Hause brachte, suchte er vor sich selbst Schmerz und Schwäche zu übertreiben, um nur nicht die Augen öffnen zu müssen. Er machte sich glauben, daß die Schande, die ihn von allen Seiten mit gierigen Augen anstarrte und nur auf diesen Blick wartete, um johlend, Grimassen schneidend und Finger zeigend, hinter ihm herzulaufen, so noch weiter aufgehalten werden könnte.

Aus allem, aus dem mageren Rücken des blaugekleideten Droschkenkutschers, aus jedem Straßenpassanten, aus den Fenstern, hinter welchen ihm schadenfrohe Gesichter aufzutauchen schienen, und selbst in Tanarows Hand, die ihn an der Seite hielt, spürte er schweigende aber aufrichtige Verachtung heraus.

Und dieses Gefühl war so überwältigend, so herzzerreißend schmerzlich, daß es Sarudin zeitweise nicht mehr erträglich schien.

Sein Gehirn sträubte sich dagegen, das Geschehene hinzunehmen; es wollte hoffen, daß all das nicht gewesen wäre oder daß hier doch noch ein Irrtum vorliege. Manchmal meinte Sarudin, daß er irgend einen nebensächlichen Punkt, der aber die ganze Situation vollständig verändern würde, nicht richtig auffasse; im Grunde wäre seine Lage gar nicht so entsetzlich und ausweglos. Die einfache Tatsache jedoch blieb klar und offen vor ihm bestehen; immer enger und enger hüllte die Finsternis der Verzweiflung seine Seele ein.

Sarudin hatte die Empfindung, in schmerzlicher, unbequemer Stellung am Boden festgebunden zu sein; in der widerwärtigsten Weise füllten sich seine Hände nach und nach mit Blut und Staub. Dabei fand er es gleichzeitig erstaunlich, daß er überhaupt noch imstande war, Einzelheiten herauszufinden. Eigentlich hätte sich sein Körper sofort auflösen müssen, nachdem alles, was den schönen, eleganten, fröhlich-sicheren Sarudin ausmachte, spurlos verflogen war; nun aber lebte er, ohnmächtig und besudelt, noch immer weiter.

Manchmal, wenn sich die Droschke bei scharfen Wendungen auf die Seite neigte, öffnete Sarudin ein wenig die Augen und erkannte durch trübe Nässe die bekannten Straßen, Häuser, eine Kirche, Menschengestalten. Alles war so wie sonst; jetzt aber machte es einen unendlich fernen, fremden und feindlichen Eindruck. Die Passanten blieben stehen und schauten ihnen neugierig nach; wieder schloß Sarudin schnell die Augen und verlor vor Beschämung und Verzweiflung fast die Besinnung.

Die Fahrt dauerte eine Ewigkeit; er glaubte nicht, daß sie noch einmal ein Ende nehmen würde.

»Nur schneller, nur nach Hause!« schwirrte es durch sein Hirn, doch sofort tauchten die Gesichter des Burschen, der Zimmerwirtin, der Nachbarn vor ihm auf, und augenblicklich wünschte er, so wie er sich jetzt befand, abzureisen, nur immer unaufhörlich zu fahren, zu fahren, und niemals mehr die Augen aufschlagen zu müssen.

Tanarow, der ihn ununterbrochen an der Seite hielt, empfand für Sarudin ätzende Scham. Er starrte abgemessen geradeaus und gab sich alle erdenkliche Mühe, jedem entgegenkommenden Straßenpassanten klar zu machen, daß er persönlich mit der Sache nichts zu tun habe, und daß nicht er, sondern ein anderer geschlagen worden wäre. Sein Gesicht war gerötet, mit kaltem Schweiß bedeckt, wodurch seine Verwirrung noch gesteigert wurde. Zuerst sprach er noch zu Sarudin, bewegte sich, versuchte zu trösten, wurde aber bald schweigsam und trieb nur mit zusammengepreßten Zähnen den Droschkenkutscher zur Eile an. Daran und an der Unsicherheit der Hand, die ihn halb stützte, halb von sich entfernt hielt, erriet Sarudin, was in Tanarow vorging. Und dieses eine Vorkommnis, daß Tanarow, diese Null, dieser Trottel, dem er immer unendlich überlegen war, mit einem Male das Recht erhielt, sich für ihn zu schämen, gab seinem Bewußtsein, alles sei nunmehr zu Ende, den letzten endgültigen Stoß.

Sarudin konnte nicht ohne fremde Hilfe durch den Hof gehen; er mußte von Tanarow und dem erschrockenen Burschen, der ihnen zitternd entgegen gerannt kam, fast auf den Händen ins Haus geschleppt werden. Ob auf dem Hof noch Leute waren, bemerkte Sarudin nicht. Die beiden legten ihn auf den Divan und hatten zunächst keine Ahnung, was sie mit ihm anfangen sollten. So standen sie kopflos vor seinen überreizten Augen und bereiteten ihm dadurch entsetzliche Qualen. Der Bursche kam zuerst zu sich, geriet in Eile, holte warmes Wasser, ein Handtuch und wusch Sarudin behutsam Gesicht und Hände ab. Der Offizier fürchtete beinahe, seinem Blick zu begegnen, aber das Gesicht des Soldaten zeigte nichts von Schadenfreude, hatte nichts von Verachtung oder Hohn an sich; es sah nur erschrocken und mitleidsvoll, wie das eines alten, gutmütigen Weibes, aus.

»Wo hat man denn das, Hochwohlgeboren...?« fragte er Tanarow. »Ach, du lieber Herrgott! Wie war es denn möglich ...!«

»Das geht dich gar nichts an!« schrie Tanarow mit zornrotem Gesicht, sah sich aber sogleich schüchtern um.

Er ging an das Fenster und griff mechanisch nach einer Zigarette, wurde aber unschlüssig, ob er wohl in Sarudins Zimmer rauchen dürfe. So steckte er das Etui unmerklich wieder in die Tasche.

»Soll ich den Arzt holen?« fragte der Bursche von neuem. Gewohnheitsmäßig nahm er Haltung an, schien aber auch Tanarow, trotz des Anschnauzens, nicht mehr zu fürchten.

Tanarow spreizte unentschlossen die Finger. »Ja, ich weiß wirklich nicht ...« er antwortete in einem ganz anderen Ton und sah sich wieder um.

Sarudin hörte die Frage und erschrak bei dem Gedanken, daß auch noch der Arzt sein Gesicht anschauen solle.

»Ich brauche ... keinen!« sagte er mit unnatürlich schwacher Stimme. Er bemühte sich immer noch, sich und die anderen glauben zu machen, daß es mit ihm zu Ende gehe.

Nachdem ihm jetzt Blut und Schmutz vom Gesicht gewaschen waren, sah er nicht mehr so schrecklich, sondern einfach nur abstoßend und bemitleidenswert aus. Tanarow warf ihm mit kleinlicher Neugierde einen verstohlenen Blick zu, wandte aber sofort die Augen wieder ab. Diese fast unmerkliche Bewegung wurde von Sarudin, wie fast alles, was ihn jetzt umgab, mit krankhafter Schärfe aufgefaßt; unter ihr erstickte er beinahe vor Verzweiflung. Er kniff das geschlossene Auge noch fester zu und rief mit scharfer, gebrochener Stimme:

»Laßt mich ... laßt mich allein!«

Tanarow schielte auf ihn und wurde plötzlich von verächtlichem Zorn fortgerissen. .... Schreien tut er auch noch. Ganz wie jeder andere Mensch ... dachte er wütend.

Sarudin wurde ganz still und lag unbeweglich, mit geschlossenen Augen da. Tanarow trommelte leise mit den Fingern auf dem Fensterbrett, zupfte sich an seinem Schnurrbart und schaute wieder auf die Straße hinab. Das erkältende Verlangen, fortzugehen, ließ ihm keine Ruhe.

»Es paßt sich doch nicht! ... Lieber abwarten, bis er einschläft, dann geht es erst ...« dachte er niedergeschlagen.

So verging gegen eine Viertelstunde, aber Sarudin bewegte sich von Zeit zu Zeit immer wieder. Tanarow wurde es allmählich unerträglich ekelhaft zumute. Endlich lag Sarudin ganz still.

... Scheint doch eingeschlafen zu sein! ... dachte Tanarow mit geheuchelter Teilnahme und blickte ihn verstohlen an. »Wirklich eingeschlafen!«

Er machte eine schüchterne Bewegung und klirrte ganz leise mit den Sporen. Sarudin schlug im Augenblick die Augen auf. Die nächsten Sekunden hindurch blieb Tanarow unbeweglich. Doch Sarudin fühlte seinen Wunsch heraus, wie auch Tanarow seinerseits plötzlich wußte, daß Sarudin alles verstehe. Und da geschah etwas Seltsames, Banges. Sarudin schloß rasch wieder die Augen, und Tanarow bückte sich heimlich und schlich auf den Zehenspitzen aus dem Zimmer, mit der angestrengten Bemühung, sich selber diesen Schlaf einzureden. Aber er konnte gleichzeitig nicht das klare Bewußtsein überwinden, daß sie beide ganz genau wußten, wie der Sachverhalt läge.

Die Tür drückte sich leise ins Schloß, und alles, was sie beide früher so fest und freundschaftlich miteinander zu verbinden schien, war jetzt für immer verschwunden. Sarudin, wie auch Tanarow fühlten, daß sich zwischen ihnen ein luftleerer Raum geschoben hatte, der nicht mehr zu verdrängen war. Von nun an existierte unter allen Menschen Einer nicht mehr für den anderen.

Im Nebenzimmer atmete Tanarow wieder freier auf und fühlte sich bedeutend leichter. Er empfand weder Mitleid noch Bedauern darüber, daß zwischen ihm und Sarudin, mit dem er so viel Jahre gemeinsam verlebt hatte, alles zerbrochen war.

»Höre du,« sagte er, sich nach den Seiten umschauend, eilig, als wenn es eine lästige Formalität wäre, die er noch zu erfüllen hätte, zu dem Burschen, »ich gehe jetzt fort, und du, paß auf ... wenn etwas vorkommen sollte .... Du wirst schon wissen ... nicht?«

»Zu Befehl!« erwiderte erschrocken der Bursche.

»Nun, also denn .... Ja ... diese Umschläge da, die wirst du öfters wechseln .....«

Er stieg die Steinstufe herab und sah wieder zufrieden um sich, als er in die breite, menschenleere Straße hinaustrat. Der Abend war schon angebrochen. Tanarow freute sich, daß die Straßenpassanten sein glühendes Gesicht nicht mehr sehen konnten.

»Möglicherweise kann ich auch noch in diese schlimme Geschichte hineingezogen werden,« dachte er plötzlich, als er in den Boulevard einbog, und ein kalter Hauch wehte durch sein Herz. – »Aber schließlich, was habe ich denn damit zu tun?« Er gab sich Mühe, nicht mehr daran zu denken, wie er sich selbst auf Ssanin gestürzt hatte, und vor allem nicht an den Stoß Iwanows, der ihn fast zu Boden schleuderte.

»Pfui Teufel, was für eine verfluchte Geschichte da herausgekommen ist!« dachte Tanarow beim Gehen mit einer ärgerlichen Grimasse und voll Bitterkeit gegen Sarudin. »Nur dieser Esel ist an allem schuld! Er hatte es auch nötig, mit dem Lumpengesindel anzubinden! Pfui, wie ekelhaft!«

Und je mehr er überlegte, welche unangenehme Wendung die Angelegenheit genommen hatte, desto höher reckte sich seine winzige Gestalt, mit den hoch aufgezogenen Schultern und der engen Brust, die im weißen Kittel, engen Reithosen und eleganten Stiefeln steckte, instinktiv auf. Nach allen Seiten begann er drohende Blicke zu werfen.

In jedem entgegenkommenden Passanten sah er Spott und Hohn; jetzt hätte die geringste Andeutung genügt, um die Spannung in ihm zur Auslösung zu bringen. Er wäre mit blankem Säbel vorwärts gestürzt, um ohne Ueberlegung tödliche Hiebe auszuteilen. Aber er begegnete nur wenigen Menschen, und auch die glitten an ihm, wie flache Schatten an den Zäunen des dunklen Boulevards, schnell vorüber.

Zu Hause, während er sich allmählich beruhigte, kam ihm wieder in Erinnerung, wie ihn Iwanow zur Seite geschleudert hatte. Warum habe ich ihm nicht in die Schnauze geschlagen? ... Ich sollte ihm doch einfach in die Zähne hauen! Schade, daß der Säbel nicht scharf ist! Sonst .. Uebrigens, ich hatte ja den Revolver in der Tasche! Da ist er noch. Ich konnte ihn wie einen tollen Hund niederknallen. Nicht? ... Ich vergaß den Revolver!

... Gewiß habe ich nicht an den gedacht, sonst hätte ich ihn wie einen Hund über den Haufen geschossen! Oder ... vielleicht ist es auch gut, daß ich's vergessen hatte; ein Totschlag immerhin ... auf jeden Fall gibt's ein Gericht ... und möglicherweise hatte von ihnen ebenfalls einer einen Browning ... da wäre es möglich gewesen ... wegen eines Nichts ... hole es der Teufel, zu Schaden zu kommen! ... So weiß ja niemand, daß ich den Revolver bei mir hatte, und nach und nach wird man überhaupt das Ganze vergessen ...

Tanarow zog vorsichtig, sich nach allen Seiten umsehend, den Revolver aus der Tasche und legte ihn in die Schublade.

... Ich muß heute noch zum Oberst gehen und ihm melden, daß ich an der Sache unbeteiligt bin ..., beschloß er, indem er die Schublade mit lautem Geklirr abschloß.

Aber stärker noch als dieser Entschluß drängte sich ihm der nervöse, fast prahlerische Wunsch ganz unwiderstehlich auf, in den Klub zu gehen und über den Skandal als Augenzeuge zu berichten.

Im hellerleuchteten Militärklub, der mitten in der dunklen Stadt lag, versammelten sich in aufgeregter, lärmender Entrüstung die Offiziere. Sie hatten von dem Vorfall im Park schon gehört und waren voll geheimer Schadenfreude gegen Sarudin, der sie mit seiner Eleganz und Verve stets auf die Seite drängte. Mit brutaler Neugierde empfingen sie Tanarow, der in seinen eigenen Augen plötzlich zum Helden des Tages wurde. Seiner Bedeutung angemessen schilderte er die Szene bis in die kleinsten Details. In seiner Stimme und den dunklen schmalen Augen zuckte schüchtern das zurückgehaltene und unbewußte Gefühl der Rache.

In der häufigen Wiederholung und Durchschnüfflung all der Einzelheiten, wie Sarudin geschlagen worden war, entschädigte Tanarow gleichsam seine Gehässigkeit für den ganzen Druck des früheren Freundes, für die Geldaffären, die herablassende Behandlung, die sich durch die Ueberlegenheit Sarudins ganz von selbst ergeben hatte.

Der Offizier aber lag ganz einsam, der ganzen Welt fremd, in seinem Zimmer auf dem Divan.

Der Bursche, der bereits erfahren hatte, wie die Affäre mit seinem Herrn vor sich gegangen war, bereitete noch immer, mit dem mitleidsvoll erschrockenen Weibergesicht den Samovar, holte Wein, und vertrieb den fröhlichen zärtlichen Setter aus dem Zimmer, der aufs äußerste erfreut war, daß sein Herr zu Hause blieb. Dann trat er wieder auf Zehenspitzen an den Divan heran:

»Hochwohlgeboren mögen doch etwas Wein trinken,« sagte er kaum vernehmbar.

»Wie, was? ...« Sarudin öffnete die Augen, schloß sie aber sofort wieder. Trotzdem aber fuhr er, wie es ihm selber schien, mit elender und in der Tat mitleiderregender Grimasse fort, wobei er die geschwollenen Lippen nur mit Mühe bewegen konnte: »Gib - - den Spiegel ... her.«

Der Bursche seufzte, brachte gehorsam den Spiegel und leuchtete mit der Kerze. Mißbilligend dachte er: - - - Was ist da viel reinzugucken ....

Sarudin blickte in den Spiegel und stöhnte unwillkürlich auf. Aus der dunklen Fläche schaute ihn, von der Seite rötlich beleuchtet, ein einäugiges blutunterlaufenes, bläulich schwarzes Gesicht an, dessen Schnurrbart zur Hälfte widersinnig in die Höhe stach.

»Hier, nimm,« murmelte Sarudin; plötzlich schluchzte er hysterisch auf.

»Hochwohlgeboren ... wozu sich so ärgern. Es wird schon wieder gut werden,« sagte der Bursche mitleidig, während er ihm in einem klebrigen Glas, das nach kaltem süßen Tee roch, Wasser reichte.

Sarudin trank nicht, sondern fuhr nur mit den Zähnen am Rande des Glases entlang und goß sich das Wasser über die Brust.

»Scher dich fort,« schrie er wütend. Und doch empfand er in diesem Augenblick, daß der Bursche der einzige Mensch auf der Welt sei, der mit ihm Mitleid hätte. Aber das warme Gefühl für den Soldaten wurde sofort von der unerträglichen Vorstellung beiseite geschoben, daß jetzt sogar der Bursche das Recht hätte, ihn zu bedauern.

Der Soldat ging auf die Steintreppe hinaus. Er blinzelte mit den Augen und hatte das deutliche Verlangen, zu heulen; er setzte sich auf die Stufen nieder und streichelte seufzend den weichen Rücken des Hundes, der sich an seinen Hosen rieb.

Ueber dem Garten funkelten lautlos glänzende Sterne. Der Setter legte ihm die elegante Schnauze auf die Kniee und schaute ihn von unten her mit dunklen unverständlichen Augen, die doch etwas zu sprechen schienen, an. Dem Soldaten wurde es bange und traurig, als ahnte er einen unabwendbaren Schicksalsschlag voraus.

»- - - Eh, das Leben, das Leben,« dachte er erbittert; eintönig begann er über sein Dorf nachzudenken.

Sarudin drückte sich krampfhaft an die Rückenlehne des Divans und zerfiel völlig in dem Gram, ohne zu spüren, daß ihm das warmgewordene nasse Handtuch aufs Gesicht herabgerutscht war.

- - - Nun ist alles zu Ende, wiederholte er sich mit innerem Schluchzen ... Was ist zu Ende? ... Alles, das ganze Leben. Alles, das Leben ist verloren. Weshalb ... weil ich geschändet bin ... weil ich geschlagen bin wie ein Hund ... Mit der Faust ins Gesicht. .. und ich kann ja nicht mehr im Regiment bleiben - - -

Ungemein deutlich sah sich Sarudin inmitten der Allee auf allen Vieren hocken, ohnmächtig sinnlose Drohungen, die doch nur in einem elenden Winseln verklangen, ausstoßen. Immer von neuem und von neuem erlebte er diesen furchtbaren Augenblick, immer heller hob er sich vor seinen Augen ab. Alle Einzelheiten kamen ihm wie von einem elektrischen Reflektor überstrahlt, ins Bewußtsein. Aus irgend einem Grunde waren gerade diese ungereimten Drohungen und das weiße Kleid Karssawinas, das in demselben Augenblick an ihm vorbeihuschte, die qualvollsten Bilder seines Gedächtnisses.

– – – Wer hat mich denn aufgehoben, dachte er ... Dabei strengte er sich an, nichts zu denken; geflissentlich suchte er sein Hirn zu verwirren....

Tanarow oder etwa der Judenbengel, den sie bei sich hatten. Tanarow ... darum handelt es sich ja garnicht ... Um was denn? ... Nur darum, daß das ganze Leben verdorben ist und daß ich nicht mehr im Regiment bleiben kann. Und ein Duell ... Er wird sich ja ganz gewiß nicht schlagen wollen ... Also ... ich werde nicht im Regiment bleiben können.

Sarudin erinnerte sich, wie einmal ein Ehrengericht, an dem er selbst teilgenommen hatte, zwei alte, verheiratete Offiziere, aus dem Offizierkorps stieß, weil sie sich zu schlagen weigerten.

– – – Man wird es mit mir ebenso machen. Höflich, ohne mir die Hände zu reichen, dieselben Leute, ... und niemand wird mehr darauf stolz sein, wenn ich ihn auf dem Boulevard unter dem Arm nehme. Niemand wird mich mehr beneiden, ... meine Manieren kopieren ... Aber das ist noch das wenigste... Doch die Schande, die Schande, das ist die Hauptsache! ... Und weshalb Schande... Geschlagen ... Ja, ich wurde doch auch im Kadettenkorps geschlagen ... Damals, als mich der dicke Schwarz durchprügelte und mir einen Zahn ausgeschlagen hatte, da wurde doch auch nichts weiter draus ... Später versöhnten wir uns miteinander und blieben bis zum Examen die besten Freunde ... Und kein Mensch verachtete mich.. Und warum denn jetzt alles ganz anders ... Ist es denn nicht ganz gleich ... Auch damals floß Blut... Ebenso fiel ich um. Warum? ...

Auf diese ausweglosen gramvollen Fragen konnte Sarudin keine Antwort finden. Er fühlte nur, daß er bis über den Kopf in einen bodenlosen Sumpf geraten war, daß er unaufhaltsam tiefer sinke, ohne nach dem geringsten Stützpunkt greifen zu können. Wenn er das Duell angenommen und mich mitten ins Gesicht getroffen hätte ... Das wäre doch noch viel schmerzhafter und widerwärtiger als jetzt gewesen. Aber dann hätte mich niemand verachtet, nein, alle mich bemitleidet. Folglich besteht zwischen der Kugel.. und der ... Faust ... Ja, was für ein Unterschied ... was, warum? ...

Sein Denken lief in Sprüngen vorwärts.

Doch in der Tiefe arbeitete sich etwas Neues durch, das anscheinend schon einmal dagewesen, aber in seinem oberflächlichen, leeren Offiziersleben, das aus nichts als Lärmen bestand, vergessen worden war. Jetzt tauchte es in dem Unglück, das nichts wieder gut machen konnte und durch die erlittene Qual nur geschärft, von neuem wieder auf.

Einmal stritt von Deutz mit mir darüber, daß einer, der auf die linke Wange geschlagen wird, auch die rechte Hinhalten soll, diesmal aber kam er doch selbst und schrie, fuchtelte mit den Armen, regte sich auf, weil sich dieser Kerl geweigert hatte, die Forderung anzunehmen. Da haben sie doch eigentlich die Schuld, daß ich ihn mit der Reitpeitsche züchtigen wollte. Meine ganze Schuld lag darin, daß ich keine Zeit fand, zuzuschlagen ... Das Ganze ist also widersinnig ungerecht ... Und trotzdem die Schande und man darf nicht im Regiment bleiben.

Sarudin faßte ohnmächtig an seinen Kopf, schüttelte ihn auf dem Kissen und verfolgte mechanisch den quälenden Schmerz im Auge. Plötzlich erfaßte ihn eine furchtbare Flut von Grimm und Wut.

– – – Einfach zum Revolver greifen und den Hund über den Haufen schießen ... eine Kugel nach der andern ... Und ihn mit den Stiefelabsätzen ins Gesicht treten, wenn er umfällt. Einfach ins Gesicht, in die Zähne, in die Augen.

Mit nassem schwerem Aufschlag klatschte der Umschlag plump auf den Boden. Sarudin öffnete erschrocken die Augen, sah das kaum beleuchtete Zimmer, die Schüssel mit Wasser, das nasse Handtuch und an der Seite das schwarze bange Fenster, das ihn wie ein schwarzes Auge rätselhaft trübe anstarrte.

– – – Nein es ist gleich, es hilft doch nichts, dachte er, während seine ohnmächtige Verzweiflung allmählich ruhiger wurde. – – Es ist gleich, alle haben gesehen, wie er mich aufs Gesicht schlug und wie ich auf allen Vieren kroch ... Der Geprügelte, der Geprügelte, – – hat eins in die Fresse bekommen. Und man kann es nicht wieder gut machen. Nichts! Niemals werde ich wieder glücklich und frei sein. – –

Wieder bewegte sich etwas Scharfes, ungewöhnlich Klares in seinem Gehirn... Aber war ich denn wirklich jemals frei,... Ich gehe doch auch jetzt nur darum unter, weil mein Leben niemals frei und eigen war. Wäre ich denn von selbst zum Duell gegangen ... Hätte ich denn mit der Peitsche schlagen wollen ... Dann wäre ich auch nicht geschlagen worden ... Und alles blieb so schön und glücklich ... Wer und was hat es erfunden, daß man eine Verletzung mit Blut abwaschen muß ... Ich doch nicht. Da habe ich sie abgewaschen ... Mich hat man mit Blut abgewaschen ... Was? ... ich weiß nicht ... Aber aus dem Regiment muß ich heraus.

Das ohnmächtige, ungeschickte Denken versuchte sich emporzuheben, fiel aber wieder wie ein Vogel mit zugestutzten Schwingen nieder. Wohin auch seine Gedanken trieben, immer kehrten sie, wie in einem Kreise eingeschlossen, wieder auf den einen Punkt zurück, – – – daß er aus dem Regiment herausmüsse, daß er nun für immer geschändet sei.

Plötzlich setzte bei ihm Fieber ein. Er begann zu phantasieren. Mit einem Mal sah er ganz klar zwei Bauern. Sie schimpften und prügelten sich und der eine traf den anderen gegen die Schläfe ... dieser, schon alt und grau, stürzte nieder, erhob sich dann und, indem er das aus der Nase fließende Blut mit den Hemdärmeln abwischte, sagte er überzeugt: »Aber ein Narr bleibst du doch.«

Ja, das habe ich einmal mit angesehen, erinnerte er sich endgültig; doch sofort kam ihm wieder klar sein halb dunkles dumpfes Zimmer und die Kerze auf dem Tisch vor die Augen. Nachher tranken die beiden am Monopolladen Wodka.

Wahrscheinlich verlor er das Bewußtsein, denn die Kerze und das Zimmer verschwanden irgendwohin. Aber er hörte doch nicht auf, zu denken ... Später als die Kerze aus der Finsternis wieder vor ihm auftauchte, gelang es ihm nur mit Mühe, diesen Gedanken noch zu entziffern .. Mit einer solchen Schande kann man nicht weiterleben ... So, ich muß also sterben ... Aber ich will durchaus nicht sterben ... Nicht ich doch ... Aha, der gute Name ... aber zum Teufel, was geht mich der gute Name noch an, wenn ich sterben muß ... Aber ich muß doch aus dem Regiment heraus ... Und wie dann weiterleben ...

Als etwas unbegreiflich Trübes und Fremdes erschien ihm seine Zukunft ... Er wich ohnmächtig zurück ... Jedesmal, wenn der leidenschaftliche Durst nach Leben und Glück den Nebel, der sein Gehirn bedeckte, zu vertreiben begann, senkte er sich wieder tiefer herab; wieder stand Sarudin vor einer unabwendbaren Leere.

Die Nacht verging. Schwere Stille lauerte hinter dem Fenster, als ob Sarudin in der ganzen Welt nur allein litt ... Auf dem Tisch brannte und schmolz die Kerze und ihre Flamme floß gelb, gleichmäßig, mit tödlicher Ruhe herunter. Sarudin starrte mit dem in Fieber und Verzweiflung glänzenden Auge ins Feuer und bemerkte nicht, wie die Flamme kleiner wurde; es war ganz erfaßt von dem schwarzen Dunst unendlich verwirrter, kraftloser Gedanken.

Inmitten des Chaos von Erinnerungsfetzen, Vorstellungen, Gefühlen und Gedanken war eine Empfindung am schärfsten; sie drängte sich wie eine klingende Saite der Trübsal tief ins Herz hinein. Das war der Schmerz, das bemitleidenswerte Bewußtsein seiner völligen Einsamkeit. Irgendwo draußen, da lebten Millionen von Menschen, freuten sich und lachten und sprachen vielleicht auch von ihm; – – – er aber war allein. Vergebens rief sich Sarudin ein bekanntes Gesicht nach dem andern vor die Augen. In blasser fremder gleichgültiger Reihenfolge stiegen sie vor ihm auf, in ihren kühlen Zügen las er nur Schadenfreude und Neugierde. Da erinnerte er sich in schüchterner Trauer an Lyda.

So wie er sie zum letzten Mal gesehen hatte, stellte er sie sich jetzt vor; mit großen Augen, denen jede Lebensfreude fehlte, mit dem schwachen Körper unter dem Hauskleid und aufgelöstem Zopf. In ihrem Gesicht war weder Schadenfreude noch Verachtung zu sehen. Mit traurigem Vorwurf blickte es ihn an und der Zuspruch, daß noch irgend etwas möglich sei, schimmerte in Augen, denen jede Lebensfreudigkeit fehlte. Er erinnerte sich an die Szene, als er sich im Augenblick ihres schwersten Kummers von ihr lossagte. Das messerscharfe Bewußtsein eines unwiederbringlichen Verlustes riß in den tiefsten Fasern seiner Seele.

– – – Und sie litt damals wahrscheinlich noch mehr als ich jetzt. Trotzdem habe ich sie von mir gestoßen. Ich wünschte selbst sogar, daß sie stirbt, daß sie sich ertränkt.

Wie zu einer letzten Zufluchtsstätte streckte sich ihr seine Sehnsucht in verzehrendem Durst nach Liebkosungen und Teilnahme entgegen. Für kurze Zeit kam ihm der Gedanke, daß das Leiden, welches er jetzt durchlebt, die Vergangenheit erlösen könnte. Doch im selben Augenblick wußte er auch, daß Lyda niemals mehr zu ihm kommen würde, weil alles zu Ende sei. Völlige Leere öffnete sich vor ihm wie ein Abgrund. Sarudin hob die Hand, preßte sie fest gegen den Kopf; er schien zu erstarren ... seine Augen waren geschlossen, seine Zähne in der Anstrengung, nichts mehr zu sehen, nichts zu hören, nichts zu fühlen, aufeinandergepreßt. Aber bald ließ er die Hand fallen, schob sich in die Höhe und setzte sich aufrecht hin. Sein Kopf schwindelte, im Munde brannte es, Beine und Arme zitterten. Er stand auf und ging schwankend, unter dem Druck im Kopfe, der plötzlich ungeheuer schwer wurde, zum Tische.

– – – Alles verloren – – – alles verloren – – – das Leben und Lyda und alles ... Ein greller Blitz klarer Gedanken beleuchtete einen Augenblick sein Schicksal. Er verstand mit einem Schlag, daß es in seinem verschwundenen Leben nichts Gutes und Schönes und Frohes gegeben hatte, sondern daß alles heuchlerisch, beschmutzt und töricht war. Nicht einmal ein besonderer Sarudin, den sein Charakter zu allem berechtigte, hatte existiert. Es gab nur einen ohnmächtigen schüchternen, und verhätschelten Körper, der früher einmal alle Genüsse durchkostete und jetzt Schmerz und Demütigung erlitt. – – –

– – – Man kann nicht weiterleben, dachte Sarudin klar und ruhig. Um ein neues Leben zu beginnen, muß man alles frühere von sich werfen können, zu einem ganz anderen Menschen werden. Aber das kann ich nicht. – – –

Er ließ den Kopf schwer gegen den Tisch fallen und starrte wie gebannt in die schwankende Flamme der Kerze, die an den Rändern des Leuchters herunterschmolz.

XXXI

Am selben Abend kam Ssanin allein bei Ssoloveitschik vorbei.

Der Jude saß ganz einsam auf der Steintreppe des Hauses und schaute auf den öden Hof, über den sich, Gott weiß für wen, schmale Wege langweilig hinzogen; zwischen den Steinen verwelkte staubiges Gras. Die abgeschlossenen Schuppen mit riesigen, verrosteten Schlössern, die trüben Fenster der Mühle und der ganze ungeheure leere Platz, in dem das Leben, wie es schien, bereits vor langen Jahren ausgestorben war, atmeten gräßliche, gepreßte Zerschlagenheit aus.

Ssanin war beim ersten Anblick von den Mienen Ssoloveitschiks überrascht. Er lächelte nicht, bleckte nicht wie sonst gefällig mit den Zähnen, sondern sah nur traurig und abgespannt vor sich hin ... Nur aus seinen dunklen Augen lugte lange ein bohrender Gedanke hervor.

»Ah, guten Tag,« sagte er gleichgültig und drückte schwach Ssanins Hand; dann wandte er sich sofort wieder mit dem Gesicht zu dem dunklen Himmel, von dem sich die abgestorbenen Scheunendächer noch lebloser abhoben.

Ssanin setzte sich auf eins der Treppengeländer, zündete sich eine Zigarette an und schaute lange auf Ssoloveitschik, an dem ihm etwas Besonderes auffiel. »Was machen Sie hier? ..«

Ssoloveitschik wandte ihm langsam seine traurigen Augen zu.

»Ich bin hier so ... Die Mühle blieb stehen. Ich war beschäftigt im Kontor ... Da wohnte ich auch hier. Sind schon alle weggefahren, ich bin hier geblieben, als einer nur.«

»Es ist Ihnen wohl bange, so einsam zu wohnen?«

»Was ist bange? - - - Ist ja alles ganz egal,« er schlug mit der Hand trübe durch die Luft. Es war lange still und man konnte nur das einsame Kettenklirren in der Hundehütte hinter den Scheunen her vernehmen.

»Nicht hier ist es so bange,« - - - Ssoloveitschik kam plötzlich ins Reden und geriet unerwartet in laute leidenschaftliche Bewegung.

»Nicht hier ... sondern ...« er zeigte auf Brust und Stirn, »da und da ...«

»Was ist denn?« fragte Ssanin ruhig.

»Hören Sie,« Ssoloveitschik fuhr noch lauter und leidenschaftlicher fort. »Da haben Sie geschlagen heut einen Menschen, haben ihm zertrümmert sein ganzes Leben. Zürnen Sie mir nicht, ich bitte, daß ich spreche, alles das ... aber ich denke viel daran. Ich saß hier und dachte daran immerzu und ist mir geworden so traurig ... Ich bitte, antworten Sie mir doch!« – Für einen Augenblick verzerrte das gewöhnliche, gefällige Lächeln sein Gesicht.

»Fragen Sie, wonach Sie wollen. Glauben Sie wirklich, Sie werden mich verletzen? ... Durch eine Frage können Sie es gewiß nicht. Was ich getan habe, habe ich getan. Wenn ich jetzt glauben wollte, daß es schlecht war; ich würde es selber eingestehen.«

»Ich wollte Sie nur eines fragen ... Wenn Sie sich vorstellen – – jetzt – – vielleicht haben Sie getötet diesen Menschen?«

»Daran zweifle ich kaum. Ein solcher Mensch wie Sarudin kann sich kaum von dem Schlag frei machen, als ... nun daß er mich oder sich tötet ... Aber was mich betrifft ... Nein, der psychologische Moment ist versäumt. Der ist jetzt viel zu deprimiert, um mich jetzt gleich zu töten. Später aber wird er keinen Mut mehr dazu haben. Sein Spiel ist zu Ende.«

»Und darüber können Sie sprechen so ruhig?«

»Was soll das Ruhig? ... Ich kann nicht ruhig mit ansehen, wie man eine Henne abschlachtet. Und hier handelt es sich noch um einen Menschen. Und das Schlagen selbst ist peinlich. Zwar ... das Gefühl der eigenen Kraft ist ein bißchen angenehm ... aber doch ... es ist dumm. Und häßlich war es auch, daß alles so roh vor sich ging, doch mein Gewissen ist ruhig. Ich war hierbei nur eine Zufälligkeit. Sarudins Leben läuft eine Bahn herunter, bei der es nur verwunderlich ist, daß nicht allein dieser eine Mensch zugrunde geht, sondern nicht noch alle andern zum Teufel gegangen sind. Die Leute lernen Menschen zu töten, ihren Körper zu pflegen und begreifen nicht, was und wozu sie es tun. Das sind Verrückte, Idioten. Und wenn man Verrückte auf der Straße frei herumlaufen läßt, schneiden sie sich alle untereinander die Kehlen ab. Was bin ich schuld, daß ich mich gegen einen solchen Tollen verteidigen mußte.« »Aber getötet haben Sie ihn,« beharrte Ssoloveitschik.

»Darüber mag er sich schon beim lieben Herrgott beschweren, der uns beide auf einem Punkt zusammenbrachte, wo wir nicht aneinander vorbeikommen konnten.«

»Aber Sie konnten ihn halten fest, ihn kriegen bei die Hände.«

Ssanin hob den Kopf.

»In solchen Fällen denkt man nicht darüber nach, was man tun könnte .. Und welchen Zweck hätte es gehabt, das Gesetz seines Lebens verlangte Rache um jeden Preis. Ich konnte ihn doch keine Ewigkeit an den Händen halten. Für ihn wäre das nur eine neue Beleidigung gewesen ... und weiter nichts.«

Ssoloveitschik breitete beide Arme weit aus und wurde schweigsam.

Die Dunkelheit rückte gierig von allen Seiten heran. Der rosa Streifen der Abendröte, von den Rändern der schwarzen Dächer scharf abgeschnitten, wurde immer ferner und kühler. Die lautlosen Schritte schwarzer, unfaßbarer Schatten, die sich hinter den dunklen Scheunen zu drängen schienen, mußten es sein, die Sultan plötzlich beunruhigten. Denn mit einem Male kam er aus der Hütte herausgekrochen und hockte sich davor nieder; wütend klirrte er mit seiner Kette.

»Mögen Sie – möglicherweise – recht haben ... Aber dann ist es wirklich immer notwendig ... Vielleicht wäre es gewesen besser, wenn Sie selbst hätten ertragen den Schlag.«

»Weshalb besser? ... Es gibt nichts Schlimmeres, als einen Schlag hinzunehmen. Wozu auch? ... Aus welchen Gründen?«

»Nein, ich bitte, hören Sie mich an ...« fiel ihm Ssoloveitschik rasch ins Wort. »Vielleicht, es wäre gewesen doch besser ...«

»Für Sarudin allerdings.«

»Nein, für Sie auch. Denken Sie sich nur...«

»Ach, Ssoloveitschik,« erwiderte leicht angeärgert Ssanin. »Das ist immer das alte Märchen von dem moralischen Sieg. Und dazu ist dieses Märchen noch sehr plump. Der moralische Sieg besteht nicht darin, unbedingt seine Backe hinzuhalten, sondern vor seinem eigenen Gewissen im Recht zu sein. Und wie man sich dieses Bewußtsein verschafft, das ist ganz gleich ... Das hängt vom Zufall, von den Umständen ab. Nichts ist entsetzlicher als die Sklaverei, und es gibt wieder keine schrecklichere Sklaverei, als wenn sich ein Mensch bis auf die Knochen gegen eine Gewalttat, die ihn trifft, empört und sich ihr dann doch im Namen eines stärkeren Prinzips unterwirft.«

Ssoloveitschik faßte sich plötzlich an den Kopf, doch in der Dunkelheit blieb der Ausdruck seines Gesichts unerkennbar.

»Was soll ich sagen? ...« rief er mit weinerlicher Stimme. »Meine Vernunft ist so schwach. Ich kann sich garnichts erklären, nichts verstehen, ... ich weiß nicht, wie man soll leben.«

»Und wozu brauchen Sie es zu wissen. Leben Sie wie der Vogel fliegt. Will er den rechten Flügel heben, gut, so hebt er ihn, will er um einen Baum biegen, gut, biegt er um ...«

»Ja, aber es ist doch das ein Vogel, wohingegen ich bin ein Mensch ...«

Ssanin lachte laut, und sein fröhliches, mutiges Lachen erfüllte alle Ecken des dunklen Platzes mit momentanem Leben.

Ssoloveitschik hörte auf und schüttelte langsam den Kopf.

»Nein,« sprach er trüb. »Das ist alles nur so ... Worte. Sie können mich nicht lehren, wie muß ich leben. Niemand, niemand kann es.«

»Das ist wahr, niemand kann das. Die Kunst zu leben, das ist auch ein Talent. Und wer dieses Talent nicht besitzt, der geht unter.«

»Sie sind jetzt so ruhig, Sie sprechen so, als wenn Sie wissen schon alles. Und ... ich bitte, seien Sie mir nicht böse .. Waren Sie immer einer, so einer ... so wie Sie sind jetzt. Ruhig ...« Ssoloveitschik fragte es mit brennender Neugierde, in der Erregung verschlechterte sich sein Russisch immer mehr.

»Oh nein,« Ssanin schüttelte mit dem Kopf. »Allerdings, ich besaß immer viel Ruhe. Aber es waren doch Zeiten, wo ich die unterschiedlichsten Zweifel durchmachte. Es gab eine Zeit, wo ich im vollen Ernst von dem Ideal des christlichen Lebens träumte.« Ssanin schwieg nachdenklich, und Ssoloveitschik blickte mit ausgestrecktem Halse auf ihn, als wenn er von ihm etwas unbegreiflich Wichtiges erwartete.

»Einst hatte ich einen Freund, einen Studenten, einen Mathematiker ... Iwan Lande. Es war ein wunderbarer Mensch von unüberwindlicher Kraft, ein Christ nicht aus Prinzip, nein, einfach seiner Natur nach. In seinem Leben haben sich alle kritischen Elemente des Christentums widergespiegelt. .. Wenn man ihn schlug, verteidigte er sich nicht, er vergab seinen Feinden, ging zu jedem Menschen wie zu seinem Bruder hin, ... wer es tun kann, der tue es. Und da er es tun konnte, tat er es auch .. die Verneinung der Frau ... als eines Weibes ... Sie erinnern sich wohl an Semionow.«

Ssoloveitschik nickte ihm mit naiver Freude zu. Für ihn war es ungeheuer wichtig: In einer gewohnten Umgebung, zwischen Bekannten, erstand plötzlich vor seinen Augen ein Bild des wahren Christen, von dem er stets nur eine trübe Ahnung hatte, das ihn aber immer wieder anzog, wie ein Licht den Nachtfalter. Er entflammte ganz in Aufmerksamkeit und Erwartung.

»Nun also, Semionow ging es damals entsetzlich schlecht. Er lebte zu der Zeit in der Krim bei einem Schüler. Da ging er in dieser Einsamkeit einfach unter, war immer inmitten von Todesahnungen ... in düsterster Verzweiflung. Lande hatte davon erfahren und entschloß sich natürlich, die versinkende Seele retten zu gehen. Und er ist buchstäblich gegangen. Geld hatte er nicht. Borgen wollte ihm niemand, als einem an Gutmütigkeitsirrsinn Leidenden, und so ging er den Weg von 1000 Werst zu Fuß. Irgendwo unterwegs ist er denn auch zugrunde gegangen. Hat also auf seine Weise sein Leben für seine Mitmenschen hingegeben.«

Voller Begeisterung, ekstatisch mit den Augen blitzend, rief Ssoloveitschik: »Nun, werden Sie nicht anerkennen diesen Menschen?«

»Ueber ihn gab es seiner Zeit viel Streit,« erwiderte Ssanin nachdenklich. »Die einen hielten ihn nicht für einen echten Christ und wollten ihn aus diesem Grunde nicht anerkennen, die andern hielten ihn direkt für verrückt, so mit einer gewissen Mischung von Eigensinn. Wieder andere sprachen ihm alle Kraft ab, weil er nicht gekämpft, nicht gesiegt hatte, kein Prophet wurde, sondern nur allgemein Entfremden hervorrief. Nun, und ich sehe ihn wieder anders an. Damals war ich selbst noch von ihm bis zur Blödheit fasziniert. Es ging so weit, daß mir einmal ein Student eins in die Fresse schlug. Zuerst wurde alles in mir rasend ... Aber Lande war dabei. Er blickte mich ruhig an. Ich weiß nicht, was da in mir vorging ... Nun ... ich bin schweigend aufgestanden und fortgegangen. Und dann ... zuerst war ich darauf furchtbar stolz, übrigens man kann sagen, dummstolz, und zweitens habe ich auf diesen Studenten einen Haß von ganzer Seele bekommen. Nicht weil er mich geschlagen hatte, sondern einfach, weil meine Handlungsweise ihm sicher ein Vergnügen gemacht hatte wie kein zweites. Ganz zufällig bemerkte ich, in was für eine falsche Stellung ich mich selbst gebracht hatte, wurde nachdenklich, lief zwei Wochen lang wie wahnsinnig herum, und hörte am Ende auf, meinen blödsinnigen, moralischen Sieg als etwas Großartiges zu betrachten. Aber diesen Studenten habe ich dann bei seiner ersten selbstgefälligen, frechen Bemerkung bis zur Bewußtlosigkeit und mit köstlichem Genuß durchgeprügelt. Zwischen mir und Lande kam es zu innerer Entfremdung. Ich sah mir sein Leben genau an und sah ein, daß es ganz elend und armselig war ...«

»Oh, was sagen Sie da,« rief Ssoloveitschik, »können Sie sich denn vorstellen, wie er war reich an innere Erlebnisse?«

»Seine Erlebnisse waren eintönig, weiter nichts. Das ganze Glück seines Lebens bestand darin, widerspruchslos jedes Unglück aufzunehmen, und der Reichtum darin, daß er immer mehr und tiefer jedem Lebensreichtum entsagte. Das war ein Bettler aus freien Stücken und ein Phantast, der nur um deswillen lebte, was ihm garnicht bekannt war.«

»Sie wissen garnicht, wie Sie quälen mich.« Ssoloveitschik rief es plötzlich und rang die Hände.

»Aber was für ein hysterischer Kerl sind Sie, Ssoloveitschik,« bemerkte Ssanin verwundert. »Ich erzähle Ihnen doch garnichts Besonderes. Oder hat sich diese Frage in Ihnen mit sehr vielen Schmerzen eingefressen.«

»Sehr ... sehr ... ich denk und denk ... und mein Kopf tut mir weh. War denn das ein Irrtum ... Alles wirklich. Da sitz ich nun wie in ein dunkles Zimmer, und niemand kann mir sagen, was ich muß tun. Wozu lebt denn der Mensch. Sagen Sie es mir.«

»Wozu? Das ist niemandem bekannt.«

»Und es ist gar keine Möglichkeit, zu leben für die Zukunft, damit es soll wenigstens später einmal geben ein goldenes Zeitalter.«

»Niemals wird ein goldenes Zeitalter sein. Wenn sich Leben und Menschen sprungartig verbessern könnten, das wäre das goldene Zeitalter ... Aber das kann niemals eintreten ... Verbesserungen steigen auf unmerklichen Stufen heran. Der Mensch sieht nur die letzte und die folgende Stufe. Sie und ich leben jetzt nicht wie römische Sklaven oder wie Wilde in der Steinzeit. Daher empfinden wir gar nicht das Glück unserer Kultur. Auch der Mensch des goldenen Zeitalters wird keinen Unterschied mit dem Leben seines Vaters sehen, wie der Vater mit dem des Großvaters und so zurück. Der Mensch geht auf ewiger Bahn und eine Brücke zum Glück bauen wollen, das ist dasselbe, als wenn man zu einer unendlichen Zahl neue Einheiten addieren wollte.«

»Also ist alles leer ... Also, es gibt denn nichts?«

»Ich glaube nichts ...«

»Nun, und Ihr Lande ... Sie haben doch selbst ...«

»Ich liebte Lande ... Aber nicht, weil er so lebte ... Nein, nur weil er aufrichtig war und niemals auf seinem Wege stehen blieb, vor keinen Barrieren ... weder vor lächerlichen noch vor furchtbaren ... Für mich war Lande wertvoll an sich. Mit seinem Tode ist auch dieser Wert verschwunden.«

»Und Sie glauben denn nicht, daß solche Menschen veredeln das Leben. Bekommen sie doch Anhänger solche Menschen manchesmal ... wie ...«

»Wozu müßte es veredelt werden. Das erstens. Und zweitens kann man solchem Beispiel nicht folgen ... Ein Lande muß geboren werden ... Jesus war herrlich, die Christen armselig – sie haben die erhabene, reine Idee zu einem toten Dogma herabgewürdigt.«

Ssanin wurde es müde, weiter zu sprechen; er schwieg still. Alles um sie schwieg ebenfalls. Und nur die hoch über ihnen schwebenden Sterne schienen ohne Ende ein lautloses Gespräch fortzuführen.

Plötzlich flüsterte Ssoloveitschik etwas und sein Flüstern war sonderbar und bange.

»Was,« fragte Ssanin erzitternd.

»Sie müssen mir sagen ... was denken Sie ... wenn ein Mensch nicht weiß, wohin zu gehen ... und immer denkt er, und immer nur denkt er, nur denkt und immer leidet, und alles ist ihm furchtbar und unbegreiflich. Vielleicht ist es für solch einen Menschen besser, überhaupt zu sterben.«

»Ja,« sagte Ssanin klar und stark; er begriff tief, was aus der jungen Seele Ssoloveitschiks unsichtbar zu ihm emporstieg. »Vielleicht ist es in einem solchen Fall besser, zu sterben. Leiden ist sinnlos, und ewig leben wird ja sowieso niemand. Zu leben lohnt es sich wirklich nur für einen Menschen, der in der Tatsache des Lebens selbst einen Genuß sieht. Wer aber nur leidet und leidet, dem ist es besser, zu sterben ...«

»Das hab ich mir auch gedacht,« rief Ssoloveitschik mit Nachdruck. Plötzlich klammerte er sich an Ssanins Hand. Es war ganz dunkel, das Gesicht Ssoloveitschiks schimmerte kaum merklich, fast bleich wie das einer Leiche, die Augen blickten aus schwarzen, leeren Höhlen hervor.

»Ja, Sie sind ein toter Mensch.« Ssanin erhob sich, in seiner Kehle steckte ein unwillkürliches Zittern. »Und für eine Leiche ist wohl wirklich ein Grab das beste ... Leben Sie wohl, Ssoloveitschik!«

Ssoloveitschik schien nichts mehr zu hören. Er saß unbeweglich wie ein schwarzer Schatten da, mit abgestorbenem Gesicht.

Ssanin wartete noch einen Augenblick schweigend, dann drehte er sich ebenso schweigend um und ging. An der Pforte hielt er noch einmal an und lauschte. Es war alles still; Ssoloveitschik war auf der Steintreppe kaum noch zu erkennen; er zerfloß fast im Dunkeln. Eine unangenehme, bohrende Ueberlegung kroch in Ssanins Herz.

... Ganz gleich, dachte er, ob so zu leben oder zu sterben ... Es wäre auch ohne dies gekommen ... wenn nicht heute, dann morgen ...

Er wendete sich rasch um, öffnete die knarrende Pforte und ging zur Straße hinaus. Auf dem Hof war es lautlos wie früher.

Als Ssanin auf den Boulevard kam, hörte er in der Ferne unruhige, sonderbare Laute. Jemand lief schnell durch das Dunkel der

Nacht, mit lärmendem Fußscharren und klagte oder weinte beim Laufen vor sich hin.

Eine schwarze Gestalt tauchte auf und stürzte immer näher und näher auf ihn zu. Aus irgend einem Grunde wurde Ssanin wieder bange zu Mute.

»Was ist los?« fragte er laut.

Der Rennende hielt für einen Augenblick an, und Ssanin sah neben sich ein erschrockenes, dämliches Soldatengesicht.

»Was ist denn los? ...« schrie er aufgeregt.

Aber der Soldat murmelte nur etwas und lief weiter, scharrte wie vorher schwer mit seinen Füßen und klagte oder weinte.

Nacht und Stille verschlangen ihn wie ein Gespenst.

... Aber das ist ja der Bursche Sarudins, fiel es Ssanin ein. Plötzlich goß sich ein harter, glühender Gedanke scharf in seinem Kopf aus: Sarudin hat sich erschossen.

Eine leichte Kälte berührte seine Schläfe. Eine Minute lang starrte er schweigend in das trübe Gesicht der Nacht und zwischen dem Rätselhaften und Drohenden, das darin aufstand, und in dem starken Menschen schien ein kurzer, schweigender aber furchtbarer Kampf zu toben.

Die Stadt schlief, die Bürgersteige schimmerten weiß, die Bäume stachen schwarz dagegen ab; stumpf blickten die dunklen Fenster, sie bewahrten die behutsame Stille.

Mit einem Male ruckte Ssanin mit dem Kopf an, lächelte ernst und sah mit harten Augen vor sich hin.

... Ich trage keine Schuld daran, sagte er laut. Einer mehr oder weniger ...

Und als grauer Schatten durch die Dunkelheit schimmernd schritt er vorwärts.

XXXII

Bei der Schnelligkeit, mit der sich in einer kleinen Stadt jede Neuigkeit verbreitet, war es sofort bekannt geworden, daß sich am selben Abend zwei Menschen das Leben genommen hatten. Jurii Swaroschitsch erfuhr es von Iwanow, der gerade zu ihm kam, als Jurii von einem Unterricht zurückkehrte. Er hatte sich eben an die Staffelei gestellt, um an Ljaljas Bild zu malen. Sie saß ihm in leichter heller Bluse, mit nacktem Hälschen und durchschimmernden rosigen Armen. Die Sonne leuchtete durch das Zimmer, entzündete in goldigen Funken die buschigen Haare; die ganze Ljalja sah so jung, reinlich und lustig wie ein goldener Vogel aus.

»Guten Tag!« Iwanow schleuderte mit großartiger Bewegung seinen Hut auf den Tisch.

»Aha, was bringen Sie neues?« fragte Jurii und lächelte ihm freundlich zu. Er war in zufriedener, heiterer Stimmung, weil er endlich einen Schüler gefunden hatte und nicht mehr dem Vater auf dem Halse zu liegen brauchte, sondern jetzt auf eigenen Füßen stand. Dazu kam auch der Einfluß, den die glückliche Ljalja auf jeden Menschen in ihrer Nähe ausstrahlte.

»Sehr vieles,« antwortete Iwanow mit unbestimmtem Ausdruck in seinen grauen Augen. »Der eine hat sich den Kopf zersprengt, – – der andere hat sich aufgehängt, den dritten holt der Teufel, damit er nicht hinter den Weibern schwenkt.«

»Was heißt das? ...« Jurii starrte verwundert auf Iwanow.

»Beruhigen Sie sich, den dritten habe ich schon selber hinzugedichtet, – – – bitte, zur Steigerung des Effekts, und weil der Reim so schön ist, aber bei zweien ist es Tatsache ... Schicksal! Heute nacht erschoß sich Sarudin und soeben hört man so was, Ssoloveitschik hätte sich aufgehängt ... Da haben Sie es ...«

»Aber das ist ja nicht möglich,« rief Ljalja, mit erschrocknen aber vor Neugierde strahlenden Augen aufspringend.

Jurii legte eilig die Palette zur Seite und ging auf Iwanow zu:

»Sie scherzen nicht? ...«

»Wer denkt an Scherze!«

Wie immer bemühte er sich ein philosophisch gleichgültiges Aussehen zu markieren, aber man konnte ihm anmerken, daß ihm bange und unangenehm zumute war.

»Warum sich erschossen ... Weil ihn Ssanin geschlagen hatte ... Und weiß es Ssanin ...« Ljalja klammerte sich an Iwanow.

»Offenbar ja ... Ssanin weiß es schon seit gestern Nacht,« antwortete Iwanow.

»Und wie? ....« fragte unwillkürlich Jurii.

Iwanow zuckte die Achseln. Schon mehrere Mal hatte er Gelegenheit gehabt, sich mit Jurii über Ssanin zu streiten und er regte sich jetzt schon im Voraus auf.

»Nichts, was soll denn sein,« erwiderte er ärgerlich.

»Aber wie man es auch nimmt, er ist doch die Ursache,« bemerkte Ljalja. Sie machte ein bedeutungsvolles Gesicht.

»Na, und wenn schon ... Hätte doch dieser Idiot nicht auf ihn los gehen sollen. Ssanin ist an der Sache ganz unschuldig. Das ist alles recht bedauerlich, natürlich, es muß aber auf das Konto von Sarudins Dummheit gesetzt werden.«

»Na, die Ursachen liegen wohl tiefer. Sarudin lebt in einem gewissen Milieu – – – «

»Und wenn er in einem solchen dummen Milieu lebte und sich ihm unterwarf, so ist das nur ein Beweis dafür, daß er selbst ein Esel war ...«

Jurii schwieg; er rieb die Finger mechanisch aneinander. Es war ihm peinlich, so über einen Verstorbenen urteilen zu hören, trotzdem er nicht einmal den Grund für dieses Gefühl hätte angeben können.

»Nun gut, Sarudin – – – das ist begreiflich ... Aber doch Ssoloveitschik ... das hätte ich niemals gedacht ...« Ljalja zog unschlüssig die Augenbrauen an. »Weshalb der nur? ...«

»Weiß es Gott? ...« bemerkte Iwanow. »Er war immer so ein Eingänger. War niemals ganz bei sich.«

In diesem Augenblick kamen Rjäsanzew und Karssawina; er in einem Wagen, sie zu Fuß. Sie trafen sich unten an der Haustür und man hörte schon von der Terrasse her die hohe, ratlos fragende Stimme Karssawinas und die fröhliche und scherzhafte Rjäsanzews, wie er sie immer schönen jungen Frauen gegenüber gebrauchte.

Als erste trat Karssawina herein, man sah ihr das aufgeregte Interesse an: »Anatoli Pawlowitsch kommt von dort.«

Rjäsanzew schloß bedächtig die Tür und machte sein gewohntes zufriedenes Gesicht; er zündete sich noch im Gehen eine Zigarette an.

»Na, das sind schöne Sachen,« meinte er. Im Augenblick füllte sich das Zimmer mit seiner gesunden Stimme und seiner selbstsicheren Fröhlichkeit. »Auf diese Weise wird in unserer Stadt bald keine Jugend mehr übrig bleiben.«

Karssawina setzte sich schweigend nieder; ihr schönes Gesicht war verstimmt.

»Na, legen Sie los,« sagte Iwanow.

»Nun, was ...« Rjäsanzew sah noch immer zufrieden aus, wenn auch allmählich der fröhliche Einschlag schwand. In derselben Weise wie Ljalja zog er seine Brauen an.

»Als ich gestern Abend aus dem Klub herauskomme, läuft mir plötzlich Sarudins Bursche in die Arme. Der Hochwohlgeborene, heulte er schon von weitem, haben sich erschossen. Ich springe in eine Droschke und hin. Komme an, fast das ganze Regiment ist schon da. Er liegt auf dem Bett, der Kittel offen ...«

»Und wie erschoß er sich? ...« Ljalja hängte sich neugierig in seinen Arm.

»In die Schläfe ... Die Kugel hat den Schädel zertrümmert, und ist dann in die Decke gegangen.«

»Aus einem Browning?« fragte interessiert Jurii.

»Aus dem Browning. Ein schlimmer Skandal. Sogar die Wand ist mit Blut bespritzt. Das ganze Gesicht ist ihm zerrissen. Ja, es ist doch ganz entsetzlich ... wie ihn Ssanin getroffen hatte.« Und wieder fröhlich zuckte Rjäsanzew mit den Achseln. »Ein energischer Kerl.«

»Ja, allerdings ein kräftiger Bursche,« Iwanow schloß sich ihm befriedigt an.

»Widerwärtig,« Jurii ekelte es.

Karssawina sah schüchtern zu ihm hinüber. »Aber er ist doch garnicht schuld ... Er konnte doch nicht warten, bis ...«

»Ja,« Rjäsanzew steckte eine unbestimmte Miene auf. »Aber auch gleich so zuzuschlagen. Das Duell wurde ihm doch angeboten.«

»Es ist reizend, ganz reizend ...« Iwanow zuckte empört mit den Achseln.

»Nein, eigentlich ... ein Duell wäre Dummheit gewesen,« gab Jurii nachdenklich zu.

»Selbstredend,« Karssawina stellte sich sofort auf seine Seite.

Aber auf Jurii machte es den Eindruck, daß sie sich freue, Ssanin rechtfertigen zu können und das reizte ihn sofort zu neuem Widerspruch. »Aber auch auf diese Weise ist es ja nichts anderes als ...«

»Bestialität ... wie Sie wollen!« sagte ihm Rjäsanzew vor. Jurii dachte, daß Rjäsanzew der satten Bestie selbst nicht allzu fern stände. Doch er wollte nicht auch mit ihm noch Zank beginnen; er schwieg und war froh, als sich Karssawina mit Rjäsanzew herumstritt und Ssanin ebenfalls scharf verurteilte.

Karssawina, die von Juriis Gesicht einen geärgerten Zug aufgefangen hatte, suchte ihn wieder zu versöhnen, indem sie auf seine Meinung einging, obgleich ihr Ssanins Kraft und Entschiedenheit imponierte. Als Rjäsanzew dann aber über Kultur zu sprechen anfing, schien ihr selbst seine Meinung falsch und unbegründet und sie fand ganz wie Jurii, daß er nicht fähig sei, darüber zu urteilen.

Jetzt geriet auch Iwanow in Zorn; hartnäckig wandte er sich nur an Rjäsanzew.

»Denk doch einmal einer an. Welch eine hohe Stufe der Zivilisation! ... Einem Menschen seine Nase wegzuschießen ... oder ihm einen eisernen Stock in den Bauch zu stoßen? ... Sehr schön! Reizend!«

»Und mit der Faust ins Gesicht zu schlagen, ist das besser? ...«

»Aber gewiß doch! ... Viel besser! ... Was macht schließlich eine Faust aus? ... Eine Beule geht auf und ... weiter nichts. Von einer Faust kann keinem Menschen Schaden entstehen.«

»Das kommt auf die Auffassung an. Aber darum handelt es sich garnicht!«

»Und worum denn,« Iwanow verzog verächtlich die platten Lippen. »Meiner Ansicht nach sollte man sich überhaupt nicht schlagen. Wozu denn solchen Unfug treiben ... Aber wenn es schon einmal zum Schlagen kommt, dann wenigstens ohne Gliederverrenkungen ... Das ist doch klar.«

»Er hatte ihm fast das Auge ausgeschlagen,« versetzte Rjäsanzew ironisch. »Das ist zwar keine Gliederverrenkung, sehr richtig, aber erlauben Sie, – der Zerstörung eines Organs kommt es doch bedenklich nahe.«

»Hm, das Auge gewiß. Wenn man ein Auge ausschlägt, so wird dadurch dem Menschen ein Schaden zugefügt. Schön, aber ich sage, Gedärme wiegt ein Auge doch noch nicht auf. Immerhin ist das noch nicht gleich ein Totschlag, ein Auge.«

»Und Sarudin ist doch daran zugrunde gegangen ...«

»Nun, das war schon sein eigener Entschluß.«

Jurii drehte unschlüssig sein Bärtchen.

»Für mich persönlich, – das sage ich ganz offen, – ist das alles eine ungelöste Frage. Ich weiß selbst nicht, wie ich an Ssanins Stelle handeln würde. Aufs Duell gehen, gewiß, das ist eine Dummheit, aber sich mit den Fäusten verprügeln, das ist natürlich auch nicht schön.«

»Aber was soll ein Mensch tun, der dazu gezwungen wird?«

Jurii zuckte traurig die Schultern. Alle schwiegen.

»Nein, wer zu bedauern ist, das ist Ssoloveitschik,« bemerkte Rjäsanzew nach einer Pause; doch sein Gesicht, das selbstgefällig und lustig blieb, paßte nicht zu seinen Worten.

Allen fiel mit einem Male ein, daß bisher noch keiner von ihnen auch nur mit einem Worte nach Ssoloveitschik gefragt hatte; sie empfanden es jetzt um so stärker als peinliche Nachlässigkeit.

»Wissen Sie, wo der sich aufgehängt hat ... Hinter der Scheune, neben der Hundehütte. Er ließ den Hund von der Kette los und hängte sich auf.« Rjäsanzew erzählte es in aller Ruhe; Karssawina und Jurii klang im selben Moment eine dünne Stimme in den Ohren: Sultan ... still ...

»Und versteht ihr .. er hat sogar einen Zettel hinterlassen,« fuhr Rjäsanzew fort, ohne den vergnügten Glanz in den Augen verbergen zu können. »Ich habe ihn mir sogar abgeschrieben. Es ist doch sozusagen ein *document humain*.« Aus seiner Seitentasche zog er ein Notizbuch heraus.

»- - - Wozu soll ich leben, wenn ich selbst nicht weiß, wie man leben muß. Solche Menschen wie ich können der Menschheit kein Glück bringen.« Rjäsanzew las es vor und verstummte plötzlich, ganz unerwartet, es wurde eigentümlich still.

Im Zimmer war es, als ob ein blasser und trauriger Schatten hindurchschliche. Karssawinas Augen füllten sich mit schweren Tränen, Ljalja errötete, wie wenn sie jeden Augenblick losweinen wollte, und Jurii trat mit krankhaftem Lächeln ans Fenster.

Mechanisch fügte Rjäsanzew hinzu: »Und weiter nichts.«

»Und was sollte auch weiter sein? ...« fragte Karssawina mit zitternden Lippen.

Iwanow erhob sich und murmelte, indem er die Streichhölzer vom Tisch nahm:

»Eine kapitale Dummheit! Das ist wahr.«

»Wie, schämen Sie sich nicht!« brauste Karssawina empört auf.

Jurii sah angeekelt Iwanows lange gerade Haare an und wandte sich wieder ab.

»Ja, sehen Sie, hier haben Sie nun auch den Ssoloveitschik,« sagte Rjäsanzew mit unbestimmbarer offener Handbewegung und wieder mit fröhlichem Augenzwinkern. »Ich dachte auch, als ich es hörte: Nun welch ein Stück Dreck ... So ... ein Judenbengel. Und da sehen Sie nun ... Mit einem Mal zeigt er sich, so - - - wie garnicht von dieser Welt ... Es gibt doch keine höhere Liebe, als wenn jemand sein Leben für seine Mitmenschen hingeben will.«

»Nun, der hat es doch garnicht für seine Mitmenschen geopfert.« - - - Wozu macht er überhaupt soviel Wesen davon, ... dieser Kerl ... ist doch selbst nur ein Vieh ...« dachte Iwanow und sah mit Haß und Verachtung auf das satte glatte Gesicht Rjäsanzews; aus irgend einem Grunde warf er plötzlich auch seiner weißen Weste, die seinen starken Leib faltenziehend umschloß, einen wütenden Blick zu.

»Das ist gleich ... Man fühlt den Drang dazu heraus.«

»Das ist bei weitem nicht gleich,« erwiderte Iwanow beharrlich ... »Eine Schneckenseele und weiter nichts.«

Sein sonderbarer Haß gegen Ssoloveitschik wirkte auf alle abstoßend. Karssawina erhob sich und flüsterte Jurii zu, gleichsam als ob sie ihm besonders vertraue:

»Ich gehe fort. Ich halte es einfach nicht aus, er ist mir widerlich.«

»Ja,« nickte ihr Jurii zu. »Eine unerhörte Roheit.«

Nach Karssawina gingen Ljalja und Rjäsanzew. Iwanow wurde nachdenklich, rauchte schweigend seine Zigarette zu Ende, schaute mit bösen Augen in die Ecke und ging ebenfalls. Als er auf die Straße trat und beim Gehen gewohnheitsmäßig mit den Armen schlenkerte, dachte er aufgeregt und böse: - - - Dieses dumme Volk bildet sich natürlich ein, daß ich ihre Empfindungen nicht verstehen könnte. Reizend ... Ich weiß, was sie fühlen. Besser als sie selbst ... Ich weiß, daß es keine größere Liebe gibt, als wenn ein Mensch sein Leben für den Nächsten opfert. Aber sich aufzuhängen, weil einer nicht zu den Menschen taugt ... na, das bleibt eben ein Unsinn ...

Und indem er sich einer Menge von Werken, die er gelesen hatte, erinnerte, begann er in ihnen nach dem Sinn zu suchen, der ihm die Tat Ssoloveitschiks so, wie er es wünschte, erklären könnte. Doch trotzdem sich die Bücher gehorsam auf den Seiten aufblätterten, die er gerade brauchte, redeten sie nur mit toter Zunge das, was er selbst verlangte, zu ihm. Sein Hirn arbeitete angestrengt und war so mit den gedruckten Gedanken verflochten, daß er selbst nicht mehr unterscheiden konnte, wenn er Eigenes dachte und wo er sich nur des Gelesenen erinnerte.

Als er nach Hause kam, legte er sich aufs Bett, streckte die langen Beine aus und dachte ununterbrochen weiter darüber nach, bis er endlich einschlief. Erst am späten Abend wachte er wieder auf.

XXXIII

Als man Sarudin unter dem Klange der Blechinstrumente beisetzte, sah Jurii vom Fenster aus die ganze düstere und prächtige Prozession mit dem schwarzbeflorten Pferd, dem Trauermarsch und der einzelnen Offiziersmütze, die verwaist auf dem Deckel des Sarges lag, mit an. Es gab viel Blumen, nachdenklich schöne Frauen und melancholische Musik.

In der Nacht, die diesem Tage folgte, war es Jurii besonders traurig zumute.

Am Abend war er lange mit Karssawina spazieren gegangen, hatte immer dieselben herrlichen verliebten Augen, den wundervollen Körper, der sich ihm entgegenstreckte, angesehen; trotzdem aber war ihm selbst das Zusammensein mit ihr schwer.

... Wie sonderbar und entsetzlich ist doch alles, sprach er vor sich hin, während er angestrengt zu Boden blickte. Nun hat dieser Sarudin zu leben aufgehört. Das war ein Offizier, hübsch, jung, sorgenlos; man könnte glauben, daß er immer leben würde, daß das Schreckliche im Leben, Qualen und Tod, für ihn nicht vorhanden wären. Mit ihm dürfte das keinen Zusammenhang haben. Und dann kommt ein einziger Tag, und dieser Mensch ist zerknüllt, in Staub zerrieben; er durchlebt nur ein ihm bekanntes Drama und existiert schon nicht mehr und wird auch niemals mehr existieren. Und am Ende ruht nur seine Mütze auf dem Deckel des Sarges.

Jurii verstummte und blickte wieder mit trauriger Anspannung auf den Boden. Karssawina ging leicht neben ihm her, hörte ihm aufmerksam zu und zupfte leise mit ihren vollen, runden Händen an der Spitze des weißen Schirmes.

Sie dachte nicht an Sarudin und freute sich nur körperlich über die Nähe Juriis. Unbewußt unterwarf sie ihm ihre Stimmung, machte, um ihm zu gefallen, ein trauriges Gesicht und ging ebenfalls mit müden, ausdruckslosen Schritten.

»Ja, es war sehr traurig, das alles mit anzusehen ... Und auch diese Musik.«

Plötzlich machte sich Jurii Luft: »Ich klage Ssanin garnicht an. Er konnte nicht anders handeln. Aber es ist entsetzlich, daß sich die Wege dieser zwei Menschen so gekreuzt haben, ... entweder der eine oder der andere mußte weichen. Es ist entsetzlich, daß der jeweilige Sieger garnicht das Furchtbare seines Sieges begreift. Er hat einen Menschen vom Erdboden fortgewischt und ist damit im Recht.«

»Ja, gewiß im Recht ...« Karssawina, die nicht auf alles gehört hatte, belebte sich bei diesen Worten so, daß sich sogar ihre Brust anzuspannen schien.

»Nein, aber ich sage doch, es ist entsetzlich,« fiel ihr Jurii mit eifersüchtigem Haß ins Wort, nachdem er einen kurzen Blick auf ihr belebtes Gesicht und ihre hohe Brust geworfen hatte.

»Warum denn? ...« fragte Karssawina, sofort wieder schüchtern und in furchtbarer Verwirrung. Wie mit einem Hauch erloschen ihre Augen und erröteten ihre Wangen.

»Weil es für jeden andern die schwerste Qual bedeuten würde, Zweifel, Schwanken ... Der seelische Kampf müßte sich doch zeigen ... Ueber das, was geschah ... Aber bei ihm gibt es keine Spur davon ... Er ... Nun, es tut mir sehr leid, sagte er ... aber ich bin nicht schuld daran ... Handelt es sich denn nur um die eine Schuld hier in diesem Fall ... Um das direkte Recht ...«

»Um was handelt es sich denn? ...« fragte Karssawina unschlüssig und leise mit tief gesenktem Kopf; offenbar fürchtete sie, ihn zu erzürnen.

»Das weiß ich nicht. Vielleicht ganz einfach: Der Mensch hat kein Recht, eine Bestie zu sein,« rief Jurii scharf und herb mit einem Unterton des Leidens. Sie gingen lange schweigend. Karssawina litt unter dem Bewußtsein, daß sie sich Jurii entfremdet hatte, und für einen Augenblick das liebliche, warme Band, das sie beide tief in der Seele zusammenhielt, zerriß. Jurii fühlte selbst, daß seine Ausführungen verwirrt und unklar herauskamen; ein schwerer Nebel legte sich um sein Herz.

Er verabschiedete sich bald und ließ Karssawina in dem schmerzlichen Bewußtsein unbefriedigten Zusammenseins und unverschuldeter Kränkung zurück.

Zwar bemerkte er ihre Ratlosigkeit, aber es machte ihm, ohne daß er wußte warum, ein eigenes Vergnügen, sie verletzt zu wissen, als wenn er sich an ihr, die er liebte, für die schwere Beleidigung irgend eines Menschen rächen müßte.

Zu Hause fühlte er sich unerträglich schlecht.

Beim Abendbrot erzählte Ljalja, sie hätte von Rjäsanzew gehört, daß die Straßenjungen bei der Mühle, als man Ssoloveitschik abschnitt, über den Zaun schrien und sangen: Der Jude hat sich aufgehängt, der Jude hat sich aufgehängt ...

Nikolai Jegorowitsch brach in behagliches Gelächter aus und ließ sich den Vers von seiner kleinen Lialka immer von neuem vorsingen: »So, also ... der Jude hat sich aufgehängt, hahaha.«

Jurii ging in sein Zimmer, setzte sich hin, um das Heft seines Schülers zu korrigieren und dachte mit unaussprechlichem Haß: Welch ungeheure Summe von Bestialität liegt doch noch immer in den Menschen. Soll man denn für dieses stumpfsinnige, dumme, rohe Pack leiden und sich opfern ...

Doch im selben Augenblick fühlte er, daß seine Gehässigkeit unschön sei; er schämte sich seiner Erregung.

... Sie haben ja keine Schuld, ... sie wissen ja nicht, was sie tun ... Aber ob sie es wissen oder nicht, ... in diesem Augenblick sind sie doch Tiere ... Er gab sich Mühe, nicht weiter darüber nachzudenken, sondern ließ wieder das Bild Ssoloveitschiks vor seine Augen treten.

... Wie einsam doch der Mensch ist ... Da hat nun dieser einsame Ssoloveitschik gelebt, hat in sich ein großes Herz, das für die ganze Welt leiden wollte, zu jedem Opfer bereit, getragen. Und niemand ... selbst ich nicht ... das durchschwirrte mit einem unangenehmen Stich seinen Kopf ... bemerkten und schätzten ihn. Man verachtete ihn fast. Und weshalb doch ... Nur weil er sich nicht zum Ausdruck bringen konnte; vielleicht verstand er es nicht. Weil er immer in Eile, eben etwas lästig war. Und gerade darin, in dieser Eilfertigkeit, dieser Lästigkeit zeigte sich doch sein heißes Bemühen, sich uns allen zu nähern, allen hilfsbereit und gefällig zu sein. Er war ein Heiliger, und wir hielten ihn für einen Toren ...

Das Schuldbewußtsein plagte ihn so stark, daß er die Arbeit beiseite schob und lange im Zimmer auf und nieder ging, ganz im Banne trüber, unlösbar schmerzlicher Gedanken. Dann setzte er sich an den Tisch, nahm die Bibel, und, sie aufs Geradewohl aufschlagend, las er wieder eine Stelle, die er sich öfter als die andern vornahm. Die Seiten waren dort zerknifft und an den Rändern abgenutzt.

»In Zufall sind wir geboren und werden später sein, wie nie gewesen; der Odem in unseren Nüstern ist Dampf und das Wort ein Funke in den Bewegungen unseres Herzens.

Wenn er erlischt, wird der Körper zu Staub verwandelt und der Geist wird zerstreut wie wehende Luft.

Und unser Name wird mit der Zeit vergessen werden und niemand erinnert sich an unsere Taten; und unser Leben vergeht wie die Spur einer Wolke und zerrinnt wie Nebel, den die Sonnenstrahlen zerstreuen und den die Wärme beschwert.

Weil unser Leben ein Gleiten des Schatten ist, und es nicht gibt für uns eine Rückkehr vom Tode, weil ein Siegel aufgedrückt ist und niemand zurückkehrt.«

Jurii brach hier ab, denn er kam an die Stelle: ... daß es keinen Sinn hätte, über den Tod nachzudenken, sondern daß man Leben wie Jugend genießen müsse. Das aber wollte er nicht begreifen; es entsprach nicht seinem krankhaften Trübsinn.

... Wie wahr, wie entsetzlich, wie unbegreiflich das ist ... Er versuchte mit aller Anspannung, sich vorzustellen, wie sein Geist nach dem Tode zerfließen würde. Aber es war ihm nicht möglich.

... Das ist entsetzlich ... Da sitze ich hier ... der Lebende ... der nach Leben und Glück Lechzende und lese mein unabwendbares Todesurteil, lese und kann mich nicht einmal dagegen auflehnen.

Die gleichen Gedanken, auch in diesen nämlichen Worten, hatte Jurii bereits vielmals durchdacht. Schon längst waren sie an ihrer eigenen Schwäche, die ihm ganz klar bewußt war, müde geworden; – es verstimmte und quälte ihn noch mehr.

Jurii griff sich in die Haare und rannte verzweifelt wie ein wildes Tier im Käfig hin und her. Mit geschlossenen Augen, unendliche

Müdigkeit im Herzen, wandte er sich an irgend ein Wesen. Mit Zorn, doch ohne Kraft, mit Haß und gleichzeitig mit einer stumpfen Bitte, die er aber selbst nicht für eine solche gehalten hätte, suchte er den Menschen, der ihm helfen würde.

... Gott! ... Was hat dir der Mensch getan, daß du seiner so spottest! Warum verbirgst du dich vor ihm, wenn du in Wirklichkeit existierst. Warum hast du es eingerichtet, daß ich selbst, wenn ich an dich glauben wollte, nicht einmal an meinen Glauben glauben würde. Wenn du mir auch antwortest, würde ich doch nicht glauben, daß du es bist und nicht ich selbst. Wenn ich recht habe in meinem Verlangen nach Leben, warum nimmst du mir dann das Recht, das du mir selbst gegeben hast. Wenn du Leiden brauchst, gut, dein Wille geschehe. Wir würden sie ja aus Liebe zu dir darbringen wollen, aber wir wissen doch nicht einmal, was wichtiger ist, ein Baum oder wir. Selbst für den Baum gibt es eine Hoffnung ... Noch gefällt, kann er Wurzeln schlagen, Aeste treiben, noch einmal aufleben. Aber der Mensch stirbt und verschwindet. Wenn ich mich hinlege und nicht mehr aufstehe, so wird niemand jemals erfahren, was mit mir geschah. Vielleicht werde ich zu neuem Leben erwachen, aber ich werde doch nichts davon wissen. Wenn ich nur das Eine wüßte, daß ich erst nach Milliarden, nach Abermilliarden von Jahren wieder leben werde, so würde ich all die Jahrtausende dieser Zeit geduldig und ohne Auflehnung in der ewigen Finsternis warten ...

Und wiederum begann er zu lesen:

»Was hat der Mensch für Gewinn von all seiner Mühe, die er hat unter der Sonne.

Ein Geschlecht vergehet, das andere kommet, die Erde bleibet aber ewiglich.

Die Sonne geht auf und gehet unter und läuft an ihren Ort, daß sie wieder daselbst aufgehe.

Der Wind geht gen Mittag und kommt herum zur Mitternacht, und wieder herum an den Ort, da er anfing.

Was ist's, das geschehen ist? ... Eben das hernach geschehen wird ... Was ist's, das man getan hat ... Eben, das man hernach wieder tun wird. Und geschieht nichts Neues unter der Sonne.

Man gedenkt nicht derer, die zuvor gewesen sind, also auch derer, so hernach kommen, wird man nicht gedenken bei denen, die danach sein werden.

Ich, der Prediger, war König über Israel zu Jerusalem.«

»Ich, der Prediger, war König,« wiederholte Jurii laut und fast drohend mit einer ihm selbst unerklärlichen ingrimmigen Trübsal. Er erschrak vor seiner eigenen Stimme und sah sich erschreckt um, ob nicht jemand hinter ihm gehört hätte ... Dann griff er nach einem Blatt Papier und begann halb mechanisch gleichsam einem unbewußten Drange nachgebend, das niederzuschreiben, was ihm immer wieder und wieder durch den Kopf gegangen war.

Ich beginne diese Niederschrift, die mit meinem Tode enden soll ...

Pfui, wie abgeschmackt, rief er mit Ekel, und stieß das Blatt Papier so heftig von sich, daß es vom Tisch herunterfiel und sich in leichten Kreisbewegungen auf den Boden niedersenkte.

Und Ssoloveitschik ... dieser kleine armselige Kerl sagte sich doch nicht, daß es abgeschmackt sei, nachdem er zu der Ueberzeugung gelangt war, daß er das Leben nicht verstehen könne.

Jurii bemerkte garnicht, daß er sich mit einem Mal einen Menschen als Beispiel anführte, den er noch jetzt als klein und armselig bezeichnete ...

Nun, was schon ... ich fühle, daß ich früher oder später auf die gleiche Weise enden werde. Es gibt eben keinen anderen Ausweg! ... Weshalb keinen ... weil doch ...

Jurii blieb stehen. Er verstand alles, wie ihm schien, sehr gut und hatte soeben erst das ganze Problem klar im Kopf gehabt, fand aber jetzt keine Worte mehr, um sich seine Fragen zu beantworten.

In seiner Seele wurde mit einem Mal etwas schlaff; ein Gedanke war hinuntergefallen und verloren gegangen.

»Unsinn, alles Unsinn,« schrie Jurii laut voll Wut.

Die Lampe war fast völlig ausgebrannt. Das Licht wurde trübe und unangenehm; in der Finsternis grenzte es nur einen kleinen Kreis um Juriis Kopf ab.

... Warum starb ich nicht damals, als ich ein Kind war und an Lungenentzündung krank lag. Jetzt wäre es so ruhig um mich ...

In derselben Sekunde rückte auch schon mechanisch das Bild vor seine Augen, daß er damals gestorben wäre; er erschrak darüber so, daß in ihm alles abzusterben schien. Dann hätte ich ja auch nicht das gesehen, was ich alles noch sah, noch erlebte ... Nein, das wäre ebenso fürchterlich gewesen.

Jurii riß den Kopf in die Höhe und sprang auf:

»So kann man ja verrückt werden.«

Er schritt zum Fenster und wollte es aufstoßen; doch die Jalousie wurde von einem Bolzen festgehalten. Er nahm einen Bleistift und drückte ihn mit Anstrengung durch. Draußen dröhnte etwas stark gegen die Mauer; der Laden öffnete sich leicht, und reine, überklare Luft drang durch das Fenster hinein.

Jurii schaute stumpf auf den Himmel, auf dem schon die Morgenröte lag. Rein und kühl war der Morgen. An der einen Seite überzog sich der helle, blaue Himmel mit starkem anschwellenden Rosa ... Die sieben Sterne des großen Bären erblaßten und sanken unter. Der große, zärtlich-blaue, kristallene Morgenstern strahlte leise, mit hellem feuchten Glanz in die aufgehende Dämmerung hinein. Scharfer, kühler Wind zog vom Osten heran, und weißer Nebeldampf schwebte in leichten gebogenen Streifen vor ihm über das dunkelgrüne, taubedeckte Gartengras. Er blieb an den hohen Winden- und Hopfengewächsen hängen; über dem kaum gekräuselten, durchsichtigen Wasser des Flusses, über den weißen Lilien, deren es so viele am Ufer gab. Der durchsichtige blaue Himmel wurde von Wolkenhäufchen, die in rosiges Feuer gehüllt waren, dicht besetzt ... einsame und fast ganz erblaßte Sterne versanken spurlos und verschwanden im bodenlosen Blau. Am Flusse tastete sich feuchter, weißlicher Nebel hoch, langsam streifenweise schwankte er über dem tiefen, kühlen Wasser, floß zwischen den Bäumen in die feuchte, grüne Tiefe des Gartens, in dem immer noch leichte durchsichtige Dämmerung herrschte. Und durch die matte Luft schien noch immer ein eigenartiger Silberlaut zu schweben.

Alles war so schön und still, als ob sich die verliebte Erde ganz entblößte, um sich auf die große, genußerfüllte Feier des Sonnenaufgangs, die noch nicht war, deren Wehen aber schon leicht und rosig über ihr zitterte, vorzubereiten.

Jurii legte sich schlafen, doch das Licht beunruhigte ihn, der Kopf schmerzte, und vor seinen Augen zuckte etwas schmerzlich ohne Unterbrechung hin und her.

XXXIV

Am frühen Morgen, als die Sonne noch schräg und weich niederstrahlte, gingen Iwanow und Ssanin zur Stadt hinaus.

Der Tau glänzte unter der Sonne und funkelte in vielen Feuerchen; im Schatten wurde das Gras unter ihm silbergrau. An den Seiten des Weges gingen entlang den dürren, alten Weiden Pilger zum Kloster; ihre roten und weißen Kopftücher, Bastschuhe, Röcke und Hemden leuchteten bunt in den Lichtbüscheln, die durch die Zaunspalten hindurchdrangen.

Vom Kloster her wurden die Glocken geläutet. In der Morgenruhe klang ihr kräftiger Ton wie ausgewaschen; in besonderer Reinheit dröhnte er über die freiliegende Steppe, flog wahrscheinlich bis an die stillen Wälder heran, die wie eine Fata Morgana dicht am Rand des Horizonts blau schimmerten. Auf dem Wege klang scharf und abgebrochen die Glocke eines zurückfahrenden Dreigespanns; laut schallten die derben, geschäftlich klingenden Stimmen der Pilger dazwischen.

»Wir sind früh aus den Federn gekrochen,« meinte Iwanow.

Ssanin schaute sich fröhlich um. »Wahrhaftig, wir haben Zeit, den Tag abzuwarten.«

Sie setzten sich unterhalb eines Zaunes gerade auf den Sand und zogen mit Genuß den Zigarettenrauch ein. Die Bauern, die hinter ihren Wagen zur Stadt gingen, sahen sich nach ihnen um, die Dirnen und Frauen, die in leeren Karren hin- und hergeschleudert wurden, lachten laut und zeigten mit fröhlich spöttischen Augen auf die beiden. Iwanow schenkte ihnen keine Aufmerksamkeit, aber Ssanin nickte ihnen vergnügt zu. Der ganze Weg leuchtete unter dem klangvollen weiblichen Lachen auf.

Es wurde heiß.

Endlich trat der Verkäufer eines Schnapsmonopolladens auf die Steintreppe hinaus, ein hochgewachsener Mann in Hemdärmeln. Schlüsselrasselnd öffnete er die Tür. Ein Weib mit rotem Kopftuch schlüpfte hinter ihm hinein.

»Ah, die Bahn ist uns schon frei gemacht,« begrüßte Iwanow das Ereignis.

Sie gingen hinein und kauften Wodka, dann bei demselben Weib im roten Kopftuch grüne Gurken.

»Oho, Freund, du bist wohl reich geworden,« meinte Iwanow, als Ssanin die Börse aus der Tasche zog.

»Ein Vorschuß,« lachte dieser. »Zur großen Schande meiner Mutter habe ich mich bei einem Versicherungsagenten als Schreiber vermietet. Habe mit einem Schlag ein Kapital und die mütterliche Verachtung erworben.«

»Jetzt wird es sich doch bedeutend bequemer gehen,« meinte Iwanow, als sie wieder auf den Weg hinaustraten.

»Und wie, wenn wir noch die Stiefel ausziehen wollten.«

»Kann man machen!«

Die beiden zogen die Stiefel aus und gingen barfuß.

Die Füße versanken tief im warmen Sand; sie wurden nach dem Druck der engen Stiefel angenehm erfrischt. Der Sand schob sich zwischen die Zehen, rieb aber den Fuß nicht, sondern schien ihn im Gegenteil zu liebkosen.

»Famos,« rief Ssanin voll Freude.

Die Sonne strahlte immer stärker und stärker.

Vor ihnen stiegen ferne Dünste auf, alles schien sich blau und durchsichtig aufzulösen. An den Telegraphenpfählen, die neben den Gleisen einer Bahn plötzlich über ihren Weg liefen, sang der Draht, darauf saßen Schwalben und zwitscherten kokett zu ihnen herab. Ein Zug mit blauen, gelben und grünen Waggons sauste über die Böschung. An den Fenstern und auf den Plattformen sahen sie verschlafene, zerdrückte Gesichter; er tauchte auf und verschwand. Auf der hintersten Plattform standen zwei Mädchen in hellen Hüten, mit frischen neckischen Gesichtern, die der Morgenwind angeregt hatte. Mit ihren Augen begleiteten sie unverwandt die fröhlichen barfüßigen Männer. Ssanin lächelte ihnen zu und tanzte ein paar Walzerpas auf dem Sande, daß seine nackten Fersen in der Sonne aufglänzten.

Sie kamen an einer Wiese vorbei, wo das Gras feucht und dicht war; es war ebenso angenehm und vergnüglich, sie mit bloßen Füßen zu durchlaufen.

»Wunderschön,« sagte Iwanow.

»Tatsache, es liegt gar keine Notwendigkeit vor, zu sterben,« gab Ssanin zurück.

Iwanow warf ihm einen Seitenblick zu; es schien ihm, daß sich Ssanin bei diesen Worten Sarudins erinnern müßte, obgleich bereits einige Zeit seit der Beerdigung Sarudins vergangen war. Aber Ssanin erinnerte sich offenbar an nichts; das berührte Iwanow zwar eigentümlich, gefiel ihm aber trotzdem.

Hinter der Wiese setzte wieder die Landstraße ein, wieder mit Wagen, Bauern und lachenden Weibern überfüllt. Dann kamen Bäume und Schilf, das unter Sonnenstrahlen glänzende Wasser wurde sichtbar und endlich der Klosterberg, von dem wie ein goldener Stern das Kreuz herabstrahlte.

Am Ufer lagen bunte Boote; Bauern, in Westen und farbige Blusen gekleidet, saßen herum; nach langem, fröhlichen Feilschen mieteten Ssanin und Iwanow von ihnen ein Boot.

Iwanow nahm die Ruder zur Hand, Ssanin setzte sich an das Steuer und das Boot glitt leicht und schnell am Ufer entlang, bald im Schatten verschwindend, dann im Licht aufleuchtend, hinter ihm zogen die Silberwellen glatte Streifen. Iwanow ruderte schnell und geschickt mit häufigen gleichmäßigen Schlägen, unter denen das Boot erzitterte und sich dann wieder keuchend anhob. Manchmal streiften die Ruder knackend die dichten Zweige und diese schwankten lange und nachdenklich über der dunklen Tiefe des Ufers. Ssanin legte sich manchmal stark auf das Steuerruder, so daß das Wasser mit freudigem Geräusch quirlte und aufschäumte. Einmal drängte sich das Boot jäh in eine schmale Wasserstraße, zwischen überhängende Büsche, wo es kühl und dunkel war. Das Wasser war hier von vollendeter Klarheit. Bis in die Tiefe von zwei Metern konnte man darin Haufen gelber Steine sehen und die Rudel rotflossiger Fische, die herdenweise hin- und herzogen.

Iwanow meinte: »Das wäre auch die allergeeignetste Stelle.« Seine Stimme hallte lustig wieder. Knirschend stieß das Boot ans Ufer; mit einem übertriebenen Satz sprang Iwanow hinaus.

»Auf der Erde das ganze Menschengeschlecht,« sang er mit mächtigem Baß, von dem die Luft aufgerührt wurde und dröhnte. Lachend sprang Ssanin hinter ihm aus dem Boot und lief schnell, während er bis an die Kniee im hohen, satten Ufergras versank, die Böschung hinauf.

»Eine bessere wäre weiß Gott nicht zu finden,« rief er.

»Und wozu auch lange suchen,« schrie Iwanow von unten zurück und holte aus dem Boote Wodka. Brot und einen Packen Kleinigkeiten. Alles das brachte er an einen kleinen Hügel, unter der Krone eines breiten Baumes, und breitete es auf dem Grase aus. »Nun, sei bei Lucullus zu Gaste.«

»Und laß es dir schmecken wie er,« endete Ssanin.

»Nichts ist vollkommen,« sagte Iwanow in scherzhaftem Aerger, »das Gläschen haben wir doch vergessen.«

»Schade! Wirklich schade. Na, wir wollen nicht trauern. Wir machen uns eins.«

Und ohne an etwas anderes zu denken, als daß sein Körper Licht, Wärme, das Grüne und seine eigenen leichten Bewegungen genießen konnte, kletterte er auf einen Baum, wählte sich einen grünen, weichen Zweig und begann an ihm herumzuschnitzen. Das saftige Holz gab dem Messer leicht nach und weiße duftende Späne schütteten sich auf das grüne Gras. Iwanow schob sich auf dem Rücken zurecht, hob den Kopf und blickte zu ihm herauf; in dieser Lage ging der Atem so leicht und bequem, daß er die ganze Zeit über vergnügt vor sich hin schmunzelte. Als der Zweig auf das Gras hinunterfiel, sprang Ssanin mit einem kurzen Satze ab und höhlte dann aus dem Holz ein Gläschen aus, wobei er sich Mühe gab, nicht die Rinde zu verletzen. So wurde es auch eben und hübsch.

»Bruder, ich will nachher baden,« sagte Iwanow, während er Ssanins Arbeit aufmerksam verfolgte.

»Das ist eine gute Idee,« Ssanin warf das fertige Gläschen in die Luft und fing es wieder auf.

Sie setzten sich aufs Gras, begannen mit Appetit Wodka zu trinken und grüne, saftige Gurken zu essen.

»Ich halte es nicht länger aus,« sagte Iwanow. »Meine Seele schreit danach.« Er konnte nicht schwimmen und ging daher an der flachsten, durchsichtigsten Stelle, wo der ebene sandige Boden noch gut sichtbar war, ins Wasser. Ohne Eile kleidete sich Ssanin aus, sah zu Iwanow hinüber, sprang im Laufschritt ins Wasser, warf sich mit einem Aufschrei in die Wellen und schwamm quer über den Fluß.

»Du ersäufst,« schrie Iwanow. »Sicher, – du ersäufst!«

»I wo,« gab Ssanin fauchend und lachend zurück. »Unterzugehen, Bruder, das verstehe ich nicht!«

Ihre lustigen Stimmen schwebten weit und freudig über den hellen Fluß und die grüne Wiese fort. Später gingen sie heraus und wälzten sich nackt im weichen, feuchten Grase.

»Herrlich,« sagte Iwanow, indem er seinen breiten Rücken mit den darauf glänzenden Wassertropfen der Sonne zuwendete.

»Schlagen wir hier unsere Zelte auf,« rief Iwanow.

»Ach, hol sie doch der Teufel, es ist auch ohne Hütten schön. Mir hängen verschiedene Hütten schon lang zum Halse heraus.«

»Hoha, trik brik!« brüllte Iwanow und machte groteske lustige Tanzschritte.

Ssanin stellte sich ihm gegenüber auf, lachte aus vollem Halse und begann ähnliche Pas.

Ihre nackten Körper glänzten in der Sonne und die Muskeln gingen schnell und kräftig unter der gespannten Haut.

»Uff,« Iwanow keuchte.

Ssanin tanzte noch eine Weile allein, stand dann Kopf und schloß mit einem eleganten Salto mortale.

»Komm her, sonst trinke ich dir den ganzen Wodka aus,« rief ihm Iwanow zu.-

Nachdem sie sich angekleidet hatten, legten sie sich wieder zum Essen hin und tranken den Wodka zu Ende.

»Jetzt wäre kaltes Bier geradezu wun-derbar –,« sagte Iwanow träumerisch.

»Fahren wir los ... gelt? ...«

Sie liefen um die Wette zum Boot herunter, sprangen beide fast gleichzeitig hinein, schaukelten und fuhren kräftig davon.

»Es ist schwül,« sagte Ssanin, indem er sich auf dem Boden des Bootes lagerte und vor der Sonne die Augen zusammenkniff.

»Wir werden Regen bekommen ... Geh doch ans Steuer, zum Teufel.«

»Ih, du wirst auch alleine fertig.«

Iwanow spritzte mit dem Ruder auf ihn und helle zarte Tropfen, durch und durch von der Sonne durchflutet, stieben wie ein Wassersturz umher.

»Auch dafür, Freund, nun sei bedankt,« sang Ssanin.

Als sie an einer grünen Insel vorbeifuhren, hörten sie lustige Rufe, Wasserplätschern, und klingendes, fröhliches Frauenlachen. Es war ein Feiertag und sehr viele Leute waren aus der Stadt gekommenem sich zu erholen und zu baden. »Mädchen baden,« sagte Iwanow.

»Wollen mal hinschauen,« meinte Ssanin.

»Sie werden's merken.«

»Nein, wir legen hier an und schleichen durch das Schilf.«

»Ach, laß sie doch,« sagte Iwanow, errötete aber dabei.

»Gehen wir doch. Man soll nichts versäumen.«

»Aber das ist nicht anständig,« Iwanow zuckte scherzend die Achseln.

»Weshalb denn nicht?«

»Wahrscheinlich sind das noch sehr jungfräuliche, junge Damen. Das schickt sich doch wirklich nicht.«

»Du Dummkopf,« rief Ssanin lachend, »dabei möchtest du es selber gern.«

»Ja, wenn es junge Mädchen sind, gewiß, interessant wäre es schon.«

»Nun, so gehen wir also.«

»Aber laß doch.«

»Pfui,« rief Ssanin. »Es gibt doch keinen Mann, der nicht eine hübsche nackte Frau ganz gern ansähe. Und sicher gibt es auch keinen, der nicht wenigstens einmal im Leben, und wenn auch nur verstohlen, eine gesehen hätte.«

»Das ist wahr ... Aber wenn du so urteilst, dann solltest du einfach, geradezu hingehen. Siehst du, du versteckst dich doch!«

»So ist es viel verlockender, mein Freund,« bemerkte Ssanin lustig.

»Das mag dich zwar sehr gelüsten, aber ich rate dir, halte dein Fleisch davon zurück.«

»Etwa von wegen der Keuschheit? ...«

»Vielleicht!«

»Dummheit – – vielleicht! Ein Vielleicht gibt's dabei gewiß nicht. Einen anderen Zweck könnte es überhaupt nicht geben.«

»Nun schön.«

»Siehst du, aber diese Keuschheit steckt doch nicht in uns.«

»So dich dein Auge verlockt, reiße es aus,« sagte Iwanow.

»Schmeiße doch nicht mit solchem Blödsinn um dich, wie dieser Swaroschitsch. Gab dir Gott ein Auge, so hast du nicht nötig, es auszureißen.«

Iwanow zuckte lächelnd die Achseln.

»Also Bruder,« – Ssanin steuerte das Boot zum Ufer, »wenn du beim Anblick einer nackten Frau gar keine Erregung empfändest, dann wärst du wirklich ein keuscher Mensch. Und ich wäre der erste, der deine Keuschheit bewunderte. Zwar würde ich es dir nicht nachmachen, wahrscheinlich sogar würde ich dich ins Irrenhaus bringen. Aber solange in dir noch all die Triebe vorhanden sind und nach außen drängen und du sie dann nur gewaltsam wie einen Hund an der Kette zurückhalten mußt, dann ist deine ganze Keuschheit keinen Pfifferling wert.«

»Das stimmt schon. Aber wenn ein Mensch sich nicht selbst zurückhalten wollte, so könnte man unter Umständen recht viel Unheil anrichten.«

»Was für Unheil? Wenn auch die Wollust mitunter Böses mit sich bringt, so ist sie gewiß nicht selbst, für sich, daran schuld.«

»Richtig, richtig, erkläre nicht erst weiter.«

»Nun, also gehn wir!«

»War ich denn dagegen? ...«

»Ein Dummkopf bist du. Tritt doch leiser auf,« sagte Ssanin lächelnd.

Sie schlichen fast auf dem Bauch über das duftende Gras hinweg und schoben das rauschende Schilf mit den Händen vor sich auseinander.

»Sie doch, Bruder,« rief Iwanow hitzig.

Es mußten Mädchen aus der besseren Gesellschaft sein, die dort badeten; man konnte es an den farbigen Röcken, Blusen und Hüten erkennen, die auf dem Grase lagerten. Die einen waren im Wasser, plätscherten, bespritzten einander und das Wasser berieselte weich ihre zarten Schultern, Arme und Brüste. Eine von ihnen, hochgewachsen, ganz von Sonnenlicht durchtränkt, stand rosig und zart am Ufer und lachte. Von diesem Lachen erzitterte fröhlich ihr rosiger Leib und die mädchenhaften Brüste. Sie schien im Sonnenlicht ganz durchsichtig.

»Oh, Bruder,« sagte Ssanin mit ernstem Entzücken.

Iwanow wich erschrocken zurück.

»Was hast du? ...«

»Ruhig, das ist Karssawina.«

»Wirklich? ... und ich habe sie gar nicht erkannt. Aber nein, wie wundervoll sie ist.«

»Tja,« Iwanow lächelte breit und gierig.

Sie wurden gehört, vielleicht auch gesehen. Ein Schrei und Lachen erscholl; Karssawina stürzte sich erschrocken, geschmeidig ihnen entgegen und warf sich ins durchsichtige Wasser. Auf der Oberfläche blieb nur ihr rosiges Gesicht mit den glänzenden Augen.

Glücklich und aufgeregt liefen Ssanin und Iwanow voller Hast, obgleich sie sich immer wieder im Schilf verwickelten, zurück.

»Ach, es ist herrlich auf der Welt,« rief Ssanin, reckte und streckte sich breit und sang laut:

> Räuberschiffe ziehn, die schnellen
> Von den Inseln mutig fort,
> Scharf durchschneiden sie die Wellen
> Stjenka Rjasin trägt ihr Bord.

Hinter den grünen Bäumen hörte man noch lange das eilige, verwirrte Gelächter der Frauen, die beschämt und doch belustigt waren.

»Ein Gewitter kommt!« Iwanow schaute auf den Himmel, als sie zum Boot zurückgekehrt waren. Die Bäume wurden schon dunkel und ihre Schatten glitten schnell über die grüne Wiese.

»Ehe, Bruder, laufe nur!«

»Wohin, – dem Gewitter läuft doch keiner davon,« schrie Ssanin zurück.

Leise und windlos rückte die Wolke immer näher heran; ganz plötzlich war ihre Farbe zu einem schweren Bleigrau geworden. Alles verfiel in stille Betäubung, schien duftiger und dunkler.

»Das wird uns bis auf die Haut begießen,« meinte Iwanow. »Stecken wir uns aus Kummer eine Zigarette an.«

Ein schwaches Feuerchen blitzte auf. In dem schwachen gelben Licht unter der drückenden Finsternis, die von oben immer tiefer herunterwuchtete, lag etwas Seltsames.

Ein scharfer Windstoß stieß heran, drehte sich lärmend und riß das Feuerchen fort. Am Boot zerschellte ein schwerer Tropfen, ein anderer sprang Ssanin auf die Stirn. Und mit einem Mal trommelte es über den Blättern und klatschte auf das Wasser. Alles wurde im

Augenblick schwarz; der Regen goß wie mit Eimern und übertönte mit seinem wunderbaren, breiten Schall alle Laute ringsherum.

»Auch das ist schön,« sagte Ssanin, während er die Schultern hin und her rieb, an denen das nasse Hemd ankleben wollte.

»Schlecht gerade nicht,« erwiderte Iwanow. Dabei saß er aber wie ein begossener Pudel da.

Die Wolke wurde nicht leichter, doch der Regen schwächte sich ebenso schnell wieder ab, wie er gekommen war, bespritzte nur noch unregelmäßig das nasse Laub, die Menschen und das Wasser, auf dessen Oberfläche er wie mit stählernen Nägeln wieder in die Höhe sprang. In der Luft lag es düster und irgendwo hinter dem Wald zuckte ein Blitz.

»Nun, nach Hause ... Wie? ...«

»Ganz egal ... Meinetwegen auch nach Hause!«

Sie fuhren auf die breite Fläche des Flusses hinaus, über dem eine plumpe Wolke in düsterem niedrigem Klumpen herabhing. Die Blitze zuckten immer häufiger und grelle Feuer zerschnitten den schwarzen Himmel. Es hatte völlig zu regnen aufgehört. In der Luft wurde es trocken; es begann erregend nach dem Gewitter zu riechen. Schwarze zottige Vögel flogen dicht an der Oberfläche des Wassers entlang. Die Bäume standen dunkel und unbeweglich und hoben sich deutlich gegen den bleiernen Himmel ab.

»Uff, uff,« schrie Iwanow.

Als sie über den Sand schritten, der von Regen festgestampft worden war, blieb hinter ihnen alles dunkel und schweigsam zurück.

»Nun wird es erst losgehen.«

Die Wolke senkte sich immer tiefer herab; sie drückte ihren unheimlichen, weißgrauen Leib fast gegen die Erde.

Aber plötzlich brach der Wind wieder mit neuer Kraft durch, wirbelte den Staub und die Blätter in die Höhe, der ganze Himmel zerriß unter furchtbarem Krachen, Glänzen, Wiederdröhnen in zwei Hälften.

»Oho ho ho ho, ...« rief Ssanin und strengte sich an, das Gerassel zu übertönen, das alles umher betäubte.

Doch er konnte selbst seine Stimme nicht hören.

Als sie über das Feld hinauskamen, herrschte vollständige Finsternis. Nur wenn der Blitz zuckte, hoben sich ihre scharfen, dunklen Gestalten vom glatten Sande ab und zeigten in der schwarzen Luft eigentümlich hastig abgeschnittene Formen. Alles um sie dröhnte und krächzte.

»Oh, ah, oh,« schrie Ssanin wieder.

»Was?« rief Iwanow aus allen Kräften zurück.

Ein Blitz funkelte und er sah ein glückliches Gesicht mit strahlenden Augen.

Iwanow konnte die Antwort nicht verstehen. Er fürchtete sich ein wenig vor dem Gewitter. Als es wieder einmal aufblitzte, breitete Ssanin die Arme aus, sein ganzes Wesen strömte in dem Gefühl von Kraft und Leben über. Aus voller Kehle stieß er gedehnte und glückliche Rufe aus; dem Donner, der mit wütendem Brüllen, Krachen und Dröhnen den Himmel von einem Ende der mächtigen Freiheit zum anderen durchrollte, jubelte er seine Freude entgegen.

XXXV

Die Sonne schien hell wie im Frühling, aber es lag ein herbstlicher Zug in der unfaßbar sanftmütigen Stille, die zwischen den Bäumen, um welche schon gelbe absterbende Farben leuchteten, schwebte. In ihr tönten die einsamen Vogelstimmen wehmütig abgebrochen und grell klang das Summen der großen Insekten, die unheimlich über ihrem vergehenden Reichtum schwirrten, wo es nicht Blumen und Gräser mehr gab und nur das Unkraut hoch und wild aufschoß.

Jurii schlenderte langsam die Gartenwege entlang und schaute mit weitaufgerissenen, in tiefem Nachdenken erstarrten Augen auf alles hin, auf den Himmel, auf die gelben und grünen Blätter, die stillen Gartenwege und das gläserne Wasser, als wenn er all dies zum letzten Mal sehen sollte und es nun fest in sein Gedächtnis einprägen mußte, um es niemals mehr zu vergessen.

Trübsal umzog weich sein Herz, aber ihr Ursprung war ihm selbst nicht klar. Immer schien es ihm so, daß sich ein wunderbares Ereignis, welches sein konnte und doch niemals war und nie mehr kommen wird, mit jedem Augenblick von ihm weiter und weiter entfernte.

Ein schmerzliches Gefühl flüsterte ihm zu, daß alles nur durch seine eigene Schuld geschehen wäre. Vielleicht war es die Jugend und ihr junges Glück, das er nicht aufzugreifen verstand, und das nun nicht mehr wiederkehrte, vielleicht die gewaltige, menschheitsbefreiende Tätigkeit, die ihm aus den Fingern geglitten war, obgleich er sie eine Zeitlang in ihrem Kernpunkte hatte mitgreifen können. Doch wie es gekommen war, konnte Jurii nicht fassen. Er war überzeugt, daß er in der Tiefe seines Wesens Kräfte barg, die für das Zersprengen ganzer Weltklippen ausreichen würden und einen Geist, der so ferne Horizonte zu umschließen vermochte, wie nur irgend einer in der Welt. Woher er diese Sicherheit nahm, hätte er nicht erklären können; er würde sich auch geschämt haben, sie zu einem Menschen, selbst dem Allernächsten zu äußern. Aber die Sicherheit blieb bestehen. Auch zu Zeiten, wo er klar fühlte, wie schnell er ermüdete, wie vieles er nicht wagte, wie er in Wirklichkeit nur von einem Winkel aus über das Leben nachgrübeln konnte, war er ihrer sicher.

... Was gibt es auch viel, dachte Jurii, ins Wasser blickend, in dem sich die verkehrten Ufer mit gelben und roten Spitzen besetzt widerspiegelten.

... Vielleicht ist das auch noch das Schönste und Klügste ... In diesem Augenblick schien ihm das Bild eines Menschen verlockend schön, der voll Geist und Verständnis abseits vom Leben steht und das sinnlose Treiben der dem Tode Geweihten betrachtet.

Aber er merkte bald, daß in diesem Gedanken etwas Leeres lag. Und aus dieser Leere stieg der Wunsch empor, daß es jetzt jemanden gäbe, der sieht und versteht, wie schön sich Jurii Swaroschitsch in der Pose eines über dem Leben Stehenden ausnimmt. Bald ertappte er sich jedoch wieder bei dieser Selbstgefälligkeit und fühlte sich bitter beschämt.

Da begann er, um den schweren Druck, der auf seinem Bewußtsein lastete, loszuwerden, sich zum tausendsten Mal zu sagen, daß der breite und scheinbar so grandiose Strom des Lebens, wer auch an seinen Irrläufen Schuld trage, schließlich doch schwach und dumpf in das schwarze Loch des Todes hineinstürze. Dort gibt es keine Wertschätzung mehr, keine Ueberlegung, wie und wozu der Mensch lebe.

... Ist es nicht ganz gleich, ob ich als ein Volkstribun sterbe, als der größte Gelehrte, der tiefsinnigste Schriftsteller oder als ein leer herumlaufender von Trübsal geplagter russischer Intelligenzler. Alles derselbe Unsinn, dachte Jurii mit trüber Schwermut und ging nach Hause.

In dem durchsichtigen Schweigen des neuen Tages, durch das nur die eigenen Gedanken deutlich hervortönten und in dem man das langsame, unabwendbare Absterben des Vergangenen in jedem Nerv empfand, war ihm immer schwerer zumute.

... Da läuft Ljalja, dachte Jurii, als er etwas Rosiges und Lustiges hinter den grünen und gelben Büschen flimmern sah. Die glückliche Ljalka lebt wie ein Falter mit dem heutigen Tage, braucht nichts, verlangt nichts, als ihr Glück, ach, wenn ich auch so leben könnte.

Doch dieser Gedanke glitt nur über die Oberfläche; er stieß ihn selbst von sich. Sein Geist, seine Trübsal, die Qualen, unter welchen er so schmerzlich litt, schienen ihm eine ungewöhnliche Seltenheit und Kostbarkeit, die er ganz gewiß nicht gegen das Schmetterlingsleben Ljaljas eintauschen mochte.

»Jura, Jura,« schrie Ljalja mit klangvoll singender Stimme, obgleich sie nur in einer Entfernung von drei Schritten vor ihm stand. Schweigsam, ganz mit dem Lächeln eines mutwilligen Geheimniskrämers reichte sie ihm ein schmales, rosiges Kuvert.

»Von wem?« fragte Jurii unfreundlich.

»Von Sinotschka Karssawina, Täubchen,« erklärte Ljalja feierlich, gleichzeitig in mysteriösem Ton; sie drohte ihm mit dem Finger.

Jurii errötete furchtbar. Ihm schien in diesem Ueberreichen von parfümierten Briefchen in rosigem Kuvert etwas Abgeschmacktes zu liegen, durch das er sich selbst nur als glücklicher Empfänger bis zu einem gewissen Grade lächerlich machte. Doch mit einem Ruck riß er sich zusammen, einem Igel gleich steckte er aber noch immer nach allen Seiten stechende Nadeln heraus. Ljalja, die neben ihm herlief, bemerkte nichts. Mit dem eigenartigen Entzücken, mit dem sentimentale Schwestern an den Liebesaffären ihrer geliebten Brüder teilnehmen, begann sie ihm zuzutuscheln, wie sehr sie Karssawina liebe und wie sie sich darauf freue, daß er sie einmal heiraten wird.

Das unglückselige Wort »heiraten« spiegelte sich auf Jurii in neuem Erröten und zornblitzenden Augen wieder. Der echte Provinz-Roman mit rosigen Zettelchen, den Schwestern als Vermittlerinnen, mit der legitimen Ehe, der Wirtschaft, dem Weibchen, den Kindern, stand gerade in der abgeschmacktesten, waschlappigsten, pflaumenweichsten Zuckersyrupform, die er am meisten verabscheute, vor ihm.

»Ach, laß doch bitte, was für dummes Zeug,« wehrte er fast erbittert Ljalja ab. Seine Bewegungen waren so grob, daß sie sich gekränkt fühlte.

»Was für Komödie spielst du? ... Bist du wirklich verliebt, was schadet es denn,« schmollte sie. Mit unbewußter weiblicher Rachsucht traf sie ihn gerade an der empfindlichsten Stelle, indem sie hinzufügte: »Ich kann nicht begreifen, weswegen ihr alle aus euch die großartigsten Helden machen wollt.«

Sie schwenkte ihr rosiges Kleid herum, zeigte verächtlich die durchbrochenen Strümpfchen und schritt wie eine erzürnte Prinzessin ins Haus.

Jurii sah ihr noch wütender nach, errötete noch mehr und riß das Kuvert auf.

... Jurii Nikolajewitsch, wenn Sie wollen und können, so kommen Sie heute ins Kloster. Ich werde mit meiner Tante dort sein. Sie ist bei der Beichte und kommt nicht aus der Kirche heraus. Mir ist entsetzlich langweilig, ich möchte über vieles mit Ihnen sprechen. Kommen Sie doch. Es ist vielleicht nicht richtig, daß ich Ihnen schreibe, aber kommen müssen Sie doch! ...

Jurii vergaß an alles, was er bisher gedacht hatte und las den letzten Satz mit sonderbarer Aufregung, geradezu in physischer Freude. In dem einen kurzen Satz spiegelte sich das junge, reine Mädchen, das zuversichtlich und naiv das Geheimnis seiner Liebe äußert, ungemein deutlich wieder. Als ob sie nun zu ihm kommen müsse, machtlos, schüchtern, liebend; sie kann nicht mehr kämpfen, weiß nicht mehr, was geschieht, sie fühlt nur, daß sie sich ganz seinen Armen hingeben muß. Die unerwartete Nähe der Entscheidung durchschüttelte seinen ganzen Körper, brachte ihn zu ergreifendem Beben. Einfach und unvermeidlich fühlte er jetzt ihre dürstende Jugend, ihren reinen Körper, der sich vor ihm zum ersten Mal entblößen würde, den Duft der weiblichen Haare, die erschreckten, glücklichen Augen, mit Tränen, die wie Tauperlen erglänzten. Der Versuch, ironisch zu lächeln, gelang ihm nicht, alles ging in einem solchen Schwung gierigen Glückes unter, daß er sich vorkam, als flatterte er wie ein Vogel über die Wipfel des Gartens empor zum blauen, sonnendurchtränkten, freien Raum.

Den ganzen Tag war sein Herz licht; er empfand in seinem Körper eine so starke Kraft, daß ihm jede Bewegung vollen, frischen Genuß bereitete. Gegen Abend nahm er eine Droschke, um nicht durch den Sand laufen zu müssen, und fuhr zum Kloster hinaus; unbewußt schämte er sich vor der ganzen Welt und lächelte ihr doch zu. An der Anlagestelle stieg er ins Boot und ein kräftiger Bauer ruderte ihn flink zum Kloster hinüber. Jurii konnte immer noch nicht verstehen, was er eigentlich durchlebte. Erst als das Boot aus der Wirrnis der engen Gänge auf die breite Wasserfläche hinausschoß und der Fluß ihm den feuchten Duft der Tiefe weich ins Gesicht atmete, empfand er mit voller Seele, daß er glücklich war und daß ihm das rosige parfümierte Kuvert dieses Glück gebracht hatte.

... Und ist es im Grunde genommen nicht ganz gleich ... Jurii hielt es doch für nötig, Karssawina in Gedanken zu verteidigen. Sie lebt doch in einem solchen Kreis. Ein kleinstädtischer Roman, gut, mag es auch ein solcher werden.

Mit rhythmischem Gekräusel lief das Wasser neben dem Boot einher und beleckte seine Ränder. Der grüne Berg, mit seinem breiten, eigenartigen Atmen von der Dämmerung und Feuchtigkeit des Waldes geschwängert, wuchs ihm schnell entgegen. Der Sand rasselte, lärmend sprang die hinter dem Boot vergleitende Welle noch einmal auf und zurück. Jurii stieg aus dem Boot, gab mit einem Gefühl der Beschämung dem Bootsmann einen halben Rubel und schritt den Bergpfad hinauf.

Stiller Abend ging schon durch den Wald; seine Schatten legten sich um den Berg. Von der Erde hoben sich nachdenklich ernste Nebel, die gelben Blätter waren in der Dämmerung unsichtbar geworden, der Wald schien wieder sommerlich grün und dicht. Oben in der Klosterumfriedung war es noch ruhiger und rein wie in einer Kirche. Die Pappeln standen würdig und streng wie bei einem Gebet; unter ihnen gingen wie lautlose Abendschatten lange, schwarze Mönche auf und nieder. In den dunklen Oeffnungen der Kirchentüren flimmerten kleine Flämmchen vor den Heiligenbildern; ein unfaßbar zarter Geruch wandte sich herum, und man konnte nicht verstehen, ob es nach altem Weihrauch oder nach verwelkenden Pappelblättern roch.

»Ah, guten Tag, Swaroschitsch,« brüllte jemand hinter ihm.

Jurii blickte sich rasch um und sah Schawrow, Iwanow, Ssanin und Pjotr Iliitsch. Sie kamen in dunklem, lärmvollem Haufen über den Hof, und die schwarzen Mönche schauten unruhig auf sie hin; selbst die Pappeln schienen ihre gebetartige Unbeweglichkeit, durch den plötzlichen Lärm und die Bewegung verwirrt, eingebüßt zu haben.

»Wir haben Großes vor,« erklärte Schawrow und trat als erster an Jurii, der ihm besondere Achtung einflößte, heran. Durch seine runden Brillengläser blickte er ihm freundlich in die Augen.

»Das ist ja ganz nett,« murmelte Jurii gezwungen.

»Vielleicht beteiligen Sie sich daran.«

»Nein, danke bestens ... ich bin nicht allein hier.« Jurii trat ungeduldig einen Schritt zurück.

»Na, was denn,« versetzte Iwanow mit herber Gutmütigkeit und packte ihn unter dem Arm. »Kommen Sie doch mit uns!«

Jurii stemmte sich unfreundlich gegen den Boden, und so zogen sie sich eine Weile etwas lächerlich nach verschiedenen Richtungen hin und her.

»Nein, bei Gott, es geht nicht! Vielleicht komme ich später noch zu Ihnen heran,« wiederholte Jurii, mehr und mehr in seinen überreizten Ton verfallend. Ihm kam diese freundschaftliche Aufdringlichkeit unangebracht und taktlos vor.

»Nun gut,« Iwanow, der nichts bemerkt hatte, ließ ihn los. »Also werden wir Sie erwarten. Kommen Sie doch!«

»Schön, schön ...«

Sie gingen aus der Umfriedung fort, sie lachten, schlenkerten mit den Armen; dann wurde es rings herum wieder ehrfurchtsvoll still wie bei einem Gebet. Jurii nahm die Mütze ab und trat mit einer Mischung von Spott und Schüchternheit in die Kirche.

Gleich nachdem er eine der dunklen Kolonnen umbogen hatte, sah er in der Dämmerung Karssawina in ihrem grauen Jackett und einem runden Strohhut, der ihr das Aussehen einer Gymnasiastin gab, vor sich auftauchen. Das Herz zitterte ihm, und dieses Zittern war dem Erschrecken eines Vogels und dem Beben einer Katze vor dem Sprung gleichermaßen ähnlich. Alles an ihr erschien ihm so reizvoll, daß er es auf der Zunge als angenehmen Geschmack zu verspüren glaubte; ihr Jackett, wie der Hut und die schwarzen Haare, die auf den Nacken in einer Spirale verschlungen waren. Das gab ihr das Aussehen einer Gymnasiastin; bei einem so reifen, erwachsenen Mädchen wirkte es fast rührend.

Sie fühlte Juriis Nähe, sah sich um und ihre schwarzen Augen spiegelten, trotzdem sie bescheiden ernst blieben, in ihren Tiefen die erschrockene Freude wieder.

»Guten Tag,« sagte er mit gedämpfter und doch zu lauter Stimme, im Augenblick unschlüssig, ob es sich hier schicke, ihr die Hand zu reichen oder nicht. Die benachbarten Beterinnen blickten sich nach ihnen um und verwirrten Jurii mit ihren dunklen pergamentfarbenen Gesichtern noch mehr.

Er errötete. Karssawina, die seine Verlegenheit gleichsam mitfühlte, kam ihm mit mütterlichem Gefühl zu Hilfe. Sie lächelte ganz leise und drohte ihm zärtlich mit verliebten Augen.

Jurii war selig und wurde mäuschenstill.

Sie schaute nicht mehr auf ihn und bekreuzigte sich oft, aber Jurii wußte während der ganzen Zeit, daß sie seine Nähe empfand. Diese ungreifbaren Regungen spannten zwischen sie ein geheimes elastisches Band ein, welches das Herz schlagen und ersterben ließ, und alles um sie geheimnisvoll und wunderbar veränderte.

Dem Diakon auf der Kanzel, dem Aufleuchten der Lichter, den betenden und singenden Menschen, den schweren Seufzern und den einsam dröhnenden Schritten am Eingang sah Jurii mit wichtigen und strengen Augen zu. In dieser Stille hörte er deutlich sein kleines Herz, das sich leicht und fröhlich gegen die schwere Stimmung der Kirche auflehnen wollte.

Er stand ohne Bewegung, blickte auf den weißen Hals unter den schwarzen Haaren, auf die weiche Biegung der Taille, die sich unter dem grauen Jackett herausfühlen ließ, und es wurde ihm manchmal so gut, daß der Schlag des Herzens seine ganze Brust durchfloß. Er wünschte so zu stehen, daß ihn alle sähen ... Und obgleich er an nichts glaubte, weder an das Singen, noch das Lesen der Bibelsprüche, noch an die Lämpchen vor den Heiligenbildern, fühlte er doch auch nichts anderes als gutmütige Freundlichkeit für sie. Er bekam selbst Mut, seine Stimmung zu analysieren und mit der trübseligen Gehässigkeit des Morgens, der sie vollständig unähnlich war, zu vergleichen.

... Also kann man doch glücklich sein, fragte er sich innerlich lächelnd und gab sich sofort die ernste Antwort: Sicherlich! Alles, was ich über den Tod dachte, die Sinnlosigkeit des Lebens, das Fehlen eines vernünftigen Zweckes im Leben, das mag alles ganz wahr und vernünftig sein, aber glücklich kann man trotzdem werden. Ich bin glücklich! Und gerade dank diesem wunderbaren Mädchen, von dem ich vor kurzem noch keine Ahnung hatte.

Ihm stieg die komische Idee in den Kopf, wie sie sich einst, als sie noch kleine, lächerliche Kinder waren, irgendwo hätten begegnen, sich anblicken, sich wieder trennen können, ohne zu wissen, daß sie einmal füreinander das allerteuerste auf der Welt sein, sich einander lieb haben werden und daß sie für ihn alle Geheimnisse ihres Körpers enthüllen wird.

Der letzte Gedanke schloß sich ganz unerwartet an, er wurde von ihm fast beschämt. Gleichzeitig aber fühlte er sich so gut und frei, daß er bis in die Haarwurzeln errötete; er fürchtete sich lange, sie wieder anzublicken.

Karssawina, die da in Gedanken von ihm entkleidet wurde, stand lieblich und rein vor ihm und betete ohne Worte zu Gott, daß Jurii sie so innig und zart lieben möge wie sie ihn.

Wahrscheinlich teilte sich von ihr auch Jurii eine reinigende Welle mit, denn die schamlosen Gedanken glitten mit einem Mal von ihm fort; in seiner Seele wurde es klar und friedlich.

Tränen der Rührung und der Liebe traten warm in seine Augen. Er hob die Blicke, sah das Gold des Heiligenstockes, welches in den Kerzenfeuern Funken sprühte, darüber die zwei Arme des Kreuzes, die sich ihm bei jedem Blick tiefer zusenkten; in Gedanken rief er mit längst vergessener innerlicher Spannung: Gott, wenn du existierst, so lasse es sein, daß dieses Mädchen mich liebt, und daß ich sie immer lieben werde so wie jetzt.

Er schämte sich dieser Gefühlsaufwallung ein wenig, aber diesmal lächelte er nur herablassend über sich.

... Das ist doch nur so – dachte er.

»Gehen wir hinaus,« raunte ihm Karssawina zu; sie flüsterte es, aber es klang fast wie ein Seufzer.

Sie gingen gravitätisch, mit Frieden in der Seele, als ob sie die leise singenden und laut lesenden Stimmen, Seufzer und das Flimmern der Lichter mit sich forttragen wollten, auf die Terrasse hinaus. Sie gingen nebeneinander längs der Einfriedung und traten dann durch die alte Pforte auf den Bergabhang. Hier war niemand; die alte weiße Mauer mit dem Türmchen, an dem der Putz herunterhing, trennte sie von all den Menschen.

Unter ihren Füßen kräuselten sich längs des Abhangs die Wipfel der Eichen, und weit unten erglänzte eben und glatt wie geschliffenes Glas der Fluß. Die grünen Felder und Wiesen dehnten sich hinter dem dunklen Horizont weit in die Ferne hinein.

Schweigend schritten sie bis an den Rand des Abhanges und blieben unschlüssig, was sie anfangen sollten, stehen. Sie fürchteten sich vor etwas und wagten es nicht. Es schien, daß sie niemals die Kraft finden würden, es zu sagen und zu tun. Doch Karssawina hob den Kopf, und es kam dann ganz unvermutet und einfach, daß ihre Lippen Juriis Lippen trafen. Sie wurde leichenblaß, schrak auf und erstarrte dann. Jurii umarmte sie schweigend; er fühlte zum ersten Mal ihren warmen, biegsamen Körper in seinen Armen.

Um sie wurde es still. Ihnen schien die ganze Welt in dieser feierlichen, gespannten Stille zu ersterben.

In ihren Ohren gellte etwas; Jurii kam es vor, daß irgendwo eine unsichtbare, unhörbare Glocke gebieterisch ihre Begegnungsstunde schlug.

Plötzlich riß sich Karssawina los, lächelte ihm noch einmal zu und lief fort. »Die Tante wird mich suchen, warten Sie eine Weile, ich komme wieder –«

Jurii konnte sich später niemals erinnern, ob sie ihm diese Worte mit einer klingenden fröhlichen Stimme, die im dunklen Walde widerhallte, zurief oder ob ihm der warme Abendwind nur ein abgebrochenes, gleitendes Flüstern zutrug.

Er setzte sich aufs Gras und fuhr mit der Hand durch die Haare.

... Wie töricht und wundervoll schön das doch alles ist, dachte er mit seligem Lächeln. Er schloß die Augen, zuckte die Achseln und warf in diesem Augenblick alle seine früheren Gedanken, Zweifel und Leiden von sich.

Karssawina lief in die Pforte hinein und blieb noch einmal stehen. Ihr Herz pochte ungestüm und ihr Gesicht brannte. Sie drückte ihre Hand fest auf die wogende linke Brust und lehnte sich für einen Moment an die Wand.

Dann öffnete sie die Augen, schaute verwundert umher, atmete leicht auf, raffte den schwarzen Rock und lief mit schnellen Füßchen nach dem Gasthaus. Noch aus der Ferne rief sie der alten dunklen Tante, die auf den Steinstufen saß und sie erwartete, zu:

»Da bin ich schon, Tantchen, da bin ich ja schon.«

XXXVI

Zuerst wurde die Ferne dunkel, dann der Fluß im Nebelgehänge; von den weitabgelegenen Wiesen erscholl das verhallende Wiehern der Pferde; mit einem Mal leuchteten auch die Hirtenfeuer auf.

Jurii saß noch immer auf dem Abhang und wartete auf Karssawina; mechanisch zählte er die Scheiterhaufen auf den Wiesen.

Eins, zwei, drei ... nein, noch einer, ganz hinten, kaum sichtbar am Horizont. Wie ein kleiner Stern. Und dort sitzen jetzt erwachsene Menschen, Bauern, die auf die Nachtweide hinauszogen, kochen auf dem Felde Kartoffeln, sprechen miteinander. Der Scheiterhaufen brennt lustig, lodert auf, zischt, und man hört, wie die Pferde schnauben. Vom Abhang aus sahen die Feuer wie einzelne Funken aus ... Nur noch eine geringe Bewegung und sie mußten ganz erlöschen.

Es wurde Jurii schwer, über irgend etwas nachzusinnen, als könne er bei dem Klang seines triumphierenden Denkens, die eigenen Gedanken nicht hören. Er saß lange, ohne sich zu rühren, er spürte, wie sich in seinem Körper Elastizität und Kraft ansammelte, als bereite er sich zu etwas vor, dessen man nicht bewußt werden dürfe. Immer noch fühlte er den ersten Druck des jungen, noch vom dünnen Stoff verhüllten Körpers und der halbgeöffneten, frischen Lippen. Von Zeit zu Zeit sagte er sich mit Schrecken: Aber gleich muß sie ja kommen.

Sein Herz erzitterte, dann starb es leise ab. Aber um so mehr spannte sich jeder Nerv in ihm, sein Körper wurde frisch und drängend.

So saß er, nur mit der einen Erwartung vollgesogen am Abhange und lauschte, ohne es zu wissen, dem fernen Wiehern der Pferde, dem Schreien der Gänse hinter dem Fluß und den tausenden verschwimmenden Lauten des Waldes und des Abends, die wie Saiten hoch über der Erbe bebten.

Als er endlich ungleichmäßig rasche Schritte und das Rauschen eines Kleides hörte, wußte er, ohne sich umzuwenden, daß sie es war. Sein ganzer Körper glühte und zitterte, und doch schien er von dem entscheidenden Augenblick geängstigt, jede Fähigkeit, sich zu bewegen, verloren zu haben. Plötzlich wandte er sich scharf um, sicher, gerade das Richtige zu tun, schloß sie in die Arme und trug sie mit unbekannter Kraft und Zuversichtlichkeit über das Gras hinunter.

»Wir werden hinfallen,« flüsterte sie; Glück und Scham erstickten sie fast.

Wieder preßte Jurii ihren Körper in seinen Armen zusammen; bald kam sie ihm groß und üppig wie eine Frau, bald winzig und zerbrechlich wie ein kleines Mädchen vor. Durch das Kleid fühlte seine Hand ihre Beine; er erschrak, als ihm die Berührung in sein Bewußtsein trat.

Unten zwischen den Bäumen war es dunkel; nur von oben fiel blasses Dämmerlicht über den Rand des Abhangs, der den hellen Himmel abschnitt. Jurii legte das Mädchen auf das Gras nieder und setzte sich neben sie. Bei dem matten Licht fand er ihre heißen, weichen Lippen und zehrte mit verlangenden, zähen Küssen, die ihren drängenden Körper wie mit weißglühendem Eisen durchbrannten, an ihnen.

Es war ein Augenblick völligen Wahnsinns, in dem nur noch eine übermächtige tierische Kraft in ihnen gebot. Karssawina widerstrebte nicht und zitterte nur, als Juriis Hand schüchtern und frech, wie es noch niemals zuvor geschehen war, ihre Röcke hochschob.

»Du liebst mich? ... Wirklich?« fragte sie ihn mit abgerissener Stimme. Das Flüstern ihrer in der Finsternis unsichtbaren Lippen war seltsam wie die leichten, geheimnisvollen Laute des Waldes.

Aber plötzlich fragte sich Jurii mit Entsetzen: Was tue ich denn hier? ... Eisige Klarheit durchströmte das flammende Gehirn, alles wurde mit einem Mal kalt und leer, wurde blaß und hell wie ein Wintertag, in dem es kein Leben und keine Kraft mehr gibt.

Sie öffnete halb die hellgewordenen Augen und streckte sich ihm mit trüber, unruhiger Frage entgegen. Doch plötzlich sah sie ebenfalls alles mit raschen, weitgeöffneten Augen vor sich, fühlte seine Blicke sich tief in ihren Körper bohren, und unter unerträglicher Scham erglühend, schlug sie rasch das Kleid herunter und setzte sich aufrecht hin.

Ein qualvolles Durcheinander von Gefühlen durchstürmte Jurii. Jetzt stehen zu bleiben, schien ihm unmöglich, als mache er sich dadurch lächerlich. Ratlos und ohne Besinnung suchte er wieder auf sie einzudringen und sie niederzuwerfen, aber sie wehrte sich ebenso ratlos und ohne Besinnung dagegen. Das kurze, ohnmächtige Balgen, das Jurii trotz des entsetzlichen, hoffnungslosen Bewußtseins seiner lächerlichen und abstoßenden Lage fortsetzte, war in der Tat nur lächerlich und abstoßend. Doch fast in dem Augenblick, als ihr Widerstand versagte und sie von neuem bereit war, sich ihm hinzugeben, ließ er wieder von ihr ab. Karssawina atmete kurz und abgebrochen, wie gehetzt. Es entstand eine auswegslose, schwere Pause; dann sagte er plötzlich:

»Verzeihen Sie mir ... ich bin ... wie verrückt ...«

Sie atmete häufiger; er begriff, daß er das nicht sagen durfte, daß es sie verletzen mußte ... Schweiß bedeckte seinen ohnmächtigen Körper, und wieder murmelten seine Lippen fast wider seinen Willen etwas von dem, was er heute gesehen hatte, über seine Gefühle zu ihr, über jene Gedanken und Zweifel, von denen er immer erfüllt war und durch die er, selbst fortgerissen, auch sie so oft hinriß. Doch in diesen Minuten schien ihm alles, was er sagte, ungeschickt, gebunden, leblos, seine Stimme klang falsch und schließlich brach er ab, plötzlich selber verlangend, daß sie fortginge und dadurch dieser unerträglichen, lächerlichen Situation, wenn auch nur für kurze Zeit, ein Ende mache.

Wahrscheinlich durchlebte sie dasselbe, denn für einen Augenblick hielt sie ihr Atmen an. Dann flüsterte sie, schüchtern und bittend:

»Ich habe keine Zeit mehr. Ich muß gehen.«

... Was tun, ... was tun, fragte sich Jurii; er wurde am ganzen Körper kalt. Sie standen auf, schauten aber einander nicht an. Mit der letzten Bemühung, noch einmal alles zurückzurufen, umarmte sie Jurii schwächlich. Da erwachte in ihr wieder eine mütterliche Regung, als ob sie sich plötzlich als die Stärkere fühle; weich schmiegte sie sich an ihn und lächelte ihm mit aufmunterndem, lieblichem Lächeln gerade in die Augen.

»Auf Wiedersehen, kommen Sie morgen!« sagte sie.

Sie küßte ihn so zärtlich, so stark, daß Juriis Kopf schwindelte und ein Gefühl der Ehrfurcht seine ratlose Seele erwärmte.

Als sie fortging, lauschte Jurii lange auf das Rauschen ihrer Schritte, suchte sich dann seine Mütze auf, die voll Erde und Blätter war, schüttelte sie aus, setzte sie auf und ging ins Gastzimmer hinauf, dem Pfad weit ausweichend, über den Karssawina kommen mußte.

... Ja, dachte er, als er durch die Dunkelheit schritt, war es denn unbedingt nötig, dieses reine Mädchen zu beschmutzen. Unser Zusammensein unbewußt ebenso abzuschließen, wie es jeder Normalmensch an meiner Stelle getan hätte. Gott, mein Gott ... Das wäre abscheulich gewesen. Es war gut, daß ich dessen nicht fähig war ... Und wie widerwärtig doch all das ist. Mit einem Mal, ohne ein Wort, wie ein Tier. Er empfand jetzt nur Ekel über das, was ihn noch kurz vorher mit solcher Kraft und solchem Glück erfüllt hatte.

Doch trotzdem bohrten und rissen unausgelöste Spannungen weiter in seinem fruchtlosen Gram und riefen schwere, dumpfe Scham in ihm hervor. Selbst seine Arme und Beine schlenkerten, wie es ihm vorkam, ungelenker als sonst; seine Mütze mußte wie eine Narrenkappe auf seinem Kopfe sitzen.

»Bin ich denn wirklich noch fähig, weiter zu leben,« fragte er sich in plötzlicher Verzweiflung.

XXXVII

Im breiten Korridor des Klostergasthauses roch es nach Brot, Weihrauch und dem Samowar. Ein behender, gesunder Mönch sauste mit einem Samowar, der rund wie eine Wassermelone war, an Jurii vorbei.

»Väterchen,« rief Jurii, aber unwillkürlich wurde er durch die Anredeform in Verwirrung gebracht; er erwartete, daß auch der Mönch ihn verwundert anstarren müsse.

»Was belieben? ...« fragte dieser ruhig und höflich, wobei sein Gesicht kaum aus den Dampfwolken hervorguckte.

»Zu Ihnen muß heute eine Gesellschaft aus der Stadt gekommen sein.«

»Die ist auf Zimmer sieben,« entgegnete der Mönch so rasch, als ob er gerade auf diese Frage gelauert hätte. »Bemühen Sie sich bitte hier hinaus auf das Balkonchen.«

Jurii öffnete die Tür zum Zimmer sieben. In dem großen Raum war es dunkel und wahrscheinlich auch durch Tabaksrauch ganz undurchsichtig geworden. Hinter der Tür zum Balkon dagegen sah es hell aus; Flaschen klangen, Menschen bewegten sich unter Schreien und Lachen.

»Das Leben ist eine unheilbare Krankheit,« vernahm Jurii durch den Rauch Schawrows Stimme.

»Und du selber bist ein unheilbarer Dummkopf,« schrie ihm I-wanow unter kräftigem Lachen zurück. »Sieh mal einer an, wie die Phrasen aus dir herausplatzen!«

Als Jurii zu ihnen hinaustrat, kamen ihm alle mit freudigen, trunkenen Ausrufen entgegen. Schawrow sprang von seinem Platz auf, riß dabei fast die Decke vom Tisch herunter, kroch hinter ihm vor und murmelte verliebt, während er Juriis Hand in der seinen drückte:

»Das ist aber schön, daß Sie gekommen sind. Besten Dank bei Gott. In der Tat ... Meiner Treu ...«

Jurii nahm zwischen Ssanin und Pjotr Iliitsch Platz und schaute sich um. Der Balkon war von zwei Lampen und einer Laterne hell beleuchtet; man hatte den Eindruck, daß hinter den Grenzen des Lichts eine undurchdringliche schwarze Mauer stand. Sobald sich Jurii jedoch von dem Licht abwandte, sah er noch ziemlich klar den grünlichen Streifen der Abendröte, die bucklige Silhouette des Berges, die Wipfel der nächsten Bäume und weit unten die schwach erglänzende, einschlafende Oberfläche des Flusses.

Falter und Käfer kamen aus dem Walde ans Feuer geflogen, wirbelten herum, schwenkten nieder, erhoben sich, und krochen vom Lichte angesengt, langsam über den Tisch.

Jurii schaute sie an und wurde traurig.

– – – Wir Menschen sind ganz ebenso, dachte er. Wir fliegen geradeso aufs Feuer los, auf jede glänzende Idee, zerschlagen uns an ihr, und sterben in Leiden. Wir glauben, daß diese Idee ein Ausdruck des Weltwillens sei und sie ist doch nur ein Brennen unseres Gehirns.

»Nun trinken wir aus!« rief ihm Ssanin freundlich zu und reichte die Flasche herüber.

»Schön,« sagte Jurii melancholisch und dachte auch sofort, daß das Trinken vielleicht das einzige sei, was ihm noch übrig bleibe. Sie stießen an und stürzten das Glas herunter. Der Wodka schien Jurii widerwärtig wie heißes, bitteres Gift. Mit eklem Zittern am ganzen Körper griff er zu den Speisen. Aber auch sie bewahrten lange einen abstoßenden Geschmack und wollten nicht durch die Kehle rutschen.

– – – Nein, ich muß um jeden Preis von hier fort, sagte er sich. Aber wohin denn? ... Es ist doch überall dieselbe Geschichte. Sich selbst kann man nicht entrinnen. Wenn der Mensch über sein Leben hinauswächst, so wird es ihn nirgends und in keiner Form befriedigen. Ob in diesem Nest oder in Petersburg; das ist alles gleich.

»Meiner Meinung nach ist der Mensch an sich – nichts!« schrie Schawrow laut.

Jurii sah sein plattes Gesicht mit den Brillengläsern und den langweiligen Augen und dachte, daß ein solcher Mensch in der Tat schon an sich ein Nichts sei.

»Das Individuum ist eine Null, nur Persönlichkeiten, die aus der Masse hervorgehen und mit ihr nicht die Fühlung verlieren, also, die sich der Menge nicht entgegenstellen, wie es die bourgeoisen Helden zu tun belieben, ich sage ihnen, nur die besitzen eine wirkliche Kraft, – wie?«

»Aber worin soll denn diese Kraft liegen,« entgegnete Iwanow wütend, indem er sich gewichtig mit beiden Ellenbogen der gekreuzten Arme auf den Tisch stemmte ... »Im Kampfe mit der bestehenden Ordnung? ... Meinetwegen ... Aber im Kampf für ihr eigenes Glück, was hilft ihnen da die Masse? – – –«

»Aha, Sie sind ja ein ... Uebermensch ... Sie brauchen irgend ein besonderes Glück ... Ein eigenes ... Aber wir Menschen der Menge glauben, daß wir gerade im Kampfe für das allgemeine Glück auch unser Glück finden werden. Verstehen Sie, der Triumph einer Idee, das ist Glück ...«

»Und wenn die Idee Fehler besitzt? ...«

»Das ist ganz gleich,« Schawrow schüttelte energisch den Kopf, als müsse er von vornherein jede Berufung auf eine höhere Instanz ablehnen. »Man braucht nur zu glauben ...«

»Spucke doch darauf,« rief ihm Iwanow verächtlich zu. »Jeder Mensch glaubt, daß das, was er treibt, gerade das Wichtigste und Notwendigste ist. Daran glaubt sogar ein Damenschneider. Du wußtest es auch ... Hast es wahrscheinlich nur vergessen ... Die Pflicht deiner Freunde ist, dich daran zu erinnern, Bruder.«

Jurii schaute mit grundlosem Haß in Iwanows Gesicht, das von dem getrunkenen Wodka blaß geworden war; es sah verschwitzt aus und die großen, grauen Augen blickten glanzlos in das Licht.

»Und worin liegt dann Ihrer Meinung nach, das Glück?« fragte Jurii mit verzerrten Mienen.

»Auf keinen Fall sicher darin, das ganze liebe Leben lang zu jammern und auf jeden Schritt sich zu fragen: Halt, da nieste ich doch eben ... habe ich's auch gut gemacht ... Wird daraus womöglich nicht für jemanden Schaden entstehen ... Habe ich durch dieses Niesen meine Berufung erfüllt? - - -«

Jurii sah in den kalten Augen klar die Abneigung gegen sich geschrieben und krümmte sich unter dem Gedanken, daß sich Iwanow über ihn lustig machen könnte.

- - - Nun, das werden wir doch sehen, sagte er sich ... »Das ist kein Programm,« erklärte er und gab sich Mühe, in jedem Zug seine Entrüstung zu zeigen und die vollkommenste Verachtung auszudrücken.

»Sie brauchen unbedingt ein Programm? Nun, ich ... was ich will, was ich kann, das tue ich ... da haben Sie ein Programm.«

Schawrow war empört.. »Das ist ein nettes Programm, wie? ... Gar nicht zu sagen.«

Jurii schwieg und machte nur eine abwehrende Bewegung mit der Schulter.

Eine Zeitlang saßen alle schweigend und tranken ... Dann wandte sich Jurii zu Ssanin und begann von dem, was er für das beste hielt, zu reden. Er sah Iwanow nicht an, sprach aber doch nur für ihn. Ihm schien es, daß er jetzt nur einige Worte im Zusammenhang zu sagen brauche, um seine Gedanken vollständig zum Ausdruck zu bringen, und niemand würde imstande sein, ihn zu widerlegen. Aber zu seiner Empörung brüllte Iwanow bei Juriis ersten Worten, daß ein Mensch nicht ohne einen Gott leben könne und daß er sich, wenn er einen gestürzt hätte, sofort einen anderen suchen müsse, damit sein Leben nicht ganz sinnlos wäre, über die Schultern weg:

»Aha, das Märchen von Katharina - - das haben wir schon gehört.«

Jurii überhörte geflissentlich den Ausfall und fuhr in der Auseinandersetzung seiner Anschauungen fort. Von der Diskussion hingerissen, bemerkte er garnicht, daß er mit einem Male das, was für ihn selbst noch eine Quelle des Zweifels war, sehr energisch vertrat. Erst am selben Morgen hatte er sich noch Fragen über Glauben und Nichtglauben gestellt. Aber jetzt im Streit zeigte sich, daß er alles schon in sich durchdacht und auf den festesten Grundlagen zu stehen hatte.

Schawrow hörte ihm mit Ehrfurcht und rührseliger Freude an. Ssanin lächelte und Iwanow schaute halb abgewandt hin und warf bei jedem Gedanken, der Jurii originell und individuell vorkam, ein verächtliches: »Auch das haben wir schon längst gehört«, dazwischen.

Jurii brauste endlich auf:

»Hören Sie, das haben wir auch schon oft genug gehört. Es gibt nichts Leichteres, als so ein »gehört« einzuwerfen. Wenn man keine Einwände findet, sich damit zu beruhigen. Können Sie nur das eine reden: Gehört, gehört, so habe ich ebensogut das Recht, zu sagen: Nichts, garnichts haben Sie gehört.«

Iwanow erblaßte, und seine Augen rollten aufgeregt.

»Vielleicht,« sagte er mit unverhohlenem Spott und dem Wunsch, zu verletzen, »haben wir wirklich noch nichts gehört. Weder von tragischem Nachdenken, noch über die Unmöglichkeit, ohne Gott zu leben, noch über den nackten Menschen auf der entblößten Erde.«– – Jeden Satz sprach er in einem Ton, der wie auf Stelzen ging. Doch plötzlich schrie er böse und abgerissen auf: »Denken Sie lieber mal etwas Neues aus.«

Jurii fühlte, daß in Iwanows Hohn ein wahrer Kern stecke. Er erinnerte sich mit einem Mal, wie viele wissenschaftliche Werke er schon durchgearbeitet hatte. Sowohl über Anarchismus, wie über Marxismus, über Individualismus, über den Uebermenschen und den verklärten Christen, über den mystischen Anarchismus, und noch über vieles Andere. In der Tat hatten alle das schon gehört, aber doch änderte sich in ihnen nichts gegen früher und in ihm selbst lag immer noch das schwere Gefühl geistiger Unbefriedigung. Dennoch kam ihm nicht für eine Sekunde der Gedanke, nun zu schweigen. Er sprach mit aller Schärfe weiter, obgleich er selbst sah, daß er damit mehr Iwanow verletzte, als daß er seine Gedanken begründete.

Iwanow geriet in Wut; er wurde jetzt einfach fürchterlich. Sein Gesicht erhielt einen noch blasseren Schein, die Augen wölbten sich in ihren Höhlen und seine Stimme donnerte wild und grob.

Da mischte sich Ssanin mit verdrießlichen und gelangweilten Zügen in ihren Streit: »Aber so hören Sie doch endlich auf, meine Herren. Wird Ihnen denn das nicht mit der Zeit langweilig. Man kann doch keinen Menschen dafür hassen, daß er nach seiner Manier denkt.«

»Das ist kein Denken mehr, nein, das ist nichts als Schwindel,« schrie Iwanow. »Da will einer zeigen, daß er tiefer und feiner denkt als wir alle ... und nicht ...«

»Mit welchem Recht behaupten Sie das? ... Warum soll ich das gerade wollen und nicht Sie?«

»Hören Sie,« rief Ssanin laut und strenge. »Wenn Sie sich beide prügeln wollen, so gehen Sie hinaus und tuen Sie es, wo es Ihnen Spaß macht. Aber Sie haben kein Recht, uns andere zu zwingen, Ihre unsinnigen Zänkereien mit anzuhören.«

Iwanow und Jurii schwiegen. Sie waren beide rot und zersaust; sie vermieden es, einander anzuschauen. Eine ziemlich lange Zeit herrschte peinliche Stille.

Dann begann Pjotr Iliitsch melancholisch zu singen:

»Vielleicht wird man auf einem stummen Hügel Die ernste Bahre Rußlands einst errichten. –«

»Sei unbesorgt, die errichtet man schon, wenn's nötig ist,« warf Iwanow hin.

»Sei dem, wie's sei,« sagte Pjotr Iliitsch unterwürfig, setzte aber sein Glas nieder und schenkte Jurii Wodka ein: »Hören Sie auf zu denken, trinken Sie lieber.«

– – – ach alles zum Teufel jagen zu können, – – er nahm das Glas und goß es in einem Zug hinunter.

Im selben Moment fühlte er sonderbarerweise das dringende Verlangen, Iwanow möchte diese Heldentat bemerken und vor ihm Achtung bekommen. Und hätte Iwanow es in diesem Augenblick auf irgend eine Weise angedeutet, würde Jurii zu ihm Freundlichkeit und sogar Zärtlichkeit empfunden haben, aber er rührte sich garnicht, und sofort bezwang dieser den herabwürdigenden Wunsch. Er wurde von der nackten ekelhaften Empfindung einer Unmenge Wodka, die in seinen Därmen brannte und ihm in die Nase stieg, bis zur Uebelkeit gepeinigt.

»Bravo, Jurii Nikolajewitsch, bei Gott,« rief Schawrow.

Durch dieses Lob fühlte sich Jurii nur beschämt.

Er suchte mit Mühe die Wodkawelle, die an seinen Mund heranquoll, zu überwinden. Lange konnte er unter dem physischen Ekel, der ihn durchschauerte, nicht zu sich kommen. Er schob die Speisen auf dem Tisch hin und her, fand etwas und ließ es dann wieder liegen. Alles schien ihn wie Gift anzuekeln.

»Ja, bei solchen Menschen hüte ich mich, sie Menschen zu nennen,« vernahm Jurii, als er wieder zu sehen und hören begann, Pjotr Iliitschs gewichtigen Baß.

»Du hütest dich davor ... Bravo Onkelchen,« gab ihm Iwanow schadenfroh zurück. Trotzdem Jurii nicht den Anfang des Gesprächs gehört hatte, erriet er dennoch an dem Ton, daß sich die Rede auf Menschen wie ihn bezog.

»Ja, da hüte ich mich. Ein Mensch muß ... ein General sein,« bekundete Pjotr Iliitsch deutlich und gemessen.

»Ist aber nicht immer möglich ... Wie steht es denn mit Ihnen selbst? ...« bemerkte Jurii, ohne hochzublicken, unter bitterem Zittern über die empfundene Kränkung.

»Ich – gewiß doch, ... ich bin ein General ... im Innern meiner Seele.«

»Bravo,« brüllte Iwanow so entzückt, daß sich irgend ein Nachtvogel erschreckt zum Walde hinstürzte und dort in den Zweigen niederbrach.

»Aber auch nur in der Seele,« Jurii war bestrebt, seine Ironie zu bewahren. Ihn plagte die krankhafte Einbildung, daß sich alle gegen ihn verschworen hätten und ihn erniedrigen und demütigen wollten.

Pjotr Iliitsch sah ihn erst von oben herab, dann von der Seite her eindringlich an.

»Ganz ... wie es sich gebührt ... Wenn auch nur in der Seele... Schadet nichts ... ist auch was wert. Der eine ist alt und betrunken und arm, wie ich ... der ist ein General in der Seele, der andere ist jung und kräftig ... nun, der ist ein General auch im Leben ... Jedem das Seine ... Und solche Menschen, welche weinen, welche feig sind, ah, da hüte ich mich schönstens, die noch Menschen zu nennen.«

Jurii erwiderte etwas, aber in dem Lachen und Lärmen der anderen gingen seine Worte ungehört unter. Und gerade diese Entgegnung hatte er für ganz vernichtend gehalten. Er wiederholte sie noch lauter, doch man hörte ihn wieder nicht. Die neue Kränkung floß wie Gift durch seinen ganzen Körper. Es schien ihm, daß ihn alle verachteten.

»Uebrigens, ich bin ja einfach besoffen,« dachte er unerwartet. In diesem Augenblick begriff er auch, daß er tatsächlich betrunken war und nichts mehr zu sich nehmen dürfe.

Sein Kopf schwamm hin und her ... Die Flammen der Lampe und der Laterne standen dicht vor seinen Augen und sein Gesichtskreis verengte sich ganz eigentümlich. Alles, was ihm vor die Augen kam, war klar und hell, aber rings umher breitete sich die Finsternis. Auch die Stimmen erklangen ganz ungewöhnlich. Trotzdem man betäubend laut sprach, ließ sich kein einziges Wort unterscheiden.

»Du sagst ein Traum?« fragte wichtig Pjotr Iliitsch.

»In der Tat, ein interessanter Traum,« antwortete Iwanow.

»Ja, da liegt was drin, in den Träumen ...« betonte mit Nachdruck der Sänger.

»Siehst du, da habe ich mich gestern schlafen gelegt... Ja, – – hatte mir für den kommenden Schlaf ein Büchelchen vorgenommen, wollte mir den Kopf ein bißchen ausfegen, so ... vorher reinigen. War darin verschiedenes, eitel und Plage. Da kommt mir ein Artikel vor die Augen, wo, wie, wann, und wer verflucht wurde. Ich sehe, es handelt sich nur um eine geistige und seelische Sache ... Ich lese, lese ihn und lese und sehe, mit jeder Zeile wird es immer erschrecklicher. Ich komme an eine Stelle, in der es heißt, wer und wofür man dem Anathema verfällt. Da sah ich ein, allerdings ohne besondere Verwunderung, daß ... gerade ich in einem fort anathematisiert werden müßte. Als ich nun absolute Sicherheit hatte, daß ich von allen bestehenden Kirchen verflucht werden muß, warf ich das Buch beiseite, rauchte eine Weile und schlief ein, ich sage dir, über meinen Platz im Weltall war ich vollständig beruhigt. Durch den

Schlummer versuchte ich die Frage zu lösen: Wie nun, wenn Millionen gelebt und mich aus vollster Ueberzeugung mit dem Fluch belegt hätten, so ... und also bei dem Punkt bin ich gerade eingeschlafen ... die Frage blieb sozusagen im Keim. Da begann ich zu fühlen, daß mein rechtes Auge gar kein Auge mehr war, sondern der Papst Pius der Zehnte und mein linkes so etwas wie der Patriarch in Konstantinopel. Und beide verfluchten einander. Und durch eine solche sonderbare Verwandlung der Dinge erwachte ich wieder.

»Und weiter nichts? ...« fragte Ssanin.

»Im Gegenteil, Bruder ... Ich schlief von neuem ein.«

»Nun? ...«

»Nun, dann hatte mein Geist überhaupt keine Ruhe mehr. Irgend ein Haus stand mir vor den Augen. Aber nicht unseres, ein ganz unbekanntes. Und im größten Zimmer lief ich von einer Ecke in die andere. Und du, Onkelchen Pjotr Iliitsch, du warst auch irgendwo in der Nähe. Versteht ihr, er sprach und ich hörte zu, aber ich sah ihn nicht, glaube ich, doch ich verstand ihn: – – – ›Ich merke‹, sagte dieser Pjotr Iliitsch, ›wie die Köchin betet.‹ – – – Und ich begreife auch momentan, daß in der Küche auf der Schlafbank die Köchin in der Tat betet. – – – ›Mir mag es unklar sein und verstehen kann ich es auch nicht, aber ein Mensch, der reinen Herzens ist, ... begreifst du das, reinen Herzens ... Als sie nun betete und uns alle erwähnte, da passierte noch nichts, aber als sie dich, mich und Ssanin erwähnte, so ..‹ Als Onkelchen dies sprach, da fühlte ich, daß etwas ganz Ungewöhnliches geschehen muß ... ›Nicht umsonst beten doch alle einfachen Leute vom Tage der Schöpfung an ...‹ Und da leuchtete es mir ein, gerade zur rechten Zeit, daß es garnicht anders sein konnte, als daß Gott der Köchin erschienen war. Und Pjotr Iliitsch zerfloß vollständig in nichts, aber doch redete er immer weiter ... ›Ihr soll sich eine Erscheinung gezeigt haben ...‹ Dabei fühlte ich mich weiter garnicht schlecht, denn wenn es auch nicht gerade Gott war, so gab es also doch etwas ... es ist immerhin schmeichelhaft ... Ihr erschien zwar keine Erscheinung, aber dennoch eine Erscheinung. Darauf existierte das Onkelchen überhaupt nicht mehr. Ich wurde unruhig ... Dieses andere, das keine Erscheinung war, hatte meine Ruhe vollständig vernichtet. Um sie wieder herzustellen, mußte man unverzüglich das zerstören, was sich in der Zimmerecke befand und was winselte. Offenbar war es einfach eine Maus. Sie nagte an etwas und nagte es durch ... Sie schien sogar darüber erfreut zu sein. Schwermut packte mich ... die Maus nagte und nagte immerzu ... gleichmäßig und im Takt ... Und dabei erwachte ich gerade.«

»Wärst du doch lieber noch eine Weile nicht aufgewacht,« bemerkte Ssanin.

»Ja, später habe ich das selber eingesehen.«

Trotz des scherzhaften Tones, in dem Iwanow seinen Traum erzählte, merkte man doch, daß er auf ihn einen starken Eindruck gemacht hatte, der sich in der Tiefe seiner Seele in unbegreiflicher Furcht verwandelte. Er lächelte verzerrt und griff wieder zum Bier.

Alle schwiegen. In diesem Schweigen schien die Finsternis hinter dem Balkon noch näher heranzurücken; keinem war mehr fröhlich, allen nur bange und gelangweilt zumute. Der unbegreifliche Traum drang mit dem dünnen Stachel trübseligen Grauens durch Spott und Unglauben hindurch in die Herzen.

»Ja,« sagte feierlich Pjotr Iliitsch, »klug seid ihr alle ... Klug wie die Teufel ... Aber es existiert etwas, ... es existiert. Ihr kennt es nicht, aber doch – – – es spricht zu euch.«

Lag es an den Worten des Sängers oder an den lauten Stimmen, die durch die vom Wodka bedrückten Gehirne krochen oder an der plötzlich aufgeflammten Nähe des Geheimnisses von Leben und Tod; irgend etwas hallte in der Seele eines jeden von ihnen traurig wieder.

– – – Vielleicht existiert es wirklich ...

Ssanin erhob sich; sein wie immer ruhiges Gesicht sah gelangweilt aus. Er gähnte und schob die Hand abwehrend durch die Luft:

»Das sind alles Aengste! Wenn ihr euch nur noch etwas zur Nacht graulich machen könnt. Sterben wir, dann merken wir's.«

Er zündete langsam eine Zigarette an und schritt zur Tür hinaus. Auf dem Balkon wurde weiter gebrüllt und gestritten, und in dem Lärm der lauten betrunkenen Stimmen flatterten auf dem Tisch noch immer lautlose Falter, die auf das Feuer zugeflogen waren, halb versengt herum.

Ssanin trat in den Hof des Gasthauses hinaus; die laue Nacht strich erfrischend über seinen erhitzten Körper.

Wie ein Goldei lugte der Mond hinter der Waldecke hervor und sein halb märchenhaftes Licht glitt flüssig über die schwarze Erde. Hinter dem Garten, aus dem ein zäher und süßer Geruch von Birnen und Pflaumen drang, schimmerte trüb das weiße Gebäude des zweiten Gasthauses hervor. Ein Fenster blickte Ssanin von dort durch die grünen Blätter hell an.

In der Finsternis schallte das Klatschen barfüßiger Schritte, dem Auftreten von Tierpfoten ähnlich. Ssanin konnte mit seinen Augen, die nicht an die Finsternis gewöhnt waren, kaum die Silhouette eines Knaben erkennen.

»Wohin willst du?« fragte er.

»Zu Fräulein Karssawina, – – – die Lehrerin.«

»Wozu? ..« Ssanin fiel es bei ihrem Namen wieder ein, wie sie nackt ganz durchtränkt vom Licht der hellen Sonne und ihrer Jugend vor ihm am Ufer stand.

»Ich muß ihnen einen Zettel bringen,« antwortete der Knabe.

»Aha, na, sie wird wohl im anderen Gasthaus sein. Also, mein Sohn, walle dorthin.«

Wieder klatschte der Knabe wie ein Tierchen mit den bloßen Sohlen auf den Boden und verschwand in der Finsternis so schnell, als ob er sich in den Büschen versteckt hatte.

Ssanin schritt langsam hinter ihm her und atmete mit voller Brust die Gartenluft, dicht wie Honig, ein.

Er trat an dem Gasthaus dicht unter das beleuchtete Fenster heran und ein Streifen Licht legte sich über sein nachdenkliches und ruhiges Gesicht. Im Licht waren unter dem grünen Laub große schwere Birnen sichtbar. Ssanin erhob sich auf die Zehenspitzen und pflückte eine; im Fenster sah er Karssawina.

Sie stand im Profil, im Hemd; über ihre runden Schultern glitten Lichtstupfen wie Atlasblenden.

Ganz in Gedanken versunken, blickte sie unverwandt nach unten auf den Boden. Wahrscheinlich erregte sie das, woran sie dachte, mit Scham und Freude; denn ihre Augenlider zitterten und ihre Lippen lächelten. Dieses Lächeln erstaunte Ssanin. Eine unfaßbare Zärtlichkeit und Leidenschaft bebte darin, als lächelte das Mädchen einem nahen Kusse entgegen.

Er stand und schaute auf sie hin, ein Gefühl, das stärker war als er selbst, hatte ihn ergriffen. Karssawina dachte darüber nach, was mit ihr geschehen war, es war ihr qualvoll, niederdrückend und süß ums Herz.

– – – Mein Gott, fragte sie sich mit einer reinen Empfindung, wie sie wohl die knospenbrechende Blume ergreifen mag, bin ich denn wirklich so verdorben. – – –

Mit tiefster Freude erinnerte sie sich dabei an die unbegreiflich hinreißende Empfindung, die von ihr Besitz genommen hatte, als sie sich zum ersten Mal Jurii unterwarf.

– – – Mein Liebster, es zog sie heiß und ermattend in Gedanken zu ihm. Wieder sah Ssanin, wie ihre Wimpern zuckten und ihre rosigen Lippen lächelten.

Der abscheulich rohen Szene, die später vorgefallen war, gedachte sie garnicht mehr. Irgend eine geheime Bewegung riß sie immer wieder aus der Ecke heraus, in der wie ein dünner Splitter eine krankhaft verletzte Ratlosigkeit stecken geblieben war.

Es wurde gegen die Zimmertür geklopft.

»Wer ist da?« fragte Karssawina den Kopf erhebend.

»Ich bringe einen Brief,« piepste die Stimme des Knaben hinter der Tür. Karssawina warf ein großes Tuch um, und der barfüßige Knabe bis an die Knie mit Schmutz bespritzt, trat herein; er riß eilig die Mütze vom Kopf.

»Das Fräulein haben ihn Ihnen zugeschickt,« sagte er.

Dubowa schrieb an Karssawina:

»Sinotschka, wenn es Dir irgend möglich ist, so komme noch heute in die Stadt zurück. Der Schulinspektor ist angekommen und wird morgen bei uns inspizieren. Es geht nicht gut, daß Du dann gerade fehlst.«

»Was ist denn los? ...« fragte die alte Tante.

»Ola schreibt ... Der Schulinspektor ist gekommen.«

Der Knabe rieb einen Fuß an den anderen.

»Sie haben mächtigen Fetz gemacht, daß Sie auch sicher kommen sollen.«

»Gehst du hin? ...«

»Wie kann ich denn allein gehen. Es ist doch finster.«

»Der Mond ist ja da,« mischte sich der Knabe ein. »Es ist ganz hell.«

»Ja, ich müßte eigentlich gehen,« meinte Karssawina unschlüssig.

»Gewiß, du mußt gehen. Nachher hast du Aerger.«

»Also ja, ich gehe,« das Mädchen nickte entschlossen mit dem Kopf.

Sie zog sich rasch an, befestigte den Hut und ging zur Tante.

»Auf Wiedersehen, Tante.«

»Auf Wiedersehen, Kindchen. Jesus mit dir.«

»Und willst du mit mir gehen,« fragte sie den Knaben.

Der Knabe drückte sich hin und her und rieb sich wieder den Fuß.

»Ich bin hier zu Muttern gekommen. Sie ist hier bei den Mönchen, auf Wäsche.«

»Aber wie soll ich denn allein gehen, Grischa? ...«

»Nun gut, also, ich komme mit.« Der Knabe warf mit starkem Entschluß die Haare zurück.

Sie traten in den Garten hinaus und die blaue Nacht umfaßte das Mädchen ganz weich und behutsam.

»Wie gut riecht es hier,« sagte sie; gleich aber schrie sie erschrocken auf, als sie plötzlich auf Ssanin stieß.

»Das bin ich ja,« meldete er sich lächelnd.

Karssawina reichte ihm durch das Dunkel ihre Hand, die noch vor Schreck bebte.

»Sieh mal, was für 'ne Angst, ...« bemerkte Grischa herablassend. Das Mädchen lächelte verwirrt. »Es ist nichts zu sehen,« suchte sie sich zu rechtfertigen.

»Wo wollen Sie denn noch hin?«

»In die Stadt. Deshalb hat man mir den Jungen geschickt.«

»Allein? ...«

»Nein, ich gehe mit ihm. Er soll mein Ritter sein.«

»'n Ritter,« wiederholte Grischa grinsend und rieb sich sein Bein.

»Und was tun Sie hier? ...«

»Wir sind in flüssigen Angelegenheiten hier,« erklärte Ssanin scherzend.

»Wer ... wir? ...«

»Schawrow, Swaroschitsch, Iwanow – – «

»Auch Jurii Nikolajewitsch ist mit Ihnen?« Es war ihr bange und angenehm, diesen Namen laut auszusprechen, als blickte sie in eine tiefe Höhle.

»Und was? ...«

»So? ... Ich hatte ihn hier allein getroffen,« sie errötete noch tiefer, wie schon bei der ersten Antwort. »Nun auf Wiedersehen.«

Ssanin hielt die gereichte Hand eine Weile zärtlich in der seinen.

»Erlauben Sie, daß ich Sie aufs andere Ufer übersetze. Warum sollen Sie erst ringsherum laufen?«

»Nein, wozu denn,« erwiderte sie mit unbegreiflicher Schüchternheit.

»Laß ihn lieber übersetzen. Auf dem Damm ist es dreckig genug,« sagte mit Autorität der barfüßige Grischa.

»Nun schön ... Dann kannst du zur Mutter gehen.«

»Aber fürchtest du dich nicht, nachher allein übers Feld zu laufen,« fragte Grischa solide.

»Ich werde sie doch bis zur Stadt begleiten.«

»Und wo bleibt dann Ihre Gesellschaft? ...«

»Die saufen sich hier noch bis zum Morgen durch. Und sie sind mir auch so schon zur Genüge über.«

»Nun, wenn Sie so freundlich sein wollen. Dann kannst du ja gehen, Grischa.«

»Auf Wiedersehen. Fräuleinchen.«

Der Knabe schien sich wieder plötzlich in dem Gesträuch zu verlieren. Karssawina blieb mit Ssanin allein.

»Geben Sie mir Ihren Arm, sonst könnten Sie noch vom Berg abstürzen.«

Karssawina reichte ihm den Arm; sie fühlte mit eigenartig beklemmender und stickiger Erregung seine eisenharten Muskeln, die sich unter dem dünnen Hemd bewegten. So gingen sie durch den Wald zum Flusse hinunter, stießen sich unwillkürlich an und empfanden bei jedem Schritt die Elastizität und Wärme ihrer Körper. Im Walde stand eine ununterbrochene Finsternis, als ob sie ewig wäre, und es schien, daß es dort keine Bäume gab, sondern nur diese dichte, wärmeatmende Finsternis.

»Oh, wie dunkel ...«

»Tut nichts,« sagte leise, dicht an ihrem Ohr Ssanin; in seiner Stimme zitterte etwas. »Ich liebe den Wald des Nachts noch mehr. Im nächtlichen Wald verlieren die Menschen ihre gewohnten Gesichter, sie werden viel rätselhafter, kühner, interessanter.«

Die Erde glitt unter ihren Füßen ab und sie mußten sich mit Mühe aufeinander stützen, um nicht zu fallen.

Durch das Dunkel, durch das Anschmiegen des elastischen und festen Körpers, durch die Nähe des starken Mannes, der ihr immer gefallen hatte, bemächtigte sich des Mädchens eine unbekannte Aufregung. Sie wurde rot und ihr Arm schien auf dem Ssanins zu brennen. Oft lachte sie auf; es klang hoch und kurz.

Unter ihnen wurde es allmählich lichter und über dem Fluß leuchtete schon hell und ruhig der Mond. Die Kühle des Wassers schlug ihnen ins Gesicht und der schwere Wald atmete so düster und geheimnisvoll zurück, als trete er sie dem Flusse ab.

»Und wo ist Ihr Boot? ...«

»Hier!«

Das Boot hob sich wie gezeichnet von der glatten hellen Fläche ab.

Während Ssanin die Ruder anlegte, ging Karssawina ein wenig mit den Händen die Balance haltend, zum Steuer und setzte sich dort nieder. Mit einem Mal wurde sie phantastisch von dem blauen Mond und der schwankenden Wiederspiegelung des Wassers beleuchtet.

Ssanin stieß das Boot ab und sprang hinein. Mit leisem Knirschen glitt es über den Sand, klang im Wasser und kam schnell ins Mondlicht, während es hinter sich breite Wellen, die sich leicht entfernten, zurückließ.

»Lassen Sie, ich werde rudern …« Karssawina war voll von einer mächtigen gebieterischen Kraft, die sie zum Ausdruck bringen wollte. »Ich liebe es, selbst zu rudern.«

»Gut, setzen Sie sich hierher,« rief Ssanin mitten im Boot stehend.

Wieder stieg sie leicht und geschmeidig über die Bänke an ihm vorbei und berührte mit den Fingerspitzen kaum seine ausgestreckte Hand. Ssanin schaute sie, als sie neben ihm war, von unten herauf an und ihre Brust berührte kaum die seine, während sie ihm doch den kräftigen Geruch ihres frischen Körpers zustrahlte.

Sie glitten über das Wasser. Um sie spiegelte sich der blaue Himmel wieder, sodaß das Boot im hellen ruhigen Luftraum zu schweben schien! Karssawina saß aufrecht, bewegte kaum die Ruder und plätscherte mit dem Wasser, während sie ihren Busen elastisch anhob.

Ssanin lehnte am Steuer, schaute sie an, ihre Brust, auf die man so schön den heißen Kopf hätte legen können, ihre runden geschmeidigen Arme, die sich so kräftig und zärtlich um den Nacken schmiegen mochten, ihren jugendlichen wonnevollen Körper, den man so toll und alles vergessend an sich zu reißen wünschte. Der Mond leuchtete auf ihr weißes Gesicht mit den schwarzen Strichen über den Augen und den glänzenden Augen selbst, glitt über ihre weiße Bluse, die leicht auf ihrer Brust anlag, über den Rock auf den vollen Knieen und in Ssanin ging etwas vor, als wenn er mit ihr immer weiter und weiter in ein fernes Märchenreich schwimme, und sich immer mehr von den Menschen, der Vernunft, und den vernünftigen menschlichen Gesetzen entferne.

»Wie schön ist es heute,« sagte Karssawina sich umschauend.

»Ja, schön!« erwiderte er leise.

Sie lachte plötzlich ...

»Aus irgend einem Grunde möchte ich den Hut ins Wasser werfen und den Zopf aufreißen,« rief sie einem unbewußten Drang nachgebend.

»Sehr gut, tun Sie es nur!« Ssanin sprach noch leiser.

Aber sie wurde wieder verschämt und verstummte.

Und von neuem stiegen in der Seele des Mädchens Erinnerungen, die von der Nacht, der Schwüle und der Freiheit hervorgerufen waren, auf; es war ihr wieder peinlich und doch angenehm, um sich zu schauen.

Ihr schien immer mehr, daß Ssanin unmöglich von dem nichts wissen konnte, was mit ihr vorgegangen war. Dadurch wurde ihr Gefühl aber nur stärker und komplizierter. Ein unbändiges, ihr kaum bewußtes Verlangen überkam sie, ihm anzudeuten, daß sie nicht immer ein so zurückhaltendes stilles Mädchen sei, daß sie sich ganz anders, auch nackt und schamlos, benehmen konnte. Diese instinktive Regung berührte sie freudig und ließ ihr Herz leichter schlagen.

»Kennen Sie Jurii Nikolajewitsch schon lange?« fragte sie mit unruhiger Stimme.

»Nein,« erwiderte Ssanin. »Warum?«

»So? ... Nicht wahr, er ist doch ein hübscher netter Kerl.«

Durch ihre Worte klang fast kindliche Schüchternheit, als ob sie sich bei einem erwachsenen Menschen, der sie liebkosen und bestrafen konnte, eine Ueberraschung ausbat.

Ssanin sah sie lächelnd an und antwortete: »Ja!«

Karssawina erriet an seiner Stimme, daß er über sie lächele und wurde über und über rot.

»Nein, wirklich ... und wie sehr er ... Er hat wahrscheinlich viel durchgemacht.«

»Wahrscheinlich! Daß er unglücklich ist, stimmt ... Doch haben Sie mit ihm Mitleid?«

»Gewiß!« sie sagte es mit gemacht naivem Ton.

»Ja, das ist begreiflich. Nur fassen Sie das Wort unglücklich sehr eigenartig auf. Sie glauben doch sicher, daß ein seelisch unbefriedigter, über alles nachdenkender Mensch nicht einfach unglücklich und bemitleidenswert sei, sondern etwas ganz anderes, etwas Besonders darstellt ... Er ist kräftiger, stärker. Das ewige Hin- und Herschleudern seiner Taten von rechts nach links erscheint Ihnen als ein schöner Zug, der dem Menschen das Recht gibt, sich höher als andere einzuschätzen, das heißt nicht so sehr das Recht auf Mitleid, wie auf Achtung und Liebe.

»Aber wie denn anders? ...« fragte sie naiv.

Sie hatte noch nie viel mit Ssanin gesprochen. Doch sie hörte ihn stets als einen ganz eigenartigen Menschen beurteilen, und sie empfand in seiner Gegenwart die Nähe von etwas Neuem, Interessantem, das sie erregte.

Ssanin lächelte: »Es gab eine Zeit, wo der Mensch ein beschränktes viehisches Leben führte, ohne sich darüber Rechenschaft abzulegen, was er treibt und fühlt. Dann kam die Zeit des bewußten Lebens. Die zweite Stufe war die der Umwertung aller Gefühle, Bedürfnisse und Wünsche. Auf dieser steht auch Jurii Swaroschitsch, der letzte der Mohikaner einer in die Ewigkeit versinkenden Periode menschlicher Entwickelung. Wie alles, was am Ende steht, sog er alle Säfte seiner Zeit in sich ein. Bis in das Innere seiner Seele ist er durch sie vergiftet. Er kennt kein Leben als dieses eine ... Alles, was er tut, ruft in ihm endlosen Streit darüber hervor, ob es gut, ob es schlecht ist. Das ist bei ihm bis zur Lächerlichkeit übertrieben. Als er der Partei beitrat, zweifelte er, ob es nicht unter seiner Würde sei, in Reih und Glied mit den andern zu stehen. Seit seinem Austritt aus der Partei quält ihn wieder der Gedanke, ob es nicht erniedrigend ist, sich abseits von der allgemeinen Bewegung zu halten. Uebrigens, solche Menschen gibt's in Menge. Es ist die Mehrzahl ... Jurii Swaroschitsch bildet nur darin eine Ausnahme, daß er nicht so dumm ist wie die anderen und daß der Kampf mit sich selbst in ihm nicht lächerliche, sondern manchmal wirklich tragische Formen annimmt. Irgend ein Nowikow, der mästet sich nur an seinen Zweifeln und Leiden wie eine im Stall eingesperrte Zuchtsau, Swaroschitsch aber, der schleppt vielleicht tatsächlich eine Katastrophe in sich herum.«

Ssanin hielt plötzlich an. Seine eigene laute Stimme und die täglichen einfachen Worte, scheuchten den nächtlichen Zauber fort; das tat ihm leid. Er schwieg still, sah nur das Mädchen an, ihre schwarzen Augenbrauen auf dem weißen Gesicht, ihre hohe Brust.

»Ich verstehe nicht, wie Sie so von Jurii Nikolajewitsch reden können. Als wenn er selbst daran schuld wäre, daß er so ist und nicht anders. Wenn ein Mensch vom Leben unbefriedigt ist, so steht er also höher als das Leben.«

»Ein Mensch kann niemals höher als das Leben stehen. Er ist selbst nur ein Teilchen des Lebens. Unbefriedigt kann es wohl sein, aber die Ursachen liegen in seiner eigenen Person. Er kann es entweder nicht oder wagt es nicht, sich von dem Reichtum des Lebens so viel anzueignen, wie er tatsächlich für sich bedarf. Die einen sind lebenslang in einem Gefängnis eingesperrt, die andern wagen einfach nicht aus ihrem Bauer herauszufliegen, so wie Vögel, die schon zu lange in einem festgehalten wurden. Der Mensch ist solange eine harmonische Verbindung von Geist und Seele, wie sie noch nicht durchbrochen ist. Auf natürlichem Wege wird sie nur durch das Nahen des Todes gelöst, aber auch wir selbst können sie aufheben – – – durch eine mißglückte Weltanschauung. Wir haben die Wünsche unseres Körpers als Bestialität gebrandmarkt, fingen an, uns ihrer zu schämen, umkleideten sie mit einer erniedrigenden Form, und schafften ihnen eine einseitige Existenz. Diejenigen unter uns, die ihrem Charakter nach schwach sind, fristen ein Leben in Ketten. Aber solche, denen die Kräfte nur infolge der falschen Lebensauffassung, an die sie gebunden sind, fehlen, das sind Märtyrer. Die unterdrückte Energie reißt an ihren Fesseln, der Körper verlangt nach Freude und quält sich selbst. Ihr ganzes Leben lang krochen sie zwischen Zwiespälten, klammern sich an jeden Strohhalm in der Sphäre neuer sittlicher Ideale und schließlich grämen sie sich zu Tode in der Furcht, zu leben und zu fühlen.«

Mit unerwarteter Kraft fiel ihm Karssawina ins Wort:

»Ja, ja, so ist es!«

Eine Menge neuer, unerwarteter Gedanken stieg leicht in ihr auf. Sie schaute mit glänzenden Augen um sich und die machtvolle prächtige Schönheit der Fülle, die im unbeweglichen Fluß, im finstern Wald, in der Tiefe des blauen Himmels mit dem nachdenklichen Mond, um sie ausgegossen war, strömte in tiefen Wellen in ihren Körper und ihre Seele ein.

Des Mädchens begann sich jenes eigentümliche Gefühl zu bemächtigen, das ihr bereits bekannt war, das sie liebte und fürchtete, das Gefühl trüben Suchens nach der Auslösung von Kraft und Bewegung, – – von Glück.

»Ich träume immer von der glücklichen Zeit,« sprach Ssanin nach einer Weile, »wo zwischen den Menschen und dem Glück nichts mehr stehen wird, wo der Mensch sich frei und furchtlos allen ihm zugänglichen Genüssen hingeben kann.«

»Und was dann? ... Wieder Barbarei? ..«

»Nein! Das Zeitalter, in dem die Menschen nur mit dem Unterleib lebten, war zwar barbarisch grob und arm ... unseres aber, wo der Körper dem Geist unterworfen ist und in die Rumpelkammer gedrängt wurde, ist auch nur sinnlos schwach. Doch die Menschheit hat nicht umsonst gelebt. Sie wird neue Lebensbedingungen ausfinden ... in denen es keinen Platz mehr geben wird ... weder für Bestialität noch für Asketik.«

»Sagen Sie bitte ... und die Liebe ... gibt sie Pflichten ...« fragte Karssawina unerwartet.

»Nein, – – denn die Pflichten, die die Liebe gibt, sind für den Menschen nur durch die Eifersucht schwer geworden. Die Eifersucht aber wurde allein durch die Sklaverei ins Leben gerufen. Jede Sklaverei zieht Böses nach sich. Die Menschen sollen die Liebe genießen ... ohne Furcht und Entsagung, ... ganz schrankenlos ... Und dann werden sich auch alle Formen der Liebe in eine endlose Kette von Zufälligkeiten, Ueberraschungen und Verbindungen erweitern.«

– – – ich habe doch damals nichts gefürchtet, dachte das Mädchen mit Stolz und sah Ssanin plötzlich an, als säße er zum ersten Mal vor ihr.

Groß und kräftig lehnte er am Steuer, mit von der Nacht verdunkelten Augen; seine breiten Schultern waren unbeweglich wie aus Eisen. Unverwandt blickte ihn Karssawina mit bangem Interesse an. Mit einem Mal kam ihr der Gedanke, daß sie vor sich eine ganze Welt unbekannter, eigenartiger Gefühle und Kräfte liegen habe; ihr kam der Wunsch, sie in sich aufzunehmen.

... er ist doch sehr interessant, schwirrte es fein durch ihren Kopf. Sie lächelte sich selbst verstohlen zu, aber eine stechende Aufregung durchzuckte ihren ganzen Körper mit nervösem Zittern.

Wahrscheinlich fühlte auch Ssanin diese plötzliche Flutwelle weiblicher Neugierde, denn er atmete selbst kräftiger und stärker auf. Die Ruder verwickelten sich in der engen Straße, in die das Boot langsam hineinglitt und fielen aus den Händen des Mädchens. Auch in ihrem Innern schien ganz ebenso etwas niedergefallen zu sein.

»Ich kann hier nicht weiter,« sagte sie schuldbewußt. »Es ist zu schwer.« Ihre Stimme klang wie zu Boden gesunken, leise und melodisch in der dunklen, schmalen Wasserenge, wo das unsichtbare Gekräusel der Wellen still für sich plätscherte.

Ssanin erhob sich und ging auf sie zu.

»Wohin wollen Sie?« rief sie mit unerklärlichem Schrecken.

»Lassen Sie mich.«

Karssawina stand auf und wollte zum Steuer gehen. Das Boot schwankte, als ob es unter den Füßen fortgleiten wollte. Sie mußte sich unwillkürlich an Ssanin anklammern, wobei sie mit ihrer elastischen Brust stark gegen ihn stieß. In diesem Augenblick, in dem ihr selbst nichts bewußt wurde, in dem sie nichts glaubte und nichts mehr erriet, hielt sie selber diese Berührung an und verstärkte sie noch, als müßte sie sich im Fluge an ihn anschmiegen. Und so fing er in einer Sekunde mit seiner ganzen Person den märchenhaften Zauber der Nähe einer Frau in sich auf. Sie verstand sein Gefühl in der Fülle ihres Wesens, empfand die ganze Stärke seiner Erregung und wurde daran trunken, bevor sie begriffen hatte, was sie tat.

... Ahaaaaa, riß es sich erstaunt und entzückt durch Ssanins Brust; schmerzhaft und leidenschaftlich umarmte er sie, so daß sie sich hinten übergebeugt fast in der Luft befand und instinktiv nach dem fallenden Hut und der Frisur griff. Das Boot schwankte noch stärker, und die unsichtbaren Wellen stieben mit aufgewirbeltem Lärmen an die Ufer.

»Was tun Sie? ...« schrie sie schwach auf. »Lassen Sie mich. Um Gotteswillen, was tun Sie? ...« Sie flüsterte atemlos, während sie sich nach kurzem, lautlosen Schweigen aus seinen stählernen Armen reißen wollte.

Aber kräftig, ihre weiche Brust fast zerquetschend, preßte Ssanin das Mädchen an sich ... ihr wurde schwül, alles, was zwischen ihnen als Scheidewand stand, war mit einem Mal irgendwohin versunken.

Ringsherum war Stille, würziger Geruch von Wasser und Gräsern, eigentümliche Kälte und Glut und Schweigen. Plötzlich senkten sich ihre Arme, sie fühlte sich selbst von einer völligen Willenlosigkeit überwunden, lag ohne etwas zu sehen oder wahrzunehmen am Boden und gab sich dem fremden männlichen Willen und seiner Stärke mit brennenden Schmerzen und taumelndem Genusse hin.

XXXVIII

Es dauerte lange, bis ihr Bewußtsein zurückkehrte. Sie sah nur allmählich die Flecken des Mondenlichtes auf dem schwarzen Wasser, das Gesicht Ssanins mit sonderbaren Augen, und merkte, daß sie halb im Boote lag; er hielt sie wie die Seine umschlungen, während sich ihr nacktes Knie am Ruder rieb. Sogleich begann sie leise und unaufhaltsam zu weinen, ohne sich aus seinen Händen loszureißen; noch immer unterwarf sie sich ihm mit der gleichen Willenlosigkeit.

In ihren Tränen lag die Trauer über etwas Unwiederbringliches, lag Furcht und Mitleid mit sich selbst und schwache Zärtlichkeit zu Ssanin, die nicht aus der Vernunft oder dem Herzen, sondern direkt aus der Tiefe ihres jungen Körpers, der sich zum ersten Mal in seiner ganzen Kraft und Schönheit entfalten konnte, heraufquoll. Das Boot glitt langsam auf eine breitere, kaum beleuchtete Stelle und schwankte in dem dunklen Wasser, in dem die Wellen der Strömung mit stillem, gleichmäßigen Plätschern hinunterliefen, leise hin und her.

Ssanin nahm sie in seine Arme und setzte sie auf seine Kniee. Hilflos und ratlos wie ein kleines Mädchen saß sie da.

Wie durch Träume hindurch hörte sie, daß er sie zu beruhigen suchte, ihr du sagte, und es berührte sie angenehm, daß seine Stimme voll von Zärtlichkeit gelöster Kraft und dankbarer Ergebenheit war.

– – – Später gehe ich ins Wasser, dachte sie matt, indem sie doch dabei auf seine Worte lauschte und gleichsam einem andern Antwort gab, der von ihr Rechenschaft forderte: Was hast du getan und was wirst du tun? ...

Ganz unerwartet fragte sie halblaut: »Was nun jetzt?«

»Das werden wir sehen ...« antwortete er.

Sie wollte von seinen Knieen hinuntergleiten, aber er zog sie sofort wieder an sich und unterwürfig blieb sie sitzen. Es schien ihr selbst eigentümlich, daß sie weder Zorn noch Widerwillen gegen ihn empfand.

Auch später, wenn sie sich dieser Nacht erinnerte, war ihr alles unbegreiflich und wie im Traum. Alles um sie schwieg; alles war dunkel, feierlich, unbeweglich, wie wenn es sich bewußt wäre, ein schweres Geheimnis wahren zu müssen. Das Licht des Mondes, das die schwarzen Waldeswipfel glatt abschnitt, blieb sonderbar unbeweglich und gespensterhaft in einer Richtung liegen. Die unfaßbare Finsternis blickte sie vom Ufer her mit bodenlosen Augen an; alles erstarrte in gespannter Erwartung vor irgend etwas, das geschehen mußte. Sie hatte keine Kraft und keinen Willen mehr, um zu sich zu kommen, sich zu erinnern, daß sie einen anderen liebte, um wieder das frühere freie Mädchen zu werden und die männliche Brust zurückzustoßen. Sie sträubte sich auch garnicht, als er sie wieder zu küssen begann und nahm fast bewußtlos den neuen brennenden Genuß hin, während sie mit halbgeschlossenen Augen immer tiefer in die unbekannte Welt, die sie geheimnisvoll zu locken suchte, hineinglitt. In Minuten kam es ihr vor, daß sie nichts sah, nichts hörte, nichts empfand. Allein jede seiner Bewegungen, jeden seiner Angriffe auf ihren unterworfenen Körper nahm sie doch mit gemischten Regungen von Erniedrigung und heischender Neugier wahr.

Die Verzweiflung, die sich dicht um ihr Herz wand, flüsterte ihr zerbrochene, sich kaum biegende Gedanken zu.

– – – Jetzt ist ja alles gleich, ganz gleich, sprach sie zu sich, und die geheimnisvolle körperliche Neugierde wollte durchaus wissen, was dieser ferne und nahe, so feindselige und so kräftige Mensch mit ihr noch beginnen könnte.

Später, als er sie losgelassen und, neben ihr sitzend, zu rudern begonnen hatte, schloß sie halb liegend die Augen. Trotzdem sie sich bemühte, alles Leben von sich abzuwerfen, erzitterte sie unter jedem Stoß seiner Arme, die ihr jetzt so gut bekannt waren und die sich nun taktmäßig über ihrem Busen bewegten.

Mit leisem Knistern stieß das Boot ans Ufer. Karssawina öffnete die Augen. Ringsumher dehnte sich Feld, Wasser und weißer Nebel. Der Mond leuchtete blaß und unklar, wie ein Gespenst, das an der Morgendämmerung vergehen muß. Es war schon hell und durchsichtig. Durch die Luft zog der erste leise Windstoß vor dem Morgenrot.

»Darf ich Sie jetzt begleiten,« fragte Ssanin leise.

»Nein, ich - - - allein ...« antwortete sie mechanisch.

Ssanin hob sie in die Arme und trug sie mit dem Genuß kraftvoller Anstrengung aus dem Boote; er war noch voll von der überströmenden Empfindung seiner Liebe und dankbarer Zärtlichkeit. Bevor er sie auf den Boden niedersetzte, preßte er sie noch einmal stark an sich. Karssawina taumelte; sie konnte sich nicht auf den Füßen halten.

»O, du Schönheit, du,« sagte Ssanin inbrünstig, als ob seine ganze Seele in einer Flut von Leidenschaft und Mitleid vor ihr entströmen wollte.

Sie lächelte mit unbewußtem Stolz.

Ssanin ergriff sie bei den Händen und zog sie an sich.

»Küß du mich einmal!«

- - - Jetzt ist doch alles gleich, - - - warum hat er soviel Mitleid mit mir, warum ist er so nahe bei mir? ... Es ist alles ganz gleich, man braucht nichts mehr denken ... Zusammenhanglos schwirrten die Gedanken durch Karssawinas Kopf; klingend und zärtlich küßte sie Ssanin auf die Lippen.

»Nun lebe wohl,« flüsterte sie; sie verwickelte sich in ihre eigenen Worte ... Sie bemerkte gar nicht, was sie sagte.

»Liebste, sei mir nicht böse ...« sprach Ssanin mit stiller Bitte.

Als sie dann allein den Damm entlang schritt, taumelnd, sich in die Röcke verwickelnd, sah ihr Ssanin traurig nach. Es packte ihn schmerzlich, wenn er an die unnötigen Leiden dachte, die sie noch zu ertragen haben wird, und über die sie sich, wie er glaubte, nicht würde erheben können.

Ihre Gestalt löste sich im Nebel auf und verlor sich, während sie immer weiter der Morgenröte entgegenschritt. Als sie nicht mehr zu sehen war, sprang Ssanin mit Macht in das Boot und unter den mächtigen triumphierenden Ruderschlägen schlug das Wasser lärmend und glücklich gegen die Planken. An einer breiten Stelle des Flusses unter dem Morgenhimmel, inmitten der Weißen wogenden Nebel, warf Ssanin die Ruder hin, sprang in voller Größe auf die

Bank und schrie aus aller Kraft laut und freudig in den Morgen hinein.

Wald und Nebel lebten auf und antworteten ihm mit dem gleichen, fröhlichen weitverhallenden Rufe.

XXXIX

Sobald sich Karssawina nur niederlegte, schlief sie auch augenblicklich ein, wie wenn sie ein Schlag über den Schädel zu Boden geworfen hätte. Doch schon am frühen Morgen erwachte sie wieder nach schwerem kurzem Schlaf, am ganzen Körper krank und kalt wie eine Leiche. Die Verzweiflung in ihr schien nicht zur Ruhe gegangen zu sein; nicht für eine Minute fühlte sie ein Vergessen des Geschehenen. Sie sah sich scharf nach jeder Kleinigkeit um, als ob sie irgend etwas herausfinden müßte, das in ihrer Umgebung seit dem letzten Tage anders geworden war.

Aber hell und ruhig, wie an jedem Morgen, sahen sie die Heiligenbilder aus der Ecke, die Fenster und der Boden, die Möbel und der hellblonde Kopf Dubowas, die im andern Bett in festem Schlaf lag, an. Alles war so einfach wie immer, nur ihr armes zerknautschtes Kleid, das sie lässig über den Stuhl geworfen hatte, schien von etwas zu erzählen.

Die Röte, die der kurze Schlaf auf ihrem Gesicht hervorgerufen hatte, wurde mehr und mehr von einer toten Blässe fortgeschoben und ihre schwarzen Augenbrauen hoben sich dagegen so deutlich ab, als ob ihr Gesicht noch wie gestern vom Monde beschienen wäre.

Mit erstaunlicher Klarheit und mit der Prägnanz eines kranken Gehirns stand vor ihr wieder das Erlebte auf; am klarsten sah sie, wie sie am Morgen durch die verschlafenen Straßen der Vorstadt lief. Die Sonne, die sich soeben über die vom Tau besprenkelten Dächer und Zäune erhoben hatte, leuchtete ihr schonungslos blendend, wie nie zuvor, ins Gesicht. Durch die geschlossenen Läden verfolgten sie, wie durch heuchlerisch geschlossene Lider, die feindseligen Fenster der kleinbürgerlichen Häuser. Einsame Straßenpassanten schauten sich nach ihr um. Sie lief unter der gleitenden Morgensonne hin, verwickelte sich in einzelne Bahnen ihres langen Rockes und konnte den grünen samtenen Pompadour kaum in den Fingern halten. Wie eine Verbrecherin schlich sie längs der Zäune mit unsicheren, schwankenden Schritten entlang ... Wenn sich in diesem Augenblick die ganze Menschheit mit geöffneten Mäulern und gierigen Augen in ihren Weg gestürzt und sie mit höhnenden Rufen und Worten, die infam wie Knuten einschnitten, verfolgt hätte, wäre es ihr ebenso gleichgültig gewesen; weiter würde sie, taumelnd unter den Schlägen, ziel- und sinnlos mit leerer Trauer in der Seele, vorwärts gelaufen sein.

Schon im Felde, als im Nebel die schallenden Ruderschläge, die stürmisch die Wellen durchschnitten, verstummten, erfaßte sie plötzlich die furchtbare Last, die auf sie niedergefallen war. Ihr Herz, Vernunft und Leben wurde zu matter Verzweiflung. Sie schrie auf, ließ den Pompadour auf den nassen Sand fallen und griff sich an den Kopf. Von diesem Augenblick an befand sie sich nur noch im Banne der Worte, die ihr von jetzt ab jeder Mensch entgegenschleudern konnte. Ihr eigener Wille war in der gestrigen Nacht, die wie ein wütender Rausch hinter ihr lag, verloren gegangen. Es gab nur noch ein Ungewöhnliches, wahnsinnig Ergreifendes, etwas so kraftvolles wie niemals zuvor.

Und doch konnte sie sich nicht erklären, wie es geschehen war, daß sie sich bis zum Verlust ihrer Scham und jener Liebe, die ihr Leben auszufüllen schien, vergessen konnte.

In körperlicher Zerbrochenheit kroch Karssawina unter der Decke hervor, und fing an, sich mit lautlosen Bewegungen anzukleiden. Sie fühlte, wie bei jeder Bewegung Dubowas ihr ganzer Körper von eisiger Kühle durchströmt wurde.

Dann setzte sie sich ans Fenster und starrte mit gespannten, unbeweglichen Augen in den Garten, wo die vom Morgen durchnäßten Bäume hellgrün und gelb aufleuchteten. Ihre Gedanken zogen an ihr vorüber, wie schwarzer Rauch, den der Wind hin- und hertreibt. Wenn jemand ihre Seele hätte entfalten und wie ein Buch durchblättern können, er wäre von Entsetzen gepackt worden.

Auf dem Hintergrunde ihres ungewöhnlich kräftigen und frischen Lebens, in dem jeder Tag, jede Bewegung und jede Empfindung, von sonnendurchleuchtetem Blut getränkt war, ballten sich furchtbare Bilder ineinander.

Schwarz und bewegungslos trat der Gedanke an Selbstmord in ihr Bewußtsein ein, leidenschaftliche Trauer über den Verlust der reinen hellen Liebe zu Jurii preßte ihr Herz zusammen; alles aber wurde durch eine trübe Welle der Furcht vor der Menge von bekannten und fremden Gesichtern, die sich vor ihr drängten, überschwemmt.

Bald kam ihr der Gedanke, zu Jurii hinzustürzen, sich vor ihm auf den Boden zu werfen, ihm in einem Augenblick ihr ganzes Leben hinzugeben und dann für immer irgendwohin zu verschwinden. Dann wieder überfiel sie bei dem Gedanken, mit Jurii zusammenzukommen, jagende Angst, und sie wünschte gleich zu sterben, im Augenblick, ohne die Stelle verlassen zu müssen, einfach, indem sie zu leben aufhörte. Dann wieder schien ihr plötzlich, daß es vielleicht noch möglich wäre, alles gut zu machen. Die Nacht von gestern konnte in der Wirklichkeit garnicht existiert haben, -.- - sie wollte es nicht glauben. Doch wie ein wilder Schrei blitzte durch ihre Seele die Erinnerung an ihre Nacktheit, an die Schwere des männlichen Körpers, an das momentane, brennende Sichvergessen und durch die unwiderrufliche Macht des Vergangenen ratlos betäubt, lag sie ohne Regung und ohne Gedanken mit der Brust auf dem Fensterbrett.

Inzwischen erwachte Dubowa. Sie bemerkte sofort die hastigen Bewegungen und die erregten Mienen der Freundin.

»Ah, du bist schon auf? ... Das ist man ja von dir garnicht gewöhnt.«

Als Karssawina am frühen Morgen zurückgekehrt war, hatte sie Dubowa nur halb im Schlaf gefragt: »Wie siehst du denn zerzaust aus?« sie war aber sofort wieder eingeschlafen. Jetzt jedoch fühlte sie, daß etwas geschehen war, und im Hemd, barfuß, ging sie auf die Freundin zu:

»Was ist dir? ... Fehlt dir etwas?« sie fragte zärtlich und besorgt, wie eine ältere Schwester.

Karssawina zuckte zusammen, als ob sie einen Schlag erwartete, doch ihre rosigen Lippen verzogen sich nur zu einem falschen Lächeln und eine Stimme, die ihr selbst fremd erschien, antwortete viel zu lustig:

»Aber nichts! Garnichts! Ich habe nur zu wenig geschlafen.«

So war das erste Wort der Lüge gefallen und es vernichtete ohne Rest die Erinnerung an das frühere freie, aufrechte Mädchen. Dies

Eine war gewesen; jetzt wurde es zu einer Anderen. Und dies Andere war verlogen, feig und beschmutzt.

Während Dubowa sich wusch und ankleidete, blickte Karssawina sie verstohlen an; die Freundin kam ihr hell und rein vor; sie selbst dagegen wie eine dunkle, zertretene Kröte. Diese Empfindung ergriff sie so stark, daß ihr der Teil des Zimmers, in dem sich Dubowa bewegte, sonnendurchleuchtet erschien, während ihre Ecke in feuchte, klebrige Finsternis versank. Karssawina erinnerte sich, wie erhaben sie sich in ihrer Gloriole der Schönheit und Frische über die farblose, alternde Freundin gefühlt hatte; Gram und Wehmut weinten jetzt in ihr mit Tränen schwer wie Blutstropfen.

Doch alles das spielte sich tief in ihrem Innern ab; äußerlich blieb sie ruhig, fast fröhlich. Sie zog ihr schönes blaues Kleid an, nahm Hut und Schirm und ging mit ihren gewöhnlichen Schritten, die den Eindruck machten, daß sie klar wie starke Wassertropfen niederfielen, in die Schule. Dort hatte sie bis zum Mittag zu tun, dann kam sie nach Hause.

Unterwegs begegnete ihr Lydia Ssanina. Die beiden jungen Mädchen standen von der Sonne überströmt, lächelten mit leidenschaftlichen Lippen und sprachen von allerlei Nichtigkeiten.

In Lyda entstand sofort wieder krankhafter Haß auf das sorglose glückliche Mädchen und Karssawina beneidete Lyda um das Glück, so schön, lustig und unberührt zu sein.

Jede sah in dem Leben der anderen eine schreiende Ungerechtigkeit.

– – – Ich bin doch besser als sie ... Warum hat sie Glück und ich bin so unglücklich, liefen die Gedanken einer jeden eilig hin und her.

Nach dem Mittagessen nahm Karssawina ein Buch zur Hand, setzte sich ans Fenster und begann wieder teilnahmslos und unverwandt auf das Licht und die Wärme des Gartens, der seine letzten Sommertage erlebte, niederzuschauen.

Der erste scharfe Schmerz war vorüber. In ihrer Seele verschwamm alles in indifferenter krankhafter Müdigkeit.

– – – Nun sei's denn ... ich gehe unter ... So ist es mir also bestimmt ... Ich werde sterben, wiederholte sie sich apathisch.

Da sah Karssawina Ssanin kommen; noch früher, als er sie bemerkte.

Er ging stolz und ruhig durch den Garten, sah sich nach allen Seiten um und strich mit seinen Händen über die Zweige der Büsche, als ob er sie zärtlich begrüßen wollte.

In die Höhe schnellend, das Buch an die Brust gepreßt, starrte sie erregt auf ihn, bis er ans Fenster herantrat.

»Grüß Gott,« sagte er ihr die Hand reichend.

Bevor sie noch aufstehen und sich aus dem halb bewußtlosen Sturm der Empfindungen freimachen konnte, wiederholte Ssanin mit beharrlicher Zärtlichkeit: »Nun, grüß dich doch Gott!« In seiner Stimme lag etwas, das Karssawina der Möglichkeit, aufzuschreien, in die Höhe zu springen, fortzulaufen, beraubte.

Sie verlor jeden Willen und antwortete nur leise: »Guten Tag.«

Nach dieser Antwort fühlte sie, daß er stärker ist als sie und daß sie alles mit sich muß tun lassen, was er will.

Ssanin lehnte sich an das Fensterbrett und sagte: »Kommen Sie auf einen Augenblick in den Garten hinaus ... Wir müssen über einiges miteinander sprechen.«

Karssawina stand auf. Ganz im Banne einer unbegreiflichen Macht wußte sie nicht, was sie zu tun hätte, wohin und wie sie gehen sollte.

»Ich werde draußen warten,« bemerkte Ssanin.

Sie nickte nur mit dem Kopf.

Er ging mit ruhigen langsamen Schritten fort; sie fürchtete hinter ihm herzusehen. Einige Sekunden lang stand sie unbewegt; sie hielt die Hände fest zusammengepreßt. Dann kam sie in Bewegung, alles wurde plötzlich in ihr voller Hast; als sie aus dem Hause trat, raffte sie sogar ihr Kleid, um leichter gehen zu können.

Das goldene Licht der Sonne und das Leuchten der gelben Blätter durchdrang unaufhaltsam den ganzen Garten. Schon von weitem sah sie Ssanin, der mitten auf dem Wege stand. Er lächelte ihr entgegen; unter seinem weichen, anteilnehmenden Blick wurde es dem Mädchen schwer, die Füße vorwärts zu setzen. Ihr schien es, daß sie das Kleid nicht mehr vor seinen Augen verhülle, und daß ihm jede Bewegung ihres nackten Körpers, der ihm nicht mehr fremd war, sichtbar sein müsse. Das Gefühl der Hilflosigkeit und der Scham wurde in ihr so stark, daß sie den Garten und das Licht zu fürchten begann. Fast stürzend, eilig, trat sie auf ihn zu und blieb so dicht vor ihm stehen, daß er sie nicht ganz von Kopf bis zu Füßen ansehen konnte.

Da nahm er sie an den Händen, führte sie tief in das Dickicht der verwachsenen Bäume und zog sie sich auf die Kniee, während er sich selbst halb auf den Stumpf eines alten Apfelbaumes niedersetzte.

Von der Seite sah er ihr gesenktes zartes Profil, ihre runden Schultern, weich und schwach, neben seiner breiten festen Brust, trotzdem aber harmonierten sie eigentümlich gut miteinander. Unwillkürlich wurde er von einem verzückten Rausch über ihre Schönheit erfaßt, und indem er sich gleichsam vor ihr beugte, bog er sich nieder und küßte den feinen trockenen Stoff, durch den ihr frischer Körper schimmerte und Wärmefluten ausstrahlte. Sie erschauerte, zog sich aber nicht zurück. Er besiegte sie mit seiner Kraft und Sicherheit; sie ihn durch ihre Zärtlichkeit und Schönheit. Beide hatten Furcht voreinander. Ssanin wünschte ihr viele zarte beruhigende Worte zu sagen, aber er glaubte, daß sie der erste Laut verletzen würde; er schwieg. Das Mädchen hörte das gespannte Geräusch seines Atmens.

– – – Was will er, ... was wird er tun, dachte sie vor Scham und Furcht fast ersterbend ... Wirklich denn wieder dasselbe? ... Dann reiße ich mich los ... ich laufe fort.

»Sinotschka,« sagte er endlich. Seine Stimme, die den ungewohnten Namen ungeschickt aussprach, war doch zärtlich und eindringlich. Karssawina blickte ihm für einen Augenblick ins Gesicht und begegnete seinen glänzenden Augen, die entzückt und doch zurückhaltend so nahe in die ihren blickten, daß sie zurückschrak ... Aber gleichzeitig fühlte sie instinktiv, daß er garnicht so furchtbar wäre, und daß er sich in diesem Augenblick mehr vor ihr scheute als sie vor ihm. Eine Regung, ähnlich einer kecken, mädchenhaften Neugierde, bewegte sich in einem Winkel ihrer Seele, und plötzlich wurde es ihr leichter und nicht mehr beschämend, auf seinem Schoße zu sitzen.

»Ich komme mit mir nicht zurecht ...« sprach Ssanin. »Vielleicht bin ich Ihnen gegenüber sehr schuldig und ich hätte nicht noch kommen dürfen. Aber ich konnte Sie nicht so lassen. Ich wünschte so sehr, daß Sie mich verstehen ... und zu mir keinen Widerwillen und keinen Haß empfinden. Was sollte ich tun ... Es gab einen Augenblick, in dem ich fühlte, daß zwischen uns etwas niedergefallen war. Ich wußte, wenn ich diesen Augenblick vergehen lasse, so wird er sich in meinem ganzen Leben nicht mehr wiederholen. Sie gingen an mir vorbei; und niemals würde ich diesen Genuß und das Glück erleben, das ich erleben konnte ... Sie sind ja so schön und so jung.«

Karssawina schwieg. Ihr durchsichtiges Ohr halb mit Haaren bedeckt, wurde rosiger und ihre Wimpern zuckten.

Und ebenso leise, mit zitternden und unklaren Worten sprach Ssanin weiter von dem ungeheuren Glück, das sie ihm gegeben hatte, und daß diese eine Nacht nun für immer in seinem Leben wie ein Märchen verbleiben wird. An seiner Stimme konnte man hören, daß er offenbar unter der Unmöglichkeit litt, ihr etwas sagen zu können, worunter die Trauer vergehen und eine neue fröhliche Welle heranschwellen müßte, die sie glücklich machen würde.

»Sie leiden und gestern war es doch so schön,« fuhr er fort. »Aber diese Leiden kommen doch nur daher, daß unser Leben sinnlos aufgebaut ist, daß die Menschen selbst einen bestimmten Zehnten für ihr eigenes Glück aufgestellt haben. Wenn wir anders leben würden, dann müßte diese Nacht in unserer Erinnerung als eines der wertvollsten und wunderbarsten Erlebnisse, die nur das Leben teuer machen können, bleiben.

»Wenn ... ja, wenn nur ...« Und plötzlich, auch für sich ganz unerwartet, lächelte sie neckisch vor sich hin.

Als wenn die Sonne aufginge, als wenn die Vögel zu singen und die Gräser zu rauschen begonnen hätten, so wurde die Seele leicht und licht von ihrem Lächeln, das für einen Augenblick das frühere fröhliche und freie Mädchen auferstehen ließ. Aber es war nur ein Aufflammen, das sofort wieder erlosch.

Mit einem Mal stieg vor Karssawina ihr zukünftiges Leben auf, wie abgerissene schmutzige Fetzen von Hohn, Klatsch und Schande. Alle bekannten Gesichter sah sie vor sich und alle trugen in ihren Mienen Spott und Ekel; sinnlose Bilder sprangen um sie herum; dichte Furcht bedeckte wieder ihre Seele und rief in ihr nur Haß hervor.

»Gehen Sie ... lassen Sie mich,« rief sie. Sie erblaßte und preßte ihre Zähne mit einem grausamen Ausdruck, als wenn sie sich für ihr Lächeln rächen wollte, zusammen; dann stieß sie sich von seiner Brust ab und stand auf.

Ein schwerer ohnmächtiger Druck bemächtigte sich Ssanins. Er fühlte, daß sie keine Worte in dem, was sie offensichtlich mit Leiden und Schande bedrohte, trösten konnten. Sie hatte Recht in ihrem Zorn und Schmerz; in seinen Kräften lag es nicht, die Welt mit einem Mal umzugestalten, um von ihren weiblichen Schultern die entsetzliche Last abzunehmen, die auf sie, ohne Schuld für die Freuden und das Glück, die er durch ihre junge Schönheit erhalten hatte, herabgesunken war. Für einen Augenblick stieg in ihm der Gedanke auf, ihr seinen Namen, ihr jede Hilfe anzubieten, doch davon hielt ihn etwas zurück. Er fühlte, daß alles das in dieser Minute zu kleinlich wäre und daß jetzt anderes nottue.

– – – Gut, mag denn das Leben seinen Weg gehen, dachte er schließlich.

Sie stand in der Nähe, die Arme gesenkt, den Kopf, der mit einer Krone herrlichen Haares bedeckt war, gebeugt; sie war in Gedanken versunken, während eine tiefe Falte ihre weiße Stirne durchschnitt.

»Ich weiß,« sprach Ssanin. »Sie lieben Jurii Swaroschitsch. Vielleicht leiden Sie gerade darunter am allermeisten.«

»Ich liebe niemanden,« flüsterte sie, die Hände krampfhaft ineinander verschlingend.

Mit scharfen Strichen physischen Schmerzes zeichnete sich das Bewußtsein ihrer Schuld gegen Jurii und hilflose Verzweiflung auf ihrem Gesicht.

In ihrer Seele stieg inzwischen die ungeheure Frage, die über ihre Kraft ging, die, wie ihr schien, das ganze Entsetzen und die ganze Auflösung des Vorgefallenen enthielt, auf und schwankte wie eine Rauchsäule über ihrem ganzen bisherigen Leben.

– – – Wie ist es möglich, das miteinander zu verbinden, – – – ich liebe Jurii so sehr, liebe ihn noch jetzt, daß es mein Herz zerreißt. Beim Gedanken daran, daß ich für ihn nicht mehr so rein und einzig sein werde, wie ich war, wird in mir alles dunkel wie vor dem Tode. Und dennoch ... dennoch konnte ich ...

Der Gedanke an Ssanin hatte keinen Ausdruck. Er bewahrte nur die Erinnerung an tolle Kraft, an überschäumenden Genuß, in dem der Schmerz mit dem Verlangen nach noch größerer, noch tieferer Innigkeit zusammenfiel; für Augenblicke sprang aus ihm der Wunsch, zu Tode gemartert zu werden. Aber weiter trug er die lichte stille Erinnerung an eine singende, unsagbar innige Zärtlichkeit in sich, die ihr Herz liebkoste.

– – – Ich bin selbst schuld, sagte sich Karssawina ... Ich bin eben ein garstiges, lasterhaftes Geschöpf. – – –

Am liebsten hätte sie geweint, gebüßt, den weißen herrlichen Körper, der stärker als die Vernunft, die Liebe und Bewußtsein gewesen war, mit der Peitsche gezüchtigt.

Einen Augenblick lang schien ihr, daß sie diesen furchtbaren Taumel nicht ertragen werde; das Bewußtsein wird untergehen, sie muß sterben. Doch es ging gleich wieder vorüber, entkräftigte sie nur und ließ hoffnungslose, stille Trauer in ihr zurück.

Da sagte ihr Ssanin mit besonders rührender Bitte: »Gedenken Sie meiner nicht böse! Sie sind ebenso herrlich wie Sie stets waren ... Dem Mann, den Sie lieben, werden Sie dasselbe Glück geben können, das Sie mir gegeben haben ... Nein, noch ein größeres, viel größeres ... Wahrhaftig ... ich wünsche für Sie nichts anderes, als das Allerbeste, das Allerzarteste ... Immer werde ich Sie so in meinem Gedächtnis haben, ... wie ... gestern. Leben Sie wohl ... und wenn ich einmal irgend etwas für Sie tun kann, so ... ich bitte Sie, sagen Sie es ... ich würde Ihnen ja gerne mein Leben geben, wenn es Ihnen nur nützen könnte ...«

Ganz leise blickte ihn Karssawina an; es tat ihr um etwas leid.

... Aber vielleicht geht alles vorüber ... ging es durch ihren Kopf. Im Augenblick schien alles nicht mehr so entsetzlich und schwierig. Eine Minute lang schauten sie einander in die Augen und aus dem Innern ihrer Herzen trat ein gutes, tiefes Gefühl. Es verband sie, als ob sie beide mit einem Mal verwandt und nahe wären, und etwas erfahren hatten, das kein anderer außer ihnen wissen durfte, und das in ihren Seelen immer als zarte, warme Erinnerung bleiben würde.

»Nun leben Sie wohl,« sprach Karssawina mit mädchenhafter Stimme.

Freude und Zärtlichkeit durchströmte Ssanins Gesicht.

Sie reichte ihm die Hand, doch alles kam so, daß sie sich plötzlich einfach und warm wie Geschwister geküßt hatten. Als Ssanin fortging, begleitete sie ihn bis an das Tor und sah ihm lange und nachdenklich nach. Dann ging sie still in den Garten zurück und legte sich auf das Gras, die Hände unter dem Kopf. Das verdörrende aber noch immer duftige Gras knisterte um sie und sie starb fast ab, ohne Gedanken, ohne Empfindungen, mit geschlossenen Augen. In ihr ging etwas Neues vor. Wenn es geendet hatte, dann mußte sich wieder das alte fröhliche offne Mädchen, vor der das Leben seine schönsten und glücklichsten Seiten auftun wird, erheben.

Zähes Nachsinnen darüber, ob sie Jurii das Vorgefallene erzählen sollte oder nicht, kam ihr in den Kopf und brachte neues Entsetzen und frische Scham mit sich, aber sie sagte sich sofort: Ich werde nicht darüber nachdenken, ... ich werde es nicht ... Alles mag von selbst kommen.

Und wieder verfiel sie in den Zustand schlaffer Erwartung.

XL

Am darauffolgenden Tage stand Jurii erst sehr spät auf; er war in gedrückter Stimmung, hatte schlechten Geschmack im Mund und seinen bohrenden Schmerz in den Schläfen. Zuerst konnte er sich an nichts erinnern, als an das Schreien und Gläsergeklirr, die blassen Feuerchen und an die Morgendämmerung, die für die trunkenen, stumpf gewordenen Augen sonderbar klar und durchsichtig war. Dann fiel ihm ein, wie sich Schawrow und Pjotr Iliitsch von ihren Plätzen taumelnd erhoben hatten und grunzend auf ihr Zimmer krochen, während er mit Iwanow, der nach dem Wodka furchtbar blaß aussah, aber sich wie immer gerade hielt, noch lange auf dem Balkon blieb.

Sie stritten sich; Iwanow bewies Jurii triumphierend, daß Leute seiner Art zu nichts tauglich wären. Sie wagten nichts vom Leben, das doch ihr freies Eigentum sei, zu nehmen; es wäre das Allerbeste, wenn sie ohne jede Spur von der Bildfläche verschwänden. Mit unbegreiflicher Schadenfreude wiederholte er fortgesetzt den Ausspruch Pjotr Iliitschs: Solche Leute Menschen zu nennen, davor hüte ich mich. – – – Dabei lachte er jedesmal wild auf, als wollte er Jurii in seinem Lachen ersäufen. Dieser fühlte sich eigentümlicherweise garnicht verletzt, sondern hörte interessiert zu. Er ging überhaupt nur auf den Vorwurf ein, daß seine Erlebnisse armselig seien, und behauptete dagegen, solche Menschen wie er, führten im Gegenteil ein besonders seines und kompliziertes Leben; schließlich aber gab er zu, es wäre tatsächlich besser, wenn sie untergingen.

Juriis Stimmung quoll von unerträglicher Traurigkeit über; er wünschte zu weinen und zu büßen. Beschämend kam es ihm ins Bewußtsein, daß es ihn innerlich fast gedrängt hatte, Iwanow eine Beichte abzulegen. So trottete er immer um die Episode mit Karssawina herum und hätte das seine liebe Mädchen beinahe dem aufgeblasenen groben Kerl vor die Füße geworfen. Doch Iwanow war viel zu betrunken, um irgend etwas zu bemerken und Jurii wünschte jetzt nachträglich, glauben zu können, daß ihm seine Niedergeschlagenheit tatsächlich nicht aufgefallen wäre.

Iwanow war zuletzt unter grundlosem Brüllen in den Hof gegangen; überhaupt schienen mit einem Mal alle verschwunden zu sein.

Es wurde um Jurii ungemein leer; er blieb ganz allein zurück. Sein Gesichtskreis war von trunkenen Nebeln begrenzt; vor ihm baumelte nur das schmutzige, begossene Tischtuch, die grünen Schwänzchen der abgebissenen Radieschen, Gläser mit Zigarettenstummeln und begossene Bieruntersätze.

Jurii saß mit gesenktem Kopf, schaukelte sich hin und her, und fühlte sich als Mensch, der von der ganzen Welt verlassen ist.

Später kehrte Iwanow nochmals zurück und schleppte Ssanin mit sich, der irgendwo gesteckt haben mochte.

Ssanin war liebenswürdig und voller Leben, nur blickte er Jurii etwas eigentümlich bald überzärtlich, bald wieder zu spöttisch, an. Nun kam in seiner Erinnerung ein weißer leerer Fleck und dann tauchte ein Boot, der Fluß, milchrosige Luftfetzen, wie er sie noch nie zu Gesicht bekommen hatte, vor ihm auf. Sie fuhren über kühlem durchsichtigem Wasser, gingen über glatten Sand, der von der Sonne fast wie von unten durchleuchtet wurde, ein scharfer Schmerz lief nebenher durch seinen Kopf, zwischendurch packte ihn hin und wieder wütender Ekel.

– – – Weiß der Teufel, wie widerwärtig das war, dachte Jurii. Grade Trinken, das hat mir nur noch gefehlt. Doch nachdem er all diese Erinnerungen, die, gleich Straßenschmutz an den Füßen, in ihm kleben blieben, von sich abgestreift hatte, dachte er intensiv daran, was vorher im Walde geschehen war.

In einem Augenblick stand dieser ungewöhnlich geheimnisvolle Wald vor ihm, die tiefe bewegungslose Finsternis unter den Bäumen, das sonderbare Licht des Mondes, der weiße kühle Körper des Mädchens, ihre geschlossene Augen, der betäubende aufregende Geruch, das gierige Verlangen, das ihm den Kopf bis zur Tollheit benahm.

Die Erinnerung durchlief seinen Körper mit schwerem, wollüstigen Zittern. Irgend etwas stach anhaltend in seiner Schläfe und preßte sein Herz zusammen. Voll überflüssiger Einzelheiten schienen daraus die Bilder der Szene aufzusteigen, wie er das Mädchen, ohne daß ihn die innere Erregung betäubend fortgerissen hätte, auf den Boden niederdrückte; – sie wehrte sich dagegen, stieß ihn zurück, riß sich los, bis er schließlich einsah, daß er selbst gar nichts tun mochte, nichts von ihr wollte; und dennoch warf er sich immer von neuem auf sie.

Jurii schauderte unter diesem Nachsinnen in allen Nerven; das Tageslicht steigerte die Verachtung vor sich. Am liebsten hätte er sich ins Dunkel verkrochen, sich in die Erde eingegraben, – um seine Schande selbst nicht zu sehen. Doch schon im nächsten Augenblick suchte er sich zu überzeugen, daß all das nicht deshalb so häßlich verlief, weil er einen mächtigen Trieb der Leidenschaft verunstaltet und herabgewürdigt hatte, sondern weil er eine Minute lang nahe daran gewesen, eine Vereinigung mit dem Mädchen gewaltsam erzwingen zu wollen.

Da drehte er mit furchtbarer, fast physischer Anstrengung, als wenn er einen Menschen, der viel stärker ist, als er, überwinden müßte, sein Gefühl einfach um. Und jetzt fand er seine Handlungsweise plötzlich in dieser Form berechtigt und notwendig.

Doch eine neue, viel drückendere Frage schob sich jetzt ein ... Was ist weiter zu tun? ...

Aus dem Chaos der verschiedensten Gedanken und Wünsche, kristallisierte sich allmählich der eine: Alles zerreißen!

Sie hinnehmen und an ihr Freude haben! Doch sie dann wegwerfen, das kann ich nicht ... ich bin nicht solch ein Mensch ... Fremde Leiden gehen mir zu nahe, als daß ich andern welche zufügen könnte. Und sie heiraten? ...

Dieses Wort klang Jurii ungewöhnlich platt. Er, mit seiner besonderen, ganz eigenartigen Veranlagung, die ewig an der Grenze großer Gedanken und erhabener Schmerzen schwankte, kann sich nun einmal nicht ein Philisterglück mit Frau, Kindern und Wirtschaft zurechtbauen. Er errötete sogar bei dieser Vorstellung, als ob ihn schon die Annahme eines solchen Ausweges verletzen müßte.

– – – Also sie von sich stoßen, einfach fortgehen ...

Doch ihr Bild schien ihm jetzt, während es sich allmählich von ihm entfernte, als das höchste Glück. Es glitt unwiederbringlich aus den Händen; – – die Entsagung zerriß sein Herz. Hinter ihr schleiften zuckende Sehnen und rissen sich mit bluttriefenden Fetzen ab.

Um ihn schwand das Licht, seine Seele hing leer und schwer; sein Körper selbst erschlaffte.

Aber ich liebe sie ja, sagte sich Jurii mit dem letzten Aufwand qualvoller Ratlosigkeit. Wie ist es denn möglich, daß ich selbst mein eigenes Glück zerstöre. Unsinnig, widerwärtig wäre es doch. Aber was denn? ... Heiraten? ...

Wieder von dem bloßen Gedanken wie vor den Kopf geschlagen, sank Jurii von neuem in haltlose Trauer. Um nicht mehr weiter nachdenken zu müssen, setzte er sich an den Tisch und nahm sich einige Blätter zum Lesen vor, auf denen er im Tone des Prediger Salomo einige Aufzeichnungen gemacht hatte:

»In der Welt gibt es nicht Gutes, nicht Böses.

So sagen die einen: Was das Natürliche ist, das sei auch gut und gerecht sei der Mensch in seinen Wünschen.

Aber eitel Lüge ist das, denn alles ist natürlich, nichts wird aus Leere und Finsternis geboren. Alles hat seinen Anfang.

So sagen die anderen: Das ist gut, was da von Gott kommt. Aber ebenso ist das eitel Lüge, denn, wenn ein Gott ist, so kommt alles von ihm, und so auch die Gotteslästerung.

So sagen die dritten: Das ist gut, was den Menschen Gutes bringt. Aber gibt es denn solches? Was dem einen das Gute ist, das ist Böses dem anderen. Dem Sklaven ist seine Freiheit gut, dem Herrn die Knechtschaft des Sklaven. – Dem Reichen die Erhaltung seiner Reichtümer, dem Armen der Untergang des Reichen. – Dem Ungeliebten, daß sie ihn lieb gewönne, dem Glücklichen, daß sie alle Anderen verwerfe, außer ihm. – Dem Lebenden, er möge nicht sterben, dem Geborenen, daß da alle sterben und lassen ihm freien Platz. Dem Menschen der Untergang der Tiere, den Tieren der Untergang der Menschen. Und so ist alles, und so ist es von Anfang bis an das Ende der Zeiten. Und niemand hat vor dem anderen ein Vorrecht auf das Gute, das ihm allein das Gute ist.

Hier gilt es unter den Menschen als Wahrheit: Gutes und Liebes schaffen, sei besser als Böses und Haß. Aber das ist verborgen. Denn so es eine Vergeltung gibt, ist es den Menschen besser, Gutes zu schaffen und sich selbst zu opfern, so es aber keine gibt, ist es besser, nach seinem Teil auf der Erde zu streben.

Hier noch ein Beispiel für die Lüge, die da unter den Menschen lebt: Da ist einer, der sein Leben, für die anderen hingibt. Und ihm wird gesagt: Dein Geist wird dich überleben, weil er in den menschlichen Taten, wie ein ewiger Same, verbleiben werde. Aber das ist Lüge, denn wir wissen, daß in der Kette der Zeiten der Geist der Schöpfung in gleicher Weise lebt wie der Geist der Zerstörung und es ist unbekannt, was einst auferstehen und was zerfallen wird. Hier noch eins: Da denken die Menschen daran, wie man nach ihnen leben wird, und sagen sich, daß es gut sei, und daß ihre Kinder ihre Früchte ernten werden. Aber wir wissen nicht, was nach uns sein wird, wir können uns kein Bild machen von den Myriaden und Abermyriaden, die auf unseren Pfaden wandeln werden. Und wir können sie nicht lieben oder hassen, wie wir nicht die lieben oder hassen können, die vor uns waren. Das Band zwischen den Zeiten ist zerrissen.

So wird gesagt: Machen wir die Menschen gleich vor der Quelle der Freude und des Kummers und teilen wir allen nach gleichem Maße zu. Aber kein Mensch kann Freude und Kummer, Schmerz und Genuß in größerem Maße bekommen, als er sich selber schafft. Und wenn der Anteil der Menschen nicht gleich ist, so, weil sie nicht gleich sind. Und so auch ihr Maß gleich gemacht ist, werden ihre Herzen in Ewigkeit nicht gleich werden.

So spricht Hochmut: Große und Kleine gibt es.

Aber jeder Mensch ist Aufgang und Untergang, Gipfel und Abgrund, ein Atom und eine Welt. Da wird gesagt: Groß ist die menschliche Vernunft. Aber das ist Lüge, weil die Vernunft beschränkt ist. Und der Mensch sieht weder seinen Wahnsinn noch seine Vernunft im unbeschränkten Weltall, wo Vernunft und Wahnsinn zerfließen wie flüssige Luft.

Was weiß der Mensch? ...

Auch Adam wußte, wie er zu essen und zu trinken hätte und wie sich zu kleiden nach seinem Bedürfnis und auch hat er seinen Samen erhalten. Und wir wissen das Gleiche und werden unseren Samen in der Zukunft erhalten. Aber Adam wußte nicht, was er tun solle, um nicht zu sterben und nicht zu fürchten. Auch wir wissen es nicht. Viel Kenntnisse sind erfunden worden, nur ist nicht erfunden Leben und Glück, um sie zu füllen.

Der Mensch hatte stets in allem, vom Haupt bis zu den Füßen das Ziel, seinen Körper vom Tode zu retten. Und da sehen wir: Hat nicht durch einen einfachen Stock Kain den Abel umgebracht und kann man denn nicht mit dem gleichen Stock den Ersten der Menschen umbringen, der auf der höchsten Stufe der Erkenntnis steht. Lebte denn nicht länger als alle anderen Methusalem? Aber auch er starb. War nicht glücklicher als alle Hiob? – Aber auch ihn traf Gram. Und wird nicht ein jeder der Menschen, der in seinem Leben solch gerüttelt Maß von Glück und Kummer erduldet hat, wie es nur seine Schultern zu ertragen vermöchten, den gleichen Tod sterben, wie ihn sein Urahn starb? ... Jetzt, wo die Menschen Götter der Wissenschaft krönen, schreien und rühmen sie sich. – – – Doch: Gleich fressen alle die Würmer!«

Ein kaltes Gefühl kroch über Juriis Rücken und das Bild weißer Würmer, die in einer dicken Schicht auf der ganzen Erde von einem Ende bis zum andern wimmeln, durchrüttelte ihn. Doch das, was er geschrieben hatte, kam ihm ungemein eindringlich und gewaltig vor.

Das ist ja alles richtig, hämmerte es in seinem Hirn und das stolze Gefühl der Schöpferkraft vermischte sich mit einer breiten Welle Wehmut. Er trat an das Fenster und blickte lange ziellos in den Garten, wo die Wege unter einer Schicht gelber und roter Blätter bereits goldig wurden und neu ersterbende Blätter, leise in der Luft kreisend, lautlos herunterfielen. Tote rote Farben deckten sich auf alles, Blätter starben ab ... Milliarden von Insekten, die nur von Licht und Wärme lebten, starben ab ... alles starb ab im stillen ruhigen Schein des Tages.

Diese Ruhe war Jurii unbegreiflich und der stille Tod rief in seinem Innern formlosen plumpen Haß hervor.

Hier ... krepiert alles ... und dabei strahlt es noch, als wenn es sich an Zuckerbrot überfressen hätte, dachte er mit ausgesuchter Grobheit und es drängte ihn, noch gröbere, härtere Worte auszudenken.

Viele Gedanken kamen; – – sie blieben in der Leere hängen und fielen ihm kraftlos auf die Seele. Und eine Wut packte ihn bis an die Haarwurzeln, daß er beinahe an ihr erstickte. – – –

Hinter dem Fenster dehnte sich der goldene Garten, hinter dem Garten zog der Fluß den grünblauen herbstlichen Himmel in sich ein, hinter dem Fluß liefen die von den Netzen der Sommerfäden versilberten Felder, hinter den Feldern kam wieder ein Fluß; – – – ein umgekehrter Wald auf seinem Spiegel, dann Ufer, Eichen, schmale Wege ...

– – – Ruhe. – – –

Dort geht einer still für sich.

XLI

Der dem Trunke ergebene Kirchensänger Pjotr Iliitsch geht still für sich.

Wenn der Herbst kommt und die Villenstadt leer und öde wird, wie ein abgelegener Kirchhof vergangener Freuden, dann steigt in ihr eigenartige, prächtige Schönheit auf: die seinen durchbrochenen Gartengitter dringen wie Spitzenwerk durch Bäume und Büsche, roten Girlanden gleich hängt der Hopfen von ihnen herab, durch die goldenen Ornamente der entblätterten Aeste leuchten die spielzeugartigen Sommervillen; auf den leeren Blumenbeeten stehen einsam geordnet rote Astern, sinnen nach und nicken mit kühlen Köpfchen; Balkons und grüne Bänke scheinen noch die Spuren des vergangenen fröhlichen, lärmvollen Lebens zu tragen, nur von Freude, Kraft und Glück mag dieses Leben erfüllt gewesen sein; es war ein ganz besonderes, schmuckes Leben. Die verschlossenen Fenster und Türen heben die Stille noch mehr hervor, und unwillkürlich schleicht sich der Glaube ein, daß sie es allein ist, die Herbststille, die jetzt hier ihr rätselhaftes menschliches Leben führt.

Pjotr Iliitsch geht feierlich durch die verwahrlosten Wege und raschelt mit seinem Stock in den abgefallenen gelben Blättern.

Wenn es hier voller Menschen, Lärm und Lust ist, dann kommt Pjotr Iliitsch niemals hierher. Vielleicht fühlt er instinktiv, wie alt, armselig unscheinbar er ist, und die Menschen mit ihrem Lachen und fröhlichen Mienen stören ihn, auf das zu lauschen, was nur für ihn vernehmbar klingt ...

Er geht an den Villen vorbei, setzt sich auf eine verlassene Bank und schaut lange, lange vor sich hin, bis der jetzt erkaltete Himmel dunkel wird; so empfindet er wohl das Wehen der Ewigkeit, die unsichtbar über diesem Flecken menschlicher Lust und Freude schwebt.

Dann geht er unter den gravitätischen Eichen zum Flusse hinunter; er schaut auf das verstummte Wasser. Dann legt er sich ins trockene Gras und hört stundenlang mit dem Ohr an der Erde, ihrem lautlosen Gespräche zu und atmet ihren ruhigen würzigen Odem ein.

Bis an die wildesten Plätze schlägt er sich durch, wo Fluß und Berg zusammenstoßen und der Berg sich langsam in den Fluß hineinschiebt, als ob er ihn erdrücken wollte; es war ihm nur noch nicht gelungen. Der Fluß lachte über den Berg, erschauerte völlig unter seinem blauen, silbernen Lachen; der Berg blieb düster, die Bäume rauschten. Manchmal drängten sich riesige Eichen vom steilen Ufer ins Wasser herab und versenkten ihre herunterhängenden Aeste in der rollenden lachenden Tiefe.

Wellen spielen im Fluße – blau vom Himmel und grün von der Erde; es scheint, daß jemand in fliegender Eile auf der Wasserfläche unverständliche, geheimnisvolle Schriften schreibt. Schreibt sie und verwischt sie, und schreibt eilig wieder und verwischt sie von neuem.

Was diese Schriften erzählen – das kann niemand lesen, aber offenbar dringen sie Pjotr Iliitsch, der sie stundenlang betrachtet, tief ins Herz; still und ruhig machen sie ihn wie der verglimmende Abend des menschlichen Lebens.

Wald, Fluß, Felder und Erde geben ihm etwas, was ihm sein versoffenes armseliges Leben nicht zu geben vermochte, was aber seine Seele bis in die tiefsten Winkel erfüllt. Und das Aussehen des alten Kirchensängers ist bei solchen Streifzügen voll heimlicher Nachdenklichkeit und Würde.

Wenn er dann zurückkehrt und einem seiner wenigen Bekannten begegnet, erzählt er ihm etwas mit feierlichen Mienen; er versucht mitzuteilen, was er nicht mitteilen kann. Und immer wieder schließt er, ohne selbst zu wissen, warum, mit dem gleichen Satz:

»Ja, im Winter ... s' ist dort herrlich! – Ganz still. – So,– – die Schneeflöckchen schwanken in der Luft, – fallen ... die Sänger singen! ...«

Eine Stimme steigt in die höchsten Höhen, sie löst sich in der Luft auf; oh, man kann fühlen, daß es dieser Mensch trotz seiner Armseligkeit wahrhaft versteht, auf ganz eigene Weise die tiefsten Feinheiten der Lebensschönheit zu ergreifen. Wenn er einen Augenblick von Arbeit und Sorge um das Stück Brot, von Wodka und Krankheit frei wird, dann füllt er sein Leben so restlos schön aus, daß seine Seele glücklich ist.

XLII

– – – Herbst ... Schon Herbst ... Nun kommt der Winter, – schnell ... Wieder wird es Frühling werden, Sommer, wieder Herbst ... Winter, Frühling, Sommer ... Bis zum Ueberdruß der alte Gang! ... Und was werde ich in dieser Zeit anfangen? Das gleiche, wie jetzt!

Jurii lächelte bitter.

Im besten Fall werde ich ganz verblödet sein, werde über nichts mehr nachdenken! Und nachher kommt Alter und Tod!

Wieder zogen in endloser Reihenfolge Gedanken durch seinen Kopf: wie das Leben an ihm vorbeischlich, und daß es eigentlich gar kein hervorragendes Leben geben kann. Jedes Dasein, auch das der Größten quillt von Langeweile über, hat seine trübseligen Perioden, in denen es strichweis vorbereitet wird, in denen es zu freudlosem Ende kommt. Er erinnerte sich, wie er gewartet hatte, daß sich endlich etwas Neues, Umwälzendes ereignen würde und wie er alles, was er im Augenblick trieb, nur als interimistisch ansah, während sich dieses Vorübergehen in Wirklichkeit gleich einer Raupe auswuchs, neue und immer neue Ringe ansetzte. Nunmehr ließ sich deutlich erkennen, daß ihr grauer Schwanz dereinst im Alter und Tod verschwinden wird.

– – – Heldentaten! Alles Heldentaten! – – – Jurii preßte todestraurig die Hände zusammen. – Besser schon gleich zu enden und zu verschwinden, ohne Furcht und Qual! Nur darin kann noch ein Wert des Lebens liegen!

Tausende heroische Taten, eine grandioser als die andere, standen vor ihm auf; doch aus jeder starrte ihm ein Totenkopf entgegen.

Jurii schloß die Augen und sah ganz deutlich den kläglichen Petersburger Tagesanbruch, nasse Ziegelmauern, einen Galgen, der als farblose Silhouette am bläßlichen Himmel klebte ...

Oder ein bestialisches Gesicht, ein Revolverlauf an der Schläfe, Entsetzen, das gar nicht auszudenken sein scheint und das doch gedacht werden muß, der Knall des Schusses gerade ins Gesicht ...

Oder die Nagaiken schlagen über Kopf und Rücken ... über den entblößten Körper – – Auch damit würde ich rechnen müssen! – Oder würde es mir gleichgültig sein? – – –

Jurii ließ traurig die Hände fallen.

Die Heldentaten verblaßten, versanken und zerrannen im Nebel; an ihrer Stelle lugte die spöttische Fratze eigener Ohnmacht hervor und des klaren Bewußtseins, daß alle diese großartigen Träume nichts als Spielereien seines Hirns sind.

– – – Aus welchen Gründen soll ich meine Person in Schändung und Tod führen, nur damit die Arbeiter des zweiunddreißigsten Jahrhunderts keinen Mangel an Nahrung und Geschlechtsgenüssen leiden! Der Teufel möge sie doch holen, alle Arbeiter und Nichtarbeiter der ganzen Welt! ...

Und wieder fühlte Jurii die Aufwallung seiner lächerlichen, völlig gegenstandslosen Empörung. Der verzehrende Wunsch, etwas von sich abzuwälzen, abzuschütteln, peitschte ihn auf. Aber unsichtbare Krallen hielten ihn fest, und der kriechende Druck endgültiger Erschlaffung schlich immer näher an Hirn und Herz heran und hüllte den lebendigen Körper mit toter Gleichgültigkeit ein.

– – – Wenn mich nur irgend jemand niederschlagen wollte ... dachte Jurii schlaff, – unerwartet, von hinten, damit ich meinen Tod nicht bemerke. Pfui Teufel, was für Dummheiten mir in den Kopf kommen! Aber weshalb denn ein Fremder und ich nicht selbst? Bin ich denn wirklich ein solches Nichts, daß ich keine Kraft mehr finde, mir selbst das Leben zu nehmen, wenn ich das klare Bewußtsein habe, daß Leben nur Qual bringt? Früher oder später muß man sterben, ob man will oder nicht! Was ist das für eine Art ... wie mit Pfennigen daran herumzurechnen.

Aber jetzt drückte sich Jurii in Gedanken bis zur Erde nieder und sah sich selbst von oben herab mit verächtlichen Mienen und schmerzhaftem Spott an:

– – – Nein, warte nur, Bruder, das bringst du nicht fertig! Aufs Grübeln verstehst du dich gut; sobald es aber zur Tat kommt ... Nein, – brauchst dir nicht erst Mühe zu geben!

Eine leichte Kühle, neugierig und feige, drängte sich an Juriis Herz.

– – – Vielleicht doch noch einmal probieren, wie? Nicht im Ernst – so, zum Scherz! Nicht, um gleich ... sondern einfach so ... es wäre doch immerhin interessant! Er sagte es sich, gleichsam, als müßte er sich vor jemandem entschuldigen.

Im Augenblick, als er den Revolver aus dem Schubfach des Tisches nahm, überkam ihn unsinnige Scham; der Gedanke, daß Dubowa, Schawrow, Ssanin und an allererster Stelle Karssawina erfahren oder erraten könnten, was für kindische Experimente er mit sich anstellt, erschreckte ihn.

Verstohlen wie ein Dieb steckte er die Waffe in die Tasche und ging auf die Garten-Terrasse hinaus. Auf ihren Stufen lagen dürre, leichengelbe Blätter. Jurii berührte sie mit den Stiefelspitzen, lauschte dem schwachen Knistern und summte eine langgedehnte traurige Weise vor sich hin.

Ljalja, die mit Buch und Schirm vom Garten ins Haus ging, hörte ihn.

»Was für eine Melodie,« fragte sie ihn. Sie war glücklich; sie war unten am Fluß mit Rjäsanzew zusammengetroffen und kehrte frisch und bewegt von seinen Küssen zurück. Niemand hinderte die beiden, sich, wo sie wollten, zu sehen, aber im Geheimen, in der Leere und dem Schwelgen des alten Gartens lag das Eindringliche, wovon die Küsse krampfhafter wurden und in Ljalja neue Wünsche erweckten.

»Als wenn du deine Jugend zu Grabe trägst!« fügte sie im Vorbeigehen hinzu.

»Dummheiten!« erwiderte Jurii böse; von diesem Augenblick an fühlte er das Nahen eines Schicksals, das stärker war als er selbst ...

Wie ein Tier in Todesnot begann Jurii vorwärts zu laufen und einen Flecken für sich zu suchen. Im Hofe fand er ihn nicht; er mußte zum Fluß hinunter gehen, wo gelbe Blätter mit glänzenden Sommerfäden schwammen. Er warf einen dürren Zweig ins Wasser und schaute lange hin, wie über die Oberfläche rasch schwache Kreise liefen und die schwimmenden Blätter erzitterten. Dann schritt er wieder ins Haus, wo sich die letzten roten Blumen einsam und schwermütig wie roter Trauerschmuck von den zertretenen, vergilbten Beeten abhoben. Jurii stand hier eine Weile und schlenderte dann wieder ohne Grund in die Mitte des Gartens.

Auch dort war alles im Verfall; die Zweige traten wie schwarze Samtarabesken im goldenen Spitzennetz der Blätter hervor. Nur ein Baum war noch grün – die Eiche, die majestätisch ihre schönen Blätter trug. Auf einer Bank hinter der Eiche saß der mächtige Kater mit rotem Fell und wärmte sich an der Sonne.

Jurii streichelte traurig und zart den molligen Rücken und fühlte, daß ihm Tränen in die Kehle stiegen.

– – Das ganze Leben verloren, das ganze Leben verloren ... wiederholte er mechanisch Worte, die er selber sinnlos fand und die ihm dennoch mit seiner Schneide tief ins Herz hineindrängen.

– – – Aber das ist ja alles Unsinn! Ich habe noch mein ganzes Leben vor mir ... Ich bin doch erst sechsundzwanzig Jahre alt! rief er in Gedanken. Für eine Sekunde hatte er sich plötzlich von dem Nebel, wie eine Fliege aus dem Spinnennetz, freigemacht.

– – – Ach, es kommt ja gar nicht darauf an, ob ich sechsundzwanzig bin, nicht darauf, ob das ganze Leben vor mir liegt ... Aber was ist eigentlich der Kernpunkt. – – –

Plötzlich tauchte der Gedanke an Karssawina auf. Nach der widerwärtigen Szene von gestern konnten sie unmöglich noch zusammentreffen, doch ebenso undenkbar schien es ihm, sie nicht mehr zu sehen. Das war unmöglich. Er stellte sich ihre erste Begegnung vor, Selbstverachtung stieg betäubend in Kopf und Herz; von neuem schob sich der Gedanke, daß da der Tod das Beste sei, automatisch vor.

Der Kater bog den Rücken und knurrte rührend, so wie wenn der Samowar sein Lied zu summen beginnt. Jurii betrachtete ihn aufmerksam. Dann fing er an, vor ihm auf- und abzugehen.

– – – Vom Leben aufgefressen ... Langweilig, Elend – – Uebrigens, ich weiß nicht mehr, was ... Aber lieber der Tod, als sie nochmals zu sehen!

Nun schien sie für immer aus seinem Leben geschieden zu sein. Es war einmal ein Augenblick ergreifender, wilder Bewegung gewesen, weiblicher Nähe – – – Jetzt ist sie fort und kommt nicht mehr zurück.

Vor Jurii stand plötzlich der blasse kalte Tag seines zukünftigen Lebens; weder Licht noch Finsternis: leer, grau und schleichend, schleichend! ...

– – – Lieber Tod!

Mit schweren Schritten ging der Kutscher einen Eimer voll Wasser in der Hand, an ihm vorbei. Auch im Eimer schwammen die toten gelben Blätter.

Das Hausmädchen trat auf die Steinstufen der Terrasse, die durch die Zweige schimmerte, winkte Jurii und rief ihm etwas zu. Lange konnte er nicht verstehen, um was es sich handelte. Die Verbindung zwischen ihm und allem, was ihn umgab, begann zu reißen, sich aufzulösen. Mit jedem Augenblick wurde er, von außen nicht merklich, allem ferner und ferner, weil er sich von der ganzen Welt in die dunkle Tiefe seines einsamen Wesens zurückzog.

»Ach so, gut ...« sagte er, als er endlich verstanden hatte, daß ihn das Hausmädchen zu Tisch rufen soll.

– – – Mittag essen? fragte er sich erschrocken. Mittag essen gehen! Also, alles wird beim alten bleiben ... Wieder leben, wieder jammern, wieder suchen, wie man die Geschichte mit Karssawina einrenken kann, einsam sein, mit meinen Gedanken, mit allem? ... Es muß bald geschehen, sonst ... zu Mittag essen gehen – – nachher habe ich keine Zeit mehr!

Eine eigentümliche Hast bemächtigte sich seiner, ein Zittern schüttelte seinen ganzen Körper, drang fein durch alle Gelenke hindurch, in die Brust, in die Arme, bis hinunter in die Füße. Dabei hatte er die Ueberzeugung, daß es doch zu nichts kommen würde, daß eben alles nur so. – – – Gleichzeitig damit aber prägte sich die Enge des Alltags noch schärfer aus und Töne des Entsetzens gellten in seinen Ohren. Das Hausmädchen stand, die Hände unter der weißen Schürze, auf der Terrasse, und ging nicht fort, sie wollte augenscheinlich noch ein paar Züge der herbstlichen Gartenluft mit hineinnehmen.

Jurii trat verstohlen unter die Eichen, damit er nicht von der Terrasse aus gesehen würde, und während er gleichzeitig auf das Stubenmädchen sah, ob sie nichts bemerke, drückte er den Revolver sehr rasch und unerwartet gegen die Brust ab. Versagt, – – – schwirrte es im selben Moment freudig durch seinen Kopf zusammen mit dem drängenden Verlangen, zu leben und der Furcht vor dem Tode. Jetzt sah er aber gerade über seinen Augen den Wipfel der Eiche, – den blauen Himmel und den rötlichen Kater, der mit ein paar Sätzen fortsprang.

Das Hausmädchen stürzte mit einem Schrei ins Haus und wie es Jurii vorkam, befanden sich auch sofort eine Menge von Menschen neben ihm. Jemand goß ihm kaltes Wasser auf den Kopf; auf seiner Stirn klebte ein gelbes Blatt, das ihn furchtbar störte. Aufgeregte Stimmen ertönten um ihn herum, jemand weinte und schrie:

»Jura, Jura, wozu ... wozu?« – – –

– – – Da weint Ljalja, dachte er.

Im selben Augenblick öffnete er die Augen und begann in wilder tierischer Verzweiflung um sich zu schlagen und zu schreien: »Einen Arzt, ruft einen Arzt ... Schneller!«

Doch mit unglaublichem Entsetzen verstand er, daß alles zu Ende sei, und nichts mehr helfen kann. Die Blätter, die auf seiner Stirn lagen, wurden rasch schwer und drückten den Kopf zusammen. Jurii reckte den Hals, um noch etwas hindurchsehen zu können, aber die Blätter wuchsen immer schneller nach allen Richtungen und verdeckten alles.

Weiter verstand Jurii nichts mehr von dem, was in ihm vorging.

XLIII

Wer Jurii Swaroschitsch gekannt und wer ihn nicht gekannt hatte, wer ihn liebte und wer ihn mißachtete, auch solche Menschen, die nie zuvor an ihn gedacht haben, – sie alle bedauerten ihn jetzt, als er gestorben war.

Niemand konnte begreifen, weshalb er sich das Leben genommen hatte, aber doch war jeder überzeugt, daß er ihn verstände und im Grunde seine Gedanken teile. Dieser Selbstmord machte einen wunderbaren Eindruck, er schien schön und die Schönheit hatte Tränen, Blumen und prächtige Reden zur Folge.

Bei der Beerdigung waren die nächsten Angehörigen nicht zugegen, weil Juriis Vater einen Schlaganfall erlitten hatte, und Ljalja seitdem keinen Augenblick von ihm wich.

Nur Rjäsanzew nahm teil; er leitete auch die Beisetzungszeremonie. Die Vereinsamung Juriis schien dadurch noch im Tode besonders hervorzutreten; sein Bild wuchs zu größerer Bedeutung, seine Person wurde noch erhabener, so daß die Trauer der Teilnehmenden sich nur noch mehr verstärkte.

Viele schöne herbstliche Blumen wurden ihm gebracht, und auf ihrer farbenhellen Unterlage sah Juriis Gesicht, das jetzt keine Spur der durchlebten Gedanken und Handlungen mehr trug, zum ersten Male beruhigt aus.

Als der Sarg an der Wohnung von Dubowa und Karssawina vorbei kam, traten beide aus dem Hause und schlossen sich dem Leichenzuge an. Karssawina sah so hilflos gebrochen aus, wie ein junges Weib, das man zur Schändung und Hinrichtung führt. Trotzdem sie wußte, daß Jurii alles, was sich zwischen ihr und Ssanin abgespielt hatte, unbekannt geblieben war, konnte sie sich nicht von dem Gedanken losreißen, daß zwischen seinem Selbstmord und dem »Geschehenen« ein Zusammenhang bestände, der niemals zu enträtseln sein wird. Sie nahm die schwere Last einer geheimen Schuld auf sich; sie fühlte sich als das unglücklichste Geschöpf in der ganzen Welt. Die ganze Nacht hindurch hatte sie geweint, das Bild des Toten umarmt und geliebkost, und, als sie am Morgen aufstand, floß sie in unaussprechlicher Liebe zu Swaroschitsch und Haß gegen Ssanin über.

Wie ein Alpdruck erschien ihr die zufällige Annäherung an ihn; aber noch abscheulicher dann der folgende Tag. Alles, was Ssanin zu ihr gesprochen und was sie ihm instinktiv geglaubt hatte, machte jetzt auf sie einen geradezu infamen Eindruck; sie war in einen so tiefen Abgrund geschleudert worden, daß es für sie keine Rückkehr mehr gab. Als Ssanin an sie herantrat, sah sie ihn mit einem Blick voll Entsetzen und Widerwillen an und wandte sich momentan ab.

Die eisige Berührung ihrer starren Finger in seiner Hand, die er zu einem festen freundlichen Druck ausgestreckt hatte, sagten ihm alles, was sie empfand und dachte; er verstand, daß er für sie von nun an stets ein Fremder bleiben wird. Sein Gesicht zuckte zusammen, er überlegte eine Weile, dann schloß er sich Iwanow an, der nachdenklich hinter allen mit seinen wehmütig herabhängenden gelben Haaren einherging.

»Höre nur, wie sich Pjotr Iliitsch ehrlich anstrengt,« meinte Ssanin.

Weit voran, hinter dem schwankenden Deckel des Sarges, ertönten die hohen Noten des Trauergesanges, der Baß von Pjotr Iliitsch zitterte deutlich und schwermütig durch die Luft und herklang über den anderen Stimmen.

»Das Ganze ist einfach zum Staunen,« sagte Iwanow. »Im Grunde war doch dieser Mensch nur eine Kaulquabbe und doch ... sieh mal an!«

»Ich bin überzeugt, mein Lieber,« erwiderte ihm Ssanin, »daß er drei Sekunden vor dem Schuß noch nicht gewußt hatte, daß er losknallen wird. Genau so wie er gelebt, so ist er auch gestorben!«

»Das ist 'ne Sache ... Aber, – seinen Platz hat er schließlich doch gefunden.« Iwanow gab einem Gedanken Ausdruck, der allen anderen unverständlich war. Fast freute es ihn, weil er offenbar etwas aufgegriffen hatte, was ihm allein begreiflich blieb und nur ihn allein beruhigen konnte.

Auf dem Kirchhof war schon voll der Herbst gekommen; die Bäume standen da, wie von rotem und goldigem Regen begossen.

Nur an einzelnen Stellen lugte noch grünes Gras unter der Schicht abgefallener Blätter hervor; auf den Wegen waren die Blätter vom Wind in dichte Haufen zusammengefegt, so daß gelbe Bäche über den ganzen Kirchhof zu fließen schienen. Weiß schimmerten die Kreuze, in weichem Schwarz und Grau standen Marmordenkmäler und goldig funkelten die Spitzen der Gitter. Den Herzen gab sich die unsichtbare aber trauervolle Gegenwart eines fremden Wesens kund, als wäre soeben erst, bevor die vielen Menschen kamen, welche die Ruhe verscheuchten, eine schwermütige Gestalt durch die Alleen gegangen, hätte an den Gräbern gesessen und ohne Tränen und Hoffnungen still für sich getrauert.

Die schwarze Erde hatte Jurii verschlungen und schloß sich wieder; um die Gruft drängten noch lange Menschen, spähten mit banger fragender Neugierde in die Finsternis ihres Schicksals und sangen ernste Klagelieder.

In dem furchtbaren Augenblick, als der Deckel des Sarges aus dem Gesichtsfeld verschwand und sich für immer ewige Erde zwischen den Lebenden und dem Toten ausbreitete, schluchzte Karssawina gellend auf, und die hohe weibliche Stimme erhob sich im Weinen hoch über den stillen Kirchhof und den in Gram und Unruhe verstummten Menschen.

Karssawina nahm nicht mehr darauf Bedacht, daß die Leute ihr Geheimnis erraten könnten. Und es errieten auch alle. Aber das Grauen des Todes, der das Band zwischen dem in die Erde Gesenkten und dem weinenden jungen Mädchen, die ihm ihr ganzes Leben, ihre Jugend, ihre Schönheit geben wollte, zerschnitt, war so offensichtlich, daß niemand mit einem heimlichen Gedanken die unverhüllte Frauenseele zu verletzen wagte.

Nur noch tiefer senkten sich voll unbewußter Achtung und voller Mitleid die Köpfe.

Karssawina wurde fortgeführt, und ihr Schluchzen, das allmählich in ein stilles hoffnungsloses Wimmern übergegangen war, verhallte in der Ferne. Ueber der Gruft wuchs ein länglicher grüner Hügel auf, der unheimlich an den unter ihm verborgenen Körper erinnerte. Schnell überdeckte man ihn mit einer grünen Tanne, deren Zweige noch seine Seiten umschlossen.

Da geriet Schawrow in Eile. –

»Herrschaften, jetzt muß eine Rede kommen, ... Herrschaften, so geht es doch nicht, wie?« sprach er geschäftig und doch in auffallend klagendem Tone, bald zu einem, bald zum anderen.

»Bitten Sie doch Ssanin,« schlug Iwanow hinterlistig vor.

Schawrow sah ihn erstaunt an, aber Iwanows Gesicht sah so treuherzig und offen aus, daß er ihm glaubte.

»Ssanin, Ssanin ... wo ist Ssanin, Herrschaften?« er eilte und spähte mit seinen kurzsichtigen Blicken nach allen Seiten umher.

»Ah! Wladimir Petrowitsch ... reden Sie ein paar Worte ... so geht es doch nicht!«

»Reden Sie selbst, wenn Sie Lust haben,« gab Ssanin verärgert zur Antwort, während er noch immer der verstummten Stimme Karssawinas nachlauschte. Er fühlte diese hohe, selbst im Weinen schöne Stimme noch immer in der Luft schweben.

»Wenn ich reden könnte, würde ich es gewiß tun ... Er war doch im Grunde genommen ein ganz bedeutender Mensch! – – – Nun, ich bitte Sie ... nur einige Worte!«

Ssanin sah ihm gerade ins Gesicht und rief ärgerlich: »Was ist hier viel zu reden? Die Welt ist um einen Dummkopf ärmer geworden, das ist alles!«

Seine scharfen lauten Worte schlugen mit überraschender Kraft und Deutlichkeit durch. Im ersten Augenblick standen alle wie erstarrt, doch ehe noch der größte Teil von ihnen zu einem Entschluß gekommen waren, ob man die Worte gehört haben sollte oder nicht, rief Dubowa mit zerrissener Stimme: »Das war niederträchtig gemein!« »Warum?« Ssanin drehte den Kopf und zuckte die Achseln.

Dubowa wollte noch etwas erwidern, doch einige Mädchen umringten sie. Alles kam in Bewegung. Unsichere, aber empörte Stimmen ertönten, rote aufgeregte Gesichter tauchten auf, und als ob ein Windzug in einen Haufen dürrer Blätter geschlagen hätte, so stieb die ganze Gesellschaft am Grabe auseinander. Schawrow war ebenfalls weggelaufen, kam aber wieder zurück. In einem getrennten Haufen gestikulierte Rjäsanzew in voller Empörung.

Ssanin bemerkte oberflächlich ein entrüstetes Gesicht mit Brille, das auf unbekannte Weise dicht unter seine Nase geraten war, sich aber völlig schweigsam verhielt, und wandte sich Iwanow zu.

Iwanow war verwirrt. Als er Schawrow gegen Ssanin aufhetzte, ahnte er, daß es zu einem Zwischenfall kommen würde, doch diese Erregung hatte er nicht vorausgesehen. Einerseits entzückte ihn das Ganze durch seine Schärfe, doch aber hatte er das unsichere Gefühl, sich in einer unbequemen Situation zu befinden.

Er wußte nicht, wie er sich jetzt äußern sollte und blickte daher unbestimmt über die Kreuze hinweg auf das weite Feld.

Schon längere Zeit hatte ein Gymnasiast vor seinen Augen gestanden, ohne daß er ihn bis dahin bemerkte; plötzlich wurde er wütend. Eine Minute lang blickte er dem Gymnasiasten mit kalten Augen gerade ins Gesicht.

»Wozu stehen Sie hier herum, – – vielleicht als Schmuck?«

Der Gymnasiast errötete: »Sehr witzig!« antwortete er schließlich.

»Um den Witz handelt es sich nicht, sondern ... scheeren Sie sich gefälligst zum Teufel!«

In den Augen Iwanows zeigte sich so viel Wut, daß der Gymnasiast blaß wurde und unschlüssig auf die Seite trat.

Ssanin sah mit schwachem Lächeln zu. Dann machte er eine wegwerfende Handbewegung.

»Dummes Viehzeug!« meinte er mit aufrichtiger Trauer, den Auseinandergehenden nachblickend.

Sogleich fühlte sich Iwanow beschämt, daß er über irgend etwas unschlüssig sein konnte; seine Züge beruhigten sich, er steckte seinen Stock hinter sich in den Boden, um sich darauf zu stützen und sagte:

»Laß sie zum Teufel gehen! Ziehen auch wir von dannen!«

»Schön, meinetwegen ...«

Sie gingen an Rjäsanzew vorbei, der sie feindselig anblickte, und dem Häuflein, das sich um ihn drängte, und schritten dem Ausgang zu. Aber schon von weitem merkte Ssanin eine Gruppe ihm wenig bekannter junger Leute, die sich wie eine Hammelherde mit den Köpfen nach innen aneinanderdrückten. In der Mitte stand Schawrow und sprach unter hastigen Bewegungen auf sie ein, verstummte aber, sobald er Ssanin erblickte. Alle Gesichter wandten sich diesem zu und auf allen lag ein eigentümlicher Ausdruck: eine Mischung edler Entrüstung, feuriger Empörung, kindischer Schüchternheit und naiver Neugierde. »Da werden gegen dich Ränke geschmiedet,« sagte Iwanow.

Ssanin wurde plötzlich finster, so daß selbst Iwanow erstaunte, als er den Ausdruck seines Gesichts erblickte. Als sich Schawrow von der Menge der Studenten und jungen Mädchen mit teils erschreckten, teils entzückten rosigen Gesichtern trennte und rot wie eine Rübe, die kurzsichtigen Augen zusammengekniffen, auf Ssanin zuschritt, erwartete ihn dieser in einer Haltung, wie wenn er jeden, der sich ihm näherte, niederschlagen wollte.

Schawrow schien es zu erwarten, denn er wurde blaß und blieb etwas entfernter, als nötig, vor Ssanin stehen. Die Studenten und die Mädchen drängten ihm, wie eine kleine Herde hinter dem Bock, nach.

»Wünschen Sie noch etwas?« fragte Ssanin nicht laut.

»Wir? – – – Nichts,« meinte Schawrow verwirrt. »Nur, – – – wir möchten Ihnen im Namen unserer ganzen Gruppe Genossen unsere Unzufriedenheit und ...«

»Daran liegt mir sehr wenig, an Ihrer Unzufriedenheit,« stieß Ssanin durch die zusammengepreßten Zähne mit Mienen, die nichts Gutes verkündeten, hervor. »Sie haben mich gebeten, ich möchte über den verstorbenen Swaroschitsch etwas sagen, und weil ich das sagte, was ich für richtig halte, erklären Sie mir Ihre Unzufriedenheit. Meinetwegen ... Wenn Ihr nicht sentimentale dumme Jungen wäret, würde ich Euch auseinandersetzen, daß ich recht habe, daß Swaroschitsch in der Tat wie ein Dummkopf gelebt hat, sich mit Nichtigkeiten abquälte und den Tod eines Narren gestorben ist, aber ihr ... ich habe mit euch ja einfach eures Stumpfsinns, eurer Dummheit wegen nichts zu tun. Schert euch doch alle zum Teufel! Pack ich euch an? ... Weg!«

Und Ssanin ging, indem er die Menge, welche ihm den Weg verlegte, durchschritt, ohne umzuschauen, vorwärts.

»Stoßen Sie nicht!« protestierte Schawrow, rot, fast heulend, mit einer Stimme, die wie Hahnenkrähen klang.

»Das ist geradezu empörend!« begann jemand, brach aber gleich wieder ab.

Ssanin und Iwanow traten auf die Straße hinaus; beide schwiegen eine ganze Weile.

»Weshalb erbitterst du die Menschen so?« sagte endlich Iwanow. »Demnach mußt du als ein ganz bösartiges Geschöpf bezeichnet werden.«

»Wenn es mit dir so ginge, wie mit mir, daß dir dein ganzes Leben lang diese freiheitsliebenden jungen Menschen ohne Unterbrechung vor die Füße laufen,« antwortete er ernst, »so hättest du sie noch ganz anders angefaßt! ... Uebrigens, hol sie der Teufel!«

»Na, rege dich nicht auf, Freund!« sagte Iwanow halb im Scherz, halb ernst, »weißt du was: wollen wir mal etwas Bier holen gehen und dann des nun verstorbenen Knecht Gottes Jurii Nikolajewitsch gedenken ... wie?«

»Schön, meinetwegen ...« willigte Ssanin gleichgültig ein.

»Bis wir wiederkommen werden die andern schon fort sein,« fuhr Iwanow lebhaft fort, »da werden wir gerade über dem Grabe für sein Heil trinken können ... so, dem Toten als Ehrung und uns zum Vergnügen.«

»Meinetwegen.«

Als sie wieder auf den Kirchhof kamen, war kein Mensch mehr da. Die Kreuze und Denkmäler standen wie in Erwartung und drückten bewegungslos auf den gelbgewordenen Boden. Kein Lebewesen war zu sehen und zu hören; nur eine glitschige schwarze Schlange glitt rasch über den Pfad und rauschte im abgefallenen Laub.

»Ah, du Biest!« rief Iwanow und schrak zusammen; vergebens schlug er mit dem Stock hinterher.

Am frischen Grab Juriis, wo es nach aufgerissener kalter Erde, nach verfaulten alten Blättern und der grünen Tanne roch, stapelten sie im Gras einen Haufen schwerer Bierflaschen auf.

XLIV

»Weißt du was?« sagte Ssanin, als sie eine Stunde später auf die dunkle Straße hinaustraten.

»Was denn?«

»Begleite mich zum Bahnhof, ich will von hier fort.«

Iwanow blieb stehen.

»Warum?«

»Mir wird es hier zu langweilig.«

»Hast wohl Angst gekriegt?«

»Nicht im geringsten. Möchte einfach weg von hier, weiter nichts.«

»Wozu denn das?«

»Mein Freund, stelle nicht erst dumme Fragen. Ich will, das ist alles ... Solange man die Menschen nicht kennt, glaubt man immer, sie würden einem doch noch etwas geben ... Es waren hier ein paar interessante Leute. Karssawina kam mir neu vor, Semionow war noch am Leben, Lyda hätte vielleicht einen anderen Weg gehen können ... Jetzt aber ist es langweilig. Alle fallen mir auf die Nerven. Genügt dir diese Erklärung nicht? Verstehst du, ich habe diese Leute solange es nur ging, ertragen; – – – länger kann ich's nicht.«

Iwanow schaute ihn lange an.

»Nun schön, gehn wir also,« sagte er, »du nimmst doch noch von deiner Familie Abschied, ja?«

»Ah, zum Teufel mit ihnen! Die sind mir am meisten über!«

»Aber deine Sachen mußt du doch mitnehmen?«

»Ich habe nur sehr wenig ... Geh du durch den Garten und ich laufe in mein Zimmer und reiche dir dann den Koffer zum Fenster raus. Sonst sehen sie's, hängen sich mit Fragen an mich an, und was soll ich denn sagen, was trösten könnte?«

»So-o!« Iwanow senkte für eine Minute den Blick und schlug verächtlich mit der Hand durch die Luft. »Für mich ist es recht traurig ... aber was liegt daran!«

»Fahre doch mit!«

»Wohin?«

»Das ist ja ganz egal. Das werden wir schon später merken.«

»Ich habe kein Geld.«

»Ich ebenso wenig!« lachte Ssanin.

»Nein, fahr schon allein ... Am fünfzehnten fängt meine Schule an. So bleibt schon alles im alten Geleise!«

Ssanin schwieg und schaute Iwanow gerade in die Augen, und ebenso gerade blickte ihn Iwanow an. Doch mit einem Mal wurde es diesem peinlich zumute, er zog sich zusammen, als wenn ein Spiegel sein Gesicht als tierische Fratze zurückgeworfen hätte.

Ssanin wandte sich ab.

Sie gingen durch den Hof.

Ssanin trat in das Haus, Iwanow bog in den abendlichen Garten ein, wo ihn der Schatten des späten Herbstes und der Duft stiller Verwesung traurig umschloß. Ueber Gras und Büsche, begleitet vom Rauschen der Blätter und Aechzen der Zweige, kam er zum Fenster von Ssanins Zimmer. Es war offen und dunkel.

Ssanin war inzwischen durch den Saal gegangen; an der Balkontür, von wo er bekannte Stimmen hörte, blieb er stehen.

»Was willst du also von mir?« klang die Stimme Lydas zu ihm herüber; er war von ihrem matten, gequälten Ton überrascht.

»Nichts will ich,« erwiderte Nowikow, seine Stimme hörte sich offenbar gegen seinen Willen, mürrisch und verdrießlich an, »es kommt mir nur komisch vor, daß du die Sache so ansiehst, als wenn du mir ein Opfer bringst. Ich wollte doch ...«

»Schön,« brach es aus Lyda heraus. Die kristallenen Töne naher Tränen drangen unerwartet durch die Stille der Abenddämmerung: »Nicht ich ... du bringst mir also das Opfer ... du! Ich weiß es! Was willst du also noch hören?«

Nowikow gab einen verwirrten und ratlosen »Hm«-Laut von sich; man konnte aber herausmerken, daß er sich Mühe gab, seine Ratlosigkeit zu verbergen.

»Wie wenig scheinst du mich zu verstehen! Ich liebe dich, und daher kann von einem Opfer keine Rede sein ... Aber wenn du selbst unser Zusammensein als ein Opfer von einem von uns beiden ansiehst, welch ein Leben soll dann für uns werden?«

Nowikows Stimme wurde fester und sicherer, fast froher, als hätte er jetzt das Wichtigste herausgefunden und wäre glücklich, Lyda überzeugen zu können.

»Du mußt es begreifen ... Wir können nur unter einer Bedingung zusammenleben: daß an kein Opfer, weder von deiner, noch von meiner Seite zu denken ist ... Eins von beiden: entweder wir lieben uns, und dann ist unsere Zusammengehörigkeit vernünftig und naturgemäß, oder wir lieben uns nicht, und dann ...«

Lyda schluchzte plötzlich auf.

»Was weinst du!« fragte Nowikow erstaunt und erregt. »Ich verstehe dich nicht! Ich glaube, – – ich kann doch nichts Verletzendes gesagt haben ... Höre doch auf! Ich hatte uns beide ganz gleich im Auge ... Aber das ist doch zum Teufel! Was weinst du eigentlich!... Man darf sich kein Wort erlauben –«

»Ich weiß nicht ... ich weiß nicht ...« Die gedrückte, bemitleidenswerte Stimme Lydas klang unsagbar traurig, voll unfaßbarer, ohnmächtiger Klage.

Ssanin machte eine verdrossene Miene und ging in sein Zimmer.

– – – Nun, Lyda ist wohl auch fertig! dachte er. Am Ende hätte sie besser getan, wenn sie damals ins Wasser gegangen wäre – – – aber vielleicht kommt sie trotz allem noch in die Höhe ... Man kann es nie voraussehen!

Iwanow hörte hinter dem Fenster Ssanin etwas eilig zusammensuchen; dann raschelte er mit Papier und ließ etwas fallen.

»Bist du bald fertig?« fragte er ungeduldig. Es war ihm langweilig und bedrückend, in der blassen Dämmerung des Herbstabends unter dem finsteren Fenster zu stehen, hinter sich den dunklen geheimnisvollen Garten. Das Rauschen erinnerte ihn an seinen Traum.

»Sofort,« antwortete Ssanin so dicht am Fenster, daß Iwanow zusammenfuhr. Die Finsternis im Fenster geriet in Schwanken; dann hob sich von ihr der Handkoffer und das weiße Gesicht Ssanins ab.

»Halt fest!«

»Nun, gehn wir los!«

Sie schritten schnell durch den Garten.

Blasse Dämmerung und der seine kalte Geruch der abgekühlten Erde lag um ihnen. Die Bäume standen schon ziemlich kahl; alles machte einen ungeheuer leeren geräumigen Eindruck. Hinter dem Fluß erlosch allmählich die Abendröte, und das Wasser erglänzte einsam, vergessen und verlassen hinter dem Garten, der mit einem Mal ebenfalls für niemanden mehr von Interesse schien.

Als sie zum Bahnhof kamen, brannten schon Signalfeuer auf den unzähligen schwarzen Gleispaaren, und die Lokomotive eines abfahrtbereiten Zuges keuchte gleichmäßig und schwer. Menschen liefen umher, klappten mit den Türen, riefen einander an und schimpften mit herben, gehässigen Stimmen, gleichsam, als wären alle in trauriger Stimmung und suchten das unter der Maske der Gehässigkeit zu verbergen. Ein dunkler Haufen ratloser Bauern mit Bündeln beladen, drängte sich auf dem Bahnsteig.

Im Wartesaal tranken sich Ssanin und Iwanow noch einmal zu.

»Nun, Glück auf die Reise!« wünschte Iwanow traurig.

»Ich habe immer gleiches Glück, Freund,« lächelte Ssanin. »Ich verlange nichts vom Schicksal, ich erwarte auch nichts von ihm. Und das Ziel der Reise ist doch niemals glücklich. Alter und Tod, weiter bleibt nichts! ...«

Sie gingen zusammen auf den Bahnsteig und blieben vor dem Waggon stehen: »Na, Lebewohl!«

»Lebewohl!«

Es war beiden unerwartet, daß sie sich küßten.

Knirschend und zischend setzte sich der Zug in Bewegung.

»Ach, Bruder, wie lieb, wie lieb du mir geworden bist!« rief plötzlich Iwanow Ssanin zu. »Der einzige wahre Mensch bist du für mich!«

»Und du bist der einzige, der mich gern hat,« Ssanin lächelte, er sprang auf das Trittbrett eines vorbeirollenden Wagens.

»Abgefahren!« rief er lustig. »Lebewohl!«

»Lebewohl!«

Schnell eilten die Wagen an Iwanow vorbei, als ob sie sich plötzlich verabredet hätten, von ihm fortzulaufen. In der Dunkelheit huschte die rote Laterne vorbei und strahlte lange, noch lange rot im Finstern, so daß sie sich garnicht zu entfernen schien.

Iwanow sah dem Zug nach; er fühlte sich traurig und niedergeschlagen. Unmutig schlenderte er durch die Straßen der Stadt und schaute auf die armseligen, kleinlichen Lichter.

– – – Sich bis zu Ende durchsaufen, was? fragte er sich, und das blasse, dürre Gespenst eines farb- und klanglosen Lebens trat mit ihm ins Wirtshaus ein.

XLV

In der Dunkelheit und Enge erstickten die Wagenlaternen, und zwischen schwankenden, rußigen Schatten und trüben Flecken Lichts krümmten sich zerknüllte müde Menschen.

Ssanin setzte sich neben drei Bauern.

Als er eintrat, unterhielten sie sich, und einer von ihnen, in der Dunkelheit kaum sichtbar, fragte gerade:

»Also meinst du, mit dem Land kommt nichts heraus?«

»Kann auch nichts herauskommen,« antwortete mit hoher gebrochener Stimme ein alter zottiger Bauer, der neben Ssanin saß. »Die Gutsbesitzer haben ihr Eigenes im Auge, unsertwegen wollen sie nicht zum Teufel gehen. Da kann man erzählen, soviel man will; wenn es einem an den Leib geht, so wird am Ende der das Blut austrinken, der stärker ist!«

»Aber warum braucht ihr so lange zu warten?« fragte Ssanin, der sofort verstanden hatte, um was sich das gierige, ekelhaft eintönige Gespräch drehte.

Der Alte wandte sich zu ihm und schlug die Arme auseinander.

»Was sollen wir tun? ...«

Ssanin stand auf und ging auf einen andern Platz. Er kannte diese Menschen zur Genüge, die wie Tiere lebten und dabei weder selbst zugrunde gehen, noch andere vernichten konnten. Sie lebten immer das viehische Leben fort in trüber Hoffnung auf ein Wunder, das niemals kommen wird und in dessen Erwartung Millionen ihresgleichen bereits gestorben sind.

Die Nacht verging. Alle schliefen und nur ein Kleinbürger im langen Rock zankte sich erbittert mit seiner Frau, die ängstlich schwieg und allein ihre erschrockenen Augen krampfhaft bewegte.

»Warte nur, du Aas, ich werde dir das noch beibringen!« zischte der Mann wie eine mit dem Fuß getretene Schlange.

Ssanin war schon eingeschlummert, als das leise Aechzen der Frau ihn aus dem Schlafe weckte. Der Kleinbürger zog rasch seine

Hand zurück, doch Ssanin konnte noch bemerken, daß er die eine Brust der Frau um seine Finger drehte.

»Na, Brüderchen, du bist ein Biest!« schrie er zornig.

Der Kleinbürger blieb erschrocken stumm und blickte ihn nur mit kleinen bösen Augen an.

Ssanin sah voll Ekel auf ihn hin, dann trat er auf die Plattform hinaus. Als er durch den Wagen ging, sah er eine Menge Menschen, die in dichtem Gedränge fast übereinander lagen. Bei dem blassen bläulichen Licht des kommenden Morgens, das durch die Fenster des Wagens eindrang, schienen ihre Gesichter wie tot, und nüchterne, traurige Schatten, die über sie glitten, gaben ihnen einen ohnmächtigen leidenden Ausdruck.

Auf der Plattform atmete Ssanin mit vollen Zügen die frische Morgenluft ein.

»Ein widerwärtiges Ding ist doch der Mensch!« dachte er weniger, als daß er es mit seinem ganzen Körper fühlte. Und plötzlich brach in ihm das Verlangen durch, sich sofort, wenn auch nur für eine Zeit, von allen diesen Menschen, vom Zuge, von der stickigen Luft, vom Rauch und Gerassel freizumachen.

Die Morgenröte stieg schon deutlich am Horizont auf. Die letzten Schatten der Nacht verliefen, blaß und krank, spurlos in der blauen Finsternis, die sich weit in der Steppe auflöste.

Ohne sich lange zu besinnen, trat er auf das Trittbrett des Wagens, ließ seinen Koffer im Stich und sprang auf den Boden herab.

Mit Fauchen und Rasseln sauste der Zug neben ihm vorbei; der Boden glitt unter seinen Füßen hin, und er fiel auf den nassen Sand der Böschung. Die rote hintere Laterne war schon weit, als er sich erhob. Er lächelte sich selber zu.

»Auch das ist schön!« rief er laut und stieß einen freien, gellen Schrei aus.

Weit und geräumig war es um ihn her. Das Gras, noch immer grün, breitete sich in einem endlosen, ebenen Feld nach allen Seiten aus und versank erst hinten in den fernen Morgennebeln.

Leicht atmete Ssanin auf und schaute mit frohen Augen in die unendliche Weite der Erde, als er mit großen, kräftigen Schritten in den lichten, freudigen Schein der Morgenröte hineinwanderte. Und als die erwachte Steppe in der grünen und blauen Ferne aufzuleuchten begann und vor seinen Augen die ungeheure Himmelswölbung auf sich lud, als gerade vor ihm die Sonne aufging, blitzend und funkensprühend, da schien es Ssanin, daß er ihrem Lichte entgegenschreite.

tredition®

Über tredition

Eigenes Buch veröffentlichen

tredition wurde 2006 in Hamburg gegründet und hat seither mehrere tausend Buchtitel veröffentlicht. Autoren veröffentlichen in wenigen leichten Schritten gedruckte Bücher, e-Books und audio-Books. tredition hat das Ziel, die beste und fairste Veröffentlichungsmöglichkeit für Autoren zu bieten.

tredition wurde mit der Erkenntnis gegründet, dass nur etwa jedes 200. bei Verlagen eingereichte Manuskript veröffentlicht wird. Dabei hat jedes Buch seinen Markt, also seine Leser. tredition sorgt dafür, dass für jedes Buch die Leserschaft auch erreicht wird.

Im einzigartigen Literatur-Netzwerk von tredition bieten zahlreiche Literatur-Partner (das sind Lektoren, Übersetzer, Hörbuchsprecher und Illustratoren) ihre Dienstleistung an, um Manuskripte zu verbessern oder die Vielfalt zu erhöhen. Autoren vereinbaren direkt mit den Literatur-Partnern die Konditionen ihrer Zusammenarbeit und partizipieren gemeinsam am Erfolg des Buches.

Das gesamte Verlagsprogramm von tredition ist bei allen stationären Buchhandlungen und Online-Buchhändlern wie z. B. Amazon erhältlich. e-Books stehen bei den führenden Online-Portalen (z. B. iBookstore von Apple oder Kindle von Amazon) zum Verkauf.

Einfach leicht ein Buch veröffentlichen: **www.tredition.de**

Eigene Buchreihe oder eigenen Verlag gründen

Seit 2009 bietet tredition sein Verlagskonzept auch als sogenanntes "White-Label" an. Das bedeutet, dass andere Unternehmen, Institutionen und Personen risikofrei und unkompliziert selbst zum Herausgeber von Büchern und Buchreihen unter eigener Marke werden können. tredition übernimmt dabei das komplette Herstellungs- und Distributionsrisiko.

Zahlreiche Zeitschriften-, Zeitungs- und Buchverlage, Universitäten, Forschungseinrichtungen u.v.m. nutzen diese Dienstleistung von tredition, um unter eigener Marke ohne Risiko Bücher zu verlegen.

Alle Informationen im Internet: **www.tredition.de/fuer-verlage**

tredition wurde mit mehreren Innovationspreisen ausgezeichnet, u. a. mit dem Webfuture Award und dem Innovationspreis der Buch Digitale.

tredition ist Mitglied im Börsenverein des Deutschen Buchhandels.

Dieses Werk elektronisch lesen

Dieses Werk ist Teil der Gutenberg-DE Edition DVD. Diese enthält das komplette Archiv des Projekt Gutenberg-DE. Die DVD ist im Internet erhältlich auf **http://gutenbergshop.abc.de**